U0063228

總主編 周谷城

中國學術名著提要（一）

中國醫學各科史要（一）

語言文字卷

主編　胡裕樹

黎明文化公司

內容提要

中國的語言文字之研究，歷史悠久，成就卓著，富有中華民族文化特色，素爲國際國內學術界所重視。本書（語言文字）選自先秦兩漢至現代—民國三十八（一九四九）年以前截止，我國歷代優秀的語言文字學著作共一百九十一部（篇），分爲音韻、訓詁、文字、語法、修辭、方言和少數民族語言七大類，逐一對每部（篇）著作加以破題講解、詮釋內容、考明版本和著述經過、綜述研究現狀並提供參考書目。全書內容齊備，解說精當，文字簡潔，可作爲語言文字研究之一般讀者以及中等學校大專院校中文系所師生的參考用書。

出版説明

中國學術名著是中國文化的璀璨瑰寶，它博大精深，源遠流長，是國人學識和智慧的結晶。爲了弘揚數千年固有文化，給炎黄子孫和外國友人學習並研究中華典籍提供方便，上海復旦大學出版社特別邀請大陸上知名的學者專家百數十人，成立了編纂委員會，集思廣益。編成《中國學術名著提要》這套大型叢書，以正體字在大陸出版。本公司爲推展兩岸學術文化交流，經指定專人數次前往上海洽商，獲得該社授權在台獨家出台灣版，爲台灣及海內外各地讀者提供同樣必要而完美的服務。

本叢書共收錄商周至現代―民國三十八（一九四九）年截止的著名學術著作（篇）約三千種，分爲文學、藝術、語言文字、歷史、哲學、宗教、經學、經濟、政治法律、教育和科技、經學史等十一卷，每卷又分細類彙集而成。解說的內容則包括：書名（異名、略稱）；卷數；版本（擇舉有影響和常見的版本）；作者（姓名、字號、生卒年、籍貫、主要經歷和學說、著述、生平史料）；寫作經過及成書年代；內容大意（總説、序跋、章節篇目、要點特色）；學術影響；研究情況等。待各卷出齊以後，再繼續合成增補工作，使之成爲一部類似於《四庫全書總目提要》的大型工具書。

黎明文化公司

《中國學術名著提要》編輯委員會

總　主　編：周谷城

編輯委員（以姓氏筆畫爲序）：

朱維錚　吳德潤　胡裕樹　姜義華
徐餘麟　高若海　葉孝先　葉世昌
章培恒　陳士強　蔣孔陽　潘富恩

執　行　編　委：吳德潤

語言文字卷編輯委員會

主　編：胡裕樹

副主編：游汝傑　楊劍橋

撰稿人（以姓氏筆畫爲序）：

王　立　杜高印　沈榕秋　宗廷虎　范　曉

宦榮卿　陳　崎　徐川山　陳重業　張　覺

游汝潔　葉保民　楊劍橋　鍾敬華

責任編輯：吳德潤

黃序

中國文化，源遠流長，史傳伏羲氏觀象於天、觀法於地，作八卦以垂象、神農氏結繩爲治，以統其事，已奠人文之基。及至黃帝，畫野分州，創立綱紀制度，蒼頡初造書契，典章文物，粲然而備矣。後孔子集大成，刪詩書、作春秋，諸子百家，相競而起，或羽翼經訓，垂範方來，或考覈典文，闡明其故，或沿流溯源，徵其來處，兼綜條貫，各自成家，著述之盛，林林總總，難以盡述。惜嬴秦暴政，蔑棄典文，禁民是古非今，又項羽入關，焚之殆盡矣。

漢興，改秦之敗，大收篇籍，惠帝廢除挾書之禁，孝武廣開獻書之路，建藏書之策，置寫書之官，石渠天祿之藏，亦復蔚然可觀。然書缺簡脫，禮樂分崩，典文殘落，識者閔焉。乃詔命劉向劉歆父子，總校羣書，辨章學術，考鏡源流，條其篇目，揭其意旨，使載籍各有所歸屬，其七略之篇，後世奉爲書目之始祖，治學之準繩，嘉惠士林，學者稱便。

嗣後歷代典籍，雖迭遭離亂兵燹之厄，散亡者多，然治平之世，必修文事，官府民間，關心篇籍者，亦頗有收集編錄，史稱漢之盛時，書增三倍。魏之荀勗，總括羣籍，勒爲四部，都數萬卷，號稱新簿。梁之孝緒，亦博采典籍，更爲七錄。隋煬好學，喜聚逸書。今隋志所載，最爲博洽，此皆衆所共知者也。貞觀開元之時，繼前代之遺業，搜羅購募，考訂訛謬，書籍之盛，自古未有。唐志謂四庫書成，上令百官觀之，無不駭其廣博。自後宋之崇文書目，明之永樂大典，代有補遺，收錄之富，昔人推爲前未曾有，此皆其著焉者。

逮清人入關，承兵亂之後，謀文教之昌明，襲漢唐之舊觀，以禮樂之興、典籍爲要，乃命館臣綴集遺文，收錄殘篇，訪名山，搜秘笥，兼及私人藏書之家，康熙編古今圖書集成，乾隆成四庫全書，後人嫌集成割裂成篇，惟四庫全書彙萃羣籍，義例備善，廣播流傳，沾溉藝林。然其卷頁浩繁，非惟學者無力購置，抑亦難以遍觀，於是又有提要之作。提要著錄之書計三千餘種，每書先列作者里爵，次考本書之源流得失，以及文字增減，篇帙分合，頗便檢閱，惟官書出於衆人之手，又拘於功令時限，間有誤失，然可爲閱讀古籍入門之指引，殆無異議。然自四庫提要成書至今，已二百餘年矣，其間作者著述。其數量又有過於往昔者，學者窮畢生之力、亦難以遍覽，刪繁就簡，爲時勢所趨，惟卷帙浩翰，獨力難任，幸上海復旦大學集多位專家編纂成《中國學術名著提要》叢書。收錄商周以至近代之學術名著約三千種之多，分爲文學、藝術、語言文字，歷史哲學，宗教、經學、經濟、教育與科技等卷，每卷又分細目，類聚羣分，各有統屬。至其內容，則分述各書之名稱、版本、作者，著述經過，全書性質，思想批評以及後人注釋與有關之參考書目，其分類較七略爲廣泛，其詳盡則有過於提要。而所撰述，鉤玄摘要括事理之精義，集全書之大成，使萬千之文字，總爲一篇，含不盡之意，如在目前。可謂納須彌於芥子，匯萬川於一流，使讀者披覽研索之餘，見一粒沙，可以知三千大千世界，其有功於學界，可謂大矣。而黎明文化事業公司董事長張明弘先生，以推廣學術研究之旨，開兩岸文化交流之路，斥資發行台灣版，亦一代之盛事也。昔羅大經云：願盡讀世間好書，然世人能盡讀世間好書者，實有賴於印刷推廣之力，如則，黎明公司此舉，其功亦與是篇共傳久遠矣，是爲序。

黃錦鋐

乙亥年孟夏月于台北晚學齋

台灣版前言

中華文化博大精深，源遠流長，藉文字表達出來的學術著作，眞可說是浩如淵海，而又能歷久彌新，永垂不朽。英國歷史學家湯恩比曾經指出：「自遠古以來人類的一切文明史，歷經無數風雨衝擊變革，至今仍能保持文化性格一貫性的，惟有中華文化。」湯恩比所謂文化性格一貫性，指的也就是以這種文化傳統爲背景而傳述下來，連綿不絕的學術著作。因此，傳承中華民族優秀的文化傳統，進而鑽研內容豐富的中國學術著作，並融合時代精神，加以發揚光大，是我們每一位炎黃子孫的神聖責任。

黎明公司自民國六十年雙十國慶紀念日成立以來，即以傳述和發揚中華文化爲宗旨。爲了達成這個明確的大目標，也爲了善盡一個文化出版公司應盡的社會責任，我們對作品的取捨，首先思考的是它的學術價值而不是營利的多寡。換句話說，祇要有高品質和內容的作品，我們都會欣然接受。譬如已經出版由國學權威高明教授總主編的《中華文化百科全書》（十八開本，十五巨冊），一共結合了國內三十多位文學博士和數十位研究生共同參與，費時十年，總投資達二千多萬元。此外尚有《國學研究論集》（九冊）、《經學研究論集》（八冊）、《中華通史》（十二冊）、《方東美全集》（十冊）、《中國歷代戰爭史》（十八冊）、《中外戰爭全史》（十冊）、《國民革命戰史》（分建立民國、北伐統一、抗日禦侮、反共戡亂四部、共廿二冊）、《文學名家傳記》（十冊）以及《新文學叢刊》（作家選集，自選集共一六五冊）和《青年文庫》（四輯共四十四冊）等系列性的套書，每一部書的投資額都在百數十萬元至千餘萬元之巨。

多年來，由於國人讀書風氣不盛，稿酬和印製成本不斷的提高，圖書價格就不得不作適度調整，有興趣購買大部頭書的讀者越來越少，造成文化出版事業經營日艱的局面。民國七十六年政府繼解除戒嚴，復開放國人赴大陸探親和觀光，開啟了兩岸經濟文化交流的大門。面對著幅員遼闊和超過十億以上人口的大陸市場，台灣出版界立刻掀起了一股大陸熱，紛紛前往彼岸尋求稿源和開拓經營管道。黎明公司為了在此一熱潮中，也「躬逢其盛」盡到應盡的一份責任，便決定共同參與，準備作這方面的投資。先是民國七十七年（一九八八）本人在美國南加州大學教育研究所結識共同研究的上海復旦大學徐渊教授，得知「復旦大學出版社」正由國際知名的史學家周谷城教授主持《中國學術名著提要》大部頭書的編務工作，參與此一盛事的數十位編纂委員，也都是復旦大學的知名教授，當面即請徐教授向復大出版社轉達本公司出版意願，獲復大出版社原則同意，隨後即由本公司總編輯鄧海翔先生前往洽談，復大出版社除欣然同意本公司在台獨家出版外。還接受本公司建議由該社直接出正體字版本，將膠片寄給本公司在台同時出版，可說是開啟了兩岸出版界同步出正體字學術著作的先河，更為兩岸文化交流建立了一個完美的指標。此期間，鄧總編輯並達成「北京出版社」所出《中國歷史大事編年》（十冊）、南昌「二十一世紀出版社」的歷史名著故事精選《資治通鑑圖說》（八冊）兩種套書在台出版、及邀請桂林廣西師範大學校長張葆全教授、該校語（中）文系學有專精的十六位教授，爲本公司新編今註今譯和評析的《昭明文選》（六冊）聯合執筆的使命。

《中國學術名著提要》，是一部結合百數十位學人智慧和心血結晶的作品，內容包括語言、文學、藝術、哲學、宗教、歷史、經學、政治、經濟、科技、經學史等十一卷，總字數將逾一千萬字，取材則上起西周，下至近代（一九四九年）的三千多種學術名著中擷其精華編纂而成。惟其篇幅浩瀚，加以參與執筆的諸位教授寫作態度嚴謹，目前已完成語言、哲學、歷史、經濟四卷，其餘七卷則預計明（民國八十五）年底出齊。本公司爲使此一象徵兩岸出版界通力合作，行將成爲一部類似於《四庫全書總目提要》的大部頭工具書早日問世，決定將這四卷分五冊先出版問世，但願此書明年內能在海峽兩岸同時順利全套出齊，而有助於增進兩岸衆多讀者對中華文化深一層的認識與鑽研，爲兩岸同胞共同傳承發揚我悠久光榮的中華文化，創造更光輝燦爛的未來。

最後讓我們對遠居大陸，享譽中外，年已九旬高齡的周谷城教授，仍然不辭辛勞，爲本書貢獻心力、前國立台灣師範大學國文研究所所長黃錦鋐博士爲本書序言頒賜鴻文、復旦大學徐淵教授熱心義務引介，以及參與本書編纂工作，默默全心投入的數十位教授，爲中華文化，共同締造出這樣豐碩的傲然成果；本公司總編輯鄧海翔先生對推行兩岸文化交流，貢獻良多、謹藉此一併敬致我最誠摯的感念與無限欽佩之忱。

張明弘　謹識

民國八十四年七月十日

目録

音韻

訓詁

文字

語法

修辭

方言

少數民族語言

前言

中國是世界上研究語言文字歷史最悠久、成果最豐富的國家之一。中國的傳統語言學早在先秦時代就已經萌芽，至漢代則已蔚爲大觀。第一批不朽的語言文字學專著即是在漢代問世的，其中語義學著作有《爾雅》，語源學著作有《釋名》，文字學著作有《說文解字》，方言學著作有《方言》。此後歷代都有優秀的語言文字學著作產生，至清代的乾隆和嘉慶年間，傳統語言學取得了登峯造極的輝煌成就，而在西方，一直到二百年以後的十九世紀，歐洲語言學才進入隆盛時代。五四運動前後西學東漸，我國語言學界在繼承傳統語言學的優秀遺產的同時，引進了西方現代語言學，在新的水平和新的方向上繼續前進，又產生了一大批優秀著作。

兩千多年來前人留下了大量語言文字學著作，這些著作是我國浩瀚的文化遺產的一部分，整理和研究這一份文化遺產是我國語言學界責無旁貸的任務，也是研究中國學術史和文化史的基礎工作。這一工作對於語言研究至少有以下三個方面的意義：

第一，爲研究中國語言學發展史提供堅實的基礎。語言學史包括語言學思想、語言學人物、語言學著作和語文運動等，而以語言學著作爲核心。中國語言學史尚有一些薄弱的部門，如方言學史、語法學史、文字學史、少數民族語言學史等，各部門的研究都必須建立在不同歷史時期的專著研究的基礎上。

第二，豐富普通語言學史的內容。中國語言學是世界語言學的組成部分，但是西方學者的語言學史著作，往往忽略或甚少述及中國學者的研究成果。實際上，古代中國的語言研究在若干方面曾經處於領先的地位，例如西漢末年的揚雄親自調查記録方言口語，撰成世界上第一本比較方言詞匯集，在歐洲同類著作要晚至十八世紀才問世。又如清代乾嘉學派以非常嚴謹的科學態度尋求漢語歷史音變的規律，他們産生的「音變没有例外」的思想，比歐洲的新語法學派早了二百來年。即使是五四運動以後，我國學者也有許多發明，爲國際語言學界所稱譽，如趙元任的《音位標音法的多能性》。顯然，如果要以中國學者的研究成果充實普通語言學史，就首先必須要發掘和整理這些已有的成果。

第三，我國現代的語言研究需要借鑒前人的研究成果和研究方法。例如漢語中古音和上古音的擬測、某些少數民族語言的研究，都離不開隋唐時代的《切韻》音系；現代漢語方言的調查也必須利用古代的音韻學知識和古人的方言的描述；現代的古文字研究需要以古代的字典辭書作爲參考。現代語義學是一門新興的學科分支，如果從古代大量訓詁學專著和各類經籍注疏中汲取方法，那末或許會有新的發現和進展。同時，繼承應該帶着批判的眼光，當我們看到前人的研究有哪些缺陷和不足的時候，我們今天的工作就會做得更好一些。

鑒於以上這些原因，我們編寫了本卷《名著提要》。卷中所收都是一九四九年以前出版的語言文字學專著，並收録少量單篇論文。這些專著並非全都屬於傳統語言學，其間取舍也未必全都恰當，有的著作因學力所限和材料難得，一時也無法介紹。另外，語言文字研究的成果也散見於其他著作，例如《荀子》的《正名篇》對語言的社會性和符號性有過精辟的論斷，鄭樵的《七音略》、《六書略》等對文字、音韻、訓詁也曾有極爲出色的闡述，這些著述讀者或可見於別卷。對於入選的作品，本書有介紹，也有評述，但以介紹爲主，重在知識性。各篇排列次第以類相從，以年代先後爲序。

本卷共分七大類，各部分負責人如下：音韻——楊劍橋、訓詁——鍾敬華、文字——葉保民、語法——范曉、修辭——宗廷虎、方言——游汝傑、少數民族語言——游汝傑、楊劍橋。每一條目的實際撰稿人見條目文末，他們都是在復旦大學任教或曾經就讀於復旦大學的語言學工作者。本卷由十數人分類分條合作撰成，文體風格頗有差別，內容詳略也不盡相同，雖經編者修改潤色，但仍未能完全統一。全卷寫作過程中，吸收引用了國際國內同行的某些研究成果，謹在此一並致謝。全卷涉及語言學問題範圍甚廣，編寫者限於學力，錯誤和不妥之處尚祈讀者不吝指正。

編者

一九九二年一月

音韻

切韻

〔隋〕陸法言

《切韻》，五卷。隋陸法言撰。成書於隋仁壽元年(六〇一)。原本已散佚。二十世紀初以來，在敦煌千佛洞石窟、新疆吐魯番一帶以及北京故宮博物院等地陸續發現三十餘種唐、五代和宋初韻書的寫本和刻本，其中有陸法言原書寫本的殘頁，也有唐長孫訥言箋注本殘卷，又有唐王仁昫的刊謬補缺本、唐裴務齊的正字本等，而以故宮本王仁昫《刊謬補缺切韻》為全本。這些韻書的影印件都收錄於周祖謨《唐五代韻書集存》一書中，部分抄件也收錄於北京大學出版的《十韻匯編》和姜亮夫《瀛涯敦煌韻輯》二書中。

陸法言，名詞，又名慈，以字行。生卒年不詳。魏郡臨漳(今屬河北省)人。隋代音韻學家。祖先是鮮卑人步陸孤氏，魏孝文帝遷都洛陽，步陸孤氏漢化而改姓「陸」。其父陸爽在隋文帝時官太子洗馬。陸法言敏學有家風，官承奉郎。開皇二十年(六〇〇)，因其父替廢太子勇之子改名事，竟坐除名。《隋史》卷五十八有傳。

據《切韻序》，隋開皇九年(五八九)某日，有劉臻、顏之推等八人，同詣陸法言家，聚會飲酒，並論及音韻之事。以為「古今聲調，既自有別」，如吳楚之音，傷於輕淺，燕趙之音，多涉重濁，「秦隴則去聲為入，梁益則平聲似去」；而諸家韻書的取捨，亦復不同，如呂靜《韻集》、夏侯詠《韻略》等「各有乖互」。於是衆人評論「南北是非，古今通塞」，並「捃選精切，除削疏緩」，而由陸法言「燭下握筆，略記綱記」。十一年以後，法言罷官，屏居山野，交游阻絶，「遂取諸家音韻，古今字書，以前所記音，定之爲《切韻》五卷」。

《切韻》全書共五卷，平聲字多，佔一、二兩卷，上、去、入聲各一卷。《切韻》的收字，據封演《聞見記》，「凡一萬二千一百五十八字」；而《式古堂書畫匯考》載孫愐《唐韻・序》云：「今加三千五百字，通舊爲一萬五千字」，《唐韻》是就《切韻》加字編成的，則《切韻》原本當收字一萬一千五百字，與封演所記不同。敦煌本韻書殘卷 S2055 號載長孫訥言序云：「加字六百，用補闕遺」，王國維據此認爲封演所記乃包括長孫訥言所加的六百字在內，則《切韻》原本收字應爲一萬一千五百左右。此書的分韻當是一百九十三韻，因爲王仁昫《刊謬補缺切韻》分一百九十五韻，其上聲广韻韻目下注：「陸無韻目，失」，去聲嚴韻韻目下注：「陸無此韻目，失」，則陸氏《切韻》上聲和去聲各比王氏《刊謬補缺切韻》少一韻。一百九十三韻中，平聲五十四韻，上聲五十一韻，去聲五十六韻，入聲三十二韻。

根據唐人抄本《切韻》殘頁、唐人增訂本《切韻》和其他文獻資料，可知陸法言《切韻》的體例有以下特點：

一、平聲五十四韻的序號一連到底，不像《廣韻》那樣上、下分斷。

二、《廣韻》的真與諄、寒與桓、歌與戈分別合爲一韻。

三、覃、談二韻在歌、麻二韻之後，蒸、登二韻在鹽、添二韻之後，去聲霽、祭、泰、卦的次序作泰、霽、祭、卦；入聲次序也和《廣韻》不同。

四、書首列韻目表，每一韻目前，大多有一個數字標明韻目次第。

五、各韻之中的字按同音關係分成不同的小韻，各小韻首字下先出訓釋，後注反切，再出字數。

六、韻字的注釋十分簡單，有的根本沒有注釋；注釋一般不注出處。正如王仁昫序所云：《切韻》「時俗共重，以爲典規，然苦字少，復闕字義」。

七、不正字形。正如長孫訥言序所批評的，謂《切韻》「傳之已久，多失本原，差之一畫，詎唯千里，見炙從肉，莫究厥由」。

陸法言《切韻序》云：「欲廣文路，自可清濁皆通；若賞知音，即須輕重有異。」文路是指創作詩文的用韻，知音是指語音方面的審音和正音，所謂「切韻」，正是指切正語音。又，對於《切韻》一書「多所決定」的顏之推曾批評「陽休之造《切韻》，殊爲疏野」，「王侯外戚，語多不正」（《顏氏家訓·音辭篇》）。由此可知，《切韻》一書的編撰目的，一方面是爲詩文創作中的選韻檢字服務，另一方面又是爲語音教學和語音研究服務。由於這兩個目的，所以陸氏等人把當時讀書音作爲標準音，依照標準音來評判各家韻書，依照標準音來進行分韻；同時，由於這兩個目的，陸氏等人又力求做到「剖析毫釐，分別黍累」（《切韻序》）。這樣，凡是主元音和韻尾相同的讀音，必定分入不同的韻，而凡是主元音和韻尾相同的讀音，不管韻頭如何，也必定合併在一韻之中。因此《切韻》的分韻要比當時其他粗疏的韻書細密得多，它的一百九十三韻實在是當時實際語音的忠實描寫。

《切韻》是我國現存最早的韻書，《切韻》在漢語音韻學史上具有極其重要的地位和作用。其重要性主要有四個方面：

一、如實記録了一個内部一致的語音系統，使我們能够據以考證出隋代和唐初的漢語音韻系統，並以此爲基礎，上溯漢語上古音，下推漢語近代音。

二、從《切韻》出發，可以説明現代漢語各方言的語音變遷和方言之間的語音關係。除閩方言部分語音現象外，幾乎所有現代分歧很大的方言，甚至包括日語吴音、漢音、高麗譯音和漢越語這些域外方言，都可以一個一個合理而系統地從《切韻》推導出它們的演化軌迹。

三、利用《切韻》，可以糾正《廣韻》等韻書的訛誤。如《廣韻》梵韻「劍、欠、俺」三字反切下字與本韻其他字不相系聯，陳澧《切韻考》以互見法併爲一類，而在《切韻》中，此三字并在去聲嚴韻，可見此三字與梵韻本不同類，《廣韻》誤植，陳澧亦沿誤。

四、《切韻》影響了包括《唐韻》、《廣韻》、《集韻》、《五音集韻》、《平水韻》在内的一大批韻書，形成了整整一個系列的韻書，並在音韻史上長期佔據着統治地位，被稱爲「正統韻書」。因此，《切韻》的研究對於《唐韻》以下諸書的研究具有重要意義。

《切韻》雖然是一部極有價值的韻書，但仍有許多不足之處，主要有：

一、分韻欠精密。如《切韻》無上聲广韻、去聲嚴韻，後由王仁昫《刊謬補缺切韻》補足。

二、收字歸韻，尚有錯誤。如「恭、蜙、樅」三字當屬鍾韻，《切韻》誤入冬韻。

三、訓釋和反切有誤。如「蕃」爲草盛，《切韻》誤訓爲蕃屏。「韡」爲火戈反，又希波反，《切韻》誤漏反切。

四、許多韻字没有訓釋或訓釋過簡。

歷史上關於《切韻》性質的討論，可以分爲三個時期：（一）從唐代到清代乾嘉學派以前，討論内容主要集中在《切韻》是不是吳音的問題上。如唐李涪《刊誤》，以晚唐洛陽音與《切韻》音比較，認爲陸法言所記爲吳音，與中州音不合，而蘇鶚《蘇氏演義》認爲陸氏本鮮卑族子孫，非吳郡人，《切韻》所記爲當時正聲雅音。(二)從清乾嘉學派開始到章炳麟爲止，討論內容主要集中在《切韻》分韻的問題上，如戴震認爲《切韻》是「有意求其密，用意太過，强生輕重」，陳澧則認爲陸氏分二百零六韻，「非好爲繁密也，當時之音，實有分別也」。(三)從高本漢以後至今，討論內容主要是：一、《切韻》是單一音系還是綜合音系？即《切韻》是不是一時一地方音的記錄？二、如果《切韻》是綜合音系，那末它有沒有音系基礎？音系基礎是什麼？三、《切韻》與現代方言之間的關係如何？主要代表如高本漢、周法高認爲《切韻》代表了隋唐時代的長安方音；王力認爲《切韻》代表當時文學語言的語音系統，這個系統是參照古音和方音來規定的；羅常培認爲《切韻》是各地方音的最小公倍數，只要當時或前代某地的語音有別，《切韻》就從分不從合；王顯、邵榮芬認爲《切韻》以洛陽音爲基礎方言，並吸收了金陵話的特點；周祖謨認爲《切韻》具有嚴整的體系，音系基礎是公元六世紀南北士人通用的文學語言，即讀書音系統。

從本世紀二十年代以來，《切韻》的研究受到了漢語音韻學界極大的重視。瑞典著名漢學家高本漢利用韻書、韻圖和前人的研究成果，整理出《切韻》的音類系統，又參照現代漢語各地方音和中外譯音，成功地構擬出《切韻》的音值，從而使漢語語音發展的歷史軌迹重現在世人面前。以後許多卓越的中國學者，如趙元任、羅常培、李方桂、王力、陸志韋、董同龢等等分別從各個不同的角度，對高說進行修訂和補充。其中討論最爲集中的問題是：(一)喻化聲母；(二)重紐；(三)介音；(四)重韻；(五)脣音字；(六)元音的數量；(七)純四等韻有無i介音等。到目前爲止，雖然學者們的許多分歧意見仍然存在，但是作爲中古音代表的《切韻》的語音面貌已經基本搞清。普遍的認識是《切韻》有三十五個左右聲母，一百一十個左右韻母，四個聲調，十個左右元音，i和u兩個介音，p、t、k三個塞音韻尾，m、n、ng三個鼻音韻尾和i、u兩個元音韻尾等等。

有關《切韻》的研究著作十分豐富，主要有：王國維《觀堂集林》卷八、高本漢《中國音韻學研究》（商務印書館，一九四〇年）、羅常培《羅常培語言學論文選集》（中華書局，一九六三年）、陸志韋《古音說略》（哈佛燕京學社，一九四七年）、周祖謨《問學集》（中華書局，一九六六年）、李榮《切韻音系》（科學出版社，一九五六年）、張琨《漢語音韻史論文集》（華中工學院出版社，一九八七年）、邵榮芬《切韻研究》（中國社會科學出版社，一九八二年）等。

（楊劍橋）

廣韻

〔宋〕陳彭年等

《廣韻》，全名《大宋重修廣韻》，五卷。宋陳彭年、邱雍等編。成於宋大中祥符元年（一〇〇八）。有張氏澤存堂本、古逸叢書覆宋本、涵芬樓覆宋巾箱本、曹楝亭五種本、古逸叢書覆元泰定本、小學彙函內府本，前四種爲詳注本，後兩種是元人删削而成的簡注本，以詳注本爲善。

陳彭年（九六一——一〇一七），字永年，宋南城（今屬江西）人。雍熙進士，官至兵部侍郎。邱雍生卒年月及事蹟無考。

自從東漢輸入佛教以後，由於翻譯佛經的啓發，我國對文字聲韻的研究亦隨之而興，一時間，反切大行，韻書蜂出。而《切韻》問世以後，由於它的完整性、系統性，因而「時俗共重，以爲典規」（王仁昫《刊謬補缺切韻》序），從唐朝到五代，人們相繼做過一些韻書，如《刊謬補缺切韻》、《唐韻》、《廣切韻》、《廣唐韻》等，也都是就《切韻》作部分增訂修改。宋景德四年（一〇〇七），因舊本偏旁差訛、傳寫漏落、注解未備等原因，朝廷又命重修。同年崇文院上校定《切韻》五卷，依例頒行，至大中祥符元年（一〇〇八），改名《大宋重修廣韻》。此書舊本未列編者之名，從丁度等人所編《集韻》中考知爲陳彭年、邱雍等。前此，句中正、吳鉉、楊文舉等曾奉詔編纂《雍熙廣韻》一百卷，開始於宋太平興國二年（九七七），完成於宋端拱二年（九八九）。因《雍熙廣韻》修訂在前，故陳彭年、邱雍之修訂名曰「重修」。

《廣韻》共五卷，平聲因字多分上、下兩卷，上、去、入聲各一卷，收字二萬六千一百九十四，較陸法言《切韻》增加一萬四千零三十六字。注文十九萬一千六百九十二字，比較陸氏原書爲詳。全書分二百零六韻，其中一百九十三韻從陸氏《切韻》而來，兩韻（儼韻、釅韻）從《王韻》而來，十一個韻（諄、準、稕、術、桓、緩、換、末、戈、果、過韻）采自天寶本《唐韻》。這二百零六韻，包括平聲五十七韻（上平聲二十八韻，下平聲二十九韻）、上聲五十五韻、去聲六十韻、入聲三十四韻。全書平、上、去、入韻數不等，是因爲去聲泰、祭、夬、廢四韻沒有平、上、入聲相配，冬韻、臻韻的上聲因字少而附入腫韻、隱韻，臻韻的去聲僅一字，附入焮韻，痕韻的入聲因字少而附入沒韻，沒有單獨列出韻目來。二百零六韻韻目的排列次序，則采自李舟《切韻》。

《廣韻》相應的平、上、去、入各韻之間，具有相承相類的關係，如東、董、送、屋四韻，東、董、送三韻包含的韻母相同，僅聲調有別，而這三韻與屋韻韻頭、韻腹相同，韻尾相類。因此，《廣韻》雖然有二百零六韻，如不計聲調，便只有六十一韻。《廣韻》韻部爲詩歌押韻而分，詩歌押韻不計韻頭，只求韻腹和韻尾相同，因此，《廣韻》的一個韻部可能包含一個、兩個、三個甚至四個韻母。這樣，六十一韻實際包含的韻母有一百十多個。

《廣韻》韻目下注有同用、獨用之例，同用即相近的幾個韻作詩押韻時可以通用，獨用則不能與他韻通用。唐封演《聞見記》曾云：「隋朝陸法言與顏、魏諸公定南北音，撰爲《切韻》，……先、仙、删、山之類分爲別韻，屬文之士共苦其苛細。國初，許敬宗等詳議，以其韻窄，奏合用之。」爲此，有人認爲同用之例的形成是由於韻窄，實際並非如此。如支韻，四百字左右，可謂大韻，然却和脂、之韻同用；微韻才一百多字，是小韻，却爲獨用。所以同用、獨用之例，應與當時的實際語音有關。不過，今本《廣韻》同用、獨用例有所訛亂，戴震曾有《考定廣韻獨用同用四聲表》，較爲可信，爲音韻學家所遵用，所以現在一般音韻學著作所列《廣韻》韻目表，和《廣韻》原書韻目表略有差異。

《廣韻》雖然作於宋代，但由於《廣韻》繼承了《切韻》、《唐韻》的音系和反切，而《切韻》、《唐韻》等韻書在相當長的時間內未被發現，所以《廣韻》很自然地成爲研究漢語中古音的重要材料。陳澧作《切韻考》、瑞典漢學家高本漢研究中國隋唐時代中古音，依據的都是《廣韻》。由此可見《廣韻》在漢語音韻學上的重要性。不僅如此，《廣韻》的價值，還在於它是上溯漢語上古音的必經橋梁，下推漢語近代音的必由之路。此外，漢語現代方言的研究，也往往需要借用《廣韻》的聲韻系統來做方音的尋根溯源、方音之間的特徵比較等工作。

《廣韻》是宋代的官韻，而且是歷史上第一部官修的韻書，但是此書又不僅是韻書，由於它收字、訓解部增加很多，因此可以說《廣韻》又是一部按韻編排的字典。清潘耒曾云：「此書之作，不專爲韻也。取《說文》、《字林》、《玉篇》所有之字而畢載之，且增益其未備，釐正其字體，欲使學者一覽而聲音、文字包舉無遺。」「凡經史子志、九流百家、僻書隱叢，無不摭採」，「不惟學者可以廣異聞，資多識，而《世本》、《姓苑》、《百家譜》、《英賢傳》、《續漢書》、《魏略》、《三輔決録》等古書數十種不存於今者，賴其徵引，班班可見，有功於載籍亦大矣。」（《重刊古本〈廣韻〉序》）

《廣韻》收集的内容較多，就語言研究而言，固然是一個優點，而就當時一般人作爲工具書來看，却太繁雜了。如東韻「公」字下，所載古代姓氏人名多達七百餘字，其中稱東宮得臣爲齊大夫等，亦多紕繆。不僅如此，《廣韻》還收有很多冷僻字，一般人更無用處。因此爲了供一般人使用，宋戚綸等曾奉皇帝之命，編寫過一部《景德韻略》，内容省減甚多。

有關《廣韻》的研究著作有戴震《聲韻考》、陳澧《切韻考》、高本漢《中國音韻學研究》（商務印書館，一九四〇年）、張世禄《廣韻研究》（商務印書館，一九三三年）、周祖謨《廣韻校本》（商務印書館，一九三七年）和沈兼士《廣韻聲系》（中華書局，一九八五年重版）等。

（王　立）

禮部韻略

〔宋〕丁度等

《禮部韻略》，五卷。宋丁度等編。成書於宋景祐四年（一〇三七）。原本已不存，現有增訂本北宋《附釋文互注禮部韻略》和南宋毛晃增注、毛居正校勘重增的《增修互注禮部韻略》。

丁度（九九〇——一〇五三），字公稚，祥符（今河南開封）人。宋代文字音韻學家。大中祥符中（一〇一二）登服勤詞學科，官至觀文殿學士、尚書右丞，除《集韻》、《禮部韻略》外，還著有《邇英聖覽》、《龜鑒精義》等書。

宋景德四年（一〇〇七），在審定《切韻》、改撰《廣韻》的同時，禮部曾頒行《韻略》一書，史稱《景德韻略》。《景德韻略》是專爲科舉考試所作，爲《廣韻》的略本，故稱「韻略」。到景祐四年（一〇三七），丁度、李淑等奉詔編修《集韻》，並依《集韻》「刊定窄韻十三處」之例，改《景德韻略》爲《禮部韻略》。《禮部韻略》於當年完成，《集韻》則遲二年完成。戴震《聲韻考》云：「景祐四年，更刊修《韻略》，改稱《禮部韻略》；刊修《廣韻》，改稱《集韻》。《集韻》成於《禮部韻略》頒行後二年，是爲景祐、寶元間詳略二書，獨用、同用例非復《切韻》之舊，次第亦稍有改移矣。」因此，《禮部韻略》可稱爲《集韻》的略本。

《禮部韻略》仍分二百零六韻，對《廣韻》所代表的語音系統沒有大的改動。但收字比《廣韻》大爲減少，只收録常用之字，共九千五百九十字。注釋也從簡，一般只注一個常用的或基本的意義，而有些最常用的字乾脆不注。

《禮部韻略》的修訂本很多，主要有兩種：《附釋文互注禮部韻略》和毛晃增注、毛居正校勘重增的《增修互注禮部韻略》。《附釋文互注禮部韻略》共五卷，不注作者，可能是集體編撰的官書。有清曹寅刻本，商務印書館四部叢刊影印鉄琴銅劍樓藏本。此書每個字下的注釋先列「官注」，這通常是傳統的一般解釋，爲主考官和應試舉子所應共同遵守的；後列釋文，大致是對「官注」的疏解或者補充説明，但只是起到一個普通的參考作用，如：

瑁　瑇瑁，龜屬也。釋云，身似龜，首尾如鸚鵡，甲有文。

毛晃父子的《增修互注禮部韻略》曾於宋高宗紹興三十二年（一一六二）表進，大約亦成於此時。此書的修訂工作主要有四點，一，增字。毛晃增加二千六百五十五字，毛居正增加一千四百零二字。二，增圈。《禮部韻略》的體例是，某字有別體或別音的，它的四周都有墨圈作爲標誌。毛晃認爲，另有一千六百九十一字應該圈而未圈，他一一爲之補足。三，正字。訂正字體，共四百八十五條。四，修訂注釋。經過毛氏父子修訂過的注釋，得到後人很高的評價，故而以後劉淵的《壬子新刊禮部韻略》、宋濂等的《洪武正韻》，多以毛晃父子之書爲主要參照資料。

《增修互注禮部韻略》，曾受到清《四庫提要》的批評，說它「不知古今文字之例，又不知古今聲韻之殊」。但是從音韻學研究的角度看，正是因爲毛晃父子「不知古今聲韻之殊」，才不受正統韻書的束縛，說出了一些反映當時實際語音的情況。如毛晃在微韻後的一段案語：「所謂一韻當析爲二者，如麻字韻自奢以下，馬字韻自寫以下，禡字韻自藉以下，皆當別爲一韻，但與之通可也。蓋麻、馬、禡等字皆喉音，奢、寫、藉等字皆齒音，以中原雅音求之，夐然不同矣。」作者的意思是，麻、馬、禡等字讀爲 a 韻，奢、寫、藉等字讀爲 e 韻，當一分爲二。可見麻韻之分爲二，在宋代已經如此。

此外，宋淳祐壬子年間（一二五二），曾出現過一部《壬子新刊禮部韻略》，作者劉淵，江北平水人。此書已佚，但從元熊忠的《古今韻會擧要》一書的記載中可知劉書有以下要點：（一）分韻一百零七韻，基本上按《禮部韻略》同用例歸併而成；（二）在《增修互注禮部韻略》基礎上增加了一些字；（三）注釋基本採用《增修互注禮部韻略》。

有關《禮部韻略》的研究著作有趙誠《中國古代韻書》（中華書局，一九七九年）等。（王　立）

集韻

〔宋〕丁度等

《集韻》，十卷。宋丁度等編。成書於宋寶元二年（一〇三九）。有錢氏述古堂影宋抄本、毛氏汲古閣影宋抄本和曹楝亭揚州使院刊本。

丁度生平見「禮部韻略」條。

《廣韻》刊行三十一年以後，宋景祐四年（一〇三七），太常博士直史館宋祁、太常丞直史館鄭戩認爲陳彭年、邱雍所編的《廣韻》「多用舊文，繁略失當」。於是皇帝詔宋祁、鄭戩與國子監直講賈昌朝、王洙同加修定，刑部郎中知制誥丁度、禮部員外郎知制誥李淑典領，並令「撰集務從該廣」。兩年後成書，名爲《集韻》（《集韻．韻例》）。

《集韻》一書平聲四卷，上、去、入聲各二卷，共十卷，收五萬三千五百二十五字。其體例和《廣韻》相似，分二百零六韻，每韻下面分列同音字組，每組同音字首列一個反切，並注明同音字字數。

《集韻》在歷史上的地位遠不如《廣韻》，這主要是因爲卷帙繁重，難於流行，同時《禮部韻略》又代替它成爲考試用韻，因而使用不多。但到了清代，戴震和桂馥談文字，每取《集韻》互訂，段玉裁注《說文》亦頗事採用，並謂：「丁度等此書兼綜條貫，凡經史子集、小學方言，採集殆徧，雖或稍有紕繆，然以是資博覽而近古音，其用甚大。」此後，此書在研究語音、詞義、文字等方面的價值，逐漸爲人們所認識。其價值主要有以下幾點：

一、《集韻》是收字最多的韻書。《集韻》的收字原則是「凡古文見經史諸書可辨識者，取之；不然，則否」，因此一個字無論它有多少種不同的寫法，無論古體、或體、俗體等等，只要有根有據，一概收入。這樣，書中所收之字，一般都有二體、三體，許多字還有四體、五體，竟至八體、九體。如：

箕𠀠笄𠁕𠙹萁匧具巽

《集韻》收字五萬三千五百二十五字，如不計算這些不同的寫法，也不過三萬來字，因此此書可說是按韻編排的異體字字典，對方言本字的考證工作也頗有用處。

二、《集韻》對字的看法不同於《廣韻》，有《廣韻》認爲是一個字的不同寫法，而《集韻》却認爲是兩個字的。如「麟」與「麐」，《廣韻》以爲同字，訓仁獸，《集韻》以「麟」爲大牝鹿，以「麐」爲牝麒。又有《廣韻》認爲是兩個字，而《集韻》則認爲是一個字的不同寫法的。如「玭」與「蠙」，《廣韻》以「玭」爲珠，以「蠙」爲珠母，《集韻》以爲同字，訓珠。雖然不能説《集韻》必定正確，但至少在一些字上是彌補了《廣韻》的不足。

三、《集韻》把《廣韻》的注釋作了適當的删除，避免了釋文内容繁簡失當。例如《廣韻》「公」字下繁徵博引達八百七十多字，其中七百多字是有關姓名的記録，《集韻》把它删至二十八字。《集韻》的删改，最明顯的是在姓氏、地理沿革方面，《廣韻》的大量引證大多不用。不過，也有《廣韻》釋文簡略，而《集韻》則加以增補的。如：

《廣韻》：穹，高也。

《集韻》：穹，《説文》：窮也。《爾雅》：穹蒼，蒼天。郭璞曰：天形穹隆然。

四、《集韻》的注釋較《廣韻》爲可靠。《集韻》的釋文一般先依照《説文》，其次以其他字書、義書作補充，並注明出處。而不見經傳和一般口頭流傳的意義則總是放在後面，並用「一曰」來注明。《集韻》這樣做的結果，自然把《廣韻》中一些不可靠的注釋都修訂或删改了。如：

《廣韻》：楓，木名，子可爲式。《爾雅》云：楓有脂而香。孫炎云：欇，欇生江上，有奇生枝，高三四尺，生毛，一名楓。子，天旱以泥泥之，即雨。《山海經》曰：黄帝殺蚩尤，棄其桎梏，變爲楓木，脂入地千年，化爲虎魄。

《集韻》：楓，《説文》：厚葉弱枝，善搖，一名欇。

五、《集韻》的韻目用字、部分韻目的次序和韻目下所注同用、獨用例，跟《廣韻》相比都有一些差異。其中韻目用字的差異，如平聲肴韻改爲爻韻、去聲慁韻改爲圂韻、入聲物韻改爲勿韻，大多是由於《集韻》喜用古字。其韻目次序的變動則與同用、獨用例的改變有關。景祐年間，賈昌朝曾奏請「韻窄者十三處，許令附近通用」。據錢大昕考證，這十三處是：

殷與文同用，　隱與吻同用，
焮與問同用，　迄與物同用，
廢與隊、代同用，　嚴與鹽、添同用，
凡與咸、銜同用，　儼與琰、忝同用，
范與豏、檻同用，　釅與豔、㮇同用，
梵與陷、鑑同用，　業與葉、帖同用，
乏與洽、狎同用。

這種同用、獨用例的改變，應該説大多與當時的實際語音的變化有關。

六、《集韻》改變了《廣韻》許多反切用語。這種改變，首先是改類隔切爲音和切，如：

卑，《廣韻》府移切，《集韻》賓彌切；
便，《廣韻》房連切，《集韻》毗連切；
胝，《廣韻》丁尼切，《集韻》張尼切。

其次，這種改變表現爲反切上字跟反切下字的儘量和諧。如：

東，《廣韻》德紅切，《集韻》都籠切，
鍾，《廣韻》職容切，《集韻》諸容切，
諄，《廣韻》章倫切，《集韻》朱倫切，
孫，《廣韻》思渾切，《集韻》蘇昆切，
改，《廣韻》古亥切，《集韻》已亥切，
先，《廣韻》蘇前切，《集韻》蕭前切。

由此可見，《集韻》的反切上字儘可能地照顧到開合口的分别、聲調的分别。同時，《廣韻》的反切上字以一、二、四等爲一類，三等爲一類，《集韻》則一、二、三等爲一類，四等爲一類。這些改變都反映了宋代語音的實際變化。

七、凡一字有兩種以上讀音的《集韻》雖然不像《廣韻》那樣一一注明，但是實際上它的又音比《廣韻》多。有的字《廣韻》只有一讀，《集韻》却有兩讀、三讀，如「四」，《廣韻》息利切，《集韻》息利切，又息七切；「天」，《廣韻》他前切，《集韻》他年切，又鉄因切。《集韻》又音大爲增加主要有兩個原因，一是收録古音，如「天」字鉄因切一讀；二是兼顧方音，如「四」字息七切一讀。

不過，《集韻》某些字的歸韻比較雜亂，這主要表現在諄、準、稕、魂、混、緩、换、戈、果諸韻，《廣韻》只有合口呼，《集韻》則兼有開口呼；隱、焮、迄、恨諸韻，《廣韻》只有開口呼，《集韻》則兼有合口呼。在反切用語方面，反切下字應與其所切之字同韻，而《集韻》則常常違背這個原則。如「盡，在忍切」，「忍」在軫韻而「盡」

在準韻；「運，王問切」，「問」在問韻而「運」在焮韻。

有關研究《集韻》的著作有：王力《中國語言學史》（山西人民出版社，一九八一年）、趙誠《中國古代韻書》（中華書局，一九七九年）、方成珪《集韻考正》、陳準《集韻考正校記》等。（王　立）

五音集韻

〔金〕韓道昭

《五音集韻》，十五卷。金韓道昭撰。成書於金泰和八年（一二〇八）。有金崇慶元年（一二一二）新雕本、元至元二十六年（一二八九）新雕本、明成化六年（一四七〇）重刊本等。

韓道昭，字伯暉，號昌黎子，真定松水（今河北省靈壽縣）人。生卒年月未詳。金代文字音韻學家。韓道昭是當時大學者韓孝彥之子，自幼秉承家學，通曉音韻、文字、算術。曾改編其父韓孝彥的《五音篇》爲《四聲篇海》（一名《重編改併五音篇》，又名《五音增改併類聚四聲篇》），又著有《五音集韻》。

《五音集韻》原名《改併五音集韻》。此前，金皇統年間（一一四一——一一四九），有荆璞字彥寶，真定洨川（今河北省趙縣）人，「善達聲韻幽微，博覽羣書奧旨」（韓道生《五音集韻序》），用三十六字母重新編排《廣韻》、《集韻》二百零六韻的所有小韻，編成《五音集韻》，「五音」乃指三十六字母。至十三世紀初，韓道昭在荆氏的基礎上重新編纂，做了大量增改刪併工作，「引諸經訓，正諸訛舛，陳其字母，序其等第」(《五音集韻自序》)，遂成《改併五音集韻》，雕板印行。此書刊行後，荆書漸次失傳，至元代，《改併五音集韻》遂簡稱爲《五音集韻》。

《五音集韻》全書共十五卷，上平聲、中平聲、下平聲各二卷，上聲、去聲、入聲各三卷。此書在語言學上的價值主要有：

一、併《廣韻》、《集韻》二百零六韻爲一百六十韻，以平聲韻爲例，它併支、之韻入脂韻，併佳韻入皆韻，併臻韻入真韻，併刪韻入山韻，併仙韻入先韻，併蕭韻入宵韻，併耕韻入庚韻，併幽韻入尤韻，併談韻入覃韻，併添韻入鹽韻，併銜韻入咸韻，併嚴韻入凡韻。全書共歸併四十六韻。書中凡歸併韻目都加圓圈表示。

值得注意的是，這種歸併並不是完全依照《廣韻》的同用之例，兩相比較，有《廣韻》同用而此書仍爲同用者，如冬韻和鍾韻；有《廣韻》同用而此書併爲一韻者，如佳韻和皆韻；有《廣韻》三韻同用而此書兩韻併爲一韻，另一韻仍爲同用者，如耕韻、庚韻和清韻；又有《廣韻》同用而此書反爲獨用者，如文韻和殷韻。應該説，韓氏的這種處理必定與當時的實際語音有關。

韓氏此書的併韻早於金人王文郁的《平水韻略》(一二二九年)，是歷史上把《切韻》一派韻書的韻部加以合併的第一部書。

二、今本《廣韻》平、上、去、入最後六韻的排列次序和同用之例如下：

鹽添同用	琰忝儼同用	豔㮇釅同用	葉帖同用
添	忝	㮇	帖

咸銜同用	儼	釅	洽狎同用
銜	豏檻范同用	陷鑑梵同用	狎
嚴凡同用	檻	鑑	業乏同用
凡	范	梵	乏

而《五音集韻》則併忝於琰、併檻於豏、併儼於范；併㮇於豔、併鑑於陷、併釅於梵。這可以證明原本《廣韻》上、去兩聲的最後六韻也是兩韻同用，跟平、入兩聲相同，其次序則儼、釅兩韻當在范、梵兩韻之前，檻、鑑兩韻之後，今本《廣韻》有誤。

又今本《廣韻》諸本所載同用、獨用之例略有出入，如張氏澤存堂本文韻，注欣韻同用，古逸叢書本則文韻、欣韻俱獨用；元泰定本目錄吻韻，注隱韻同用，而其正文吻韻、隱韻則均獨用。今《五音集韻》殷、隱、焮、迄四韻不與文、吻、問、物四韻同用，正可訂正《廣韻》諸本之誤。

三、《廣韻》各韻部中同音字組即小韻的排列凌亂無序，《集韻》始以同部位聲母的小韻相對集中，排列稍見次序，《五音集韻》處置小韻，則完全依七音、三十六字母「見、溪、羣、疑、端、透、定、泥……」的次序排列，並且做到開合口相對，一、二、三、四等都加以注明。這種別開生面的做法，不僅有利於讀者的查檢，而且給音系的研究提供了方便，實在是韻書與韻圖結合的創舉。以後《韻略易通》、《五方元音》等羣起仿效，不能不說是《五音集韻》的功勞。

關於《五音集韻》的研究著作有：張世祿《中國音韻學史》（上海書店，一九八四年重版）、趙誠《中國古代韻書》（中華書局，一九七九年）等書的有關章節。

（楊劍橋）

蒙古字韻

〔元〕佚名

《蒙古字韻》，二卷。作者無考。成書於元至元六年（一二六九）至元元貞三年（一二九七）之間。原書已佚，現僅存元至大元年（一三〇八）朱宗文校訂本，藏於英國大不列顛博物館。朱本有一九五六年日本關西大學東西學術研究所刊行的《大英博物館藏舊鈔本蒙古字韻二卷》影印本、一九五九年科學出版社刊行的羅常培、蔡美彪《八思巴字與元代漢語〔資料匯編〕》摹寫影印本，以及一九八七年民族出版社刊行的照那圖斯、楊耐思《蒙古字韻校本》。

十三世紀中葉，蒙古貴族統一中國以後，曾經進行了一次重大的文字改革。這次文字改革，首先是元中統元年（一二六〇）由國師八思巴奉皇帝忽必烈之命，仿效藏文的體式而創製八思巴字，又叫「蒙古新字」；然後，至元六年（一二六九）忽必烈把八思巴字作爲「國字」頒行於全國，用以取代蒙古族原來使用的回鶻式蒙古文，並且拚寫全國境內各民族的語言，以達到「書同文」的目的。一時間，在官方文書、官印、牌符、錢鈔、花押、秤權、碑刻上，八思巴字的使用相當普遍，用八思巴字拚寫的漢語也隨處可見；同時，全國各地又到處設立八思巴字學校，稱爲「蒙古字學」，大量訓練語文人才，開展八思巴字譯寫漢語的業務。通過一段時間的譯寫工作，當時就形成了一個統一的譯寫規範，這個譯寫規範後來用韻書的形式加以確認，就形成了《蒙古字韻》一書。

《蒙古字韻》最初出現於何時，已不能確知。現據熊忠的《古今韻會舉要》明言依《蒙古字韻》來改定聲類或韻類，則《蒙古字韻》的撰寫必在八思巴字的頒行（一二六九年）之後，《古今韻會舉要》的成書（一二九七年）之前。至於《蒙古字韻》的作者亦已不可考，清《四庫全書提要》以爲元朱宗文所撰，不確。劉更替朱宗文校訂本所作的序云：「今朱伯顏增《蒙古字韻》，正《蒙古韻》誤，亦此書之忠臣也。」「朱伯顏」又作「朱巴顏」，爲朱宗文的蒙古語別名，劉序只言「增」、「正」，則朱宗文非此書的原作者明矣。

《蒙古字韻》的體制與傳統的韻書不同，它分漢字爲十五個韻部（東、庚、陽、支、魚、佳、真、寒、先、蕭、尤、覃、侵、歌、麻），每一個韻部又分若干韻類，每一個韻類中，又按一定的聲母順序排列小韻；每一個小韻全都換行另起，上面標有八思巴字頭，下面列舉漢字，兩相比照對音，有類於對照字匯，以供當時的人們譯寫或學習漢字、八思巴字之用。由於八思巴字是一種拚音文字，而漢字是表意文字，因此一個八思巴字頭之下，往往會有幾個甚至十幾個同音漢字與之對音；又由於蒙古語沒有聲調，八思巴字也不標聲調，因此一個八思巴字頭之下，又往往會有平上去入四聲的漢字與之對音。此書無論是八思巴字頭，還是漢字，都沒有釋義，因此，它實在是一本蒙漢字音對照手册。

此書的朱宗文校訂本分上、下兩卷，內容包括劉更序、朱宗文序、《蒙古字韻》總括變化之圖、校正字樣、字母、篆字母、韻書正文、迴避字樣等，全書收八思巴字八百五十個左右，漢字九千四百五十個左右。其中「《蒙古字韻》總括變化之圖」和「校正字樣」爲朱宗文所增，並非原書所有；原書所收的字數也比校訂本少一些。

《蒙古字韻》的編纂目的並不是用於吟詩押韻，而是用於識字、正音，因此，它所反映的漢語語音必定是當時的標準讀音，是漢語共同語語音；同時，由於此書採用八思巴字這種拚音文字來注音，因此這種元代漢語共同語語音的具體音值也可以考證出來。《蒙古字韻》的價值首先就在於此。另外，元代留傳下來的文物，有不少刻有八思巴字的銘文，《蒙古字韻》又可以作爲考釋、解讀這些銘文的重要參考資料。

《蒙古字韻》所反映的漢語語音系統，跟其後四五十年出現的另一部著名韻書《中原音韻》十分接近。從韻部看，此書比《中原音韻》的十九部少四部，但這主要是分韻的寬狹問題。從聲母看，此書雖然使用三十六字母，但是從卷首的字母表看，知、徹、澄與照、穿、牀相同，因此只有三十三個聲母；而這三十三個聲母中，全濁聲母是否確實存在，也相當可疑，如果去除全濁聲母不計，則此書的聲母系統亦與《中原音韻》相類。

《蒙古字韻》無疑是八思巴字漢語對音資料中最重要的一種，但是現存的朱宗文校訂本，乃是清乾隆年間的手抄本，在八思巴字字母的書寫方面，字體不正和筆畫差誤的現象甚多，所録漢字也有不少訛舛，在內容方面，又缺損十五麻的一部分和「迴避字樣」的一半，因此在使用時宜加注意。

有關《蒙古字韻》的研究著作有李新魁《漢語音韻學》（北京出版社，一九八六年）、楊耐思《中原音韻音系》（中國社會科學出版社，一九八一年）中的有關章節。

（楊劍橋）

古今韻會舉要

〔元〕熊忠

《古今韻會舉要》，三十卷。元熊忠編。成書於元大德元年（一二九七）。有清光緒九年淮南書局本。

熊忠，字子中，昭武（今福建省邵武縣）人。元代音韻訓詁學家，生卒年月不詳。元至元二十九年（一二九二），宋末元初音韻訓詁學家黃公紹編成《古今韻會》一書。此書收集的資料極爲豐富，「大較本之《說文》，參以籀古隸俗，《凡將》、《急就》，旁行勇落之文，下至律書方技，樂府方言，靡所不究。而又檢以七音六書，凡經史子集之正音、次音、音、異辭、異義，與夫事物倫類制度，纖悉莫不詳說而備載之，浩乎山海之藏也」（熊忠《古今韻會舉要·序》）。當時在黃家坐館的熊忠，得以先睹此書，但「惜其編帙浩繁，四方學士不能遍覽」（同上），於是刪繁舉要，補收闕遺，改編成《古今韻會舉要》一書。

《古今韻會舉要》共收字一萬二千六百五十二字，其中采自《禮部韻略》九千五百九十字，加上《禮韻續降》、《禮韻補遺》補《禮部韻略》的二百四十四字，毛晃《增修互注禮部韻略》所增的二千一百四十二字，以及熊氏自增的六百七十六字。

此書首載《凡例》，包括「韻例」、「音例」、「字例」和「義例」。《凡例》是熊氏此書的總綱，其要點如下：

一、「舊韻所載，本無次序，今每韻並分七音四等，始於見終於日，三十六母爲一韻。」這是說舊時韻書中，各韻的小韻排列無序，今此書每韻中先以四等分列小韻，然後同等的小韻又依照聲母從見到日順次排列。例如東韻的小韻爲：「公、空、東、通、同、濃、蓬、蒙、風、豐、馮、瞢、嵏、匆、叢、中、終、充、忡、崇、翁、烘、洪、籠、弓、穹、窮、嵩、蟲、融、隆、戎、雄」，從「公」到「籠」，是一等開口韻母，聲母是見、溪、端、透、定、泥……；從「弓」到「戎」，是三等開口韻母，聲母是見、溪、羣、心……；最後「雄」，是三等合口韻母。

二、「舊韻所載，考之《七音》，有一韻之字而分入數韻者，有數韻之字而併爲一韻者，今每韻依《七音》韻，各以類聚，注云，已上案《七音》屬某字母韻。」這是說按照舊時韻書，元代讀爲同一韻母的字却被分入數韻之中，而分在數韻之中的字元代又有讀爲同一韻母的。今此書雖然仍以舊時一百零七韻編排，但每韻之中相同韻母的小韻排列在一起，並於最末注明：以上小韻屬於元代哪一韻母。例如東韻「籠」小韻後注：「已上案《七音》屬公字母韻」，「戎」小韻後注：「已上屬弓字母韻。」

三、「音學久失，韻書訛舛相襲，今以司馬溫公《切韻》參考諸家聲音之書，定著角徵宮商羽半徵商半商徵之序，每音每等之首並重圈，注云某清音某濁音。」這是說同等的小韻，按照聲母爲角（牙音）、徵（舌音）、宮（脣音）、商（齒音）、羽（喉音）、半徵商（半舌音）、半商徵（半齒音）的次序排序，每個小韻前加雙圈，以爲醒目，並在首字下注明聲母名稱。例如東韻公小韻「公」字下注：「沽紅切，角清音」，空小韻「空」字下注：「枯公切，角次清音」。

四、「有切異音同而一韻之內前後各出者，今併歸本音，並單圈，注云音與某同。」這是說舊時韻書中，異切同音而在一韻之中者，合併一處，並加圈，注明與何字音同。例如東韻蒙小韻首字「蒙」下注：「謨蓬切」，又「曹」下注：「謨中切，音與蒙同」。又曰：「有切異音同而別韻出者，不再定音，注云音與某韻某字同。」這是說異切同音而在兩韻之中者，其一不再注明元代聲母和韻母，只注明與另一處同。例如冬韻「攻」字下注：「沽宗切，與東韻公同。」

五、「經史有字雖異而注音同者，別爲一類，附於本字音義之後。」這是說古代典籍中有與字頭非同一字，但讀同字頭者，則亦列於後。例如東韻「公」字下注：「《漢・呂後紀》：『未敢訟言誅之』，注：訟音公。」又曰：「世俗音讀有相承而誤者，今注云俗作某音非。」這是說元代讀音有誤者亦加注明。例如覃韻「酣」字下注：「胡甘切，音與含同。……俗作呼甘切，音非。」

六、「變隸以降，字學寖失其初。今先述《說文》本字，以明其正，注云本作某，其從隸從籀從篆從俗，以明其變。」這是說此書所收字體，以《說文》爲本，然後列出其篆、籀、隸、俗體，以明字體流變。

七、「製字之始，本於六書，今每字並依《說文》，先定六書之義，凡象形、指事、會意之字，並存篆體，離析可辨。」這是說此書以《說文》爲據，指明造字的結構，凡象形、指事、會意之字附以篆體，以便讀者省識。又曰：「凡諧聲字注云從某某聲，上字是形，下字是聲。」這是說諧聲字必注明形符聲符，例如東韻「攻」字下注：「從攴工聲。」又曰：「凡假借字，注云《說文》注見某韻某某切。」這是說假借字必注明其本字在何處。例如東韻「馮」字下注：「符風切，次宮濁音。《說文》：馬行疾。注見蒸韻皮冰切」，蒸韻憑小韻（皮冰切）「馮」字下注：「《說文》：馬行疾，從馬仌聲。《周禮》：馮相氏。鄭云：馮，乘也；相，視也，世登高臺，以視天文。又東韻。」

八、「製字之初，各有其義，施用寖廣，訓釋日繁。……今每字必以《說文》定著初義，其一字而數義者，

《廣韻》、《玉篇》、《爾雅》、《説文》、字書、《釋名》，以次增入。其經史訓釋義異者，皆援引出處本文，仍加又字，以發其端。凡經史子選、文集譜志、諸家雜説、道梵之書，有關義訓，靡有不録。凡天文、地理、人物、草木、鳥獸、郡國、姓氏，與夫器物、制度、名數，並詳載之。凡諸儒考論異同、正訛辨惑之説，亦全文備述於本字音義之後。」這是説此書釋義的收録範圍，包括《説文》所著的本義，其他字書、典籍中的引申義、假借義，以及學者的有關考證等。

根據以上凡例可以看出，熊氏此書雖然已將黃氏之書删繁就簡，但是仍然包羅萬象，可謂集元代以前字書、韻書的大成。這樣做的優點自然是「援引浩博，足資考證；而一字一句，必舉所本，無臆斷僞撰之處，較後來明人韻譜，則尚有典型焉」，但同時又產生了缺點，即「所注文繁例雜，亦病榛蕪」（《四庫全書提要》）。

熊氏此書形式上雖然仍然依照劉淵《壬子新刊禮部韻略》的一百零七韻編排，而在實質上却隱含着元代的韻母系統。關於元代的韻母系統，可以從此書之首的《七音》（又名「古今韻會舉要韻母」、「禮部韻略七音三十六母通考」）一文中查得。《七音》是按一百零七韻編製的小韻表，每一個字代表一個小韻。小韻代表字之前有兩個並列的小字，分別表示小韻的聲類和韻類。例如平聲一東、二冬、三江：

一東獨用

見公公　溪公空　端公東　透公通　定公同　泥公濃　並公蓬　明公蒙　非公風　敷公豐　奉公馮　微公瞢　精公嵏　清公匆　叢公叢　知公中　知公終　徹公充

徹公忡　澄公崇　影公翁　曉公烘　合公洪　來公籠　見弓弓　溪弓穹　羣弓窮　心弓嵩　澄弓蟲　喻弓融　來弓隆　日弓戎　匣雄雄

二冬與鍾通

見公攻端公冬定公彤泥公農非公封敷公豐奉公逢精公宗心公菘叢公賨知公鐘徹公衝徹公蹱審公舂娘公醲禪公鏞匣公碚合公浲

來公䃥見弓恭溪弓銎羣弓蛩魚弓顒精弓縱清弓樅從弓從邪弓松澄弓重影弓邕曉弓胸喻弓容來弓龍日弓茸

三江獨用

見江江溪江腔疑江㟨曉江肛匣江降幫岡邦滂岡胮並岡龐明岡尨知光樁徹光窗徹光惷審光雙澄光幢澄光淙來光瀧

由此可見，東韻中包含三個韻母：公、弓、雄（書中稱爲「公字母韻」、「弓字母韻」、「雄字母韻」，下同），冬韻中包含兩個韻母：公、弓，江韻中包含三個韻母：江、岡、光；而東韻和冬韻的公字母韻和弓字母韻相同，可見當時東韻和冬韻中許多字韻母已經混同。把此文平、上、去、入聲各韻檢查一番，可知當時共有平聲韻母六十六個，上聲韻母六十一個，去聲韻母六十個，入聲韻母二十九個。同時，根據《七音》小韻代表字前的小字（聲類代表字），又可以知道熊忠此書的聲母系統。今將書中的宮商、清濁名稱和聲類代表字對照排列如下：

角	清音	見	濁音	羣
	次清音	溪	次濁音	疑

	次濁次音	魚
徵	清音	端
	次清音	透
	濁音	定
	次濁音	泥
宮	清音	幫
	次清音	滂
	濁音	並
	次音	明
次宮	清音	非
	次清音	敷
	濁音	奉
	次濁音	微
商	清音	精
	次清音	清
	次清次音	心
	濁音	從
	次濁音	邪
次商	清音	知
	次清音	徹
	次清次音	審
	濁音	澄
	次濁音	娘
	次濁次音	禪
羽	清音	影
	次清音	曉
	次清次音	幺
	濁音	匣
	次濁音	喻
	次濁次音	合
半徵商	音	來
半商徵	音	日

跟中古三十六字母比較，此書的聲母系統少了照、穿、牀三母，這三母分別併入知、徹、澄三母；多了魚、幺

合三母，魚母來自疑母三等和喻母三等，幺母來自影母，合母來自匣母，因此，此書的聲母仍爲三十六個。熊氏此書的聲韻系統對於研究元代語音具有重要的參考價值。特別是此書仍然存有全濁聲母和入聲字，而與其後二十來年問世的《中原音韻》大不相同，這可能是反映了當時南方漢語的語音實際。

有關研究《古今韻會舉要》的著作有：張世禄《中國音韻學史》（上海書店，一九八四年重版）、王力《漢語音韻學》（中華書局，一九五六年版）、趙誠《中國古代韻書》（中華書局，一九七九年）、竺家寧《古今韻會舉要的語音系統》（臺灣學生書局，一九八六年）等。

（楊劍橋）

中原音韻

〔元〕周德清

《中原音韻》，二卷。元周德清著。初稿成於元泰定元年（一三二四），定本大約刊印於元元統元年（一三三三）。有明鐵琴銅劍樓藏本、明《嘯餘譜》本、明訥菴本。

周德清（一二七七——一三六五），定挺齋，江西高安（今江西省高安縣）人。元代音韻學家、戲曲家。著作除《中原音韻》外，元楊朝英的《朝野新聲太平樂府》中還收有他所作的許多散曲。

周氏作爲一個散曲作家，對於北曲的創作和演唱都有着比較深入的研究。他鑒於當時一些作家和藝人不講究格律，戲臺上存在不少混亂現象，諸如「平仄不一，句法亦粗」、「逢雙不對，襯字尤多」、「合用陰而陽，陽而陰」、「歌其字，音非其字」（《中原音韻・自序》）之類，同時爲使北曲發揮更高的藝術效果，使其體制、音韻、語言等都具有明確的規範，於是他把當時著名戲曲作家關漢卿、馬致遠等人作品中的韻字匯編成韻譜，並根據自身的體驗，總結了一套創作方法，寫成了《中原音韻》一書。

據《中原音韻・正語作詞起例》云：「《中原音韻》的本內，平聲陰如此字，陽如此字。蕭存存欲鋟梓以啓後學，值其早逝。泰定甲子以後，嘗寫數十本，散之江湖。其韻內平聲，陰如此字，陽如此字，陰陽如此字。夫一字不陰則陽，不陽則陰，豈有一字而陰又陽也哉！此蓋傳寫之謬。今既的本刊行，或有得余墨本者，幸毋譏其前後不一。」本書初稿完成後，曾有數十本抄本在社會上流傳，抄本的體例是平聲分爲「陰」、「陽」和「陰陽」三類。以後周德清對初稿加以增删修訂，形成了定本。定本由羅宗信刊印，刊印的具體年月已不可考。據虞集替《中原音韻》所作的序云：「余還山中眊且廢矣」，虞集謝病歸家是在至順四年（一三三三），則此書的刊印不能早於此。

《中原音韻》，共分兩大部份：（一）韻譜。韻譜收集了曲子裏常用作韻脚的五千多字，按照當時北方話的語音系統加以分類編排。（二）《正語作詞起例》。這是關於韻譜的編制體例、審音原則和宮調的創作方法的說明。

《中原音韻》是最早的一部曲韻韻書。其中的有關理論和創作方法都是從當時北曲的實際出發，根據實際材料歸納出來的，因而此書在戲曲史上具有很高的權威性，對於北曲的創作和演唱發揮了很强的規範作用，尤其是在審音定韻方面，後人甚至「兢兢無敢出入」（明王驥德《曲律論韻》）。即使在北曲衰替、南曲勃興的時候，南曲韻書如范善溱的《中州全韻》、王鵕的《中州音韻輯要》、周少霞的《增訂中州音韻》等，也無不承襲《中原音韻》的編寫體例。

《中原音韻》又是歷史上第一部以當時口語爲描寫對象的韻書。在此以前，《切韻》一系的韻書都是把當時甚至前代的文學語言的讀書音作爲自己的描寫對象，而讀書音總是跟當時流傳在人民羣衆口頭上的活生生的口語有着一定的距離。周德清則不然。他批評「動引《廣韻》爲證」的人是「泥古非今，不達時變」，他指出：「上自縉紳講論治道，及國語翻譯，國學教授言語，下至訟庭理民，莫非中原之音」（《中原音韻·正語作詞起例》），「欲作樂府，必正言語；欲正言語，必宗中原之音」（《中原音韻·自序》）；同時，周氏一再申明他的書是根據「前輩佳作」，而十三四世紀的北曲正是在北方口語的基礎上產生的，北曲語言是極爲接近當時口語的，由此可見，周氏之書實在是當時中原雅音的忠實記錄。

由於《中原音韻》是當時中原雅音的忠實記錄，所以周氏的韻譜就不只是北曲作家用韻的典範，也不只是現代學者研究戲曲的重要參考，而且是音韻學家研究十三、十四世紀近代語音的最重要的史料。《中原音韻》在近代語音史上的地位，比起《切韻》在中古語音史上的地位，也許是有過之而無不及。

《中原音韻》一書共分十九韻部，即東鍾、江陽、支思、齊微、魚模、皆來、真文、寒山、桓歡、先天、蕭豪、歌戈、家麻、車遮、庚青、尤侯、侵尋、監咸、廉纖；每一韻部中又以四聲分類，即平聲陰、平聲陽、上聲、去聲；在每一聲調中，又以同音字分組，同音字組之間用圓圈隔開。此書不立入聲韻，入聲字分别附在平聲陽、上聲和去聲之後。

根據《中原音韻》所記載的內容，可以求出它所代表的語音系統。一般認爲，此書包含聲母二十一個、韻母四十六個、聲調四個或者五個。其中最重要的語音現象是：

一、濁音清化。中古全濁聲母普遍清聲母化，如果這個全濁聲母是塞音或塞擦音，那末在平聲字中變爲相應的送氣清聲母，在仄聲字中變爲相應的不送氣清聲母，如果這個全濁聲母是擦音，則變爲相應的清擦音。

二、平分陰陽。中古的平聲依據聲母的清濁分爲陰、陽兩調，凡清聲母字爲陰平調，凡濁聲母字爲陽平調。

三、濁上變去。隨着全濁聲母的清化，全濁上聲字全部變成去聲字，跟中古的去聲字合流。

四、入派三聲。入聲字分別派入陰聲韻的平聲陽、上聲、去聲之中。

五、中古三十六字母的非、敷、奉三母已經合併爲一類，音值爲[f]，微母仍然分立，音值是[v]。

六、中古影母、喻三和喻四合併爲一類聲母，音值爲[ø]。

七、來自中古止攝各韻開口呼的精系、章系、莊系字以及日母字和少數幾個知系字，構成支思韻部，與齊微韻部分立，爲現代普通話[ɿ]、[ʅ]韻母的前身。

八、中古一、二等韻開口字，大多已經合流，唯有牙喉音字一、二等仍然對立，表明二等牙喉音字的[i]介音已經產生。

現存的元代北曲韻書，除《中原音韻》以外，還有元卓從之的《中州樂府音韻類編》。《中州樂府音韻類編》也分十九韻部，韻部名稱除「皆萊」、「哥戈」、「尋侵」外，其餘與《中原音韻》相同。值得注意的是，一、兩書大部份小韻中的字的出現次序基本相同；二、卓氏之書的平聲分爲「陰」、「陽」、「陰陽」三類，跟周德清在《中原音韻·正語作詞起例》中的話正相符合，因此卓氏之書很可能就是周氏之書的初稿，或者是初稿的改編本。

關於《中原音韻》一書的研究，明清時代已經開始，如王驥德《曲律·論韻》、呂坤《交泰韻·辨五方》和毛先舒《聲韻叢說》等，都對周氏之書是否真正代表中原語音之正，有過討論。本世紀三十和四十年代，語言學界對此亦有所討論；而到六十年代以後，這一討論漸趨熱烈，有關著作有：羅常培《羅常培語言學論文選集》（中華書局，一九六三年）、陸志韋《陸志韋近代漢語音韻論集》（商務印書館，一九八八年）、楊耐思《中原音韻音系》（中國社會科學出版社，一九八一年）、李新魁《中原音韻音系研究》（中州書畫社，一九八三年）、趙蔭棠《中原音韻研究》（商務印書館，一九三六年）、寧繼福《中原音韻表稿》（吉林文史出版社，一九八五年）等。各家討論的主要焦點是：（一）聲母的數量和音值。羅常培認爲有二十類聲母，趙蔭棠認爲有二十五類，陸志韋主張二十四類，楊耐思主張二十一類。這裏關鍵在於中古知、章、莊三系和見系聲母擬爲一套還是兩套聲母，以及疑母是否獨立。（二）入聲的存在與否。陸志韋認爲周氏之書仍有入聲，王力以爲當時實際語言中已無入聲，董同龢認爲周氏自己的方言中還有入聲。（三）周氏之書的音系基礎。王力認爲音系基礎是元朝大都話，陸志韋主張《中原音韻》不是現代北京音系的祖語，李新魁認爲音系基礎是以洛陽爲代表的河南方言。（易　林）

洪武正韻

〔明〕樂韶鳳等

《洪武正韻》，十六卷。明樂韶鳳、宋濂等編。成書於明洪武八年（一三七五）。

樂韶鳳，字舜儀，全椒（今安徽省全椒縣）人。明代學者，生卒年月不詳。博學能文。從明太祖朱元璋渡江，參與軍事，洪武初年授起居注，累遷兵部尚書，與中書省、御史臺、都督府制定教練軍士法，改侍講學士，以壽終。《明史》一百三十八卷有傳。

宋濂（一三〇九——一三八一），字景濂，號潛溪。浦江（今屬浙江省）人。元末明初學者。元至正年間（一三四一——一三六八），薦授翰林院編修，以親老辭不赴，隱龍門山著書，歷十餘年。明初以書幣徵，除江南儒學提舉，命授太子經、修《元史》，累至翰林學士，承旨知制誥，以老致仕。長孫宋慎坐法，舉家謫茂州，道疾而卒。著有《宋學士全集》、《龍門子》、《篇海類編》等。《明史》一百二十八卷、《宋元學案》八十二卷有傳。

《洪武正韻》是明代洪武年間編成的一部官韻，故以「洪武」命名。奉敕編撰的共有十一人：樂韶鳳、宋濂、王僎、李叔允、朱右（浙江臨海人）、趙壎（江西新喻人）、朱廉（浙江義烏人）、瞿莊、鄒孟達、孫蕡（廣東順德人)、答祿與權(蒙古人)。書成之後,又曾質正於汪廣洋(江蘇高郵人)、陳寧(湖南茶陵人)、劉基(浙江青田人)、陶凱(浙江臨海人)等人。

根據《明史·樂韶鳳傳》:

八年,帝以舊韻出江左,多失正音,命與廷臣參考中原雅音正之,書成,名「洪武正韻」。

又根據宋濂《洪武正韻序》:

自梁之沈約拘於四聲八病,始分爲平上去入,號曰類音,大抵多吳音也。及唐以詩賦設科,益嚴聲律之禁,因禮部之掌貢舉,易名曰「禮部韻略」,遂至毫髮弗敢違背。……韻學起於江左,殊失正音,有獨用當併爲通用者,如東、冬、清、青之屬,亦有一韻當析爲二韻者,如虞、模、麻、遮之屬,若斯之類,不可枚舉。……研精覃思,一以中原雅音爲定。

可見《洪武正韻》的編撰起因,乃是由於實際語音的劇烈變動,從陸法言的《切韻》一直到宋代的《禮部韻略》已經不符合於當時的實際語音;而《洪武正韻》的編撰原則,則是「一以中原雅音爲定」。

《洪武正韻》有這樣的編撰起因和編撰原則,那末它的分韻自然與王文郁、劉淵的《平水韻》有較大的不同。王文郁的一百零六韻、劉淵的一百零七韻都只是把《廣韻》整個的韻部互相歸併起來,例如整個支韻與整個脂韻、之韻歸併;而《洪武正韻》則是把每一個字都重新加以審查,分別歸類,例如它的支部只收有《廣韻》支、脂、之、微四韻的一部分字,而把《廣韻》支韻的「離、彌」、脂韻的「尼、肌」、之韻的「基、欺」、微韻的「機、幾」都歸入它的齊部,把《廣韻》支韻的「規、危」、脂韻的「追、推」、微韻的「歸、揮」都歸入它的灰部。這樣極端自由的歸併,當然是依據於當時的實際語音,因此,《洪武正韻》所分平、上、去聲各二十二部,就跟同樣依據於當時實際語音的《中原音韻》的十九部十分相似。以平聲爲例，《洪武正韻》的二十二部是：

一、東；二、支；三、齊；四、魚；五、模；六、皆；七、灰；八、真；九、寒；一〇、刪；一一、先；一二、蕭；一三、爻；一四、歌；一五、麻；一六、遮；一七、陽；一八、庚；一九、尤；二〇、侵；二一、覃；二二、鹽。

跟《中原音韻》比較，不過是把周德清十九韻部的齊微再分析爲齊和灰、魚模再分析爲魚和模、蕭豪再分析爲蕭和爻而已，儘管在具體字的歸類上兩書還有不同。由此可見，《洪武正韻》也是韻書革命上的一種重要著作，對於研究元明時代官話的實際讀音具有重要的價值。

不過，此書雖然平、上、去三聲的分部與《中原音韻》相類，但是它對於入聲的處理則頗有不同。《中原音韻》入派三聲，而且入聲字只派入陰聲韻部；《洪武正韻》則立有入聲十部：

一、屋；二、質；三、曷；四、轄；五、屑；六、藥；七、陌；八、緝；九、合；一〇、葉。

而且入聲韻跟陽聲韻相配。當時，陽聲韻的韻尾仍有[m]、[n]、[ŋ]之別，《洪武正韻》既以十個入聲韻分別相配十個陽聲韻，則此書入聲韻的韻尾亦當有[p]、[t]、[k]之別。同時，根據此書反切上字的系聯結果，《洪武正韻》的聲母應爲三十一個：

見溪羣疑　端透定泥　知徹澄審禪日　精清從心邪　幫滂並明　非奉微　影喻曉匣來

跟中古三十六字母比較，《洪武正韻》只少了五個聲母，因爲敷併入非、照併入知、穿併入徹、牀併入澄、娘併入泥。而跟《中原音韻》比較，則《洪武正韻》保留了絕大部份全濁聲母，跟《中原音韻》全濁聲母在平聲混同次清、在仄聲混同全清的情形恰好相反。

對於《洪武正韻》這種保留入聲韻和全濁聲母的現象，音韻學家有不同看法。張世祿、王力等認爲，這種現象的產生，一是因爲此書的編者不敢完全推翻歷來極爲通行的舊韻書，不敢毅然改變傳統的平上去入四聲的分配；二是因爲此書的編者絕大多數爲南方人，其中又以吳人居多，如果不是精通音韻而且熟習中原之音，就難免爲自己的方音所影響，因此《洪武正韻》實在又是一種雜採古今韻書、調和新舊主張的著作。而羅常培則認爲，十四世紀前後的北方有兩種並行的讀音系統，一種是代表官話的讀書音，一種是代表北方方言的說話音；讀書音的因襲性、保守性大一些，易於保留舊時的語音特徵，《洪武正韻》正是代表了這樣一種讀書音，而《中原音韻》則代表了說話音。

《洪武正韻》問世以後，儘管在洪武、宣德、成化、萬曆和崇禎年間屢經翻刻，但是並没有得到廣泛流傳。這可能是因爲一般人習慣使用《詩韻》，而對此書不甚重視，更大的可能是因爲此書缺點甚多，而未能得到人們的青睞。周賓所《識小編》云：「洪武二十三年，《正韻》頒行已久，上以字義音切尚多未當，命詞臣再校之。」由此可見，此書的缺點主要在於釋義和音切兩方面，而所謂音切方面的缺點，應當是指此書雜採古今南北之音，而未能完全合於當時的北方口語。不過，後來的南曲作家和藝人則覺得此書與南方語音頗爲接近，於是就把它作爲製曲演唱的主要參考，以致明清兩代的戲曲界一直流傳着這樣的話：「北主《中原》，南宗《洪武》。」

研究《洪武正韻》的著作主要有：張世祿《中國音韻學史》(上海書店，一九八四年重版)、羅常培《羅常培語言學論文選集》(中華書局，一九六三年)等書的有關章節。　（楊劍橋）

韻略易通

〔明〕蘭茂

《韻略易通》，二卷。明蘭茂編撰。成書於明正統七年(一四四二)。有明吳允中刻本、明高舉《古今韻撮》本、明宿度校刻本，以及清李棠馥刻本。

蘭茂(一三九七——一四七六)，字廷秀，號止菴，別號和光道人，雲南楊林(今雲南嵩明南)人。蘭氏秉性聰慧，嗜學經史，不樂仕進。所著除《韻略易通》外，又有《元壺集》、《經史餘説》、《止菴吟稿》、《聲律發蒙》等。

蘭茂認爲以往的字書、韻書，對於學者雖然極爲方便，但是書中既有「古文」、「籀文」等等奇字異體，又有「形同音異」、「形異音同」之別，普通讀者使用起來不很方便，況且訓解繁複瑣碎，全書往往多至「數十萬言」，以致「難於周覽」。爲了幫助初學認字之人「便於認識」，編寫了《韻略易通》一書。

《韻略易通》是我國現存第一部利用韻書形式編寫的平民識字課本，因此雖然仍舊按照韻書形式進行編排，但是只收入「應用便俗字樣」，音義相同而字形有所不同的，只收録常見的一種字體，而字音方面則完全以當時雲南地區的實際方音爲準。作者如此做法，只是爲了便於平民在極短時期內，儘可能多認識一些字。

《韻略易通》共分二十韻部：

一、東洪　二、江陽　三、真文　四、山寒　五、端桓　六、先全　七、庚晴

八、侵尋　九、緘咸　十、廉纖　十一、支辭　十二、西微　十三、居魚　十四、呼模

十五、皆來　十六、蕭豪　十七、戈何　十八、家麻　十九、遮蛇　二十、幽樓

前十韻爲上卷，平、上、去、入四聲俱全，後十韻爲下卷，平、上、去三聲，無入聲。

關於聲類，此書明確地劃分爲二十類，用一首《早梅詩》來概括，每字代表一類：

東風破早梅，向暖一枝開。

冰雪無人見，喜從天上來。

如「東」字，就代表和「東」字聲母相同的「多、當、冬、丁、得、地」等等。

作者如此明確地劃分聲類，是受到了韓道昭《五音集韻》的啓發。雖然作者批評韓道昭所劃分的三十六類，有不少「音切隱奧，疑似混淆」的地方，但是却由此認識到明確劃分聲類，對一般人了解字音結構的作用。故而蘭茂創造性地把舊有的三十六字母改變爲通俗易懂、且又易爲一般人所接受的二十母。

此書的編寫，在當時是爲了便於平民識字，在今天則爲研究雲南方音演變的歷史提供了豐富的資料，有着非常重要的價值。又由於雲南方言與北方話有極其接近的親屬關係，所以此書對於研究當時北方話的狀況及其演變，對於研究《中原音韻》也都有重要的參考價值。

本書亦有不少欠缺的地方。第一，作者在凡例中云：「凡字有宮、商、角、徵、羽五音，有平、上、去、入四聲，四五相乘而爲二十。牙、齒、舌、喉、脣，又凡五用，每一字母子翻切，必四言而成字，四五相乘亦爲二十。

故此編横有二十母，縱有二十韻，其陰、陽出入亦均分而兩之，皆自然而非强也。」這究竟是牽强附會之説呢，還是當時的語音事實，有待於探索。

第二，此書作爲創始性的識字課本，還有一些不完全切合初學者實際的地方。如收字一項，有些字是不宜作爲基礎字的；又如注釋項，有些字義超出了初學者的理解接受能力。

另外，在《雲南叢書》中也收有一部《韻略易通》，題曰「嵩明蘭茂止菴著」，此書實際上並不是蘭茂原書，而是本悟和尚的改編本。本悟和尚爲蘭茂的同鄉，他對蘭茂的《韻略易通》有幾處修訂：

一、删去《早梅詩》不用，而是從中古三十六字母中選取「見、溪、端、透、泥、幫、滂、明、非、微、知、穿、審、精、清、心、曉、影、來、日」等二十個。其《凡例》中把「娘、奉、照、禪、邪、匣、喻」分别和「溪、透、滂、穿、清」合併，但是「疑、敷、徹、澄」四母如何，却没有交代。

二、分二十韻，如蘭茂所作。不同之處在於有些韻下注明「重×韻」。「重×韻」就是和某韻相重，但「重」字的含義到底如何，還不清楚。

有關研究《韻略易通》的著作有陸志韋《陸志韋近代漢語音韻論集》（商務印書館，一九八八年）、王力《漢語語音史》（中國社會科學出版社，一九八五年）等。

（王　立）

五方元音

〔清〕樊騰鳳

《五方元音》，二卷。清樊騰鳳著。成書於清順治十一年（一六五四）至康熙十二年（一六七三）之間。原本已佚，增訂本有北京大學藏《新纂五方元音》寶旭齋刻本、上海錦章書局石印年希堯本和年希堯《重校增補五方元音全書》本。

樊騰鳳（一六〇一——一六六四），字凌虛，堯山（今河北唐山）人。嗜學不屑時藝，閉户潛修韻學。曾謂：「自梁迄明，如《玉篇》、《廣韻》、《集韻》、《正韻》諸書出，而後學若有皈依，然總未有計及五方者。」因撰《五方元音》一書，而與同邑太學生魏大來往復參訂而成。

《五方元音》是在蘭茂《韻略易通》的基礎上分合刪補而成的一部平民識字課本，同時，此書在音理和分類上又深受邵雍《皇極經世》和喬中和《元韻譜》陰陽術數學說的影響。此書分韻十二，並用「天、地」等作韻目，這十二韻包含着三十多個韻母。兹將韻目和主要韻母排列如下：

天 an　人 en　龍 ong　羊 ang　牛 ou　獒 au　虎 u　駝 o

蛇 e　馬 a　豺 ai　地 i, ei

值得注意的是，《韻略易通》收m尾的侵尋、緘咸、廉纖韻在此書分別併入收n尾的天、人兩韻，說明此時m尾已消失。

此書又列聲母二十個：

梆p　匏pʻ　木m　風f　門t　土tʻ　鳥n　雷l　竹tʂ　蟲tʂʻ　石ʂ　日ʐ　翦ts　鵲tsʻ
系(「絲」字省寫)s　雲j　金k　橋kʻ　火h　蛙w

雖然與《韻略易通》一樣列二十個聲母，但是實際上此書爲十九聲母。因爲《韻略易通》「文晚」是無母(微母)字，而此書則把「文晚」歸入蛙母，這就證明已經把微母歸併到影母去了。只是它把j、w分爲二母，所以才有二十之數。另外，此書以「京、根、堅、干」同隸金母(見母)，說明當時見母尚未分化爲k和tɕ兩套聲母。

此書列聲調五類：

上平、下平、上聲、去聲、入聲。

其中入聲字配在陰聲虎、駝、蛇、馬、豺、地六韻中。入聲字改配陰聲韻，說明當時入聲可能只剩ʔ尾，或者甚至連ʔ尾都已消失。

此書又按等韻圖的格式，把每一韻排成一個圖，以聲母爲經，開合齊撮爲緯。十二張圖合起來稱爲《韻略》。但圖中上下四欄排列無序，有先開後齊者，有先齊後開者，其內容又往往不能與韻書部分相合，顯得十分草率。

《五方元音》於清雍正五年(一七二七)經過年希堯的增補，改名爲《重校增補五方元音全書》。在此之前，康熙四十九年(一七一〇),年氏曾刻印過一個增補本《五方元音》,改動不多,比較接近樊氏原本。年氏以後,又有趙培梓將《五方元音》重加修訂,改名《剔弊廣增分韻五方元音》。此書十二韻未變,但每韻下都注明了詩韻的韻目字;二十聲母改用了舊三十六字母中的字,這樣原書的面目大變,語言學上的價值也就不大了。

有關研究《五方元音》的著作有:趙蔭棠的《中原音韻研究》(商務印書館,一九三六年)、陸志韋的《陸志韋近代漢語音韻論集》(商務印書館,一九八八年)、李新魁的《漢語音韻學》(北京出版社,一九八六年)等書。(王 立)

音韻闡微

〔清〕李光地等

《音韻闡微》,十八卷。清李光地、王蘭生等奉敕纂修。成書於清雍正四年(一七二六)。

李光地(一六四二——一七一八),字晉卿,號厚菴,安溪(今福建省安溪縣)人。清文字音韻學家。曾任督學,後升任文淵閣大學士。除編修《音韻闡微》外,又與張玉書、陳廷敬等奉詔編纂《佩文韻府》,另著有《榕村全集》、《榕村續集》等書。

王蘭生（一六八〇——一七三七），字振聲，一字信芳，號坦齋。直隸交河（今河北省交河縣）人。自幼聰穎好學，康熙三十五年（一六九四）應童子試，背誦朱子《易本義》和《小學》而一字不漏，得督學李光地賞識，拔爲第一，入縣學爲諸生。從李光地學習，曾助修《朱子全書》，校勘《性理精義》、《周易折中》等書，並與方苞、魏廷珍等人編纂曆法、律呂、算法諸書。

《音韻闡微》依照詩韻一百零六韻分韻，唯文與殷、吻與隱、問與焮、物與迄、迥與拯、徑與證各韻，均稍隔開，因爲這些韻在《廣韻》中本來並不同用。各韻之字又依開、齊、合、撮四呼分開，每呼之字又依三十六字母順序分開。字義訓釋，引《說文》、《廣韻》等書，比較簡略。

《音韻闡微》的最大特色是對於反切進行改革，這是受啓發於滿文拚音方法，正如此書「凡例」第一條云：「蓋反切上一字定母，下一字定韻，今於上一字擇其能生本音者，下一字擇其能生本韻者，緩讀之爲二字，急讀之即成一音。此法啓自國書十二字頭，括音韻之源流，握翻切之竅妙，簡明易曉，前古所未有也。」作者並稱這種拚音方法爲「合聲相切」法。此書的改革分正例和變例二種。其正例之一謂：「凡字之同母者，其韻部雖異，而呼法開合相同，則翻切但換下一字而上一字不換。」「由此以推，凡翻切之上一字皆取支、微、魚、虞、歌、麻數韻中字。」（「凡例」第二條）此條之意謂反切上字，開口用歌、麻韻字，齊齒用支、微韻字，合口用魚、虞韻字，此數韻之字韻尾無鼻音尾，拚切時可避免障礙。其正例之二謂：「凡字之同韻者，其字母雖異，平仄清濁相同，則翻切但換上一字而下一字不換。故翻切之下一字用影、喻二母中字。」（「凡例」第三條）此條之意謂反切下字用影、喻二母中字，此二母字爲零聲母字，拚切時亦可避免障礙。其變例之一爲「今用」，即「本母本呼在支、微、魚、虞、歌、麻數韻中無字者，則借仄聲或別部之字以代之」，「本韻影、喻兩紐無字者，則借本韻旁近之字以代之」。其變例之二爲「協用」，即「借鄰韻影、喻兩母中字以協其聲者」。其變例之三爲「借用」，即「借鄰韻非影、喻兩母中字者」。以上變例，無非是本母本呼之字未必能在支、微、魚、虞、歌、麻韻中尋得，影、喻兩母字也未必能見於本韻，因而必須借用他聲、他母、他韻之字。

《音韻闡微》對於反切作了重大的改良。改良的反切，用當時官話音拚切是十分順口的。如：「公」，舊韻書作「古紅切」，此書作「姑翁切」；「巾」，舊韻書作「居銀切」，此書作「基因切」；「牽」，舊韻書作「苦堅切」，此書作「欺煙切」；「蕭」，舊韻書作「蘇彫切」，此書作「西腰切」。

《音韻闡微》有兩個明顯的缺點：（一）按照正例，反切上、下字往往無法找到，必須使用變例，以致合聲反切在全書三千八百八十四個音中只佔百分之十三左右，而「今用」、「協用」、「借用」等却佔有百分之七十左右。變例大大多於正例，說明此法實在窒礙難通。（二）作爲注音的手段，應該符號簡單，讀音統一，但這是反切法永遠無法做到的。反切法的這種缺點是漢字本身不適用標音造成的。

有關研討《音韻闡微》的著作有羅常培《漢語音韻學導論》（中華書局，一九五六年）、王力《漢語音韻學》（中華書局，一九五六年版）等。　（王　立）

西儒耳目資

〔明〕金尼閣

《西儒耳目資》，三編。明末金尼閣撰。成書於明天啓六年（一六二六）。有一九三三年北平圖書館影印本、一九五七年文字改革出版社影印本。

金尼閣（Nicolas Trigault，一五七七——一六二八），法國天主教耶穌會傳教士。明萬曆三十八年（一六一〇）來中國，首先到澳門，第二年去南京學習中文。以後到各地傳教，終老於杭州。一六二五年，金尼閣爲了幫助西人學習漢字和漢語，把利瑪竇（一五五二——一六一〇）等人的羅馬字注音方案加以修改補充，寫成了這部完整的羅馬字注音專書《西儒耳目資》，第二年在杭州出版（一說在西安出版）。

《西儒耳目資》全書共三編：上編《譯引首譜》、中編《列音韻譜》、下編《列邊正譜》。

上編《譯引首譜》是總論，其中「萬國音韻活圖」和「中原音韻活圖」是用圖式說明漢字聲、韻、調的配合形式，「音韻經緯總局」、「音韻經緯全局」是以韻爲經、以聲爲緯組成的韻表。此編最後附有「問答」，是討論音韻和拚音方法。

中編《列音韻譜》是從拚音查漢字，把所收的漢字分隸於五十攝，每攝按聲母、聲調劃分同音字組，上注反切和羅馬字注音。

下編《列邊正譜》是從漢字查拚音，這是一個按漢字偏旁分類的檢字表。

《西儒耳目資》用羅馬字母標音，對於了解當時的漢語語音系統及其音值，有很大的幫助。此書稱漢語聲母爲「同鳴字父」，分二十類；稱漢語的韻母爲「字母」，分五十攝，其中e, o, ie, io, uo又分爲「甚」、「次」兩類，u 又分爲「甚」、「次」、「中」三類，所以實有五十七攝；稱元音爲「自鳴字母」，共五個。聲調爲五個，即陰平、陽平、上聲、去聲和入聲。本書所反映的語音系統，跟今天漢語普通話比較起來，其差別主要是：一、聲母方面還保存着微母（注音作 v）、疑母（注音作 g）；二、見系細音和精系細音（注音分別作k和ts）還沒有完全腭化；三、韻母方面 uan跟uon, uŋ 跟ueŋ分韻；四、中古歌戈韻的字當時還念 o, io；五、中古支脂之三韻的照系、知系字，它們的韻母仍然是 i，而不是舌尖後元音；六、聲調方面有入聲，入聲全都收喉塞音。

《西儒耳目資》用五個「自鳴」元音、二十個「同鳴」輔音相結合，上加五個字調記號，來拚一切漢字的讀音，這樣漢字讀音就顯得簡單而有條理。這不但爲向來被人認爲繁難的反切，開了一條「不期反而反，不期切而切」的簡易途徑，同時也引起了中國很多音韻學家對這種簡易的拚音文字向往的熱忱，使他們產生了中國文字可以拚音化的設想。正如方以智在他所著的《通雅》中所說：「字之紛也，即緣通與借耳。若事屬一字，字各一義，如遠西因事乃合音，因音而成字，不重不共，不尤愈乎？」

《西儒耳目資》在拚音方法上沒有擺脫中國傳統的反切法，所謂的「四品切法」就是遷就了反切，實際上是反切的改良。在它反映出來的語音系統中，也有很多地方沿襲了傳統韻書的分類。比如「濁上變去」是十三、十四世紀以來北方話的普遍現象，但本書仍然把濁上字歸爲上聲，上加〈，注明是古音。另外，注音方法偏重於描寫，音素歸納不完全準確。比如 eao 和 iao，eaŋ 和 iaŋ 沒有必要分别，它們只是發音部位不同而產生的細微音變，不能辨義。

關於《西儒耳目資》的研究著作有：陸志韋《陸志韋近代漢語音韻論集》（商務印書館，一九八八年）、陳望道《陳望道語文論集》（上海教育出版社，一九八五年）、李新魁《漢語等韻學》（中華書局，一九八三年）等書的有關章節。

（徐川山）

十韻匯編

〔現代〕劉復等

《十韻匯編》，三册。近人劉復、魏建功、羅常培編，北京大學出版組一九三五年出版。

劉復（一八九一——一九三四），原名壽彭，改名復，初字半儂，改半農，號曲菴，筆名寒星、范奴冬。江蘇省江陰縣人。一九一一年辛亥革命爆發，肄業於常州中學堂，參加革命軍，後在上海任中華書局編輯，開始著譯生涯。二十六歲時被破格聘爲北京大學預科教授，兼任《新青年》編輯，提倡白話，反對文言。一九一九年赴歐洲留學，就讀英國倫敦大學，並在該校語音實驗室工作。一九二一年改入法國巴黎大學，一九二五年獲博士學位。同年攜帶大批語音實驗儀器回國，任北京大學教授、北京大學研究所國學門導師、中法大學國文系主任、輔仁大學教務長等。一九二九年在北京大學建立我國第一個語音實驗室，一九三四年病逝。一生著譯甚豐，有新詩集《瓦釜集》、語言學著作《中國文法通論》、《敦煌掇瑣》等。

魏建功（一九〇一——一九八〇），江蘇省海安縣人。一九二一年進北京大學中文系，從錢玄同等學習文字、音韻、訓詁學。一九二五年畢業後，任北京大學研究所國學門助教、副教授、教授。曾任《國學季刊》編輯主任。一九四九年以後，歷任北京大學中文系主任、副校長等職。一九五五年應聘爲中國科學院哲學社會科學部委員，《中國語文》常務編委等。著有《古音系研究》等。

羅常培（一八九九——一九五八），字莘田，號恬菴。北京市人。出生於滿族平民之家，家境貧寒，一面做速記員，一面求學。一九一九年畢業於北京大學中文系，曾任天津南開中學國文教員、北京第一中學校長。一九二三年以後歷任西北大學、廈門大學、中山大學、北京大學等校教授。一九二九年任中央研究院歷史語言研究所研究員。一九四五年到一九四八年赴美國講學。一九五〇年任中國科學院語言研究所所長。羅氏對語言學有多方面的貢獻：在漢語音韻學上用現代語音學理論，結合中國傳統的研究，著有《漢語音韻學導論》、《漢魏晉南北朝韻部演變研究》（與周祖謨合作）等；在漢語方言的調查研究方面，填補了前人許多空白，著有《臨川音系》、《唐五代西北方音》、《廈門音系》等；在少數民族語言的調查研究方面，做了許多開創性的工作，著有《貢山俅語初探》、《蓮山擺彝語文初探》（與邢公畹合作）等。此外他在語音學、文化語言學和曲藝音韻等方面也有獨特的貢獻。

《十韻匯編》是《切韻》系統韻書的一個匯編集，收録了王國維手寫法國巴黎國家圖書館所藏的敦煌石室本《切韻》殘卷三種（簡稱「切一」、「切二」、「切三」）、法國巴黎國家圖書館所藏五代刊本《切韻》一種（簡稱「刊」）、法國巴黎國家圖書館所藏敦煌石室本唐寫本王仁昫《刊謬補缺切韻》一種（簡稱「王一」）、唐蘭手寫北京故宫博物院所藏唐寫本王仁昫《刊謬補缺切韻》一種（簡稱「王二」）、吳縣蔣斧所藏唐寫本《唐韻》一種（簡稱「唐」）、德國柏林普魯士學院所藏唐寫本韻書殘卷一種（簡稱「德」）、日本大谷光瑞《西域考古圖譜》所收唐寫本韻書殘卷一種（簡稱「西」），以及古逸叢書覆宋本《大宋重修廣韻》一種（簡稱「廣」），共十種。

本書的特點是：

一、把《廣韻》和《廣韻》以前的幾部韻書匯編在一起，以《廣韻》爲主腦，而以其他的韻書資料抄録在《廣韻》同一韻的上面，各種韻書資料都用簡稱標明（唯「德」、「西」兩部韻書資料較少，附在各韻之末），極便於比較研究。《廣韻》是把古逸叢書本的原文剪貼上去，並在底上將每行字都編成號碼，其他抄録在上面的韻書資料，每行字也都編上號碼，查檢十分迅捷。

二、本書卷末有兩種索引：一、分韻索引。其體例是依照《廣韻》次序逐字編排，於各韻書格子内注明本匯編的行數；凡各韻書的字與《廣韻》同義異形者，則另立此字於韻部之後，而於字外識以括號，於《廣韻》格子内注明其所同之字；凡各韻書之韻不見於《廣韻》本韻，而見於《廣韻》他韻者，亦附於本韻之後，而於《廣韻》格子内注明其所見之韻部。二、部首索引。其體例是依照《康熙字典》的部首筆畫，逐字編排，每字都注明在本匯編中《廣韻》的某聲某韻某行。如果依照查得的行數，對檢《分韻索引》，則又可知此字是否見於其他韻書，見於何處。

三、附有《廣韻》校勘記。《廣韻》刻本甚多，文字、反切多有訛誤，此書參照張氏澤存堂宋本、涵芬樓影印宋巾箱本、符山堂刻顧亭林藏元略注本、揚州局刻曹楝亭藏宋本、段玉裁手校本等，於每韻之末出校勘記。

本書對於考證韻書的源流、《切韻》的原貌，具有十分重要的作用。例如關於《切韻》取捨損益呂靜、夏侯該、陽休之、李季節、杜臺卿五家韻書的情況，可以從本匯編所收録的王仁昫《刊謬補缺切韻》的韻目小注中查到；又如關於《切韻》是否區分輕、重脣音的問題，可以對《切韻》殘卷和《廣韻》的脣音字的反切加以比較，從而發現越是早期的韻書，脣音類隔現象就越多，《切韻》不分輕、重脣音的論點也就得到了進一步的證實。

本書前面附有魏建功長達八九萬字的序言，詳細敘述反切來源、韻書存目、現存韻書內容、音韻學的研究途徑等問題，材料豐富，立論嚴謹，實可作為一部音韻學史來研讀。（楊劍橋）

韻鏡

〔五代〕佚名

《韻鏡》，一卷。作者不詳。大約成書於五代。有古逸叢書覆宋永禄本（上海古籍出版社一九五五年重印）、日本影印寬永本。

《韻鏡》是中國現存最古老的等韻圖，曾於宋理宗淳祐年間（一二五〇年左右）傳入日本，國內漸次失傳；清末黎庶昌出使東瀛，獲覆宋永祿本，收入古逸叢書，《韻鏡》遂重返我國。以後又有日本影印寬永十八年（明崇禎十四年，即一六四四年）刻本相繼流返國內。

此書的本名，張麟之紹興辛巳（一一六一年）識語稱爲「指微韻鏡」，並謂：「『微』字避聖祖上一字。」宋聖祖名「玄朗」，則此書本名當是「指玄韻鏡」。韓道昇《五音集韻・序》云：「復至泰和戊辰，有吾弟韓道昭字伯暉，迺先叔之次子也。先叔者諱孝彥，字允中，況於篇韻之中最爲得意：注疏《指玄》之論，撰集《澄鑑》之圖，述《門法滿庭芳》詞，作《切韻指迷》之頌，鏤板通行，其名遠矣。」又《四聲篇海・序》云：「復至明昌丙辰，有真定校將元注《指玄》，韓公孝彥字允中，著其古法。」這裏所說的《指玄》，或即《指玄韻鏡》。

關於《韻鏡》一書的作者和著述年代，尚無定論。張麟之嘉泰三年（一二〇一）《韻鏡序作》云：

《韻鏡》之作，其妙矣夫！余年二十始得此，學字音。往昔相傳，類曰洪韻，釋子之所撰也。有沙門神珙，號知音韻，嘗著《切韻圖》，載《玉篇》卷末。竊意是書作於此僧，世俗訛呼「珙」爲「洪」爾。

張氏把《韻鏡》作者歸於神珙，尚缺堅證，「洪韻」未必是「珙韻」之誤。今根據《韻鏡》一書「玄」作「玄」、「敬」作「敬」、「弘」作「弘」、「匡」作「匡」，而「恒、佶、桓」等字不缺筆，顯然此書避宋聖祖、翼祖、宣祖、太祖之諱，則可以確認此書必著述或刊印於宋太祖、宋太宗時（九六〇年至九九七年）。同時，張麟之《韻鏡序作》云：「舊以翼祖諱敬，故爲『韻鑑』，今遷祧廟，復從本名」，翼祖爲宋太祖追封其祖之尊號，如果《韻鏡》作於宋人，則宜開始命名時即避諱，何來「復從本名」一事？據此，又可以確認《韻鏡》的著述年代必在宋前，大概是在五代時期，但不可能是在唐末。因爲直到唐末和尚守溫之時，三十六字母尚未出現，敦煌守溫韻學殘卷僅有三十字母，其聲母的分類也不很正確，而在《韻鏡》中則已經使用三十六字母，並且聲母的分類也已準確了。

《韻鏡》全書分四十三轉，亦即四十三圖。每圖注明內外轉和開合口。所謂內轉，是指沒有獨立二等韻的韻攝；所謂外轉，是指有獨立二等韻的韻攝。例如第一轉東韻、第二轉冬韻和鍾韻，屬於通攝，其中沒有獨立二等韻，故爲內轉。第二十五轉蕭韻、宵韻、爻韻、豪韻，第二十六轉宵韻，都屬於效攝，其中爻韻爲獨立二等韻，故第二十五轉和第二十六轉均爲外轉。這樣看來，《韻鏡》一書雖然沒有「攝」的名稱，但實際却有「攝」的觀念。它的分攝，就是中古十六攝。所謂開口，是指沒有[u]介音，主元音也不是圓脣元音的韻；所謂合口，是指有[u]介音或主元音是圓脣元音的韻。例如第六轉脂韻沒有[u]介音，主元音也不是圓脣元音，故爲開口；第七轉脂韻有[u]介音，故爲合口；第二轉冬韻和鍾韻，雖無[u]介音，但主元音爲圓脣元音[o]，故仍爲合口(今本作「開合」，誤)。

《韻鏡》每圖的體例是：一、通欄標注聲母，聲母依發音部位分成脣、舌、牙、齒、喉、舌齒、齒舌七音，七音每類之中又以發音方法分成清、次清、濁、清濁，依次代表三十六字母的幫、滂、並、明……。值得注意的是，三十六字母只列成二十三行，其中幫、滂、並、明與非、敷、奉、微，端、透、定、泥與知、徹、澄、娘，精、清、從、心、邪與照、穿、牀、審、禪合併在同一行中，而以等的差別來加以區分。這就是張麟之《韻鏡序作》所謂「舊體以一紙列二十三字母爲行，以緯行於上，其下間附一十三字母，盡於三十六，一目無遺」之意。二、在聲母之下，以平、上、去、入四聲分四大欄，每欄又以四等分四橫格，依次代表一等、二等、三等、四等。三、圖的最右一行標注內外轉、圖次和開合口。有時附有「去聲寄此」字樣，表示此處不列入聲，而列去聲，如第九轉廢韻置於入聲欄中。四、圖的最左一行標注二百零六韻韻目，每個韻目依其代表的韻的聲調和等別，列於該聲調的欄和該等的格子旁。此時，韻目實際上代表了韻母，而不代表韻部。五、以聲爲經，以韻爲緯，在經緯相交處列字，不同的經緯相交處表示不同的讀音。

《韻鏡》全書收三千六百九十五字，由於韻圖是古代的一種聲韻配合表，因此韻圖的列字數就是語音系統中的音節數。不過《韻鏡》所收的字有一些是重出的，用《廣韻》、《集韻》等韻書來檢查，其中有同一個字被列入兩個不同的音韻地位的，如「郁」既列入第一轉屋韻三等，又列入第二轉燭韻三等，而《廣韻》、《集韻》只有屋韻一讀，沒有燭韻一讀；也有同一個小韻的字被列入兩個不同的音韻地位的，如「齹」和「錘」，《廣韻》、《集韻》均在同一小韻，當是同音字，而《韻鏡》第五轉則分列在支韻三等和四等的格子中。這種重出的字共有八十個左右，因此，從《廣韻》和《集韻》的立場來看，《韻鏡》所表現的語音系統的音節數實際並沒有三千六百九十五之多。

《韻鏡》所列的韻部爲二百零六，恰與《廣韻》的韻部數相同，但其韻目用字略有不同，如《廣韻》作「肴、号、映、怗」，《韻鏡》作「爻、號、敬、帖」。同時，在韻部的排列次序上，《韻鏡》與《廣韻》也有不同，其最大特點在於把蒸、登兩韻置於最後。蒸、登兩韻的位置是歷來韻書差別最多之處。《廣韻》置蒸、登於耕、清之後，尤、侯之前，從韻部的收尾來看，這樣安排最爲合理。而在《廣韻》之前，隋唐時期的韻書則常置蒸、登於韻部收尾爲[m]的鹽添和咸銜之間，李舟《切韻》置職、德兩韻於最後，其蒸、登兩韻也可能在最後。在這一點，《韻鏡》置蒸、登於最後，正是隋唐韻書韻部次序的遺跡。

《韻鏡》所標注的內外轉和開合口，有一些顯然有誤。如第二十九圖收麻韻二等，這是獨立二等韻，當屬外轉，誤作「內轉」。又如第二十五圖收蕭、宵、爻、豪韻，注開口，是，第二十六圖收宵韻，注合口，誤，因爲這兩圖的宵韻只有重紐之别，沒有開合之别。也有一些目前還沒有令人滿意的解釋。如第十七、十八、十九、二十轉收痕、臻、真、魂、諄、欣、文七韻，它們同屬臻攝，其中沒有一個是獨立二等韻，却注爲「外轉」。這個「外轉」不可能是傳抄之誤，因爲《七音略》、《四聲等子》、《經史正音切韻指南》等韻圖臻攝均作外轉。其中必有原因，尚待研究。又如第二、三、四、十二轉注爲「開合」，這顯然不合韻圖體例，因爲韻圖一般總是開合分圖，沒有一圖兼有開合者；但這種「開合」又不像是傳抄之誤，因爲開合口只需注「開」或「合」，決不會誤一字爲二字的。這四轉的「開合」究竟爲何人所加，究竟是何意思，尚待研究。

《韻鏡》一書在語言學上的最大價值，在於反映了中古漢語的語音系統，尤爲可貴的是，《韻鏡》的語音系統跟《廣韻》的語音系統大部相符。舉例來說，三十六字母的照、穿、牀、審、禪五母，在《廣韻》中實分爲兩類，一類是莊、初、崇、生四母，另一類是章、昌、船、書、禪五母；而在《韻鏡》中，凡莊系聲母的字都列在齒音二等的格子中，後人稱爲照二，凡章系聲母的字都列在齒音三等的格子中，後人稱爲照三，照二和照三涇渭分明，十分清楚。又如《廣韻》的支、脂、祭、真、仙、宵、侵、鹽八韻有所謂重紐，在一般三等韻中，除了開合口的區别之外，反切下字再無别的分類，而在這八個三等韻中，除了開合口的區别之外，其喉、牙、脣音聲母字的反切下字還區分爲兩類，人們稱爲重紐A類和重紐B類；而在《韻鏡》中，重紐A類的字一律列入四等的格子中，重紐B類的字一律列入三等的格子中，兩者也是涇渭分明，十分清楚。由此可見，在中古音和《廣韻》音系的研究中，《韻鏡》實在是不可或缺的重要參考材料。

在《韻鏡》一書的前面，除了張麟之的識語和「序」之外，還有一個三十六字母圖和凡例數條。這些也都是張麟之所作，這從他的序文中「因撰字母括要圖，復解數例，以爲沿流求源之端」兩句話可以知道。張氏所以要作三十六字母圖，乃是因爲現行《韻鏡》各圖中不列三十六字母名稱，而以清濁之名代替。張氏的幾條凡例，則是關於《韻鏡》的解釋和門法。其所謂「歸字例」，是叙述根據反切，檢求字音的方法，包括通例、變例、特例、變調例和難字例；所謂「橫呼韻」，是叙述同一韻母跟不同聲母輪流相拚，連續橫呼，以正確選音讀字之法；所謂「上聲去音字」，是張氏不知古今聲調有別，濁上變去的道理所發生的誤解；所謂「五音清濁」，是指清聲母和濁聲母的排列次序；所謂「四聲定位」，是叙述平、上、去、入四聲之間的相承關係；所謂「列圍」，則是叙述有聲無字和無聲無字的空格法。

研究《韻鏡》一書的著作主要有：日本沙門文雄《磨光韻鏡》、日本界浦隱士叡龍《韻鑑古義標注》、日本沙門盛典《新增韻鏡易解大全》、趙蔭棠《等韻源流》（商務印書館，一九五七年）、李新魁《韻鏡校證》（中華書局，一九八二年）等。（楊劍橋）

四聲等子

〔宋〕佚　名

《四聲等子》，一卷。作者不詳。有文瀾閣本、粵雅堂叢書本、咫進齋叢書本和叢書集成本等，以咫進齋叢書本爲善。

關於《四聲等子》的作者和著述年代，歷來說法不一。清錢曾《讀書敏求記》云：

古有《四聲等子》一卷，即劉士明《切韻指南》，曾一經翻刻，冠以元人熊澤民序而易其名。相傳《等子》造於觀音，故鄭夾漈云：「切韻之學，起自西域。」今僧徒尚有習之者，而學士大夫論及反切，便瞪目無語，相視以爲絕學矣。

錢氏之說頗相矛盾，依其前半所言，似《四聲等子》爲元劉鑑的作品；依其後半所言，則《四聲等子》似又遠出於鄭樵之前，兩者不能自圓。且比較《四聲等子》與《切韻指南》，它們關於音和、類隔等門法的叙述，詳略顯晦迥然不同；關於圖攝的名稱和列圖方法也小有差別；關於脣音和喉音聲母的宮商分類也不相似，則《四聲等子》非《切韻指南》明矣。清陳澧《切韻考·外篇》則云：

《四聲等子》無撰人姓名，《玉海》有僧宗彥《四聲等第圖》一卷，蓋即此書。

陳氏此說如果是事實，則《四聲等子》乃是十二世紀末葉以前的作品；惜《四聲等第圖》早已亡佚，陳氏之說竟無法證實。今人趙蔭棠《等韻源流》根據《四聲等子》曾經附於《龍龕手鑒》之後刊行，而智光《龍龕手鑒序》云，「又撰《五音圖式》附於後」，今本《龍龕手鑒》既無《四聲等子》，又無《五音圖式》，因謂《四聲等子》即《五音圖式》。同時，根據《四聲等子》序文「《切韻》之作，始乎陸氏；關鍵之設，肇自智公」，認爲「關鍵」是指《四聲等子》所載之門法，「智公」則是指智光。《龍龕手鑒》原名「龍龕手鏡」，係遼僧行均所作，燕臺憫忠寺沙門智光爲之序，時在遼統和十五年（宋至道三年，即九九七年），如果趙說成立，則《四聲等子》在公元九九七年即已問世。但是，從《四聲等子》所反映的語音情況及其收字情況看，此書的産生決不能如此之早，趙說恐不可從。

今案《四聲等子》序言與《切韻指掌圖》董南一序有一段關於門法的文字幾乎完全相同，而其中「以三十六字母約三百八十四聲」一句與《四聲等子》的列圖相合，與《切韻指掌圖》的列圖不相合（《四聲等子》三十六字母分列二十三行，乘上四聲四等共十六格，得三百六十八格，再加韻目十六格，總爲三百八十四聲；而《切韻指掌圖》三十六字母分列三十六行，乘十六格，再加十六格，總爲五百九十二聲），據此可確認，是董序抄録《四聲等子》，而不是《四聲等子》抄録董序，董氏非音韻學者，摘抄數句他書的門法亦屬可能。董序作於嘉泰三年（一二〇三），則《四聲等子》之作必在此前。證之元熊澤民至元丙子（一三三六）《切韻指南·序》「古有《四聲等子》，爲流解之正宗」的話，這一推測當不誤。又《四聲等子》的收字有大批不見於《廣韻》，而見於《集韻》，如通攝内一「揰、嵸」等字，宕攝内五「髮、㤿、硄、傯、䢢」等字，這説明此書受《集韻》影響很大，其著述年代不會早於《集韻》。如此，《四聲等子》的著述年代應在《集韻》（一〇三九）之後，《切韻指掌圖》董序（一二〇三）之前，它是我國中期等韻圖的代表作之一。

《四聲等子》一書共分二十圖，《韻鏡》、《七音略》等早期韻圖分列數圖者，往往被併爲一圖，如《韻鏡》第一、第二兩圖，載東、冬、鍾三韻（以平賅上去入），但《四聲等子》合爲一圖（通攝内一），並注云：「東、冬、鍾相助。」又如《韻鏡》第四、第五、第六、第七、第八、第九、第十共七圖，載支、脂、之、微、廢五韻（以平賅上去入），但《四聲等子》合爲兩圖（止攝内二［開口呼］、止攝内二［合口呼］，廢韻除外）。由於《四聲等子》每圖的列圖方式，仍然是以聲母爲經，以韻母爲緯，三十六字母分列二十三行，韻母四聲四等共十六格，因此，併圖之後，必然有許多原來在《韻鏡》、《七音略》等早期韻圖中分列的字，在《四聲等子》中無法全部佔有它們的位置。例如《韻鏡》第一圖端、透、定母平聲一等「東、通、同」三字跟第二圖端、透、定母平聲一等

「冬、炵、彤」三字分列，而在《四聲等子》中只見「東、通、同」，不見「冬、炵、彤」。這樣處理是實際語音中已經無法區別的緣故。

《四聲等子》又於每圖之首標明攝名。所謂攝，具有總括、總攝的意義，是根據實際語音的進一步簡化、合流，而把主元音相同或相近、韻尾相同或相類的轉合在一起。《四聲等子》併《韻鏡》四十三轉爲十六攝，這十六攝是：通、江、止、遇、蟹、臻、山、效、果、假、宕、梗、曾、流、深、咸。不過此書二十圖實際只列十三攝，其餘三攝江、梗、假分別依附在宕、曾、果攝之中；這種依附，當然也是表明當時實際語音中，它們分別跟被依附的攝讀音相同或相近。如果說在此後一百多年的《中原音韻》中，正是把江（江攝）、陽、唐（宕攝）合爲江陽韻部，把庚、耕、清、青（梗攝）、蒸、登（曾攝）合爲庚青韻部，那末這種合併在《四聲等子》中已經是初露端倪了。

《四聲等子》列圖的另一個特點是入聲韻兼配陰陽，例如第一圖入聲韻屋、沃、燭配陽聲韻東、冬、鍾，第五圖入聲韻屋、沃、燭又配陰聲韻魚、模、虞。這種現象跟早期等韻圖《韻鏡》、《七音略》不同，而跟中期等韻圖《經史正音切韻指南》、《切韻指掌圖》等相同。韻圖這種處理實在是說明當時的實際語音中，入聲韻尾[k]、[t]已經變爲[ʔ]，只有收[p]尾的入聲韻並未兼配陰陽，似乎表明[p]尾仍然保存着。

不過，《四聲等子》在反映當時實際語音的變化方面並不徹底，它依然承襲舊貫，分韻母爲四等；但是實際語音中至少許多三等韻和四等韻已經不能分辨，於是不得不另外加注說明。例如第二圖的「蕭併入宵類」，雖然表面上仍然立有三等和四等，實質已經毫無區別。

《四聲等子》四等四聲的安排與《韻鏡》有所不同，它以四等分四大欄，每欄之中又分四聲。每圖所標的

「重」字，表示開口呼，「輕」字表示合口呼。全書之首還立有等韻門法數條，這是等韻圖中最早出現的門法，其主要內容是解釋因列圖方式的限制所造成的聲韻拚切問題。例如「辨窠切門」云：「知母第三爲切，韻逢精等、影、喻第四，並切第三等是也。如中遥切朝字。」這是說知母三等字「中」爲反切上字，喻母四等字「遥」爲反切下字，被切字「朝」應是三等字。事實上，「遥」本是三等字，只是等韻學上規定喻四聲母的字必須置於四等的格子中，才造成了這種聲韻拚切的例外。在所列的門法中，有一些內容並不能跟本書切合，如「辨廣通偈狹例」中的「居容切恭字，居悚切拱字」，「容、悚」兩字均不見於圖中，它們應處之位均是空格，「居」字也不見於圖中，其應處之位有「拘」字。由此可見，這些門法並不是作者所編，而是從他處移植而來的。另外，《四聲等子》中有少數字不見於其它韻書，只見於《五音集韻》，如通攝內一的「⿰爿頁」字、宕攝內五的「⿱殸食」字、深攝內七的「怎」字等，它們大概是《四聲等子》成書以後，由後人添入的。

研究《四聲等子》的主要著作有：趙蔭棠《等韻源流》（商務印書館，一九五七年）、李新魁《漢語等韻學》（中華書局，一九八三年）等的有關章節。　（楊劍橋）

皇極經世聲音唱和圖

〔宋〕邵　雍

《皇極經世聲音唱和圖》，一名「皇極經世天聲地音圖」，簡稱「皇極經世圖」，四卷，載於《皇極經世》一書中。北宋邵雍著。有《四庫全書》本，涵芬樓影印道藏本，文物出版社、上海書店和天津古籍出版社一九八八年重印道藏本。

邵雍（一〇一一——一〇七七），字堯夫，謚康節。北宋哲學家。先世本籍范陽（今河北薊縣），幼從父徙共城（今河南輝縣），後遷河南洛陽。少時自雄其才，立志成名，於書無所不讀。曾隱居蘇門山百源之上，人稱「百源先生」。屢授官不赴，與司馬光、呂公著等過從甚密。根據《易傳》八卦形成之說，參雜道教思想，虛構一宇宙構造圖式和學說體系。除《皇極經世》外，又著有《伊川擊壤集》。

《皇極經世》乃術數之學，自帝堯甲辰（前二三五七）至五代周世宗顯德己未（九五九），天下興亡治亂、得失邪正之跡，皆以卦象推演之。全書共十二卷，一至六卷爲元會運世，七至十卷爲律呂聲音，十一、十二卷爲觀物篇。其律呂聲音之部共四卷，每卷四篇，四卷共十六篇；每篇之首，上列聲圖，下列音圖，十六篇共三十二圖，聲圖音圖之後，又以各種聲音與六十四卦相配合，是爲聲音唱和圖。此圖排列字音，全不依傳統的等韻圖表，而是依據當時的口語語音，因而在音韻研究上具有重要的價值。

圖中所謂聲，是指韻類；所謂音，是指聲類。聲有十大類，音有十二大類。每一大類聲中，又有闢、翕和平、上、去、入之分；所謂闢，就是開口，所謂翕，就是合口。每一大類音中，又有清、濁和開、發、收、閉之別；所謂開、發、收、閉，大致相當於等韻學上的一、二、三、四等，不過等韻學上四等專屬韻母，邵氏開發收閉則附屬於聲母，例如k/a（一等）列在開，ki/a（三等）列在收。又圖中以上下分天地，上爲天之用聲，下爲地之用音，天唱地和，乃生出無數聲音。圖中許多空位，乃是作者以爲雖然實際口語無此語音，但是根據陰陽之數，天地間當有此音。故凡有音無字者，以□標誌，有聲無字者，以○標誌，無聲無音者，以■和●標誌。至於以天之四象日、月、星、辰配平、上、去、入四聲，以地之四象水、火、土、石配開、發、收、閉四等，乃是術數家之附會，無關音理。

邵氏原圖十分繁瑣，難以閱讀研究，今參考宋蔡季通等所作的「正聲正音總圖」，將原圖天聲地音整理如下，並附今人所構擬音值：

一聲	平上去入 日月星辰	
闢日	多可個舌	a,aʔ
翕月	禾火化八	ua,uaʔ
闢星	開宰愛○	ai
翕辰	回每退○	uai

一音	開發收閉 水火土石	
清水	古甲九癸	k
濁火	□□近揆	g
清土	坤巧丘棄	kʻ
濁石	□□乾虯	g

二聲	闢日	良兩向〇	aŋ
	翕月	光廣況〇	uaŋ
	闢星	丁井亘〇	əŋ
	翕辰	兄永瑩〇	uəŋ
三聲	闢日	千典旦〇	an
	翕月	元犬半〇	uan
	闢星	臣引艮〇	ən
	翕辰	君允巽〇	uən
四聲	闢日	刀早孝岳	au,ɔʔ
	翕月	毛寶報霍	au,uɔʔ
	闢星	牛斗奏六	əu,uʔ
	翕辰	〇〇〇玉	iuʔ
五聲	闢日	妻子四日	ei,ieʔ
	翕月	衰〇帥骨	uei,uəʔ
	闢星	〇〇〇德	eʔ
	翕辰	龜水貴北	uei,eʔ
六聲	闢日	宮孔衆〇	oŋ

二音	清水	黑花香血	x
	濁火	黃華雄賢	ɣ
	清土	五瓦仰□	ŋ
	濁石	吾牙月堯	ŋ
三音	清水	安亞乙一	〇
	濁火	□爻王寅	j
	清土	母馬美米	m
	濁石	目皃眉民	m
四音	清水	夫法□飛	f
	濁火	父凡□吠	v
	清土	武晚□尾	ɱ
	濁石	文萬□未	ɱ
五音	清水	卜百丙必	p
	濁火	步白葡鼻	b
	清土	普朴品匹	pʻ
	濁石	旁排平瓶	b
六音	清水	東丹帝■	t

翕月　龍甬用○　uoŋ

七聲

闢星　魚鼠去○　o
翕辰　烏虎兔○　uo
闢日　心審禁○　əm
翕月　○○○十　əp
闢星　男坎欠○　am
翕辰　○○○妾　ap

八聲

闢日　●●●●
翕月　●●●●
闢星　●●●●
翕辰　●●●●

九聲

闢日　●●●●
翕月　●●●●
闢星　●●●●
翕辰　●●●●

十聲

闢日　●●●●
翕月　●●●●

濁火　兑大弟■　d

七音

清土　土貪天■　tʻ
濁石　同覃田■　d
清水　乃妳女■　n
濁火　内南年■　n
清土　老冷呂■　l
濁石　鹿犖離■　l

八音

清水　走哉足■　ts
濁火　自在匠■　dz
清土　草采七■　tsʻ
濁石　曹才全■　dz

九音

清水　思三星■　s
濁火　寺□象■　z
清土　□□□■
濁石　□□□■

十音

清水　■山手■　ʂ
濁火　■士石■　ʐ

闢星 ●●●●
翕辰 ●●●●

十一音

清土 ■□耳■ ȵ
濁石 ■□二■ ȵ
清水 ■莊震■ tʂ
濁火 ■乍□■ dʐ
清土 ■叉赤■ tʂʻ
濁石 ■崇辰■ dʐ

十二音

清水 ■卓中■ tɕ
濁火 ■宅直■ dʑ
清土 ■坼丑■ tɕʻ
濁石 ■茶呈■ dʑ

表中一聲日月兩行是果、假兩攝，星辰兩行是蟹攝；二聲日月兩行是宕攝，星辰兩行是曾梗兩攝；三聲日月兩行是山攝，星辰兩行是臻攝；四聲日月兩行是效攝，星行是流攝；五聲日月辰三行是止攝，但「妻」是蟹攝齊韻字；六聲日月兩行是通攝，星辰兩行是遇攝；七聲日月兩行是深攝，星辰兩行是咸攝。各聲的先後次第，由果、假開始，至深、咸結束，由開口度最大的韻逐漸趨於開口度最小的閉口韻，立意甚精。表中没有江攝字，大概是跟宕攝合併了。又表中除七聲月辰兩行外，入聲全都配陰聲韻；入聲配陽聲韻是《切韻》以來的傳統，此書以入聲配陰聲韻，表明入聲的t、k尾已經變成ʔ，唯p尾還存在着。表中十二音各有二清二濁，水行爲全清，土行爲次清。十二音共四十六個聲類（九音缺二類），這四十六聲類中，一至十爲牙喉音，十一至二十爲脣音，二十一至二十八爲舌音，二十九至三十四爲齒頭音，三十五至四十二爲正齒音，四十三至四十六爲舌上音。跟傳統的守溫三十六字母比較，則非敷已合，泥娘已合，牀禪已合。表中疑、明、微、泥、來、日六母都分清濁兩類，清音都是上聲字，濁音都是非上聲字，可能反映了這幾個聲母在上聲和非上聲中有不同的音位變體。又非、奉、微母字「夫、父、文、武、法、凡、萬、晚」四音都列在開、發類，表明這幾個字都已經失去 i 介音；而「丹、大、貪、覃」原是一等字，音六列在發類，「帝、弟、天、田」原是四等字，音六列在收類，又表明當時一、二等已混，三、四等已混，如此等等，對於宋代語音的研究，啓示甚多。此外，一、五、六、八、十一、十二音中，中古全濁聲母羣、並、定、從、牀、澄都一分爲二，其仄聲配全清，平聲配次清。對於這種分別，李榮認爲是全濁送氣與全濁不送氣（如b'與b）之別，周祖謨、陸志韋認爲是全濁聲母清化，即全濁仄聲字讀同全清（如 b＞p），全濁平聲字讀同次清（如 b＞p'）。

有關本書的研究著作有周祖謨《問學集》（中華書局，一九六六年）、李榮《切韻音系》（科學出版社，一九五六年）、陸志韋《記邵雍皇極經世的「天聲地音」》（《燕京學報》第三十一期，一九四六年）。

（楊劍橋）

切韻指掌圖

〔宋〕佚 名

《切韻指掌圖》，二卷。舊題宋司馬光撰。附《檢例》一卷，明邵光祖補正。有渭南嚴氏刻本、中華書局一九六二年影印本。

《切韻指掌圖》一書的成書年代及其作者，人們早有懷疑。《四庫全書總目提要》謂：「第光《傳家集》中，下至《投壺新格》之類，無不具載，惟不載此書」，反映當時就有懷疑此書爲司馬光所作的。到了清末，鄒特夫發現《切韻指掌圖》的「自序」與孫覿《切韻類例序》文字雷同，傳統的司馬光作《切韻指掌圖》一說便發生了根本的動搖。因爲孫氏也是深負名望的人，楊中修作《切韻類列》，請他爲序，他總不至於寫不了序，而去抄另一個極有名望的人的文章，所以唯一的可能，便是有人作了《切韻指掌圖》，抄了孫氏的序文，而冒司馬光之名廣爲推行。此外《切韻指掌圖》「自序」中也有斷非司馬光所作的證據，那就是「自序」云：

仁宗皇帝詔翰林學士丁公度、李公淑增崇韻學，自許叔重而降凡數十家，總爲《集韻》，而以賈公昌朝、王公洙爲之屬。治平四年，予得旨繼纂其職。

當年纂修《集韻》的人之中，絶没有司馬光。治平四年司馬光奉詔續修的也不是《集韻》而是《類篇》，當時

《集韻》早已完成。此序如確係司馬光所作，不應有此謬誤。相反，孫氏序文亦有相似的一段，但在「集韻」之上多「類篇」二字，顯然是《切韻指掌圖》的作者抄漏了。

不過，宋代孫奕等人曾引述《切韻指掌圖》，內容與今傳本未有不合，尤其是孫奕《示兒編》辨「不」字應作「逋骨切」，唯與《切韻指掌圖》相合，因此今本《切韻指掌圖》在孫奕時代已經問世是無疑的。這樣，雖然《切韻指掌圖》的作者現在尚不清楚，但其成書年代却已經可以確認在孫覿（一〇八一——一一六九）作《切韻類例序》之後、孫奕《示兒編》（一二〇五）成書之前。

《切韻指掌圖》並不是圖解陸法言《切韻》之作，也不是圖解《廣韻》之作，其「切韻」二字已不是隋唐時代的含意。在隋唐時代「切韻」二字是切正語音、規範語音之意；而到了唐末宋初，「切韻」二字就是反切的別名，「切」指反切上字，「韻」指反切下字。因此，《切韻指掌圖》的寫作目的是，在一定程度上照顧到當時實際語音的演變，而對中古韻書中的反切重新加以圖解。

《切韻指掌圖》既然要照顧到當時的實際語音，其列圖體例便不能完全等同於《韻鏡》、《七音略》等早期韻圖。它只列二十圖，圖中既沒有「攝」和「轉」的稱呼，也不注明「內外」和「輕重」。它仍以開合口作爲分圖的依據，但把沒有開合口對立的圖稱爲「獨（韻）」。每圖先以平上去入四聲分成四個橫欄，每欄又以四個橫格表示四等，並在圖的最右一行標明平上去入四聲，在圖的最左一行標明每等的韻目；每圖的聲類用三十六字母標示，但分二紙列成三十六縱行。同時，《切韻指掌圖》要照顧到當時的實際語音，其收字列位也就不能完全依據《廣韻》。在二十圖中有四十五字爲《廣韻》所無而是採自《集韻》，如第一圖的「鱎」、第六圖的「䃣」等。有許多字在《廣韻》和《集韻》中所屬的韻部不同，圖中的韻部標目恰與《集韻》相同，如第四圖

「刹」標屬櫛韻,《集韻》同,《廣韻》在質韻,第十圖「泯」標屬準韻,《集韻》同,《廣韻》在軫韻等。有些字在《廣韻》和《集韻》中反切上字不同,而圖中的地位又恰與《集韻》同,如第十五圖「⿰車弘」列溪母下,《集韻》苦弘切,《廣韻》胡肱切。還有些字的寫法不合於《廣韻》,而合於《集韻》等其他韻書,如第五圖「匝」,《廣韻》、《集韻》作「帀」,《禮部韻略》作「匝」,第十八圖「迤」,《廣韻》作「迆」,《集韻》作「迤」。

《切韻指掌圖》是研究宋代實際語音的重要資料,它所反映的宋代語音特點主要有以下幾點:

一、併中古十六攝爲十三攝。《切韻指掌圖》雖然沒有「攝」的名稱,但是有「攝」的觀念。其《檢例・辨獨韻與開合韻例》云:「總二十圖,前六圖係獨韻,應所切字不出本圖之內。其後十四圖係開合韻,所切字多互見,如『眉箭』切『面』字,『面』字合在第七干字圖內明字母下,今乃在第八官字圖內明字母下,蓋干與官二韻相爲開合。」如果把相爲開合的圖作爲一攝,則十四圖可得七攝,加上獨韻六圖爲六攝,共爲十三攝。與十六攝比較,此書的不同主要在以江攝附於宕攝、以曾攝附於梗攝、以假攝附於果攝。

二、三等韻和四等韻相混。《切韻指掌圖》雖然仍採用《廣韻》二百零六韻部,但是許多同等的韻部已經合併,如東一和冬、東三和鍾、魚和虞、尤和幽、覃和談、銜和咸、嚴和鹽凡等。不但如此,許多三等韻也和四等韻合併在一起,如第一圖三等宵韻字「焦、鍬、樵」和四等蕭韻字「蕭」排在同一橫列,第五圖四等韻帖韻從母本有「⿱艹雜」字,却爲三等韻葉韻的「捷」字所代替。

三、梗、蟹兩攝的一等韻和二等韻相混。第十五圖爲梗攝合口,圖中以二等韻庚、耕兩韻置於一等的格子,以一等韻登韻置於二等的格子,入聲一等韻德韻的「國、或」等字跟二等韻麥韻的「虢、剨」等字排在同一橫列。第十七圖是蟹攝開口,一等韻咍韻的「婄」字、海韻的「倍」字跟二等韻皆韻的「排、埋」、蟹韻的「擺、買」等字排在同一橫列。

四、舌尖前元音[ɿ]已經產生。第十八圖是止攝開口，精系之韻字和支韻字「茲、雌、慈、思、詞」等都被置於一等的格子中，由於韻圖一等不可能有[i]音，因此這一處置說明現代漢語韻[ɿ]音當時已經產生。

五、入聲韻兼配陰陽。與十三攝相配的入聲只有七類，有的一類承一攝，如第五圖入聲韻合、盍等只跟咸攝陽聲韻覃、談等相配；有的一類承陰、陽兩攝。如第一圖和第十三、十四圖，入聲韻鐸、覺、藥等既跟效攝陰聲韻豪、肴、宵、蕭相配，又跟宕攝陽聲韻唐、江、陽相配。入聲韻兼配陰、陽聲韻，說明當時的入聲韻尾已由[p、t、k]演化爲[ʔ]。

六、在三等韻中，知系聲母與照系聲母相混，爲近代漢語知、照合流之開始。如第一圖澄母字「肇」在澄母和牀母下重出；第二圖澄母字「重」在澄母和牀母下重出；第八圖知母字「轉」、澄母字「篆」在照母和牀母下重出，等等。

七、照系二等和照系三等聲母相混。如第八圖審母二等字「栓」被置於審母三等的格子中、第十二圖穿母二等字「硰」被置於穿母三等的格子中、第十九圖穿母三等字「吹」被置於穿母二等的格子中，等等。在《廣韻》中，照系二等和照系三等屬於兩組不同的聲母，到中古三十六字母時合流，《切韻指掌圖》反映了這一合流的過程。

八、喻三和喻四聲母相混。所有的等韻圖都把喻三和喻四這兩個聲母合稱爲喻母，而把喻三字列在三等的格子中，喻四字列在四等的格子中。《切韻指掌圖》雖然在形式上也照此辦理，但實際多有混淆。如

第十六圖喻四聲母字「蠅」和「盈」被分別置於三等和四等的格子中、第十八圖喻四聲母字「移」和「頤」也被分別置於三等和四等的格子中，這說明韻圖的作者已經不能區分這兩類聲母。

由此可見，《切韻指掌圖》在反映實際語音的演變方面的確是表現得相當徹底。據研究，此書的平聲韻母四十三個，入聲韻母二十四個，如果連上、去聲都計算在內，一共有一百五十三個韻母。《廣韻》的韻母，四聲在內，共三百十多個，到《切韻指掌圖》時已經減少了一半左右。

《切韻指掌圖》舊有《檢例》一卷，明邵光祖以爲「全背圖旨，斷非司馬文正公之所作」，於是自撰《檢例》，附於書後，原本舊例則漸次亡佚。邵光祖字宏道，自稱洛邑人，生平未詳。《江南通志・儒林傳》謂「元邵光祖，吳人，研精經傳，講習垂三十年，通三經，所著有《尚書集義》」，當即其人，洛邑或其祖籍。王行《檢例》後序作於洪武二十三年（一三九〇），稱其沒已數年，則邵爲元之遺民，入明尚在也。

邵氏《檢例》可分爲兩大部分。第一部分主要敘述檢圖之法和等韻門法。例如「檢例上」云：「先求上切居何母，次求引韻去橫摟（且如德紅切東字，須先求德字，記在端字母下，次求紅字，橫過至端字下，即是東字）。」這是告訴讀者，如何根據反切尋找被切字；又云：「見字偶然又不識，平上去入可尋求（東董凍督是也）。」這是告訴讀者，如果遇到冷僻難認之字，可以利用平上去入四聲相承的字音聲韻相同，僅聲調不同的特點來識讀。如第二圖端母一等，平上去三聲爲「東、董、凍」三字，入聲爲「轂」字，此字不識，只要讀「東、董、凍」的入聲調即可。又如「辨檢類隔切例」云：「以符代蒲，其類奉並；以無代模，其類微明；以丁代中，其類知端；以敕代他，其類透徹。」這是告訴讀者，如果用「符」字代替「蒲」字做反切上字，那末就屬於奉母和並母類隔；如果用「無」字代替「模」字做反切上字，則又屬於微母和明母類隔；餘類推。

第二部分是「檢圖之例」。邵氏云：「按《廣韻》凡二萬五千三百字，其中有切韻者三千八百九十，文正公取其三千一百三十定爲二十圖，而以三十六字母列其上，了然如指諸掌也。餘有七百六十字應檢而不在圖者，則以在圖同母同音之字備用而求其音。」邵氏以爲《切韻指掌圖》是爲圖解《廣韻》而作，這顯然是不對的；但他把《廣韻》所有而《切韻指掌圖》未立的字音全都列出，並指明它們在圖中的音韻地位，這對於我們研究古代語音提供了極大的方便。

關於《切韻指掌圖》的研究著作主要有：趙蔭棠《等韻源流》（商務印書館，一九五七年）、董同龢《董同龢先生語言學論文選集》、李新魁《漢語等韻學》（中華書局，一九八三年）等書的有關章節。

（楊劍橋）

經史正音切韻指南

〔元〕劉　鑑

《經史正音切韻指南》，簡稱「切韻指南」。一卷。附《門法玉鑰匙》一卷。元劉鑑撰。成書於元至元二年（一三三六）。有《四庫全書》本、碧琳琅館叢書本和芋園叢書本。

劉鑑，字士明。關中（今陝西中部）人，元音韻學家。生卒年及事跡不詳。

《切韻指南》是繼《四聲等子》和《切韻指掌圖》之後出現的又一等韻著作。在韻圖的製作體例上，它因襲《四聲等子》的舊法，也分十六攝，注明內外轉，但各攝的排列次序與《四聲等子》略有不同，《四聲等子》的次序爲：通、效、宕(江)、遇、流、蟹、止、臻、山、果(麻)、曾(梗)、咸(深)；本書的次序爲：通、江、止、遇、蟹、臻、山、效、果(假)、宕、曾、梗、流、深、咸。兩相比較，本書的排列更爲合理。同時，本書除假攝仍附於果攝以外，其餘各攝全部獨立，因而全書分二十四圖，比《四聲等子》多出四圖。在聲母的排列上，本書與《四聲等子》一樣，始「見」終「日」，分二十三列，端組與知組、幫組與非組、精組與照組都合併在一起。圖中以一、二、三、四等分四大格，每一大格中又分平、上、去、入四小格。然後以聲母爲經，韻母爲緯，在聲韻交會處列字音。由於韻部簡化，圖中韻部多有合在一起者，如東董送屋與冬宋沃、諄準稕術與文吻問物合併，又有注明併韻者，如云：「代韻宜併入泰韻」、「祭韻宜併」等等。又由於入聲韻尾的簡化，入聲韻分屬陰聲韻和陽聲韻，如質韻字既見蟹攝，又見臻攝。

根據作者自序，本書是依照金韓道昭的《五音集韻》來編排字音的，與《五音集韻》相爲表裏，互爲體用，因此本書的字音多有取自《五音集韻》的，如通攝的「峅」等。早期等韻圖如《韻鏡》、《七音略》，都是圖解《廣韻》、《集韻》之作，但在宋元時代，實際語音已與《廣韻》、《集韻》大相徑庭，《切韻指南》取則於併二百零六韻爲一百六十韻的韓氏之書，顯然是其優點。但是也正由於此書是依據於在它之前一百多年的《五音集韻》，因此與當時的實際語音仍有較大的距離。從一三二四年周德清所作的《中原音韻》可知，元代漢語已有「平分陰陽」、「濁上變去」和「入派三聲」等許多重大的變化，但是《切韻指南》卷首却仍在要求人們「分五音」，「辨清濁」、「明等第」，這就未免脫離現實過遠。此書卷首又有「交互音」歌訣云：「知照、非敷遞互通，泥娘、穿徹用時同，澄牀、疑喻相連屬，六母交參一處窮。」作者把這十二母稱爲六母，顯然當時口語中這些聲母早已兩兩合併了。而其卷末「聲韻歌」云：「梗曾二攝與通疑，止攝無時蟹攝推，江宕略同流參遇，用時交互較量宜。」這也表明當時口語中許多韻攝已逐漸混同，而本書却一反《四聲等子》的併攝做法，將它們一一獨立，這些都是作者過於保守的地方。

原本《經史正音切韻指南》之後，又附有劉氏所作《門法玉鑰匙》一卷。等韻門法的產生，原是爲了解釋等韻圖繁難複雜的體式形制和實際語音與韻圖描寫脱節的矛盾。在劉氏之前，門法的內容單純，數量較少，而且門法與韻圖是分別行世的。《四聲等子》開始將門法與韻圖結合起來印行，但僅載門法九門。劉氏此書收集了前人所作的大部分門法，並把門法同等韻的其他條例如「雙聲叠韻」等加以分離，最後整理成門法十三門。從此等韻門法的條目大體齊備，文字敍述也大爲清晰。《四庫全書總目提要》謂：「至於開合、二十四攝、內外八轉，及通廣侷狹之異，則鑑皆略而不言，殆立法之初，已多挂礙糾紛，故姑置之耶？」其實是寃枉劉氏了。

劉氏所定門法十三門及其含義是：一、音和門，指被切字與反切上字在韻圖同屬一母，與反切下字同列一等之內者。二、類隔門，指反切上字在韻圖屬端組，反切下字屬二、三等，則被切字應爲知組字；或者反切上字在韻圖屬知組，反切下字屬一、四等，則被切字爲端組字。三、窠切門，指反切上字在韻圖知組，反切下字是列在四等的喻母、影母或精組字，則被切字應爲知組字。四、輕重交互門，指反切上字在韻圖中屬幫組，反切下字屬東、鍾、微、廢、虞、文、元、陽、尤、凡十韻而列在三等之內，則被切字應爲非組字；或者反切上字在韻圖屬非組，反切下字列在一、二、四等，則被切字應爲幫組字。五、振救門，指反切上字爲精組，反切下字在韻圖中列三等，則被切字必列在韻圖四等。六、正音憑切門，指反切上字爲莊組（照二），反切下字在韻圖中不論列三等還是四等，被切字都列在韻圖二等。七、精照互用門，指反切上字爲精組，反切下字在韻圖中列二等，則被切字必列在韻圖一等；或者反切上字爲莊組（照二），反切下字在韻圖中列一等，則被切字必列在韻圖二等。八、寄韻憑切門，指反切上字爲章組（照三），反切下字在韻圖中不論列一等還是四等，被切字都列在韻圖三等。九、喻下憑切門，指反切上字爲于母（喻三），反切下字在韻圖中不管列於何等，被切字都是于母；或者反切上字爲以母（喻四），反切下字在韻圖中不管列於何等，被切字都是以母。十、日寄憑切門，指反切上字爲日母，雖然反切下字在韻圖中列於一、二、四等，被切字都在三等。十一、通廣門，指反切上字爲脣、牙、喉音字，反切下字是支、脂、祭、真、諄、仙、清、宵的來、知、章母（照三）字，則被切字必在韻圖四等中。十二、侷狹門，指反切上字爲東、鍾、陽、魚、蒸、尤、鹽、侵、麻韻的脣、牙、喉音字，反切下字是精組和以母（喻四）字，則被切字必在韻圖三等中。十三、內外門，指反切上字是脣、牙、喉、舌、半舌、半齒音字，反切下字如是外轉各攝的莊組（照二）字，則被切字必在韻圖二等中，反切下字如是內轉各攝的莊組字，則被切字必在韻圖三等中。

有關《切韻指南》的研究著作有李新魁《漢語等韻學》（中華書局，一九八三年）、董同龢《等韻門法通釋》（載《歷史語言研究所集刊》第十四本，一九四九年）。

（楊劍橋）

字母切韻要法

〔清〕佚　名

《字母切韻要法》，不分卷。撰人不詳。約成書於康熙四十年（一七〇一）之後。

《字母切韻要法》是一種等韻圖，載於《康熙字典》卷首，卷首同載的還有《等韻切韻指南》，也是一種等韻圖。明清時代的字典韻書，爲了便利讀者掌握拚切漢字讀音的方法，往往在正文之前或之後附有一至二種等韻圖表，如明梅膺祚的《字彙》之後，附有《韻法直圖》和《韻法橫圖》，清樊騰鳳的《五方元音》和李光地的《音韻闡微》的書前，附有《韻譜》等，成書於康熙五十五年（一七一六）的《康熙字典》沿用了這一做法。又據考證，清順治、康熙兩帝十分喜愛中國聲韻之學，那末在《康熙字典》卷首收録等韻圖表，也是十分自然的。

關於此圖的作者，《四庫全書》僅著録存目，而不記名姓，大概很早時候起就不甚清楚了。清勞乃宣《等韻一得・外篇》亦謂：「嘗廣詢通人，無知之者。」關於此圖的撰作時間，勞氏認爲，圖中所列歌訣多有抄自《篇韻貫珠集》和《直指玉鑰匙》的，而《篇韻貫珠集》和《直指玉鑰匙》是作於明弘治、正德年間（一四八八——一五二一），故此圖之作當在其後。又今人趙蔭棠指出，此圖實源於《大藏字母切韻要法》，而《大藏字母切韻要法》作於康熙四十年（一七〇一）左右，則此圖的面世，當在康熙四十年之後。

《字母切韻要法》主要有兩個部分，即「內含四聲音韻圖」和「明顯四聲等韻圖」。「內含四聲音韻圖」是一個聲韻配合表，共有四圖，第一圖「開口正韻」即開口呼，第二圖「開口副韻」即齊齒呼，第三圖「合口正韻」即合口呼，第四圖「合口副韻」即撮口呼。每圖通欄橫列守溫三十六字母，以下橫列○⊙●◐等符號，以示聲母的全清、次清、全濁、次濁，但圖中以心母爲次濁，來母爲全清，似不甚妥當。圖中聲母之下，分十四橫行分列十二攝，這十二攝代表字及其擬音是(以圖中右首第一縱行爲代表字)：

	第一圖	第二圖	第三圖	第四圖
一	迦 a	加 ia	瓜 ua	
二		結 ie		訣 ye
三	岡 aŋ	江 iaŋ	光 uaŋ	㤮 yaŋ
四	庚 əŋ	經 iəŋ	工 uŋ	弓 yŋ
五	裓 ə	飢 i	孤 u	居 y
六	高 au	交 iau		
七	該 ai	皆 iai	乖 uai	
八			傀 uei	圭 yei
九	根 ən	金 in	昆 uən	君 yən
十	干 an	堅 ian	官 uan	涓 yan
十一	鉤 ou	鳩 iou		

十二　歌 o　　角 io　　鍋 uo　　矍 yo

十四橫行中，庚、根、干三攝重出，重出之攝名外加圓圈表示；而這幾個重出之攝不列字，這實際上是告訴人們，中古十六攝中收m尾的深、咸兩攝已併入收n尾的山攝（即本圖的根、干兩攝），收ŋ尾的曾攝已併入收ŋ尾的梗攝（即本圖的庚攝），這裏僅存深、咸兩攝和曾攝的虛位。從中古十六攝的角度看，除了深、咸、曾攝被合併以外，通攝亦與梗攝合併爲本圖的庚攝，宕、江兩攝合併爲本圖的岡攝，止、遇兩攝合併爲本圖的祴攝，同時又多分出傀攝和結攝，因此共爲十二攝。韻圖在排列聲母和韻攝的基礎上，然後以聲母爲經，韻母爲緯，在經緯相交處列字音。圖中之所以要將迦攝字列在「開口正韻」等字樣之上，乃是仿照印度梵文和藏文字母，取a爲元音，其他字音皆衍生於a音之意。值得注意的是，三十六字母並非每圖都具全，例如非組只出現在合口呼，照組只出現在齊齒呼和撮口呼等等，這是因爲這幾組聲母大致上只跟一部分韻母有配合關係。但是由於韻圖作者過分地把聲韻配合關係限制在四張圖中表現，有少數字音就難以列位，於是作者只好採用「寄韻法」把它們列出來。如「拸、菩、部、模」，聲母爲幫組，韻母爲u，應列在第三圖，但該圖無幫組，只好改列第一圖，與祴攝「北、蝮、僃、墨」同處，外加方框表示。又如「哲、徹、舌、聶」，聲母爲知組，韻母爲ie，應列在第二圖，但該圖無知組，只好列入第一圖，與迦攝「吒、茶、跦、拏」同處，外加方框表示。又圖中重出的祴攝中的「悲、裴、倍、眉」四字，實際上也屬於寄韻之法，它們本來是傀攝字。這些情況，在圖後的「寄韻法」口訣中多有說明。

《明顯四聲等韻圖》是前圖的分攝聲韻調配合表，十二攝分立十二圖，每圖橫列三十六字母，再按開、齊、合、撮四呼分四大格，每格之中又按平、上、去、入四聲分四小格，每小格列一字音。跟中古韻圖比較，《韻鏡》、《四聲等子》等開合分圖，每圖又分立四等，共兩呼八等，而本韻圖則已是併兩呼八等為四呼，這反映了明清時代的實際語音變化，同時也表明了本韻圖作者的革新精神。又圖中岡、庚、高、該、傀、根、干、鉤攝都列有入聲字，但字外加圈，表示這些字的讀音當用「借入聲法」去求得。根據前圖之末「借入聲法」所云，該、干攝當求之於迦攝，庚、傀攝當求之於裓攝，岡、高、根、鉤攝當求之於歌攝，在前圖中，迦、結、裓、歌四攝中陰聲字和入聲字往往並列，其意同此。中古韻圖的入聲韻是與陽聲韻相配，在本韻圖中，只有迦、結、裓、歌四個陰聲韻攝有入聲，說明此時入聲韻尾已經喪失，但入聲調仍能獨立，入聲字還保留着讀音短促的特點。

《字母切韻要法》對於研究明清時代的韻母系統具有重要價值，但是由於它囿於宋人三十六字母，所以對研究這一時期的聲母系統價值不大，殊為可惜。有關此圖的研究著作有趙蔭棠的《等韻源流》（商務印書館，一九五七年）、李新魁的《漢語等韻學》（中華書局，一九八三年）。

（楊劍橋）

等韻一得

〔清〕勞乃宣

《等韻一得》，清勞乃宣著。成書於光緒九年（一八八三），有上海蟫隱廬叢書本。

勞乃宣（一八四三——一九二一），字季瑄，號玉初，又號矩齋，晚年又稱韌叟。浙江桐鄉人，生於河北省廣平縣外祖家。一八六五年中舉人，一八七一年中進士。一八七三年在河北保定通志局任編纂工作，一八七八年後，歷任河北臨榆、南皮、完縣、吳橋、清苑等縣知事。一九〇〇年，義和團入京，勞氏回到南方，主持南洋公學、浙江大學堂。後入兩江總督幕府。一九〇八年，被清政府召回北京，授以四品京堂候補，任憲政編查館參議，政務處提調。宣統年間，召撰經史講義，欽選資政院碩學通儒議員，任江寧提學使，京師大學堂（北京大學前身）總監督，兼學部副大臣。辛亥革命後，隱居淶水。後應德國人之請，主持尊孔文社，著《共和正解》，主張復辟。一九一七年張勛復辟，授勞氏法部尚書，以衰老辭不赴任。

勞氏是近代著名音韻學家，也是文字改革的先驅。一九〇〇年，王照在北方推行一種拚音文字——官話字母，影響很大。但它只能拚寫北方話，在南方難以普及。一九〇五年，勞氏在官話字母的基礎上，增加六個聲母、三個韻母和一個入聲符號，使之能拚寫下江官話，稱爲「寧音譜」。又在寧音譜的基礎上，增加了七個聲母、三個韻母和一個濁聲符號，拚寫吳語，稱爲「吳音譜」。一九〇六年這兩個韻譜分別以《增訂合聲簡聲譜》、《重訂合聲簡字譜》書名出版。一九〇七年，勞氏又出版了闡述王照官話字母的《京音簡字述略》，還出版了包括京音、寧音、吳音、閩廣音四譜的《簡字全譜》，這個全譜包括了全國幾個主要的方言區。勞乃宣認爲文字的難易關係着教育的普及和國家的富强，所以極力推行合聲簡字。他的合聲簡字在江浙一帶得到了廣泛的傳播，據說當時一般的婦女、文盲也能以簡字看報寫信。

勞乃宣五十歲寫成《等韻一得》，此前經過了三十多年的積累。他七、八歲時就開始玩一種叫射字的遊戲，通過這種遊戲不僅明白了文字的聲、韻、調，而且對語音學產生了濃厚的興趣。從此專心研究音韻學，有時獨自思索，有時與志同道合的朋友探討，有時發些古怪的聲音，以致逗得家人發笑。他又做了大量的收集工作，所謂「雖國書梵經俗曲稗官之言，窮鄉僻壤殊言異域之語，苟有涉於音韻者，皆所不遺」。就這樣，他的造詣越來越深，並寫下了一些韻譜。一八八三年，客居天津，有兩位朋友向他請教等韻學。他出示了自己所寫的韻譜，二人從中領悟頗多，便勸他寫書。於是在這年制訂出了十個韻譜，並將過去與別人討論的內容收録成篇，合成了這部《等韻一得》。一九一三年又作補篇，以補書中之不足，並對原書有所訂正。

《等韻一得》分內、外兩篇。內篇專列韻譜，有字母譜、字母簡譜、字母分配古母譜、韻攝譜、韻攝簡譜、韻攝分配韻部譜、母韻合譜、四聲譜、四聲分配韻部譜、四聲清濁舉隅譜，共十個韻譜。外篇論述字母、韻譜、四聲、雙聲疊韻、反切、射字、讀法以及雜論等。

「字母譜」是個聲類表，將聲母分爲喉音、鼻音、舌音、齒音、脣音五類，舌、齒、脣音又各分爲輕重兩類，所以共有八類。鼻、舌、齒、脣音又各分戛、透、轢、捺四類，計有二十九類。二十九類又各分清濁，共有五十八類。其中去掉有音無字者二十二類，剩下三十六類。這三十六類與宋元等韻學家三十六字母相當。勞氏的喉、鼻、重舌、輕舌、重齒、輕齒、重脣、輕脣音所區別的是發音部位。戛、透、轢、捺音區別的是發音方法。戛音是不送氣塞音和塞擦音，透音是送氣塞音和塞擦音，轢音是擦音和邊音，捺音是鼻音和半元音。「字母簡譜」把聲類概括爲輕音與重音兩類，並把清濁字母合爲一譜。「字母分配古母譜」是把他所分的五十二個字母與中古三十六字母相對照，注明其屬於三十六字母中的哪一母。

「韻攝譜」、「韻攝簡譜」是關於韻母的，他將韻母分爲喉音一部、喉音二部、喉音三部、鼻音部、舌齒音部、脣音部等六部。喉音一部分陽聲、陰聲、下聲三類，其他各部都只分爲陽聲、陰聲兩類，陽聲、陰聲、下聲三類以下又分開、齊、合、撮四呼。所以全部韻母分爲五十二個。若不計四呼，只有十三攝。所謂陽聲，指的是開口度最大的元音；陰聲是開口度較小的元音；下聲是開口度最小的元音。喉音一部指的是單元音韻母，喉音二部是以 i 元音收尾的韻母，喉音三部是以 u 元音收尾的韻母。鼻音部是以舌根鼻音收尾的韻母，舌齒音部是以舌尖鼻音收尾的韻母，脣音部是以雙脣音收尾的韻母。勞氏五十二個韻母中實際存在的只有三十七個，另十五個韻母是可能存在而實際上不存在的。他用兩個漢字合起來表示這十五個韻母。又將五十二個韻母與中古音的韻類比較，作成「韻攝分配韻部譜」，而「母韻合譜」是在聲韻分譜之後，將聲母、韻母拚合而成的一部等韻圖。

他在「四聲譜」裏，將聲調分平、上、去、入四聲。鼻、舌、齒三部配有入聲韻。至於喉部，他說：「喉一部即以其平、上、去本音短言之爲其入聲，其陽聲、陰聲之入與鼻部陽聲、陰聲之入同；喉二部、喉三部各以其平、上、去本音稍轉之爲其入聲，喉二部之入與舌齒部之入同，喉三部之入與脣部之入同，喉一部之入則獨爲一聲，與各部俱不同。」「四聲分配韻部譜」是拿他所分的十三韻攝分配在平、上、去、入四聲之內，與中古的韻類相比照。「四聲清濁舉隅譜」是將韻母配以平、上、去、入，韻母之內再分清濁兩類，列出所轄之字，並注明其屬於中古三十六字母中哪一母。

《等韻一得》不同於古代韻書，它是一部專論音理的等韻學著作，也是清代最晚出的一部等韻學著作，此書水平超出了以前同性質的著作。《等韻一得》論音理的原則是「考人聲自然之音」。作者不局限於某一方音，而是博采各地方音，綜合分析，以求基本的語音的構成形態。他認爲審音「必集南北之長，乃能完備。即口吻不能全得其音，亦當心知其意，乃不爲方音所囿也」。我國等韻學到了晚清，已有從古代等韻中擺脱出來，走向一般語音學的傾向，《等韻一得》就是其中的代表。

由於《等韻一得》的宗旨不在整理古音，而在研究活的語音，所收集的是當時各地方音材料。所以，我們可以從《等韻一得》中了解清代語音系統概貌。雖然其系統難免還有守舊的傾向，但從總體上看，還是比較合乎清代語音實際的。

作者在本書中把漢語音節分「三綱」，即聲母、韻母、聲調。「三綱」之下又分爲「七界」。所謂七界，即「某音一也，清濁二也，某類三也，某部四也，陰、陽、下聲五也，四等六也，四聲七也」。「某音」指決定聲母的發音部位，「清濁」指決定聲母的性質，「某類」指決定聲母的發音方法，「某部」指決定韻母的發音部位，「陰、陽、下聲」指決定韻母的主要元音，「四等」指決定韻母的介音性質，「四聲」指決定音節的調值。可見他審音的角度還是相當全面的，但由於當時沒有音標，沒有現代物理學和生理學的科學方法，在語音描寫時，只能用他自己的一套方法，或用自然聲音比擬，或用某種方音說明，或用反切方法合成等，這往往不太精確。

勞乃宣在《等韻一得》中闡述了他對語音的觀點。認爲語音是發展變化的，所謂「古今之音，隨時而變」，「諸方之音各異」。但他還認爲語音是個輾轉相生的系統，一切聲音源於「阿」，「嬰兒墮地啼聲曰『阿』，爲人生發聲之始，故『阿』爲元音之元」，由這「元」可以派生出無數的音來。這種說法未免失於主觀。

研究《等韻一得》的主要論著有：李新魁《漢語等韻學》（中華書局，一九八三年）、何九盈《中國古代語言學史》（河南人民出版社，一九八五年）等。（沈榕秋）

顏氏家訓

〔北齊〕顏之推

《顏氏家訓》，七卷。北齊顏之推撰。成書於隋文帝平陳以後，隋煬帝即位之前，大約在公元六世紀末。有盧文弨抱經堂校定本、上海古籍出版社王利器集解本。

顏之推（五三一——五九七），字介，琅琊臨沂（今山東省臨沂市北）人。六朝著名學者、音韻文字學家。高祖顏騰之、曾祖顏炳之並以能書稱。祖父顏見遠官治書侍御史，兼中丞。父顏協亦以博學見稱。顏之推早傳家業，博覽羣書，兼融南北，自成一家之言。公元五四九年，顏氏在江陵任梁湘東王蕭繹的國右常侍。蕭繹遣世子蕭方諸出鎮郢州，顏氏掌管記。五五一年，侯景軍破郢州，顏之推被俘，囚送建康。侯景之亂平，蕭繹自立爲帝，顏氏爲散騎侍郎，奏舍人事，奉命校書。五五四年，西魏兵陷江陵，顏氏二次被俘。西魏將李穆重才，薦顏氏往弘農，掌陽平公李遠書翰。顏氏不願爲敵效力，攜妻兒由暴漲的黃河順流東下七百里，一夜而至鄴城，時人驚其勇决。後留仕北齊，官至通直散騎常侍，領中書舍人，再遷黃門侍郎。五七七年，北齊亡，顏之推與陽休之、薛道衡等十八人受徵入周，隨駕赴長安。五八〇年，爲御史上士。隋開皇中，太子召爲學士，深見禮重，尋以疾終。有《文集》三十卷、《顏氏家訓》二十篇、《訓俗文字略》一卷、《集靈記》二十卷、《急就章注》一卷、《筆墨法》一卷、《稽聖賦》三卷、《證俗字音》五卷、《還冤志》三卷等，今除《顏氏家訓》和《還冤志》外，餘皆亡佚。《北齊書》、《北史》皆有傳。

《顏氏家訓》一書敘述治家立身之法，以爲訓誡子孫之用，內容涉及頗廣，而其中尤以音韻、文字、訓詁、校勘方面的論說爲善。此書在語言學上的主張和成就主要有以下幾點：

一、認爲語言有地域之不同和時代之不同。關於語言隨地域之不同而不同，古人早有認識，揚雄《方言》具體描寫漢代各方言區的詞匯系統就是一例；而《方言》一書也往往指出詞語的古今不同，說明古人也早已認識到詞匯有時代的差別。顏之推繼承了這一認識，他說：「夫九州之人，言語不同，生民已來，固常然矣」，「古今言語，時俗不同。」（《顏氏家訓・音辭》）值得注意的是，顏氏在此基礎上，進一步描寫並比較了各地方言的語音區別和詞匯區別。例如他指出：「南方水土和柔，其音清舉而切詣，失在浮淺，其辭多鄙俗；北方山川深厚，其音沈濁而鈋鈍，得其質直，其辭多古語。」（同上）他把方音的不同完全歸結爲地理條件的不同，自然是片面的，但他把當時方言區分爲南北兩大類，顯然是對於南北方言語音特徵有過研究，這種語音特徵很可能是南方方言元音偏高偏前，開口字多，北方方言元音偏後偏低，合口字多。

二、認爲當時的金陵與洛陽是全國語音之正，重視漢語的正音工作。在中國歷史上，京都的語音往往作爲全國的標準音，洛陽與金陵爲當時的先後京都，但由於連年戰亂，京都標準音難以推行全國；同時，少數民族與漢族融合，這種標準音也有所破壞，正如顏氏所云：「南染吳越，北雜夷虜，皆有深弊，不可具論。」（同上）而在這一時期，表現各地方音的韻書紛紛出現，它們在注音上各有分歧，所謂「音韻鋒出，各有土風，遞相非笑，指馬之喻，未知孰是」（同上）。在這種情況下，顏之推提出：「共以帝王都邑，參校方俗，考核古今，爲之折衷，搉而量之，獨金陵與洛下耳。」(同上)顏氏的這種觀點，顯然是爲了維護和推廣當時文學語言的語音系統。在隋朝剛剛統一中國，全國範圍内經濟、文化的發展要求統一語音的當時，顏氏的這一主張當然是符合歷史進步的需要的。

三、認爲正字工作須知通變，不應違俗，只要符合造字體例，不必固執。六朝時候，各種別字十分繁多，如「鼓」旁爲「皮」，「席」中作「帶」等。對此，有的文字學家一味遵從《説文》，一概斥爲訛誤。顏氏則一方面肯定《説文》「隱括有條例，剖析窮根源」(《顏家氏訓・書證》)，另一方面又指出：「世間小學者，不通古今，必依小篆，是正書記。凡《爾雅》、《三蒼》、《説文》，豈能悉得蒼頡本指哉？亦是隨代損益，互有同異。……但令體例成就，不爲專輒耳。」(同上)顏氏這種既肯定《説文》，又不迷信《説文》，一以當時社會實際爲準，以漢字的結構體例爲準的科學態度，不僅在當時具有指導意義，即使對於現今漢字簡化和漢字規範化的工作，也很有啓發。

四、運用徵引古籍、注重民間活語、注重目驗實物的方法訓釋古書字義。顏氏訓釋古書字義，有運用徵引古籍方法者，如《後漢書・楊由傳》「風吹削肺」，顏氏以《詩經・小雅・伐木》「伐木滸滸」，《毛傳》「滸滸，柹貌也」爲證，指出「肺」乃「柹」之通假(《顏氏家訓・書證》)。有運用民間活語以爲證明者，如釋《説文》「皀」爲「粒」，以蜀人言「豆粒」爲「豆逼」爲證(《顏氏家訓・勉學》)。又有重視目驗實物者，如《詩經・邶風・谷風》「誰謂荼苦」，《爾雅》、《毛傳》並以「荼」爲苦菜，郭璞以爲即河北的龍葵。顏氏指出，苦菜生於寒秋，更冬歷春，得夏乃成，龍葵則既無宿根，至春方生，郭璞大誤也(《顏氏家訓・書證》)。顏氏這三種訓釋字義的方法，對於現代的訓詁學者仍有重要意義。

五、運用不同版本的比較、彝器銘文碑刻文字的對勘、上下文的推斷等方法校勘古書。顏氏校勘古書，有運用不同版本加以比較者，如他把《尚書》「惟影響」、《周禮》「土圭測影」、《孟子》「圖影失形」等跟《淮南子》「景柱」、《廣雅》「晷柱挂景」比較，認爲「影」皆當爲「景」（同上）。有利用彝器銘文加以對勘者，如《史記·秦始皇本紀》「丞相隗林」，顏氏以當時地下出土的秦鐵稱權銘文爲證，認爲「隗林」乃「隗狀」之誤（同上）。又有利用上下文加以推斷者，如《古樂府》百里奚歌詞：「百里奚，五羊皮。憶別時，烹伏雌，吹扊扅。今日富貴忘我爲！」顏氏指出，百里奚當時貧困，並以門牡木作薪炊，故「吹」當作「炊煮」之「炊」（同上）。顏氏的這種種校勘方法，至今仍可作爲古籍整理的借鑒。

《顏氏家訓》一書在語言學方面有不足之處，如上文提到顏氏以爲方音的差別來源於地理條件的不同就是一例。實際上各種方言中元音的開合弇侈，輔音的輕重遲疾，與地理條件沒有必然的聯繫。又如顏氏關於「狐疑」、「猶豫」的釋義，以爲是狐性多疑，犬好豫在人前（《顏氏家訓·書證》）。其實這兩個都是聯綿詞，聯綿詞不可分訓。「狐疑」又作「懷疑」、「嫌疑」，「猶豫」又作「由豫」、「猶與」、「猶預」、「猶予」等，它們都是一個詞的聲音嬗衍，顏氏據形釋義，犯了望文生訓的錯誤。

有關《顏氏家訓》語言學方面的主要研究著作有：周祖謨《問學集》（中華書局，一九六六年）、吳文祺、張世禄《中國歷代語言學論文選注》（上海教育出版社，一九八六年）等書的有關部份。

（楊劍橋）

韻補

〔宋〕吴棫

《韻補》，五卷，宋吴棫著。有遼寧省圖書館所藏宋乾道間刻本、古逸叢書本、一九八五年中華書局影印本。

吴棫（一一〇〇？——一一五四），字才老，建安（今福建省建甌縣）人。宋代音韻訓詁學家。宋宣和六年（一一二四）中進士，召式館職不就，紹興年間被授以太常丞官職。後因代妻兄寫謝表得罪秦檜，貶爲泉州通判。紹興二十二年（一一五二），離開福建，不久去世。著有《韻補》五卷、《書裨傳》十三卷、《毛詩叶韻考》十卷、《論語續解》十卷、《論語考異》一卷、《論語説例》一卷，還有《字學補韻》、《楚辭補音》等。這八部書中有四部是講音韻的，足見他一生的主要精力放在音韻學方面。遺憾的是，除《韻補》外，其他七部書都已亡佚。

《韻補》何年成書，文獻無記載。有學者推論此書成於吴棫離開福建之前，即紹興二十二年（一一五二）之前。

《韻補》是一部考求古音的專著。書首列出了《韻補》裏所引的書目，從《書》、《易》、《禮》、《詩》以下到宋代歐陽修、蘇軾文集，計有五十種。全書分上平聲、下平聲、上聲、去聲、入聲五卷。至於所收古韻字範圍，吳棫說：「其用韻已見《集韻》者皆所不載，雖見韻書而訓義不同或諸書當作此讀而注釋未收者，載之。」對每個古韻字，先用反切注出古音，解釋字義，再舉出例證，如：「降，胡公切，下也。《毛詩》：『我心則降。』屈原《離騷》：『帝高陽之苗裔兮，……惟庚寅吾以降。』」然後將這些古韻字按古音，分歸於中古二百零六韻韻部之下，實際上是歸入了三十五個韻部，即上平聲的東、支、魚、真四韻，下平聲的先、蕭、歌、陽、尤五韻，上聲董、紙、語、軫、銑、篠、哿、養、有九韻，去聲的送、寘、御、震、翰、霰、嘯、個、禡、漾、宥十一韻，入聲的屋、質、月、藥、合、洽六韻。另一百七十一個韻部則無歸字，而是注明古通某、古通某或轉入某、古轉聲通某，如：「二冬，古通東。三鍾，古通。四江，古通陽或轉東。」

吳棫認爲古人用韻較寬，可以通轉，便把古韻歸爲九類：

一東　冬鍾通，江或轉入。
二支　脂之微齊灰通，佳皆咍轉聲通。
三魚　虞模通。
四真　諄臻殷痕耕庚清青蒸登侵通，文元魂轉聲。
五先　仙鹽沾嚴凡通，寒桓刪山覃談咸銜轉聲通。
六蕭　宵肴豪通。
七歌　戈通，麻轉聲通。
八陽　江唐通，庚耕清或轉入。
九尤　侯幽通。

吳棫所謂的「通」和「轉」，據顧炎武解釋，「通」指全韻皆通；「轉」指「改此聲以就彼之韻，如才老所注『佳』爲堅爰切，『來』爲陵之切之類是也」（見《韻補正》上平聲五支注）。讀音相近，不必改讀的爲「通」，讀音相去較遠，須改讀才能相通的爲「轉」。南北朝以後，人們讀起以《詩經》爲代表的韻文時，感到有不少的韻不和諧，由於不知道語音是發展的，於是以爲某字應該臨時改爲某音，這就是「叶音」說。唐陸德明不贊同此說，認爲「古人韻緩，不煩改字」，即古人用韻比較寬，對於不合韻的字，則不必臨時改讀。吳棫的通轉說既接受了陸德明「古人韻緩」的看法，也接受了「叶音」說。吳棫看到了古人用韻與後人不同，却也沒有認識到語音是發展的。所以，他的古韻九類，也只能對古韻簡單的歸納，本質上還不能反映古韻部。也正是這一點，他才在作爲古音證據的五十種引書中包括了唐宋文人的作品，以致受到後人的批評。這也是他那個時代以前古音研究的致命弱點。一直到明末陳第提出「時有古今，地有南北，字有更革，音有轉移」的論點後，這一弱點才被克服，古音學才走上了科學的道路。

不過，吳棫作《韻補》在古音學史上是有貢獻的。有人在總結古音研究方法時，認爲求古音之道有八個方面：諧聲、重文、異文、音讀、聲訓、叠韻、方言、韻語。這八個方面有六個是主要的，即：韻語、諧聲、異文、方言、音讀、聲訓。追本窮源，這六個方面全是吳棫發明的，在《韻補》中都可以找到例證。《韻補》還提供了不少很有用的具體的古音研究材料和結論，這些往往爲後來的古音學家所引用。另外，他所用的反切也是研究南宋語音的好材料。

研究《韻補》的論著有：周祖謨《問學集》（中華書局，一九六六年）、李思敬《論吳棫在古音學史上的光輝成就》（天津師大學報，一九八三年第二期）等。

（沈榕秋）

毛詩古音考

〔明〕陳第

《毛詩古音考》，四卷。明陳第著。成書於萬曆三十四年（一六〇六）。有渭南嚴氏刻本、中華書局一九八八年康瑞琮點校本。

陳第（一五四一——一六一七），字季立，號一齋，又號溫麻山農，福建連江人。明代愛國將領，著名音韻學家。父木山早歲爲諸生，晚年曾任郡曹。陳第少時，隨其兄義山讀書，有「過目成誦，終身不忘」之譽。十九歲補弟子員，拜潘碧梧爲師，與林龍江論學，先後在福州、漳州講學。攻讀經史之暇，又騎馬擊劍，崇敬愛國將領戚繼光、俞大猷等，常謂：「男子具六尺軀，縱無他事業，亦當如班超、傅介子輩立功異域，奈何瑣瑣遨遨，抱筆硯向里胥口中唱取功名哉！」（萬雲銘：《陳第年譜》）嘉靖四十一年（一五六二），倭寇大舉進犯，戚繼光入閩征剿，陳第獻平倭策。隆慶六年（一五七二）秋，俞大猷移鎮福建，陳第投筆從戎，從俞氏學兵法。後以邊事上書，大司馬譚綸奇而薦之，領京營軍三千守古北口，歷任潮河川提調、薊鎮三屯車兵前營游擊將軍，屢建戰功。萬曆十一年（一五八三），因忤巡撫被論劾，解甲南歸，隱居連江西郊，絕意仕進，出游九州五嶽，足跡幾遍天下。每到一地，遇書輒買，所居善堂，藏書一萬餘卷，多隋唐遺書。其著作有《毛詩古音考》、《屈宋古音義》、《讀詩拙言》、《伏羲先天圖贊》、《尚書疏衍》、《寄心集》、《一齋詩集》、《五嶽兩粵游草》等十數種。

陳第自少年時代起，就牢記其父「叶音之説吾終不信」的教言，以後「上綜往古篇籍，更相觸證，久之豁然自信也」（《屈宋古音義跋》）。又讀《筆乘》，知焦竑亦主張「古詩無叶韻」，益自信，於是自萬曆二十九年（一六〇一）開始編著《毛詩古音考》。萬曆三十二年（一六〇四）出游金陵，跟焦竑研討古音，觀點甚相契合。因舊稿未隨身攜帶，根據記憶，繼續編著；焦氏爲補未備，正其音切。明年，又由金陵往江西德興，以《毛詩古音考》初稿請正於其兄義山。三十四年（一六〇六）夏，《毛詩古音考》在金陵脱稿刻成，其時陳第已六十六歲，其兄義山亦已物故。陳第奔至德興，於靈前焚書，以報其兄贊成之恩。

《毛詩古音考》是陳第最重要的古音學著作，學術價值極高，影響極大，在我國音韻學史上佔有極爲重要的地位。我國對於上古音的研究，雖然始於宋人，但在明代以前，基本上仍處於不明古音的階段；自陳第此書出，對於上古音的認識才逐漸清楚，對於上古音的研究才開始了新的階段。《四庫全書總目提要》認爲：「國朝顧炎武作《詩本音》、江永作《古韻標準》，以經證經，始廓清妄論。而開除先路，則此書實爲首功。」這是對《毛詩古音考》一書的正確評價。

《毛詩古音考》一書的觀點主要有二：

一、認爲語音有時代的差異和地域的差異。在明代以前，音韻學家們並未真正認識到語音是隨時代的發展而發展的。宋代吳棫研究上古音，所著《韻補》雖然泛取旁搜，引書達五十種，但材料繁雜，上自《尚書》、《詩經》，下逮韓愈、歐陽修、蘇軾兄弟，無所選擇，缺乏歷史觀點。直到明代，才有陳第首先提出「蓋時有古今，地有南北，字有更革，音有轉移，亦勢所必至」這一著名論點（《毛詩古音考自序》）。陳第又指出：「一郡之內，聲有不同，繫乎地者也；百年之中，語有遞轉，繫乎時者也」（《讀詩拙言》）。這種語音的歷史發展觀點和語音的區域性觀點，反映了四百多年以前漢語音韻學已經達到了很高的研究水平。

二、認爲古音與今音不同，古無叶韻。南北朝時期，人們誦讀《詩經》等上古韻文，發現某些韻脚不諧和，便將這些韻脚字改讀字音以求和諧，稱爲「叶韻」。到唐宋時代，叶韻之説益加泛濫，甚至有爲求叶韻而改動古書字句者，以致先秦兩漢之韻文幾不可讀。宋人吳棫、明人楊慎等都曾對叶韻之説表示懷疑，但始終未敢斷言其非。陳第在《毛詩古音考》中以大量材料證明《詩經》用韻不但內部基本一致，而且和同時代的《左傳》、《國語》、《易經》、《楚辭》、秦碑漢賦，乃至上古歌謠、箴銘、贊誦基本相合，由此確認《詩經》用韻必以當時實際語音爲基礎，以今音誦讀古詩之所以不諧，並非是因爲古無定音，而是語音演變的必然結果。陳氏的這一觀點有力地批判了無視客觀實際而强改字音的錯誤，徹底破除了叶韻説。

《毛詩古音考》全書共臚列《詩經》中的押韻字四百四十四個，每字先注古音，間附説解，後列證據。證據分本證、旁證兩種，「本證者，《詩》自相證，以探古音之源；旁證者，他經所載，以及秦漢以下去《風》、《雅》未遠者，以竟古音之委」（《四庫全書總目提要》）。其考證古音的方法主要有四：一、以古韻文證古音。陳氏以《詩經》押韻作爲本證，以羣經押韻和其他上古有韻之文作爲旁證。由於他材料豐富，尤其是他的旁證之中，不僅有文人雅士之作，而且收有民間歌謠、諺文和卜辭這樣一些不可能斤斤計較選字押韻的作品，因此他的論證有極强的説服力；二、用諧聲字探求古音。陳氏注意到同諧聲的漢字讀音必定相同相近，並利用這一規律考證古音。例如他説：「匐音必。……畐古讀必，故福、楅、幅、輻、偪、葍之類悉從此音。」（《毛詩古音考》卷四）這一方法後來爲清代學者段玉裁採用，並發展爲「同諧聲者必同部」說。三、大量利用前人的研究成果。陳氏在書中引用了上自漢代，下至明代十幾家古代注音，增强了論證的力量。例如他說：「寡音古。《禮記》：『君子寡言而行，以成其信。』鄭氏曰：『寡當爲顧，聲之誤也，顧音古。』」（同上，卷三）四、利用異體字、通假字來探求古音。例如他說：「讓，平聲。《禮記》：『左右攘避。』注云：『攘，古讓字。』」（同上）這是利用異體字來探求古音。又如：「其音記。『彼其之子』或作忌，『叔善射忌，又良御忌』，通作記。《表記》引作『彼記之子』，注疏云：『語辭也。』《左傳襄二十七年》引『彼己之子，邦之司直』，注：『己音記。』」（同上，卷二）這是利用通假字來探求古音。此外，陳氏有時也利用現代方言來考證古音，如他說：「樂音撈。北方至今有此音。」（同上，卷一）又：「梅音迷。楚中至今有此音。」（同上，卷二）

陳第的《毛詩古音考》考證嚴謹，言必有徵，典必探本，但也有一些不足之處，主要是：一、儘管對古音的考證做了大量工作，但是對語音的系統性還缺乏認識，因而不能夠像清代學者那樣將古音歸納爲若干韻部，構成一個完整的古韻系統。二、由於沒有一個完整的古韻系統，故不能正確認識各韻部之間的合韻、通押等現象，因而對某些韻例也就不能正確判斷，甚至有本當一音，誤判爲數音者。如：「舅音久。一音己，《易林》：『潔身白齒，衰老復起。多孫衆子，宜利姑舅。』」（同上，卷三）事實上，古音「舅」在幽部，《易林》「舅」與「起」爲韻，正是之部與幽部合韻之例，不得謂「舅」有二音。三、陳氏只重視古韻的研究，而疏於古聲的研究，他的本證、旁證全是韻文，也只能用以證明字的古韻，而不能證明字的古聲，因而陳氏所注的古音，其聲母多不準確。例如他認爲「時音始」、「寫音暑」、「仕音始」、「誦音宗」、「伏音逼」等等，注音字與被注字的聲母都有清濁之別，它們並非同音字。

有關《毛詩古音考》的研究可參閱洪誠《中國歷代語言文字學文選》（江蘇人民出版社，一九八二年）、汪壽明《歷代漢語音韻學文選》（上海古籍出版社，一九八六年）等書中的有關文章。（楊劍橋）

音學五書

〔清〕顧炎武

《音學五書》，三十八卷。清顧炎武撰。約成書於一六四三年。常見的版本有康熙六年（一六六七）山陽張弨符山堂刊本、光緒十一年（一八八五）四明觀稼樓刊本、湘陰郭氏岵瞻堂刊本、光緒十六年（一八九〇）思賢講舍刊本、民國上海文瑞樓石印本、鴻章書局石印本。民國二十二年（一九三三）嚴式誨輯《音韻學叢書》中也收錄了《音學五書》。近年有中華書局影印本行世。

顧炎武（一六一三——一六八二），原名絳，江蘇昆山人。一六四五年明亡後改名炎武，字寧人。自稱蔣山傭，號亭林，學者稱「亭林先生」。少年時參加「復社」反宦官權貴的鬥爭。清兵南下，他參加抗清起義。魯王時任兵部職方郎中。又參加昆山、嘉定一帶的抗清起義，失敗後矢志不仕，十謁明陵，墾荒種地，交游同道，不忘復興。晚年卜居華陰，卒於曲沃。平生學問博洽，曾遍游山東、河北、河南、山西、陝西等地，訪風問俗，搜集材料，研究學術。對國家典制、郡邑掌故、天文儀象、地理河漕、兵農經濟、經史百家、金石文字、音韻訓詁之學都有深入的研究，爲清代著名的想想家和學者。治學側重考證，提倡「經世致用」，聯係社會實際，反對空談「心理性命」，開創了清代樸學風氣。主要著作除《音學五書》外，另有《日知録》、《天下郡國利病書》、《肇域志》、《韻補正》、《亭林雜録》、《亭林詩文集》等。生平事跡見《清史稿》卷四百八十一、《清史列傳》卷六十八、《清儒學案小識》卷三、《國朝耆獻類徵》卷四百、《國朝先正事略》卷二十七。清代張穆撰有《顧亭林年譜》。

從十七世紀四十年代起，顧炎武開始研究古音，後來流浪他鄉，在黃河中下游一帶頻頻奔走，對不同地區的語音有了實際的接觸和了解，有助於古音研究。《音學五書》前後五易其稿，直至一六八〇年才刊改成書，可見用力之勤。

《音學五書》是顧氏古音研究的集大成之作，全書共五種：一、《音論》三卷，二、《詩本音》十卷，三、《易音》三卷，四、《唐韻正》二十卷，五、《古音表》二卷。書前有顧炎武自序。

在《音學五書》的序言中，顧炎武認識到語音是逐漸發展變化的。基於這種認識，他第一步「據唐人以正宋人之失」，即離析「平水韻」使之回到《唐韻》。第二步「據古經以正沈氏唐人之失」，就是根據上古韻文如《詩經》押韻等來離析《唐韻》，再歸納出古韻十部。從《音學五書》序中可以大致了解顧氏的古音研究情況。

《音論》分上、中、下三卷，共十五篇。它討論了古音及古音學的重大問題，主要是敍述音學的源流，是《音學五書》的綱領。上卷談音韻定義、歷史和沿革；中卷談古無叶音、古韻的部類、古調類的性質及入聲的分配系統等；下卷談轉注、反切，以及聲調和詞義的關係等。《音論》中重要的有四篇：一、《古人韻緩不煩改字》。認爲古人用韻較寬，凡聲音相近，聽起來和諧即可押韻。今天讀《詩經》不必改變某些韻字的讀音。二、《古詩無叶音》。完全贊同陳第的主張，認爲古人並無任意改讀的情況，前人的所謂叶音，正是古人的實際讀音。三、《古人四聲一貫》。認爲古人雖有四聲，但押韻可以不拘，不像唐詩那樣押韻字必須聲調相同。四、《先儒兩聲各義之說不盡然》。認爲前人關於一個字的不同讀音可以表示不同意義的看法不完全對。比如中古以後「愛惡」之「惡」讀去聲，「美惡」之「惡」讀入聲，顧氏認爲先秦沒有這種分別。

《詩本音》十卷，以《詩經》用韻爲主，以其他古書的用韻爲輔，來考訂《詩經》的古韻。他把《詩經》的原文都抄錄下來，在韻脚下分別注明屬於《廣韻》哪一韻；凡顧氏認爲古今讀音不同的字，則往往注明《詩經》的古讀，並統計出這個字在《詩經》和其他經書中作爲押韻字的出現次數，以證明所考證的古讀。例如《詩經·周南·卷耳》「行」字下注：「十一唐。考行字《詩》凡三十二見，《書》三見，《易》四十四見，《左傳》一見，《禮記》三見，《孟子》一見，《楚辭》十三見，並户郎反。其行列之行、行止之行、五行之行同是一音，後人誤於十二庚韻再出。」又「觥」字下注：「古音光。考觥字《詩》凡二見，並同，後人混入十二庚韻。」

《易音》三卷，專論《易經》用韻，體例與《詩本音》相似，唯不抄錄《易經》全文，而是僅僅選取他認爲用韻的字句，對其中的押韻字加注。《詩經》和《易經》的用韻大致相同，但顧氏認爲《易經》有方音，這是與《詩經》不同之處。

《唐韻正》二十卷，名爲改正唐宋韻書，實際上是《詩本音》與《易音》的詳細注釋。其體例是「其一韻皆同，而中有數字之誤者，則止就數字注之，一東是也；一韻皆誤，則每字注之，四江是也；同者半，不同者半，則同者注其略，不同者注其詳，且明其本二韻而誤併爲一，五支是也；一韻皆同無誤，則不注，二冬、三鍾是也」（見《唐韻正》前面的說明）。顧氏以先秦古音爲正，以此來糾正《唐韻》，凡是《唐韻》與古音不合的，都以爲誤。先注《廣韻》的反切，其次注古音，然後追本溯源，引證隋唐以前的韻文、音讀、聲訓及諧聲等資料來證實所注的古音，最後指出字音及所隸屬的韻類音變的起始時代。當然不是每個字、每個韻都如此詳注。

《古音表》分爲上、下兩卷，離析《唐韻》以求古音，以平聲爲首，其它三聲與之配合，並改變入聲的分配系統，將古韻分爲十部，用表的形式列出。這在古音研究中是首創，從而奠定了清代古音學的基礎。

《音學五書》從理論上和實踐上徹底否定了叶韻說，奠定了古音學的基礎，開拓了音韻學研究的新領域。它的貢獻主要有兩方面：

一、顧氏把《詩經》韻《易經》韻同諧聲結合起來，並根據諧聲系統把《廣韻》的「支、麻、庚、尤」和入聲「沃、覺、藥、鐸、麥、昔」等韻分爲兩支，入聲「屋」韻分爲三支，提出了離析《唐韻》以求古音的方法。這個方法，給後代以很大影響。江永採用它離析了《廣韻》的「虞、先、蕭、肴、豪」等韻，段玉裁、江有誥更採用它諧成了上古的韻部表。直至今天，我們劃分上古韻部時，仍不能不採用顧氏的這種方法。顧炎武離析唐韻之後，又把它們綜合起來，成爲十部，這就給古韻的韻類劃了出一個輪廓。其中的六、七、八、九等部都爲後世所承認，另外六部也初具規模。後來諸家或析之爲二，或析之爲三，或析之爲四，只是在顧氏的基礎上進一步細分。可以說，古韻的分部實際是從顧炎武開始的。前代吳棫和陳第雖也曾對古音有所研究，但並不是古音的分部，没有系統地指出一個古韻部類的輪廓，

二、顧炎武在《音學五書》中變更了《廣韻》入聲的分配系統，從而揭示了上古入聲韻跟陰聲韻的關係。自《切韻》成書以來，入聲韻和陽聲韻相配的看法很少有人懷疑，但顧氏從《詩經》韻中入聲字與平上去聲字

合用的現象、經傳異文的通轉、前人的音讀以及《說文》的諧聲材料裏發現入聲分配系統並非如此。他根據這些材料把《廣韻》的入聲系統重新加以安排，使絕大多數入聲韻跟陰聲韻相配，只有侵覃以下九個韻保留了舊有面貌。這種更動對古音研究的發展有很大的作用。只有打破《切韻》入聲系統的束縛，才有可能接近真正的古音。儘管顧炎武重新更定的入聲系統有欠當的地方，但是由他提出的上古入聲韻和陰聲韻相配的原則却爲後來學者所肯定。

顧氏的古音研究有復古傾向。他指出，古音跟今音是不同的，要讀古書必須懂得古音，並說：「愚以爲讀九經自考文始，考文自知音始。以至諸子百家之書，亦莫不然。」(《答李子德書》)顯然，他所主張的復古，不是指語音，而是指古書的音，即要讓六朝以來從心所欲、順口而叶的「古音」恢復原來的面目。這無疑是正確的。可是，他在《音學五書序》中批評周顒、沈約等人不該根據漢魏以來的韻文寫成韻譜，以致把古音都亡失了，因此他根據先秦韻文來糾正他們，寫成《唐韻正》。這實際上是認識上的錯誤。周、沈等人的目的是記錄當時語音，根本不是爲了考求古音、保存古音。所以，他們寫韻譜的材料自然是與當時語言相近或相合的漢魏以下的韻文，而不是與當時語言有很大距離的先秦韻文；他們所劃分的韻部以及每個韻部中小韻的反切，也都是合於或近於漢魏以下的韻文。顧炎武輕易地批評「某字後人誤入某韻，某字後人混入某韻，某字後人誤於某韻再出」，是不妥當的。

顧氏在理論和方法上也存在一些失誤。一、沒有把時間地點的觀念貫徹到底，使理論陷於矛盾之中。一方面，認爲語音是變化發展的，另一方面，《音學五書序》又把春秋中葉以前的上下一千幾百年，縱橫一千幾百里的語音都看成是完全相同的。他曾觀察到《詩經》韻跟《易經》韻有明顯不同的地方，但却撇開這些事實，肯定地説「文王、周公之所繫，無弗同者」。第二、顧氏把古今音的演變局限於韻母上。他注的古音，除轉引《廣韻》以前的反語外，大都是簡單地把《廣韻》切語的下字换一换。這就是説，他認爲只有韻母才變化，聲母没有變化，這是不符合事實的。他對於古音演變的片面看法，也表現在上古調類的研究上。他認爲古聲調有遲疾輕重之分，並根據入聲字十之七八跟入聲字相押韻的現象，確定古人實有入聲；另一方面，他又受陳第的影響，提出「四聲一貫」的看法，認爲遲疾輕重之間没有明顯的界限，同一個字既可讀平，又可讀仄。他没有注意到先秦調類和《廣韻》不同，是由於古今聲調也發生了變化的緣故。三、顧氏的古韻分部不够精密，字的歸類也不盡妥當，例如他的真部，江永分爲真元兩部，他的支部，段玉裁分爲支、脂、之三部。

研究顧炎武《音學五書》的著作主要有：王力《漢語音韻學》（中華書局，一九五六年版）、濮之珍《中國語言學史》（上海古籍出版社，一九八七年）等的有關章節。

（徐川山）

古韻標準

〔清〕江永

《古韻標準》，四卷。清江永撰。成書於乾隆三十六年（一七七一）。有粤雅堂叢書本、守山閣叢書本、貸園叢書本等。

江永(一六八一——一七六二),字慎修,安徽婺源(今屬江西)人。清代經學家、音韻學家。少年時即研習古代經籍注疏,凡古今制度、鐘律輿地,無不探賾索隱,測其本始,而於天文、地理之術尤精。讀書好深思、比勘,學問以考據見長,開有清一代皖派經學研究之風氣。一生科試不利,屢試不中,二十一歲中秀才後,僅在三十四歲時補過廩生,以授徒講學終其身。著有《周禮疑義舉要》、《禮書綱目》、《律呂闡微》、《鄉黨圖考》、《讀書隨筆》、《近思録集注》、《音學辨微》、《四聲切韻表》、《古韻標準》等。

以往學者,如宋吳棫、明楊慎、陳第、清顧炎武、柴紹炳、毛奇齡等人的韻書「最行於世,其學各有所得」(《四庫全書提要》),但除顧氏以外,多不區分時代,而把《詩經》、《楚辭》與漢魏、六朝,甚至唐宋等不同時代的韻文相提並論,混爲一談;或失於以今韻部分求古韻,故「拘者至格閡而不通,泛者至叢脞而無緒」。(同上)江永有見於此,認爲必須確定一個標準,即以《詩經》三百篇押韻爲研究古韻的主要依據,稱之爲「《詩》韻」,並以經傳、騷體、諸子等周秦以下韻文爲佐證,謂之「補考」。標準確定以後,才好跟後代的聲韻相比;有原有委,亦可參校異同,明其流變。《古韻標準》之命名就是此意。

《古韻標準》卷首有「例言」一篇,叙述作者對於古音研究的理論認識,以及對於前輩古音研究得失的評價。又有「《詩》韻舉例」一篇,歸納《詩經》用韻之例,如連句韻、間句韻、一章易韻、隔韻、三句隔韻、四聲通韻、三句見韻、四句見韻、五句見韻、隔數句遥韻等。

《古韻標準》分古韻平、上、去聲各爲十三部,即東、脂、魚、真、元、宵、幽、歌、陽、耕、蒸、侵、談(舉平以賅上、去)。與顧氏十部的不同在於:分顧氏的真部爲真、元兩部;分顧氏的蕭部爲宵、幽兩部;分顧氏的侵部爲侵、談兩部;把侯韻和虞韻的一半從顧氏的魚部中析出,歸入幽部。另外,分入聲爲八部,即屋、質、月、鐸、錫、職、緝、盍。顧氏入聲雖未獨立，實際入聲有四部，江氏增加了四部。書中每個上古韻部的開頭，先列《廣韻》韻目，其一韻歧分兩部的，則注明分某韻；如果韻本不通，而有字應當歸入此部的，則注曰別收某韻；四聲不同的，則注曰別收某聲某韻。又每個字下均作小注，而每部的結尾又爲之總論。

《古韻標準》一書的價值主要是：

一、精於音理，注重審音。江永不僅研究上古音，還研究中古音，關於等韻學的力作《音學辨微》中有「辨四聲」、「辨字母」、「辨七音」、「辨清濁」、「辨開口合口」、「辨等列」等論述，說明深通音理，這對於他的古韻研究有很大幫助。由於懂得音理，所以他在《古韻標準・例言》中曾批評陳第說：「五百字中，有不必考，亦有當考而漏落者。蓋陳氏但長於言古音，若今韻之所以分、喉牙齒舌脣之所以異、字母清濁之所以辨，概乎未究心焉。」又由於他懂得音理，所以他能夠根據語音的斂侈，即元音開口度的大小來區分真元兩部、幽宵兩部和侵談兩部（真、幽、侵爲斂，元、宵、談爲侈），而批評顧炎武「考古之功多，審音之功淺」。（《古韻標準・例言》）

二、主張「數韻共一入」，强調語音的系統性。江氏云：「除緝、合以下九部爲侵、覃九韻所專，不爲他韻借，他韻亦不能借，其餘二十五部諸韻，或合二三而共一入。」（《古韻標準・例言》）江氏是從語音系統性的觀點來看入聲的，因此他的入聲既可屬陰聲韻，也可屬陽聲韻。這種「數韻共一入」的理論，實爲以後戴震的陰、陽、入三分說的先河。

三、具有進步的語言史觀。顧炎武在古音學上有復古思想，他曾說：「天之未喪斯文，必有聖人復起，舉今日之音而還之淳古者。」江永批評了這種思想，並以日用器具作比喻說：「譬猶窑器既興，則不宜於籩豆，壺斟既便，則不宜於尊罍。……若廢今人之所日用者，而强易以古人之器，天下其誰從之？」（古韻標準·例言》）江氏在當時就已經具有這種進步的語言史觀，是十分可貴的。

江氏把侯韻和虞韻之半從魚部中析出，這是正確的，但他把這兩韻又歸入幽部，則不妥。以後段玉裁讓侯部獨立，自成一部，才完全做對了。

顧炎武曾創「古人四聲一貫」説，認爲「上或轉爲平，去或轉爲平、上，入或轉爲平、上、去」。（《音學五書》）江氏批評説：「入聲與去聲最近，《詩》多通爲韻，與上聲韻者間有之，與平聲韻者少，以其遠而不諧也。韻雖通，而入聲自如其本音，顧氏於入聲皆轉爲平、爲上、爲去，大謬。」（《古韻標準》卷四）江氏的批評是正確的，可惜他後來還是依從顧氏之説。

有關《古韻標準》的研究著作有：王力《漢語音韻學》（中華書局，一九五六年版）、周斌武《漢語音韻學史略》（安徽教育出版社，一九八七年）等。

（王　立）

十駕齋養新録

〔清〕錢大昕

《十駕齋養新録》，二十卷，清錢大昕撰。主要版本有嘉慶九年（一八〇四）至十一（一八〇六）刊本、浙江書局重刊本。近年有上海書店據商務印書館一九三七年版重印本。

錢大昕（一七二八——一八〇四），字及之，又字曉徵，號辛楣，又號竹汀。江蘇嘉定（今上海市嘉定縣）人。清代著名的史學家、考據學家、語文學家。乾隆十三年肄業於蘇州紫陽書院，十九年（一七五四）中進士，官至詹事府少詹事，歷任翰林院編修、侍講學士，山東、浙江等地鄉試主考官，廣東學政。乾隆三十八年（一七七三）後居家三十餘年，歷主鍾山、婁東、紫陽三書院，造就門生數千人，卒於紫陽書院。錢大昕治學面廣，博學多才。最初以辭章聞名，以後鑽研經史，凡文字、音韻、訓詁之精微，地理之沿革，歷代官制之體例，氏族之流派，以及金石算術、中西曆法，無不了如指掌。平生讀書，每有心得，就寫爲札記。晚年仿照顧炎武《日知録》的體例，把這些札記整理成《十駕齋養新録》。其他著作還有《潛研堂文集》、《恒言録》、《二十二史考異》、《元史氏族表》、《經典文字考異》、《潛研堂金石文跋尾》等。生平事跡見於《清史稿》卷四百八十一、《清史列傳》卷六十八等。錢大昕的曾孫錢慶曾著有《錢辛楣先生年譜》和《竹汀居士年譜續編》。

《十駕齋養新録》不分門目和先後，大體上把同類的問題編在一起。每篇冠以標題。前三卷皆論經學，四、五卷論小學，六至九卷論史學，十卷論官制，十一卷論地理，十二卷論姓氏，十三、十四卷論典籍，十五卷論金石，十六卷論詞章，十七卷論術數，十八卷論儒術，十九、二十卷論雜志、考證。從中可知錢氏治學的博大精深。

《十駕齋養新録》卷五集中反映了錢大昕的古音理論。在此以前，研究古音的人只注意古韻，錢氏則最先注意到古聲紐問題。他有四點創見：一、古無輕脣音；二、古無舌上音；三、古人多舌音；四、古影、喻、曉、匣雙聲。前三點發明均見於《十駕齋養新録》卷五，其中最重要的有兩篇，即《古無輕脣音》、《舌音類隔之說不可信》。

在《古無輕脣音》這篇中，錢氏指出，中古輕脣音聲紐在先秦一律讀作重脣。他以古今聲母不同的歷史觀點，從「類隔切」的分析，從諧音偏旁、異文、文字通假、方音、梵語譯音等方面的比較，來證實「凡輕脣之音，古讀皆爲重脣」的中心論題。例如他說：

古音「負」如「背」，亦如「倍」。《史記・魯周公世家》：「南面倍依。」《漢書・徐樂傳》：「南面背依。」「倍」與「背」同，即「負扆」也。《書・禹貢》：「至於陪尾。」史記作「負尾」，《漢書》作「倍尾」。《漢書・宣帝紀》：「行幸萯陽宮。」李斐曰：「負音倍。」《東方朔傳》：「倍陽宣曲尤幸。」師古曰：「倍陽即萯陽也。」《釋名》：「負，背也。置項背也。」

錢氏的考證縝密精深，他羅列的證據達幾百條之多，如「古讀反如變」、「古讀法如逼」、「古讀望如茫」等，下面都有極豐富的書證來證明。

在《舌音類隔之說不可信》一文中，錢氏專論古代舌上音與舌頭音不分的問題，即「知、徹、澄三母，以今音讀之，與照、穿、牀無別也；求之古音，則與端、透、定無異」。例如他說：

《說文》：「『沖』讀若『動』。」《書》：「惟予沖人」，《釋文》：「直忠切。」古讀「直」如「特」，「沖子」猶「童子」也。字母家不識古音，讀「沖」爲「蟲」，不知古讀「蟲」亦如「同」也。《詩》：「蘊隆蟲蟲」，《釋文》：「直忠反，徐徒冬反。《爾雅》作『爞爞』，郭都冬反。《韓詩》作『烔』，音徒冬反」，是「蟲」與「同」音不異。

他還舉出很多例子來證明古音「知、徹、澄」與「端、透、定」無異。如：「古音『中』如『得』」，「古音『陟』如『得』」，「古音『直』讀如『特』」，「古音『竹』讀如『篤』」，「古音『裯』讀如『禱』」等。

在《舌音類隔之説不可信》的後半部，錢氏還指出「古人多舌音」。他説：「古人多舌音，後代多變齒音，不獨知、徹、澄三母爲然也。」他認爲照、穿、牀等母的字在古代也有不少是歸舌音端、透、定的。當然他所説的照、穿、牀，是指照三聲母。例如他説：

「至」、「致」本同音，而今人强分爲二(「至」，照母；「致」，知母)。不知古讀「至」亦爲陟利切，讀如「疐」，舌頭非舌上。《詩》「神之弔矣」、「不弔昊天」，毛傳皆訓「弔」爲「至」，以聲相近爲義。「咥」、「耋」皆從「至」聲，可證「至」本舌音，後人轉爲齒音耳。

「古無輕脣音」、「古無舌上音」和「古人多舌音」三説，是錢大昕關於古聲紐研究的重大突破，是他對於漢語音韻學的卓越貢獻。他的方法乃是根據中古兩個或兩個以上的聲類，在上古經籍、諧聲、漢魏反切等材料中有大量的相通之跡，就判定這兩個或兩個以上的聲類在上古屬於同一個聲類。這一方法啓發了後人，以後章炳麟發明「娘日二紐歸泥説」、黄侃發明「照二歸精説」、曾運乾發明「喻三歸匣」和「喻四歸定」，都是照此法立論的。

不過錢大昕的方法，從邏輯學上來看，是屬於不完全歸納法，其結論帶有或然性；從語言學上看，語音演變具有很强的規律性，如果上古一個聲母分化爲中古兩個或兩個以上的聲母，那末其中必定有分化的語音條件，如果找不到這種分化的條件，那末就不能貿然肯定中古兩個或兩個以上的聲母，在上古屬於同一個聲母。據此，現代音韻學認爲，錢氏「古無輕脣音」之説是可信的，因爲輕脣音聲母只出現在主元音是央後元音的三等韻中；「古無舌上音」之説也是可信的，因爲端系聲母只出現在一、四等韻中，知系聲母只出現在二、三等韻中；「古人多舌音」之説則不甚可信，因爲照三聲母和知系聲母同出現於三等韻，找不到它們的分化條件。

在《十駕齋養新録》卷四和卷五中，錢氏還有許多重要論述。例如關於文字學方面，有「説文連上篆字爲句」一説，這是指《説文》一書的釋義，有必須連字頭篆字一起成句的，如「昧，爽旦明也」須讀成「昧，昧爽，旦明也」。又如關於訓詁學方面，有「奪」即「脱失」之正字一説，我們聯想起《孟子·梁惠王上》「百畝之田，無奪其時」，「奪」正當作「脱」字解。又如關於音韻學方面，有「韻書次第不同」一説，叙述隋唐韻書韻目排列次序的問題，等等。

研究錢大昕《十駕齋養新録》卷五的著作主要有：王力《漢語音韻學》（中華書局，一九五六年版）、張世禄、楊劍橋《音韻學入門》（復旦大學出版社，一九八七年）、何九盈《中國古代語言學史》（河南人民出版社，一九八五年）等書的有關章節。（徐川山）

六書音均表　〔清〕段玉裁

《六書音均表》，五篇。清段玉裁著。成書於乾隆四十年（一七七五），有經韻樓原刻本。

段玉裁（一七三五——一八一五），字若膺，號茂堂、懋堂（曾字喬林、淳甫，又號硯北居士、長塘湖居士、僑居老人），江蘇金壇（今江蘇省金壇縣）人。清代著名的音韻文字訓詁學家、經學家。十三歲補諸生，究心於小學之書。乾隆二十五年（一七六〇）爲舉人，至京師拜戴震爲師。後以教習任貴州玉屏縣知縣，旋調四川，署理富順及南溪縣事，尋任巫山縣知縣。四十六歲時，以父親年邁告病東歸，居蘇州楓橋，閉户不問世事三十餘年。一生著述甚豐，計有《古文尚書撰要》、《毛詩故訓傳定本》、《詩經小學》、《周禮漢讀考》、《春秋左傳古經》、《汲古閣説文訂》、《六書音均表》、《説文解字注》、《經韻樓集》等三十餘種。

乾隆二十五年（一七六〇），段玉裁進京赴考，見到了顧炎武的《音學五書》，「驚怖其考據之博」（《六書音均表・序》），深爲折服。二十八年（一七六三），他拜戴震爲師，從戴氏那裏得知江永（慎修）的《古韻標準》及其主要内容。三十二年（一七六七）段玉裁在《古韻標準》的啓發下，細心紬繹《詩經》三百篇的用韻，發現顧炎武、江永的古音研究尚有不足，遂提出了支脂之三分、真文分部和侯部獨立等著名觀點，開始作《六書音均表》（「均」爲「韻」的古字），以全面闡述自己在上古音研究方面的觀點和成果。初稿於乾隆三十五年（一七七〇）二月撰成，以後又根據戴震的意見，並在朱云駿的幫助下，對初稿進行了全面修訂，終於在乾隆四十年（一七七五）九月告成，前後歷時積八年之久。

《六書音均表》共分五篇。第一篇「今韻古分十七部表」，列出每一個古韻部所包含的《廣韻》韻目，以及分部的理由和各韻部的界限；第二篇「古十七部諧聲表」，根據「同諧聲者必同部」的原則，列出每一個古韻部所包含的聲符；第三篇「古十七部合用類分表」，把十七部分成六類，按聲音的同異近遠關係依次排列，並指出同類韻部和相鄰韻部可以互相諧聲、假借和通用；第四篇「《詩經》韻分十七部表」，按照古韻十七部臚列《詩經》韻譜；第五篇「羣經韻分十七部表」，按照古韻十七部臚列《詩經》以外的先秦韻文韻譜。書前有戴震、錢大昕等人的序，以及段氏與戴震的來往書信。

《六書音均表》是清代三百年的上古音研究中一部劃時代的著作。它在古音學上的重大貢獻主要有四：

一、支脂之三分、真文分部和侯部獨立。顧炎武分古韻爲十部，江永以幽宵分立、真元分立、侵談分立，發展爲十三部。段玉裁在此基礎上，把顧、江兩氏的支部再析爲支、脂、之三部，把江氏的真部再析爲真文兩部，把江氏歸入幽部的侯部獨立出來，將古韻部發展爲十七部，使古韻研究更爲細密準確。戴震曾經贊譽說：「大著辨別五支、六脂、七之，如清真蒸三韻之不相通，能發自唐以來講韻者所未發。今春將古韻考訂一番，斷從此說爲確論！」（《戴東原先生來書》）

二、古韻十七部的有機排列。段玉裁根據《詩經》押韻的合用分用情況，把十七部分成六類，依次排列，並說：「同類爲近，異類爲遠；非同類而次第相附爲近，次弟相隔爲遠。」（《六書音均表・古今韻說》）這實際上是按照主元音和韻尾的相近相承，來排列韻部，不但解釋了上古詩文中押韻的合用分用現象，而且爲後人構擬古音音值打下了堅實的基礎。

三、同諧聲者必同部說。在段玉裁之前，宋徐蕆在《韻補・序》中已經講到：「音韻之正，本諸字之諧聲有不可易者。……『浼』爲每罪切，而當爲美辨切者，由其以『免』得聲。……」他朦朧地提出了諧聲跟韻部之間的關係；以後，江永也曾說到「熨蔚從尉，沸費從弗」（《四聲切韻表・凡例》）。但作爲一個原則，明白而堅定地肯定下來，則始於段玉裁。由於這一個原則的建立，古音學家才有可能通過同聲符字（諧聲字）的聯繫，來確定那些不見於韻脚的漢字屬於上古甚麼韻部，才有可能建立系統的、科學的諧聲原則和假借原則，才有可能把上古音研究推進到諧聲時代而取得一系列重大突破。

四、古無去聲說。段玉裁認爲上古無去聲，到魏晉時代，上、入聲多轉而爲去聲，平聲多轉爲仄聲。這一論述大致上是可以成立的。因爲從漢藏系親屬語言的聲調看，古藏語没有聲調，說明直到藏語分化出去之時，漢藏母語尚未産生聲調；古黎語只有平、上、入聲，說明三千多年前黎族由大陸移往海南島時，大陸已有平、上、入聲，而去聲尚未産生。因此，漢語的聲調完全有可能是從無到有、從少到多逐漸産生和發展起來的。

《六書音均表》不足之處是：一、在古韻分部中，未能照顧到語音的系統性，雖然真文分部是正確的，但是没有能够同時把與真文兩部有對轉關係的脂微兩部分開，雖然侯部獨立是正確的，但是没有能够同時把侯部的入聲也獨立出來。二、古韻十七部雖然能做到有機的排列，但從總體上說，還是一種機械的綫性的排列。實際上，之部字既能與幽部字合韻，又能與脂部字合韻，但是段玉裁列之部爲第一部，脂部爲第十五部，將它們隔得很遠。同時，由於是綫性排列，因此他又不得不專門提出「古異平同入」說，認爲之部（第一部）與蒸部（第六部）同入、魚部（第五部）與陽部（第十部）同入等等，這種說法遠不如戴震的陰陽對轉說來得合理。三、不承認上古有方音。戴震曾經指出：「五方之音不同，古猶今也。」《詩經》三百零五篇，産地包括現今甘肅、陝西、山西、山東、河南、河北、湖北等省，在這樣一個大範圍中，方音不可避免。儘管歷史上有孔子删《詩》之說，但方音不可能完全被删改掉。

有關《六書音均表》的研究著作主要有：王力《中國語言學史》（山西人民出版社，一九八一年）、洪誠《中國歷代語言文字學文選》（江蘇人民出版社，一九八二年）等書的有關章節。　（楊劍橋）

聲類表

〔清〕戴震

《聲類表》，十卷。清戴震撰。成書於清乾隆四十二年(一七七七)。有《戴氏遺書》本、渭南嚴氏《音韻學叢書》本。

戴震(一七二三——一七七七)，字東原。安徽休寧人，清著名經學家、音韻學家。出身貧寒，師事江永，曾參與修訂江永《古韻標準》一書。乾隆二十七年(一七六二)中江南鄉試，主講浙東金華書院。乾隆三十八年(一七七三)特詔爲《四庫全書》纂修官，乾隆四十年(一七七五)賜同進士出身，授翰林院庶吉士。治學廣博，於經學、小學、哲學、天文、地理、數學、歷史等均有研究，創見頗多，爲乾嘉學派皖派的重要人物。除《聲類表》外，又撰有《聲韻考》、《轉語二十章》(已佚)、《方言疏證》、《屈原賦注》、《孟子字義疏證》、《東原集》等，著作總集爲《戴東原先生全集》、《戴氏遺書》。

關於上古漢語的韻部，戴氏初分十三部，與江永所分大體相當。以後，乾隆三十八年(一七七三)改定《聲韻考》時，始改爲七類二十部，過了兩年又改爲九類二十五部，至此，戴氏確立了自己的古韻學說。乾隆四十二年(一七七七)五月，戴氏集諸家大成，精研爛熟，以五天時間著成《聲類表》，但未及編寫例言，書成二十天後以勞累病逝。

《聲類表》是一部以等韻圖的形式來表現上古音系的著作。戴氏分古韻爲九類二十五部，即（括號中是傳統名稱）：

一 ｛一、阿（歌）　二、烏（魚）　三、堊（鐸）

二 ｛四、膺（蒸）　五、噫（之）　六、億（職）

三 ｛七、翁（東）　八、謳（侯）　九、屋（屋）

四 ｛十、央（陽）　十一、夭（宵）　十二、約（藥）

五 ｛十三、嬰（耕）　十四、娃（支）　十五、戹（錫）

六 ｛十六、殷（真）　十七、衣（脂）　十八、乙（質）

七 ｛十九、安（元）　二十、靄（祭）　二十一、遏（月）

八 ｛二十二、音（侵）　二十三、邑（緝）

九 ｛二十四、醃（談）　二十五、諜（葉）

書中每卷展示一類韻部，每類韻部之中又分開口、合口，開合口之下又分内轉、外轉和重聲、輕聲。其所謂内轉是指中古的一、二等韻，所謂外轉，是指中古的三、四等韻；其所謂重聲，相當於黄侃所説的古本音，所謂輕聲，相當於黄侃所説的今變音。戴氏列圖的具體做法是：每一圖之首注明「開口内轉重聲」、「合口外轉輕聲」等字樣，然後以横行標明本韻部所轄中古韻部的韻目，如「歌、哿、箇」之類。每一韻目之下分爲兩豎行，一行列清音聲母字，一行列濁音聲母字。然後又以横行分五欄，第一欄列見組字，第二欄列端組字，第三欄列照組或知組字，包括日母字，第四欄列精組字，包括疑母字，第五欄列幫組或非組字。各圖的次序是先開口，後合口，先內轉，後外轉，先重聲，後輕聲。在「重聲」、「輕聲」之後，有時又標明「古音」，這是指某些字中古不同韻部，在上古則屬同一韻部，如中古尤韻字的一部分上古屬之部，但中古尤韻和之韻不是同一韻部，所以在這部分尤韻字前注明「古音」。圖中，入聲既配陰聲，又配陽聲，如職部德韻「祴、刻、餩、黑」等字既配之部咍韻，又配蒸部登韻。

《聲類表》對於古音學的貢獻主要有：一、首先提出陰、陽、入三分的理論，並以入聲爲陰陽通轉的樞紐。《切韻》以入聲韻配陽聲韻，顧炎武鑒於上古去入相近者甚多，而將入聲韻改配陰聲韻，戴氏受江永「數韻同一入」之說的啓發，始將入聲韻全部獨立，這是符合上古漢語語音系統的創造，並對後來孔廣森的「陰陽對轉」說具有直接影響。二、根據陽聲韻與陰聲韻相配的原則，從段玉裁的第十五部（脂部）分出祭部，並使之與陽聲韻元部和入聲韻月部相配。在諧聲時代，祭部字屬於入聲字，到《詩經》時代，祭部逐漸由入聲變爲去聲，這一過程一直延續到《切韻》，因而《切韻》祭泰夬廢四韻有去而無平上。戴氏讓祭部獨立，是一大發明。三、首先開始探索古音音值的擬測。戴氏的九類二十五部名稱全用影母字來代表，其用意是影母字韻母前無輔音聲母，正好用來代表上古韻母的音值。

《聲類表》的不妥之處有：一、把歌部（收入中古歌、戈、麻韻）看成是陽聲韻，而與魚部、鐸部相配，這是不合理的。歌、戈、麻三韻之字從上古到中古始終是陰聲韻字。二、對於上古聲母缺乏深入研究，因而圖中聲母基本上就是中古三十六字母，知組歸端、照組一分爲二等古聲母現象都沒有反映出來，而把疑母列於精組之中，把日母列於禪母之前，更爲不經。

有關此書的研究可參閱李新魁《漢語等韻學》（中華書局，一九八三年）。

（楊劍橋）

詩聲類

〔清〕孔廣森

《詩聲類》，十二卷。清孔廣森著。有《顨軒孔氏所著書》本、渭南嚴氏《音韻學叢書》本、《皇清經解續編》本、中華書局一九八三年重印本。

孔廣森（一七五二——一七八六），字衆仲，一字撝約，號顨軒。山東曲阜人。他是孔子的後裔，祖父襲封了衍聖公的名號，父親曾任户部主事等職。孔廣森自小聰明，十七歲考中舉人，十九歲考中進士，選爲翰林院庶吉士，散館授檢討。生性恬淡，沉湎於著述，不願與達官要人來往。後因家境艱難而陳情歸養，從此不再做官。其父因著書被人訐訟，他奔走借貸，贖出父親。不久，祖母、父親相繼去世。接二連三的災變，使他心力交瘁，過度哀傷而卒，年僅三十五歲。孔廣森受業於戴震、姚鼐門下，經史訓詁，六書九數，無不貫通。他跟戴震學六經，盡得其學，著有《大戴禮記補注》十四卷、《禮學巵言》六卷、《經學巵言》六卷、《曾子十二篇讀本補注》一卷。尤精春秋公羊之學，著有《春秋公羊通義》十一卷。數學方面，著有《少廣正負外内篇》。他工於駢體文，著有《儀鄭堂駢儷文》，又擅長篆書、隸書，江藩《漢學師承記》説他「書入能品」。

《詩聲類》作於何年，無考。但此書最初由孔廣森的弟弟孔廣廉刊於乾隆五十七年（一七九二年），則其著述必在此前。

《詩聲類》是一部研究《詩經》的韻書，我國最早的一部韻書是魏李登的《聲類》，所以孔廣森把他這本韻書叫做「詩聲類」。

孔廣森分上古韻部爲十八部，把《詩經》韻字分別歸入這十八部，並以每部所列韻字中的第一字作爲該部的韻目。這十八部又分爲陽聲韻、陰聲韻兩類，即：

陽聲韻九部：原丁辰陽東冬綅蒸談

陰聲韻九部：歌支脂魚侯幽宵之合

書中一至六卷爲陽聲韻，七至十二卷爲陰聲韻。卷一開始部分有敘論，談對古音的認識，列出了十八部韻目。書末有後記一篇。

作者所謂陽聲韻，就是指以鼻音收尾的韻，所謂陰聲韻，就是以元音收尾的韻。他指出這十八部之間相互有一定的關係，即陽聲韻與陰聲韻之間兩兩相配，如原韻與歌韻相配，丁韻與支韻相配，一直到談韻與合韻都相配。這些相配的韻之間分別可以相互對轉。陽聲韻九部和陰聲韻九部不是任意排列的，而是相近的韻排在一起，如原與丁相近，丁與辰相近。這些相鄰的韻有的可以相互通用，它們是：丁辰通用，冬綅蒸通用，支脂通用，幽之宵通用。因而上古窄韻是十八部，而寬韻則可合併爲十二部。他說「十二類取其大同」，十八類「乃又剖析斂侈清濁毫釐纖眇之際」。《詩聲類》各韻部不僅羅列《詩經》韻字，而且辨析出這些韻字的聲符，排列在每部的開頭，使讀者可以根據同聲必同部的原理，以簡馭繁，掌握本部所有的字。

作者在每個韻部中都講明《廣韻》中哪些韻與本韻部對應，由此可以得知其上古十八韻部與中古韻部的關係：

《詩聲類》	《廣韻》
一、原	元、寒、桓、删、山、仙。
二、丁	耕、清、青。
三、辰	真、諄、臻、先、文、殷、魂、痕。
四、陽	陽、唐、庚。
五、東	東、鍾、江。
六、冬	冬。
七、綅	侵、覃、凡。
八、蒸	蒸、登。
九、談	談、鹽、添、（咸）、（銜）、嚴。
十、歌	歌、戈、麻。
十一、支	支、佳，入聲麥、錫。
十二、脂	脂、微、齊、皆、灰，入聲質、術、節、物、迄、月、没、曷、末、黠、轄、屑、薛、
十三、魚	魚、模，入聲鐸、陌、昔。
十四、侯	侯、（虞），入聲屋、燭。
十五、幽	幽、（尤）、蕭，入聲（沃）。

十六、宵　宵、肴、豪，入聲(覺)、藥。

十七、之　之、咍，入聲職、德。

十八、合　入聲合、盇、葉、緝、(帖)、洽、狎、業、乏。

如果將此與當時的段玉裁《六書音均表》中的古韻十七部相比，孔廣森所定的上古韻部有以下特點：

一、冬從東鍾江中分化出來，獨立爲一部。

二、真臻先與諄文殷魂痕合併爲一部。

三、合盇洽狎業乏從覃部分出，緝葉帖從侵部分出，另外組成爲合部。

四、把《廣韻》中的入聲全部歸到陰聲韻。

作者在第一卷敘論中闡述了對古音的看法，認爲上古韻到中古韻變化比較大，但語音變化是有規律可循的，上古韻系統可以重建。談到如何重建上古韻時，他說：應該「《唐韻》以爲柢，《毛詩》以爲正」。他還談了自己研究古韻的經過：「竊嘗基於《唐韻》，階於漢魏，躋稽於二雅、三頌、十五國風而釋之，而審之，而條分之，而類聚之，久而得之。」當然，諧聲偏旁也十分重要，「蓋文字雖多，類其偏旁，不過數百，而偏旁之見於《詩》者，固已什舉八九，苟不知推偏旁以諧衆聲，雖遍列六經、諸子之韻語，而終不能盡也」。一言以蔽之，他研究上古韻的方法是：歸納《詩經》押韻系統和漢字諧聲系統，以今音上推古音。這實際上是繼承了顧炎武的上古音研究方法。

孔廣森之前，已有不少人研究了上古韻，從顧炎武十部到段玉裁十七部，古韻分析已相當精密。然而，孔廣森正是在這樣的情況下做出了新的貢獻。其主要貢獻有兩點：一是將東、冬分立，一是提出了陰陽對轉說。他在《詩聲類》卷四、卷五中將從冬、中、農、宮、宗、衆、戎、夢等聲符的字，獨立爲冬部，並指出這些字在《詩經》韻中不得闌入東部，在秦漢以前的其他韻文中與東部的界限也很嚴，而且東部每與陽部通，冬部每與侵蒸通；甚至到了魏晉時代冬、東兩部依然有別。所以東、冬不得合爲一部。東、冬分部深受段玉裁的稱許，後來學者一般也都同意此說。陰陽對轉說是孔廣森論上古韻的最精彩的部分。開陰陽對轉先河的應是戴震，他的九類二十五部以陰陽相配，已經有對轉的痕跡，段玉裁《六書音均表》也有「異平同入」之說。但他們都没有像孔廣森那樣明確地、系統地提出陰陽對轉的概念。所謂陰陽對轉，就是指主要元音相同的陰聲韻和陽聲韻之間可以相互轉化。孔廣森陰陽對轉的情況如下：

歌與原對轉　魚與陽對轉　宵與緝對轉
支與丁對轉　侯與東對轉　之與蒸對轉
脂與辰對轉　幽與冬對轉　合與談對轉

其中，除了合談不能算陰陽關係，宵緝對轉不合理、幽冬關係比較模糊外，其他六類對轉關係都是正確的，有大量事實可以證明。作者認爲入聲是陰陽對轉的樞紐，如：「之」爲平聲，轉爲上聲「止」，再轉爲去聲「志」，再轉爲入聲「職」，然後由入聲「職」轉爲陽聲「證」、「拯」、「蒸」。孔廣森的陰陽對轉說豐富了我國傳統語音學理論，對於研究古音的發展以及古文獻中通假現象都有重要意義。

不過，《詩聲類》也有一些缺點。如囿於方音，認爲上古没有入聲。此說實難成立。雖然古代聲調問題尚無定論，但學者一般都已確認古代有入聲。另外，段玉裁已將真諄分爲兩類，而孔廣森再將真諄合爲一類，未免欠妥。又，以宵與緝對轉，以合爲陰聲與談對轉，也是不妥的。

《詩聲類》後附有《詩聲分例》一卷，專門分析《詩經》各詩用韻的位置、韻數、韻距，如「偶韻例」、「末二句換韻例」等。這是繼江永《詩韻舉例》而作的，但比江書更加詳密。它列通例十門，別例十三門，雜例四門，所舉句式有一百三十多條。《詩聲分例》既對讀《詩聲類》有參考作用，也有助於了解《詩經》的韻讀規律。

（沈榕秋）

切韻考

〔清〕陳澧

《切韻考》，六卷，附《外篇》三卷。清陳澧撰。成書於道光二十二年（一八四二）。有成都書局一九二九年版、北京中國書店一九八四年影印本。

陳澧（一八一〇——一八八二），字蘭甫，一字蘭浦，號江南倦客，因書齋名「東塾」，世稱東塾先生，廣東番禺（今廣州）人。清代學者、音韻學家。陳氏先世居紹興住墅村，祖父官遷廣東，遂僑居番禺。自幼喜讀書，九歲能詩文。曾問詩學於張維屏，問經學於侯康，凡天文、地理、樂律、算術、古文、駢文、填詞、篆隸真行書無不精習。道光十二年（一八三二）舉人。咸豐元年（一八五一）任河源縣訓導，到職僅二月，因見「盜賊遍地，當事者不問」，遂告病還家。為廣州學海堂學長數十年，晚年又主講菊坡精舍，從學者甚衆。一生著述豐富，計有《東塾讀書記》二十一卷、《聲律通考》十卷、《漢志水道圖說》七卷、《東塾集》六卷、《憶江南館詞》一卷、《切韻考》六卷（附外篇三卷）、《漢儒通義》七卷、《說文聲表》十七卷、《水經注提綱》四十卷、《水經注西南諸水考》三卷、《弧三角平視法》一卷等，凡十五種。《清史稿》二百六十九卷有傳，《嶺南學報》四卷一號有《陳東塾先生年譜》。

《切韻考》一書是陳澧二十八歲至三十三歲費時五年，於一八四二年才寫成的。近年來曾發現此書原稿殘卷一册，裏面都是用窄紙條抄錄的《廣韻》反切校語，分條編號，黏裝成册。其中文句塗改甚多，頗與現行刻本不一致，但主要是改變行文敘述的方法，而與內容觀點無涉。於此可見，陳氏著作態度之謹嚴。

《切韻考》六卷，第一卷「序」和「條例」，敘述著作目的和考證方法；第二卷「聲類考」，校定《廣韻》反切用語，得四百五十二個反切上字，分別系聯而得四十聲類；第三卷「韻類考」，校定《廣韻》反切用語，並以韻部爲單位，系聯反切下字而考得韻母的類別；第四卷「表上」、第五卷「表下」，以韻部爲單位，仿照等韻圖表，列出《廣韻》二百零六韻每一韻部中的所有小韻，平上去入四聲相承，凡同一聲類者列在同一縱行，凡同一韻類者列在同一橫行；第六卷「通論」，探討音韻學上的某些理論問題。《外篇》三卷，第一卷「切語上字分併爲三十六類考」，敘述《廣韻》四十聲類與傳統三十六字母的異同；第二卷「二百六韻分併爲四等開合圖攝考」，按照等韻學的方法，重新排列《廣韻》二百零六韻的開合四等，以指明等韻的源委和得失；第三卷「後論」，探討等韻學上的某些理論問題。

陳氏著《切韻考》的目的，是爲了探究孫叔然、陸法言的「切語舊法」，也就是爲了探究陸法言《切韻》的聲韻系統。原來在陳澧之前，古音學家都以爲守溫三十六字母就是中古聲母，就是《切韻》和《廣韻》的聲母系統，他們熱衷於上古韻部的歸納分析，對於廣韻》的韻母系統也缺乏研究。陳澧在歷史上首先提出這一課題，對於認識《廣韻》的聲韻系統，認識《切韻》音系的性質，是具有重大意義的。

陳澧所處的時代，《切韻》殘卷尚未發現，因此他是從《廣韻》入手，來探究《切韻》的聲韻系統的。但《廣韻》爲做詩押韻服務，詩韻並無了解聲母的需要，即使對於韻母也只要求韻腹、韻尾相同相近，而對於韻頭則並不介意，因此，《廣韻》並不明確提出它的聲母系統，它的二百零六個韻部也不能跟韻母系統相提並論。針對這一困難，陳氏首創反切系聯法以考證《廣韻》的聲韻。反切系聯法的根據是「切語之法以二字爲一字之音，上字與所切之字雙聲，下字與所切之字叠韻」（《切韻考》卷一），其具體辦法有正例三條，即同用、互用、遞用，變例二條，即又音和互見。所謂同用，是指兩字的反切上字或反切下字相同，則它們的聲母或韻母必定相同；所謂互用，是指兩字互爲反切上字或互爲反切下字，則它們的聲母或韻母亦必相同；所謂遞用，是指乙字做甲字的反切上字或反切下字，丙字做乙字的反切上字或反切下字，則甲、乙、丙三字的聲母或韻母亦必相同。所謂又音，是指同一個音的兩個反切，其反切上字聲母必定相同；所謂互見，是指平上去入四聲相承的韻部，其包含的韻母可互相參見。

陳澧運用反切系聯法，最後確認《廣韻》聲類四十，韻類包括四聲在內共三百十一類。與宋人三十六字母比較，四十聲類的不同點在於明母和微母合而爲一，照穿牀審四母以及喻母一分爲二，而三十六字母的幫滂並、非敷奉亦與反切上字的分合不同。與《廣韻》二百零六韻比較，三百十一韻類的不同點在於某些韻以開合口之不同區別爲兩類，如唐韻，某些韻以洪細之不同區別爲兩類，如東韻，某些韻以開合洪細之不同區別爲四類，如庚韻，還有一些韻則表現出重紐的區別，如支韻。

陳澧發明的反切之學，其意義不僅在於探明《廣韻》的聲韻系統，更爲重要的是，它啓發了後人科學利用韻書以外的反切系統的方法，從而爲漢語音韻學增加了大宗材料來源。韻書主要爲詩文押韻而作，相近的韻母往往在同一韻部之中，聲母的表示也不明確，而反切用語正可以補充韻書的這些不足，反切和反切系聯法的價值就在於此。

陳澧在反切系聯過程中，也頗有欠精密之處。後人檢查的結果是，如果嚴格依其正例，則不僅幫滂並明與非敷奉微、端透定泥與知徹澄娘、照穿牀審喻應當一分爲二，就是陳氏未加區分的精清從心、見溪疑影來曉也應一分爲二，這樣，《廣韻》的聲類當是五十一類；如果加上變例，則幫滂並當與非敷奉合併，端透定泥當與知徹澄娘合併，這樣，《廣韻》的聲類又當是三十三類。陳氏不免有自亂其例之嫌。究其本源，他之所以不能嚴格遵循自立的體例，還是因爲他受傳統三十六字母的束縛，不敢過於逾越已有的規範。

陳澧的反切之學有兩個根本的缺陷：第一，所謂「又音」，既可能是同音異切，即讀音相同而反切用語不同，也可能是同字異讀，即同一個字具有兩種以上的不同讀音。陳氏根據「又音」來合併反切上字的類別，其方法本身就有了一個很大的漏洞。而陳氏所謂的「互見」，是以相承四韻中某一韻的情況來範圍另一韻，如果相承四韻所反映的韻母整齊劃一，自然不會產生錯誤，但如果相承四韻所反映的韻母不整齊劃一，那末就容易得出錯誤的結論。第二，反切上字的類別是否絶對等於聲母的類別？《廣韻》的反切有一個明顯的分組趨勢，即反切下字有一、二、四等與三等之別，反切上字就也有一、二、四等與三等之別。這種對於反切上字用語的挑選，顯然是爲了拚切得更加和諧。顯然，反切上字的這種分組並不代表聲母的類別，它只代表同一聲母音位的各個條件變體而已。因此，陳澧系聯的結果只是反切上字的類，必須在此基礎上，加以音位學的考察，方能得到真正的聲母的類。同樣，反切下字的類別也應該運用音位學加以檢驗。

反切系聯法有一個前提，即必須保證反切用語沒有訛誤。對此，陳氏創立了三個條例：一、切語用字偶疏說，即指一韻之內開合兩類字分用甚明，其間偶有以開切合，或以合切開者，陳氏以爲這是切語用字之疏，不能因其相通而合爲一類。二、切語借用字說，即指《廣韻》中有以他韻字切本韻字者，有一韻中以他類字切本類字者，陳氏以爲這是因爲本韻或本類無字，或雖有字而冷僻不可用，乃借用他韻或他類字，凡借用字亦不可與他韻他類合爲一類。三、韻末增加字說，即指《廣韻》同音的字必定不會分立兩個反切，如果一韻之內有兩條切語同爲一音者，其一必爲後人所增，增加字多在韻末，字多隱僻重見，凡增加字一概摒棄不用，以免擾亂反切系聯。陳氏的這三個條例基本上是正確的，它們不僅對於反切系聯法大有裨益，而且在韻書的校勘上有重要的參考價值。

除了闡明反切系聯法以外，《切韻考》對於漢語音韻學還有許多重要論述。例如關於「等」主乎聲還是主乎韻的問題。古人有所謂以聲母分等者，其實聲母跟等第並非一對一的關係，一個聲母可以在好幾個等第出現，依據一個字的聲母並不一定能確認這個字的等第；而一個韻母必定在一個等第出現，依據一個字的韻母必定能確認這個字的等第。陳澧指出：等，「古人但以韻分之，但以切語下字分之，而不以上字分之。」（《外篇》卷三）這是完全正確的。

不過，陳氏在作出這些重要論述的同時，也暴露出他排斥等韻、一味尊崇中國古法的片面觀點。例如他說：「溯等韻之源，以爲出於梵書可也，至謂反切爲等韻，則不可也，反切在前，等韻在後也。」（《切韻考》

卷六）其實，雖然反切的形式是依據於漢語的雙聲叠韻和二合之音的原理，但是反切和音義一類書風行於漢魏之際，這跟當時的文人學士通曉佛經和梵文拚音原理不可否認是有緊密的聯係的。陳氏又批評《四聲等子》、《韻會》等書對於三十六字母和二百零六韻的歸併，認爲：「字母之法至此蕩然矣」，「如曰新奇，亦何足爲新奇乎！」（《外篇》卷三）這樣一味以隋代陸法言舊法爲準，蔑視宋元以來韻書、韻圖的發展，反而降低了《切韻考》一書的價值。

關於《切韻考》研究著作有：周祖謨《問學集》（中華書局，一九六六年）、張世禄、楊劍橋《音韻學入門》（復旦大學出版社，一九八七年）等書的有關章節。

（楊劍橋）

音學十書

〔清〕江有誥

《音學十書》，又名《江氏音學十書》，十一卷，附書二卷。清江有誥撰。成書於清嘉慶道光年間。有清嘉慶道光間刊本、民國十七年（一九二八）上海中國書店影印嘉慶道光本、一九五七年四川人民出版社據渭南嚴氏《音韻學叢書》原版重印本等。

江有誥（？——一八五一），字晉三，號古愚，安徽歙縣人。清代著名音韻學家。江有誥從少年時代起，學習就十分刻苦，二十二歲補爲博士弟子。同輩中大都埋頭科舉，獨江氏潛心研究文字音韻之學，閉門著述，寒暑無間。江氏治古音學之初，只見到顧炎武的《音學五書》和江永的《古韻標準》。他認爲江永之書能對顧氏《音學五書》有所補益，但其分部「尚多罅漏」，所以，將古韻初分爲十八部。不久江氏得段玉裁《六書音均表》，見自己和段氏持論多合，更覺自信。於是以段氏所分爲本，對古韻重加梳理。最後又採納了孔廣森東冬分立的意見，遂定古韻爲二十一部。晚年重點鑽研文字之學，著《說文六書錄》、《說文分韻譜》、《說文質疑》、《說文更定部分》、《說文繫傳訂譌》、《經典正字》及《隸書糾謬》等書，對「六書」及經典文字的正誤頗有獨到的見解。

江氏的主要音學著作，全部匯於《音學十書》之中，這十種書是：《詩經韻讀》四卷；《羣經韻讀》一卷；《楚辭韻讀》一卷（附《宋賦韻讀》一卷）；《先秦韻讀》二卷；《廿一部韻譜》（未刻）；《漢魏韻讀》（未刻）；《諧聲表》一卷；《入聲表》一卷（附《等韻叢說》一卷）；《四聲韻譜》（未刻）；《唐韻四聲正》一卷。《音學十書》卷首有段玉裁的《江氏音學叙》及段玉裁、王念孫與江氏往來論韻的信件，另附有《古韻廿一部總目》、《古音凡例》、《古韻總論》等材料。從《音學十書》的目錄及葛其仁《江晉三先生傳》的記載看，江有誥當另有《音學辨訛》、《唐韻更定部分》、《唐韻再正》等音學著作，惜今皆不傳。

《音學十書》比較全面地反映了江有誥對上古語音系統的認識，也大致代表了清代古音學的研究水平。《詩經韻讀》等四部「韻讀」，把先秦所有的韻文都搜集在一起，一一注明韻脚及其所屬韻部。這樣既便利了讀者，又使讀者能更清楚地看見古人的韻例，使人知道其二十一部的分立是證據確鑿的。這樣巨大的工作是前人没有做過的。如《詩經韻讀》卷一「周南·桃夭」篇：

桃之夭夭，灼灼其華(音花)。之子于歸，宜其室家(音姑，魚部)。

桃之夭夭，有蕡其實。之子于歸，宜其家室(脂部)。

桃之夭夭，其葉蓁蓁。之子于歸，宜其家人(真部)。

江氏在《詩經韻讀》等書中的注音，凡言「音某」、「某某反」的，是指該字的古代讀音；凡言「叶某某反」、「叶音某」的，是指此時臨時改讀某，而古本音另有某聲。這僅僅是爲了便利今人誦讀，並非認爲古字音無定讀，因此這裏的「叶音」與六朝唐宋人的「叶音説」含義不同。江氏二十一部的排列順序是從古韻通用合用的疏密遠近之中總結出來的，較之前人泥於《唐韻》次第或僅憑主觀意志排定更爲合理和實用。《詩經韻讀》對韻文合韻的處理也較嚴謹。作者認爲，並不是所有的韻都可以隨便合用，合韻必須是音韻次第相近(讀音相近)的韻。在《詩經韻讀》等書中，相鄰的兩韻合用稱爲通韻；隔一部合用稱爲合韻；隔兩三部合用稱爲借韻。隔四部以上就不能合用。作者認爲，如果相隔很遠的韻也能合韻，那就失去了分別部居的本意。

《諧聲表》一書，按照「同聲必同部」的原則，以古韻爲主，漢韻和《説文》聲符爲輔，將一千一百三十九個聲首分別歸入二十一部之中。諧聲表的好處是可以將先秦典籍中的絶大部分字分別歸入各韻部之中，這是僅僅依靠先秦韻文來系聯所達不到的，因爲《詩經》等韻文的入韻字僅一千多個。段玉裁也做過諧聲表，但那是按照他的十七部做的，隨着分部的細密，已不太適用，而且段氏有些聲符的歸部不太妥當。本書對段氏的諧聲表作了一定的調整和補充，成爲後代學者研究上古韻部歸字的重要參考材料。

作者在對諧聲偏旁的分析研究中發現，各部的平、上、去三聲相承，其字的偏旁諧聲無不吻合，唯有祭、泰、夬、廢四韻不與平、上兩聲發生關係。因此斷定這四韻沒有平、上兩聲。根據這個方法，江氏又撰寫了《入聲表》，對入聲的分配進行了調整，糾正了前人在入聲分配問題上的種種謬誤。除偏旁諧聲外，還從一字兩讀、先秦韻文中平入合韻這兩個方面來考察入聲的歸屬，將入聲或獨立、或與陰聲韻相配。《入聲表》每表以四聲相配，這就等於給先秦語音系統作了韻圖，使人們得以看見上古語音系統的全貌，從而推知語音演變的脈絡。《入聲表》還是擬測上古音音值的重要依據，因爲要正確擬測上古音音值，得有兩個基本條件：一、對中古音音值的正確擬定；二、對上古語音系統的有條理的排定。江氏的《入聲表》正是一幅較有條理的上古語音系統圖。《入聲表》後還附有《等韻叢說》一書，用等韻學原理來辨今音的「訛誤」，其目的還是爲古音學服務。這種以古爲正的思想固然不正確，但作者在書中聲稱：越是僻鄉之處保留古音越多，却是極有見地的。

《唐韻四聲正》反映了作者對上古聲調的看法。江有誥起初主張古無四聲，後來經過反復研究，又認爲古人實有四聲，只不過古四聲並非完全等同今四聲。他批評《切韻》的編者未能審明古訓，把當時的聲調錯誤地當作古聲調來分析，所以有將古甲聲之字「誤收」入乙聲中去的；有一字古有二三聲而僅收一聲的。作者就是針對這種情況撰成《唐韻四聲正》一書，在「古詩必同調相諧」的思想指導下，排比大量先秦兩漢的韻文材料，將《唐韻》中字調與上古不同者一一指出。仿顧炎武《唐韻正》之例，每一字大書其上，博採三代兩漢之韻文分注其下，以證明古人早有四聲之說。作者還認爲，古韻並不是每一部都具備四聲的，有的只有平、上、去而無入；有的只有平、去而無上、入；有的只有去、入而無平、上；還有的只有入聲而無平、上、去。這種認識比起將入聲看作是平聲之附庸的看法來，無疑是一種進步。但是作者在古聲調問題上起碼犯有兩個錯誤：一、以古爲正的思想；二、將同調相諧的規律極端化。

《音學十書》在古音學史上佔有重要地位，作者被人稱爲古音學的集大成者。這是因爲：第一，在清代古音學家中，他最深入、最全面地作了研究，既總結了前人的研究成果，又能用大量的材料來說明問題。第二，江氏兼有考古與審音的能力，能用等韻原理來分析古韻。

有關《音學十書》的研究著作主要有：王力《中國語言學史》（山西人民出版社，一九八一年），陳復華、何九盈《古韻通曉》（中國社會科學出版社，一九八七年）。（孟　進）

國故論衡・上卷

〔清〕章炳麟

《國故論衡》（上卷），一卷。清章炳麟著。收入《章氏叢書》內。有一九一七年至一九一九年浙江圖書館木刻本，一九二四年上海古籍流通處據此本影印。另有民國年間右文社鉛字排印本。浙圖木刻本素稱善本，右文社本訛字較多。

章炳麟（一八六九——一九三六），初名學乘，字枚叔，後改名絳，號太炎，世稱太炎先生。浙江餘杭人。

近代民主革命家，著名學者。一八九七年任《時務報》撰述，因參加維新運動，被清政府通緝，流亡日本。一九〇三年發表《駁康有爲論革命書》等文，並爲鄒容《革命軍》作序，被清政府逮捕入獄。一九〇六年出獄，去日本，參加同盟會，主編同盟會機關報《民報》，與改良派展開論戰。辛亥革命後回國，一度受張謇拉攏，撒佈「革命軍興，革命黨消」的言論。一九一三年聲討袁世凱，被軟禁於北京。袁氏病死獲釋。一九二四年脫離孫中山改組的國民黨，在蘇州設章氏國學講習會，以講學爲業。一九三六年病逝於蘇州。章炳麟在近代思想史和學術史上佔有重要的地位，在文學、歷史學和語言學上都有較大的貢獻。其著述大部分刊入《章氏叢書》正編、續編和三編中。在語言學方面，章氏的論著主要有《文始》、《新方言》、《國故論衡》（上卷）和《小學答問》等。章炳麟是中國傳統語言學的集大成者，繼承段玉裁、王念孫等以音韻通文字、訓詁的研究方法，注重探究語言文字的源流變化，不爲細枝末節所限，其學說氣象恢宏，蔚爲大家。

《國故論衡》（上卷）是關於傳統小學以及音韻學、文字學的重要論著，同時也涉及語言理論、文言與白話之爭等問題。章炳麟有關語言文字之學的重要論文大部分已包括在內。全書共收入論文十一篇：一、《小學略說》。二、《成均圖》。三、《音理論》。四、《二十三部音準》。五、《一字重音說》。六、《古音娘日二母歸泥說》。七、《古雙聲說》。八、《語言緣起說》。九、《轉注假借說》。十、《理惑論》。十一、《正言論》。這些論文主要涉及以下幾個方面：一、章氏關於小學研究的基本思想。二、章氏的古音學說。三、章氏有關六書中轉注、假借的理論。四、對於文言與白話之爭、文字的拚音與表意之爭的意見。

關於小學的研究的基本方法，章氏一方面認爲形體、故訓和音韻三者都很重要，不可偏廢。「三者偏廢，則小學失官」。另一方面又特別强調音韻研究的重要性。他指出：「董理小學，以韻學爲候人。」「文字之本，肇於語言。形體保神，聲均（韻）是則。」這些思想完全貫穿在他的《文始》、《新方言》和《小學答問》等著作中，對黃侃等人以及後來從事傳統語言學研究的學者有很大的影響。

在古音學研究上，《成均圖》、《二十三部音準》和《古音娘日二母歸泥說》等篇構成了一個完整的體系。這一體系包括三個要點：一、古韻分部。章氏認爲，從顧炎武起，江永、段玉裁、王念孫、孔廣森等各家越分越細，這是由於「前修未密，後出轉精」的緣故。他自己的分部即以採各家之長的夏炘二十二部集說爲基礎，加上自己所創立的隊部，定爲二十三部。二、韻轉理論。章氏在吸收孔廣森陰陽對轉說的基礎上，建立了自己的韻轉理論。他創造了一張「成均圖」，把自己的古韻二十三部排列在這張圜形的圖上，用以說明它們之間的遠近通轉關係。對於章炳麟的韻轉理論，有些學者譏爲「無所不轉，無所不通」。他們認爲，既然所有的韻部皆可通轉，分部也就失去了意義。其實這是一種誤解。章氏雖然建立了大量的韻轉條例，但他並沒有講所有的韻部都可以通轉。而且各種韻轉的地位、韻部之間的關係也不是一律相同的，對轉有正、次之分，旁轉有遠近之分，這裏就包含着區別一般與個別、多數情況與少數例外的意思。尤其需要强調的是，在章氏以前，孔廣森等人講對轉注重的是詩韻、諧聲、假借、讀若等材料中的某些矛盾現象，他們提出對轉理論主要是爲了解釋這些矛盾現象；而章氏講韻轉，主要是從語言和語義的關係來討論語言演變中的聲音轉變規律，他的韻轉理論已經超越了古音學的範圍而跟訓詁學緊密地聯係起來了。因此，我們也不能局限在古音學範圍裏來評價他的韻轉理論。三、上古聲紐。上古聲紐研究是清代古音學的薄弱環節，只有錢大昕一人提出過「古無輕脣音」和「舌頭舌上類隔不可信」二說。章炳麟完全讚同並進一步提出古音娘母、日母歸泥母的主張。這在諧聲、讀若、聲訓等材料中有廣泛的證據，是章氏對古音學的又一重大貢獻。

在文字學方面,《國故論衡》主要對傳統「六書」中的轉注、假借提出了新的解釋。在章氏以前有些學者提出象形、指事、會意、形聲爲體,假借、轉注爲用的說法,認爲六書中象形、指事、會意、形聲是造字之法,它們可以產生新字,而轉注、假借僅僅是用字之法,不能產生新字。章炳麟不同意這種說法。他認爲轉注、假借也都是造字的法則。一般泛稱的同訓,雖然也可以稱爲「轉注」,但這不是六書中所講的轉注。一般文字上的同聲通用,後人雖然統稱「假借」,但也不是六書中所講的假借。他認爲六書中的轉注和假借應該指這樣的情況:文字是語言的符號,用文字代語言的時候,總是「各循其聲」的。但是同一名義,方言讀音有所不同,它們之間的關係或者是雙聲相轉,或者是叠韻相迆。遇到這種情況,如果是另造一字的,這就是「轉注」。語言日益發展,文字也日益孳乳衍生,這時就需要加以節制,所以對於意義雖有引申但聲音仍舊切合的情況不另造新字,這就是所謂「假借」。章氏這種說法主要是從文字的繁衍與節制,語言與文字的矛盾運動來解釋「轉注」和「假借」的。這種解釋雖未必符合許慎《說文解字》自序裏所講的六書的本意,但是在文字學理論上具有一定的價值。

對於文言和白話之爭,《國故論衡》既不贊成以文言代替白話,也不贊成用白話取代文言。章氏認爲我國的情況是「文質素殊」,口語與書面語一向背離,他擔心「若以語代文便將廢絕誦讀,若以文代語又會喪失故言」,希望用恢復「古語夏聲」的辦法來解決言文脫離的矛盾,這顯然是一種不切實際的想法。

在文字的表意與拚音之爭問題上,章炳麒認爲拚音文字「宜於小國,非大邦便俗之器」。中國幅員遼闊,方言分歧嚴重,所以不宜推行拚音文字。

研究《國故論衡》的論著有王力《漢語音韻學》(中華書局,一九五六年重印版)等。(靳　華)

歌戈魚虞模古讀考

〔現代〕汪榮寶

《歌戈魚虞模古讀考》，近人汪榮寶著。一九二三年刊於《華國月刊》第一卷第二、三期。

汪榮寶（一八七八——一九三二），字衮甫，又字太玄，別號思玄。江蘇吳縣人，文字音韻學家。光緒丁酉科拔貢，曾任兵部七品京官。早年留學日本早稻田大學。一九〇六年任京師譯學館教職，後任京師大學堂監督。熱心於國語運動，一九〇九年曾與勞乃宣、趙炳麟等人一起在北京發起簡字研究會，從事文字改革的社會宣傳工作，一九一二年任讀音統一會會員。曾任中華民國政府臨時參議院議員和衆議院議員，並先後任駐比利時、瑞士和日本公使。除寫有文字音韻方面的論文外，還著有《清史講義》、《思玄堂集》、《法言疏證》等書。生平事跡見《中國現代語言學家》第二分冊。

《歌戈魚虞模古讀考》是汪榮寶最重要的語言學論文。長期以來，傳統的音韻學有「古無麻韻」一說，認爲今天的麻韻雖然讀作 a，可是在中古音中却分屬於現在讀 o 的歌、戈韻，和現在讀 u、ü 的魚、虞、模韻，因此，今天麻韻的 a 音是從西域來的。汪榮寶的這篇文章反對這個說法。他首先注意到一般語言的規律，他說：「人生最初之發聲爲阿 a；世界各國字母多以阿爲建首；阿音爲一切音之根本，此語言學之公論也。」由此推斷上古漢語也應當有a音。其次，他注意到日文假名中的漢音，他指出，日本假名五十音中的十個代表音在魏晉六朝和唐代的漢語中是這樣對譯的：

假名	漢字
a	阿
ka	加
sa	左
ta	多
na	那（奈）
ha	波
ma	末
ya	也
ra	羅（良）
wa	和

這十個字中，歌韻五個字、戈韻兩個字、麻韻兩個字、末韻一個字。他說：「今列十字中取材於歌戈者七字，則歌戈之與a音相諧可知。」再次，他又注意到了古代阿拉伯人和歐洲人遊記中的漢字音讀。九世紀時阿拉伯人的遊記中，稱中國濱海方面與sila諸島爲界，「其民白皙，臣屬中國」。汪榮寶認爲這是指斯羅（朝鮮），「阿拉伯人所記，既非出自身經，則必得之中國人之傳述。古音斯讀如si，sila之爲斯羅譯音，毫無疑義。此唐人讀羅爲la之證矣。」再次，他還注意到六朝隋唐時佛經中的梵漢對音，指出「波、簸、婆、魔、磨、羅、邏」等漢字均對譯梵文a音，「苟非古人讀歌戈如麻，則更無可以說明之法」。最後，他注意到中國古籍中所譯的外國人名地名，如Pars譯爲「波斯」，Java譯爲「闍婆」等等，「其對音之例，無不相同」。其結論是：「唐宋以上，凡歌戈韻之字皆讀a音，不讀o音；魏晉以上，凡魚虞模韻之字亦皆讀a音，不讀u音或ü音也。」他對這個結論堅信不疑，稱「南山可移，此案必不可改」。

《歌戈魚虞模古讀考》一文和過去的漢語古音研究相比，有很大不同。在研究目的上，它不再繼續劃分韻部，而是替清代和近代學者已經分出的韻部擬測具體的音值；在研究的方法上，它擺脱了漢字的束縛，主要着眼於漢語和外語的對音和譯音上。這一切，爲漢語音韻學開辟了新途徑，使漢語音韻學的面貌爲之一新，因而引起人們的廣泛注意。此文發表以後，章炳麟、徐震等馬上著文反對，錢玄同、林語堂和唐鉞等則極力贊同，作了充分的肯定。這就是後人所謂古音研究上的第一場大辯論。

不過，汪榮寶的《歌戈魚虞模古讀考》雖然注意到了兩種語言之間的對音和譯音，但是没有注意到用中古的譯音來做上古音值的證據，這是不妥當的；其次，不同語言有不同的語音系統，音譯只能是近似的，不宜做絶對的肯定，更何况魏晉時代的梵漢對音，大多經過中亞語言的轉譯，並非直接來自印度。因此，他的結論是有缺陷的。根據後來的研究，關於歌、戈兩韻的音值，汪氏之説大致可成定論；但魚、虞、模韻在魏晉以上則跟歌、戈韻分得很清楚，未可混爲一談。

有關《歌戈魚虞模古讀考》的研究著作主要有：王力《漢語音韻學》（中華書局，一九五六年版）、周斌武《漢語音韻學史略》（安徽教育出版社，一九八七年）等書的有關章節。（徐川山）

漢語音韻學

〔現代〕王　力

《漢語音韻學》，原名《中國音韻學》，共四編七章。近人王力著。一九三六年商務印書館初版，一九五六年中華書局重印版改今名。

王力（一九〇〇——一九八六），字了一，廣西博白縣人。著名語言學家。二十四歲進上海南方大學，次年入上海國民大學。二十六歲進入清華大學國學研究院，受業於著名學者梁啓超、王國維、趙元任、陳寅恪等。一九二七年留學法國巴黎大學專攻實驗語音學，以《博白方音實驗録》獲博士學位。一九三二年回國，歷任清華大學教授、西南聯大教授。一九三九至一九四〇在越南河内研究東方語言。抗戰勝利後任中山大學教授、文學院院長，創辦語言學系。一九四八年任嶺南大學教授兼文學院院長，一九五二年任中山大學教授兼語言學系主任。一九五四年任北大教授兼漢語教研室主任，同年任中國文字改革委員會委員，參與制定《漢語拚音方案》。一九五五年應聘爲中國科學院哲學社會科學部委員、語言研究所學術委員。一生勤勉治學，著述極豐，主要著作除《漢語音韻學》外，還有《中國文法學初探》、《中國現代語法》、《中國語法理論》、《中國語法綱要》、《漢語史稿》、《漢語詩律學》、《中國語言學史》、《龍蟲並雕齋文集》等。

《漢語音韻學》分前論、本論上(《廣韻》研究)、本論中(由《廣韻》上推古音)、本論下(由《廣韻》下推今音)四編，共七章。一至三章是前論，第四章是本論上，第五章爲本論中，六、七兩章是本論下。

第一章介紹語音學常識。運用現代語言學原理和方法，對語音學的常識做了介紹。第一節講元音；第二節講述半元音與複合元音；第三節講述輔音；第四節講述聲調；第五節講音標。

第二章是「漢語音韻學名詞略釋」。同樣運用現代語言學的原理，科學地對中國傳統的音韻學名詞進行解釋。

第三章講等韻學。這一章詳細介紹了等韻學的基本原理、源流以及韻圖、等韻學家等。

第四章講《廣韻》。叙述代表漢語中古音的《廣韻》音系。主要內容是：一、《廣韻》的歷史。認爲《廣韻》的前身應是陸法言的《切韻》，在《切韻》和《廣韻》之間又有《唐韻》，但《唐韻》也是據《切韻》而作的。二、《廣韻》的聲母。認爲《廣韻》有四十七個聲母，這是根據《廣韻》的反切上字的系聯考訂出來的。三、高本漢所假定的《廣韻》聲母的音值。四、《廣韻》的韻母。介紹《廣韻》二百零六個韻部，九十個韻母，這些韻母是根據反切下字的系聯考訂出來的。五、高本漢所假定的《廣韻》韻母的音值。

第五章講上古音。詳細介紹上古音的研究概況，主要內容有：一、古音學略史；二、顧炎武、江永、段玉裁、戴震、錢大昕、孔廣森、王念孫、江有誥、章炳麟和黃侃的古音學說。

第六章講《廣韻》以後的韻書。主要介紹《禮部韻略》、《集韻》、《五音集韻》、《韻會》、《中原音韻》、《洪武正韻》和《音韻闡微》等。

第七章是「現代音」。首先介紹漢語的注音字母和國語羅馬字，然後介紹漢語方言的分類研究方法，以及各大方言的語音特點。

此書每一節内容之後都附有大量參考資料，便於人們閲讀和查考。

由於《漢語音韻學》以科學的方法和原理闡述漢語音韻學的基本概念和研究過程，所以在當時以及後來的語言教學中影響很大，作者在此書中的觀點也屢被引述。不過，因爲此書成書較早，在目前看，其中有些觀點已顯陳舊。作者在後出的《漢語史稿》、《中國語言學史》、《漢語語音史》等著作中已經作了補充和修訂。（徐川山）

古韻説略

〔現代〕陸志韋

《古音説略》，一册。近人陸志韋著。刊於一九四七年哈佛燕京學社出版的《燕京學報》專號之二十，收入中華書局一九八五年出版的《陸志韋語言學著作集（一）》中。

陸志韋（一八九四——一九七〇），别名陸保琦，浙江省吳興縣人。著名音韻學家。一九一三年畢業於東吳大學，一九一五年赴美留學，在芝加哥大學心理學系獲哲學博士學位，一九二〇年回國，歷任南京高等師範、東南大學、燕京大學教授，燕京大學校務委員會主席、校長。一九四一年冬，因支持學生抗日運動，曾被日軍逮捕入獄。一九四九年後繼續主持燕京大學工作，一九五二年起到中國科學院語言研究所從事研究工作，應聘爲研究員、哲學社會科學部委員。又曾擔任中國科學院心理研究所籌備委員會主任、中國文字改革委員會委員、漢語拚音方案委員會委員等職。

陸氏本是研究心理學的，後因實驗心理學的新發展，國内無法得到先進儀器，遂改治語言心理，進而研究漢語音韻學、漢語詞匯學、漢語語法學。創獲甚多，著有 The Voiced Initials of The Chinese Language（《漢語的濁聲母》）、《古音説略》、《詩韻譜》、《北京話單音詞詞匯》、《漢語的構詞法》等。

一九三八年夏，陸氏在燕京大學開始閲讀和研究音韻學著作。他本想從顧炎武、江永、戴震、段玉裁諸位先哲那兒找到學習和研究的階梯，結果是總在「似解非解之間」（《古音説略・序》）。後來他找到瑞典漢學家高本漢的《中國音韻學研究》等著作，才恍然大悟。從此，他運用現代西方語言學理論和方法，努力把中國傳統的音韻學研究引上科學的道路，寫出了《證廣韻五十一聲類》、《三四等與所謂「喻化」》等重要論文。陸氏研究音韻學，往往有自己獨到的見解和研究方法。當時中國音韻學界大多奉高本漢之書爲圭臬，陸氏則發現高氏之書支離割裂之處頗多。一九四二年五月，陸氏被日寇判刑，出獄後書籍蕩然，生活極清苦。遂排除煩憂，專治音韻，至第二年十月，終成《古音説略》一書。

《古音説略》一書是陸志韋音韻研究的集大成之作，全書分爲兩大部分：一、「《切韻》的音值」，討論作爲漢語中古音代表的《切韻》的聲母系統和韻母系統，並構擬聲、韻母的音值；二、「《説文》音跟《詩》音」，在前一部分討論的基礎上，進而研究以《説文》諧聲字和《詩經》押韻爲代表的漢語上古音，並構擬聲、韻母的音值。縱觀全書，陸氏的創獲主要有以下幾點：

一、認爲陸法言的《切韻》是依照方言來分韻的，其原意「在乎調和當時的各種重要方言。就好比初期的注音字母包含幾個濁音，免得江浙人說閑話」，因此，「《切韻》代表六朝的漢語的整個局面，不代表任何一個方言」。(《古音說略·〈切韻〉的音值》)

二、根據反切上字一、二、四等爲一類，三等爲另一類，認爲《切韻》純四等韻沒有介音[i]，高本漢的「喻化」說是沒有必要的。(同上，《〈切韻〉切上字的音值》)

三、根據聲韻配合規律、諧聲通轉、梵漢對音和現代方言，認爲中古牀三和禪母的地位應該互換。(同上，《貳　「齒音」》)

四、根據梵漢對音中，對譯梵文卷舌音的知系字不是僻字就是新造字，根據中古以降的語音演變史，認爲《切韻》知、徹、澄三母決不是卷舌音。(同上，《叁　所謂「卷舌音」跟「舌上音」、「舌頭音」》)

五、根據日本譯音、高麗譯音、現代漢語方言和印歐語的語音演變，認爲支脂祭真仙宵侵鹽八個三等韻，其重紐字是介音[i]和[ɪ]的區別，聲母脣化和非脣化的區別。(同上，《肆　脣介音的長短》)

六、認爲合口並不是重脣音變輕脣音的條件，條件只有兩個：撮口脣音之後有介音[ɪ]；主元音是中後元音。

七、認爲在周朝之前，上古蒸部、侵部和中部全收[m]尾，蒸跟侵主元音較近，侵又跟中主元音較近，所以《詩經》韻和諧聲能通轉。周朝以後，蒸部的[m]尾變成[ŋ]尾，蒸跟侵就不通轉了。(同上，第十二章)

八、認爲「上古有兩個去聲，一個是長的，跟平上聲通轉；又一個是短的，跟入聲通轉」。(同上，第十章)這樣上古就有五個聲調，即平、上、長去、短去、入聲。

陸氏此書在方法論上具有一個十分顯著的特點，那就是大量運用數理統計的方法來分析所得的材料，使自己的論斷建立在科學計算的基礎上。作者把數理統計法引入音韻學領域，可謂是別開生面，開辟了音韻研究的新途徑。

《古音説略》一書也存在着一些不足之處。首先，作者的行文過於簡煉，思想跳躍很大，令人難以讀懂。其次，某些見解還不能令人信服，例如鑒於諧聲字中明母字跟曉母字大量通轉，認爲上古有雙唇摩擦音[ɸ]，（同上，第十四章）事實上，這一問題後來已由董同龢構擬爲清鼻音[m̥]而解決了；又如鑒於上古陰聲韻字經常和入聲韻字一起押韻，就認爲不但入聲有長短之分，陰聲也有長短之分，長音的入聲和陰聲變成中古的陰聲字，短音的入聲和陰聲變成中古的入聲字，（同上，第五章）這樣，實際上就打亂了上古陰聲韻和入聲韻之間的界限，並且長音如何變爲中古陰聲韻，短音如何變爲中古入聲韻，其音理也没有加以説明。最後，由於時代和學術水平的限制，作者對於複輔音聲母的組合類型等問題未能作深入的探討。

關於《古音説略》的研究著作主要有周斌武《漢語音韻學史略》（安徽教育出版社，一九八七年）的有關章節。（楊劍橋）

上古音韻表稿

〔現代〕董同龢

《上古音韻表稿》，一册。近人董同龢著。有一九四四年四川李莊石印本、國立中央研究院歷史語言研究所單刊甲種之二十一，又載於《國立中央研究院歷史語言研究所集刊》第十八本。

董同龢（一九一〇——一九六三），江蘇如皋人。語言學家。一九一〇年生於昆明，一九三二年考入清華大學中文系，師事趙元任、王力等。畢業後考入國立中央研究院歷史語言研究所，在趙元任、李方桂指導下工作。一九四九年起任歷史語言研究所研究員，兼臺灣大學教授。曾任日本京都帝國大學、美國西雅圖華盛頓大學客座教授。一九六三年春，率領學生調查臺灣高雄縣的南鄒語，因過於勞累而病逝。畢生致力於語言學、漢語音韻學和漢語方言的研究，頗有造詣。著有《語言學大綱》、《中國語音史》、《漢語音韻學》、《四個閩南方言》、《鄒語研究》等，主要論文收編於《董同龢先生語言學論文選集》。

《上古音韻表稿》一書是董同龢在抗戰時期寫成的，這是漢語音韻學史上對於漢語上古音真正做出音韻表的第一部書，是對「五四」以後高本漢和中國音韻學家開創的現代音韻學研究的一個總結。

《上古音韻表稿》全書分「叙論」和「音韻表」兩個部份。「叙論」部份由五個章節組成：第一章聲母、第二章韻尾輔音、第三章介音、第四章元音系統、第五章韻母分論；每一章又由若干個小節組成。這一部份的主要內容是從聲、韻、調各方面對高本漢的研究加以檢查和評論，並提出自己的見解和根據。其中最有價值的是以下幾點：

一、關於清鼻音聲母[m̥]的論述。董氏鑒於漢語中有「每：悔」、「墨：黑」一類的諧聲，並與苗瑶語的發音加以比較，認爲上古漢語存在着清鼻音聲母[m̥]，批評高本漢的主觀構擬。

二、關於莊系聲母上古歸於精系的論述。在中古音中，精系出現於一、三、四等韻，莊系出現於二、三等韻，它們在三等韻中是衝突的。高本漢無法解決這一衝突，只好認爲上古既有精系聲母，又有莊系聲母。董氏則巧妙地證明了中古三等韻中的莊系字本來源於二等韻，在上古，精系和莊系正相互補，從而確認莊系歸精之說。

三、運用諧聲字來證明王力的「脂微分部」說。王力曾根據《詩經》押韻首創「脂微分部」之說，但終因有少數合韻，未獲所有學者的首肯。董氏則指出，在諧聲系統中，齊韻字絶不跟微、灰、咍韻字以及脂、皆韻的合口字發生關係，齊韻字只跟脂、皆韻的開口字同諧聲，由此可見，脂部和微部在上古確實應分爲兩部。

四、關於删、山兩韻和黠、鎋兩韻的相配問題。在《廣韻》中，黠韻跟删韻相配、鎋韻跟山韻相配，董氏發現，在諧聲系統中黠韻跟山韻、鎋韻跟删韻分别具有平行的現象，因此在《廣韻》中應當是黠韻配山韻，鎋韻配删韻。

五、關於談、葉兩部再加分部的論述。黄侃在晚年曾經根據他的「古本韻」學說把談、葉兩部分爲談、盍、添、帖四部，董氏從諧聲系統證明這一分部是可以成立的。

在「音韻表」部份，作者根據自己在「叙論」中考證確定的上古音系統，做成一個聲韻配合表。此表的體例是豎立聲母，橫分韻部，韻部中分列《廣韻》的二百零六韻，而在聲韻的經緯相交處排列漢字，表中所列的漢字是以《説文》九千多字爲基礎，再加上先秦古籍所見而《説文》未收的字。作者認爲，對於「上古聲調系統仍無較具體的認識」，因此表中所標的四聲只不過是作爲參考，所以在「平」、「上」、「去」、「入」上都加了括弧；同時，由於對複輔音聲母的研究尚處在初始階段，上古哪些字具有複輔音聲母還不很清楚，因此在表中，僅在某些字後面用括弧注出了它們可能有的複輔音聲母。

顯然，董氏的音韻表十分清楚地顯示了上古漢語的聲、韻、調系統，以及上古漢字的音韻地位。這樣無論對於一般人的查檢，還是專門工作者的繼續研究，音韻表都是極重要的參考材料。以後，上古音韻表一再有人製作，而其首創之功，當歸董氏。

不過《上古音韻表稿》也有一些缺點。例如根據類型語言學的理論，一種語言的語音系統必定受一種共同規律的制約，比如某語言有舌根音[k]，那它大半也有脣音[p]、舌尖音[t]；但在董氏的系統中，清鼻音聲母只有孤零零的一個，而在苗瑤語中則有[m̥]、[n̥]等一整套清鼻音聲母，因此董氏的系統就顯得不平衡。又如董氏根據某些章系字跟見系字的諧聲，比如「支：枝」、「示：祁」，替這些章系字構擬了一套部位偏前的舌根音聲母；但是既然這些字跟見系字諧聲，它們就不應當是跟見系不同的舌根音聲母，同時這些字只出現於三等韻，如果用舌根音聲母加[i]介音，變成腭化聲母，同樣能解釋這種諧聲現象。（楊劍橋）

中國音韻學史

〔現代〕張世禄

《中國音韻學史》，上、下兩册。近人張世禄著。一九三八年。由商務印書館初版印行，一九八四年上海書店重印。

張世禄（一九〇二——一九九一），字福崇，浙江省浦江縣人。著名語言學家。從小受到家學的熏陶，後入東南大學，師從胡小石、顧實、柳詒徵等著名學者。一九二六年畢業後任廈門集美學校語文教師，一九二八年至一九三二年任上海商務印書館編譯所編譯員。一九三二年至一九四七年間，歷任暨南大學、復旦大學、無錫國專、中央大學等校教授；其間曾在中央研究院歷史語言研究所從事研究工作。一九五二年起任復旦大學教授。一生勤奮治學，著作等身。主要著作有：《廣韻研究》、《語言學概論》、《中國音韻學史》、《古代漢語》、《張世禄語言學論文集》等。

《中國音韻學史》共分九章。第一至第五章是上册，第六至第九章是下册。

第一章《導言》，全面地論述了中國音韻學發展與研究的歷史，指出了音韻學在中國文化史中的重要地位。

第二章《古代文字上表音的方法》，第一節談中國語言文字的特殊性決定了中國語的演進和文字的性質，第二節談「形聲」、「假借」和音義的關係。

第三章《周漢間的訓詁和注音》，第一節談「聲訓」的淵源和體例；第二節談「讀若」和音義的關係；第三節講述周秦兩漢時人們的辨音和審音的問題。

第四章《「反切」和「四聲」的起源》，第一節介紹「二合音」和「雙聲」、「叠韻」的原理；第二節介紹字音的分析和「反切」的起源；第三節講述「字調」的區別和「四聲」名稱的來歷。

第五章《魏晉隋唐間的韻書》，第一節介紹魏晉六朝的韻書和諸家對韻部的分合；第二節介紹陸法言的《切韻》和唐代各種韻書的派別。

第六章《字母和等韻的來源》，第一節介紹三十六字母的系統和演變的經過；第二節論述了等韻的原理以及它的起源。

第七章《宋後韻書和等韻的沿革》，第一節論述從《廣韻》到近代《詩韻》間的音韻學發展歷程；第二節論述宋代以後等韻表的演變；第三節着重講了近代北音韻書的源流情況。

第八章《明清時代的古音學》，第一節論述古音學的起源以及宋至明清諸家從鄭庠到黃侃的古音學研究成果和他們的理論；第二節講述近代對於《廣韻》的研究情況。

第九章《近代中國音韻學所受西洋文化的影響》，第一節講反切的改良和國音字母的產生；第二節着重闡述了西洋語音學理輸入中國後對中國音韻學發展和研究所產生的巨大影響。

《中國音韻學史》的特點是史論結合。在這部著作中，作者系統地吸收、運用現代語言學的理論方法來研究中國音韻學的發展歷史。這對於揭示音韻學發展規律十分重要。比如清代的古音學，從顧炎武至黄侃，雖然「前修未密，後出轉精」，但從現代的眼光看，其理論和方法存在着缺陷。他們所建立的韻部，無論如何細密，終不免有各部間相通的字音，於是由「異平同入」之説進而發明「陰陽對轉」、「旁轉」諸例；對於上古聲紐研究，只能求合而不能求分，在合併的各類上又有着相通的問題，於是發生了章炳麟的「古雙聲説」、黄侃古韻二十八部和古聲十九類的理論。這就使上古音系統和以陸法言的《切韻》爲代表的中古音系統相混，而且把《廣韻》二百零六韻簡單地看作是因古今音變而設的。張世禄指出，造成這樣的情況是由於用漢字作標音工具，没有採用現代語音學中音素分析法，結果是只能認識一些同音或雙聲叠韻的關係，無法作語言系統上的分析。作者提出，中國音韻學要在古人的基礎上有所發展，必須採用音標來作注音工具，同時根據現代語言學理論運用漢字以外的材料來整理現代音，考訂古代音。此書對漢語音韻現象的論述還直接吸收了現代語言學的成果。例如對於古籍中常見的雙聲叠韻的連緜字，作者指出，它們大多是由具有複輔音聲母的單音節詞演變而來的。對上古漢語複輔音現象的揭示是現代語音學的重要發展。作者將這一成果用來解釋古漢語的雙聲叠韻，是很有説服力的。

《中國音韻學史》的另一個特點是研究傳統的音韻學範疇和術語比較深入。比如古人用疾徐、長短、輕重、緩急、清濁等來規定四聲，這就把音質、音强、音長、音高混爲一談。但實際上音勢的强弱和音量的長短也能影響音調的高低變化，現代實驗語音學也已證明了這一點。同時，元音和輔音的不同性質以及它們在音節中的拚合形式與漢語四聲的分別也有聯係。古人的這種規定有它的合理性。作者在指出了這種複雜現象的同時，還進一步揭示了這種現象的内在原因。他認爲漢語各種聲調的演化成功，是原始漢語複音詞和詞尾變化的節縮作用。既然聲調的產生和音素的變異有關，那麼古人對聲調的種種規定和描寫必然包含着其它有關因素。

此書的重印後記集中了自高本漢以來近半個世紀的音韻學研究新成果，全面地追蹤、反映了國內外著名學者的新觀點、新方法、新動向，把五十年來漢語音韻學的進展分成四個領域：一、中古《切韻》音系的研究，包括i化聲母、重紐、介音、輕重脣音字、元音數量、純四等韻有無i介音、《切韻》的性質等問題；二、上古音研究，包括聲母、主要元音、介音、韻尾、聲調等問題；三、近代音研究，包括八思巴字、《中原音韻》、入聲、兒韻的發生等問題；四、漢語拚音文字的研究。在介紹國內外音韻學說的同時，十分注重對這些學說的分析評價。例如指出羅常培對魚虞兩韻在中古的地域分佈考證「頗有可議」之處。因爲近年來對南北朝和隋代詩人用韻的研究證明，可區分魚虞的方言區域不僅僅是羅氏所說的太湖一帶，它也包括長江以南和西北地區及幽燕一帶的方言。王力曾認爲上古陰聲韻尾d、g、b較多的現象是不合理的，而張世祿認爲閉音節豐富的語言並非罕見，因爲迄今爲止已有老芒語、邵語等六種親屬語言證明歷史上漢藏語言的閉音節是較多的，後來才逐漸減少。（徐川山）

訓詁

爾雅

〔漢〕佚名

《爾雅》，十九篇。今習見者多爲注疏本，主要有淸阮元校刻《十三經注疏》本（晉郭璞注、宋邢昺疏）、淸邵晉涵《爾雅正義》本和郝懿行《爾雅義疏》本。

關於《爾雅》書名的意義，《漢書·藝文志》云：「古文讀應爾雅，故解古今語可知也」，《大戴禮·小辨》云：「循弦以觀於樂，足以辨風矣；爾雅以觀於古，足以辨言矣」，可見「爾」是近的意思，「雅」是正的意思，「爾雅」就是近乎雅正，依於雅正之語，以通故訓之同異，則足以辨殊方異俗之言語。

關於《爾雅》的作者，歷代有不同的說法，班固《漢書·藝文志》著録《爾雅》二十篇，不著撰人姓氏。三國魏張揖始創「《爾雅》爲周公所作，仲尼（孔子）所增，子夏所益，叔孫通所補」之説，但並不十分肯定。後世學者多沿襲其說，唐陸德明並指明《釋詁》一篇爲周公所作。宋代起歐陽修等人指出張揖此說不可信，近代學者亦大多懷疑張說，認爲《爾雅》當出於漢代小學家之手，經多人遞相增益，非一人之作，在先秦或許已具雛形，成書約在漢武以後，哀、平以前。

《爾雅》是中國第一部訓詁學專著，又是中國第一部詞典，對傳統訓詁學的發展具有重大影響，自《爾雅》

以後，歷代產生了一批同類性質的著作，如《廣雅》、《小爾雅》等，形成訓詁學上「雅學」的特殊門類。《爾雅》匯集了大量故訓材料，是研究漢語詞匯史的重要資料。因此，它在中國語言學史上，尤其在訓詁學史上佔有重要地位。據《漢書》著録，《爾雅》共二十篇，但今本只有十九篇，即：釋詁、釋言、釋訓、釋親、釋宮、釋器、釋樂、釋天、釋地、釋丘、釋山、釋水、釋草、釋木、釋蟲、釋魚、釋鳥、釋獸、釋畜。前三篇訓釋非名物詞語，其餘十六篇訓釋名物詞語，根據類別分篇。《釋親》訓釋親屬名稱，又分爲宗族、母黨、妻黨、婚姻四類；《釋宮》訓釋宮室名稱，以及與宮室相連的道路、橋梁；《釋器》訓釋各種器物名稱；《釋樂》訓釋音樂術語和樂器名稱；《釋天》訓釋有關天文的名稱，又分爲四時、祥、災、歲陽、歲陰、歲名、月陽、月名、風雨、星名、祭名、講武、旌旗等十三類；《釋地》訓釋有關地理的名稱，又分爲九洲、十藪、八陵、九府、五方、野、四極七類；《釋丘》訓釋自然高地名稱，又分爲丘、崖岸兩類；《釋山》訓釋山嶽名稱；《釋水》訓釋河流名稱，又分爲水泉、水中、河曲、九河四類；《釋草》訓釋草名；《釋木》訓釋樹名；《釋蟲》訓釋昆蟲名；《釋魚》訓釋魚名；《釋鳥》訓釋鳥名；《釋獸》訓釋獸名；《釋畜》訓釋畜名。其分類反映當時人們對名物的認識和類別。

《爾雅》解釋詞義，主要採取「某、某、某……，某也」的形式，例如《釋詁》上：「林、烝、天、帝、皇、王、后、辟、公、侯，君也。」羅列了「林」等十個詞，然後用「君也」加以解釋。「某也」作爲詮釋詞，大多是常見的、比較容易理解的詞語，而被釋詞往往是古代詞語或者當代比較難懂的詞語。其中有些牽涉到文字上的假借問題，某個字被假借爲另一個字的某義，於是就具有了這個假借義，這樣的假借字也往往成爲被釋詞。以上是對於一般詞語採取的訓釋方法，《釋詁》、《釋訓》、《釋言》三篇大多採取這種方式。對於名物、器用一類的詞語則採用辨義的方式。例如，《釋器》在解釋「豆」、「籩」、「登」三種器物時說：「木豆謂之豆，竹豆謂之籩，瓦豆謂之登。」這是從製作材料的不同來説明它們的分別。同篇中又説：「金謂之鏤，木謂之刻，骨謂之切，象謂之磋，玉謂之琢，石謂之磨。」這就是説，同樣是鏤刻琢磨的意思，因爲動作對象的不同而細分爲「鏤」、「刻」、「切」、「磋」、「琢」、「磨」等六個詞語。又如，《釋天》説：「日出而風爲暴，風而雨土爲霾，陰而風爲曀」，解釋三種天氣的用詞不同。《爾雅》使大量的周秦時代的訓詁材料得以保存，對於今天閱讀上古典籍，研究上古詞匯史是非常寶貴的。但是它在編排和訓釋上也存在一些不够科學的地方。首先，它在釋義時往往採用以單詞解釋單詞的方式，而許多詞往往是多義的，這樣它對詞義的解釋就常常顯得不明確，容易引起誤會。例如，《釋言》説：「貽，遺也。」可是訓釋詞「遺」本身既有「遺失」的義項，又有「贈送」的義項，這裏究竟是用的哪一個義項就不明確。其次，它採取把許多詞羅列在一起的方式，也容易使人誤以爲這些詞語都是同義詞。如《釋詁》：「台、朕、賚、畀、卜、陽，予也」，其實這裏的訓釋詞「予」包含有兩個意義，一是「給予」，二是第一人稱代詞「我」，這六個詞按意義應分爲兩組，「賚」、「畀」、「卜」爲一組，意爲「給予」，「台、朕、陽」爲一組，義爲「我」。上述情況在《爾雅》中還不在少數，這反映了作者對於詞匯學和詞匯詮釋學的認識遠處在比較幼稚的階段。因此，《爾雅》並不能當作現代的詞典一樣來利用。

《爾雅》保存了大量的詁訓材料，對於閱讀先秦典籍十分有用，所以從東漢起就爲歷代學者所重視。唐宋以後，《爾雅》進一步提高地位，列爲儒家經典之一。東漢有臣舍人、樊光、李巡、孫炎注本，皆已亡佚，清馬國翰等有輯佚，見馬氏《玉函山房輯佚書》等。現存最早的完整注本是晉郭璞的《爾雅注》。南朝陸德明作《爾雅音義》（見《經典釋文》卷二十九、三十），摘字爲音，兼採諸家訓詁，並考校各本異同，是研究《爾雅》的重要參考書。北宋初邢昺等爲《爾雅》郭注作疏，體例謹嚴，多所引證，也有較高參攷價值。清代研究

《爾雅》者甚多，從事校勘者有盧文弨、彭元瑞、阮元、張宗泰、劉光蕡等人，輯佚注、舊音者有余蕭客、臧庸、嚴可均、黄奭、馬國翰、葉蕙心等人，補正郭注者有翟灝、戴鎣、潘衍桐等人，校正文字者有錢坫、嚴元照等人，作新疏者有邵晉涵、郝懿行等人，考釋名物者有程瑶田、宋翔鳳等人。其中郝懿行的《爾雅義疏》流傳較廣，影響較大。近人王國維《爾雅草木蟲魚鳥獸名釋例》（見《觀堂集林》，中華書局，一九五九年）、陳玉澍《爾雅釋例》（南京高等師範學校排印本）是近代研究《爾雅》的重要著作。此外，今人余嘉錫的《四庫提要辨證》（中華書局，一九八〇年）和周祖謨的《問學集》（中華書局，一九六六年）也有重要的論述。（鍾敬華）

爾雅正義

〔清〕邵晉涵

《爾雅正義》，二十卷，清邵晉涵撰。此書於乾隆四十年（一七七五）始具簡編，又經十年增訂，於乾隆五十年（一七八五）告成。有乾隆五十三年（一七八八）面水層軒刊本和《皇清經解》本（卷五百零五至卷五百二十三）。

邵晉涵（一七四三——一七九六），字與桐，一字二雲，號南江，浙江餘姚人，史學家、經學家、訓詁學家。乾隆進士，入四庫全書館，授編修，累官至侍讀學士。參加纂修《續三通》、《八旗通志》等書。從《永樂大典》中輯録《舊五代史》，曾輯《南部事略》，述南宋史事，未完成。著作有《爾雅正義》、《孟子述義》、《穀梁正義》、《韓詩内傳考》、《方輿金石編目》、《南江詩文鈔》等。《清史稿》卷四百八十一有傳。

《爾雅正義》是訓詁學著作。卷首有邵氏自序一篇，闡述撰寫此書之緣起與宗旨。全書仍按《爾雅》分爲十九篇。每條首列《爾雅》原文，次列晉郭璞注，再次列邵氏正義。邵晉涵作《爾雅正義》的起因是不滿於宋邢昺的《爾雅疏》。他認爲邢疏「掇拾《毛詩正義》，掩爲己説」，雖間採《尚書正義》和《禮記正義》，「復多闕略」，所以他要另外撰寫新的注疏。邵氏編撰《爾雅正義》的宗旨是：首先根據唐石經、宋刻本以及諸書所徵引《爾雅》者審定經文，增校郭（璞）注；然後以郭注爲主，兼採諸家，仿照唐人作正義的體例，「繹其義藴，彰其隱賾」。本書採輯的舊注十分豐富，不但有散見於羣籍之中的《爾雅》舍人、劉歆、樊光、李巡、孫炎各家注釋的遺文佚句，並且廣泛考稽了齊、魯、韓三家詩，馬融、鄭玄的《易》注和《尚書》注。郭璞的《爾雅注》多半引用《詩經》爲證，邵晉涵《正義》則「據《易》、《書》（《尚書》）、《周官》（即《周禮》）、《儀禮》、《春秋》三傳、大小戴《記》與夫周秦諸子、漢人撰著之書，遐稽約取，用與郭注相證明」。概括起來，其闡述、證明《爾雅》詁訓的材料包括兩個方面，一是儘量搜羅各家舊注，二是廣泛徵引先秦以迄兩漢的原始語言材料。因此，該書的基礎是十分厚實的。在考釋詞義的方法上，邵晉涵認爲「聲音迭轉，文字日孳；聲近之字，義存乎聲」，所以注重運用「因聲求義」的方法，「取聲近之字，旁推交通，申明其説」。另一方面，對於草木蟲魚的名稱，則注重目驗，凡是能够確知名實者，就「詳其形狀之殊，辨其沿襲之誤」，凡是不能得到實物驗證者，就「擇用舊説，以近古爲徵」，不爲臆説。

《爾雅正義》在訓詁學上的成就是巨大的，對於郭璞《爾雅注》以未詳而付諸闕如的地方，有許多闡發。例如《釋言》:「邕、支,載也。」郭璞注:「皆方俗語,亦未詳。」《正義》指出,根據《經典釋文》,「邕」又作「擁」。而《左傳》襄公二十五年云:「陳侯免,擁社,使其衆男女別而累,以待於朝。」晉杜預注:「擁社,抱社主。」「抱社主」即「載社主」,「邕」是「擁」的假借字,所以《爾雅》說:「邕,載也」。又「支」與「榰」通,榰柱所以承載,所以爾雅訓「支」爲「載」。通觀《爾雅正義》全書,這樣的例子是很多的

《爾雅正義》是清代學者爲《爾雅》作疏的第一部著作,對清代的《爾雅》研究影響很大。黃侃說:「清世説《爾雅》者如林,而規模法度,大抵不能出邵氏之外。」這樣的評價是恰如其分的。

(鍾敬華)

爾雅義疏

〔清〕郝懿行

《爾雅義疏》,上、中、下三册,清郝懿行著。成書於道光二年(一八二二),有節本和足本兩種。節本有:道光六年(一八二六)阮元刊於《學海堂經解》内,道光三十年(一八五一)陸建瀛木犀香館據以重刊。足本有:咸豐六年(一八五六)聊城楊以增據原稿重刻,楊氏未及竣工而去世,仁和胡珽補刊而成。同治四年(一八六五)郝懿行之孫刊行《郝氏遺書》,以楊本校勘後編入。光緒十三年(一八八七),湖北書局又據郝氏家刻本重刊。一九八三年上海古籍出版社據家刻《郝氏遺書》本影印。

郝懿行(一七五五——一八二三),字恂九,一字尋韭,號蘭皋,山東棲霞人,經學家、訓詁學家。嘉慶進士,官户部主事。長於名物訓詁考據之學,著述甚豐,主要有《爾雅義疏》、《荀子補注》、《山海經箋疏》、《晉宋書故》、《通俗文疏證》、《易說》、《書說》、《鄭氏禮記箋》、《春秋說略》、《竹書紀年校正》、《證俗文》、《寶訓》、《蜂衙小記》、《燕子春秋》、《記海錯》等。《國朝耆獻類徵》卷一百四十八、《續碑傳集》卷七十二、《清史稿》卷四百八十二有傳。

《爾雅義疏》是歷代研究《爾雅》衆多著作中最爲詳贍的一種。作者於五十二歲(嘉慶十三年)開始撰寫此書,歷時十四年方告完成,是他平生用力最多的一部著作。全書以《爾雅》晉郭璞注爲底本,仍分爲釋詁、釋言、釋訓、釋親、釋宮、釋器、釋樂、釋天、釋地、釋丘、釋山、釋水、釋草、釋木、釋蟲、釋魚、釋鳥、釋獸、釋畜十九篇。卷首有長洲宋翔鳳記和仁和胡珽序。卷尾附有郝懿行之孫聯蓀、聯薇識語。各條以大字首列《爾雅》原文,次以雙行小字附列郭璞注,最後以雙行小字列郝氏疏文。

考釋草木蟲魚鳥獸名物是《爾雅義疏》用力最多、成績最突出的方面。郝氏十分注重目驗,對於各種草木蟲魚往往有詳細而確切的描述,例如《爾雅·釋蟲》:「蛣蜣,蜣蜋。」郭璞注僅云「黑甲蟲,噉糞土」,十分簡略。而郝疏云:「蜣蜋體圓而純黑,以土裹糞,弄成丸,雄曳雌推,穴地納丸,覆之而去,不數日間,有小蜣蜋出而飛去,蓋字乳其中也。《莊子·齊物論》篇云:『蛣蜣之智在於轉丸』,是矣。此有二種。小者體黑而闇,晝飛夜伏,即轉丸者;一種大者,甲黑而光,頂上一角如錐,腹下有小黃子,附母而飛,晝伏黑出,喜向燈光,其飛聲烘烘然,俗呼之鉄甲將軍,宜入藥用,處處有之。」比之郭注,詳細得多。郝氏根據自己的實地考察,還糾正了歷代相傳的一些錯誤,例如「螟蛉化爲果蠃」,自揚雄《法言》至許慎《說文》、鄭玄《毛詩箋》、陸機

《毛詩草木鳥獸蟲魚疏》、司馬彪《莊子》注，歷來以訛傳訛，梁代陶弘景《本草》才指出其誤，並提出正確的看法，但後代多數學者仍尊信舊說。《爾雅義疏》却能排除誤說，贊成陶弘景的正確見解。郝氏對於「腐草爲螢」說，則採取了實驗的辦法，證明此說的錯誤。「放螢火屋内，明年夏細螢點點生光矣」，由此得出「螢本卵生」的正確結論。對於「符應」、「災異」、「祥瑞」等謬說，《爾雅義疏》能力斥其非。例如麟在封建社會中歷來被視爲祥獸，但郝疏却說：「古書説麟不具録，大抵侈言德美與其徵應，惟《詩》及《爾雅》質實可信。至於言德，則《廣雅》備矣；說應，則《禮運》詳矣。今既無可據依，亦無取焉。」

《爾雅義疏》還糾正了郭璞等前代訓詁學家的一些錯誤。例如，《爾雅・釋訓》：「矜、憐、撫，掩之也。」郭璞注：「撫掩猶撫拍，謂慰恤也。」郝疏指出：「憮掩作撫掩乃古字通借，郭氏望文生義，以爲撫掩猶撫拍，失之矣。」又如《爾雅・釋言》：「葵，揆也。」郭璞注：「《詩》曰『天子揆之。』」郝疏指出：「揆者，《說文》云『葵也』，按此雖本《爾雅》，但《爾雅》本爲解經，經有葵字，乃揆之假借，故此釋云『葵即揆也』，亦如『甲，狎』、『幕，暮』之例。至於《說文》，本爲訓義，不主假借，當言『揆，度』而言『揆，葵』，則義反晦矣。疑此許君之失也。」除此以外，對《釋名》等書也有一些中肯的批評。

《爾雅義疏》着意以聲音通訓詁，但郝氏疏於聲韻之學，尤疏於古音之學，又輕言「音同」、「音近」、「雙聲叠韻」、「聲轉」和「一聲之轉」之類，造成許多錯誤。例如於「格、懷，來也」條下疏云「戾」、「來」古音相同，其實古音「戾」屬脂部，「來」屬之部，兩字並不同音。

清王念孫對《爾雅義疏》稿本作過删訂，糾正了該書在論述聲韻方面的許多錯誤，羅振玉輯爲《爾雅郝注刊誤》，可參看。此外，蕭璋《王石臞删訂〈爾雅義疏〉聲韻謬誤述補》、沈錫祚《義疏校補》等亦可參閱。（鍾敬華）

小爾雅

〔漢〕佚　名

《小爾雅》，一卷，又名《小雅》。關於此書的作者，一説是後人纂輯而成書。「大致後人皮傅掇拾而成，非古小學遺書也。」（戴震《書小爾雅後》）《四庫全書總目提要》也說：「漢儒說經，皆不援及，迨杜預注《左傳》，始稍見徵引，明是書漢末晚出，至晉始行，非《漢志》所稱之舊本。」第二種說法，認爲《小爾雅》是三國魏王肅所僞造。臧鏞在《小爾雅徵文》中說：「……又自王肅以前，無有引《小雅》者，凡作僞之人，私撰一書，世之人未之知也，必作僞者先自引重，而後無識者從而羣然和之，世遂莫有知其僞者矣。然則《小雅》之爲王肅私撰，而《孔叢》書之由肅僞作，皆確然無疑也。」第三種說法認爲《小爾雅》是古小學之遺書而採入《孔叢子》的。清胡承珙、王煦、朱駿聲、任兆麟等均確信此說。

《漢書·藝文志》有《小爾雅》一篇，未著作者名氏。晁公武《郡齋讀書志》、陳振孫《直齋書錄解題》、王應麟《玉海》都說是孔鮒所著。孔鮒是孔子九世孫，秦末陳涉博士，事跡見於《史紀·孔子世家》，但《史記》中沒有孔鮒著《小爾雅》的記載。清儒定爲僞書，可能出自漢末。日本藤原佐世《日本見在書目》題李軌略撰。

《小爾雅》久已亡佚。現存的本子是從《孔叢子》第十一篇抄出別行，已經與《藝文志》所述不同。常見的有明胡文煥校刊本、明武林堂策檻刊本、清嘉慶九年重刊本、徐北溟據唐石經校乾隆刊本、盧文弨抱經堂叢書校刊本等。明郎奎金輯的《五雅全書》也收録了《小爾雅》。

全書十三篇，即《廣詁》、《廣言》、《廣訓》、《廣義》、《廣名》、《廣服》、《廣器》、《廣物》、《廣鳥》、《廣獸》、《廣度》、《廣量》、《廣衡》。「廣」就是廣《爾雅》之未備。本書涉及詁訓的名物，共有三百七十四件，很多地方補充了《爾雅》的不足。也有一些古義舊制不見於其它古書而獨存於《小爾雅》的。

《廣詁》、《廣言》、《廣訓》三篇，篇目和《爾雅》相類。《廣詁》共計五十一條。其中大、治、高、近、美、多、法、易、進、久、因、山、疾、餘、事等十五條，爲《爾雅》所有，餘下的三十六條皆不見於《爾雅》。而見於《爾雅》的十五條，其所訓之字，也非《爾雅》皆有。如「大」，《爾雅》共有三十九字，《小爾雅》增加了「封、巨、莫、莽、艾、祁」六字；又如「治」這一條，《爾雅》釋爲「治亂之治」，《小爾雅》則釋爲「攻治之治」，也是《爾雅》所未收的。《廣言》一百五十八條，《廣訓》二十二條都是爲增廣《爾雅》的《釋言》、《釋訓》而作的，如「陽、晚、數、老、同」，「乎、焉、於何、烏乎」等。凡《爾雅》所載，都不再重復。偶然有重見的，可能是後人所加。

《廣義》、《廣名》兩篇，目的是「義以制事、名以辨物，斟酌人事以正名也」。因爲《爾雅・釋親》只釋名分之名，不釋事義之名，所以以此兩篇加以增廣。

《廣服》於《爾雅・釋器》所釋物之名稱十餘種以外，凡織、布、纊、縞素、絺、綌等，計二十六類，都作了解釋。

《廣器》亦是增廣《爾雅》之所未備。比如：「高平謂之太原，澤之廣謂之衍」，這是《爾雅》所無的。它是兼《爾雅・釋地》而加以增廣，共三十二條。

《廣物》兼《爾雅・釋草》、《爾雅・釋木》而廣之，如「蔬」、「稷」、「棗」、「葚」、「橡」等，共十三條。

《廣鳥》、《廣獸》兼《爾雅・釋鳥》、《釋獸》、《釋畜》、《釋魚蟲》而加以增廣。《爾雅》獸畜分爲兩個部份，《小爾雅》則不分，而且無魚蟲。《爾雅》只釋草木鳥獸蟲魚之名，《小爾雅》則更進一步解釋它們之間的不同之處。如「鳥之所乳謂之巢、鷄雉所乳謂之窠、魚之所息謂之橬」等。

《廣度》、《廣量》、《廣衡》爲《爾雅》所無，主要是釋度、量、衡，如對「跬、步、仞」，「豆、釜、缶」，「兩、斤、鈞」等，都作了解釋。

《小爾雅》收字不多，連説解不足萬言，但保存了不少漢語早期詞匯資料，對研究古漢語和經籍訓詁有重要參考價值。乾嘉以後，此書才漸漸受到重視。

《小爾雅》最古的注本是東晉李軌的注本。《隋書・經籍志》有李軌《小爾雅解》一卷，今已不存。清代作注的有數家，主要的有宋翔鳳《小爾雅訓纂》六卷、胡承珙《小爾雅義證》十三卷，大多汲取經傳訓解，互相參證。其它還有葛其仁《小爾雅疏證》五卷、朱駿聲《小爾雅約注》一卷、任兆麟《小爾雅注》八卷、王煦《小爾雅義疏》八卷等，可作參考。（徐川山）

埤雅

〔宋〕陸佃

《埤雅》，二十卷。初名《物性門類》。宋陸佃著。成書於北宋哲宗年間（一〇八六——一一〇〇）。有宋宣和七年（一一二五）刻本、明嘉靖二年（一五二三）刊本、明補刊細字本、明胡文煥刊本、日本翻刻明刊本等。

陸佃（一〇四二——一一〇二），字農師，北宋越州山陰（今浙江省紹興縣）人。好學而家貧，夜無燈則映月光讀書。爲求師，步行千里至金陵，受學於王安石。熙寧三年（一〇七〇）進士，授蔡州推官，官至中書舍人給事中。同王子韶修訂《説文》，精研《禮》學，宋神宗譽爲「自王、鄭以來，言《禮》未有如佃者」。曾以修撰《神宗實録》進禮部尚書，旋改知潁州、鄧州及江寧府。紹聖（一〇九四——一〇九七）初年，因屬王安石門人而遭貶。宋徽宗即位（一一〇一）召爲禮部侍郎。遷吏部尚書，出使遼國。拜爲尚書右丞。後被目爲元祐餘黨，名入黨籍，罷爲中大夫，知亳州，數月而卒，追封爲資政殿學士。陸佃一生勤學好思，精於《禮》及名物訓詁之學，有《禮象》、《春秋後傳》、《詩講義》等，均佚。存世的有《爾雅新義》二十卷、《埤雅》二十卷。《宋史》卷三百四十三有傳。

北宋神宗元豐（一〇七八——一〇八五）年間，陸佃曾任集賢校理、崇政殿說書，爲皇帝進講經疏。神宗言及物性，探求得名之所以然，深恨古來未有專書。陸佃乃進先時所作《說魚》、《說木》二篇，神宗大爲激賞。此後陸佃補外官，臨政之暇，又加筆削，初名爲《物性門類》。待《爾雅注》完稿後又大加修改、增補，「不獨博及羣書，而農父牧夫、百工技藝，下至輿臺阜隸，莫不諏詢。苟有所聞，必加試驗，然後紀録」（陸宰《序》），歷時四十餘年始成，改名爲《埤雅》，取輔翼《爾雅》之義。

《埤雅》共八篇二十卷，不釋語詞，專釋名物。卷一和卷二爲《釋魚》，收詞三十條；卷三至卷五爲《釋獸》，收詞四十四條；卷六至卷九爲《釋鳥》，收詞六十條；卷十和卷十一爲《釋蟲》，收詞四十條；卷十二爲《釋馬》，收詞十五條；卷十三和卷十四爲《釋木》，收詞三十一條；卷十五至卷十八爲《釋草》，收詞六十四條；卷十九和卷二十爲《釋天》，收詞十三條。凡二百九十七條，其中動物名詞爲一百八十九條；植物名詞九十五條；天文名詞十三條。《釋天》卷末注「後闕」，可知其書未完。書前有其子陸宰序和張中重刊序。

《埤雅》雖自稱輔翼《爾雅》，但它的內容和形式均與《爾雅》不同。首先，收詞只限於動植物方面，純語言的「釋詁」、「釋訓」、「釋言」不載。其書所詮釋的重點，不在訓詁而在名物，寓訓詁於名物之中，大大區別於《爾雅》的體例，富有自己的特色。其次，此書對於名物的詮釋，釋義全面，引徵系統，於古文獻則廣徵博引。作者精於《詩》、《禮》之學，故所釋名物，多據《詩》、《禮》舊注，大抵推闡《詩》義，詳明精審；詮釋諸經，頗據古義。其所援引，多今所未見之書，古代散佚者，多賴是書以存。

陸佃此書深受王安石《字說》的影響，往往尋究偏旁，比附形聲；依據舊說，附會物種取名之由，故多鑿

空之談。另外，陸佃此書在引證古籍中，往往引古籍不出篇名，引古人不明出處，對於後人的覆核原文，多有不便。（陳　崎）

爾雅翼

〔宋〕羅願

《爾雅翼》，三十二卷。宋羅願撰。成書於南宋孝宗淳熙元年（一一七四）。有羅氏家刻本、度宗咸淳六年（一二七〇）王應麟刻本、元仁宗延佑七年（一三二〇）附洪焱祖音釋本。

羅願（一一三六——一一八五），字端良，號存齋，南宋徽州歙縣（今安徽省歙縣）人。以父蔭補承務郎。乾道二年（一一六六）進士，通判贛州；知南劍州事，遷官知鄂州；卒於官，治官有政聲。爲人博學好古，詞章效法秦漢，高雅精煉，朱熹特稱重之。有《小集》七卷、《爾雅翼》三十二卷存世。《宋史》卷三百八十《羅汝楫傳》後附傳。

《爾雅翼》，取義於《爾雅》之輔翼。故全書依據《爾雅》，將名物分爲六種，即草、木、鳥、獸、蟲、魚；而各大類又析爲若干卷，即卷一至卷八爲《釋草》，收詞一百二十條；卷九至卷十二爲《釋木》，共六十條；卷十三至卷十七爲《釋鳥》五十八條；卷十八至卷二十三爲《釋獸》七十四條；卷二十四至卷二十七爲《釋蟲》四十條；卷二十八至卷三十二爲《釋魚》五十五條，共四百〇七條。

其分卷，每依其性能、特點、作用的相似或相近，歸入同一卷。如《卷一・釋草》所收：黍、稷、稻、粱、麥、麰、麻、菽、秬、秠、苽等，均爲糧食作物，以其功用近似，故歸入同卷。其體例，與《爾雅》略異，以一字爲一條，原原本本，詳加考辨。凡考據，則考於書傳，參以目驗，精深廣博，足以解疑釋惑。如《卷五・釋草》「葱」字條下，先書以目驗之詞，復引《爾雅》之文，詳加詮釋。再引《禮記》、《詩經》及史、漢之書以證之。又旁及葱嶺，以爲「土悉生葱，故以名焉」。考據了葱的形狀、作用、栽種食用的歷史等，賅博詳明。

羅願對《詩》、《禮》之義，頗爲熟稔。據其所引，說明《詩》義者一百二十章，說明《三禮》之義者一百四十章，而《易象》、《春秋傳》等亦頗有之。

《爾雅翼》引書均注明出處，極便覆核，或有穿鑿臆誤之處，亦在所難免。關於《爾雅翼》的參考書有胡樸安的《中國訓詁學史》（商務印書館，一九三九年）等。

（陳　崎）

駢雅

〔明〕朱謀㙔

《駢雅》，七卷。明朱謀㙔撰。成書於明萬曆十五年(一五八七)。舊有《借月山房叢書》刊本，通行本爲道光二十五年(一八四五)有不爲齋刻本。

朱謀㙔，字鬱儀，又字明父，生卒年月不詳，明濠州(今安徽鳳陽縣)人。明王室宗親，寧獻王曾孫，襲封鎮國中尉。萬曆二十二年(一五九四)理石城王府事，典理藩政三十餘年，宗人咸就約束。病卒，私謚貞靜先生。朱氏生平好藏書，爲官之暇，閉户讀書，能博覽羣書，貫串羣籍，熟諳朝廷典故。著述頗富，計有《易象通》、《詩故》、《春秋戴記》、《魯論箋》、《六書本原》、《古音考》、《說文舉要》、《七音通軌》、《說文質疑》、《六書著論》、《六書貫玉》、《字原表微》、《古文奇字輯解》、《方國殊語》等凡一百十二種。其所著《水經注箋》最爲人所稱道。《明史》卷一百一十七有傳。

《駢雅》共七卷十三篇。駢，謂字與說俱偶也，即指專釋兩字或兩字以上相連詞語的。全書依《爾雅》體例，分爲《釋詁》、《釋訓》、《釋名稱》、《釋宮》、《釋服食》、《釋器》、《釋天》、《釋地》、《釋草》、《釋木》、《釋蟲魚》、《釋鳥》、《釋獸》。書前有余長祚序。書後有其子朱鏡鏍跋。

《駢雅》專釋聯語，所謂「聯二爲一，駢異而同」，即兩字同一義以及字異義同的，均加以類聚而注釋。(《自序》)這些聯語包括衆多的聯綿詞，如《釋訓》：「坎壈、倥傯、鞅掌、魁壘、隕獲、偪側、頓萃、耗瘁，困迫也。」也有疊音詞，如《釋訓》：「仇仇、傲傲，傲慢也。」也有雙音節複合詞，如《釋名詞》：「苗裔，遠胄也。」《釋器》：「殺青，炙簡也。」也有多音節詞，如《釋名稱》：「大司憲，都御史也；愷胡洮，人皇也。」

本書所收聯語詞，多有因聲相轉而寫法不同者。如《釋訓》：「録録、鹿鹿、娽娽、陸陸、碌碌，隨從也。」《駢雅》搜羅、保留了這些聲音類同而寫法各異的異形詞。同時，對於詞義的細微差別，也有簡明的辨析。如《釋訓》：「躘蹤，行遽也；踾跦，行追也。」「徿侗，直行也；徃徥，邪行也。」這是此書很重要的特點。對於閱讀古籍，大有裨益。

《駢雅》收詞極爲廣泛，舉凡周秦兩漢至六朝的經、史、子、集，乃至小說、唐宋類書等難釋的駢語詞，均予綱羅，足資釋疑難而廣見聞，爲明人著述中不可多得之書。

本書詞目有與《爾雅》、《廣雅》重見處，殊無必要，且不設《釋言》一目，凡屬「釋言」之詞，分入《釋詁》、《釋訓》中，雖心裁別出而不便於檢索。此外訓釋過於簡略籠統，往往令人不得要領。

《駢雅》的注本，以清道光年間魏茂林所作《駢雅訓纂》最爲精審。魏氏將原書七卷分爲十六卷，每條作注，引書達二百五十餘種，且載明篇名，卷數和所據版本。《駢雅》原無音義，而魏氏又據原書補注。《駢雅訓纂》爲目前所見唯一的《駢雅》注本。有關《駢雅》的參考書有周大璞的《訓詁學要略》（湖北人民出版社，一九八〇年）、錢劍夫的《中國古代字典辭典概論》（商務印書館，一九八六年）等。（陳　崎）

别雅

〔清〕吳玉搢

《别雅》，五卷。清吳玉搢撰。常見的版本有清康熙年間（一六六二——一七二二）原刊本、清乾隆十年（一七四五）新安程氏督經堂精刊本、道光末（一八四九）小蓬萊山館重刊本、盧文弨抱經堂校刊本。

吳玉搢（一六九八——一七七三），江蘇山陰（今江蘇淮安）人。字藉五，號山夫，晚年號頓研，又號鈍根。少聰敏好學，八九歲即喜辨别古字。晚年廪貢生，授鳳陽府訓導。一生潛心研究金石、文字之學，除《别雅》外，另撰《説文引經考》二卷、《金石存》十六卷、《六書述部述考》六卷、《天發神讖碑考》一卷。此外，又有《六書叙考》十二卷，未刊行，今存有稿本。《清史稿》卷四百八十一、《清史列傳》卷六十八有傳。清丁晏著有《吳山夫先生年譜》。

《别雅》，初名《别字》。此書的編纂，主要收録古代音義近同但字形不同以及假借通用的雙音詞和少數單音詞，按平水韻編次，各注出處，爲之辨正。這些詞語大多出自經書、諸子、史傳、漢代碑刻等，與一般的寫法不同。比如：

從頌，從容也。注云：《史記・魯仲連傳》：「世以鮑焦爲無從頌而死者皆非也。」注音：從容。

扶於、扶蘇、扶胥，扶疎也。注云：《史記》司馬相如《上林賦》：「垂條扶於。」郭璞曰：「扶於，猶扶疎也。」五臣本竟作扶疎，疎乃俗字，故李善本改作扶疏。注引《說文》曰：「扶疏，四佈也。」《呂氏春秋》曰：「樹肥無使扶疏。」……《詩・鄭風》「山有扶蘇」，……蓋古於、疏、胥、蘇皆相通，猶姑蘇亦作姑胥。

《別雅》在注中除舉出書證外，還往往指出「某與某二字相近，古通用」，「某與某一聲之轉，故多通用」，「某某音同，故兩相假借」。作者認爲，「古人形聲相近之字多通用無別，此即假借轉注之義。今人不知此理，始株守一字以爲一義。然日用尋常之字，其非本義而能假通用者不可勝數。」「凡諸變體，其義則一，蓋古人不惟借聲，見形義相近者，時牽率書之。」「凡形容之辭初無正字，皆假借同音之字書之。」這些意見大多是正確的。

此書雖多漏略，但對於研究文字的通轉、音義的演變，仍有參考價值。《四庫全書總目提要》推崇它爲「小學之資糧，藝林之津筏」此外，《別雅》資料豐富，它引用了焦竑《俗書刊誤》、周伯琦《六書正譌》、方以智《通雅》的許多資料，其中受《通雅》的影響尤多。近人朱起鳳的《辭通》也參考了《別雅》的內容和體例，而比《別雅》更爲詳盡。

後人研究《別雅》的著作，主要有清沂州日照許瀚的《別雅訂》五卷，收入《滂喜齋叢書》，對《別雅》多有訂正。另有魏茂林的《別雅集證》，可供參考。

（徐川山）

通雅

〔明〕方以智

《通雅》，五十二卷。明方以智著。有康熙年間刻本、《四庫全書》本。

方以智（一六一一——一六七一），字密之，號曼公，又自號龍眠愚者、澤園主人、浮山愚者、無可道人。安徽桐城人。他生於明末一個官僚家庭，父親曾任湖廣巡撫。三十歲中進士，授翰林檢討。三年後，李自成攻佔北京，明朝滅亡，他流亡到南方，供職弘光朝庭。後得罪了亂臣馬士英、阮大鋮，爲逃避殺身之禍，隱居嶺南，以賣藥爲生。永曆帝立，因與當事不合，屢次被詔而稱疾不就。清兵南下，被俘不降，出家爲僧，改名弘智，字無可，以講學論道終其生。方氏自幼聰明過人，十五歲，羣經子史，略能背誦。知識淵博，天文、地理、數學、音樂、文字、音韻、書畫、醫藥、經史等都有很深的造詣。生逢亂世，却從不中斷著書立說，與當時學者顧炎武、黄宗羲、王夫之等齊名。一生著述有百餘種，總名《浮山全書》，其中流傳較廣的有：《通雅》、《物理小識》、《東西均》、《藥地山莊》、《易餘》、《禪樂府》、《青原志略》、《愚者智語録》等。

《通雅》是方以智的代表作。此書成於何年，學術界有爭議，一是認爲成於一六三九年以前，二是認爲成於作者晚年。第二種看法較妥。

方氏二十歲時爲《爾雅》作過三卷箋注，後來對舊作不滿，便留心搜集資料，準備寫一部新的「主於辨當名物」的著作。一六四〇年考中進士後，正式開始了《通雅》一書的編纂工作，一六四四年初具規模，以後在流離江南的日子裏，又經過多年的修改和補充，直至晚年方才完稿。恰逢著名的《千頃堂書目》作者黃稷內他求教，他於是鄭重地將《通雅》託付給黃稷，並叮囑道：「天予手筆不可負，只是莫與時人爭」，希望自己的書能够藏諸名山，傳於後世。這是他一生心血所繫、篇幅最長的著作。此書康熙五年刊行後，數十年間即已流行各地。

《通雅》有姚文燮序、錢澄之序、兩篇自序以及凡例。卷首有五篇論文：「音義雜論」、「讀書類略」、「小學大略」、「詩說」、「文章薪火」。前三篇論小學，後兩篇論辭章學。書末有「切韻聲原」、「脈考」、「古方解」，前一篇論音韻，後兩篇論醫藥。正文可分爲二十一類：疑始、釋詁、天文、地輿、身體、稱謂、姓名、官制、事制、禮儀、樂曲、樂舞、器用、衣服、宮室、飲食、算數、植物、動物、金石、諺原。《通雅》體例是仿照《爾雅》的，先是一般語詞（疑始、釋詁），後是百科語詞，最後一類「諺原」專釋方言俚語。《通雅》在一般語詞的具體分類上與《爾雅》有所不同，如：《爾雅》草、木分爲兩類，《通雅》合爲植物一類；《爾雅》蟲、魚、鳥、獸、畜分爲五類，《通雅》合爲一類。《通雅》在每類之下常常還分出若干小類，如植物類又分出草、竹葦、木、穀蔬四小類，全書共分五十小類。《通雅》與《爾雅》一樣，都是解釋語詞的專著，但《通雅》內容要豐富得多。《通雅》對語詞的解釋也比較詳盡，語詞的解釋分爲兩部分，前一部分是對語詞的注解，後一部分是引文論證，如卷五「釋詁」：

淑離，言獨善也。〇《橘頌》篇曰：「淑離不淫，梗其有理兮。」注：淑，善也；離，猶孤特也；梗，强也。智以梗爲橘梗，解爲强者，非。

方以智作此書，本着實事求是的態度，他在凡例中説：「此必引出何書，舊何訓，何人辨之，今辨其所辨，或折衷誰是，或存疑俟考，便後者之因此加詳也。士生古人之後，貴集衆長，必載前人之名，不敢埋沒。」

《通雅》在形式上與專釋語詞的《爾雅》、《駢雅》、《埤雅》等書類似，實際上有不少獨到之處。方氏學識淵博，因而考釋語詞全面而深刻，更重要的是他生活在西方文化傳入我國的時候，由於受西學的影響，在語詞解釋中注入新的科學的內容，否定了不少傳統的錯誤認識。如卷十一「天文」説：「星七分野，隋唐之志爲詳，然自西法圖成，則『兩戒』之説荒唐矣。……利瑪竇爲兩圖，一載中國所嘗見者，一載中國所未見者，天河自井接尾箕，盡垓埏萬方，而分度界之，真可謂決從古之疑。一行『兩戒』之論，辨若懸河，以今質之，皆妄臆耳。」「星七分野」是古代的星象學家認爲天上的星宿與地上的九州互相對應，每一組星主管地上一部分土地。「兩戒」則是唐僧一行設想的，把中國的邊緣劃分兩條界限，此外便是蠻夷。這些都是不科學的假説。方以智用西方的科學知識否定了這些假説。

「因聲求義」也是《通雅》釋詞的一大特點。方氏認識到了文字的符號性質，文字記録語言的決定因素是語音，所以他能不拘文字形體，直接從聲音推求語義。如卷一「疑始」中説：「無通爲亡、勿、莫、末、没、毛、耗、蔑、微、靡不、曼、瞀，蓋一聲之轉，其始本音也，因有一音，則借一字配之。學者知此原委則解書省力，可免費辭。」因聲求義的原則貫穿了《通雅》，方氏用它解決了許多實際問題。他還常常從語音角度，探求方言與古語的關係，如卷一「疑始」中説：「鼠有施聲。……《史記·灌夫傳》：『首鼠兩端』。《後漢書·鄧訓傳》：『首施兩端』注：猶首鼠也。《西羌傳》亦云：『首施兩端』。按：古已呼『鼠』爲『施』矣。今吳中呼『水』爲『矢』，建昌人呼『水』爲『暑』，即此可推古『鼠』、『施』之通聲。」因聲求義爲清代語文學的一大特點，方以智開了先河。

研究《通雅》的論著有：何九盈《中國古代語言學史》（河南人民出版社，一九八五年）、胡奇光《中國小學史》（上海人民出版社，一九八七年）、李建國《漢語訓詁學史》（安徽教育出版社，一九八六年）。（沈榕秋）

廣雅疏證

〔清〕王念孫

《廣雅疏證》，十卷。清王念孫著。成書於乾隆六十年（一七九五）。通行版本有嘉慶元年（一七九六）王氏家刻本、道光九年（一八二九）學海堂《皇清經解》本、一九八四年江蘇古籍出版社影印家刻本等。

王念孫（一七四四——一八三二），字懷祖，號石臞，江蘇高郵人，音韻學家、訓詁學家。乾隆四十年（一七七五）進士，歷任工部主事、御史、直隸永定河道等職。嘉慶四年（一七九九），清仁宗親政，首劾大學士和珅，天下比爲鳳鳴朝陽。早年師事戴震，受聲音文字訓詁之學。分古韻爲二十一部，至（即質部）、祭（即月部）、緝、盍（即葉部）四部獨立，侯部有相配入聲，皆是其創見。在訓詁學上，「就古音以求古義，引申觸類，不限形體」，成就突出，影響巨大，是清代語言學主要代表人物之一，與段玉裁並稱段王之學。主要著作有《讀書雜志》、《廣雅疏證》、《古韻譜》、《導河議》等。《清史稿》卷四百八十一、《清儒學案》卷一百有傳。

王念孫曾從戴震受音韻、文字、訓詁之學，篤好經術，尤精於小學。他本潛心於《爾雅》、《說文》，因見邵晉涵作《爾雅正義》、段玉裁作《説文解字注》，遂不再爲之，而將全部精力和學識投入《廣雅疏證》的撰述。自乾隆五十二年（一七八七）秋動筆，至乾隆六十年（一七九五）秋冬間完成了九卷，第十卷則用其子引之之稿。嘉慶元年（一七九六）正月，他爲此書作序且付梓，不久便有刊本問世。初刻本卷首有王念孫、段玉裁的序；次爲張揖《上廣雅表》；再次便是對《廣雅》的疏證，其十卷各分上下，故陳鱣稱二十卷（《簡莊綴文·廣雅疏證跋》）；書後附王念孫所校隋曹憲《博雅音》十卷，初稿可能作三卷，故阮元稱王書爲二十三卷（《王石臞先生墓志銘》）。至於後世稱三十二卷（《清史稿》）、三十三卷（《國朝耆獻類徵初編》），蓋爲「二十三卷」之誤。

《廣雅疏證》是一部系統整理、闡述《廣雅》的著作。三國魏張揖的《廣雅》一書，雖廣收古代經傳之訓、諸子之注、辭賦之解、讖緯之記、字書之説，「周秦兩漢古義之存者，可據以證其得失，其散逸不傳者，可藉以窺其端緒」，但因歷經誤抄、妄改、散佚，訛脱甚多，加之《廣雅》原也有錯誤，故一般人很難釋讀。王氏父子以其豐富的語言積累，衝破了文字形體的束縛，以古音求古義，博考羣籍，觸類旁通，凡各種古訓皆搜括而通證之。故其書不但補正了《廣雅》的缺失與訛誤，而且大大地豐富了《廣雅》的內容，因而「學者比諸酈道元注《水經》，注優於經云」（《清儒學案小傳》）。實際上，此書乃是王念孫借《廣雅》一書以暢述其音韻、文字、訓詁之學識的集大成之作，故阮元曰：「此乃藉張揖之書以納諸説，實多張揖所未及知者，而亦爲惠氏定宇、戴氏東原所未及。」（《王石臞先生墓志銘》）因此，它是清代語言學史上成就較高的小學要籍。

本書之篇章次序一仍《廣雅》，對其訓釋，逐條加以疏證。其內容主要有以下幾項：

一、補正《廣雅》文字。共計「訛者五百八十，脱者四百九十，衍者三十九，先後錯亂者百二十三，正文誤入《音》内者十九，《音》内字誤入正文者五十七。」(見王序)並詳舉其根據。如《釋詁》「君也」條據影宋本糾正了各本「官」訛爲「宮」之誤；「大也」條據李善注《魏都賦》所引《廣雅》補「浩漾」二字。

二、辨證張揖誤採。張揖編輯《廣雅》，搜羅甚爲廣博，但也有因誤解而誤收的。王氏不囿於「疏不破注」的傳統戒條，對於「張君誤采，博考以證其失」(王序)。如《釋詁》「……比，樂也」條，《疏證》云：「比者，《雜卦傳》『比樂師憂』，言親比則樂，動衆則憂，非訓『比』爲『樂』、『師』爲『憂』也。此云『比，樂也』，下云『師，憂也』，皆失其義耳。」

三、糾正先儒誤説。如《史記·李斯列傳》：「阿縞之衣，錦綉之飾。」徐廣《史記音義》解「阿」爲「齊之東阿縣，繒帛所出」。《疏證》在《釋器》「𦄂……練也」條指出：「𦄂」字通作「阿」，並引證古注，説明「阿、縞皆細繒之名，非以其出自東阿而謂之阿縞也」，從而糾正了徐氏「望文虚造而違古義」之失。《疏證》一書屢云「解者失之」，多屬此類，值得注意。

四、揭示《廣雅》體例。張揖之書，雖自有條例，卷首却無「凡例」以著明之。王氏對其條例時有所發，如《釋言》「漠，怕也」條下説「《廣雅》屬辭之例皆本於《爾雅》」；《釋言》「匐也」條則論及該篇内無連舉三字而加以解釋的慣例；《釋器》「簀第」條下指明該篇凡一器有兩個名稱的，就寫作「某謂之某」，有三個名稱以上，便依次寫録，用一個「也」字總承之。另外，《廣雅》也承襲《爾雅》慣例，用一個多義字來解釋一組包含幾類不同意義的字，《疏證》對此也有陳説。如《釋詁》「有也」條下云：「龕、或、員、方、云爲有無之有，仁、虞、撫爲相親有之有。」

五、疏證《廣雅》的訓釋。這是《疏證》最主要的内容，絶大部分的篇幅即是對《廣雅》各條義訓的疏通、證明、闡發。如《釋詁》「乘，二也」條下證明「乘」在古有二的意義，說：「《方言》：飛鳥曰雙，雁曰乘。《周官・校人》：乘馬。鄭注云：二耦爲乘。凡經言乘禽、乘矢、乘壺、乘韋之屬，義與此同也。」

六、兼涉同源探求。《疏證》不僅疏通、證明《廣雅》的訓釋，而且多處闡發作者對同源詞的探討。如《釋詁》「微也」條下《疏證》多舉例證，然後云：「凡言幾者皆微之義也」、「凡言眇者皆微之義也」、「凡言蔑者皆微之義也」。有時即使未明言「凡言×者皆×之義」，也多有對同源詞作探討的，如《釋詁》「大也」條中疏證「般」字時所舉的「胖」、「幋」、「鞶」、「磐」等。

七、校正曹憲音釋。隋曹憲所作《博雅音》，通行本散入卷中，王念孫將其抽出附於書後，且作了認真仔細的校訂。

《廣雅疏證》之貢獻，不僅在上述幾項具體工作，更在於研究方法之革新。段玉裁序其書云：「小學有形、有音、有義，三者互相求，舉一可得其二；有古形、有今形，有古音、有今音，有古義、有今義，六者互相求，舉一可得其五。……懷祖氏能以三者互求，以六者互求，尤能以古音得經義，蓋天下一人而已矣。」王念孫自序亦云：「竊以詁訓之旨，本於聲音。……今則就古音以求古義，引申觸類，不限形體。」王氏父子能衝破字形的束縛，由形得音，由音求義，這就擺脫了傳統的語文學方法，真正從語言學的角度來研究書面文獻了。

除以上所述外，該書還有兩個優點。

一是博考典籍，取證宏富。作者不但對唐以前的文獻作了普遍的考察，而且對唐以後的類書、字書、注釋之作也廣爲採攬。如方以智的《通雅》、顧炎武的《左傳杜注補正》等，而《釋草》以下各篇的疏證，甚至「得之目驗」而後成，如《釋草》「芀也」條）。

二是實事求是，態度嚴謹。如《釋詁》「正也」條《疏證》乃考「諸書無訓集爲正者」，然後才下結論説「集當爲準」。《釋詁》「生也」條下王引之説：「遍考經傳及唐以前書，無以『字』爲許嫁者。」

本書的缺陷是：一、體例不盡完善。《疏證》對《廣雅》之文字並非都作疏證，其中有淺顯而不必作解者，但也有因不知而闕如者，而王氏於兩者未加分辨。如《釋詁》「大也」條中「博」、「巨」、「廣」等固淺顯而不必作解，但「匯」、「㧱」、「勈」、「夥」之訓爲大，似乎不能不加疏證，如其不知，宜加「未詳」。二、使用術語不盡精確。如《釋詁》「小也」條《疏證》云：「靡麽古同聲。」而「微也」條却説「靡與麽聲近而義同」。「聲同」、「聲近」混用不分。三、疏證校訂或有失誤。如《釋詁》「道也」條，王氏見「諸書無訓魯爲道者」，於是認爲「魯」字當在下文「純也」條內，是「後人傳寫誤入此條耳」。其實，「魯」同「旅」，「旅」，途也，亦即道也，《廣雅》本不誤（參俞樾《廣雅釋詁疏證拾遺》）。四、徵引典籍或有疏漏。如《禮記·月令》：「處必掩身。」《釋詁》「障也」條下《疏證》徵引時奪「身」字。

《廣雅疏證》成書後，王念孫仍未中止其研究工作，他或在書上加眉批，或另寫墨簽夾入書中。光緒間，黄海長得王氏手批本（缺第八、第九兩卷），便將王氏之補正單行刊出，此即光緒庚子（一九〇〇）所刊《廣雅疏證補正》，未全。後來羅振玉又得王氏手批本，且有八、九兩卷，便重加抄録，刊入《殷禮在斯堂叢書》，現中華書局等影印本即據後者影印。此《補正》出於王念孫之手，十分可貴。後來的學者如俞樾撰《廣雅釋詁疏證拾遺》一卷（《俞樓雜纂》卷三十三）、王樹枏撰《廣雅補疏》四卷（《陶廬叢刻》）、王士濂撰《廣雅疏證拾遺》二卷（《鶴壽堂叢書》）、張洪義撰《廣雅疏證拾補》（稿本）、陳邦福撰《廣雅疏證補釋》（《中國學報》一、二册）、黄侃撰《廣雅疏證箋識》(《訓詁研究》第一輯)、蔣禮鴻撰《廣雅疏證補義》(《文獻》第七、八輯)等等，皆對王書有所補正。至於周祖謨、裴學海等許多學者都有關於《廣雅疏證》的專題論文，對該書的成書、體例、內容、成就、缺點及其在中國語言學史上的地位等等，都有所探討和論述。另外，鍾宇訊對該書作了點校，指出了該書誤字十餘處，且把王念孫作過補正的地方加圈標出，甚有益於讀者(見中華書局影印本)。而江蘇古籍出版社的影印本則編製了詞目索引附於後，便於讀者查檢。(張　覺)

爾雅釋例

〔清〕陳玉澍

《爾雅釋例》，五卷。清陳玉澍著，成書於光緒十六年(一八九〇)。一九一九年曾刊於《國故》雜誌一至四期，另有一九二一年南京高等師範學校排印本。

陳玉澍(一八五三——一九〇六)，原名玉樹，字惕菴。江蘇鹽城人。清代訓詁學家、經學家。其父陳松巖善治毛詩，陳氏幼趨庭訓，讀書辨志，博聞《詩》義。雖家境清寒，仍耽學樂道。著《毛詩異文箋》，極獲王先謙稱許，刊入《南菁書院叢書》第五集。以後隨經學家黄以周精習小學，潛研經訓。又以府學廩生，舉光緒戊子科優貢，旋中本科舉人。曾任鹽城尚志書院山長，南京兩江師範學堂教務長。所作詩文指陳時事，激昂慷慨，一抒反帝愛國之志。所著除《毛詩異文箋》十卷外，還有《爾雅釋例》五卷、《後樂堂詩文集》。生平史料見《清朝續文獻通考》卷二百五十八、《續碑傳集》卷七十五。

陳氏以爲，鑽研經籍，應讀《爾雅》；辨言觀古，惟賴故訓。《爾雅》一書，真可謂六籍之檢度，百家之管鑰。然其義例晦蒙，詰詘爲病，故即通達如劉向、劉歆父子，猶且嘆息。清儒於諸經多有釋其例者，而於《爾雅》却未之及；注《爾雅》者甚多，然於其釋義之例亦皆未之及。陳氏遂從光緒十四年（一八八八）十月起，廣涉《爾雅》今古注疏，歷時二載，至光緒十六年（一八九〇）九月，始成《爾雅釋例》五卷。書成之後，曾郵寄黃以周。黃嘆其精核，欣然作序，謂此書「標明綱格，統括大歸」。然此書一直未得刊行。直至其侄陳鍾凡考入北京大學，將此書遍謁方家，甚得好評。一九二〇年，南京高等師範學校顧實從《國故》雜誌讀到此書，「詫爲傑作」，遂將全稿付梓。因今本《爾雅釋例》卷首有顧實《校印〈爾雅釋例〉序》，黃以周《敘》，陳玉澍《自敘》，及陳鍾凡《後敘》。

《爾雅釋例》五卷，共得《爾雅》釋義之例四十五條。

卷一：①有假借無假借例，②經文在上在下例，③上下皆經文例，④經有異文而《爾雅》並釋例，⑤《釋訓》釋《詩》例，⑥文同訓異例，⑦文異訓同例；

卷二：⑧訓同義同例，⑨訓異義同例，⑩相反爲訓例，⑪同字爲訓例，⑫同聲爲訓例，⑬兩句相承例，⑭轉相訓例，⑮《釋地》四篇例，⑯《釋草》七篇泛言例；

卷三：⑰《釋草》七篇專釋例，⑱《釋獸》、《釋畜》二篇例，⑲用韻例，⑳名同文異例，㉑文同義異例，㉒義同文異例，㉓文同形異例，㉔名同義異例，㉕名異義同例，㉖物異名同例，㉗名異物同例，㉘蒙上文而省例，

㉙一字重讀例，㉚因此及彼例，㉛舉此見彼例，㉜《釋鳥》、《釋獸》、《釋畜》言雌雄牝牡例，㉝語助例；卷四：㉞衍文宜刪例，㉟脱文宜補例，㊱錯簡宜正例，㊲上下互誤例，㊳涉上下文而誤例，㊴誤以上文屬下、下文屬上例；

卷五：㊵形近致誤例，㊶不當分而誤分例，㊷不當合而誤合例，㊸郭氏改經例，㊹《釋文》改郭例，㊺附益例。

從全書看，卷一、卷二主要探究《釋詁》、《釋言》、《釋訓》三篇釋義之例，卷三主要探究《爾雅》其餘各篇之義例，卷四、卷五主要爲校正《爾雅》脱衍誤亂之例。但各卷分類不甚嚴密。

此書多有創見，使讀《爾雅》者有條貫可尋，並可借此正確理解《爾雅》訓釋，而不爲前人誤注所惑。如「文同訓異例」指出《釋詁》、《釋言》兩篇，有同文異訓而並列一處者，書中「辟，法也」，「辟，罪也」；「妃，合也」，「妃，匹也」，「妃，對也」，「妃，媲也」等皆是。以此例推之，則知《釋詁》「寀，官也」，「采，事也」兩條中之「寀」當作「采」。作者謂：「寀訓官，官又訓事。寀即采也，官即事也。《書·堯典》：『疇咨若予采。』馬注：『采，官也。』《史記·司馬相如傳》：『以展采錯事。』《集解》引《漢書音義》曰：『采，官也。』《漢書·刑法志》注、《文選·嵇叔夜答何劭公詩》注並引《爾雅》『采，寮，官也』，字正作采。」

再如「文異訓同例」指出《爾雅》有文雖異而實相通者，《釋詁》有「皇、王，君也」，皇、王古字通；「京、景，大也」，京、景古字通；「篤、竺，厚也」，篤、竺古字通，等等。以此例推之，則知《釋詁》「禧、誥，告也」之「禧」當作「祰」。作者謂：「禧訓福、訓吉、訓禮吉，從無訓告者。……《説文》、《玉篇》並云：『祰，告祭也。』祰訓告，與下文誥訓告同。」

又如「相反為訓例」指出《爾雅》有以反義詞為訓釋者，《釋詁》有「繇，憂也」，「繇，喜也」，「憂」與「喜」義反；「落，始也」，「落，死也」，「始」與「死」義反。以此例推之，《釋詁》有「康，靜也」，「康，安也」，《釋言》有「康，苛也」，苛擾與安靜義正相反。郝懿行不知此義，引「康謂之蠱」，謂康乃細碎之物，與苛細、苛擾義近，其說甚謬。俞樾不明此義，遂釋康為抗，釋苛為荷，此說亦迂曲不可通。

《爾雅釋例》的不足之處是：

一、五卷中前三卷主要為釋義之條例，後二卷主要是校勘之例證，如「衍文宜刪例」，「脫文宜補例」，稱為釋義體例顯為不妥。

二、條例過於繁雜，如「文同訓異例」可與「訓異義同例」合併。前文所舉陳氏據「文同訓異例」而作的推斷，實際上他已同時在應用「訓異義同例」。如不承認「訓異義同」，則其推斷根本不能成立。至於陳氏所言「詁、言、訓」以外諸篇之例，與王國維《爾雅草木蟲魚鳥獸名釋例》（《觀堂集林》卷五）相比，亦略遜一籌。

三、有些地方說解失當。如「語助例」認為《釋訓》「徒御不驚，輦者也」之「不」為語詞，故《釋器》「不律謂之筆」之「不」亦為語詞。其實「不律謂之筆」條郭璞已注：「蜀人呼筆為不律也，語之變轉。」郝懿行亦曰：「不律者，蓋筆之合聲。」近人林語堂《古有複輔音說》則將「不律謂之筆」作為上古有複輔音〔pl〕之例證，故「不」不當釋為虛詞。

研究《爾雅釋例》的有胡樸安《中國訓詁學史》（北京中國書店影印，一九八三年）的有關章節，聞惕《〈爾雅釋例〉匡謬》（見清華大學研究院一九二六至一九二七年出版的《實學》第一、三、五、六、七期）。（陳重業）

毛詩故訓傳

〔漢〕毛　亨

《毛詩故訓傳》，二十卷。簡稱《毛傳》。相傳爲西漢毛亨所作。歷代《詩經》注本均採用此書，常見版本有清阮元《十三經注疏》校刻本，世界書局縮印爲兩巨册，中華書局一九七九年據以影印。

毛亨，又稱大毛公。魯國（今山東省曲阜縣）人，一說爲河間（今河北省獻縣）人。生平事跡不詳。據三國吳陸璣《毛詩草木鳥獸蟲魚疏》云：「孔子刪《詩》，授卜商，商爲之序，以授魯人曾申，申授魏人李克，克授魯人孟仲子，仲子授根牟子，根牟子授趙人荀卿，荀卿授魯國毛亨，毛亨作《詁訓傳》，以授趙國毛萇。時人謂亨爲大毛公，萇爲小毛公。」

《毛傳》共二十卷。卷一至卷八爲《國風》；卷九至卷十爲《小雅》；卷十六至卷十八爲《大雅》；卷十九和卷二十爲《頌》，共釋《詩經》三百五篇，四千八百餘條。《毛傳》的「傳」是闡明經義的意思。此書爲現存最早和最完整的古書注釋，對後世影響極大。它的主要內容爲：

一、題解全篇。《毛傳》於全書之前、首章《關雎》篇下，有解釋全書旨要的文字，稱《詩大序》；於每篇之前，有詮釋全篇旨意的文字，稱《詩小序》。《詩序》記載了詩篇的寫作時代、背景、內容等，是後世說《詩》

的基本依據。

二、離析章句。《毛傳》於各詩篇之後，均注有記載每篇章節、句數的文字。如《國風・君子偕老》（卷三）篇末云：「《君子偕老》三章，一章七句，一章九句，一章八句。」意謂《君子偕老》篇共分三章，第一章有七句，第二章有九句，第三章有八句。再如《小雅・谷風》（卷十三）篇末云：「《谷風》三章，章六句。」意謂《谷風》篇共分三章，每章六句。

三、說明章節旨意。如《豳風・東山》云：「一章言其完也；二章言其思也；三章言其室家之望女也；四章樂男女之得及時也。」具體說明各個章節的體旨大意。

四、詮釋詞義、句義。此爲《毛傳》的主要組成部分。如《周南・汝墳》（卷一）「遵彼汝墳，伐其條枚」句下，《毛傳》云：「遵，循也；汝，水名也；墳，大防也。枝曰條，榦曰枚。」此爲詮釋詞義，全書共有三千九百餘條。又《邶風・伯兮》「杲杲出日」句下，《毛傳》云：「杲杲然日復出矣。」此爲釋全句意旨，全書約有七百餘條。

五、記敘文物典章制度並引證史實。如《召南・采蘋》「誰其尸之？有齊季女」句下，《毛傳》云：「古之將嫁女者，必先禮之於宗室，牲用魚，芼之以蘋藻。」此爲記載典章制度。又如《小雅・巷伯》「哆兮侈兮，成是南箕」句下引顏叔子暴風雨之夜納鄰室釐婦的故事；《大雅・緜》「古公亶父，陶復陶穴，未有家室」句下引先周初祖古公亶父遷於岐山的史實。

六、指明詩篇所用的寫作方法。《詩經》運用了賦、比、興的寫作手法，多賴《毛傳》指出。僅「興」之一體，《毛傳》特別注明，共計有一百一十六首（處）。

七、《毛傳》也指出了部分虛詞。如《周南·漢廣》「不可求思」句《毛傳》云：「思，辭也」，指明屬於語氣助詞的範圍。《周南·麟之趾》「於嗟麟兮」《毛傳》云：「於嗟，嘆辭」，明確指出無實義，避免了望文生義的誤解。

《毛傳》在訓釋語詞中，運用了多種的訓詁方法，大致可分爲：用同義的單音或複音詞互相詮釋；用大類名加限制成分或徑直用大類名解釋小類名；以「某字曰（爲、謂之、猶）某字」的形式釋義；用音同、音近或雙聲、疊韻的音訓方式；用假借字或反義詞加否定的方式；用分解字義、列舉内涵的方式；用連類並釋、綜合釋義或輾轉釋義等多種方式，儘量分别各種不同的情況，區别對待地詮釋詞義。這些方法，往往爲後世訓詁學家所採用，並加以完善。

由於毛亨時代近古，學有師承，故其所注較爲可信。但《毛傳》成書較早，闕漏誤釋之處在所難免。後世有多種補充、研究著作，較爲著名的有東漢鄭玄《毛詩箋》、唐孔穎達《毛詩正義》（均在《十三經注疏》内）等。（陳　崎）

毛詩箋

〔漢〕鄭　玄

《毛詩箋》，二十卷。又稱《毛詩鄭箋》、《鄭箋》。東漢鄭玄撰。歷代《詩經》注本多採用此書，最常見的版本爲清阮元校刻的《十三經注疏》本，有中華書局一九七九年影印本。

鄭玄（一二七——二〇〇），字康成，世稱「後鄭」，以別於鄭興、鄭衆父子。東漢北海高密（今山東省高密縣）人。幼學書數，少誦《五經》，好天文曆數，鄉人目爲神童。曾爲鄉嗇夫，撫恤孤苦，甚得民心。不喜爲吏，入太學，始通《京氏易》、《公羊春秋》、《三統曆》、《九章算術》。又從張恭祖受《周官》、《禮記》、《左氏春秋》、《韓詩》、《古文尚書》之學。因山東無師可求，而西入關，師事馬融，專攻古文經。三年學成，後游學天下。年過四十，遂回鄉里，躬耕東萊，聚徒講學。後因黨事被禁錮，遂隱修經業，閉門不出，潛心著述，著有《針左氏膏肓》、《釋穀梁廢疾》、《發公羊墨守》（均已佚），以駁何休公羊學，義據通深，使古學大明。後黨錮解，朝廷屢辟不就，下帷教學，弟子數千人。建安三年（一九八）拜爲大司農，以病乞歸。建安五年（二〇〇）卒，年七十四。鄭玄治學以古文經說爲主，兼採今文經學，遍注羣經，爲漢代經學的集大成者，世稱「鄭學」。著有《周易注》、《易論》、《易緯注》、《尚書注》、《尚書大傳注》、《河圖洛書注》、《毛詩箋》、《毛詩譜》、《儀禮注》、《禮記注》、《喪服經傳注》、《三禮目録》、《左傳注》、《孝經注》、《論語注》、《六藝論》、《周髀三難》、《漢律章句》、《大戴禮記注》、《爾雅注》、《字指》、《國語注》、《史記注》、《漢書注》、《老子注》、《孟子注》、《莊子注》。其書多不存，清袁鈞《鄭氏佚書》、馬國翰《玉函山房輯佚書》有輯本。《後漢書》卷三十五有傳，今人王利器撰有《鄭康成年譜》。

自《毛詩詁訓傳》（以下簡稱《毛傳》）撰成後，治《詩》者，莫不奉爲圭臬。至東漢末年，上距毛亨、毛萇幾達四百年，《毛傳》已嫌過於簡略和隱晦。鄭玄遂發揚闡明《毛傳》，並詳加考釋，糾正《毛傳》疏漏乖舛之處，撰成《毛詩箋》（以下簡稱《鄭箋》）一書，所謂「箋」是表識箋記之義，這裏含有補充訂正《毛傳》的意思。

《鄭箋》的主要内容是：

一、發明晦義，注釋《詩序》。傳本《詩經》在每篇詩前，均有介紹詩作的寫作背景和意圖的《詩序》。但《詩序》無注，後人多嫌過於簡略晦澀，鄭玄遂對其詞義、典章制度、史實等加以詮釋。如《唐風·葛生》，《詩序》云：「刺晉獻公也。好攻戰，則國人多喪矣。」《鄭箋》：「喪，棄亡也。夫從征役，棄亡不反，則其妻居家而怨思。」此釋詞義。又如《檜風·素冠》，《詩序》云：「刺不能三年也。」《鄭箋》：「喪禮：子爲父、父卒爲母，皆三年。時人恩薄禮廢，不能行也。」此爲釋禮制。又如《鄘風·鶉之奔奔》，《詩序》云：「刺衛宣姜也。衛人以爲宣姜，鶉鵲之不若也。」《鄭箋》：「刺宣姜也，刺其與公子頑爲淫亂，行不如禽鳥。」此釋史實。

二、補充、申述《毛傳》。《毛傳》過於簡略晦澀處，《鄭箋》往往闡明之。如《小雅·十月之交》：「高岸爲谷，深谷爲陵。」《毛傳》：「言易位也。」《鄭箋》：「易位者，君子居下、小人處上之謂也。」《毛傳》未釋處，《鄭箋》則補之，如《檜風·隰有萇楚》：「夭之沃沃，樂子之無知。」《毛傳》：「夭，少也；沃沃，壯佼也。」《鄭箋》：「知，匹也。疾君之恣，故於人年少沃沃之時，樂其無妃匹之意。」

三、訂正《毛傳》的誤解處。如《小雅・車攻》：「東有甫草。」《毛傳》：「甫，大也。」《鄭箋》：「甫草者，甫田之草也。鄭有甫田。」又如《秦風・無衣》：「與子同澤。」《毛傳》：「澤，潤澤也。」《鄭箋》：「襗，褻衣，近污垢。」

《鄭箋》在學術上的主要貢獻有三：

一、運用「因聲求義」的方法，從古音求古義。先秦古籍多用假借字，所謂「其始書之也，倉卒無其字，或以音類比方假借爲之，趣於近之而已。受之者非一邦之人，人用其鄉，同言異字，同字異言，於茲遂生矣。」（陸德明《經典釋文・序録》引鄭玄説）所以，文字的字音類同，字義也往往相通，《鄭箋》便很好地體現並發展了這種學術思想。如《豳風・東山》：「烝在桑野。」《毛傳》：「烝，寘也。」《鄭箋》：「古者聲寘、填、塵同也。」又《小雅・常棣》：「烝也無戎。」《毛傳》：「烝，填。」《鄭箋》：「古聲填、寘、塵同。」這便是以「聲同義類」爲原則，破假借而讀以本字，使訓詁中疑義渙然冰釋。

二、探求事物得名的由來，詮釋物類變化的原委。如《小雅・十月之交》：「十月之交，朔日辛卯。日有食之，亦孔之丑。」《毛傳》：「之交，日月之交會。丑，惡也。」《鄭箋》：「周之十月，夏之八月也。八月朔日，日月交會而日食。陰侵陽，臣侵君之象。日辰之義，日爲君，辰爲臣。辛，金也；卯，木也。又以卯侵辛，故甚惡也。」這樣一則解釋了夏曆與周曆的不同（十月與八月之別）；又詮釋了人們對於日食現象發生恐懼的由來（臣侵君之象）。

三、有意識地對古文句式進行探討。如《周頌・有客》：「有客有客，亦白其馬。」《鄭箋》：「有客有客，重言之者，異之也。」這是指文中語詞有意重疊的現象。《小雅・楚茨》：「楚楚者茨，言抽其棘。」《鄭箋》：「茨言楚楚，棘言抽，互辭也。」這是對文字上對舉見義、互文回復、參互補充的現象的描述。

當然，《鄭箋》也有一些不足和闕漏處。如《衛風・伯兮》：「甘心首疾。」《毛傳》：「甘，厭也。」《鄭箋》：「我念思伯，心不能已，如人心嗜欲所貪口味不能絶也，我憂思以生首疾。」援以古文反訓之例，「甘心」應爲「苦心」，即「憂心」之意。《毛傳》訓「厭也」庶幾近之，而《鄭箋》反倒迂遠了。（參馬瑞辰《毛詩傳箋通釋》）同時，《鄭箋》也略嫌簡疏。故唐人孔穎達作《毛詩正義》，疏證《鄭箋》，是《鄭箋》後較好的注疏。　（陳　崎）

楚辭集注

〔宋〕朱　熹

《楚辭集注》，八卷，附《楚辭辯證》二卷、《楚辭後語》六卷。南宋朱熹撰。《楚辭集注》曾先刊行，後南宋嘉定六年（一二一三）江西刊本附《楚辭後語》，再經過十六年，其孫朱鑑集合這三部分，使之整齊劃一，成爲比較完備的《楚辭》注本。朱熹去世後，其子朱在於一二一七年刊出《楚辭辯證》二卷。現存版本主要有：宋端平二年（一二三五）刊本、元至正二十三年（一三六三）高日新刊本、明成化十一年（一四七五）吳原明刊本、清乾隆五十三年（一七八八）吳堂聽雨樓朱墨套印本、同治十年（一八七一）洪汝奎刊《唐石經館叢刊》

本等。

朱熹（一一三〇——一二〇〇），字元晦，一字仲晦，號晦菴，又號紫陽，晚年號晦翁、遯翁、云谷老人，又自稱滄州病叟。安徽婺源（今江西婺源）人，僑居建陽（今福建建陽），著名理學家。紹興十八年進士（一一四八），授泉州同安主簿，歷官轉任副使、秘閣修撰、寶文閣待制等職。卒贈寶謨閣學士，謚文。寶慶三年（一二二七）贈太師，追封信國公，改徽國公。朱熹在政治上主張抗金，哲學上發展了程顥、程頤關於理氣關係的學說，集理學之大成，建立了完整的客觀唯心主義的理學體系，世稱「程朱理學」。朱熹一生好學博覽，廣注典籍，分析精密，對經學、史學、文學、樂律以至自然科學都有不同程度的貢獻。其學風對後世學者的影響也很大。著有《周易本義》、《周易參同契注》、《古易音訓》、《易學啓蒙》、《詩集傳》、《詩序辯》、《儀禮通解》、《孝經刊誤》、《四書或問》、《四書或問小注》、《論孟精議》、《孟子指要》、《韓文考異》等。歿後，朝廷用其《大學》、《論語》、《孟子》、《中庸》的訓解，立於學官，後世稱爲《四書》。後人編有《晦菴先生朱文公文集》和《朱子語類》等。生平事跡見於《宋史》卷四百二十九、《宋元學案》卷四十八、四十九等。有李元祿《朱子年譜》、王懋竑《朱子年譜考異》。

《楚辭集注》（以下簡稱《集注》）共八卷。第一卷至第五卷以東漢王逸《楚辭章句》爲依據，定屈原所作的二十五篇共七題爲《離騷》類。編次是：卷一《離騷》，卷二《九歌》，卷三《天問》，卷四《九章》，卷五（三題）《遠遊》、《卜居》、《漁父》。第六卷至第八卷以宋玉、景差、賈誼、莊忌、淮南小山所作的十六篇（八題）爲《續離騷》類。編次是：卷六《九辯》（宋玉），卷七（二題）《招魂》（宋玉）、《大招》（景差），卷八（五題）《惜誓》、《弔屈原》、《服賦》（皆賈誼作）、《哀時命》（莊忌）、《招隱士》（淮南小山）。它的取捨與王逸之書不同。朱熹認爲

《七諫》、《九懷》、《九嘆》、《九思》「雖爲騷體，然其詞平緩，意不深切，如無疾痛而强爲呻吟者」（《楚辭辯證》），所以都删去了，同時增入賈誼《吊屈原》、《服賦》兩篇，並將揚雄《反離騷》一篇附録於後。

在體例上，《集注》基本上以四句爲一章（亦有六句、八句不等），先釋字義，然後通解章内大意。每章後面仿照《毛詩》體例，按賦、比、興等古代詩歌的表現手法，進行詮解。每篇題下有小序，在采用王逸《楚辭章句》的時候，有很多地方加入了朱氏自己的見解。

《楚辭辯證》分上、下兩卷，列專條詳細考訂舊注得失，因爲這些材料無法容納到注釋中去而獨立成篇。上卷包括《離騷》、《九歌》兩篇，下卷包括《天問》、《九章》、《遠遊》、《卜居》、《漁父》、《九辯》、《招魂》、《大招》八篇。

《楚辭後語》録擬騷之作五十二篇，從中可以看出《楚辭》對後世文學的影響。

《集注》在汲取王逸《楚辭章句》和洪興祖《楚辭補注》研究成果的同時，也指出了他們的謬誤。王逸釋《九章》謂：「《九章》者，屈原之所作也。屈原於江南之野，思君念國，憂心罔極，故復作《九章》。章者，著也，明也，言己所陳忠信之道甚著明也。」（《楚辭章句·九章》）朱熹指出：「《九章》者，屈原之所作也。屈原既放，思君念國，隨事感觸，輒形於聲。後人輯之，得其九章，合爲一卷，非必出於一時之言也。」（《集注·九章》）又如《抽思》「何獨樂斯之謇謇兮」，本來並不難懂，而王逸解「獨樂」爲「毒藥」，洪興祖又引「瞑眩」之語來證明，朱熹認爲皆「强爲之説」（《辯證》下）。凡此類誤解，均能力糾王、洪的失誤，而指明詩人的本意。

《集注》還提出了不少新的説法，受到後來楚辭研究者的重視。比如《離騷》「攝提貞於孟陬兮，惟庚寅吾以降」，王逸引《爾雅》説：「太歲在寅曰攝提格」，認爲「攝提」是「攝提格」的簡稱。據此推斷，屈原出生在一個寅年寅月的庚寅日。這一說法影響很大，不少學者都贊同。朱熹却別創一說，他引經據典，認爲「攝提」只是一個星名，此星「隨斗柄以指十二辰」，既不是「攝提格」，也不說明年份。「其曰攝提貞於孟陬，乃謂斗柄正指寅位之月耳，非太歲在寅之名也」。（《楚辭辯證》上）屈原出生之時「月日雖寅，而歲則未必寅也」。又如，朱熹指出所謂《招魂》，不但招死人之魂，同時也招生人之魂，「後世招魂之禮，有不專爲死人者，如杜子美《彭衙行》云：『暖湯濯我足，剪紙招我魂。』蓋當時關、陝風俗，道路勞苦之餘，則皆爲此禮，以祓除而慰安之也。」（《楚辭辯證》下）這也不失爲一種創見。

朱熹認爲王逸和洪興祖之書偏重於字句名物的訓詁，而對屈原作品的「大義」、「旨意」缺乏深刻的體會，因此《集注》在尋求作者言外之意，發明微詞奧義方面，往往獨具識見。在《離騷》「閨中既以邃遠兮，哲王又不寤。懷朕情而不發兮，余焉能忍而與此終古」四句後面，朱熹注云：「終古者，古之所終，謂來日之無窮也。閨中深遠，蓋言宓妃之屬不可求也。哲王不寤，蓋言上帝不能察，司閽壅蔽之罪也。言此以比上無明王，下無賢伯，使我懷忠信之情，不得發用，安能久與此闇亂嫉妒之俗終古而居乎？意欲復去也。」朱熹在《惜誦》「竭忠誠而事君兮，反離羣而贅肬。忘儇媚以背衆兮，待明君其知之」四句後面解釋說：「贅肬，肉外之餘肉。……儇，輕利也。媚，柔佞也。言盡忠以事君，反爲不盡忠者所擯棄，視之如肉外之餘肉，然吾寧志忘儇媚之態，以與衆違，其所恃者，獨待明君之知耳。」這些都可以補王逸和洪興祖書的不足。

朱熹是唯心主義的理學家。他認爲《楚辭》可以「增夫三綱五典之重」，「所以每有味於其言，而不敢直以『詞人之賦』視之也」（《集注・序》）。因此他對有些詞句的解釋，牽涉到「義理」等方面，顯得迂闊難通。在《天問》注釋裏他直接引用了周敦頤、程顥、程頤及另一些理學家的唯心主義論述。而《楚辭後語》所收的作品，道學家氣味很濃，缺少思想意義，藝術上也不完美。朱熹又運用《毛詩傳》體，把某者定爲「比」，某者定爲「興」，顯得比較主觀。因爲《楚辭》是綜合運用了賦比興手法來構成完整形象，它和一唱三嘆的民歌形式的《詩經》是不同的。《集注》串講篇章大意，也有凝滯疏忽的地方。比如認爲《懷沙》是「言懷抱沙石，以自沈也」，這是望文生義。《九歌·山鬼》一篇則全以託意君臣之間者爲説，顯得太迂曲。此外，朱熹不懂得語音也是在不斷地發展演變的道理，以「叶音」法爲《楚辭》注音，很不科學，因而受到清代音韻學家的批評。

（徐川山）

詩集傳

〔宋〕朱熹

《詩集傳》，二十卷，後人併爲八卷。南宋朱熹著。成於淳熙四年（一一七七）。有《四庫全書》本、西京清麓叢書本、劉氏傳經堂叢書本、《四部叢刊三編》本、中華書局一九五八年排印本、上海古籍出版社一九八〇年排印本。

朱熹生平事跡見「楚辭集注」條。

本書是宋學《詩經》研究的集大成著作，是《詩經》學史上一個新的里程碑。作者曾二易其稿，初稿與呂祖謙同宗《小序》，二稿乃改從鄭樵廢序之説，反對《小序》的牽强附會，按自己對詩句的理解重新詮解詩義，爲後人研究《詩經》開辟了新途徑。

朱熹還給《大序》中提出的「賦」、「比」、「興」三種表現手法分別下了定義：「賦者，敷陳其事而直言之者也」（《周南·葛覃》注），「比者，以彼物比此物也」（《周南·螽斯》注），「興者，先言他物以引起所詠之詞也」（《周南·關雎》注）。這些解釋，超越了前人的水平，至今仍爲人們廣泛援引。

本書在訓詁學上的特色主要有：

一、釋義不拘一家，擇善而從。朱熹解釋《詩經》，既能尊重古人的見解，力求言必有據，又不迷信古人，盲從古注。釋義博採衆説，或從毛、鄭和三家詩説，或採時人新説，或自立新解，大多能前後貫通，自圓其説。如《詩經·小雅·賓之初筵》：「百禮既至，有壬有林。」毛傳：「壬，大；林，君也。」鄭箋：「壬，任也，謂卿大夫也。」《集傳》不取毛、鄭，注爲：「壬，大；林，盛也。言禮之盛大也。」毛傳釋「林」爲「君」，與「大」不類；鄭箋釋「壬」爲「卿大夫」，與上句不相承。「林」本叢木，引申爲盛多，和「壬」同指「禮」的規模盛大，朱説較毛、鄭之説更爲貼切。

二、利用彝器銘文解釋《詩經》，開近代研究方法之先例。作者解釋《詩經》，多處引銘文印證傳統文字。如《詩經·大雅·行葦》：「以祈黃耇」，本書云：「黃耇，老人之稱。『以祈黃耇』，猶曰『以介眉壽』云耳。古器物款識云：『用蘄萬壽』，『用蘄眉壽，永命多福』，『用蘄眉壽，萬年無疆』，皆此類也。」

三、把有歧義的語言現象作爲訓釋的重點，聯係語境探求詞義。作者很注重從語言事實出發去探討文義，凡是舊注欠妥，需要另立新説之處，他都儘量尋找根據，以求得滿意的解釋。如《詩經·周南·兔罝》：

『赳赳武夫，公侯好仇』，「仇」字毛傳無注，鄭箋：「怨耦曰仇，此兔罝之人，敵國有來侵伐者，可使和好之，亦言賢也。」孤立地看，鄭箋所言似可成立，但聯係上句「公侯干城」、下句「公侯腹心」的文意，就頗覺扞格，因此本書改注爲：「仇，與逑同，匡衡引《關雎》亦作仇字。公侯善匹，猶曰聖人之耦，則非特『干城』而已，嘆美之無已也。」顯然，本書的解釋更切詩意。

四、注文力求簡明通俗，講究可讀性。如《詩經·周南·芣苢》：「采采芣苢」，毛傳：「芣苢，馬舄；馬舄，車前也，宜懷妊焉。」本書删去了毛傳中時人已不知曉的「馬舄」，注爲：「芣苢，車前也。大葉長穗，好生道旁。」顯然更爲簡明平易。又如《詩經·周南·關雎》：「參差荇菜，左右流之」，毛傳：「流，求也。」本書進一步釋爲：「流，順水之流而取之也。」這樣就更加明白易懂。

五、實是求是，不能定者則存疑。有時作者不取毛、鄭之説，但自己也没法作出正確的解釋，就寧可存疑，也不勉强作注。如《詩經·小雅·節南山》：「節彼南山，有實其猗」，本書云：「有實其猗，未詳其義。傳曰：『實，滿；猗，長也。』箋云：『猗，倚也。言草木滿其旁，倚之畎谷也。』或以爲草木之實猗猗然。皆不甚通。」

本書的主要缺點是：

一、好談理學。本書是以樸學見長的代表作，但作者畢竟是一個大理學家，治《詩經》也總忘不了闡發他的理學思想。如《詩經·鄘風·蝃蝀》：「乃如之人也，懷昏姻也，大無信也，不知命也。」作者注云：「命，正理也。言此淫奔之人，但知思念男女之欲，是不能自守其貞信之節，而不知天理之正也。」釋「命」爲「正理」，以「理」説經，以宋代理學觀念來詮釋古代民歌，顯然不妥。

二、大量應用叶音說。按照後代語音朗讀《詩經》，讀到不押韻的地方，即臨時改讀字音，這稱爲叶韻。叶韻說本是南北朝人的發明，而到朱熹此書中，則被大量使用。如《詩經·周南·關雎》：「參差荇菜，左右采之，窕窈淑女，琴瑟友之」，本書注「采」爲「叶此履反」，注「友」爲「叶羽已反」。根據音韻學家的研究，上古「采」、「友」同屬之部，古音本來就押韻，無需按宋時語音臨時改讀求諧。

三、望文生訓。書中作者自立新解時，不免也有望文生訓之處。如《詩經·周頌·昊天有成命》：「夙夜基命宥密」，本書注：「基，積累於下以承籍乎上者也。」其實，「基」當釋爲「謀」，《禮記·孔子閒居》：「孔子曰：『夙夜其命宥密，無聲之樂也。』」鄭注：「《詩》讀『其』爲『基』，聲之誤也。基，謀也。」

宋代以後，《詩集傳》成爲學習和研究《詩經》的經典著作。元仁宗延祐年間（一三一四——一三二〇）開始用它作爲科舉取士的標準，明代亦沿襲之。因此，元明人研究《詩經》的範圍主要局限於《詩集傳》。元劉瑾的《詩經通釋》、明胡廣的《詩經大全》，對《詩集傳》作了較詳細的疏解。（于　江）

經典釋文

〔唐〕陸德明

《經典釋文》，三十卷，唐陸德明著。本書始撰於南朝陳後主至德元年（五八三），成書於隋滅陳（五八九)之前。現存最早的本子有敦煌石室唐寫本《經典釋文》殘卷若干種，都是零星片斷，其中部分被收入羅振玉編《鳴沙石室古籍叢殘》(第四册)、《吉石盦叢書》(第一集)、張元濟編《涵芬樓秘笈》(第四集)、許國霖編《敦煌寫經題記與敦煌雜録》等書中。目前通行的本子有清徐乾學《通志堂經解本》、清盧文弨《抱經堂叢書》本。前者有商務印書館影印本。又有北京圖書館藏原故宫所藏宋元兩朝遞修本，是清代諸儒所未見的善本。中華書局一九八三年影印《通志堂》本，有黄焯斷句，並有黄氏《經典釋文匯校》一書相配，黄校以北京圖書館藏宋元遞修本對勘徐本，是目前最詳備的校勘。

陸德明(約五五〇——六三〇)，名元朗，以字行，蘇州吴(今江蘇吴縣)人，經學家、訓詁學家。南朝陳時任國子助教，隋煬帝時任秘書學士，遷國子助教。入唐後拜國子博士。著述除《經典釋文》外，另有《老子疏》十五卷、《周易文句義疏》二十四卷、《莊子文句義》二十卷等，今並不傳。《舊唐書》卷一百八十九、《新唐書》卷一百九十八有傳。

《經典釋文》卷一爲序録，包括「序」、「條例」、「次第」、「注解傳述人」四個部份，説明著書的緣由、全書體例、内容安排的次序及其理由，以及各種經典的師承源流和各家傳注。卷二至卷三十依次爲以下十四種經典的音義：《周易》(一卷)、《古文尚書》(二卷)、《毛詩》(三卷)、《周禮》(二卷)、《儀禮》(一卷)、《禮記》(四卷)、《春秋左傳》(六卷)、《春秋公羊傳》(一卷)、《春秋穀梁傳》(一卷)、《孝經》(一卷)、《論語》(一卷)、《老子》(一卷)、《莊子》(三卷)和《爾雅》(二卷)。

本書的體例是「摘字爲音」，即摘出經典正文和注文中的單字，加以音釋。一般不但摘出被注字，還連帶摘録兩三字，以便讀者按句尋檢。《孝經》和《老子》二書則抄録全句。全書共爲經文九千九百九十二字、浮文六千一百二十九字加以音釋，合計爲一萬六千一百二十一字。古代文字多以聲寄義，注音等於同時也注釋了意義。故全書主要目的是考證字音，但也兼及辨別字義。同時對於經典異文也多所考正，並記載了多種版本的異同。

《經典釋文》一書，對於研究古代漢語語音、詞匯和經籍版本有重要的參考價值。全書採集漢魏六朝音切凡二百三十餘家，保存唐以前各經典中文字的音讀，爲研究這一時期的語音史提供了重要的資料。它又兼收各家訓詁，有些現已亡佚的注釋如《莊子》向秀、司馬彪注，《爾雅》劉歆、樊光、孫炎注賴以保存流傳。此書所記載各種經籍版本的異文更是大量的。

研究《經典釋文》的著作除上文已述及的盧氏《考證》(有《抱經堂叢書》本)、阮元校勘記、黄焯《匯校》以外，還有《四部叢刊》本所附校勘記，清儒校勘則有惠棟、段玉裁、臧鏞堂、顧廣圻、孫星衍、鈕樹玉、袁廷檮、陳奐、王筠諸家。近人著作有吳承仕《經典釋文序録疏證》等。

(鍾敬華)

一切經音義

〔唐〕玄應

《一切經音義》，二十五卷。又稱《衆經音義》、《大唐衆經音義》、《玄應音義》。唐玄應撰。約成書於唐高宗永徽末年（六五五）。有南宋陳湖延聖院《磧砂藏》本、清道光二十五年（一八四五）孫星衍等校《海山仙館叢書》本、日本東京博物館所藏大治三年手抄本、敦煌石窟唐寫本殘卷等。

玄應，生卒年不詳。唐初僧人，約與玄奘同時。原爲長安大總持寺沙門，貞觀十九年（六四五）以「字學之富，皂素所推，通造經音」（《續高僧傳》），奉勅從玄奘譯經於弘福寺；貞觀二十二年（六四八）又隨玄奘居於大慈恩寺，直至高宗顯慶元年（六五六），前後譯經十二年。玄應「博學字書，統通林苑，周涉古今，括究儒釋」（《大唐内典録》），曾著有《攝大乘論疏》十卷、《辨中邊論疏》、《因明入正理論疏》三卷、《成唯識論開發》一卷、《大般若經音義》三卷等。除《一切經音義》存世外，其餘各本均佚。唐高宗永徽末年（六五五），《一切經音義》撰成不久，玄應尚未及覆核，即卒於長安大慈恩寺。

唐初，正值佛學興盛，譯經之事大舉。「一切經」，或稱「大藏經」，即佛教全部經典的總稱。玄應從玄奘前後十二年譯經，深究聲明（即音韻）之學，痛感「昔高齊沙門釋道慧爲《一切經音》，不顯名目，但明字類。及至臨機，搜訪多惑」（釋道宣《序》），遂「讎校源流，勘閲時代，删雅古之野素，削澆薄之浮雜，悟通俗而顯教，舉集略而騰美」，「徵經正緯，資爲實録；因譯尋閲，捃拾藏經」（同上），積多年之力，採及釋道慧《一切經音》和智騫《衆經音》，考察關中秦音，終於在唐高宗永徽末年（六五五年），撰成堪稱「文字之鴻圖，言音之龜鏡」的《一切經音義》（以下簡稱《玄應音義》）。

《玄應音義》是一部音義兼注的訓詁學專著。全書共二十五卷，書前有《終南太一山釋氏（即道宣）序》。書中收録佛經四百五十四部。釋文仿《經典釋文》，即於每部經籍下，列出所釋詞語，再摘字爲注。梵文名號也一律注明音讀，以解説所譯文字當否。是書精深博雅，時人評價爲「即萬代之師宗，亦當朝之難偶也」。

《大唐内典録》）

《玄應音義》的主要内容和價值可概括爲以下五點：

一、詳注反切，記録唐音。是書於每字之下，詳注反切，以便音讀。其反切用語並不承襲前人，而是「隨字刪定，隨音徵引」（釋道宣《序》），與《切韻》不同，語音系統也不盡相同。玄應久居長安，且參與玄奘的譯經，多用秦音，故《玄應音義》亦以秦音（唐長安方言）爲標準音，這種語音，正可以用來跟《切韻》做比較，爲後代考察初唐音韻（長安音系），提供了基本資料。

二、兼涉各地方音。此書以長安音爲標準，而兼採各地方音。據統計，計有關中、關西、山東、江南、蜀、幽、冀等地方音，大體以南、北對舉。編排上，則於標準音下，以「某地作某音」的形式出現。由此反映唐時南、北方音迥異，差異極大。其豐富資料，便於後人研究唐時方音的概況和方言區域的劃分。

三、記録和辨明大量古字和異體字。如卷一《大方廣佛華嚴經》「迴復」下注：「又作洄、澓二形，同。《三卷》：『洄，水轉也，澓，深也』。」又如「甲冑」下注：「古文軸，同。」這爲研究古文字和唐代俗體字提供了大量材料。

四、收録複音詞匯，詮釋新詞新義。漢語詞匯的發展趨勢是由單音節而至複音節。魏晉以降，遞遭尤著。《玄應音義》適逢其時，於收羅佛典音譯之多音詞外，將當時譯經所用的意譯新詞、漢語固有詞語以及當時出現的新詞、新義，大批收録。如「和尚」，原爲梵音「烏波底夜耶」，傳至西域又稱「和社」，因音訛爲「和尚」。又如卷二《大般涅槃經》「什物」下注：「《三蒼》：『什，十也，什，聚也，雜也，亦會數之名也，又謂資生之物也。』今人言家産器物，猶云『什物』，物即器也。江南名『什物』，北土名『五行』。」這爲後代研究漢語詞匯發展以及詞匯學史，提供了豐富的材料和依據。

五、保留大量古書資料，便於輯佚。玄應通曉儒術，學問賅博，又擅長音韻詁訓，故以大量經傳訓釋入書，除《說文解字》、《爾雅》、《廣雅》、《史記》、《漢書》等外，還博採衆書，如鄭玄《尚書注》、《論語注》、賈逵、服虔《春秋傳注》、李巡、孫炎《爾雅注》、葛洪《字苑》、《字林聲類》、服虔《通俗文》、《說文音隱》等，多爲不傳之秘册，爲後世輯佚、考證，並恢復古書的本來面目，提供了寶貴的資料。

不過《玄應音義》以佛典各卷分部列詞釋義，檢索極爲不便；且注音重於釋義，而釋義又不免失之過簡；收字往往以異文爲正，以俗書爲古，而排斥通行字，對於古字假借，謬誤尤多。《四庫全書總目提要》謂其「昧漢人之通轉假借，泥後代之等韻，是其所短」，尚不失爲持平之論。

有關玄應《一切經音義》的研究著作，可參考陳垣《中國佛教史籍概論》、周祖謨《問學集》（中華書局，一九六六年）、《玄應反切字表》（香港崇基書店，一九六八年）等。（陳　崎）

一切經音義

〔唐〕慧　琳

《一切經音義》，一百卷。又稱《經音義》、《大藏音義》、《慧琳音義》。唐慧琳撰。成書於唐元和五年（八一〇)。有高麗舊藏本、日本獅谷白蓮社翻刻本、日本《大正藏》本、清丁福保匯刻本、上海古籍出版社影印本。

慧琳(七三六——八二〇),唐時僧人。俗姓裴,西域疏勒國(今新疆喀什市)人。先入長安大興善寺,後入西明寺,師事密教高僧、印度法師不空三藏,內持密戒,外究儒流,於印度聲明、中國訓詁,無不精通。曾從事譯經工作,翻梵語爲漢語,而能參合佛意,詳察是非;同時,又能運用典故,使譯文雅馴。唐貞元四年(七八三)開始編撰《一切經音義》,至憲宗元和五年(八一〇)歷時二十餘年始成。元和十五年(八二〇)卒於長安西明寺。《宋高僧傳》卷五有傳。

自玄應《一切經音義》撰成(約六五五),於佛經音讀大有裨益。而貞觀後近二百年,譯經之舉,正方興未艾。至慧琳時,所譯佛典經論,多於玄應時不知凡幾,《玄應音義》已不敷使用。慧琳遂收集玄應後新譯佛經近千部,並參考《玄應音義》、慧苑《華嚴音義》等,積二十年之功,編成佛學音義的集大成者——《一切經音義》(以下簡稱《慧琳音義》)。

《慧琳音義》是一部音義兼釋的佛學辭書。「一切經」,又稱「大藏經」,是佛教所有經典的總稱。《慧琳音義》全書共一百卷,注釋佛經一千三百部、五千七百餘卷,大多數是玄應未及注釋或玄應後新譯的佛經、論疏等。書前有唐景審、顧齊之以及日本真察、獅谷寶洲的《序》。由於慧琳精通梵語,兼融佛儒,又深明訓詁,所以書成後「京邑之間,一皆宗仰」(《宋高僧傳》),深受學界的賞識。

《慧琳音義》收集了豐富的音義資料,注音釋義詳明。此書體例模仿《玄應音義》,即先注反切,後釋詞義,但引用的資料則更爲豐富。曾採録《玄應音義》、慧苑《新華嚴經音義》、元公《涅槃經音義》、窺基《法華經音訓》等書；而所引佛經，遍及佛典三藏，超過《開元釋教録》所收録的佛經部卷（一千零七十六部、五千零四十八卷），達到一千三百部、五千七百餘卷。此書對於所收的詞條，則審辨聲音，詮釋詞義，務求詳其本源。並博引古代字書、韻書，如許慎的《說文解字》、顧野王的《玉篇》等資料，來詮釋佛經音義。凡字書、韻書所不備者，更廣引古籍經傳爲證，所引如《春秋左氏傳》、《毛氏詁訓傳》以及《風俗通義》、《搜神記》等，總數達二百五十餘種。其中有不少爲久已亡佚的秘本，如《三蒼》、《韻詮》、《桂苑珠聚》和《開元文字音義》等，可供輯佚之用。即使引現存古書，如《說文》「明」字，今本作「明，照也」，而慧琳引作「月光入窗明也」等，與傳世本頗有不同之處。此正可正傳世本之訛誤，補正文之脱奪以及說解的逸佚，訂正後世删削之句，以供校讎之用。

《慧琳音義》在記録語音上，明秦音、吳音之辨，並據秦音以改正吳音，所謂「辨吳音與秦音之別」，明清韻與濁韻之分」。如尤侯韻的脣音字，慧琳認爲是吳音，應據秦音歸入虞模韻；全濁上聲的字，不應與全濁去聲的字相混雜，故每每加注「上聲」字樣以示區別。慧琳能採用當時當地的實際語音，而不拘泥於古音，無疑是極有見地的。同時，慧琳又運用了「以音求義」的方法（即清代樸學家所習用的「因聲求義」）以音韻通訓詁，所謂「得其音則義通，義通則理圓，理圓則文無滯，文無滯則千經萬論如指掌而已矣」（顧齊之《序》）。

《慧琳音義》還保存了許多可貴的語源資料，可爲研究詞匯發展史之助。此書較多地收録了魏晉以來新出現的複音詞，同時保存了新譯佛典的新詞。其中有部分已進入了當今的語言，如「唯心、世界、語録、因果、化身、過去、現在、未來」等。另外，《慧琳音義》爲了探求詞語的本源，往往尋根究底，無意中描摹出一幅幅各民族的傳統風俗畫卷。如「蘇莫遮」一詞，慧琳釋作「此戲本出西龜慈國。……或作獸面，或像鬼神，假作種種面具形狀，或以泥水霑灑行人，或持絹索搭鉤捉人爲戲」。再如「地獄」一詞，慧琳先引《急就章》、《玉篇》、《風俗通》、《説文解字》等解釋「獄」的詁訓，再轉而解釋佛經中的「地獄」。由梵文而華語，由單字而詞組，其中的淵源流變，使人一目了然，爲語源學提供了寶貴的資料。

《慧琳音義》也有一些不足之處。如對於當時譯經中新創出的名詞概念，爲諸子百家書中所未見者，而慧琳認爲字非偏僻，義亦淺近，故收録不多。同時，收詞以佛經部卷分類，不便於檢索。幸清代陳作霖編成《一切經音義通檢》，將所收詞條按字頭排列檢索，差可彌補。近人沈兼士率其門弟子，歷時十餘年，作《一切經音義引用書索引》，以筆劃爲序，匯列卷數以及衆經卷數等，體例精審，用途極大。

關於本書的研究著作有黄淬伯《慧琳一切經音義反切考》（中央研究院歷史語言研究所專刊第六種）。

（陳　崎）

羣經音辨

〔宋〕賈昌朝

《羣經音辨》，七卷。宋賈昌朝撰。成書於宋康定二年（一〇四一）。有北宋國子監原刻本、南宋紹興九年（一一三九）臨安府重印本、清康熙二十二年（一六八三）《澤存堂五種》本，並收入《粤雅堂叢書》、《鉄華館叢書》、《畿輔叢書》等。

賈昌朝（九九七——一〇六五），字子明，北宋真定獲鹿（今河北省獲鹿縣）人。精通小學，天禧初年（一〇一七——一〇二一）賜同進士出身，除國子監説書。歷官宜興、東明縣令，爲官清正，曾諫遣返西域僧所獻佛骨和銅像。轉任吏部，遷開封府知府，御史中丞兼判國子監，力主用舊將，練士卒，以備邊事。慶曆三年（一〇四四）拜同中書門下平章事、昭文館大學士，監修國史。嘉祐元年（一〇五六）進封許國公。英宗即位（一〇六四）徙鳳翔節度使，進封魏國公。治平二年（一〇六五）卒，謚號「文元」。著有《羣經音辨》七卷，《通紀》、《時令》、《奏議》、《文集》一百二十三卷。《宋史》卷二百八十五有傳。

天禧初年，賈昌朝任國子監説書，「嘗患近世字書摩滅，惟唐陸德明《經典釋文》備載諸家音訓，先儒之學傳授異同，大抵古字不繁，率多假借，故一字之文，音詁殊别者衆，當爲辨析」。（《自序》）因此，對經傳中的多音多義字，「每講一經，隨而録之」，歷時二十餘年，遂成《羣經音辨》一書，於寶元二年（一〇三九）由中書門下牒崇文院雕板印行。

《羣經音辨》共分七卷五門。卷一至卷五爲「辨字同音異」。仿張守節《史記正義》發字例，據許慎《説文解字》的部首排列。卷一列四十四部，卷二列七十部，卷三列五十四部，卷四列四十六部，卷五列四十六部，五卷共爲二百六十部。舉凡經典有一字數用者，均類以篆文，釋以經據；凡先儒「讀曰、讀如、讀爲」之類，均備載無遺。卷六爲「辨字音清濁」、「辨彼此異音」、「辨字音疑混」。所謂「辨字音清濁」，是指在文字使用中，凡「形用未著，字音常輕；形用既著，字韻乃重」的字，均參考經故，爲之訓説。「辨彼此異音」，是指「一字之中，彼此相形，殊聲見義，觸類而求其旨趣」。「辨字音疑混」，是指文字的「隨聲分義，相傳已久，今用集錄」。卷七爲「辨字訓得失」，如冰，凝同字，氾、汜異音等語言現象，「既本字法，爰及經義，從而敷暢，著於篇末」，共得九字。全書共收錄多音多義字一千一百二十三個。所謂「五門」，指作者劃分羣經之中多音多義字的五種情況，即字同音異、字音清濁、彼此異音、字音疑混、字訓得失。書後附有王觀國《後序》。

《羣經音辨》是中國古代第一部專釋多音多義字的辭書。賈氏之前，經籍未嘗無音，但無音辨，所謂「漢唐《藝文志》箋注之書，有曰音隱，有曰音略，有曰音義，有曰音訓，有曰音鈔，有曰釋音，是其音未必能辨；有曰辨證，有曰辨疑，有曰辨嫌，有曰惑，有曰辨字，有曰注辨，是其所辨未必皆音」。（王觀國《後序》）而《羣經音辨》專辨多音多義字，實爲首創。丁度等人修訂《集韻》也曾參考此書。

《羣經音辨》從古經傳注疏中收集了豐富的異讀材料，包括古今字和通假字。如「莫，夜，音暮」（卷一）；「罷，困也，音疲」（卷三），此爲古今字中的古字。再如「衡，橫也，胡觥切。《禮》：『金勺衡四寸。』古多借衡爲。」（棋卷二）「家，種也，音嫁。《詩》：『好是家穡』。今文作稼。」（卷三）此爲通假字。同時，某些字的異讀及義訓，是以前未嘗著錄而見於此書的。如「正，稅也，音徵。《禮》：『司書掌九正。』（卷一）「是，月邊也，徒兮切。《春秋傳》：『是，月邊，魯人語。』又承旨切。」（卷一）這些音讀和訓釋，「正」字，《集韻》收其音而未收其釋義：「是」字，《集韻》收其義而未錄其音。凡此種種，均賴此補充保存。

《羣經音辨》反映了詞性轉換時的聲調變化，揭示了文字形、音、義三者之間的聯係。賈昌朝認爲「一字之中，彼此相形，殊聲見義」，故「一字之文，音詁殊別者衆，當爲辨析」。（《自序》）所以，此書反映了漢語的名詞與動詞、名詞與形容詞、形容詞與動詞的互相轉換，以及數詞轉化爲量詞、自動詞轉化爲他動詞的詞性變化過程中，原字的聲調變化。王力《漢語史稿》認爲這就是古漢語詞匯的形態變化。在中古，這種用聲調變化來表示詞性變化的方法是很盛行的。

此書體例較爲淆亂。如卷六名爲「辨字音清濁」，實際上包括了聲調、聲母不同的各種情況，而聲母的清濁只是其一。在收録的各詞中，亦間有失誤之處。如「典欣」（卷二）條下，混合兩個單字爲一詞，殊爲失考。（陳　崎）

佩文韻府

〔清〕張玉書等

《佩文韻府》，正集和拾遺各一百零六卷，清張玉書、陳廷敬、李光地等奉敕編，正集成於康熙五十年（一七一一），拾遺成於康熙五十九年（一七二〇）。有康熙五十年（一七一一）内府刊本、光緒八年（一八八二）上海點石齋石印本、商務印書館萬有文庫影印本、上海古籍書店一九八三年影印本等。

張玉書（一六四二——一七一一），字素存，號潤浦，江蘇丹徒（今江蘇省丹徒縣）人。順治十八年（一六六一）進士，歷任編修、侍講、内閣學士、刑部、兵部、户部尚書。曾多次視察黄河、運河工程，多所建議。所作古文辭，春容典雅，稱一代大手筆。卒贈太子太保，謚文貞。著有《文貞集》十二卷。《清史列傳》卷十、《國朝先正事略》卷七有傳。

陳廷敬(一六三九——一七一二),字子端,號説嚴,山西澤州(今山西省晉城市)人。順治十五年(一六五八)進士。官至文淵閣大學士,兼吏部尚書。生平好學,與汪琬、王士禎等切磋詩文,皆能得其深處。著有《尊聞堂集》、《午亭文編》等。《清史列傳》卷九、《國朝先正事略》卷六有傳。

李光地事跡見「音韻闡微」條。

《佩文韻府》是分韻編排的語詞總集,主要是供作詩檢韻選字之用。此前,宋元之際陰時夫曾編有《韻府羣玉》,明凌稚隆編有《五車韻瑞》,這兩本書都是摘録大量典故和詞藻,分别編排在各韻之中。張玉書等在這兩本書的基礎上,考訂訛誤,增補脱漏,從康熙四十三年(一七〇四)至康熙五十年(一七一一),歷時八年,終於編成卷帙達一萬八千多頁的巨著,並以康熙皇帝的書房「佩文齋」命名,爲「佩文韻府」。以後,又有王掞、王頊齡等奉敕增輯《韻府拾遺》,以補《佩文韻府》之未備,從康熙五十五年(一七一六)至康熙五十九年(一七二〇),歷時四年而成。

《佩文韻府》的分韻依平水韻一百零六韻。傳統的説法,平水韻是指宋江北平水人劉淵所編的《壬子新刊禮部韻略》,但此書成於宋淳祐壬子年(一二五二),分一百零七韻。據錢大昕《十駕齋養新録》卷五考證,劉淵之前,另有金人平水書籍王文郁所編的《平水新刊韻略》,此書成於金正大六年(一二二九),分韻正是一百零六。又據張世禄《中國音韻學史》考證,謝啓昆《小學考》載《山西通志書目》録有毛麾《平水韻》一書,毛氏於金大定十六年(一一七六)授教書郎,是王書又在毛書之後,則後代謂所平水韻,或當始於此。與《廣韻》二百零六韻比較,平水韻合併韻部達一百個,這可能反映了南宋和金代漢語語音的實際變化。到明清時代,平水韻成爲做詩用韻的標準,因此又稱「詩韻」;《佩文韻府》以此分韻,正是符合當時的實際需要的。

《佩文韻府》每一韻内韻字的排列，依字的難易程度爲次，易識的常用字置於前，難認的罕見字列於後。每一韻字先以反切注音，後加注釋，反切依《廣韻》。在每一韻字下，收列大量語詞，所有的語詞末字相同，有類於今天的倒序詞典。語詞分爲三類：第一類是「韻藻」，分別收列雙音節、三音節和四音節的語詞。語詞包括詞、詞組、典故、成語等，按其出處經、史、子、集爲序排列。每個語詞下，都注明出處，間或還有注釋和説明。這一類又用「增」字隔開，分成前後兩個部分，前一部分係從《韻府羣玉》和《五車韻瑞》中摘出，後一部分則是新增的，有時前一部分空缺，只有後一部分，就直接標上「韻藻增」字樣。第二類是「對語」，分別收列雙音節、三音節和四音節的對偶的語詞。第三類是「摘句」，收列編者認爲典範的五言和七言詩句。

此書這樣編排，主要目的在於：一、便利做詩時選擇詞藻。例如一東韻「風」字條「韻藻」載雙音節語詞有「山風、好風、餘風、國風、變風」等三百多個，大大開拓了選詞造句的視野；又如一東韻「宫」字條「對語」載對偶的語詞有「桂苑：椒宫」、「玉宇：珠宫」、「雁塔：龍宫」、「通明殿：廣寒宫」、「李北海：米南宫」等二十個，於對偶句的製作也大有方便。二、便利查閲語詞的出處。例如查閲「弋綈」一詞，可在八齊韻「綈」字條「韻藻」的雙音節詞語部分找到：

弋綈　〔漢書文帝紀贊〕身衣——〔如淳注〕弋，皂也。賈誼曰：身衣皂綈。

又如查閲「夜光杯」一語，可在十灰韻「杯」字條「韻藻」的三音節語詞部分找到：

夜光杯　〔張正見詩〕琴和朝雉操，酒泛——。〔王翰涼州詞〕葡萄美酒——，欲飲琵琶馬上催。

《佩文韻府》單字的釋義是從字典韻書中抄録下來的，往往跟所收詞語之間缺乏有機的聯係。例如四支韻「菑」字釋義：「《說文》：不耕田也，亦作甾。又東楚名缶曰菑。」其所收詞語中「敷菑」、「發菑」等確是「不耕田」之義，但「一歲菑」乃開墾一年之田之義，釋義有缺，而「東楚名缶曰菑」則收詞中始終未見。《佩文韻府》所收的詞語，有的是壓縮或截取古代的詩文而成的縮略語，這種縮略語並無古代的用例，因此其成立與否尚屬疑問，不過對於讀者查檢典故和史實却是提供了很大的方便。例如四支韻「炊」字條「嫂不炊」是截取《戰國策》蘇秦「去秦而歸，妻不下紝，嫂不爲炊，父母不與言」而成，又如六魚韻「魚」字條「剔骨魚」是壓縮《晉書》「吳隱之爲廣州刺史，帳下人進魚每剔去骨，存肉，隱之覺其用意，黜之」的故事而成。

《佩文韻府》所收單字，正集大約爲一萬零二百五十二字，拾遺大約爲一萬零二百九十三字，全書所收詞語約六十萬個。這些詞語，上自先秦典籍，下至明代文人著作，「囊括古今，網羅巨細」（御制序）。因此此書至今仍然是人們查閱古代詞語、成語和典故出處的極爲重要的工具書，對於語言學習和研究具有很重要的參考價值。

《佩文韻府》缺點有四：一、卷帙過於浩繁，售價極高，貧苦的讀書人根本無力購置，平時攜帶也極不方便。因此後來便有《佩文詩韻》一書問世，删去了全部語詞，只留下簡單的注釋。二、引文多無書名、篇名，頗費查考。如「自東」引《詩經》「我來自東」，無篇名；「南東」引李孝先詩、邵寶詩，無書名。三、出處、引文和注釋錯誤較多，使用時必須儘量核對原文。四、所收語詞全部都按倒序排列，如果知道語詞的末字，只要按末字所在的平水韻韻目，即可順利查得；但如果只知道語詞的首字，不知道末字，則無法查檢。不過，現在商務印書館和上海古籍書店的影印本，書後附有四角號碼索引，已經克服了這一缺點。（楊劍橋）

經籍籑詁

〔清〕阮　元

《經籍籑詁》，一百零六卷。清阮元編撰。成書於清嘉慶四年（一七九九）。有清嘉慶十七年（一八一二）揚州阮氏琅嬛仙館刊本、光緒六年（一八八〇）淮南書局刊本、一九三六年世界書局影印瑯環仙館本。

阮元（一七六四——一八四九），字伯元，號芸臺，又號雷塘菴主，江蘇儀徵（今江蘇省儀徵縣）人。清代著名學者、訓詁學家。乾隆五十四年（一七八九）進士，督山東、浙江學政。署浙江巡撫，造船炮、練陸師、滅海盜。增建炮臺，禁煙抗英。官湖廣、兩廣、云貴總督、體仁閣大學士，卒謚「文達」。爲文提倡駢偶，輕視古文。學術上崇尚漢學，主張樸學，是乾嘉學派的重要學者。曾重修《浙江通誌》、《雲南通誌稿》等。創立杭州詁經精舍、廣州學海堂，廣致人才，延攬學者，從事古籍校勘刻印。主持編纂《經籍籑詁》，校刻《十三經注疏》，匯刻《皇清經解》。著有《積古齋鐘鼎彝器款識》、《兩浙輶軒録》、《四庫未收書百種提要》、《兩浙金石誌》等，並集歷代天文律算家生平，作《疇人傳》。有《揅經堂集》正、續編及外集五卷刊行。《清史稿》卷三百六十四、《清史列傳》卷三十六有傳。

乾隆三十七年（一七七三），乾嘉學派的領袖人物戴震創議纂集古書傳注，以便與陸德明《經典釋文》相匹配，並補《康熙字典》之不足。可惜戴氏不久病逝。至嘉慶初年，阮元邀孫星衍、馬宗璉分書纂集，但未及半而中輟。以後阮元督學浙江學政，遴選門下弟子及學界名流四十餘人，分類編纂。他「手定凡例」，「分籍纂訓，依韻歸字」，並邀臧鏞堂、方起謙等任總纂和總校，歷時兩年編成，於嘉慶四年（一七九九）初刊印行。以後又依韻再編《補遺》，附於每韻之後。

《經籍籑詁》按平水韻分部，每部一卷，共一百零六卷。每卷後均附《補遺》。書前有王引之、錢大昕、臧鏞堂所作的《序》和《後序》。

此書是一部資料總集，取材宏富，收詞範圍極爲廣泛，囊括了唐以前所有經史子集本文中的訓詁，如《左傳》、《公羊傳》、《逸周書》、《國語》、《論衡》等書中對某些字義的詮釋；舊注，包括現存古注，如《詩經》的《毛傳》、《鄭箋》，《淮南子》高誘注，《後漢書》李賢注等，後人所輯古注，如《列子》張湛注，《論語》何晏集解等；訓詁專書，包括現存古書，如《説文解字》、《爾雅》、《方言》等，後人輯佚小學書，如《蒼頡篇》、《字林》、《埤蒼》、《聲類》、《通俗文》等。凡此種種統於一字之下。因此「展一韻而衆字畢備，檢一字而諸訓皆存，尋一訓而原書可識，所謂握六藝之鈐鍵，廓九流之潭奧者矣」（王引之《序》）。對同一經文，而因時間相隔，派別不同，訓詁各異者，均一一擇録，使諸家異説，彼此參見，擇善而從；於傳注不當之處，亦能博考而訂正。臧鏞堂稱其爲「經典之統宗，詁訓之淵藪，取之不竭，用之無窮」，是爲的評。

《經籍籑詁》條理分明，體例謹嚴。先按字抄録，再以《佩文韻府》分韻歸字，《佩文韻府》所闕者，依《廣韻》、《集韻》補入。各字之下，分別各種古文異體。義項排列，先本義或聲訓，次引申義，再次爲假借義。同一義項而各書重見或稍異者，備列不刪。各義項下均注明出處，便於核對。所引書訓，以經、史、子、集爲序。而各部引書也各有次第，如經部以《易》、《書》、《詩》、《禮》、《春秋》、《孝經》、《論語》爲序。子部則以《孟子》爲首。所引兩漢碑碣及古人姓字，均列於最後。《補遺》均低一格列於本字條下。

本書成書倉卒，採輯雜出衆手，間有遺漏和誤釋之處，雖每字後有《補遺》，但錯誤仍然難免，引用時，宜核實原書，辨明字形、字義。（陳　崎）

釋　名

〔漢〕劉　熙

《釋名》，八卷，舊題漢劉熙撰。版本主要有畢沅《釋名疏證》本和《四庫全書》本等。

劉熙，字成國，北海（今山東濰坊西南）人。《三國志·吳書·程秉傳》云：「避亂交州，與劉熙考論大義，遂博通五經。」又《薛綜傳》：「少依族人，避地交州，從劉熙學。」又《蜀書·許慈傳》：「師事劉熙，……建安中與許靖等俱自交州入蜀。」可知劉熙當是東漢末年人，曾在交州講學，頗有聲望（參看余嘉錫《四庫提要辨證》）。

《釋名》是一部探索語源的訓詁學著作。全書共分二十七篇，即：卷一釋天、釋地、釋山、釋水、釋丘、釋道，卷二釋州國、釋形體，卷三釋姿容、釋長幼、釋親屬，卷四釋言語、釋飲食、釋采帛、釋首飾，卷五釋衣服、釋宮室，卷六釋牀帳、釋書契、釋典藝，卷七釋用器、釋樂器、釋兵、釋車、釋船，卷八釋疾病、釋喪制。卷首附有劉熙自序一篇。劉熙認爲，「名之於實，各有義類」，事物的命名都是有原因可探尋的。但是「百姓日稱而不知其所以之意，故撰天地、陰陽、四時、邦國、都鄙、車服、喪紀，下及民庶應用之器，論敘指歸，謂之釋名」。全書主要採取當時盛行的聲訓方法探究、闡釋事物得名的由來。例如，在解釋「澗」得名原因時說：「山夾水曰澗。澗，間也，言在兩山之間也。」又如，火之所以稱爲火，是因爲「火，化也，消化物也。亦言毀也，物入中皆毀壞」。具體主要採取音同、音近字爲訓的方法。例如卷五「釋宮室」：「亭，停也，亦人所停集也。」「亭」與「停」字音相同。卷四「釋言語」：「銘，名也，記名其功也。」「銘」與「名」字音相同。卷四「釋飲食」：「含，合也。合口停之也。」「含」與「合」聲母相同，韻部相近。卷三「釋親屬」：「妻之姊妹曰姨。姨，弟也。」「姨」與「弟」聲母相近，韻母相同。

《釋名》在訓詁學上具有一定的價值，有許多釋義可以與《爾雅》、《說文解字》等書互相參證，有的還可以借以斷定是非。如《詩・魏風・陟岵》毛傳說：「山無草木曰岵，山有草木曰屺。」但《爾雅・釋山》却說：「多草木，岵；無草木，峐(同「屺」)。」《說文・山部》也說：「岵，山有草木也。屺，山無草木也。」毛傳與《爾雅》、《說文》說正相反。《釋名・釋山》說：「山有草木曰岵。岵，怙也，人所怙取以爲事用也。」「山無草木曰屺。屺，圯也，無所出生也。」據此可知《爾雅》、《說文》之說是而毛傳之說非。《釋名》敘述了許多有關古代名物、典章制度和風俗習慣的知識，對於研究中國文化史也具有一定的價值。此外，本書中大量的聲訓材料對於研究漢代以前的語音史也有一定的參考價值。《釋名》所廣泛採用的聲訓方法對於後世的語文學有很大的影響。但是，從根本上說，詞的聲音與意義之間沒有必然的聯係，用聲訓的方法來解釋事物命名的由來是不科學的。而「作者所使用的聲訓方法較爲原始，沒有嚴格的準則，解釋語源近乎猜謎，所以『偶而

臆中』的地方固然有，遠離正鵠的也很多。」（張永言《訓詁學簡論》）

研究《釋名》的著作主要有清畢沅的《釋名疏證》、《續釋名》、《釋名補遺》（並代江聲作，有乾隆五十四年（一七八九）靈巖山館本）、王先謙《釋名疏證補》（上海古籍出版社，一九八四年）、今人李維棻《釋名研究》（附索引，臺北大化書局，一九七九年）等。

（鍾敬華）

果贏轉語記

〔清〕程瑤田

《果贏轉語記》，一卷。清程瑤田著。收在《安徽叢書·通藝録》中。

程瑤田（一七二五——一八一四），字易疇，安徽歙縣人。清代學者。受業於江永，讀書喜深思。乾隆三十五年（一七七〇）中舉人，選爲太倉州學正，爲人廉潔，爲錢大昕、王鳴盛等人所推重。嘉慶元年（一七九六），舉爲孝廉方正。一生著述豐富，計有《喪服足徵記》、《宗法小記》、《溝洫彊里小記》、《禹貢三江考》、《九穀考》、《磬折古義》、《水地小記》、《解字小記》、《聲律小記》、《考工創物小記》、《釋草釋蟲小記》等。晚年雙目失明，由孫輩據其口授作成《琴音記》。這些書都收在他的《通藝録》裏。

《果贏轉語記》原稿作於何時，尚待考證。此書是程瑤田歿後，由其同族姪兒問源於光緒十年（一八三

○）整理刊行的。書末有王念孫的跋。

《果蠃轉語記》是一本專門分析「果蠃」一詞演變的書。書中說：「《爾雅》：果蠃之實，栝樓。高誘注《呂氏春秋》曰：穗，果蠃也。然則果蠃之名無定矣，故又轉爲蝠蠃、蒲盧，細腰土蜂也。《爾雅》作果蠃，又轉爲鳥名之果蠃，又轉爲溫器之鍋⿰金蠃……。」下文接着引出了二百多個與「果蠃」爲一聲之轉的同源詞。「果蠃」這個詞，古人常用來指稱圓形的東西。如稱瓜果之類，字變作「果蓏」、「栝樓」、「苦樓」，稱細腰土蜂，字變作「果蠃」、「蒲盧」、「蛣螻」，等等。「果蠃」是「肖物形而名之，非一物之專名」，所以「果蠃」有許多的同源詞。

此書的開頭說：「雙聲叠韻之不可爲典要，而唯變所適也。聲隨形命，字依聲立：屢變其物而不易其名，屢易其文而弗離其聲。物不相類也，而名或不得不類；形不相似，而天下之人皆可以是聲形之，亦遂靡或弗似也。」這說明程氏作此書的目的，不是爲了專釋「果蠃」一詞，而是爲了藉此闡發音義通轉的道理和事物命名的規律。

書中所舉二百餘例雖未必全部妥當，但不爲字形所惑，而從聲音出發，考求同源字，是這本書的精彩之處。王念孫在此書的跋記中稱讚道：「蓋雙聲叠韻出於天籟，不學而能，由經典以及謠俗，如出一軌。而先生能獨觀其會通，窮其變化，使學者讀之而知絕代異語、列國方言，無非一聲之轉，則觸類旁通，而天下之能事畢矣！」

關於本書的研究可參閱胡奇光《中國小學史》（上海人民出版社，一九八七年）的有關章節。（沈榕秋）

文始

〔清〕章炳麟

《文始》，九卷，清章炳麟著。此書爲章氏流亡日本時期（一九〇八年前後）所作。一九一三年由浙江圖書館用原稿石印。另有浙江圖書館章氏叢書木刻本、右文社鉛印章氏叢書本，前者較善，後者訛字較多。

作者生平見「國故論衡」條。

《文始》是探索漢語語源的字源學著作。卷首有《文始叙例》一篇，闡明作者對於文字演變的基本觀點和全書的體例。另有韻表及紐表各一，韻表有《成均圖》一幀，表明章氏所定古韻二十三部及其相互轉變關係。紐表列章氏所定古聲紐二十一類。卷一至卷九分别爲歌泰寒、隊脂諄、至真、支清、魚陽、侯東、幽中侵緝、之蒸、宵談盍九類。章氏把《説文》所載獨體字稱爲「初文」，準獨體字稱爲「準初文」，二者合計共五百一十字。他認爲其他文字都是在它們的基礎上演變産生的。文字的演變有兩類。一爲變易，一爲孳乳。音義相同，或音近義同，而字形不同，稱爲變易。聲音變異，意義轉變，新的字形隨之産生，稱爲孳乳。文字的演變在聲音方向的異同關係，都依據他所定的韻轉和聲轉條例。凡按照韻轉條例而變易者，即爲正例；按照聲紐關係轉變者，爲變例。變例是正例的補充。全書共分四百三十七條，從初文出發，根據聲音關係，一一闡明文字的變易和孳乳過程。例如，陰聲歌部甲㐄字條：「《說文》『㐄，跨步也。從反夊。⿰咼㐄從此。』案⿰咼㐄讀若過，㐄音亦同。變易爲過，度也。跨訓渡，與過訓度同。㐄訓跨，即初文過字甚明。旁轉魚，則爲跨。所以跨謂之胯，股也。旁轉支，則爲跬，半步也。所以跬謂之奎，兩髀之間也。近轉泰，則爲越，度也；爲⿺辶戉，逾也。與于屬之粵相繫。㐄在本部，又孳乳爲騎，跨馬也，古音如柯。以跨步故轉爲跨馬。又孳乳爲徛，舉脛有渡也。以跨轉爲渡。騎又孳乳爲駕，馬在軛中也。《詩》、《書》有駕無騎，然騎必先於駕。草昧之初，但知跨馬。輿輪已備，乃有駕御爾。（駕字籀文作⿰牛各，從各聲，又與馭字相關。）騎也孳乳爲羈，馬絡頭也。其胯之衣則曰絝，脛衣也。變易爲襗，絝也。㐄奎之衣曰褰，絝也，自歌對轉入寒。㐄對轉寒，則變易爲⿺辶瓜，過也，引伸爲過失。孳乳爲辛，罪也；爲愆，過也，與干相繫。魚部之跨對轉陽則孳乳爲杭，方舟；《詩傳》曰：渡也。又孳乳爲潢，小津也；一曰，以船渡也。㐄與于歌魚旁轉，其所孳乳多相應。泰韻越⿺辶戉，又孳乳爲蹶；一曰跳也。由度越義，越又孳乳爲闊，疏也；《釋詁》曰：闊，遠也。闊亦變易爲⿱宀歲，空大也。對轉寒爲寬，屋寬大也。蹶又孳乳爲⿺辶厥，蹠也；爲䟴，輕足也；爲適，疾也；爲⿰女戉，輕也。寬又孳乳爲愃，寬閒心腹貌；爲憪，愉也。」

《文始》把傳統語言學引入了詞源研究的範圍，在中國語言學史上佔有重要的地位。王力《中國語言學史》說：「章氏這種做法，令人看見了詞匯不是一盤散沙，詞與詞之間往往有某種聯係，詞匯也是有條理的。章氏這種做法，在原則上是詞源的研究或詞族的研究，但是他的研究還是很粗糙的。『初文』之說，問題更大。」

有關《文始》的參考書有王力《中國語言學史》（山西人民出版社，一九八一年）、周大璞《訓詁學要略》（湖北人民出版社，一九八〇年）等。

（鍾敬華）

右文説在訓詁學上之沿革及其推闡

〔現代〕沈兼士

《右文説在訓詁學上之沿革及其推闡》，近人沈兼士著。成於一九三三年。原載《慶祝蔡元培先生六十五歲紀念論文集》（有國立中央研究院抽印本，一九三三年），後收入《沈兼士學術論文集》（中華書局，一九八六年）。

沈兼士（一八八六——一九四七），原名堅，一名臤（古「賢」字）士、堅士，浙江吳興人。著名語言文字學家、文獻檔案學家。清光緒三十一年（一九〇五）留學日本鐵道學校。在日加入同盟會，並與馬裕藻、錢玄同等人在東京隨章炳麟研習文字音韻之學。回國以後，先後在嘉興、杭州等地任教。一九一一年與馬裕藻等人發起「國學會」，推章炳麟爲會長。一九一七年到北京大學任國史編纂處編纂員，後改任國文系教授、北大研究所國學門主任。又曾任北平中法大學、清華大學國文系教授，輔仁大學文學院院長、教育部「國語統一籌備委員會」、「國語推行委員會」委員等職。一九四七年因腦溢血去世。平生精研文字訓詁之學，在探討、總結傳統的訓詁學理論方面，成績顯著，發明頗多。著有《段硯齋雜文》、《廣韻聲系》和《沈兼士學術論文集》等，

《右文說在訓詁學上之沿革及其推闡》對右文說作了系統的總結和深入的探討。其搜求之富，條理之密，可謂右文說之集大成者。

全文共九章。第一章「引論」，闡述作此書的緣由。作者認爲宋人始倡「右文」之說，淸儒亦屢經道及，然未有專著詳加討論。本書就是利用《說文》形聲字來「試探中國文字孳乳，及語言分化之形式」。第二章「聲訓與右文」，指出右文不等於聲訓。聲訓是「任取一字之音，傅會說明一音近字之義，則事有出於偶合，而理難期於必然」；而「右文須綜合一組同聲母字（指同聲符的形聲字），而抽繹其具有最大公約數性之意義，以爲諸字之共訓」，這比聲訓之法要謹嚴得多。

三、四、五章爲「右文說之略史」，分述宋代王聖美、戴侗，明淸黃生、錢塘、段玉裁、王念孫、焦循、王承吉，淸末章炳麟、劉師培等學者關於右文的學說。

第六章「諸家學說之批評與右文之一般公式」，對歷來諸家右文之說，作一總評。認爲以前諸說，缺少歷史眼光和科學方法。其實右文之字，屢經衍變，對聲符相同而字義相去較遠的字，要作具體分析，切忌一概而論，動輒謂「凡從某聲，皆有某義」；而文字孳乳，音衍形異，所以語音相近的字雖然聲符不同，字義也可能相通（如「今」、「禁」之右文均有含蘊義）；研習右文，雖然應以《說文》爲本，但是也需參考別的文獻，以夠通音理，不可一味拘泥於《說文》。在此基礎上，作者用精密的歸納法擬出右文說的一般公式，又分別舉例說明本義分化式、引申義分化式、藉音分化式、本義與藉音混合分化、複式音符分化式及相反義分化式。

第七、八章爲「應用右文以比較字義」和「應用右文以探尋語根」。這兩章的要點，在於表明右文說在訓詁學上的應用，闡發右文說與語言學的關係，而爲中國訓詁學開辟一個新的途徑。其第七章共列舉十五個例子，説明應用右文説，有益於訂正古書訛誤，有益於判斷異訓得失，有益於發現《説文》的説解並非全爲語言本來意義。其第八章指出，右文説能較合理地推測明瞭古字形與語義表裏之間的關係，有效地研究周代以來語言的源流變衍，在利用《説文》、《方言》、《釋名》等材料研究語根時，避免這些材料本身的缺憾，同時避免近世學者推尋中國文字之原時，多取演繹法而貿然傅會他字之義的做法。

第九章「附録」，收録了魏建功、李方桂、林語堂、陳寅恪等知名學者致作者的討論右文説的信件。

由上可知，沈氏此文實在是近代訓詁學上的重要著作，但是作者認爲「欲憑古文字以考古語言，則諧形聲字外，實無從窺察古代文字語言形音義三者一貫之跡」，則未免過於偏執。古文字中大量的象形、指事、會意、假借字，同樣是研究古代語言的重要材料。

同時，書中所舉諸例亦有失當之處。如以「農」爲聲符的「膿、濃」諸字皆有「濃厚」義，而「農」字本身則無此義，作者明白這一點，但因章炳麟《文始》稱「農」「蓋出於乳」，遂謂「乳於古亦爲泥紐音，故農借爲乳而得濃厚之義」，殊爲牽强。再如「齟齬」是聯綿詞，聯綿詞不可分訓，沈氏爲證從「吾」之字有「逆」義，却説「齬，齒不相值也」，顯屬不當。又如，以「皮」爲聲符之「簸、破」有「分析」義，「帔、被」有「加被」義，「跛、坡」有「傾斜」義，而「披」既有「分裂」義，又有「覆蓋」、「加被」義，作者却説它有「傾斜」義，並引《方言》「披，散也」爲證。然《方言》卷六明言「披，散也。東齊……器破曰披」，是「披」字「分析」義顯然，稱其爲「傾斜」義，不知何所據。

有關本文的研究著作有：齊佩瑢《訓詁學概論》（中華書局，一九八四年）、楊端志《訓詁學》（山東文藝出版社，一九八六年）和李建國《漢語訓詁學史》（安徽教育出版社，一九八六年）中的有關章節。（陳重業）

語助

〔元〕盧以緯

《語助》，一卷。元盧以緯撰。有明嘉靖年間《奚囊廣要叢書》本和萬曆年間胡文煥《格致叢書》本。前者有泰定元年（一三二四）胡長孺寫的序，後者更名爲《新刻助語辭》，刪去胡序，代以胡文煥寫的序，並刪去奚囊本結尾處六個條目。一九八五年黃山書社出版劉火桂等據日本藏本點校的《助語辭》，書中還有後人增補的《助語辭補義》、《助語辭補》、《助語辭補義附録》。

盧以緯，字允武，元永嘉人（今屬浙江）。生卒年月和生平事跡不詳。從胡長孺的序中可以知道盧以緯是一位教書先生，《語助》是爲了教學生寫文章而編寫的。

《語助》篇幅不長。全書共有六十六個條目，這些條目的排列是任意的，看不出有內在的聯係。每個條目所收虛詞數也不一樣，有的條目只有一個虛詞，有的條目則包括了很多虛詞。比如第一條收「也、矣、焉」，第二十七條則收「今夫、且夫、原夫、故夫、蓋夫、嗟夫」等六條。全書所收單音虛詞和複音虛詞共一百二十多個。據統計，《語助》除序言外，全文只有三千五百六十一字。

盧以緯是爲寫作古文而研究虛詞的。胡長孺在序中說：「是編也，匪語助之與明，乃文法之與授」。這裏所謂的「文法」，是指作文之法。他們認爲要學習作文，就要學會運用虛詞。後來胡文煥在《助語辭・序》中也特別强調了這一點。他說：「助語之在文也，多固不可，少固不可，而其間誤用更不可，則其當熟審也明矣。苟非熟審之，是未勉（免）爲文累，雖瑰玹錦綉奚益哉！古諺有之云：『之乎者也已焉哉，用得來的好秀才。』蓋謂此易曉而不易用也。」盧以緯比較系統地探討了虛詞所表示的語氣、感情、意志、關聯等作用，適應了作文的需要。《語助》流傳到明代還一再刊刻，流傳日本，可見影響的長遠。

《語助》以辨析詞義的細微差別見長。有的條目沿用葛洪的方法，從聲音去探求語義。如第一條：

「也」、「矣」、「焉」，是句意結絶處。「也」意平，「矣」意直，「焉」意揚。發聲不同，意亦自別。

此書又常用對比的方法分析虛詞。作者受劉勰的啓示，從句中分佈位置的不同去考察。如第二十六條：

「夫」字在句首者，爲發語之端，雖與「蓋」字頗相近，但此「夫」字是爲將指此事物而發語爲不同；有在句中者，如「學夫詩」之類，與「乎」字似相近，但「夫」字意婉而聲衍；在句末者爲句絶之餘聲，亦意婉而聲衍。

盧氏還用區分語氣輕重緩急的方法去分析虛詞。如第四十一條：

「嗚呼」，嗟嘆之辭，其意重而切。「吁」，其咨嗟之辭，其意稍輕。此皆先嘆息而後發語。

《語助》還開了以口語解釋文言虛字的先例，如：

若云「儼然」、「睟然」、「盼盼然」、「瞟瞟然」，却是形容之語助，實有「恁地」之意。「啍爾」之「爾」字，「翕如」之「如」字，「沃若」之「若」字，義皆類此。

「形容之語助」，即現在所說的形容詞詞尾。盧氏認爲「然」、「爾」、「若」都是形容詞詞尾，這是正確的。《語助》雖未對虛詞進行分類研究，但在分析個別虛詞時所作出的某些結論，和今天的分類有很多一致的地方。如「或」作爲文言虛詞可以用作代詞、副詞、連詞。書中指出：

或，有帶疑辭者；有帶未定之意者；有不指名其人指名其事，但以「或」字代之者；有未有此事，預度其事物設若如此者；有言其事之多端，連稱幾「或」字以指陳之者。

盧氏所謂「帶疑辭者」、「帶未定之意者」，屬於副詞；「有不指名其人指名其事，但以『或』字代之者」和「有言其事之多端，連稱幾『或』字以指陳之者」是「或」的代詞用法。「未有此事……設若如此者」則是「或」的連詞用法。

《語助》的個別條目，發前人之所未發，很有創見。如在此之前，似乎沒有人討論過「于」與「於」的區別。一般認爲瑞典學者高本漢在《左傳的真僞及其性質》裏提出，《左傳》「于」多用在地名之前，「於」多用於人名之前。實際上盧以緯在六百多年前就指出：「『於』字俗語是『向這個(个)』之意，『于』是指那事物或地名之類而言，故着一『于』字以指定之，與『於』字相類，微有輕重之別。『于』比『於』意略重。」《語助》還保存了一些元代的俗語資料，它的實際價值已超出了文言虛詞的範圍。比如：

「者。……或有俗語『底』字意。」(第四條)

「凡『之』字多有『底』字意。」(第五條)

在這裏，盧以緯揭示了「底」與「者」的關係、「底」與「之」的關係。爲研究近代漢語語法中「底」的來源問題提供了寶貴的材料。

《語助》是虛字研究的草創之作，有些地方搜羅不備、體例不周。清代《助字辨略》、《經傳釋詞》等書相繼問世之後，《語助》也就漸漸不爲人注意。但是，《語助》是第一本從訓詁學、辭章學裏分離出來，獨立進行虛詞研究的著作，它的草創之功，不可泯滅。（徐川山）

助字辨略

〔清〕劉淇

《助字辨略》，五卷，清劉淇著。有清康熙五十年（一七一一）盧承琰初刻本、乾隆四十四年（一七九九）國泰重刻本、咸豐五年（一八五五）楊以增海源閣本、一九二五年楊季常重刻楊樹達校勘本、一九三九年開明書店章錫琛校注本。

劉淇，生卒年不詳，字武仲，一字龍田、衛園，號南泉，確山（今屬河南）人，寓居濟寧。著作有《周易通說》、《禹貢說》、《助字辨略》、《堂邑志》、《衛園集》等。國泰《助字辨略》序說他「博聞强記，生平喜著書，性恬淡，不妄與人交，然亦以此見重於世，當世士大夫無不知者」。《清史稿》卷四百八十四、《清史列傳》卷七十一有傳，附見阿什坦之下。

《助字辨略》是一部專門研究虛字的著作。所謂虛字，主要屬於語法範疇，但是作者主要不是從語法學的角度，而是從訓詁學的角度研究虛字的，因此，這部著作的性質仍屬於訓詁學的範圍。

《助字辨略》收録的虛字總數達四百七十六個，從時代來説，上自先秦，下迄宋元，時間跨度極大，從搜集的範圍來説，包括經、傳、子、史以及詩詞小説中的各種用例，範圍也相當廣泛。所收字條按照詩韻（即平水韻）排列，分爲上平聲、下平聲、上聲、去聲、入聲五卷。劉淇把所收四百多個虛字的用法分爲三十類，即：一，重言；二，省文；三，助語；四，斷辭；五，疑辭；六，詠嘆辭；七，急辭；八，緩辭；九，發語辭；十，語已辭；十一，設辭；十二，别異之辭；十三，繼事之辭；十四，或然之辭；十五，原起之辭；十六，終竟之辭；十七，頓挫之辭；十八，承上；十九，轉下；二十，語辭；二十一，通用；二十二，專用；二十三，僅辭；二十四，嘆辭；二十五，幾辭；二十六，極辭；二十七，總括之辭；二十八，方言；二十九，倒文；三十，實字虛用。運用正訓、反訓、通訓、借訓、互訓、轉訓等六種方法加以訓釋。

《助字辨略》是中國古代語言學史上研究虛字的重要著作，它比清代另一部研究虛字的專著《經傳釋詞》還早大約一百年。《經傳釋詞》專在疏通經義，而《助字辨略》採及唐宋詩詞，範圍更加廣泛。楊樹達指出：「此書與王氏《釋詞》相較，自有遜色。然亦有精審過於王氏之處。……如《左傳·宣十二年》：『訓之於民生之不易。』此書訓於爲以，最爲精核。……《公羊傳·隱二年》：『前此則曷爲始乎此？託始焉爾。』何休云：『焉爾，猶於是也。』王氏《釋詞》從其説。劉氏則云：『此焉爾亦語已辭。若以爲於是，則「紀子伯者何？無聞焉爾」，寧可作於是邪！』《莊子·德充符篇》：『子產蹵然改容更貌曰：子無乃稱。』王氏《釋詞》云：『子無乃稱，猶子無稱是言也。』而劉氏則云：『乃字合訓如此，言無爲如此稱説也。』此二事衡校兩家，劉氏之説皆勝於王氏。」(《助字辨略跋》)張世禄説:劉淇「當時已經很注意於虚詞所表示的意義是語氣和關係兩方面的現象,各種虚詞就是用來表示各種不同的語氣和關係」。(《古代漢語》)

當然劉淇對於虚字的認識也有許多局限,他主要從訓詁角度研究虚字,就不能充分地揭示虚詞的語法意義。他對於虚字與實字的區別,在理論上也還不能作出比較明晰的闡述,對助詞的分類也有不甚妥善之處。(黄志强)

經傳釋詞

〔清〕王引之

《經傳釋詞》,十卷。清王引之撰。成書於清嘉慶三年(一七九八)。有清嘉慶二十四年(一八一九)王氏家刻本、道光九年(一八二九)學海堂《皇清經解》本、道光二十四年(一八四四)錢熙祚《守山閣叢書》本、一九五六年中華書局校印本、一九八四年嶽麓書社黄侃、楊樹達手批排印本。

王引之(一七六六——一八三四),字伯申,號曼卿,江蘇高郵人,訓詁學家。嘉慶進士,官至工部尚書,卒謚「文簡」。承緒其父王念孫音韻訓詁之學,世稱高郵王氏父子。在訓詁上,注重以聲音通訓詁,創獲良多,尤其注重虚詞研究,有重大成就。著作有《經義述聞》、《經傳釋詞》、《字典考證》等。《清史稿》卷四百八十一有傳。

乾隆五十五年（一七九〇），王引之赴京城從其父王念孫學習經義，「始取《尚書》廿八篇紬繹之，而見其詞之發句、助句者，昔人以實義釋之，往往詰鞫爲病」（《自序》），因此，萌發了注釋古書中虛詞的念頭。由於得到其父的指導，「發明意指，渙然冰釋，益復得所遵循，奉爲稽式，乃遂引而申之，以盡其義類。自九經、三傳及周、秦、西漢之書，凡助語之文，遍爲搜討，分字編次」（《自序》），積數年之功力，至嘉慶三年（一七九八）始成此書。

《經傳釋詞》收録虛詞凡一百六十組，二百六十四字。以音同義近歸組，以守溫字母爲序排列。從卷一至卷四是喉音聲母字，卷一凡十組十六字；卷二凡八組十三字；卷三凡十二組二十二字；卷四凡二十二組三十八字。卷五是牙音聲母字，凡二十三組三十九字。卷六是舌音聲母字，凡十五組二十一字。卷七是半齒半舌音聲母字，凡九組十一字。卷八是齒頭音聲母字，凡二十二組三十七字。卷九是正齒音聲母字，凡二十五組三十七字。卷十是脣音聲母字，凡十四組二十字。此書前有阮元《序》，書後有錢熙祚《跋》。

此書在編排上，先敘述各字的用法，再引例證説明。引用例證時，則先溯其原始，然後闡明其演變。如「謂」字條下，先引「家大人（王念孫）曰：謂，猶爲也」，再引《易》、《詩》、《左傳》、《國語》、《淮南子》、《韓詩外傳》、《史記》等例證説明，再以「家大人曰，謂猶爲（去聲）也」、「謂猶與也」、「謂猶如也」，闡明「謂」字的嬗變之道（卷二）。此書在取材範圍上，只限於西漢以前的古籍，主要是上古經典著作，特别是《尚書》二十八篇。同時，對於各個虛詞的通常用法，則因爲是「常語」而一概省略，僅限於補前人所未及，正先儒所誤解的部分。

《經傳釋詞》的主要成就有四：

一、開創虛詞研究的新局面。王引之之前，對於古書虛詞的研究，前輩學者往往並不重視，認爲虛詞的作用只是「審辭氣」、「通文法」而已。但王引之則提出虛字「不以實義解」的原則，認爲「經典之文，字各有義。有字之爲語詞者，則無義之可言，但以足句耳。語詞而以實義解之，則扞格難通。……善學者不以語詞爲實義，則依文作解，較然易明，何至展轉遷就而卒非立言之意乎？」（《經義述聞・通説》）王引之研究虛詞，認爲應當「窺測古人之意」，還虛詞以本來面目，正確地理解文意，而不是「捨舊説而尚新奇」（《自序》），明確地區分了虛詞和實詞的界劃，表達了新穎的虛詞研究的觀念。

二、運用「因聲求義」的方法，發先人所未發。王引之以家學庭訓，用「因聲求義」的方法，指出了一大批前代學者未曾發現的虛詞，而且論證綿密，斷制謹嚴，極富創見。如先儒認爲「有」與古「又」同聲，因而，「有」可通「又」。王引之認爲，既然同聲，應可互通，「今之學者，但讀十有一月，十有二月之『有』爲『又』，而他無聞焉。俗師失其讀也。『有』、『又』古同聲，故『又』通作『有』，『有』亦通作『又』。……石鼓文：『滿又小魚。』《詛楚文》：『又秦嗣王。』並以『又』爲『有』。」（卷三）再如「鄉」與「向」（卷四）、「盍」、「曷」與「何」（卷四）等，均爲音同互通例。同時，此書又廣引古注，發明先儒的晦義，如「爲」（卷二）引趙岐注，「惟」（卷三）引鄭玄箋，「思」（卷八）引毛亨傳，「夫」（卷十）引劉瓛《孝經疏》、高誘《淮南注》等，將其雖注而未明的晦義，發明光大，爲後世學者的探究，開辟了門徑。

三、廣參衆説，正先儒所誤解。在訓詁學中，很早就認爲實詞易訓，虛詞難釋，因此，對於虛詞的注釋，先儒所誤解處是不少的。王引之利用漢魏以來，特別是清代諸家的研究成果，不爲鑿空之談，不爲墨守之見。既出於漢學門户，又不囿於漢學藩籬。凡前代累訟紛紜、久未決斷者，則以是否合乎經義，是否「揆之本文而協，驗之他卷而通」爲標準，來作出決斷。即使前輩學者，如顧炎武、惠棟、段玉裁等，也直言不諱，直指其誤。如「不」（卷十）字條下，糾正了自《毛傳》、《鄭箋》以及《史記》、《漢書》以來的誤解，認爲「既誤訓，又亂其字之先後矣」。「夫」（卷八）字條下，糾正了鄭注之誤，凡此種種，不在少數。

四、揭示了訓解虛詞的方法。在此書中，王引之運用了多種方法來訓解虛詞，如：舉同文以互證，舉兩文以比證，因互文以知同訓，即別本以見義，因古注而後推，採後人所引以相證等。（錢熙祚《跋》）這些方法大多相當科學，也可以成爲後世學者研究的借鑒。同時，王引之對虛詞內部的區分，也進行了初步的探求。如「云」字條下，就有「云，發語詞也」、「云，語中助詞也」、「云，語已詞也」（卷三）的區劃。又將全書的語詞，分爲「常語」、「語助」、「嘆詞」、「發聲」、「通用」、「別義」等六種。再如「不」字條下，提及語序問題（卷十）；「於」字條下，闡述了單句各詞之間、複句各分句之間的相承關係（卷一）等。同時，此書在釋義中，也隨文論及了一些同義虛詞連用的現象。如「詎」字條下，論及「何遽」、「何渠」、「豈詎」、「奚距」、「庸詎」、「寧渠」等詞（卷五）；「其」字條下，論及「其」可與「乃」、「曷」、「伊」、「克」、「堪」、「維」等連用（卷五）；「焉」字條下的「焉乃」等（卷一）。這些現象都是前人所未論及而王引之首先提出的。

《經傳釋詞》也有它的不足之處。例如：一、斷代較早。此書以「經傳」爲名，因此收詞僅取九經、三傳以及西漢以前的書面語。收詞面既狹窄，釋義和引證也不能更廣泛和深入，所起的作用也有一定限制。加以對「常語」認爲言淺義近，不須加以解釋和辨析，使得它的應用範圍不大，僅是在鑽研較深的經傳典籍時，才有助於參考。二、偶有闕漏以及誤解古書處，甚至在《經義述聞》中已論及的，此書也或有失載。而斷句失誤或誤解古書處，也間有所見，即所謂「舊解非誤而强詞奪之者」；亦有本非臆造，而不能援古訓、比聲音以自證者」（章太炎《王伯申新定助詞辨》）。

《經傳釋詞》刊行後，補正衍釋的書，主要有孫經世《經傳釋詞補》、《再補》；吳昌瑩《經詞衍釋研》等。究著作有章炳麟《王伯申新定助詞辨》、裴學海《經傳釋詞正誤》（均見本書中華書局本附録）等。（陳崎）

詞詮

〔現代〕楊樹達

《詞詮》，十卷。近人楊樹達撰。有一九二八年商務印書館初版本、一九五四年中華書局重排本。

楊樹達（一八八五——一九五六），字遇夫，號積微，湖南省長沙市人。一八九七年考入梁啓超等舉辦的時務學堂，一九〇五年官費赴日本留學，學習「歐洲語言與諸雜學」。辛亥革命以後回湖南，任省立第一女子師範學校、省立第一師範學校國文教員，一九二〇年任北京高等師範國文系主任、教授，又任清華大學和私立中國大學教授。一九三七年返長沙，任湖南大學教授。一九四九年後當選爲中國科學院學部委員。

楊樹達初治經學，留學日本時參考日語和英語語法寫了《中國語法綱要》，又寫了《馬氏文通刊誤》。回國後，積多年教學經驗和研究心得，撰成《高等國文法》一書。其後又因文法自有界域，不能盡暢虛詞討論之意，遂將《高等國文法》中的虛詞抽出，寫成了專論古漢語虛詞的《詞詮》一書。除漢語語法外，楊氏對音韻、文字、訓詁和修辭學亦深有研究，主要著作有《積微居甲文說》、《耐林廎甲文說》、《卜辭瑣記》、《積微居小學金石論叢》、《積微居小學述林》、《中國修辭學》等。又著有《漢書補注補正》、《漢書窺管》、《漢代婚喪禮俗考》、《淮南子證聞》、《積微居讀書記》、《鹽鐵論校釋》等。

《詞詮》是一部研究古漢語虛詞的專著。除一些常用虛詞外，還採錄了一部分代詞、副詞等，共收字四百七十二個，以注音字母爲序，查檢非常方便，這在當時是一種進步。此書的體例是「首別其詞類，次說明其義訓，終舉例以明之」(《詞詮》序例)，有的還加按語。它集歷史上虛詞研究之大成，詞性明確，論證嚴密，舉例詳盡，對前人的虛詞著作，也往往加以引用，以資印證。例如：

夫(ㄈㄨ)

一、人稱代名詞　彼也。○子木曰：夫獨無族姻乎？(《左傳》襄二十六年)按《楚語》作「彼有公族甥舅」。……二、指示形容詞　此也。○夫人不言，言必有中。(《論語・先進》)……三、指示形容詞　彼也。用在名詞之上，故與第一條異。○日君以夫公孫段爲能任其事而賜之州田。(《左傳》昭八年)……四、指示形容詞　《孝經疏》引劉瓛曰：夫，猶凡也。○思夫人自亂於威儀。(《書・顧命》)……五、提起連詞　《孝經疏》曰：夫，發言之端。○夫國君好仁，天下無敵。(《孟子・離婁上》)……六、語中助詞　無義。○掌以夫遂取明火於日。(《周禮・司烜》)按鄭司農曰：夫，發聲。……七、語末助詞　表感嘆。按據錢大昕及近人汪榮寶之考證，「夫」古音當如「巴」，即今語之「罷」字。○古之聰明睿智神武而不殺者夫！(《易・繫辭》)……八、語末助詞　表疑問。○路說應之曰：然則公欲秦之利夫？周頗曰：欲之。(《呂氏春秋・應言》)

由此可見，「夫」字列有多達八種用法，每種用法都舉許多例證，例證的出處也注釋詳明，可據以查對原文。同時，清王引之的《經傳釋詞》對於多個虛詞的通常用法，因爲是「常語」，便往往「略而不論」。《詞詮》與此不同，即使一些常見的、習用的虛詞，比如「也」、「且」、「故」等字，也都一一列出十多種用法，「若」、「於」、「以」等字一一列出二十多種用法，十分詳盡。有些虛詞同時含有實義的，也標明詞類，並說明用法。如「則，名詞，法則也。『伐柯伐柯，其則不遠。』（《詩・豳風・伐柯》）『天生烝民，有物有則。』（又《大雅・烝民》）」，作者這樣處理，顯然有便於初學者。

《詞詮》的特色不但在於博採過去訓詁學上的創獲，一一訓釋虛詞的所有意義，而且在於利用現代語法學的知識，結合虛詞在語句中的功用給予語法的描寫，也就是說，作者比較成功地將訓詁學和語法學這兩方面結合起來了。以上舉「夫」字條爲例，同釋一「彼也」，作者分爲人稱代名詞和指示形容詞兩類，使讀者依據語法上詞類的分別來把握虛詞在語句結構中的功用，比之純粹沿用傳統的訓詁方法的解釋，界劃要明確得多。書中替所有的虛詞、所有的用法都確定了詞性，這在當時可謂是創舉。

作者在文字學、訓詁學等方面有很深的研究，所以書中訓釋周秦兩漢古書中的虛詞尤爲詳密精當，多所發明。例如認爲「以」可假借爲「台」，訓「何」，用以解釋《詩經・召南・采蘩》「于以采蘩？于沼于沚」；認爲「已」又有「如此」之義，用以解釋《漢書・趙充國傳》「於臣之計，先誅先零，已則罕幵之屬不煩兵而服矣」；認爲「其」又訓「將」，用以解釋《左傳・隱公十一年》「吾子孫其覆亡之不暇，而況能禋祀許乎」等等，無論對於專門研究者還是一般讀者，都是深有啓迪的。

《詞詮》的不足之處主要有：一、沒有把「字」和「詞」嚴格區別開來。此書以解釋「詞」爲名，却仍然是字典式的編制，把不同的詞歸在同一個「字」下，而沒有認清古漢語中的同字異詞現象。二、沒有把語法成分和詞類區別開來。楊氏認爲「詞無定義，虛實隨其所用，不可執著耳」（序例）。這裏所謂「詞無定義」，就是指「詞無定類」，而「隨其所用」，就是指根據詞在語句中所充當的成分而確定其詞類。所以同一個疑問代詞「何」，充當賓語，楊氏就稱它爲「疑問代名詞」，充當定語，楊氏就稱它爲「指示形容詞」，充當狀語，楊氏又稱它爲「疑問副詞」。這樣的處理不僅在理論上無法自圓，而且也使讀者迷惑不清，難以理解。三、只收單詞不收複音詞。先秦兩漢時代的漢語，不但實詞的複音詞已經大量產生，虛詞的複音詞也有不少，作者忽視複音詞的詮釋，不能不說是習慣勢力的影響。此外，此書的書證多有訛誤，引用時也宜加小心。（徐川山）

古書虛字集釋

〔現代〕裴學海

《古書虛字集釋》，十卷。近人裴學海著。成書於一九三二年，有一九三二年商務印書館初版本、一九五四年中華書局重刊本。

裴學海（一八九九——一九七〇），曾用名裴會川，河北省灤縣人。當代語文學家。幼時就讀私塾，十七歲考入灤縣師範學校。一九二八年考取北京清華國學研究院，受業於梁啓超、陳寅恪和趙元任等名家。畢業後在天津教家館。一九三三年在天津省立一中任教，一九五四年起任河北大學教席。

《古書虛字集釋》是一部匯釋虛詞的詞典。它酌採清代劉淇的《助字辨略》、王引之的《經傳釋詞》、俞樾的《古書疑義舉例》以及近人楊樹達的《詞詮》、《高等國文法》、章炳麟的《新方言》、孫經世的《經傳釋詞補》諸書對虛字的研究成果，而以《經傳釋詞》爲主。裴氏在《自序》中說：「劉、王、俞、楊四家之書，雖皆大醇而不無小疵；……然則古書之虛字，固尚有研幾之必要矣。」因此，他對「前修及時賢之未及者，補之；誤解者，正之；是而未盡者，申證之」。

本書共收虛字二百九十個，釋文凡四十餘萬字。由於它收虛字的範圍主要限於周秦兩漢的古書，而且其中已經被前人解釋清楚的不收，故收字少於《助字辨略》、《詞詮》等同類書籍。

全書的編次仿效《經傳釋詞》，以唐末僧人、音韻學家守溫的三十六字母爲排字順序。第一、二、三、四卷爲喉音字；第五卷爲牙音字；第六卷爲舌音字；第七、八、九卷爲齒音字；第十卷爲脣音字。

在編寫體例上，裴氏認爲「實字有本義與引申及假借之義，虛字亦然」，所以對每個虛字都先談本義，再談引申義和假借義。凡採前人之說，皆於注中說明出處。以卷一的「庸」字爲例，先說本義：「庸，用也」，並以古書中的例句爲證。接下去列出與此義相關的假借字，採用「字或作×」的方式：「字或作『容』。《老子》：『兵無所容其鋒。』」接着用小字注出「說見《諸子平議》。」這就是說，「庸」表示「用」的意義時，有假借字「容」。《老子》這個例句的「容」借作「用」，說見俞樾的《諸子平議》一書。再接着列舉「庸」的各項引申義，如：

庸，猶「何」也。……

庸，猶「豈」也。……

若有與某引申義相關的假借字，就附在該義項之後，如：

庸，猶「豈」也。……字或作「容」。《後漢書・楊秉傳》：「以此觀之，容可近乎？」

這就是說，《後漢書》中這個例句的「容」字，是「庸」的引申義「豈」的假借字。

本書的主要價值在於：

一、補充和增加了《經傳釋詞》等一系列有關虛詞著作的內容。如卷一「與」有訓作「而」的，引《說苑・雜言篇》「是以君子擇人與交，農人擇田而田」等例句爲證，而《助字辨略》、《經傳釋詞》、《詞詮》等都沒有提到「與」有用如連詞「而」的語言現象。又如卷一「於」訓「在」條目下引《說苑・立節篇》：「義者軒冕在前，非義弗乘；斧鉞於後，義死不避。」指出此例的「於」與「在」爲互文，說明「於」有「在」的用法。這比起《經傳釋詞》引《禮記・曲禮》「於外曰公，於其國曰君」要明確有力得多。

二、訂正前人著作中對有關虛詞的誤解。如卷一「攸」訓「所」條目下引《尚書・無逸篇》：「乃非民攸訓，非天攸若」，認爲《經傳釋詞》訓「攸」爲「用」是錯誤的，「魏石經『攸』皆作『所』」，句中「攸」後面的「訓」和「若」皆爲「順」義，因此，「攸」釋爲「所」一說可以成立。又如卷二「爲」訓「謂」條目下引《論語・爲政篇》：「是亦爲政，奚其爲爲政？」《助字辨略》謂「爲爲政」之上一個「爲」字是語聲，而本書則認爲應當作「謂」講，這是比較恰當的。

三、搜集例句非常豐富，所分義項也很細密。如卷五「其」訓「於」條目下，收集的例句有四十條之多；而「其」的義項，包括通常用法和特殊用法，書中共舉出了四十五種之多。此外還收錄複音虛詞，如由「其」和別的字組成的「其諸」、「其者」等等。

本書在國內外有一定的影響。我國編寫的有關古代漢語方面的書籍，大多把它作爲主要的虛詞專著加以介紹。在國外，日本中國語文研究會編寫《中國語文學事典》時、加拿大多倫多大學杜百勝編寫《古漢語虛詞詞典》時，都把它作爲主要參考書目之一。

本書的不足主要有：

一、只限於用前人的訓詁考據方法，没能用現代語法學的觀點來研究虛詞。如《論語·憲問篇》：「愛之能勿勞乎？忠焉能勿誨乎？」《馬氏文通》釋「焉」爲「於是」應該是對的，因爲「忠」是不及物動詞，而「愛」是及物動詞。但裴氏不取此說，而認爲「焉」和「之」爲互文。又如卷九認爲「者，人之代名詞也」，其實，「者」和其他詞語結合，有稱代作用，但不全是稱代人，如《孟子·告子上》：「兩者不可得兼」，「二者」稱代的是「魚」和「熊掌」，而不是稱代人。

二、沿用古人「以詞訓詞」的方法，用「×，×也」的格式來訓釋虛詞，很少結合詞句的結構來作語法功能的描寫。大量的「以詞訓詞」，而當訓釋詞是多義時，只好用例句來幫助讀者理解。這樣訓釋的結果，可以因人而異，而使許多讀者無法確切掌握每個虛詞的不同功用。

三、沿用《經傳釋詞》以喉、牙、舌、齒、脣五音來編排虛字的方法，對一般不明古音的讀者來說，就無法利用這種音序，只能從書前的目錄中逐卷尋查所要找的字的頁碼，顯得不便。

對於書中在釋義方面的某些錯誤和不足，裴氏在一九五四年《重刊的話》中已有所說明，並表示「想在今後一二年內對本書加以修訂」。裴氏那時確已開始從事本書的修訂工作，以後歷時十餘年，至一九六五年完稿。遺憾的是，修訂稿在「文化大革命」中全部丟失了。

全書之後附有與本書有關的三篇論文。第一篇《經傳釋詞正誤》，是在書中已匡正《經傳釋詞》的誤收誤解以外，又另舉出十餘處錯誤，以備學者參酌的。第二篇《本書說解述要》，認為虛詞和實詞一樣，也有本義、引申義和假借義，因此書中的說解方法，也因之而異。其屬本義者自不待言；其屬引申義者則以意相聯；其屬假借義者則以聲相通。第三篇《類書引古書多以意改說》，認為類書在引古書時，遇到古言古義，尤其是虛詞，當讀之不能盡解時，就以為文不成義，輒以意改。而清儒校勘古書多據類書所引，以訂正不誤之原書，是很荒謬的。

研究本書的著作有張世祿《古代漢語》（上海教育出版社，一九七八年）。（于　江）

詩詞曲語辭匯釋

〔現代〕張　相

《詩詞曲語辭匯釋》，六卷。近人張相著。成書於一九四五年。有中華書局一九五三年版。

張相（一八七七——一九四五），原名廷相，字獻之，浙江省杭州市人。幼年喪父，依母成立，曾考取秀才。中日甲午戰爭（一八九五年）後，憂心國事，潛研日語，冀以探索東西各國富強之道。譯有《十九世紀外交史》，譯文流暢典雅，深為時人推崇。一九〇三年起，相繼於杭州安定學堂、府中學堂和崇文學堂任教。一九一四年入中華書局，主編文學、歷史、地理教科書等。著有《詩詞曲語辭匯釋》、《古今文綜》、《春聲集詩文稿》(未刊)等。

張相從壯年起，瀏覽詩詞，紬繹疑滯，以前人詩集，「雖有舊注，多重典實，間涉語辭，究亦寥寥」。(《自序》)所以，五十歲後，便手自筆録詩、詞、曲中的語辭，積數巨帙。六十歲後，遂專心於此事，筆録整理，閲六年始成。又兩年，孤燈深夜，扶病奮鬥，賡續要删，始成定本。

此書是第一部專釋詩、詞、曲中虚詞(也有少數實詞)的著作。全書共分六卷。標目五百三十七，收詞八百餘條，附目六百餘。書前有張相《自序》，書後附弟子金兆梓的《跋》。書中收集了唐、宋、金、元、明代詩、詞、曲中習用的特殊詞語。這些特殊詞語，多爲虚詞。而這些虚詞「皆用以組辭成語，間亦以襯托神情，故實字猶骨胳，此則其關節脈絡也」(《跋》)，它是組織成文的重要部分。正確地詮釋虚詞，對於理解文義有很大的作用。如唐人「停車坐愛楓林晚」句，「坐」的釋義與意境的理解，便有極大關礙。特別是其中尤多方音俗語，「不特非雅詁舊義所能賅，亦非八家派古文所習見」(《自序》)。如，同一「爭」聲，唐人寫作「爭」，宋人作「怎」，同一「拚」聲，宋人寫作「拚」，唐人作「判」。凡此種種，均需加以辨析和補正。同時，語辭的字形「或則音轉，或則形訛，盡有與雅詁舊義相違甚遠或至適相反」者。(《自序》)它們大都是古代口語，而時過境遷，後人不免望文生義。如杜甫《少年行》：「馬上誰家白面郎，臨階下馬據人牀。」其中「白面」一詞，應作「薄媚」(見郭茂倩《樂府詩集》所引注)，是唐代口語中「放肆、搗亂」之義，屢見於敦煌變文中。但後人不解其義，誤改爲音近的「白面」，不但使釋義大相徑庭，也使全詩的深刻含義全失。同時，詩詞曲中的虚語辭，歷代學者只是零星地論及，一則由於「貴遠賤近」，輕視這些近代語詞的研究；再則由於詩、詞、曲的資料實在太過浩繁，又缺乏前人的研究作爲依傍，難以着手。而張相獨任其艱，反復吟哦詩詞，揣摩意境，細心尋繹詞義，又廣泛尋求旁證，力求準確與完備。

此書體例謹嚴，考證嚴密。在援引例證時，嚴格以詩、詞、曲的順序爲次；詩以唐人爲中心，宋詩次之；詞則以宋人爲中心，金元次之；曲以金元人爲中心，元以後次之。在考據釋義上，則綜合各證，先假定釋義，釋義不足以概括，然後才另求別解。對此，作者使用了多種方式，力求準確，其中大多相當科學。如體會聲韻、辨認字形、玩繹章法、揣摩情節、比照意義等。僅「比照意義」一法，就又有多種方法，如異義相對，取相對之字定其義；同義互文，取互文之字定其義；前後相應，以相應之字定其義；文從省略，則玩全文以定其義，或以異文對證，或以同義異文相證等。同時，本書所引的資料極爲浩繁，僅其所引例句而言，每一標目下少則十餘條，多可至五十餘條。

由於詩詞曲的語詞，大都來源於口語，所以，此書的釋義，有些有助於闡明漢語發展史上的問題。如「哪」字，是來源於「爾」還是來源於「若」，一直聚訟紛紜，此書卷三「若個」條下，引詩例九條，均釋爲疑問詞「哪」。可確證「哪」來自「若」。

此書也存在着一些缺陷。如在收詞範圍上，由於所研究的材料，時間跨度在唐宋以降的上千年間，作品的體裁又是多種多樣，所以，掛一漏萬的情形也在所難免。另外，像上古作品中習用，而詩詞曲中又作別解的一些語辭，如「處」字，先秦作「處所」解，詩詞中多以指「時間」等，這些詞，未能分別標明；一些字面生澀而義晦的語辭，如元曲中「撮哺」作「相幫」解、「幔帳」作「蹩脚」解等，依張相所定的體例，均應在本書探討範圍内，却付之闕如。同時，就已收的詞語而言，在舉例釋義中，也存在着一些尚可商榷的問題。

研究本書的著作有王瑛《詩詞曲語辭例釋》（中華書局，一九八六年第二版等）。（陳　崎）

匡謬正俗

〔唐〕顏師古

《匡謬正俗》，八卷。唐顏師古撰。原書爲未完之作，「稿草才半，部帙未終」，他的兒子顏揚庭編爲八卷，在唐高宗永徽二年（六五一）獻於朝廷，因流傳後世。宋代避太祖趙匡胤名諱，改題「刊謬正俗」。現在流傳的版本有清盧見曾刻《雅雨堂叢書》本，但文字有脱誤。另有清乾隆藝海珠塵本、北京圖書館藏嘉慶十九年（一八一四）張紹仁移校本。此外還有黄丕烈士禮居影宋抄本，可以刊正今本之誤。

顏師古（五八一——六四五），訓詁學家，名籀，字師古，一作思古，以字行；一説字籀。先代是山東琅玡臨沂（今山東省臨沂縣）人，後遷居京兆萬年（今陝西西安市）。顏師古是顏之推之孫，隋仁壽（六〇一——六〇四）中，荐授安養尉，不久棄歸長安，以教書爲業。唐高祖李淵入關後，授朝散大夫，拜敦煌公府文學，累遷中書舍人，專典機密。太宗李世民即位後，拜中書侍郎、秘書監，封琅玡縣男，官至弘文館學士。卒謚戴。顏師古繼承家學，根基深厚，精通文字、音韻、訓詁之學，曾考訂秘書，刊正古篇奇字，一時名聲大顯。太宗時奉詔與孔穎達撰定《五經正義》。另著有《漢書注》一百卷，《急就篇注》四卷。生平事跡見於《新唐書》卷一百九十八、《舊唐書》卷七十三、《小學考》卷八。

《匡謬正俗》收有一百八十二個條目，指陳前人對書傳的誤解，並訂正書籍傳寫之誤和俗音俗語之失。作者認爲文字有古今的不同，在「烏乎」條中，作者說：「《古文尚書》悉爲『嗚呼』字，而《詩》皆云『於乎』字，中古以來，文籍皆爲『嗚呼』字。文有古今之變，義無美惡之別。」這就否定了那種「謂『嗚呼』爲哀傷，『於戲』爲嘆美」的說法（見卷二）。

在正音方面，《匡謬正俗》有許多獨到見解。例如在「夾」條中，作者說：「《多方》篇云：『爾害弗夾，介乂我周王享天之命。』孔安國注云：『夾，近也。汝何不近，大見治於我周王以享天命，而爲不安乎。』徐仙民音夾爲協。案夾既訓近，音陿，不得讀爲協也。」（見卷二）作者認爲夾既訓近，就應當與陿隘的陿相同，不應讀協音。像這樣指出前人錯誤，提出自己的意見，書中是不少見的。

《匡謬正俗》更注意到把語詞的歷史演變與社會生活制度的變更結合起來考察，指出它的詳細發展過程。例如「什器」：

或問曰：生生之具謂之什器。什是何物？答曰：此名原起軍戎，遂謂天下通稱。軍法，五人爲伍，二五爲什。一什之內，共有器物若干，皆是人之所須，不可造次而廢者，或稱什物。猶今軍行戍役工匠之屬，十人爲火，一火內共畜器物謂之幕調度耳。（卷六）

作者不僅詳細解釋了「什器」的來源和含義，而且指出它從古代至唐代的種種演變。像這樣言之成理，持之有故的精辟考釋，書中還有不少。

《匡謬正俗》也有一些論斷失之牽强，主要是審音上有失誤之處。《四庫全書提要》說：「惟拘於習俗，不能知音有古今。」就是說，作者有的地方以今韻讀古音。比如「反」，音扶萬反，「歌」，音古賀反，均以唐時讀音來指正古音。有的地方，顔師古又將古音讀成今韻。如：「先音西，逢音如字，不讀龐。」這裏又用古音來正今音。

在《匡謬正俗》之前，駁正訛誤的書還不多見，直至中唐以後乃至宋代，筆記雜考之類的書才漸漸多起來了。這本書可以説是開風氣之先。

研究《匡謬正俗》的有關著述，可參見秦選之《匡謬正俗校注》（商務印書館，一九三六年）、周祖謨《景宋本刊謬正俗校記》（載《輔仁學志》，一九三八年）。（徐川山）

字詁義府合按

〔清〕黄生等

《字詁義府合按》，《字詁》一卷，《義府》二卷，清黄生著，黄承吉按。成書於道光二十二年（一八四二）。有咸豐元年（一八五一）黄必慶《夢陔堂全集》本、《安徽叢書》第三輯本、中華書局一九八四年包殿淑點校本。中華書局本附有詞條四角號碼索引，極便檢索。

黄生（一六二二——？），字扶孟，號白山，徽州歙縣（今安徽省歙縣）人。明末諸生。明亡後冥然獨處於山村溪舍之中，汲汲致力於文字聲義研究，工吟詠，精訓詁，爲清代訓詁學復興之先導。黄生淹貫羣籍，著述繁富，好以古人書名名其書，所著《字詁》即取晉張揖《字詁》之名。又曾作《論衡》七卷，亦取東漢王充

《論衡》之名。所著有《一木堂詩稿》、《文稿》、《內稿》、《外稿》，所輯有《一木堂字書》四部、《雜書》十六種，所評有《古文正始》、《經世名文》、《文筏》、《詩筏》、《杜詩說》。然所著《一木堂集》，乾隆年間被銷毀；所評、所輯諸書，亦多散失。僅存《字詁》一卷、《義府》二卷、《杜詩說》十卷。

黃承吉（一七七一——一八四二），字謙牧，號春谷，江蘇江都（今江蘇省揚州市）人。黃生族孫。幼年讀書聰敏，博綜兩漢諸儒論說，兼通曆算，二十歲時補江都生員。與同里訓詁學家江藩、焦循、李鍾泗諸人切磋經義，交往甚密。嘉慶十年（一八〇五）會試中進士，任廣西興安知縣。後以「文書過境失落，未能遽獲」，於嘉慶十四年（一八〇九）爲上官劾罷。回歸故里後，發憤著述。其校證經史，鉤稽貫串，每出曠識。著有《周官析疑》二十卷、《夢陔堂文集》十卷、《詩集》五十卷、《文說》十一卷。其《字義起於右旁之聲說》（《夢陔堂文集》卷二）一文，是右文說史上的名作。

《字詁》一書取經史羣書語詞，考辨音義，訂正訛誤，側重於文字形音義辨識，與顏師古《匡謬正俗》相類。《義府》一書，上卷論經，下卷論諸史、子、集，及宋代趙明誠《金石錄》、洪适《隸釋》、北魏酈道元《水經注》所載古碑和梁陶宏景《周子良冥通記》的詞語，側重於名物典制的考證。《四庫全書總目提要》對此二書評價甚高，稱《字詁》「於六書多所發明，每字皆有新義，而根據博奥，與穿鑿者有殊」，稱《義府》「於古音古訓，皆考究淹通，引據精確，不爲無稽臆度之談」，「雖篇帙無多，其可取者，要不在方以智《通雅》下也」。

《字詁義府合按》的特色主要是：

一、闡發音理，因聲求義。黃生研究學問，與顧炎武同時。顧炎武已深明考訂文字，必先明音讀的道理，黃生雖獨處於閉塞的歙縣山村之中，平時未能與諸學者有所切磋，又未見顧炎武所著之《音學五書》，然其聲義相因而起的見識，正與顧炎武相類。《字詁》、《義府》中此類例子頗多。如「爾」字條認爲古代「或借汝，或借乃，或借若，或借而，方土不同，各取其聲之相近者耳」。又如「僂傴」條，認爲「僂傴，俯身向前也，此背曲之病。《莊子・列禦寇篇》作痀僂。又字書僂佝，當即一義。又《左傳》『臧會竊其寶龜僂句』，此亦以其形名之。又《史記・滑稽傳》：『甌窶滿篝，污邪滿車。』污邪下地，則甌窶爲高地可知，此亦以其形名之」。

黄生還以聲爲義，探討同源詞命名的根據。如謂：「物分則亂，故諸字從分者皆有亂義。紛，絲亂也。雰，雨雪之亂也。衯，衣亂也。鳻，鳥聚而亂也。棼棼，亂貌也。」（「紛雰衯鳻棼」條）又如謂：「疋，鳥足之疏也。⿰囱疋、⿰爻疋，並窗户之交疏也。梳、疏，並理髮器也。鳥足開而不斂，故作疋字象之。疋有稀義，故窗户之稀者曰⿰囱疋，櫛器之稀者曰疏，並從疋會意兼諧聲。疏所以通髮也，故借爲疏通之疏。因借義專，故去疋從木作梳以別之。」（「疋⿰囱疋⿰爻疋疏梳」條）前一例還只是從形聲字「聲符相同則義得相通」的角度來研究字源，後一例則已不爲字形所拘，進而從意義相因的關係來探究字源。

二、實事求是，引據精確，既不爲鑿空之説，又不迷信名儒傳注，因而多正前人説解之誤。如「施施從外來」條，根據《詩・王風》：「將其來施施。」毛傳：「難進之意。」鄭箋：「舒行之貌。」認爲《孟子》「施施從外來」，乃形容齊人醉歸，倚斜偃蹇之狀。而趙岐注爲「喜悦之貌」，朱熹因之，注爲「喜悦自得之貌」，均失之。其他如引《吳越春秋》，不爲《説文》所拘而證「鄂不」即「鄂柎」（「鄂不」條）；引賈誼《過秦論》、陳琳檄文證《尚書・武成》「漂杵」當爲「漂櫓」（「血流漂杵」條）；以古音求「方舟」之義爲「兩舟相併」（「方舟」條）；以徽州婦人以線繳面毛謂之耐面而證「耐」爲「留髮去鬚鬢」（「耐」條）等等，多有發明。黄生學有根柢，言必有據，其致力文字訓詁考據，開啓有清一代學者樸學研究之先。

三、考究字詞本義，並推衍本義與引申義、假借義之間的關係。黃生在《字詁》、《義府》中抓住字詞本義這一詞義研究的關鍵，來揭示詞義發展的規律。如《說文》釋「好」字爲：「愛而不釋也。女子之性柔而滯，有所好，則愛而不釋，故於文女子爲好。」黃生指出，「若如所訓，則文中『子』字爲贅設矣」。他認爲「好」，從女、從子，「蓋和合二姓以成配偶，所謂好也。《詩》『君子好逑』、『妻子好合』，乃其本義。借爲凡相睦之稱。《孟子》『言歸於好』，《左傳》『脩舊好』，言和好如婚姻也。好爲美德，故借爲惡之對。人情慕好而惡惡，故轉去聲，爲愛慕之義。《說文》但以去聲爲訓，是以借義爲正義，於上聲之訓遂闕。此其謬也。」（「好」條）黃生謂「好」之本義爲「和合二姓以成配偶」，「相睦」、「愛慕」、「愛好」爲引申義，言之成理。又如「醜」條，黃生不僅指出其本義是「貌陋」，引申義是「羞」、「惡」，還指出「醜類」之義爲假借義，乃音近「儔」而借用也，剖析甚明。

黃承吉的按語則對黃生之說從聲音訓詁的角度多加闡發。如「紛雰衯鳻棼」條按語云：「凡諧聲字以所從之聲爲綱義，而偏旁其逐事逐物形迹之目，……此則公已先見及之。」「亹亹」條按語云：「以亹、勉爲一聲之轉，爲學者所罕明。……公學之精，正在此矣。」他的按語中不獨點明黃生說解精當之處，且多所發揮。如由黃生「婁羅，別作覶縷，猶言委曲也」（「婁羅」條），明言「諸字爲一聲，乃直諸字如一字」，因而「委佗者即委蛇，而即逶迤、倭遲也。亦即委宛，而即僤宛、蜒蜿也」，其說極確。

不過，由於黃生的古音研究遠不及乾嘉學者那麼精審，又因其潛處僻壤，與同時代學者鮮有切磋，故疏舛之處，時或有之。如古音「誰」在微部，「孰」在覺部，相去頗遠，而黃生卻謂「誰之入聲爲孰，故後又謂誰爲孰」（「疇咨」條）；再如「樂」在藥部，「角」在屋部，無從相通，而黃生卻謂「角」與「樂」音相近而通借（「樂」條）。至於引《王莽傳》謂《詩・青蠅》之「蠅」當作「繩」（「蒼蠅之聲」條），引《三國志注》而不引《國語》釋「九德」(「九德」條)等等,均爲失當之處。

研究《字詁義府合按》的著作有沈兼士《右文説在訓詁學上之沿革及其推闡》(見《沈兼士學術論文集》,中華書局,一九八六年)和李建國《漢語訓詁學史》(安徽教育出版社,一九八六年)的有關章節。(陳重業)

讀書雜志

〔清〕王念孫

《讀書雜志》,八十二卷,餘編二卷。清王念孫撰。正編在王念孫生前於嘉慶十七年(一八一二)至道光十一年(一八三一)陸續刊行,餘編由王氏之子王引之於道光十二年(一八三二)整理刊行。全書有王引之刊刻本(世稱家刻本)、同治九年(一八七〇)金陵書局刊本、一九八五年江蘇古籍出版社據家刻本影印本。

王念孫事迹見「廣雅疏證」條。

《讀書雜志》是王念孫校讀史部、子部以及集部若干古籍所作的札記,内容以校勘爲主,對於訓詁學問題亦頗有涉及。正編包括:《逸周書雜志》四卷、《戰國策雜志》三卷、《史記雜志》六卷、《漢書雜志》十六卷、《管子雜志》十二卷、《晏子春秋雜志》二卷、《墨子雜志》六卷、《荀子雜志》八卷(補遺一卷)、《淮南子雜志》二十二卷(補遺一卷)、《漢隸拾遺》一卷。餘編分上、下兩卷,包括校讀《後漢書》、《老子》、《莊子》、《呂氏春秋》、《韓子》、《法言》(以上爲上卷)、《楚辭》、《文選》(以上爲下卷)札記共二百六十餘條。

此書集中反映了王念孫的校勘學理論、研究方法和主要成果，王氏校勘不以羅列各本異同爲限，而重在義理之推斷，是校勘學上「理校」一派之代表。王氏推理校勘所利用的手段是多方面的，主要有以下幾項：

一、從分析古人運用語言的規律入手發現問題，並結合博稽各種版本及諸書傳注引文，作出判斷。如《史記・越王勾踐世家》：「允常之時，與吳王闔廬戰而相怨伐。」王氏指出：「怨伐二字義不相屬，諸書亦無以怨伐連文者。」又根據《文選・鵩鳥賦》李善注引《勾踐世家》無「伐」字，斷定「伐」字是衍文。又如《史記・外戚世家》：「視其身貌形狀。」王氏指出：「古書無以身貌二字連文者。」再根據《藝文類聚》人部、《初學記》中宮部、《太平御覽》皇親部、人事部等引文皆作「體貌」斷定「身」當作「體」，並且分析了致訛的原因。

二、充分利用古音學的知識。王念孫於古音研究用力甚勤，造詣很深，故能熟練運用古音學成果校勘古籍。如《韓非子・主道》：「去好去惡，臣乃見素。去舊去智，臣乃自備。」王氏指出：「去舊去智」當作「去智去舊」。這四句中，「惡」與「素」押韻，「舊」與「備」押韻。「舊」字古音在之部，後來語音變化，「舊」讀爲巨救切，與「備」字不協，所以後人改爲「去舊去智」。「不知古音『智』屬支部，『備』屬之部，兩部絕不相通，自唐以後始溷爲一類」。

三、運用豐富的文字學知識。王念孫在校勘上不但利用《說文》的小篆，而且上溯鐘鼎文字，下及漢隸、草書、俗體，其識見高出當時一般學者，其成果也就更加突出。如《管子・小匡》：「設問國家之患而不肉。」王念孫指出，「肉」當是「宂」之訛字。此字隸書形與「肉」相似，故誤作「肉」。《說文》：「宂，貧病也。」

四、運用訓詁學知識。如《管子・乘馬》:「藪鎌纏得入焉。」王氏指出,「纏字當從宋本作纆。」纆,一種繩索的名稱。鎌纆都是入藪採薪的工具,故鎌纆連用。「纏」是纏繞的意思,不得與鎌並稱。「世人多見纏,少見纆,故諸書多譌作纏。」

五、綜合運用古代文化知識。如《墨子・耕柱》:「鼎成三足而方」,《藝文類聚・雜器物部》、《廣川書跋》、《玉海》引《墨子》皆作「四足」。王念孫根據《博古圖》所載商周之鼎有四足者,斷定當作「四足」。

以上五種方法,解決了許多僅僅依靠版本無法解決的問題。作者在《讀書雜志》裏指出的一些見解被後來的考古或版本的新發現所證實,如《史記・陸賈列傳》「繼五帝三皇之業」,王念孫謂「三皇」當從《漢書》、《漢記》、《說苑・奉使》等作「三王」,「漢承周秦之後,故云『繼五帝三王之業』,若作『三皇』則非其指矣」。日本高山寺藏六朝抄本《史記・酈生陸賈列傳》正作「繼五帝三王之業」。又如《戰國策・趙策》:「左師觸讋願見太后,太后盛氣而揖之。」王念孫謂「觸讋」二字當作「觸龍言」三字,蓋誤合「龍言」二字而成爲「讋」字,又「揖」字當作「胥」。一九七三年湖南長沙馬王堆漢墓出土的帛書「觸讋」正作「觸龍言」,「揖」正作「胥」。

王念孫在校讀大量古籍的基礎上,又總結出典籍訛誤的種種原因,並在《讀淮南子雜志書》一文(附《淮南子雜志》後)中歸納總結爲六十四種之多。其條分縷析,極爲細緻。雖分類未必盡當,但對於今天發展校勘學和整理古籍都很有參考價值。　(鍾敬華)

經義述聞

〔清〕王引之

《經義述聞》，三十二卷。清王引之撰。清嘉慶二年（一七九七）初刊，凡二十八卷；道光七年（一八二七）重刊於京師，增加《太歲考》、《春秋名字解詁》兩篇，爲足本。另有學海堂本，亦非足本。江蘇古籍出版社一九八五年據道光七年本影印，書尾附條目索引，檢閱甚便。

作者生平見「經傳釋詞」條。

《經義述聞》是一部從經學、小學和校勘學角度研究《周易》、《尚書》、《詩經》等中國古代經典的著作。其中約有一半是記述其父王念孫的關於經義的論說，故書名曰「經義述聞」，但也有不少是作者自己的見解。凡王念孫之說，皆冠以「家大人曰」字樣。卷首有阮元嘉慶二十二年（一八一七）所作的序和王引之嘉慶二年（一七九七）所作的自序。

本書大多爲隨經文所作的訓詁和校勘。例如《春秋左傳》哀公元年：「器不彤鏤。」杜預注：「彤，丹也。鏤，刻也。」陸粲認爲「彤」當作「彫」，形近而訛。惠棟亦云：「彤，古彫字。」王引之認爲當作「彤」，「『車不彫幾，器不彫鏤』兩彫字重出，則不詞矣。」王氏指出，《左傳》、《國語》作「彤鏤」，而賈誼《新書》、《吳越春秋》等作「蟲鏤」，「蟲」即「赨」的假借字。《說文》：「赨，赤色也。」通作「蟲」，又通作「彤」。所以「彤鏤」又作「蟲鏤」。陸粲和惠棟都未考知「蟲鏤」的意義，他們的說法都不對。

《春秋名字解詁》(上、下)兩篇是從訓詁的角度來解釋《春秋》人名中名與字的關係的。如《左傳》僖公三十年有「衛公子瑕,字子適」。王引之指出,《管子・小問篇》尹知章注曰:「瑕、適,玉病也。」(意爲玉上有疵點)《呂氏春秋・舉難篇》也說:「尺之木,必有節目;寸之玉,必有瑕適。」(意爲一尺長的樹也總有樹節,一寸長的玉也總有疵點)可見「瑕」和「適」都有疵點的意思,其意義是相同的,所以衛公子的名是「瑕」,而他的字是「子適」。《太歲考》(上、下)兩篇論述有關「太歲」的二十八個問題。《通説》(上、下)兩篇則包括三個内容。一是論述「易」、「有」等四十一個詞或字的意義;二是王念孫古韻二十一部表;三是有關訓詁、校勘若干問題的通論。

綜觀《經義述聞》全書,其要在校正古書文字和闡釋文字假借兩個方面。王氏在訓詁上注重以聲音通訓詁,尤重於破假借之字而讀以本字。王引之説:「至於經典古字,聲近而通,則有不限於無字之假借者,往往本字見存,而古本則不用本字而用同聲之字。學者改本字讀之,則怡然理順;依借字解之,則以文害辭。是以漢世經師作注,有『讀爲』之例,有『當作』之條,皆由聲同聲近者以意逆之而得其本字,所謂好學深思,心知其意也。」本書大半即王氏父子在校讀經典時貫徹此法所得之大量結論。

歷來學者對《經義述聞》的評價甚高。阮元在序言中説:「此書凡古儒所誤解者無不旁徵曲喻而得其本義之所在,使古聖賢見之必解頤曰:吾言固如是,數千年誤解之,今得明矣!」章炳麟讚揚它「陳義精審,能道人所不能道」(《黄侃遺著序》)。該書在訓詁和校勘上的卓越成就使它在中國語言學史和清代學術史上佔有十分重要的地位。研究《經義述聞》的有關著作有王力《中國語言學史》(山西人民出版社,一九八一年)等。(鍾敬華)

古書疑義舉例

〔清〕俞　樾

《古書疑義舉例》，七卷。清俞樾撰。成書於同治七年(一八六八)。有同治十年(一八七一)《第一樓叢書》本、光緒年間宏達堂重刻本、民國長沙鼎文書社刊本、中華書局一九五六年《古書疑義舉例五種》排印本。

俞樾(一八二一——一九〇七)，字蔭甫，號曲園，浙江省德清縣人。道光進士，官翰林院編修、河南學政。晚年講學於杭州詁經精舍。著作除《古書疑義舉例》外，尚有《羣經平義》、《諸子平議》等，均收入《春在堂全書》內。

從王念孫《讀書雜志》的以音韻通訓詁，到王引之《經傳釋詞》的虛詞研究，漢語訓詁學基本上還囿於字詞的小範圍內。俞樾則認爲：「夫周秦兩漢，至於今遠矣。執今人尋行數墨之文法，而以讀周秦兩漢之書，譬猶執山野之夫，而與言甘泉、建章之巨麗也！」(《自序》)因此，除今人所發明的文法之外，古人自有一套用詞造句之例；不懂這種用詞造句之例，正是「古書疑義所以日滋」(同上)的原因。爲此，作者乃把漢語訓詁學的研究推廣到句、段，甚至篇章的大範圍內，於是「刺取九經、諸子，爲《古書疑義舉例》七卷」，一方面是

「使童蒙之子，習知其例，有所據依」（同上）；而在另一方面，也把漢語訓詁學提高到了一個新的階段。

《古書疑義舉例》共詮釋古書辭例八十八例。前四卷五十一例屬於訓詁學範疇，後三卷三十七例屬於校勘學範疇。綜其主要，前四卷大致可分爲：

一、關於古書通假的辭例。如「上下文異字同義例」、「上下文同字異義例」、「以雙聲疊韻字代本字例」、「以讀若字代本字例」等。

二、關於古書詞匯的特殊表達法。如「倒序例」、「錯綜成文例」、「參互見義例」、「變文協韻例」、「語緩例」、「語急例」、「語詞複用例」、「句子用虛字例」等。

三、關於古書句法的通例和變例。如「古人行文不嫌略例」、「古人行文不避繁複例」、「一人之辭而加曰字例」、「兩人之辭而省曰字例」、「文具於前而略於後例」、「文沒於前而見於後例」、「舉此以見彼例」、「因此以及彼例」等。

四、關於古書字義的訓詁問題。如「兩語似平而實側例」、「兩句似異而實同例」、「以重言釋一言例」、「以一字作兩讀例」、「實字活用例」、「稱謂例」、「寓名例」、「助詞用不字例」、「也邪通用例」、「雖唯通用例」、「句尾用故字例」、「句首用焉字例」、「古書連及之詞例」等。

五、關於古籍中的語法問題。如「倒句例」、「蒙上文而省例」、「探下文而省例」、「古書發端之詞例」等。

六、關於古書中的修辭問題。如「美惡同辭例」、「高下相形例」、「以大名冠小名例」、「以大名代小名例」、「以小名代大名例」等。

後三卷大致可分爲：

一、關於古書的誤衍和誤改。如「兩字義同而衍例」、「兩字形似而衍例」、「涉上文而衍例」、「涉注文而衍例」、「以旁記字入正文例」、「因誤衍而錯刪例」、「因誤衍而誤倒例」、「據他書而誤改例」等。

二、關於古書的誤奪和誤解。如「兩文疑複而誤刪例」、「因誤奪而誤補例」、「一字誤爲兩字例」、「兩字誤爲一字例」、「文隨義變而加偏旁例」、「不達古語而誤解例」、「兩字一義而誤解例」、「兩字對文而誤解例」、「據他書而誤解例」等。

三、關於錯簡和錯分篇章。如「字句錯亂例」、「簡策錯亂例」、「分章錯誤例」、「分篇錯誤例」等。

此書條例精密，援引詳明，是一部總結性又富有啓發性的訓詁學名著，馬叙倫譽爲「發蒙百代，梯梁來學，固縣之日月而不刊者也」（《古書疑義舉例校録》）。此書一出，後世學者多有續補、校録之作，如劉師培的《古書疑義舉例補》、楊樹達的《古書疑義舉例續補》、馬叙倫的《古書疑義舉例校録》、姚維鋭的《古書疑義舉例增補》等。

研究本書的著述有周斌武《〈古書疑義舉例〉札記》（載《中華文史論叢增刊·語言文字研究專輯》，上海古籍出版社，一九八二年）。（陳　崎）

中國訓詁學史

〔現代〕胡樸安

《中國訓詁學史》，近人胡樸安著。成書於一九三七年，有一九三九年上海商務印書館本、一九八三年北京中國書店影印本和一九八四年上海書店影印本。

胡樸安（一八七八——一九四七），原名有忭，學名韞玉，字仲民，又字頌民，號樸安。安徽涇縣人。近代語言文字學家。幼攻經史，精文字訓詁之學。清末在上海加入同盟會，又爲「南社」成員，任「南社」及《國粹學報》編輯。民國成立後，先後供職於上海《民立報》、《太平洋報》、《中華日報》和《民國日報》，並任中國公學、復旦公學、暨南大學等校教授。抗日戰爭期間，先後任正風文學院教務長、新中國學院文學院長、上海女子大學教授等職。一九三九年四月，因腦溢血半身不遂，乃居家著述。抗戰勝利後，任復刊後的《民國日報》社社長及上海通志館館長。一九四七年七月因肝癌病逝。所著有《周易古史觀》、《儒道墨學說》、《中庸新解》、《莊子章義》、《墨子解詁》、《荀子學說》、《離騷補釋》、《唐代文學》（與其弟胡懷琛合著）、《校讎學》、《俗語典》（與胡懷琛等合編）、《六書學》、《中國文字學史》、《中國訓詁學史》、《涇縣方言考》、《中華全國風俗志》等，另撰有《樸學齋叢刊》、《樸學齋算書四種》，輯有《樸學齋叢書》等。生平史料見《民國人物小傳》第二冊(臺灣傳記文學出版社,一九七七)。

一九三七年二月,胡氏所撰《中國文字學史》爲上海商務印書館編入《中國文化史叢書》第一輯出版,後又應約爲該叢書第二輯撰寫《中國訓詁學史》,乃將其在持志大學講授訓詁學的講稿加以整理寫成此書。全書除「緒言」外,共六章:第一章,《爾雅》派之訓詁;第二章,傳注派之訓詁;第三章,《釋名》派之訓詁;第四章,《方言》派之訓詁;第五章,清代訓詁學之方法;第六章,今後訓詁學之趨勢。胡氏分期「不以時代分,而從性質分」,這樣,雖無從明白訓詁學變遷之迹,但全書以《爾雅》、《釋名》、《方言》等訓詁學專書及傳注派訓詁爲主線,來貫串「多於文字學史數倍而未已」的訓詁學史的材料,仍是十分恰當的。

作者在「緒言」中指出,東漢學者不僅兼習衆經,且兼習今古文及讖書,所習既多,異同愈出,既遇異文異字,又有不同師說,加以簡册錯亂,要據此考彼,據彼證此,則不能不有合理的方法,這樣就產生了訓詁學。而在東漢以前的今文家時代,治學者皆師弟口耳授受,且又墨守一家之說,故「雖有訓詁而無需乎訓詁」。因此,所謂「訓」,應是指「能分析其內容,形容其狀況,順其意而說之」,所謂「詁」,應是指「不僅作今古方俗言語之解釋,必疏通經義,使人知旨趣之所在也」。

全書一、二、三、四章爲重點,而一、二章着力尤多。對重要的訓詁學專書及訓詁學史料,胡氏都先考證作者及著述年代,然後詳細介紹此書內容及條例,再指出其在訓詁學上之價值,最後對各書的續廣本、校注本作介紹評說。按照這一體例來編寫的有第一章的《爾雅》、《小爾雅》、《廣雅》,第二章的毛傳、鄭箋,第三章的《釋名》,第四章的《方言》。相比之下,第三章只述《釋名》,第四章只述《方言》,其續廣校注本數量亦很有限,遠不能與「《爾雅》派」、「傳注派」等蔚成一派的衆多專書、史料相提並論。另外,第二章還對《埤雅》、《埤雅物異記言》、《爾雅翼》、《駢雅》等十五本《爾雅》派之專書，及王念孫《釋大》等釋一名一物而類於「雅學」之短篇小記，第三章還對《經典釋文》、十三經注疏中唐人的義疏、宋代理學家的訓詁、《經籍籑詁》等作了較爲詳細的介紹與評説。

第五章「清代訓詁學之方法」，指出清代學者以文字通假、訓詁異同、聲韻流變、虚詞辨别、章句離析、名物考證、義理推求等七種方法來説明聲音訓詁名物之變遷，推求古書義理之所在。有分析、有比較、有綜合，條理清楚，觀點鮮明。

第六章「今後訓詁學之趨勢」，簡要地介紹利用甲骨文、金文材料的「考證法」，以及廣取書證、用統計方法來探究詞義、辨别古籍真僞的「推測法」。

作者對非親自所見之書或已散失之書，均寧闕勿論。如「《廣雅》以後之羣雅」節，雖列出《要雅》、《續爾雅》、《六經類雅》、《埤雅廣要》、《大爾雅》等十部書名，但却不予評説。又如「陸佃之《埤雅》節」，雖指出「明有千户牛衷者，就陸氏原書二十卷，增摭羣書所載，復成二十卷，爲四十卷。其書尚存」，但因「未經寓目」，故亦不論。全書搜羅豐富，甚至旁及未經刊行而有價值之書，如《埤雅物異記言》一書。

此外，書中多有胡氏本人研究心得。如引王國維《爾雅草木蟲魚鳥獸名釋例》及陳玉澍《爾雅釋例》，論《爾雅》條例；據陸德明《經典釋文序録》，將《經典釋文》條例歸納整理爲九條；據王國維《書郭注〈方言〉後》之説，求得《方言》條例六條；而論《釋名》條例，除引顧千里《〈釋名〉略例》所提之十條，又謂「顧氏十例尚有漏略」，「當增八例」；至於《廣雅》條例，則全爲胡氏自已研究整理，共得二十二例。對所引諸書，亦多所評論，如對明代方以智《通雅》，指出其《釋器》中「金石」一目，是金石之文字；《總目》之「金石」一目，是礦物。「二者不同，同一『金石』之標目，似乎嫌渾」。又如稱清代吳玉搢之《別雅》，「雖足以通經籍之異同，實則不過太倉之一粟。《四庫書目提要》推爲『小學之資糧，藝林之津筏』，未免太過。」

《中國訓詁學史》的不足之處主要是：

一、作者認爲東漢始有訓詁學，同時又稱「訓詁之方法，至清朝漢學家始能有條理有系統之發見，戴氏震開其始」。這一看法，有失偏頗。漢代已是訓詁學蓬勃發展時期，而訓詁學解釋詞語所運用的形訓法、義訓法、聲訓法，遠在春秋戰國時期便已發其端。即如胡氏引戴震所言之「搜考異文，以爲訂經之注」的訓詁方法，早在宋代也已有人運用了。

二、漢代已有《爾雅》、《方言》、《說文》、《釋名》這四種各有特點的訓詁專書。《說文》雖是字書，但解釋文字從形、音、義三方面着手，其訓釋或因字形構造以說義，或取書傳古訓而說義，或據聲旁爲釋，或依方言之訓，所以它又是一部對後世影響極大的訓詁專書。胡氏雖然明乎此，但因已撰寫了《中國文字學史》，所以對《說文》、《玉篇》、《類篇》等形、音、義兼釋的一大批字書隻字不提，這樣便無從反映中國訓詁學史的全貌。

三、胡氏認爲訓詁學史「可以經傳注疏爲中心」，即使《爾雅》所記，「論其範圍，亦不過經傳注疏之附庸」。然此書中「傳注派之訓詁」，距反映經傳注疏實際尚遠。《經典釋文》雖薈萃漢魏以來訓詁，但此書「不如《十三經注疏》中之訓詁更爲豐富也」；而《經籍籑詁》雖爲「集傳注派之大成」，却只集唐以前經傳子史注疏及訓詁書中之詮釋，且有不少遺漏訛誤之處，所以二書並不能代替「傳注派訓詁」。胡氏於「孔穎達、賈公彥之義疏」節謂「漢人之訓詁，已另爲一篇，記之綦詳」，但全書並無專論漢人訓詁之章節。至於唐以後，或經傳子史注疏如朱熹《四書集注》、洪興祖《楚辭補注》及清儒諸多注疏，或訓詁專書如黃生《字詁》及《義府》、王引之《經傳釋詞》、劉淇《助字辨略》等，胡氏均未言及，頗有管中窺豹、掛一漏萬之憾。

四、有些材料引用失當。如介紹《方言》內容，認爲《方言》「原書雖略以類次，但分之未密」，於是便不引聚珍本、四部叢刊本、影宋本，而改録明代陳與郊「無甚發明」的《方言類聚》本。這樣，《方言》第一卷第一條「黨、曉、哲，知也」被列爲第二卷《釋言》第二條，致使讀者大惑。又如釋「讀如」、「讀若」，引段玉裁《周禮漢讀考·序》：「讀如、讀若者，擬其音也。古無反語，故爲比方之詞。」其實清代學者對此多有異議。錢大昕已曰：「許氏書所云『讀若』，……假其音並假其義。」而「讀如」不但擬音，且指明假借。

研究《中國訓詁學史》的著作有李建國《漢語訓詁學史》（安徽教育出版社，一九八六年）的有關章節。

（陳重業）

訓詁學概論

〔現代〕齊佩瑢

《訓詁學概論》，近人齊佩瑢著，成書年代不詳。有一九四三年北平國立華北編譯館《現代知識叢書》本、一九八四年中華書局本。中華書局本根據齊氏家屬所提供的齊氏生前對華北編譯館本的批校，改正了某些訛誤，增添了一些新材料。

齊佩瑢（一九一一——一九六一），河北省井陘縣人。三十年代畢業於北京大學中文系，留校任教多年。一九四九年後先後在天津河北師範學院、張家口師範專科學校任教。所著還有《中國文字學概要》。

本書是一部概論性著作。全書共四章，第一章「緒說」，討論訓詁學的定義、性質、範圍、起因、效用及研究訓詁學必須具備的知識；第二章「訓詁的基本概念」，討論語義和語音的關係、語義的單位、語義的演變方式及字的本義與引申義、假借義之間的關係；第三章「訓詁的施用方術」，討論音訓、義訓及常用的訓詁術語；第四章「訓詁的淵源流派」，勾畫了訓詁學史的基本輪廓。

齊氏四十年代撰寫此書時，訓詁學這一古老的學科已注入了更多的理論和方法。清儒的衆多研究成果，章炳麟推究語言本始的學說，黃侃的訓詁學理論，沈兼士對「右文說」的系統總結和有益探討，以及普通語言學、音韻學、文字學、語法學、校勘學的發展，使作者認識到「訓詁學既是探求古代語言的意義，研究語音與語義間的種種關係的唯一學科，它就應當是『歷史語言學』全體中的一環。這樣，訓詁學也可以叫做『古語義學』」。以前的小學家，因爲缺乏嚴格科學的觀念和方法，以致有些研究幾千年來「可以說是絲毫没有進步」，「所以要想訓詁脱離了文字形體的拘束，拋棄了玄學的空疏的不科學的氛圍，走入現代比較語言學的領域，那麼就非得以比較語學的理論作出發點不可」。這樣，訓詁學不但要對前人的研究成果「分析歸納，明言源流，辨其指歸，闡其樞要，述其方法」，還應該「根據我國語文的特質提出研究古語的新方法、新途徑」。正因如此，所以作者吸取了章炳麟、王國維、黃侃、魏建功、沈兼士、丁聲樹等近代知名學者的研究成果，力圖用現代語言學的觀點來闡述訓詁的基本概念，討論訓詁研究中的基本問題。

基於用新觀點、新方法來研究訓詁學的設想，全書多處引録了作者多年研究的心得，見解獨到，極有可觀之處。如「訓詁的效用」節從音義兩方面縱横旁達，貫串證發，指出「科斗」音轉爲「骨突」，今人謂樹根曰

「樹骨突」，而凡圓形之物如蒜頭、花苞等無一不可叫「骨突兒」。並進而認爲「孤獨、孤特、惸獨、煢獨」等，皆「科斗」的一語之轉。作者指出，「科斗、疙瘩這一族的語詞，語根似乎原於模仿圓轉物的聲音，因而以爲圓狀物之名及形容之詞。」齊氏以聲音爲樞紐，又參之他經，證以成訓及方言俗語，所論較之清代黃承吉《字詁義府合按》中「婁羅」之發現及王國維《爾雅草木蟲魚鳥獸名釋例》，顯勝一籌。又如「音訓」節引録作者論文《釋名音訓舉例及其在語言學上之貢獻》，「義訓」節引録作者論文《相反爲訓辨》，既吸取前人注疏所長，又從音韻、文字、語法諸方面深入剖析，自成一家之言。

對前人研究成果，齊氏既多加肯定，又不爲其説所囿，敢於提出自己看法，作出實事求是的評説。如稱王引之《經傳釋詞》，「在訓詁學上乃是很重要的一大發明」，但也指出其中將「不」一律釋爲「語助無義」，例句多有不識古字或不知句調之誤。又如稱章炳麟「正式以音聲相配的原理來推求語言文字的本始和流别」，「開創了以音系爲研究語言文字學的基礎的風氣」，但也指出章氏一味强調《説文》「本字本義」，脱不開字形的束縛，「猶以初文爲語根，動輒講求本字，亦爲不善變矣」。

《訓詁學概論》主要缺點是：

一、齊氏認爲，本字本義的研究應該屬於文字學的範圍之内，所以「解説文字本義的學問固然也可以視作訓詁的廣泛領域中的一部，但是嚴格的站在語言方面來説，只有訓釋古語古字的用義才能配稱『訓詁』」。但是不談本義，詞義系統便成無根之木，詞義變衍之迹也就無從考察；不談《説文》，「訓詁的方術」便只能説音訓和義形，而對傳統訓詁學從字形求詞義的形訓法只好避而不提。

二、有的章節内容龐雜，文字繁蕪。如「語義和語音」節，談到語言文字跟面部表情語、感官接觸語、手勢語、旗語的區別，又大談語音和語義之間的關係，甚至旁及德國格林和丹麥葉斯泊森之說，這些都是普通語言學的問題。又如「語義的單位」節用相當篇幅談「字」和「詞」的區別，又評析清代段玉裁、王引之及近人陳承澤等關於「字」、「詞」的定義，還提到句子類別、詞類劃分等等，這些均爲語法學的問題。此外，「語義的演變」節將古今語義的演變分作縮小式、擴大式、變好式、變壞式、變强式、變弱式，劃分標準已不一致，又說有感覺互換式、形狀相似式、因此及彼式、以偏概全式、地位相似式、身心動作相易式、虛實相因式，七零八碎，令人有「緣例立式」的生硬之感。

研究《訓詁學概論》的著作有李建國《漢語訓詁學史》（安徽教育出版社，一九八六年）。　（陳重業）

文字

說文解字

〔漢〕許慎

《說文解字》，十五卷（今本每卷各分上下，共三十卷），簡稱《說文》，東漢許慎著。成書於漢安帝建光元年（一二一）。有明崇禎年間毛氏汲古閣刊本、清嘉慶十二年（一八〇七）長白藤花榭重刊新安鮑氏藏宋小字本、嘉慶十四年（一八〇九）孫星衍平津館叢書重刊北宋本、同治十二年（一八七三）陳昌治校刊平津館叢書本（附校字記一卷）、光緒七年（一八八一）丁少山重刊汲古閣本、一九二九年上海涵芬樓影印日本巖崎氏靜嘉堂藏北宋刊本（四部叢刊經部）、一九六三年中華書局影印陳昌治本（附《新編檢字》）等。

許慎（約六七——約一四七），東漢著名經學家、文字學家，字叔重，汝南召陵（今河南省郾城縣東）人。曾從賈逵受古學，博通經籍，深受當時經學大師馬融的推崇，時人盛讚曰：「五經無雙許叔重。」初爲郡功曹，舉孝廉，再遷，除洨長，其間曾爲太尉南閣祭酒，故世亦以「許洨長」、「南閣祭酒」稱之。永初四年（一一〇）奉詔與馬融、劉珍等在東觀校五經、諸子和史傳。後託病去官，卒於家。著述甚多，除《說文》以外，另撰有《五經異義》十卷、《孝經古文說》一篇、《淮南鴻烈解詁》二十一卷等，今皆亡佚，僅存清人輯本。生平事跡見於《後漢書》卷七十九、《說文解字》卷末許沖《上〈說文解字〉表》和王筠《說文句讀》所附嚴可均《許君事跡考》。

漢代經學有古文今文之爭，許慎認爲古文「雖叵復見遠流，其詳可得略説也，而世人大共非訾」(《説文叙》)，視篆、籀、古文爲奇怪之跡；今文學家往往對文字妄加解釋，既不合古文，又謬於史籀。爲了糾正今文學家説字解經的錯誤，他便博採通人之説，集古文經學之大成，博綜篆、籀、古文之體，發明六書之旨，因形見義，分别部居，作成《説文解字》十四篇及叙目一篇。該書草創於東漢和帝永元八年(九六)，至永元十二年(一〇〇)完成初稿，安帝建光元年(一二一)寫定，遣其子許沖奏上。《説文》之成書，與東漢經學之盛有關。西漢經學家多專治一經，罕能兼通。而東漢經學家如何休、馬融、鄭玄等皆學通五經，許慎「五經無雙」，故能兼治文字之學，寫出這部經典著作。

《通志》曰：「獨體爲文，合體爲字。」《説文解字》即解説文字之書，雖爲駁斥今文學家之謬説而作，但作者努力蒐討字原，探尋文字的結構和本義，所以歷來被認爲是我國最早的有系統的文字學著作，也是我國第一部字典。

《説文》共收篆文字頭九千三百五十三字，另收重文(即附在篆文字頭下的古籀異體字)一千一百六十三字，許慎的解説計十三萬三千四百四十一字。(此據《説文叙》，今通行大徐本的字數與此不同。)全書九千多字頭是根據五百四十個部首分部排列的，即所謂「方以類聚，物以羣分，同條牽屬，共理相貫，雜而不越，據形繫聯」。部首絶大多數是形旁，只有少數是聲旁(如「句」、「丩」)，而這些聲旁字作爲部首，也具有形旁的作用。因此，以部首歸類，實際上是依意符歸類。凡是與部首意義相類的字便歸爲一部，如「元」、「天」、「丕」、「吏」等從「一」得義的字被歸入「一」部，「帝」、「旁」、「下」等與「上」義有關的歸入「上」部，如此等等。當然，所謂意義相類，只是許慎的理解，現在看來並不都是正確的。同一部首內的字，有時還把意義相關的字列在一起，如言部的「諷、誦、讀」，「訕、譏、誣、誹、謗」，竹部的「等、笙、簧、箟、簫、筒、籟、管、笛」等。至於各部之間的排列，也有一定的原則。首先是所謂「始一終亥」，許慎根據漢代陰陽五行家「萬物生於一，畢終於亥」的唯心主義哲學思想將「一」部定爲第一部，將「亥」部定爲最後一部。至於其他部首則大致是「據形繫聯」，形體相近的部首往往排在一起，如「三、王、玉、玨」排在一起；「走、止、步、此、正、是、彳、行」等排在一起。

《說文》最後一篇「叙目」，內容包括許慎的叙及部首目錄、許沖上《說文》表、漢安帝詔等。許慎的叙闡述了他對於漢字的起源及其流變的看法，闡明了他關於「六書」的理論，批判了今文學家未睹字例而說字解經的錯誤，說明了撰作《說文》的緣由、原則、體例等。

《說文》的解釋，一般先分析每部之部首，說明同部首的字都與本部首的意義相關。然後再對該部之字逐一解釋。一般是先講該字的本義，然後根據六書的法則說明其形體結構，有時還列出異體，用形聲聲旁或「讀若」來說明讀音，收錄異說，引經據典以證其說。如：

口：人所以言食也，象形，凡口之屬皆从口。

吻：口邊也，从口勿聲。脗：吻或从肉从昏。

噲：嚥也，从口會聲，讀若快。一曰：嚵噲也。

呱：小兒啼聲，从口瓜聲。《詩》曰：「后稷呱矣。」

吹：噓也，从口从欠。

晞：笑也，从口稀省聲。一曰：哀痛不泣曰晞。

《說文》的誕生在我國語言文字學史上具有劃時代的意義，它對我國近二千年來的語言文字學研究有深刻的影響，其貢獻大致有以下幾個方面。

一、確立了「六書」理論。「六書」是古代學者分析漢字結構和造字方法所歸納出來的六種條例。漢代班固和鄭衆也都提到過「六書」（見《漢書・藝文志》、《周禮・保氏》注），但都只及其名而無內容。許慎在《說文敘》中第一次具體地闡述了「六書」的理論：「一曰指事：指事者，視而可識，察而見意，『上』、『下』是也。二曰象形：象形者，畫成其物，隨體詰詘，『日』、『月』是也。三曰形聲：形聲者，以事爲名，取譬相成，『江』、『河』是也。四曰會意：會意者，比類合誼，以見指撝，『武』、『信』是也。五曰轉注：轉注者，建類一首，同意相受，『考』、『老』是也。六曰假借：假借者，本無其字，依聲託事，『令』、『長』是也。」這種解說和例析奠定了漢字形體學的基本理論。在《說文》一書的具體說解中，許慎都用六書說去分析字形結構。應該說，「六書」理論的闡明及其廣泛運用，標志着我國文字學的真正誕生。

二、創立了文字學原則的部首系統。許慎將全書九千三百五十三字分爲五百四十部，使紛紜雜亂的文字，初步有了門類可歸，這是一個創造。一般說來，《說文》的部首就是意符，凡同一意符的字便隸屬於同一個部首。如「舅」、「甥」二字屬男部，「所」字屬斤部，「發」字屬弓部。這樣不但使漢字有了系統的分類、排列和檢索的方法，而且有助於後人對字形結構的分析和對字的本義的深入理解。後來的字書，如《玉篇》、《類篇》等都繼承了它的部首排列法。至於《字彙》、《康熙字典》，乃至現代的各種字典，雖將《說文》的文字學原則的部首系統改成了檢字法原則的部首系統，如將「舅」入臼部、「甥」入生部、「所」入户部、「發」入癶部，但從總體上來看，它們還是一脈相承的。

三、保存了篆文的寫法系統。許慎爲了駁斥今文學家的説法，所以以篆文爲正字，將其作爲《説文》的字頭，這在客觀上保存了篆文的寫法系統。如果没有《説文》，即使有一些碑文還能留下一些篆文，但畢竟是零碎不全、不成系統的。而且，没有《説文》的解釋，後人還很難認識秦漢碑文上的篆字，同時《説文》保存的篆文、古文及其解釋，有助於我們上溯造字之原，下辨分、隸、行、草遞變之跡，所以，治文字學者不能不以它爲基礎。特別是要釋讀、研究商、周時代的甲骨文、金文，則不能不以它爲橋梁。

四、保存了漢以前的古訓古音。清人江沅説過：「許書之要，在明文字之本義而已。」（《説文解字注・後敘》）漢字是表意文字，《説文》注重文字形體結構的分析，目的在於找出與字形結構相切合的本義。而這種本義，往往代表了該字比較原始的意義，因而往往與先秦古籍上的用法相合。如《説文》解「來」爲「來麰」，與《詩・周頌》「貽我來牟」之「來」相合；解「秉」爲「禾束」，與《詩・小雅・大田》「彼有遺秉」之「秉」相合；解「叔」爲「拾」，與《詩・豳風・七月》「九月叔苴」之「叔」相合；解「向」爲「北出牖」，與《詩・豳風・七月》「塞向墐户」之「向」相合。這種例子甚多，所以王力讚譽該書説：「在古代詞義的保存上，它是卓越千古的。」（《中國語言學史》）《説文》所保存的古訓，爲漢語詞源學、訓詁學、古籍的注釋乃至古代社會的研究提供了重要的參考資料。又清人王念孫説：「《説文》之爲書，以文字而兼聲音訓詁者也。凡許氏形聲、讀若，皆與古音相準。」（《説文解字注・序》）的確，《説文》所指明的七千多個形聲字聲旁所組成的諧聲系統，反映了造字時代的語音情況，爲我們研究周秦古音提供了珍貴的資料。而《説文》中大量的聲訓，如解「士」爲「事」、解「庸」爲「用」、解「尾」爲「微」、解「馬」爲「武」、解「門」爲「聞」、解「福」爲「備」等，以及八百三十條「讀若」注音，反映了兩漢時期的音韻面貌，爲研究漢代的實際語音提供了可貴的綫索。

《説文》的主要缺點，一是對字形的分析和文字本義的解釋或有錯誤。如「行」，甲骨文像四達之衢，本義應爲道路，《説文》却根據篆文解爲：「人之步趨也，从彳从亍。」又如「爲」，甲骨文像手牽象之形，古代役象以助勞，所以「爲」的本義當爲勞作，而《説文》却解爲：「母猴也，其爲禽好爪，下腹爲母猴形。」再如將「一」解爲「惟初太始，道立於一，造分天地，化成萬物」，將「王」解爲「天下所歸往也」等，則是受當時陰陽五行、儒家尊君思想的束縛而作的誤説。二是該書創立的文字學原則的部首編排法，對於檢字來説，很不便利。有些部首，分得太瑣碎；有些字的歸部，也不甚妥當，如「牧」不在牛部而歸攴部，「桑」不在木部而在叒部等等。

《説文》成書後，以寫本流傳，至唐肅宗乾元年間，李陽冰曾刊定《説文解字》爲三十卷。他排斥許慎，任憑己意將《説文》亂加篡改，許氏原本遂不可見。南唐時，徐鍇仍主許説而反對李陽冰説，作《説文解字繫傳》四十卷（世稱「小徐本」），這是《説文》的第一個注釋本，其中前三十卷對《説文》作了通釋，其反切注音則爲南唐朱翺所加，後十卷中有「祛妄」一篇，專駁李陽冰之妄説，可見李氏擅改之跡。至宋太宗雍熙三年（九八六），徐鍇之兄徐鉉奉詔和葛湍、王惟恭等校訂《説文解字》，糾正了該書之脱誤，又據孫愐《唐韻》加注反切於每字之下，有些字條還增加了注釋，皆題「臣鉉等曰」；另外，還新補了十九個見於《説文》釋文而失收的字，新附了四〇二個見於其他典籍而許慎未收的字。徐鉉之校定本，世稱「大徐本」，亦即現今之通行本。

《説文》之研究，至清代形成高潮，論著汗牛充棟，最著名者爲段玉裁的《説文解字注》、桂馥的《説文解字義證》、王筠的《説文句讀》與《説文釋例》、朱駿聲的《説文通訓定聲》，其中段注尤善。近人丁福保將研究《説文》的專著滙編爲《説文解字詁林》，爲閲讀研究提供了極大的方便。本世紀以來，《説文》的研究承清代之傳統，有總論其書的，也有專門研究其版本、叙、部首、重文、諧聲、讀若的，甚至還有人研究其引書、引通人説以及諸書引《説文》的，很多人據甲骨文、金文來考訂許氏之失誤，頗多發明。有關參考書目有：王力《中國語言學史》（山西人民出版社，一九八一年）、周祖謨《問學集》（下）（中華書局，一九六六年）、何九盈《中國古代語言學史》（河南人民出版社，一九八五年）等。（張　覺）

説文解字注

〔清〕段玉裁

《説文解字注》，三十一卷。或稱《説文解字段注》，簡稱《説文段注》或《説文注》，清段玉裁注，成書於清嘉慶十二年（一八〇七）。版本主要有嘉慶二十年（一八一五）經韻樓刊本、道光九年（一八二九）學海堂刊《皇清經解》本、同治十一年（一八七二）湖北崇文書局刊本、一九二〇年上海掃葉山房影印本、一九八一年成都古籍書店影印本、一九八一年上海古籍出版社影印經韻樓本等。

段玉裁生平事跡見「六書音均表」條。

《説文》雖經徐鍇通釋、徐鉉校訂，但訛誤尚多，加之該書多古言古義，一般人尚難釋讀。向來治《説文》者往往不能考其文理，通其條貫，得其要旨。作者有鑒於此，乃以數十年之精力，專治《説文》，從校勘入手，用多種宋刊本校訂明末汲古閣翻刻的宋本，寫成《汲古閣說文訂》，以恢復大徐本之原貌。同時，爲了「通古今之訓詁，明聲讀之是非」，又精研古音，撰成《六書音均表》，訂定古韻爲十七部，以此來治《說文》。乾隆庚子（一七八〇）去官後，便開始注釋工作。先根據《說文》的體例和《爾雅》、《玉篇》、《集韻》等的訓解以及各種古書所引《說文》的字句來校訂大徐本和小徐本的是非，並以羣籍所用字義來疏證解釋《說文》的說解，於乾隆五十一年（一七八六）寫成了長編性質的《說文解字讀》，共五百四十卷（每部一卷）。段氏於周秦兩漢之書無所不讀，於諸家小學之書靡不博覽而別擇其是非，他治《說文》，根基充實，考據詳博，故《說文解字讀》寫成，盧文弨便盛譽曰：「自有《說文》以來未有善於此書者，匪獨爲叔重氏之功臣，……而其有益於經訓者功尤大也。」（《說文解字讀序》）然而，段氏並不以此爲滿足，仍致力於由博反約，進一步提煉加工，終於嘉慶十二年（一八〇七）寫成了《說文解字注》。段氏由古音而治《說文》，則聲音明；以羣籍通《說文》，則訓詁明；訓詁聲音明而小學明，小學明而經學明。這確非歷來只辨字形而不知以字音、字義治《說文》者可比，故王念孫譽其書曰：「千七百年來無此作矣。」（《說文解字注序》）該書刊本一經問世，便風行海內，《說文》之學由此而盛。

《說文》原爲十四篇，又《敘目》一篇，共十五篇，徐鉉校定時，將各篇分爲上下，共三十卷。《說文解字注》之篇數承大徐本之舊，但因「十一篇上」注文較多，遂將該卷一分爲二，故全書共三十一卷。書首有王念孫於嘉慶十三年（一八〇八）寫的《說文解字注序》，末有江沅於嘉慶十九年（一八一四）寫的《說文解字注後敘》、陳煥於嘉慶二十年（一八一五）寫的《跋》以及盧文弨於乾隆五十一年（一七八六）寫的《說文解字讀序》。其後還附有陳煥編的《說文部目分韻》以及段玉裁的《六書音均表》。

《說文解字注》是段玉裁的代表作，也是世所公認的解釋《說文》的權威性著作。該書對《說文》的說解逐條進行校訂、疏證，注釋內容十分豐富，學術貢獻是多方面的：

一、闡明《說文》之體例。許愼著《說文》，雖有一定的體例，但並沒有另列「凡例」以昭示後人，段氏則潛心研究，歸納出《說文》的體例，在注中詳加闡述。如「一」字條「凡一之屬皆从一」段注：「凡云『凡某之屬皆从某』者，《自序》所謂『分別部居，不相雜廁』也。」此明《說文》分部之例。又如一部「文五，重一」段注：「此蓋許所記也。每部記之，以得其凡若干字也。凡部之先後，以形之相近爲次；凡每部中字之先後，以義之相引爲次。……」此明《說文》統計字數及列字次序之例。再如「元」字條「从一，兀聲」段注：「凡言『从某，某聲』者，謂於六書爲形聲也。……凡篆一字，先訓其義，若『始也』、『顚也』是；次釋其形，若『从某，某聲』是；次釋其音，若『某聲』及『讀若某』是。」此明《說文》形聲字解釋方式及一般說解程序之例。餘如「一」字條明古、籀、小篆之例，「天」字條明聲訓、轉注、會意之例，「吏」字條明「亦聲」之例，「旁」字條明「闕」之例，「祜」字條明「上諱」之例，「齋」字條明「省聲」之例，「禋」字條、「祝」字條明「一曰」之例，「禜」字條明「讀若」之例等等。諸如此類的闡述，對讀者深刻理解《說文》，無疑有重要的指導作用。且段氏爲《說文》發凡起例，並非唯許是從，對於許愼的錯誤，他也勇於提出批評，如「哭」字條對《說文》「省聲」的質疑便是其例，這對於讀者正確對待許說很有啓發作用。

二、校訂《說文》之訛誤。《說文》雖經二徐校訂，但尚有訛誤。段氏根據《說文》的體例以及宋代以前各書所引《說文》，對其大量訛誤作了訂正。如「上」字條大徐本作「丄」：「高也。此古文上，指事也。」段氏據下文「帝」、「旁」、「示」諸字所從古文「上」作「二」而改「丄」爲「二」。又如「足」字條大徐本作「人之足也，在下，从止口」。段氏依《玉篇》改爲「……在體下，从口止。」再如「雚」字條大徐本作「小爵也」。段氏據《太平御覽》改「小爵」爲「雚爵」。令人欽佩的是，段氏雖未見到甲骨文，也未見到《說文》古本，但他的許多修訂却能與後來發現的甲骨文和其他古文字以及唐寫本《說文》相合。如上部改「上」、「下」古文爲「二」、「二」，火部改篆文「燓」爲「焚」，皆與甲骨文吻合。「丌」字條段注云：「字亦作亓。」今湖北江陵望山二號墓、河南信陽長台關、山東臨沂銀雀山一號漢墓出土之竹簡，都有「亓」字，與段注相符。木部「柵」字條段氏改「編樹木也」爲「編豎木也」，與唐寫本《說文》木部殘卷相合。

三、疏證《說文》之說解。《說文》對文字的解釋極爲簡煉，二徐雖有案語，亦甚簡略。段氏引證各種字書、傳注之訓解，以及古代典籍所用字義，對《說文》的解釋作了較爲詳細的證明、疏解，以補充許說，推求許說之所本。如《說文》：「禮，履也。」段注：「見《禮記·祭義》、《周易·序卦》傳。履，足所依也。引伸之，凡所依皆曰履，此假借之法。」「祿，福也。」段注：「《詩》言『福』、『祿』多不別。《商頌》五篇，兩言『福』、三言『祿』，大恉不殊。《釋詁》、《毛詩傳》皆曰：『祿，福也。』此古義也。鄭《既醉》箋始爲分別之詞。」由此可見，段氏的注釋，對於閱讀《說文》的訓釋、了解古代字義是大有裨益的。同時段氏在疏通《說文》說解時，並不局限於對許說之闡述，而往往能寓「作」於「述」，將自己研究語言文字所得到的成果融入注中。這種成果主要有：(一)對於同義詞十分精到的辨析，如「諷」字條對「諷」、「誦」的辨析，「牙」字條對「牙」、「齒」的辨析，「肉」字條對「肌」、「肉」的辨析等。(二)對於古今字的闡述。他認爲古今字的分別只在於使用時代的不同(「余」字條注)；所謂古今，也只是一個相對的概念(「誼」字條注)。這就把着眼於時間因素而區分的古字、今字與着眼於表意功能而區分的本字、借字嚴格地區別開來了。(三)關於字義的古今不同。《說文》多講本義，只能明其本字。段注則多有兼及引伸義與假借義，以明字義古今之變。如「眚」字條，許慎僅解其本意「目病生翳也」，段氏則舉例說明了其引伸義「過誤」、「災眚」和假借義「減省」。（四）闡明古今用語的異同，如「堂」字條對「堂」、「殿」用法變遷的論述。（五）關於對同源詞的探討，如「力，筋也，像人筋之形」條注云：「像其條理也。人之理曰力，故木之理曰朸，地之理曰阞，水之理曰泐。」

四、標明各字之古韻。古韻者，唐虞三代秦漢之韻也。段氏作《六書音均表》，將古韻分爲十七部，附於本書之後。他注《說文》，在每字之下都標明該字在古韻中所屬的韻部。其所以這樣做，不但是因爲《說文》中所說的「某聲」、「讀若某」皆當以古韻讀之，同時也是爲了「俾形聲相表裏，因耑推究，於古形、古音、古義，可互求焉」（「一」字條注）。例如《說文》：「元，始也。從一，兀聲。」徐鍇認爲「兀」下不當有「聲」字，改作「从一，从兀」。段氏則以古音「元」、「兀」相爲平入，訂正了徐氏的誤說。又如《說文》：「岵，山有艸木也。」段氏由音求義，認爲「岵之言瓠落也」，故毛傳「山無草木曰岵」之說爲長，許說之「有」當作「無」。由此可見，大、小徐本皆只注明各字在中古時的反切，不過是爲了規範當時音讀而已，而段氏則用古韻來求古形、古義，他的歷史觀點已深入到語言研究的領域中來了。他在「禛」字條注中謂「聲與義同原，故諧聲之偏旁多與字義相近」；在「艸」字條注中謂「義存乎音」；在「像」字條注中論「於聲得義」，諸如此類，都是因聲求義的理論結晶，值得重視。

五、詳考引文之出處。許慎說解文字，有時還引經據典以證其說。對於這些引文，段注往往詳明其出處；對許氏之誤引，也往往加以指正。如《說文》「琥」字條引《春秋傳》「賜子家子雙琥」，段注：「昭公卅二年《左傳》文。」《說文》「玠」字條引《周書》「稱奉介圭」，段注：「《顧命》曰：『大保承介圭。』又曰：『賓稱奉圭兼幣。」蓋許君偶誤合二爲一。」

六、闡發許氏的文字學理論。許慎在《説文叙》中闡述對於漢字的起源及其流變的看法，論述了他的「六書」理論，段氏在注中對許氏的説法頗多闡發。

《説文解字注》的成就是巨大的，但也存在一些缺點和不足之處。其最大的毛病是改字太多。其中雖然有許多精審之處，但武斷誤改處也不少。例如《説文》「本，木下曰本，从木，一在其下」條，段注依《六書故》引唐本改作：「木下曰本，从木从丅。」把本來應是指事的「本」改成會意，不可信。其次，多有穿鑿附會以證成許説之處。例如《説文》「用，可施行也，从卜中，衛宏説」條，段注：「卜中則可施行，故取以會意。」其實篆文「用」不从卜中，許慎、衛宏説毫無根據。此書寫成之時，段氏已年過七十，精力已衰，訛謬之處，難以一一改正；而刊刻校讎之事，又屬之門下，往往不能參檢本書，難免有誤。因此，段書刊行後，匡謬訂補者屢見不鮮。其中較爲著名的有徐承慶《説文解字注匡謬》、鈕樹玉《説文段注訂》、王紹蘭《説文段注訂補》、馮桂芬《説文解字段注考正》、徐灝《説文解字注箋》、龔自珍《説文段注札記》、徐松《説文段注札記》、桂馥《説文段注鈔》等。一九八一年成都古籍書店影印本後附有衛瑜章的《段注説文解字斠誤》，採集鈕樹玉、桂馥、王紹蘭、馮桂芬、龔自珍、徐松等書中精確不易者，並附自己對段注的訂正以及對各種訂段著作中紕謬之處的糾正，便於閲覽。（張　覺）

説文解字義證

〔清〕桂馥

《説文解字義證》，五十卷。又稱《説文解字義疏》，略稱《説文義證》、《義證》，清桂馥著。成書年代待考。清許瀚認爲此書脱稿而未校，「真桂氏未成本也」（丁艮善《説文解字義證後記》），葉德輝則認爲作者「自述作書本末，命名之旨，是首尾固已完具，……固非未成之書也」（《郋園讀書志》卷二）。此書卷帙浩繁，著者生前未能付梓，長期以稿本形式流傳。道光二十九年（一八四九）李璋煜獲其遺稿，楊尚文出資刊入《連筠簃叢書》。有咸豐二年（一八五二）《連筠簃叢書》原刻本、同治九年（一八七〇）湖北崇文書局重刻本、上海古籍出版社一九八七年影印本。

桂馥（一七三六——一八〇五），字冬卉，又字天香，號未谷，山東曲阜（今山東省曲阜市）人。清代著名文字訓詁學家。乾隆三十三年（一七六八）以優行貢成均，充北京國子監教習，期滿授山東長山訓導。乾隆五十四年（一七八九）舉人，次年成進士。嘉慶元年（一七九六），詮授云南永平縣知縣，調署順寧縣知縣，卒於官。

桂馥少年警敏，以古文自勵。後與小學名家戴震交識，從其勸説熟讀經傳，專心治經。他認爲「訓詁不明則經不通」(《上阮學使書》)，顯然是受了戴震「通訓詁，明義理」之說的影響。桂馥精於金石篆刻，擅書法，工漢隸，博覽羣書，尤精文字訓詁之學。一生以著書自娛，除《說文解字義證》外，尚有《札樸》十卷、《繆篆分韻》五卷、《晚學集》八卷、《未谷詩集》四卷等。生平事跡見於《晚學集・桂君未谷傳》、桂文燦《經學博採録》、《清史稿》卷四百八十一等。

乾嘉時代，樸學大顯於世，一時間治《說文》者不下數十家，有關《說文》的著作達一百多種。在這種形勢下，難免泥沙俱下，魚龍混雜。正如桂馥所云：「近日學者，風尚六書，動成習氣，偶涉名物，自負《倉》、《雅》，略講點畫，妄議斯、冰，叩以經典大義，茫乎未之聞也。」(《義證・附說》)爲了匡正此風，桂氏從「通訓詁明經義」的立場出發，埋首研究《說文》之學達三十餘年，窮經博徵，終於著成《說文解字義證》一書。

此書的寫作宗旨，在於證明許慎《說文》一書的說解，替許慎所謂的本義搜尋古籍例證。因而此書「徵引雖富，脈絡貫通。前說未盡，則以後說補苴之；前說有誤，則以後說辨正之。凡所稱引，皆有次第，取足達許說而止」。(王筠《說文釋例・自序》)這種述而不作的態度，意在「令學者引神貫注，自得其義之所歸」(張之洞《說文解字義證・叙》)。

《說文義證》全書分三個部分：

一、卷一至卷四十八，是對《說文解字》正文部分的疏證，是全書的重點所在。其體例是先以大字抄録《說文》原文，字頭用篆體；然後參照古人疏解經傳舊式，低一格用雙行小字疏解。若所引古籍說法與《說文》不合，則在疏解前用頂格雙行小字列出。又將徐鉉新附字盡行删去，而搜尋古書中引用《說文》但今本脱漏的文字及說解，附在各部首之後，並將第一字用楷體書寫，以與《說文》原文的篆體字頭相區別。其義疏內容，先舉例證明許慎所指明的字的本義，然後廣引羣書討論許慎的說解。所引古籍可與許慎說解相發明的，或數義，或十數義，依次羅列，詳爲收錄。凡許慎引用《詩經》、《尚書》、《左傳》等書，又爲之注明篇名，有異文者並注明異文。同時，凡二徐本有訛誤者，並吸收前人研究成果，及用《廣韻》、《玉篇》等校正之。

二、卷四十九，是對許慎《說文敘》、許沖《進書表》的疏證。全用雙行小字隨文作注解，以申明許慎之意。

三、卷五十。卷上爲《附錄》，主要蒐集古籍中有關《說文》學的師承關係的資料，說明《說文》對後代字書的影響。卷下爲《附說》，主要輯錄了有關《說文》的版本、校勘材料，並提出自己的一些觀點。例如認爲《說文》所收九千三百五十三字和說解並非許慎始創，「蓋總集《倉頡》、《訓纂》、班氏十三章三書而成」。認爲許慎「亦聲」之例有「從部首得聲曰亦聲」、「或解說所从偏旁之義而曰亦聲」兩種情況等。

《義證》一書，是乾嘉學派的重要著作，其最大的特點就是例證材料極其豐富。豐富的例證材料對於字義的闡明非常重要，唯有例證材料豐富了，字的真正含義也就清楚了。例如《說文》：「拉，摧也。」桂氏云：「摧也者，《史記索隱》引同，《一切經音義》七引作敗也。馥案：本書『摺，敗也』，『搚，摺也，一曰拉也』。《玉篇》：『拉，折也。』引《左氏傳》『拉公幹而殺之。』《史記・齊世家》：『使力士彭生抱上魯君車，因拉殺魯桓公。』《漢書・鄒陽傳》：『范睢拉脅折齒』。索隱：『摺音力答反，《應侯傳》作「折脅摺齒」是也。』《前秦錄》：『主猛曰：臣奉陛下之神，擊垂亡之虜，若摧枯拉朽。』《南中志》：『貊所觸，無不拉。』馥案：貊，獏也。」由此可見，此書與段玉裁的《說文注》性質是大不相同的，段氏述中有作，勇於論斷，近乎主觀，桂氏述而不作，一意臚列，近於客觀。正如張之洞所說：「竊謂段氏之書，聲義兼明，而尤邃於聲；桂氏之書，聲亦並及，而尤傳於義。……夫語其得於心，則段勝矣；語其便於人，則段或未之先也。」（《説文解字義證・叙》）因此，桂氏之書實在是一本很有用的文字訓詁資料書，完全可以跟段玉裁的《説文注》相媲美。

此書的缺點是「引據之典，時代失於限斷，且泛及藻繪之詞，而又未盡加校改，不皆如其初旨」。（丁艮善《説文解字義證後記》）例如艸部「芡」下引蘇轍詩：「芡葉初生縐如縠，南風吹開輪轉轂」；又引《寰宇記》「漢陽軍出芡仁」，從文字學來説，實在没有必要。同時桂氏又墨守《説文》，凡許慎説解有誤，則桂馥例證就陷於牽强。例如《説文》：「爲，母猴也。」桂氏云：「母猴也者，陸機云：楚人謂之沐猴。馥謂沐、母聲近。」其實，「沐」、「母」聲近並不能證明「爲」訓母猴。

有關《義證》的研究著作有清王筠《説文釋例》、王力《中國語言學史》（山西人民出版社，一九八一年）、胡樸安《中國文字學史》等書的有關内容。　（紀大慶）

説文釋例

〔清〕王　筠

《説文釋例》，二十卷。清王筠著。成書於清道光十七年（一八三七）。有道光十七年（一八三七）刊本、光緒年間（一八七五——一九〇八）蓮池書院重刊本、光緒九年（一八八三）成都御風樓重刊本、一九三六年上海世界書局影印本等。

王筠（一七八四——一八五四），字貫山，號菉友，安邱（今山東省安邱縣）人。道光元年（一八二一）舉人，官山西省鄉寧縣知縣。少喜篆籀，及長涉於經史，擅《説文》之學，爲清代《説文》四大家之一。著有《説文釋例》、《文字蒙求》、《説文解字句讀》、《説文繫傳校録》、《夏小正正義》、《弟子職正音》、《正字略》、《蛾術編》、《禹貢正字》、《讀儀禮鄭注句讀刊誤》、《四書説略》等書。《清史列傳》卷六十九有傳。

王筠三十歲開始研究《説文》，二十多年以後，「於古人製作之意，許君著書之體，千餘年傳寫變亂之故，鼎臣以私意竄改之謬，犂然辨晳，具於匈中」（《自序》）。當時段玉裁的《説文解字注》已經風行天下，但因體裁所拘，段氏之書不可能系統詳盡地闡述《説文》的體例。王筠指出：「觀其會通，則《説文》通矣；枝枝葉葉而雕之，則《説文》塞矣。宋元人好呰《説文》，今人好尊《説文》，乃呰尊雖異，病根則同，皆謂其爲零星破碎之書也。」（卷一）他認識到《説文》全書是一個有機的整體，並非七拚八凑而成，因此必須從《説文》全書的體例入手，方能「明許君之奧旨」。（《説文解字句讀》序）於是他「條分縷析，爲之疏通其意」，從道光十七年三月至十一月，歷時二百多天而作成《説文釋例》一書。

《説文釋例》共二十卷，卷一至卷五，討論「六書」的定義、體例等問題，如認爲六書的次第應以象形爲首，形聲有亦聲、省聲、兩借等變例；卷五至卷九，討論文字的各種異體和孳乳形式，如或體、重文、區別字、累增字等；卷九至卷十二，討論《説文》列字的次第、説解的形式等，如指出重疊部首爲字者必在本部之末，同部之字則先近後遠，先實後虛，先美後惡，許慎説解必先字義，而後字形等；卷十二至卷十四，討論雙聲疊韻和《説文》一書的脱字、譌字、衍文、改竄等問題，如認爲許慎於會意字，必列於主意所在之部，後人檢之不得，輒增於從意所在之部，成爲重出之字；卷十五至卷二十，討論一些未能確定的問題，以及附録偶得之見。其體例大多每卷先出論述之題，低三格作一概述，然後詳論和分論，每卷之末又附補正。書前有清潘祖蔭序和作者自序。

此書對於《說文》體例的總結和闡發是空前的，人們公認它是獨辟門徑，不依傍於人，稱其作者爲許慎之功臣，段、桂之勁敵。例如關於《說文》的部首問題，首先許慎確立部首的原則是什麼？王筠指出「部首本無深義，只是有從之者，便爲部首耳。……亦有無從之之字而爲部首者，則必象形、指事字也」（卷一）。就是說，部首的確立，以有無部屬字爲標準。絕大多數部首都有一定數量的部屬字，如木部有四百餘字，金部有二百餘字，而個別部首没有部屬字，其中有的是象形字，如「能、燕」，有的是指事字，如「三、才」。其次，部首的次序。徐鍇認爲五百四十部都是以義相連，段玉裁則認爲部首以形之相近爲次，王筠指出：「許君自叙曰同條牽屬，共理相貫，此謂部首之大綱，以義爲次也。又曰雜而不越，據形系聯，此謂部首之細目不能據義者，以形相系而濟其窮也。」（卷一）《說文》「旻、目、䀠、眉」部首相次，意義都跟眼睛有關；「尸、尺、尾、履」部首相次，則是字形都跟「尸」有關；即使五百四十部始「一」終「亥」，也跟陰陽五行之義有關。可見王說較爲全面、正確。再次，部屬字的歸部原則。王筠指出：「許君之列文也，形聲字必隸所從之形，以義爲主也；會意字雖兩從，而意必有主從，則必入主意一部，此通例也。」（卷九）形聲字當然入意符之部；會意字有兩個意符，當入主要意符之部，如「秉」，從又持禾，入又部不入禾部，「間」，從門從月，入門部不入月部。王氏關於《說文》體例的闡發，對於《說文》一書的校勘、訂補具有重要的價值。例如他指出，《說文》「箭，矢也」當作「箭，矢竹也」。因爲部屬字的次序是「實相近者相爾（邇）也」（卷九），今竹部前六字皆竹名，「筍」以下九字爲竹身之物，如竹皮、竹簑、竹節，而竹製器物當在部末，「箭」在前六字，當是竹名，「筱」下云「箭屬，小竹也」亦可證。又如他指出，《說文》「日」下云「從口一，象形」，「從口一」三字爲衍文，因爲說從某某，當是會意，與象形矛盾。在王氏之後，有江沅的《說文釋例》（一八五一）、張行孚的《說文發疑》（一八八三）、陳瑑的《說文舉例》（一八八七）、張度的《說文補例》（一八九六）、陳衍的《說文舉例》（一九一九）等許多闡釋《說文》體例的著作出現，這不能不歸結爲王筠的首創之功。

《說文釋例》一書的可貴不僅在於闡發許書的體例，而且在於努力探討漢字的形體結構及其演變規律。此書不限於孤立的單字研究，而且能夠把形體上有關的字聯係起來，分析它們孳乳繁衍的規律，從而提出了「文飾」、「籀文好重疊」、「分別文」、「累增字」等現象和概念。例如作者指出：「一、二、三之古文弌、弍、弎，弌從弋聲尚合，二、三亦相沿從之，蓋嫌筆畫太少，加此飾觀耳，已與後世防作僞者近矣。」又指出「豎」的籀文爲「豎」，是「因便加几，取繁縟耳」。這些論斷，對於研究漢字形體的演變、古文字字形的增飾，都有重要意義。又如作者提出：「字有不須偏旁而義已足者，則其偏旁爲後人遞加也。其加偏旁而義遂異者，是爲分別文。……其加偏旁而義仍不異者，是謂累增字。」（卷八）王氏的這一理論，揭示了漢字孳乳變易的規律，爲文字學上的重大發明。同時，王氏又能大量引用金文等古文字資料來訂正《說文》，闡明漢字演化規律。例如《說文》「車」的籀文作「𨏥」，王氏指出，《積古齋》吳彝作𨏥，左兩田爲兩輪，右兩橫臥的人字爲兩馬，可見今本乃傳寫之訛。（卷五）又如他說：「《積古齋》頌鼎、頌壺、頌敦皆曰『王各大室即立』是『位』字；又曰『頌入門立中廷』是『立』字，一器而兩義皆見焉。蓋古人不行謂之立，因而所立之處亦謂之立，以動字爲靜字也。後乃讀于備切以別其音，遂加人旁以別其形耳。」（卷八）「立」與「位」本爲一字，後代一分爲二。王筠利用古文字資料的研究方法，比起以許書證許書的方法更爲科學，對於後人是深有啓發的。

《說文釋例》雖然取得了重大的成就，但也存在着一些缺點。這些缺點主要是：一、關於六書的分類繁瑣蕪雜。漢字造字在前，六書理論產生在後，用六書來解釋漢字的構造，多有不通。對此作者不考慮改變六書之說，相反想方設法，曲爲之解，致使正例、變例極爲繁瑣蕪雜，幾令人無法卒讀。二、尋求許書的體例有失穿鑿。許慎作書，有本無深意者，王氏刻意求之，不免穿鑿附會。例如他說：「凡言『讀與某同』者，言其音同也；凡言『讀若某同』者，當是『讀若某』句絕，『同』字自爲一句，即是一字分隸兩部也。」（卷十一）事實上，王氏的這一說法在許書中例外太多，並不能成立。三、過信體例，臆改原文。許書雖有體例，但貫徹並不嚴格，要以不妨礙內容之闡述。王氏則往往臆改原文，以遷就體例。例如他認爲不成字就不會出現在許慎的說解中，而以爲《說文》「番」字下「田象其掌」一句爲後人所增，因爲「田非字」；「單」字下「從吅甲」，「甲」也是後人誤增，因爲「甲既非字，安得言從」？（卷十一）但是許慎說解中的非字現象頗多，修改過頻，恐非許氏原貌。此外，作者關於某些文字、金文的詮釋有誤，某些字音的判斷也不確，這些都是讀者應該注意的。

有關此書的研究著作有：胡樸安《中國文字學史》（商務印書館，一九三七年）、王力《中國語言學史》（山西人民出版社，一九八一年）。（易　林）

說文通訓定聲

〔清〕朱駿聲

《說文通訓定聲》，十八卷，附《柬韻》一卷、《說雅》十九篇、《古今韻準》一卷。清朱駿聲撰。成書於清道光十三年（一八三三）。初版刊於道光二十八年（一八四八），今有同治九年（一八七〇）刊本、光緒八年（一八八二）臨嘯閣續刻本、一九八四年中華書局標點影印本等。

朱駿聲（一七八八——一八五〇），字豐芑，號允倩，江蘇吳縣人。清代著名文字訓詁學家。十三歲通《說文解字》，十五歲爲諸生，師從錢大昕。錢氏奇其才，曾云：「吾衣鉢之傳，將在子矣。」（朱鏡蓉《說文通訓定聲跋》）嘉慶二十三年（一八一八）中舉，官黟縣訓導。於學無所不窺，擅詞章，精天文、數學，於文字訓詁之學尤傾其心力，爲清代《說文》四大家之一。畢生勤於著述，撰有《說文通訓定聲》、《夏小正補傳》、《經史答問》、《天算瑣記》、《六十四卦經解》、《離騷補注》、《小學識餘》、《歲星表》、《詩傳箋補》《春秋經傳旁通》、《大戴禮校正》、《論孟懸解》、《淮南書校正》、《數度衍約》、《軒岐至理》等近七十種，大多亡佚，現刊行的僅有《說文通訓定聲》十八卷和《傳經堂文集》十卷。生平史料見於其子朱孔彰《皇清敕授文林郎國子監博士銜揀選知縣揚州府學教授允倩府君行述》、《清史稿》四百八十一卷。

乾嘉時代，古音學的研究已很發達。錢大昕《說文答問》一書，以經典中的通假字來考證本字，段玉裁建立的「同聲必同部」的理論及王念孫分古韻爲二十一部的主張，對朱駿聲都有很大的影響。朱氏認爲不明「六書」則無從識字，不知古韻則「六書」也無從通曉，且《說文解字》和《爾雅》都略於轉注、假借，因而依照段玉裁「同聲必同部」的理論，並參考王念孫的古音學說，以聲爲經，以形爲緯，「專輯此書，以苴《說文》轉注、假借之隱略，以稽羣經子史用字之通融」（朱駿聲《上〈說文通訓定聲〉奏呈》）。

《說文通訓定聲》共十八卷。朱氏將《說文》中形聲字捨形取聲，共得一千一百三十七個聲符（朱氏稱爲「聲母」），歸納爲十八個韻部，一個韻部爲一卷。十八部的名稱取自《易經》卦名，依次爲：豐、升、臨、謙、頤、孚、小、需、豫、隨、解、履、泰、乾、屯、坤、鼎、壯。書前附有總目，每卷卷首附有檢字。全書之前另有：

一、關於「說文」、「通訓」、「定聲」、「轉注」、「假借」的闡述；

二、《凡例》，共二十一例；

三、《聲母千文》，將《說文》近一千個聲符字，「略依條理，乍次其母，倣梁周興嗣體，集爲四言」。

四、《說文六書爻列》，參考《說文》大徐本和小徐本，將書中所收字依六書分類。指事、象形、會意、形聲用許慎定義，轉注、假借則推翻許說，改用己說。

此外還有朱駿聲《上〈說文通訓定聲〉奏呈》、禮部關於此事的奏章、咸豐皇帝的批文、羅惇衍序、作者自敘、朱鏡蓉後敘及附文、謝增跋文。

此書體例如下：

一、每卷前有檢字目錄，卷目下用雙行小字注明對轉的入聲韻部（朱氏稱爲「分部」）情況及與其他韻部的旁轉關係（朱氏稱爲「轉」）。聲符字用方框標明，下列其孳衍字，有異體字（朱氏稱爲「旁注字」）的用小字標明。目錄末尾注明本卷所收字數，異體字及《說文》不錄之字（朱氏稱爲「附存字」）的數字用雙行小字注明。

二、正文卷目下用雙行小字注明本卷所收聲符數。另行低一格，用大字楷體注明每一聲符字下孳衍字字數，及「凡某之派皆衍某聲」，下用雙行小字注明反切。每一字上用小字旁書所屬的一百零六韻韻目，字下注有篆文。說解用雙行小字，對於其中的轉注、假借、別義等項均予以文字說明，並用方框標識。其中「重文有移置者」、「分爲正篆者」、「有正篆當爲重文者」、「皆下其字一格爲識」（《凡例》）。

三、卷末附存《說文》不收的字。每字下用雙行小字注明所出現的典籍。

此書說解的內容可分爲三個方面：

一、說文。主要立足於字形，說明其與字音、字義的關係，講解文字的本義。此部分以「宗許爲主，誼若隱略，間予發明，確有未安，乃參己意」（《凡例》，下同），即基本上以許慎的說解爲基礎予以補充發明及例證，重在釐訂歷代訛誤。所謂「說文」，實際上包括了六書中指事、象形、會意、形聲四類字，因「象形、指事謂之文，會意、形聲謂之字，但稱說文者，文可統字也」。此外「字有與本誼截然各別者，既無關於轉注，又難通以假借」，則定爲「別義」。別義包容了《說文》中的「一曰」，絕大部分屬於字的另一個本義。

二、通訓。着重說明字義的引申和假借。朱氏認爲「數字或同一訓，而一字必無數訓。其一字而數訓者，有所以通之也，通其所可通，則爲轉注；通其所不通，則爲假借」（《說文通訓定聲》卷首）。但此處的轉注、假借已非許慎所說的「建類一首，同意相受，考老是也」、「本無其字，依聲託事，令長是也」。朱氏認爲：

「轉注者，體不改造，引意相受，令長是也；假借者，本無其意，依聲託字，朋來是也。凡一意之貫注，因其可通而通之，爲轉注；一聲之近似，非其所有而有之，爲假借。」（《說文通訓定聲》卷首）因此朱氏的轉注，實質是指詞義的引申；假借則指同音通假。又認爲假借從聲音上分析，有同音、叠韻、雙聲、合音四種類型，從作用上分析則有同聲通寫字（同音通假）、託名標識字（專有名詞）、單辭形況字、重言形況字（叠音字）、連語（聯緜字）、助語之詞、發聲之詞等。此外古籍中凡以同音字爲訓者亦詳列於各字之下，標注爲「聲訓」。

三、定聲。主要用上古韻文的用韻證明字的古音。上古韻文限於先秦以前，凡同韻相押爲「古韻」，鄰韻相押（朱氏稱爲「雙聲」）爲「轉音」。所謂同韻、鄰韻，都是指朱氏的古韻十八部而言。

《說文通訓定聲》一書對於我國語言研究的貢獻有四：

一、擺脱字形束縛，採取韻部排列法，以便因聲求義，清楚地展示同聲符的形聲字之間和同韻部的文字之間的語義關係，使漢字研究進入了形、音、義相結合的階段。

二、突破了自許愼《說文解字》以來字義研究僅講本義的局限，認識到了引申義和假借義的重要性，揭示了詞的多義性和詞義的孳生發展事實，開始全面解釋詞義。

三、批判了許愼的轉注說和假借說，重新定義，自成一家之言。

四、搜集經史子集中的大量故訓並加以科學的研究，使之系統化。

《說文通訓定聲》的主要缺陷是：

一、認爲除專有名詞、叠音字、聯緜字外，凡假借都有本字。實則造字初期，文字較少，同音假借往往是本無其字，本字反而是後起的。例如作者以爲「或」字借爲域國義，本字爲「國」，「魚」字借爲打魚義，本字爲「漁」。事實上「國」字是後起的區別字，「漁」字的初義也還是魚，而不是打魚。朱氏之説與文字發展的歷史是不相符合的。

二、轉注、假借、別義、聲訓四者之間劃分標準不一，有交叉現象。例如「屋」字轉注欄引《周禮・司烜氏》：「邦若屋誅」，注：「謂夷三族」，並説字亦作「剭」，這就應該歸入假借。朱氏因爲《説文》不收「剭」，不好説「屋」是「剭」的假借，於是歸入轉注。又如作者以爲「能」字本義爲熊屬，有別義「三足鼈」。事實上，這裏的別義正是本無其字的假借。又如作者以爲「方」的本義爲幷船，而把《游天台山賦》「方解纓絡」歸爲聲訓。事實上「方解纓絡」之「方」，原注：「將也」，正是假借。

三、對《説文》修訂不盡妥當，關於「省聲」的説法尤多臆測。如「隶」字，《説文》：「及也，从又从尾省」，本來並不錯，朱氏改爲「尾省聲」，反不符合古文字史實。又如「宋」字，《説文》：「从宀从木，讀若送」，朱氏改爲「鬆省聲」，不知有何根據。

《説文通訓定聲》的校勘著作主要有朱孔彰《説文通訓定聲補遺》，研究著作主要有朱鏡蓉《〈説文通訓定聲〉後叙》附文、馬叙倫《説文解字研究法》、王力《中國語言學史》、胡樸安《中國文字學史》等書的有關內容。所論及的中心問題是：朱駿聲的轉注説及假借説正確與否，聲符系聯對語言學研究的影響及意義等。

（紀大慶）

說文字原

〔元〕周伯琦

《說文字原》，一卷，元周伯琦編注。成書於元至正九年（一三四九）。有明崇禎四年（一六三一）太監宋晉刊本、崇禎七年（一六三四）序十竹齋刊本、一九一七羅振玉《吉石盦叢書》影印微波榭影鈔元刊本、一九八六年臺灣商務印書館影印文淵閣四庫全書本。

周伯琦（一二九八——一三六九），字伯溫，號玉雪坡真逸，鄱陽（今江西省波陽縣）人。自幼隨父親游於京師，入國學，爲上舍生，成績優秀。泰定二年（一三二五）蔭授南海縣主簿，累遷翰林修撰。至正元年（一三四一）擢宣文閣授經郎，除崇文監丞，又以近臣而特命僉廣東廉訪司事。十二年（一三五二）除兵部侍郎，拜監察御史。二十四年（一三六四）以南臺御史致仕，歸鄱陽。明洪武二年（一三六九）卒。伯琦博學，工文章，而尤以篆、隸、真、草擅名當時，著有《說文字原》一卷、《六書正訛》五卷、《近光集》三卷、《扈從集》一卷等。事跡可參《元史》卷一百八十七、《七修類稿》卷三十七、《宋元學案補遺》卷九十二，以及《宋文憲公全集》卷三十一之《元故資政大夫江南諸道行御史臺侍御史周府君墓銘》。

《說文字原》是一本訂注《說文解字》部首以明造字本原的著作。《說文解字敘》云：「倉頡之初作書，蓋依類象形，故謂之文；其後形聲相益，即謂之字。字者，言孳乳而浸多也。」這種文字「孳乳」之説對後世影響很深。由於過去所能見到的較古的文字系統，只有《説文解字》所存的篆文，而《説文解字》又將所收録的九千三百五十三字分爲五百四十部，每部立一字爲部首，以統率部内之字，因此，學者多以爲這五百四十字就是文字製作之源，其餘的八千八百十三字都不過是從這個部首孳生而成的。這樣，學者們紛紛注意研究《説文》的部首。從唐代開始，還出現了單行抄録和研究《説文》部首的專書，如唐貞元五年（七八九）李騰纂《説文字原》一卷、後蜀林罕編《字源偏旁小説》三卷、宋代僧人夢英有《偏旁字源》，至清代有蔣和的《説文字原集注》等。周伯琦編注《説文字原》，也是基於這樣的認識。他在序言中説：「蓋文字之初，止此五百四十而已，餘字八千八百一十又三繫於各部者，胥此焉出。……先君汝南公研精書學餘四十年，嘗謂許氏之書，雖經李陽冰、徐鉉、鍇輩訓釋，猶恨牽於師傳，不能正其錯簡，强爲鑿説，紊然無叙，遂使學者昧於本原，六書之義鬱而不彰，苟非更定，何以垂世。伯琦……緬惟畫卦造書之義，參以歷代諸家之説，質以家庭所聞，未敢釐其全書，且以文字五百四十，定其次叙；撰述贊語，以著其説；復者删之，闕者補之；點畫音訓之訛者正之；字繫於文猶子之隨母也，分爲十又二章，以應十又二月之象；疏六書於下。於是許氏之學漸有可考，不待繙其全書而思過半矣。名之曰《説文字原》，留之家塾，以授蒙士，或小學之一助云。」這一段話，十分清楚地説明了他編注《説文字原》的緣由，以及該書的體例、内容和作用等。

此書卷首刊有宇文公諒至正十五年（一三五五）的叙、周伯琦至正九年（一三四九）的叙和《説文字原目録》。微波榭影鈔元刊本在正篇之前還刊有周伯琦的《叙贊》，在卷末還有吳當至正十二年（一三五二）所寫的《後叙》，其他本子則把這些内容删去了。

此書對《說文》部首所做的工作有以下幾個方面：

一、增删《說文》原有的部首。與《說文解字》的五百四十個部首相較，該書增入了「廿」、「亍」、「冃」、「毋」等十八部，删去了「蓐」、「辛」、「皕」、「鼓」等十八部。

二、改動《說文》部首的筆劃。如改「五」爲「×」、改「危」爲「𠂉」、改「畫」爲「画」、改「裘」爲「求」、改「禿」爲「兂」等等。

三、改變《說文》部首的原有次序，並分爲十二章。《說文》的五百四十個部首，據許慎的說法，其次序的安排是遵循「據形系聯」的原則，但後代的字書，大多改變了它的次第，即使承用《說文》部首次第的《說文繫傳》，其中專論《說文》部首排列之由的《部敘》一篇，也對其次序稍有改變。伯琦秉承家學，以爲大、小徐仍「牽於師傳，不能正其錯，强爲鑿說，紊然無叙」，所以他重新定其次序，自「一、二、三、丨、丄、四」等開始，至「子、𠫓、巳、孨、申、亥」結束，雖也是始「一」終「亥」，而且也遵循據形系聯、以類相從的原則以明輾轉孳生之義，但與《說文》部首的次序已不大相同了。另外，伯琦又根據其形義把這五百四十個文字分爲十二章，這樣，其類别就更清楚了。

四、根據六書原則對五百四十個文字的形、義作了解說，並用反切注明每個文字的音讀。在解釋之前，還先注明該字的楷體，有時還辨明該字俗書之誤，或隸化後的字形或孳生之字。如：

支，人之手足一體也。手足具曰四支，人身爲幹，手足爲支，竹木之支同。象形。章移切。别作「肢」、「枝」，並非。

亍，步止也，反彳爲亍，轉注。廚玉切。彳亍，小步之狀，俗作躑躅，非。

此書對《說文》部首的改動以及對本書各個文字的解說，或本《說文》，或出於己見，或取他人之說，頗有誤從、臆說之處。如他增加「爿」部，乃取李陽冰之說。而李氏之說，徐鍇在《說文繫傳》卷十一「牀」字注中早就駁斥過了，現伯琦從陽冰之說而增立爿部，實不足取。胡重曾批評此書說：「爿外加爿，匚中雜工，又指酉爲酒而別出丣部，以豈爲鼓而併刪鼓豈二部，此以意妄改而不足信也。」（《說文字原韻表引》）至於該書的解釋也是如此，如解「支」爲「人之手足一體……象形」，這與《說文》解爲「去竹之枝也，從手持半竹」相比，顯然遜色多了。但該書也並非沒有精到之處，如把「三」解爲「畫如其數」，比《說文》解爲「天、地、人之道也」顯然正確。而部首以「一、二、三」相次，也比《說文》以「一、丄、示、三」相次爲優。《四庫全書提要》說該書「推衍《說文》者半，參以己見者亦半，瑕瑜互見，通蔽相妨，不及張有《復古編》之精密，而亦不至如楊桓《六書統》之糅雜」。這樣的評介是較爲公允的。

該書於至正十五年（一三五五）刻成，曾名重一時，流傳頗廣。清代蔣和撰集《說文字原集注》，對該書曾多加採摭與辨正。（張　覺）

六書本義

〔明〕趙　謙

《六書本義》，十二卷，明趙謙撰。成書於洪武十一年（一三七八）。有一九八六年臺灣商務印書館影印文淵閣四庫全書本。

趙謙(一三五一——一三九五)，初名古則，字撝謙，號瓊臺外史，後更名謙。餘姚(今浙江餘姚縣)人。幼孤貧，寄食山寺，長游四方，與諸名人游，博究六經、諸子之學，尤精六書，時人稱爲考古先生。洪武十二年(一三七九)應聘至京師預修《洪武正韻》，持義不協，出爲中都國子監典簿。罷歸，不久又以薦召爲瓊山縣學教諭，二十八年(一三九五)卒於番禺(今廣州市南)，終年四十五歲。其著述側重於文字學，有《六書本義》十二卷、《聲音文字通》一百卷、《學範》六卷、《童蒙習句》一卷以及《考古文集》等。生平事跡見《明史》卷二百八十五、《明儒學案》卷四十三、《明人小傳》卷一、《國朝獻徵録》卷一百、《曝書亭集》卷六十四。

《六書本義》是一部以六書原則來解釋偏旁字以及字形結構較難理解的字的著作。

趙謙曾在《六書本義自序》中說明寫作此書的緣由。他認爲，自許慎著《説文》，「後世宗之，魏晉及唐能書者輩出，但攻乎點畫波折，逞其姿媚而文字破碎，然猶賴六經之篆未易。至天寶間，詔以隸法寫六經，於是其道盡廢。其有作興之者，如呂忱之《字林》、李陽冰之《刊定》、徐鉉之《集注》、徐鍇之《繫傳》、王安石之《字説》、張有之《復古編》、鄭漁仲之《六書略》、戴侗之《六書故》、楊桓之《六書統》、倪鏜之《六書類釋》、許謙之《假借論》、周伯琦之《正訛》之類，雖曰有功於世，然猶凡例不立，六義未確，終莫能明。……正書之不顯，俗書害之也；俗書之相仍，六義之不明也」。爲了正本清源，消除由於隸變、俗書所造成的漢字形體結構之義不明的弊端，他在早年就「研精覃思，折衷諸家之説，附以己見，僎集六書之義」，凡五易其稿，終於洪武十一年(一三七八)正月寫成《六書本義》一書。

此書首刊有《六書本義序》；次爲《凡例》，闡述該書的體例；次爲《六書本義綱領》，其中分爲《六書總論》、《象形論》、《指事論》、《會意論》、《諧聲論》、《假借論》、《轉注論》七篇，分別論述作者的六書理論；次爲《六書本義圖考》，有《天地自然河圖》、《虙戲始畫八卦爲文字祖圖》、《六書相生總圖》等十三幅，以標明文字之由來以及輾轉孳生之途。最後才是《六書本義》正文十二卷。

《六書本義綱領》中有關六書的理論，大多祖述前人之說，而又間附己見，其論述則較前人爲詳。如象形之說與鄭樵雷同；其指事之說則本張有而稍加詳；至其論會意，則綜合前人之說而又時抒己見，比前人詳密得多，其中「反體會意」、「省體會意」之說一直影響到清代的文字學家；其論諧聲，亦本之於前人而所論更加詳盡，其中論「三體四體」、「左定意而右諧聲」、「右定意而左諧聲」等等，雖本之唐人，但集而爲例，也足資參考。至於其論假借、轉注，雖頗多可商，然亦有精到之處，如以「老」爲會意字、以「考」爲形聲字，雖不必視爲定論，亦當重視其說。總之，他的《六書本義綱領》繼承、揚棄了古代的六書理論，條分縷析，豐富了傳統的文字學理論，可供研究六書者參考。至於《六書本義圖考》諸圖，或祖述鄭樵之說，或出於其苦心構思，雖欲以簡明取勝，然不通其六書理論者殊不易曉，甚有欲速不達之弊。

《六書本義》正文十二卷，分爲十篇：數位篇、天文篇、理篇、人物篇（分上、中、下三卷）、草木篇、蟲獸篇、飲食篇、服飾篇、宮室篇、器用篇。全書共解釋文字一千三百個。這些文字根據其形體結構，大致可分爲兩類：一類是偏旁字，即該書之所謂能生字之「母」；一類是形體結構之義比較隱晦的由偏旁字孳生的文字。作者對《說文》的部首作了改造，刪其不能生者，增其能生字而舊無有者，定孳生文字之母（偏旁字）爲三百六十，立以爲部首，以統率一萬多漢字。在每部之下，除了用六書理論解釋形體結構較隱晦的字外，還注明該部共統領多少字。如「人部第五十八」下注明：「凡二百八十一字。」但《六書本義》只解釋了「人」、「兒」、

「身」、「先」等四十個較難理解的字，至於其他形體結構容易理解的字便不在本書論述，而另以《聲音文字通》一書加以解釋。對於每字之解釋，一般先列出其楷體；然後用反切法標明其音讀；再解說其意義，必要時還引用古籍來證明其義；然後以六書理論來分析該字的字形結構，以明造字之本義；必要時再列出俗書、辨正誤字。此外，有時還列出各字的假借和轉注情況。如：

百：博陌切，十十也，從一至百之意，白聲，古作百，俗用「伯」(《孟》：「什伯。」)、「佰」。轉：莫白切，勵也。《左傳》：「距躍三百。」　(卷一・一部)

云：于分切，山川之氣成雨者，從二云在天上意，下象氣轉形，古作[illegible]，亦從雨作雲。借：言也，又友也。《詩》：「昏因孔云。」　(卷一・二部)

臯：居勞切，引聲之言，從自，聲氣所從出處，本聲。作「臯」，非。借：澤厂也，又與纘櫜同，又與磬同。又與嘷同。　(卷五・自部)

器：去冀切，皿也，象四器從犬以守之意。作「噐」、「器」，非。　(卷八・犬部)

爲：于嬀切，母猴也，上從爪，下從反爪，定意。中象其腹，下象攣拳形。借：造作也。轉：去聲，所以也，又助也。　(卷八・爪部)

由此可見，此書的解釋多取自前人，有正確處，也難免失誤。如「皋」字，《說文》諸書皆從「白」從「本」，而此書却誤以「白」爲「自」。再如「爲」字之說，亦誤從《說文》。此外，該書對《說文》部首的改造，《四庫全書提要》也指出了很多不妥當的地方，其言云：「若《說文》『畕』字爲一部，以『畺』字爲子，而摀謙則併入田部；《說文》『包』字爲一部，以『胞』、『匏』爲子，而摀謙則併入勹部；《說文》『兹』字爲一部，以『幾』、『幽』字爲子，而撝謙則併入幺部：凡若此類，以母生子，雖不過一二，而未嘗無所生之子，與《凡例》所云不能生者不同，乃一概併之，似爲未當。又若《說文》儿部，儿讀若人，『充』、『兑』諸字從之，與『人』字異體，而撝謙則併入人部，……則於字體尤舛。」這些指責有可取之處，但作者之併合也並非皆誤。該書對於各字的形體結構，辨別頗爲詳晰，在學習與研究漢字形體結構時，還是值得參考的。該書問世後，尚無深入研究者，僅清代蔣和作《說文字原集注》，對該書略加採摭與辨正，故閱讀此書，也可參考蔣氏之作。（張　覺）

名原

〔清〕孫詒讓

《名原》，二卷，清孫詒讓著。成於光緒三十一年（一九〇五）。版本有清末孫氏家刻本、民國上海掃葉山房影印本、一九八六年齊魯書社影印戴家祥校點本。

孫詒讓（一八四八——一九〇八），清代經學家兼文字訓詁學家，字仲容，晚號籀廎，浙江省瑞安市人。其父太僕公衣言以翰林起家，詩、古文雄傑一時。詒讓少承家學，好六藝古文，同治六年（一八六七）舉浙江鄉試，報捐刑部主事，後五赴禮闈未第，遂淡於仕進，一意古學，家居著述。晚年，曾主溫州師範學堂，任浙江教育會會長。光緒二十九年（一九〇三）朝廷以經濟特科徵，不赴。光緒三十四年（一九〇八），禮部奏徵爲禮學館總纂，亦不赴。五月，病中風而卒。治學兼包錢大昕、段玉裁、金榜、王念孫四家，其明大義、鈎深窮高，幾駕四家之上，巍然爲有清三百年樸學之殿。所著有《周禮正義》、《墨子閒詁》、《契文舉例》、《名原》、《古籀拾遺》、《古籀餘論》、《札迻》、《周書斠補》、《大戴記斠補》、《尚書駢枝》、《述林》、《六厤甄微》、《大篆沿革考》、《九旗古誼述》、《溫州經籍志》等等。其中大多已刊行，未刊之遺書今藏杭州大學。生平事跡見《清儒學案小傳・籀廎學案》、《清代樸學大師列傳》、《清史稿》卷四百八十二、《碑傳集補》卷四十一、《孫詒讓年譜》等。

孫氏既潛心於金文、甲骨文，又惜倉頡所造舊文不可復覩，故欲以商、周文字展轉變易之跡，上推書契之初軌，因略摭金文、甲骨文、石鼓文、貴州紅巖古刻，與《說文》古、籀互相勘校，揭其歧異，會最比屬，以明古文、大小篆沿革省變之原，成《名原》二卷。

此書除叙文外，分上、下二卷，共七篇。書首爲孫氏光緒三十一年（一九〇五）十一月叙，叙述其寫作《名原》之緣由、所據材料及大致體例，同時亦闡發了他對於古文字原始形體變化的看法。其言曰：「書契初興，形必至簡。逮其後，品物衆而情僞滋，簡將不周於用，則增益分析而漸繁。其最後，文極而敝，苟趣急就，則孏務消多，故復減損而反諸簡。其更迭嬗易之爲，率本於自然。而或厭同耆異，或襲非成是，積久承用，皆爲科律，故歷年益遠，則譌變益衆。」「通校古文、大小篆，大氐象形字與畫繢通，隨體詰詘，譌變最多；指事字次之；會意、形聲字，則子母相檢，沿譌頗尠。」此皆作者經驗之談，值得重視。

上卷共三篇。第一篇《原始數名》，探尋數字「一」至「十」的原始寫法及其變遷，兼及「貳」等古文字之考釋。第二篇《古章原象》，探求古代服章之初文。據《夏書・益稷》，古以日、月、星辰、山、龍、華蟲、宗彝、藻、火、粉米、黼、黻爲天子服飾圖案之十二章，認爲「古文字與畫繢同原」，「十二章亦原始象形文字也」。此篇除述及「日」、「月」、「星」、「山」、「龍」、「藻」外，對「黼」、「黻」、「火」、「米」諸字之原始形體及其變體作了詳細的探討。第三篇《象形原始》，探求原始之象形字。作者將象形字之演變分爲三個階段：其初製，全同繪畫，此原始象形字；後或改文就質，或删繁成簡，此爲省變象形字；最後整齊之，以就篆體，爲後定象形字，《説文》所載是也。此篇尋文討義，参互鈎核，對甲骨文、金文中之象形字作了考釋，以見原始象形字之面貌；更以省變、後定之象形字，稽考異同，以推究其先後流變之跡。

下卷包括其餘四篇。第四篇《古籒撰異》，探討古文、籒文之訛變。蓋因古文、籒文於周、秦間屢經變亂，多失其本旨，許慎已不能盡釋；而《説文》所録古、籒重文，又經後人傳寫臆改，其弊尤夥。此篇以金文、甲骨文校核《説文》所載古、籒，指出其舛誤、辨正其異旨，以求近古之形，以明訛變之跡。第五篇《轉注揭櫫》，論述以形符轉注字旁以揭示其義類的轉注造字法。作者認爲，製字之初，字數尚少，凡名稱未有專用字表示的，則依其義類，詁注其旁，以揭示其義，其後遞相沿襲，遂成正字，此轉注之所以成字也。故凡形聲併合之字，無不兼轉注。如「江」、「河」即注「水」於「工」、「可」之旁以成字者。轉注法以形明義，其例廣無畔岸，故古文偏旁，多任意變易、增益。此篇略舉金文中之轉注字，説明注文以相揭示之造字法，以期推而廣之，而識奇詭而不載字書之文字。此篇所釋，皆奇詭而罕見之字。第六篇《奇字發微》，考釋金文、甲骨文中形體奇異之字。蓋金文、甲骨文多形體奇異之字，考釋家或率從蓋闕，或强以他字傅會之，然悉心推校，其形義可説者尚多，此篇略摭金文、甲骨文與《説文》殊異而合於字例者，詳加考釋。第七篇《説文補闕》，補充《説文》遺闕之字。蓋自金文、甲骨文發現，古文繁出，許多習見之字，《説文》咸未甄録。此篇就新考定之古文，甄其形聲塙可推繹、合於經詁之例者，略舉以補《說文》之遺漏。

自來小學之證經釋字，率奉《說文》爲職志，孫氏鈎深窮高，以甲骨文、金文輾轉變易之跡，上推書契之初軌，補正《說文》之訛闕，其志則大，其事則難。其論雖未能全備，也不無臆想誤測，然總而觀之，則其論可取者多，其方法、體例，亦開古文字學研究之新路，所以爲後世所重。

《名原》成於作者之晚年，作者故世後，其弟季芃倉卒付梓，寫官既不知古文，校者又以不識篆、籀、金文而闕之，故初刻本不僅有訛、倒、衍、奇，且墨丁滿紙，難以卒讀。一九二二年，戴家祥得孫氏猶子孫苹農所傳校補本，後又過録馬衡所校，補正其訛闕數百字。一九八六年齊魯書社影印出版了戴氏之校點本，《名原》一書始得完備。其校點雖未盡善，如《叙》第一頁「而叵復識別况」，「况」字實應從下讀；「古文有「截市」，實應標爲「古文有「截市」」。但其校點，大有功於《名原》則無疑義。戴氏又撰《斠點〈名原〉書後》一篇附印於書末，所述《名原》之成書、流傳及校點情況甚詳，可供參閱。（張　覺）

急就篇

〔漢〕史　游

《急就篇》，四卷。又名《急就章》。西漢史游撰。此書盛行於魏晉六朝，吴皇象、魏鍾繇、晉衛夫人、王羲之等人都有寫本。以後唐顏師古又加以整理，宋王應麟加以補釋。現存《急就篇》唐顏師古注、宋王應麟補注本有明胡文煥格致叢書本、明毛氏汲古閣津逮秘書本、清天壤閣叢書本等；皇象本有明楊政據宋葉夢得刻本摹刻本、宋太宗趙炅臨摹本、元趙孟頫臨摹本、宋克臨摹本等。

史游，生卒年不詳，漢元帝時（前四八——前三三）人，曾任黃門令。漢繼秦興，稍開書禁，兼重字學。漢武帝時司馬相如作《凡將篇》，「俾效書寫，多所載述，務適時要」。史游「景慕，擬而廣之」，乃作《急就篇》。

《急就篇》是以七言爲主，雜以三言、四言的雜言體韻文。取篇首「急就」二字作爲篇名。宋晁公武釋其名云：「急就者，謂字之難知者，緩急可就而求焉。」（《郡齋讀書志》）起首五句「急就奇觚與衆異，羅列諸物名姓字，分別部居不雜廁，用日約少誠快意，勉力務之必有喜」，開宗明義道出了本書是一本將常用詞語按門類編排的速成識字課本。

《急就篇》分姓氏名字、器用百物、政治職官三類，將有關常用詞語編成韻語，以使學童記誦。第一部分列舉了一百三十二個姓，姓後加一些漢人常用作名字的詞或一些常用字編成姓名形式。如「宋延年、鄭子方、衛益壽、史步昌、周千秋、趙孺卿、爰展世、高辟兵」等。

第二部分是器用百物的常用詞。依次介紹了錦繡、顏色、商賈、飲食、衣服、社會階層、日用器具、蟲魚、服飾、音樂、形體、兵器、車馬、宮室、植物、動物、醫藥、喪葬等各個門類的詞語。如飲食類「稻黍秫稷粟麻秔，餅餌麥飯甘豆羹，葵韭葱䪥蓼蘇薑，蕪荑鹽豉醯酢醬」等等；衣服類「袍襦表裏曲領帬，襜褕袷複褶袴褌，襌衣蔽膝布母縛，鍼縷補縫綻紩緣」等等。

第三部分是有關政治職官方面的知識。如「宦學諷詩孝經論，春秋尚書律令文，治禮掌故砥礪身，智能通達多意聞。名顯絶殊異等倫，抽擢推舉白黑分，迹行上究爲貴人，丞相御史郎中君」等。最後用四字句形式歌頌漢代盛世以告結束，如「漢地廣大，無不容盛，萬方來朝，臣妾使令，邊境無事，中國安寧」。全篇不論是七言、三言或四言，均合韻，讀來琅琅上口，頗便誦記。《急就篇》是漢代留存至今的唯一完整的識字課本，同時它又是比較完整的漢代常用詞匯的原始資料，可供研究詞匯之用。

《急就篇》作於漢元帝時，當時即被重視，元帝、成帝時被列入秘府。其後盛行於魏晉六朝，當時的書法家多以草書寫之，以作楷範，如吴國皇象、魏國鍾繇、晉衛夫人、王羲之均有寫本行世。同時後魏崔浩、劉芳、北齊顔之推、隋曹壽爲之作注。至唐顔師古感時代遷革，傳寫湮訛，《急就篇》已非原貌，而「蓬門野賤，窮鄉幼學，遞相承稟，猶競習之，既無良師，祗增僻謬」（《急就篇注叙》），遂取前賢所書各本，校核審定爲三十二章，並解訓正音，以求原義。宋王應麟又在顔本的基礎上，「補其遺闕，擇衆本之善，訂三寫之差，以經史諸子探其原，以《爾雅》、《方言》、《本草》辯其物，以《詩傳》、《楚辭》叶聲韻，以《説文》、《廣韻》正音詁。」《急就篇補注跋》）並因端拱二年（九八九年）宋太宗趙炅所書《急就篇》有東漢人所續二章，遂附文末並釋其義。有清一代，對《急就篇》進行考證校勘的有鈕樹玉《校定皇象本急就章（附考證、音略及音略考證）》、孫星衍《急就章考異》、高二適《新定急就章及考證》等。

（吴旭民）

玉篇

〔南朝〕顧野王

《玉篇》，三十卷。南朝顧野王撰。成書於梁大同九年(五四三)。此書有原本與今本之別，原本是指清光緒年間，黎庶昌出使日本時所發現的唐代抄本散卷，和羅振玉在日本所發現的《玉篇》殘卷，黎本收入《古逸叢書》中，題爲「影舊鈔卷子原本玉篇零卷」，羅本題爲「卷子本玉篇殘卷」。一九八四年中華書局將這兩種本子合併影印，題爲《原本玉篇殘卷》。今本是指宋代大中祥符六年(一〇一三)陳彭年等奉敕重修的《大廣益會玉篇》，現有清張士俊澤存堂和曹寅揚州詩局所刻汲古閣藏宋刊本，以及《四部叢刊》影印建德周氏所藏元刊本。張氏澤存堂本又有一九八三年北京市中國書店影印本(題爲「宋本玉篇」)和一九八七年中華書局影印本(題爲「大廣益會玉篇」)。原本《玉篇》對於了解顧野王書的原貌具有極其重要的價值，惜其只存全書的八分之一，無法見其全貌。今本《玉篇》爲全帙，其宋本在注音、釋義和書證方面都較元本爲善，但兩書比起原本來均有較多删削，同時兩書卷末都附有僧神珙的《四聲五音九弄反紐圖》，元本卷首還附有《切字要法》，這些顯然是唐末宋初添加的。目前一般通行的是張氏澤存堂所刻的宋本。

顧野王(五一九——五八一)，字希馮，南朝吳郡吳(今江蘇蘇州)人。幼年好學，長而博觀經史著作，凡天文地理、著龜占候、蟲篆奇字，無所不通。又善丹青，與王褒書詞同稱「二絶」。侯景之亂爆發，在家鄉招募義軍，奮起援救建康。梁亡入陳，於陳文帝天嘉元年補撰史博士，屢官至黃門侍郎、光祿卿。平生著述甚多，除《玉篇》外，尚有《輿地志》三十卷、《符瑞圖》十卷、《顧氏譜傳》十卷、《分野樞要》一卷、《續洞冥記》一卷、《玄象表》一卷等，另有《通史要略》一百卷、《國史紀傳》二百卷，均未成而卒。

顧氏撰寫《玉篇》的目的，是因爲他認爲文字在人類社會中具有重要的作用，所謂「文遺百代，則禮樂可知；驛宣萬里，則心言可述」（《玉篇》序），用現代的話來説，就是文字可以克服語言交際在時間和空間的局限。他指出，正確使用文字，可以「鑒水鏡於往謨，遺元龜於今體，仰瞻景行，式備昔文，戒愼荒邪，用存古典」，從而達到「百官以治，萬民以察」的境界。但是當時語言文字在實際使用中却十分混亂，所謂「五典三墳，競開異義；六書八體，今古殊形；或字各而訓同，或文均而釋異；百家所談，差互不少；字書卷軸，舛錯尤多」（同上），這種情形對於當時的語言交際顯然是有害的。有鑒於此，顧氏決心「總會衆篇，校讎羣籍，以成一家之制」，經過長期的努力，他終於在二十五歲的時候，完成了《玉篇》一書。

從宋本《玉篇》來看，顧氏此書的體例有以下特點：

一、以楷書漢字爲收字對象。我國第一部字典《説文解字》是以小篆漢字爲收字對象的。《説文》以後的字書，魏有張揖《古今字詁》，晉有呂忱《字林》，北魏有江式《古今文字》等，都是以篆隸漢字爲收字的對象。《玉篇》異於上述各篇，是我國現存最早的以楷書爲收字對象的字典。全書收字二萬二千多，其中大量收有魏晉以來的後起字、異體字，反映了當時社會迅速發展，語言日益豐富，漢字大量增加和文字形體變換的大勢。

二、改革傳統的部首系統。《玉篇》基本上採用了《説文》的部首，但由於漢字形體從篆隸到楷書的變化，作者删去了原有的「哭、眉、后、弦」等十部，而新增了「父、兆、索、單、丈」等十二部，又《説文》「書」在「聿」部，《玉篇》立「書」爲一部，而併「畫」部入「書」部。這樣全書共五百四十二部。同時，部首的排列順序也大都作了改動，既不再像《説文》那樣以「據形系聯」爲原則，而往往改取「以義相從」的原則。例如卷二十三收有「馬、牛、羊、犬、豕、獸、鹿」等二十九部，這些部首全屬獸類，而在《説文》中，它們往往分屬多處。《玉篇》這種「以義相從」的辦法對於不懂六書的讀者來説，在檢索時有一定的便利。不過此書貫徹這一原則並不徹底。例如其「二、三」兩部不與數目字部相次，「丸」部又雜在「九、十」兩部之間，似乎又屬以形系聯。

三、注音以反切爲主、偶用直音。例如：「聞，武云切。《説文》云，知聲也。《書》云，予聞如何。又音問。」「祿，音鹿。賞賜也，又福祿也。」《説文》的注音或以「某聲」表示，或以「讀若某」表示，這是很不精確的。《玉篇》能够採用當時新興的反切注音，是學術上進步的表現，同時也更有利於實用。又《玉篇》對於一字兩讀而釋義相同者，注音不分立，如：「佃，同年、同見二切，作田也」；如果一字兩讀而釋義各異，則注音必分立，如：「調，徒聊切，和合也；又大弔切，選調也。」這樣處理不僅反映了當時漢語詞義的分化情形，而且反映了我國古代詞典編纂法的進步。

四、釋義比較詳細。《説文》的釋義主要是分析漢字字形，探明漢字本義；《玉篇》則大多不再分析字形，而把重點放在詮釋詞義上。這種做法顯然是爲了實用，因爲一般人翻檢字書，主要是了解字音和詞義，字形構成和造字本義並不是必須知道的。此書解釋詞義，往往增釋引申義和假借義。例如：

夫，甫俱切。《説文》云：丈夫，從一大，一以像簪，周制八寸爲尺，十尺爲丈，人長八尺，故曰丈夫。又夫三爲屋，一家田爲一夫也。又音扶，語助也。

這裏「一家田爲一夫」，指周代井田制以百畝爲夫，是「夫」的引申義，而語助詞又是「夫」的假借義。此書解釋詞義，又往往列有書證，如「值，《詩》云：『值其鷺羽』，值，持也」，有時還加上作者的案語，例如：

縣，《説文》云：倒首也，賈侍中曰，謂斷首倒縣也。野王謂，縣首於木上竿頭，以肆大罪，秦刑也。

《玉篇》的這些做法，較之《説文》都有很大進步。

五、卷末附有《分毫字樣》。這是將一對一對形體相似的字排列在一起，分別注音釋義，以供人們辨别。例如：

袖　上似祐反，衣袖。　　帷　上於眉反，帷幔。
柚　下餘救反，果也。　　惟　下以隹反，辭也。

從以上體例特點可以看出，《玉篇》在適應漢語的發展，注重實用，以及豐富詞書編纂法等方面都取得了重要的成就，同時，它對於漢語語音史、詞匯史的研究，也有重要的價值。

當然，宋本《玉篇》的編製比之《説文》雖有進步，但總的來説，仍然十分簡單，而顧氏在其序言中所謂「總會衆篇，校讎羣籍」這一宗旨却並未得到反映。據《梁書·蕭子顯傳》所附《蕭愷傳》云：「先是時太學博士顧野王奉令撰《玉篇》，太宗嫌其詳略未當，以愷博學，於文學尤善，使更與學士删改」，可知《玉篇》早在誕生之初就已遭人删改。以後唐高宗上元元年（六七四）又經孫强修訂增字，宋真宗大中祥六年（一〇一三）又經陳彭年等重修，因此今本《玉篇》實在遠非顧書原貌，顧書原貌當在原本《玉篇》中窺見。

原本《玉篇》零卷是黎庶昌出使日本東京時，在日本人柏木探古那兒發現的。此書從言部至幸部共二十三部爲一卷，即原書第九卷；從放部至方部共十二部爲一卷，即原書第十八卷後半；水部一卷，即原書

第十九卷，從系部至索部共七部爲一卷，即原書第二十七卷，再加上日本高山寺東大寺崇蘭館和佐佐木宗四郎所藏的兩卷（從冊部至欠部共五部爲一卷，即原書第九卷部分；從山部至厽部共十四部爲一卷，即原書第二十二卷），共計四卷半，二千一百三十四個字頭，約爲原書的八分之一。這些零卷釋義完備，書證豐富，詞義不明時還有顧氏的案語，頗合顧氏「總會衆篇，校讎羣籍」之旨；同時，書中反切均作「某某反」，亦合於唐代字書體例，可見這些零卷至遲是唐代或接近於唐代的抄本，而黎庶昌、楊守敬和李慈銘等都確認爲顧氏原本。

根據《玉篇》零卷，我們可以發現原本《玉篇》比之今本，不但收字要多，例如車部多七十三字，舟部多四十六字，系部多一百零三字，而且釋義極爲豐富完整。例如「平」字條：

今本《玉篇》：「平，皮並切。成也，正也，齊等也，和也，易也，直也，舒也，均也。」

原本《玉篇》：「平，皮兵反。《尚書》：平秩東作，孔安國曰：平，均也。又曰：地平天成，孔安國曰：水治曰清，土治曰平。野王案：《毛詩》原野既平，是也。又曰：王道平平，孔安國曰：平平，辨治也。野王案：《毛詩》平平左右，是也。《周禮·大司馬》：以佐王平邦國。野王案：《穀梁傳》：平者，成也。又曰：軍旅田獵平野民，鄭玄曰：平謂正其行列部伍也。《毛詩》：喪亂既平，箋云：平猶正也。又曰：終和且平，傳曰：平，齊等也。又曰：平王之孫，傳曰：平，正也。《左傳》：平戎於晉，杜預曰：平，和也。又曰：鄭人來渝平，杜預曰：和而不盟曰平。《爾雅》：平，易日也，郭璞曰：謂易宜也。《漢書》：升平可致，張晏曰：民有三年之儲曰升平。又曰：餘三年食，進業再登曰平，餘六年食，三登曰太平。《說文》：語平舒也。《謚法》：佈維行紀曰平，治而不眚曰平，執事有制曰平，附不黨、疏不遺，曰平也。」

由此可見，原本《玉篇》確實釋義完備，書證豐富，爲今本所無法比擬。

由於《玉篇》零卷確實是顧氏原本，由於《玉篇》所處的時代正是漢語發生重大變化的年代，因此，原本《玉篇》有以下幾點重要的價值：

一、由原本《玉篇》可以考見我國詞書學的發展情況。從上述舉例，可以認爲《玉篇》已是大型詞典的編法，比之《說文》，無疑是一大飛躍。後代大型詞典如《字彙》、《康熙字典》等，其雛形在此書中已經形成。

二、原本《玉篇》引證古書達五十三種，注釋十七家，其中最早的有《尚書》、《周易》、《毛詩》、《論語》等，最晚的有成書於晉泰始十年的《諸葛亮傳》和晉張隱的《文士傳》，這些正可以作爲考校古書的根據。例如《說文》：「誣，加也」，段玉裁《說文解字注》認爲當作：「誣，加言也」，因爲「加言也，架言也。古無『架』字，以『加』爲之。……云加言者，謂憑空構架。」原本《玉篇》正作「《說文》：加言也」，證實了段氏的判斷。又如《說文》：「謈，大呼自勉也」，段玉裁認爲當作「大呼自冤」，原本《玉篇》正作「《說文》：大呼也，自冤也」，又證實了段氏的判斷。

三、今本《玉篇》的反切已經後人改動，而原本《玉篇》的反切則古貌猶存，可以用作音韻學的考證材料。例如《廣韻》的船母字，《玉篇》全以禪母字爲切：

例字	船	食	繩	謚
《廣韻》反切	食川	乘力	食陵	食志
《玉篇》反切	時專	是力	視升	時志

《廣韻》的從母字，《玉篇》又大多以邪母字爲切：

例字	繒	鬵	曹	絕
《廣韻》反切	疾陵	疾資	昨勞	情雪
《玉篇》反切	似登	徐黎	似勞	似悅

這反映了：《玉篇》音系中船、禪兩母不分，從、邪兩母不分。《顏氏家訓・音辭篇》云：「南人以『錢』爲『涎』，以『石』爲『射』，以『賤』爲『羨』，以『是』爲『舐』。」顏之推批評南方方言船、禪不分，從、邪不分，正與《玉篇》相合。

四、原本《玉篇》又是研究古漢語文字、訓詁的極好材料。例如：

湯，耻郎反。《論語》：見不善如探湯。野王案：《說文》：熱水也。《公羊傳》：邴者何？鄭之湯沐邑也。野王案：所以給沐浴也。《廣雅》：湯，爚也。野王案：殷之始王號湯，《尚書》湯既勝夏，是也。張晏注《史記》：禹、湯皆字也，二王大唐虞之文，從高陽之質，故皆以爲號。《謚法》：除虐去殘曰湯。又音託浪反。《毛詩》：子之湯兮，傳曰：湯，蕩也，箋云：游蕩無所不爲也。《論語》：羿善射，奡湯舟，孔安國曰：奡多力，能陸地行舟也。野王案：決野相當力亦曰湯，《魏志》欲決圍湯出，是也，今軍書有擊賊出湯。又音始楊反。《尚書》：湯湯洪水，孔安國曰：流皃也。《毛詩》：淇水湯湯，傳曰：水盛，又曰：汶水湯湯，傳曰：大皃也。

根據此條釋義，我們在文字、訓詁上至少可以知道這幾點：一、殷之始王號湯，乃是取義於「爚」，即取義於

「光明」；二、《史記·殷本紀》「子天乙立，是爲成湯」，集解引張晏曰：「禹、湯皆字也，二王去唐虞之文」，「去」字不詞，當從《玉篇》爲「大」；三、「湯舟」，今本《論語》作「盪」，當是後起字；四、作爲衝殺義的「湯」，《康熙字典》、《經籍籑詁》和《辭源》均失收，《辭源》修訂本在「盪」下立衝殺義項，引《晉書》爲證，《晉書》遲出，當改在「湯」下立衝殺義，並引《魏志》書證爲善。

研究《玉篇》的著作主要有：胡樸安《中國文字學史》（商務印書館，一九三七年版）、周祖謨《問學集》（中華書局，一九六六年版）等。（楊劍橋）

干禄字書

〔唐〕顏元孫

《干禄字書》，一卷。唐顏元孫撰。

顏元孫，字聿修，生卒年月未詳，當是唐武后時人，籍貫萬年（今陝西長安）。元孫係顏師古四世從孫，垂拱初年（六八五）登進士第，歷仕長安尉、太子舍人、滁沂濠三州刺史，贈秘書監。

本書是刊正漢字字形的書，目的在於給爲官和應試者提供文字的正確寫法，故書名爲《干禄字書》。書前有自序一篇，叙述編撰本書的緣由和體例等。顏師古在唐太宗貞觀年間任秘書監時，曾爲刊正經籍，擬定校勘楷書的標準字體。流傳之中，被人稱爲《顏氏字様》。後來又有學士杜延業繼承其事，撰成《羣書新定字様》一書，字數雖然有所增加，但是缺乏條理，應收的未收，已收的也有欠正確的，難以作爲依據。作者在上述兩書基礎上參校是非，較量同異，編輯此書，用以辨正楷書的筆畫寫法。唐大曆九年（七七四）作者的姪子顏真卿任湖州刺史時，寫録此書，刻之於石，稱爲「湖本」。南宋初宇文時中復摹刻於蜀中，稱爲「蜀本」。今湖本已不存，蜀本僅存。原石今在四川省三台縣，有明代《夷門廣牘》石拓本刻本。宋代陳蘭孫曾據湖本刊刻，清代馬曰璐又據以翻刻，《四庫全書》本據此與蜀本互校，補闕改訛多處。

本書所收文字以平上去入四聲爲綱，同聲又分韻編排，共分二百零六韻，次第與《廣韻》略有不同。對每一個字皆儘可能列出俗、通、正三種字體，有的字只有兩種字體的，就列兩種，頗爲詳核。字目之後一般只指出所屬字體，如「飜，翻，上通下正」、「餚、肴，上俗下正」、「㫖、旨、旨，上俗中通下正」。間或也略加注音釋義，如「竝、竝，上通下正，亦音蒲猛反」、「蒸、烝，上衆也，火氣，亦祭名，今並通用上字」。對形體近似，易至混淆的字，並列在一起，加以辨釋，如「崖、涯，上山崖，下水際，亦音儀」、「彫、凋，上彫飾，下凋落」。對偏旁相同的字，只收一個例字，加注「他皆倣此」或「諸同聲音皆準此」等，如「灰、灰，臺、臺，囬、回，並上俗下正，諸字有從回者，並準此」。

作者認爲俗、通、正三體各有所用，俗體較淺近，可用於書寫户籍、帳簿、文案、券契、藥方，通體相承久遠，可用於表奏、牋啓、尺牘、判狀；正體有所憑據，可以用於著述、作文、對策、碑碣等。持論十分通達。

漢字從篆字演變爲隸書，後又行楷書，加以草書變化，漢字筆畫形體漸至紛歧，令一般寫字的人莫衷一是。顏元孫作《干禄字書》有助於漢字楷書的規範化。此書又收録不少當時已通行的簡化字，如床、枭等，有助於研究漢字形體變化。作者收字不以復古搜奇爲目的，判別俗、通、正三體的標準頗爲客觀，能反映當時文字使用的實際情況。所以此書在當時也是一本有實用價值的識字和正字字典。全書間或也有失誤之處，如云「貌正皃通」，實則「皃」是古「貌」字。有關參考書有：段玉裁《書干祿字書後》（載《經韻樓集》卷七）、周祖謨《干祿字書之湖本和蜀本》（載《問學集》，中華書局，一九六六年）。（游汝傑）

五經文字

〔唐〕張參

《五經文字》，上、中、下三卷。唐張參撰。成書於唐代宗大曆十一年（七七六）。清乾隆五年（一七四〇）揚州馬曰璐據宋拓唐石經本重刻，爲《四庫全書》等現行版本之祖。其中《後知不足齋叢書》本字大清晰，《叢書集成初編》本常見。

張參，新、舊《唐書》無傳，生卒年無明確記載。據今人邵榮芬考證，約生於唐開元二年（七一四），卒於貞元二年（七八六）。《四庫全書提要》說張參「里貫未詳」。《新唐書·宰相世系表》「淮間張氏」下有張參名，若是此人，則張參當爲漢常山景王張耳的後裔，祖籍河間鄚縣（今河北省）。清顧炎武《日知録》說他家實際上住涇州（今甘肅涇川縣）。清朱彝尊《〈五經文字〉跋》說：「《孟浩然集》有『送張參明經舉覲省詩』，《錢起集》有「送張參及第還家作」，而郎官石柱題名，參曾入司封員外郎之列，蓋參在開元天寶間舉明經，至大曆初佐司封郎，尋授國子司業者也。」從他人傳記等史料中，尚可考見張參的零星事跡。如：《唐書・李勉傳》有張參入李勉幕且爲李勉所重的記載，《唐書・常袞傳》有張參不阿近貴的記載，《河南少尹李華墓志銘》有張參是其舅、有大名的記載，等等。

六朝以來，因戰亂、割據，「世易風移，文字改變，篆形謬錯，隸體失真」（北魏江式語）。儒家經典也失去了規範，直接影響了社會文化生活。唐天寶十年夏，有司言經典不正，取捨無準，朝廷詔儒官校定經本（《封氏聞見記》）。張參受詔與二三儒者分經鉤考，辨齊魯之音，考古今之字，詳定五經，書於太學講論堂東西之屋壁。對字帶或體、音非一讀的部分，以硃筆發其旁。考慮到歲月滋久，官曹代易，儻復蕪污，失其本真，乃命孝廉生顏傳經收集疑文互體，受法師儒，撮其要領，以爲定例，於大曆十一年夏成是書。

壁經歷六十餘年後，太和年間（八二七——八三五），國子祭酒齊皞、司業韋公肅易之以堅木，擇國子通法書者繕寫讎校而懸諸堂。唐文宗開成年間（八三六——八四〇）又勒爲石經，《五經文字》遂附石經後。

《五經文字》是一種辨證經傳文字形體的書。其所收文字主要見於《易》、《書》、《詩》、《禮》、《春秋》，也有少數見於《論語》、《爾雅》。辨證根據漢熹平石經、《說文解字》、呂忱《字林》、《經典釋文》等書。全書收經傳文字三千二百三十五個，分一百六十部，依據偏旁部首排列。每字加注讀音，注音以反切多見，間或注直音。所注反切多與《字林》音相合。

《五經文字》對經傳文字的辨證主要有以下幾種情況：

一、辨析形體的變化。如：「辭、辤、辞，上《說文》，中古文，下籀文，經典相承通用上字」；「稺、穉，上

《說文》，下《字林》」；「指、指，上《說文》，下石經」；「宿、宿，上《說文》，下經典相承隸省」。

二、辨析異體。如：「綫、線，二同，先戰反，上見《春秋傳》」；「挂，古化反，又作掛，見《易》」。

三、辨析形似字。如：「班、斑，上從刀，分也，下從文，采也」；「場、埸，上音長，下音易」。

四、辨析訛字。如：「梅，從每，每字下作母，從毋者訛，毋音無。」

五、辨析異讀字。如：「逮，音代，及也。又徒計反，見《禮記》。」

六、辨析假借字。如：「雕，丁幺反，鳥名，經典或借用爲雕飾字。」

《五經文字》對漢字的規範化起了極大的作用，經書文字的楷書寫法自有《五經文字》以後才有了一定的準繩。

《五經文字》不以四聲分部排列，從形不從音，繼承了《說文》、《字林》的方法。但由於過份强調「務於易了，不必舊次」，所以部首的設置和各字的歸部沒有章法，或以形旁爲部，或以聲旁爲部，如木部、手部爲形旁，而才部、且部爲聲旁，歸部也或依形旁或依聲旁，如羊部收「羝、羭、洋、翔」諸字，「羝、羭」是以形旁歸部，「翔、洋」是以聲旁歸部（「洋」當歸入水部，「羽」未設部）。余嘉錫說：「昔劉夢得爲《國學新修五經壁記》，嘗稱參爲名儒，而其不講六書，猶且如是，則有唐一代字學之荒疏，亦可知矣。」（《四庫提要辨證》）（王安全）

九經字样

〔唐〕唐玄度

《九經字樣》，一卷，一名《新加九經字樣》。唐唐玄度撰。成書於唐文宗開成二年（八三七）。版本有西安陝西博物館碑林之唐開成石壁十二經所附石刻本，該石刻於明嘉靖乙卯（一五五五）年地震中有所損闕，經後人補刻而成。又有清乾隆五年（一七四〇）揚州馬曰璐據宋拓唐石經重梓本，此本爲後世諸本之源，今以叢書集成初編本爲常見。

唐玄度，里籍未詳，事跡無考，據此書知其爲開成中覆定石經字體官、權知沔王友、朝議郎、翰林待詔。

唐代宗大曆中國子司業張參奉詔與儒官校正經典文字，書於國學講堂之壁，撮其要領，撰成《五經文字》一書。歲月既久，畫點參差，傳寫相承，漸致乖誤。太和中唐玄度請於國學創立石經，文宗遂其請，並命其覆定字體。唐玄度遂對《五經文字》刪補冗漏，採其乖誤，撰成《新加九經字樣》一書，附於《五經文字》之末。

《九經字樣》是一本辨正經傳文字形體的書。全書收字四百二十一個，因收字不多，分歸七十六部。某些字在偏旁上不好歸部的，另立雜辨部歸之。《九經字樣》注音體例採用唐玄宗《開元文字音義》的辨法，不用反切，全用直音。如：「麥，音脈。」如果某字没有適當的同音字可注，就注出某平、某上、某去、某入，即被注字與注音字聲調不同，要改讀所注的聲調。如：「亢，康去。」表示「亢」字要讀「康」字的去聲。這與《五經文字》反切與直音並用的方式不同。

《九經字樣》刊定字體的準則是既不全據《說文》，恐「古體驚俗」，也不全依當時文字，恐「傳寫乖訛」，而是「商較是非，取其適中」。

《九經字樣》解說精詳。如：「看：晞也。凡物見不審，則手遮日看之，故從手下目。作『看』者訛。」較《說文》有所發明。又如：「蓋：案《字統》公艾翻，苫也，覆也。《說文》公害翻。從艹從盍，取盍蓋之義。張參《五經文字》又公害翻，並見艹部，艹音草……今或相承作『盖』者，乃從行書〻，與『苔』、『若』、『著』等字並皆訛俗，不可施於經典。今依《孝經》作『蓋』。」由此可見，《九經字樣》剖析取捨，頗爲精當，此書是繼《五經文字》後，對漢字規範化起了很大作用的又一重要著作。（王安全）

龍龕手鑑

〔遼〕行　均

《龍龕手鑑》，四卷。原名《龍龕手鏡》，又名《新修龍龕手鑑》，遼行均編。成書於遼統和十五年（九九七）。版本有山西省文物局藏高麗影印遼刻本殘卷、北京師範大學藏乾隆三十一年（一七六六）經井齋鈔本、道光二十年（一八四〇）汪氏刊正誼齋叢書本、一九三四年上海涵芬樓影印江安傅增湘雙鑒樓藏宋刊本（四部叢刊續編本）、一九八五年中華書局影印高麗本、一九八六年臺灣商務印書館影印文淵閣四庫全書本等。此外，一九八八年中華書局出版潘重規主編的《龍龕手鑑新編》，以四部叢刊續編本爲底本，而將原書重新作了編排，甚便檢索。

行均，遼幽州（今北京）僧人，字廣濟，俗姓于。事跡於史無載，據沙門智光於統和十五年（九九七）爲《龍龕手鏡》所寫的《序》，說他「派演青、齊，雲飛燕、晉；善於音韻，閑於字書」，可見行均不但是在北方很有影響的僧人，而且是一個文字學家。

《龍龕手鑑》是一部辨正字形兼注音釋義以幫助僧徒識字念經的字書。卷首有智光所寫的《新修龍龕手鏡序》，對行均編集此書的目的、經過以及該書的書名由來、體例、價值均有所述評。

隋唐五代之時，印刷術尚未盛行，書籍的流傳主要靠人工抄寫，而在抄寫過程中，俗字訛體流行甚烈，或偏旁更易，或繁簡殊方，或筆劃屢變。這無疑給僧徒閱讀佛經帶來了極大的困難。當時雖有窺基的《妙法蓮華經音義》、慧苑的《華嚴經音義》，以及玄應與慧琳的《一切經音義》等可供參考，但對這些俗字、誤字，都仍難對付。正如智光《序》所云：「郭迻但顯於人名，香嚴唯標於寺號。流傳歲久，抄寫時訛。寡聞則莫曉是非，博古則徒懷惋嘆。」有鑒於此，行均才「五變炎涼」，於「統和十五年」編成了這部字書。《序》中所提到的「郭迻」、「香嚴」等音義之作皆爲《龍龕手鑑》注文所引。此外，行均還引用了《川韻》、《隨函》、《江西隨函》，以及基法師（窺基）、應法師（玄應）、琳法師（慧琳）等的音義之作；至如先儒字書、韻書《說文》、《爾雅》、《玉篇》、《釋名》、《切韻》等亦皆爲取資。此書所收羅的字形，則除取諸上述種種外，注中還提及《舊藏》、《新藏》、梁《弘明集》、《廣弘明集》、《西域記》、《百緣經》、《辯正論》、《道地經》等等。由此可知，行均爲了幫助僧徒在閱讀佛經時排除俗字、訛字的困擾，更好地理解字義，領悟經義，廣泛收集了過去各種字書、韻書、佛經音義以及各種寫本經卷中的文字，並參考過去的字書、韻書以及音義之作，作了辨正字形、標明音讀、詮釋字義的工作，花了五年時間，終於編成此書。

關於此書的命名，智光《序》有云：「矧以新音編於龍龕，猶手持於鸞鏡，形容斯鑒，妍醜是分，故目之曰《龍龕手鏡》。」同時，該書成書後，由於當時「契丹書禁甚嚴，傳入中國者，法皆死」，所以，直到宋神宗熙寧年間（一〇六八——一〇七七）才「有人自敵得之」（沈括《夢溪筆談》），從而得以在中原廣泛流傳。又因避宋太祖趙匡胤祖父趙敬之名諱，宋刻本便將書名改爲《龍龕手鑑》。今本除高麗版影印遼刻本作《龍龕手鏡》外，其餘源自宋刻者皆作《龍龕手鑑》。

該書編製體例較爲獨特。全書收字二萬六千四百三十餘字，若不計各種異體、誤字，則有字頭一萬九千零十五個。其注文凡十六萬三千一百七十餘字，全書總計十八萬九千六百一十餘字。行均將二萬六千餘字分爲二百四十二部。其分部原則基本上是按各字的楷體偏旁，只有最後一個「雜部」，收錄難以按偏旁歸類的雜字。二百四十二部以各部首的聲調分爲平、上、去、入四卷。卷一收部首爲平聲的字，有「金」、「人」、「言」等九十七部；卷二收部首爲上聲的字，有「手」、「虫」、「水」等六十部；卷三收部首爲去聲的字，有「見」、「面」、「又」等二十六部；卷四收部首爲入聲的字，有「木」、「竹」、「系」等五十九部。由於卷三篇幅甚小（遼刻本爲十四頁，宋刻本僅九頁），所以宋刻本將三、四兩卷合爲一冊，版心皆爲「龍三」，頁碼連貫而下（見四部叢刊續編本），故《文獻通考》誤記此書爲「三卷」。

此書對於每個部首所隸屬的字，再按其聲調的平、上、去、入依次排列。如卷一言部先列「詒」、「譩」等平聲字，再列「詎」、「諂」等上聲字，再列「謬」、「譴」等去聲字，再列「謔」、「訹」等入聲字。其他三卷，雖然其部首爲上、去、入各聲之字，但各部所隸之字仍依四聲排列，如上聲卷二水部先列「淹」、「洴」等平聲字，再列「沈」、「湧」等上聲字，再列「濟」、「泳」等去聲字，再列「洑」、「滑」等入聲字。對於書中所收的字，則儘量列出所有形體，並分別注明「正」、「同」、「或作」、「變體」、「通」、「今」、「古」、「俗」、「誤」等，然後用反切或直音注明音讀，再加簡明扼要的釋義，最後用一個數字標明該字共有幾個形體。有時還注明該字之出處或列出其異體。如：

鏠俗鎽或作鋒正鋒今。芳容反。兵刃端也。四。

鋆古鈞今。決匀反。均也，法也，陶也。陶、法、均，平無等差也。又，三十斤曰—也。二。

鉺鋗鏗口耕反。—鏘，金石聲也。三同。

瘬瘬二俗。知亮反。滿也。正作脹。

頤誤。音傾，側也，在《西域記》第六卷。

晗《江西經》音「含」、「視」二音，《香嚴》音呼含反，《新藏》作「貽」，《音義》作「昑」，音含。

書中所謂「正」，是指規範的合乎傳統文字學原則的寫法，即標準字形。所謂「同」，表示其規範程度相同。所謂「或作」或「變體」，是指該字的另一種通俗寫法。所謂「通」，是指經過使用已初步得到社會公認並已通行於民間的字形。所謂「俗」，是指流行於民間但還未得到社會的公認、還沒有正式通行的寫法。所謂「今」，是指當時的通常寫法，它的規範化程度也較强。所謂「古」，是指通行於古代而在當時已不通行的寫法。所謂「誤」，是指必須糾正的錯誤字形。當然，並不是每個字都有以上各種形體，該書收録的很多字也都只有一種寫法。由此可見該書在收集和辨正字形方面成績顯著，可以當作一部辨正字形的異體字字典。

此書成書後，褒貶不一。褒者説它「音韻次序，皆有理法」（沈括《夢溪筆談》），「靈光巍然，洵希世之珍也」（錢曾《讀書敏求記》），「雖頗參俗體，亦間有舛訛，然吉光片羽，幸而得存，固小學家所宜寶貴矣」（《四庫全書提要》）。貶之者則曰：「其中『文』、『攴』不分，『臼』、『臼』莫辨，……『歹』、『歪』、『甭』、『孬』，本里俗之妄談；『凼』、『怘』、『㞢』、『卡』，悉魚豕之訛字：而皆繁徵博引，污我簡編。指事、形聲之法，掃地盡矣！」（錢大昕《潛研堂文集·跋龍龕手鑑》）「此書俗謬怪妄，不可究詰，全不知形聲偏旁之誼，又轉寫訛亂，徒淆心目，轉滋俗惑，直是廢書，不可用也。」（李慈銘《越縵堂讀書記》）其實，錢、李兩人之指責，雖有一定的道理，但都不明了該書的編寫目的和作用，不知當時俗字訛文之實情，所以不免有點信口雌黄。此書雖有缺點，但却有着其他字書所没有的獨特的學術價值，略述如下：

一、此書廣收當時寫本中的俗字、訛字，這對於當時僧徒閱讀佛經寫卷以及今人閱讀敦煌出土的寫本經卷具有十分重要的實用價值。例如李氏所指出的「瓠」、「瓢」、「瓤」等字，當時寫本又寫作「瓠」、「瓢」、「瓤」，行均爲了便利讀者按形索字，於是將從「瓜」的字歸入瓜部，從「爪」的字歸入爪部，並在「瓜」字下注明：「瓜部與爪部相濫。」在「爪」字下注明：「爪部與瓜部相濫。」在「瓢」字下還注云：「正從瓜。」可見，此書並非「不知形聲偏旁之誼」。又如敦煌寫本中的漢字偏旁，如「礻」與「衤」、「爿」與「牛」、「日」與「月」、「亻」與「彳」、「广」與「疒」、「文」與「支」等往往相混，今天的讀者利用《龍龕手鑑》，往往能按形索字，獲其音義。更爲珍貴的是，敦煌寫本中的有些俗字，其他字書不載，而爲《龍龕手鑑》所獨有。如其生部有「𤯓」字，注

「音外」，敦煌《伍子胥變文》「子胥有兩個外甥」，斯坦因三二八卷正作「子胥有兩個㚢甥」。又如變文《韓朋賦》：「宋王即遣人拴之。」「拴」字其他字書無載，讀者不得其解，查《龍龕手鑑》可知，此字音「其月反」，與《廣韻》「掘」字反切相同，可知即「掘」之俗字，以解賦文，詞義豁然。（參潘重規《龍龕手鑑新編引言》）

二、此書收羅繁富，詳列各種字形，對其正體、俗體、誤字等一一加以辨別，這對於了解唐代前後的文字使用情況和規範化程度，對於研究漢字字形的演變，具有重要的價值。這種工作雖然唐代顏元孫的《干祿字書》早已做過，但顏書內容十分單薄，價值難能與《龍龕手鑑》相比。

三、此書廣徵博引，對古籍的校勘和研究，也有一定的參考價值。正如《四庫全書提要》所云：「雖行均尊其本教，每引《中阿含經》、《賢愚經》中諸字以補六書所未備，然不專以釋典爲主。」他所引先儒典籍也不少，保存了很多寶貴資料，可供後人利用。如卷四頁部「頣」字條引《說文》「面前頣」爲解，雖脫一「頣」字，但正可證今本《說文》之「面前岳岳」爲誤。清代沈濤《說文古本考》既據《說文》體例，又據此本所引，斷「岳」字乃二徐妄改，這就有力得多了。又如此書卷四食部「餤」字條引《爾雅》「甘之進也」，較今本《爾雅》多「甘之」二字，也爲郝懿行研究《爾雅》提供了寶貴的綫索，使他對「餤」字的疏解更爲深入了。（見《爾雅義疏·釋詁上》「進也」條。）

四、此書雖多解單字，但有時也把雙音詞的兩個字排在一起進行解釋，如金部有「錚鏦」、「鎡錤」，人部有「儦儸」，車部有「輆軩」，舟部有「舴艋」等等。這就使它不僅僅是一部字典，而且也在一定程度上具有了詞典的功用。

五、此書在編排體例上有所改革，例如簡化了《說文》部首，將《說文》五百四十個篆文部首改爲二百四十二部，而且加以楷化，又多爲常用字，易讀易記，便於掌握。又如設立「雜部」收録難以按偏旁歸部之字，「雜部」實際即相當於一個「難檢字表」。

該書的缺點是對字形的辨正或有失誤與疏漏。如金部以「鏠」爲「鋒」的正字等。同時其編排文字尚未完善。該書雖將部首法與音序法加以綜合利用，進一步增强了各字位置的確定性，但同卷中各個部首的排列，同一部中同一聲調的各個文字的排列，仍無規律可循，所以檢索甚不方便。還有，心部先集中排列從「忄」之字，然後再排列從「心」之字，這本來可以看出此書編排上的苦心，但其它部首，却没有按此體例加以分列，如衣部將「褒」、「袍」、「裴」等字混同排比，不免自亂其例。（張　覺）

類　篇

〔宋〕司馬光等

《類篇》，四十五卷。舊題宋司馬光撰，實由王洙、胡宿、掌禹錫、張次立、范鎮、司馬光相繼修纂而成。通行版本有清《楝亭五種》本、姚覲元據楝亭本重刻《姚刊三韻》本、《四庫全書》本。

王洙，字原叔，北宋宋城（今河南商丘）人，生卒年不詳。中進士甲科，官至侍讀學士兼侍講學士。通經史，兼及音韻訓詁，旁及圖緯、方技、五行等。參與纂修《集韻》、《禮部韻略》等。

胡宿，字武平，北宋常州晉陵（今江蘇常州）人，生卒年不詳。官觀文殿學士。

掌禹錫，字唐卿，北宋許州郾城（今河南郾城）人，生卒年不詳。官至尚書工部侍郎。

張次立，字號籍里不詳，官至殿中丞，曾作《説文解字繫傳補》。

范鎮（一〇〇七——一〇八七），字景仁，號長嘯。北宋成都華陽（今四川成都東南）人。舉進士，調新安主簿。試學士院，補館閣校勘。哲宗時，官至端明殿學士，提舉中太一官兼侍侯，以銀青光禄大夫致仕，累封蜀郡公。卒贈金紫光禄大夫，謚忠文。著有《國朝韻對》等。

司馬光（一〇一九——一〇八六），字君實，世稱涑水先生。北宋陝州夏縣（今山西夏縣）人。寶元進士，宋仁宗末年任天章閣待制兼侍講知諫院。神宗時反對新政，與王安石論爭。神宗不從，遷樞密副使，堅辭不就。哲宗時任尚書左僕射兼門下侍郎，廢除新政，在相位八個月而病逝。通史學，編《資治通鑑》；精文字訓詁，著《名苑》。注解經義有《易説》、《古文孝經指解》、《大學中庸義》等。

宋寶元二年（一〇三九），丁度等人修成《集韻》一書，因增字甚多，不能和《玉篇》相互參照，於是由王洙編纂此書，並定名爲「類篇」。王洙死後，嘉祐二年（一〇五七）由胡宿繼編，次年，掌禹錫、張次立參與校正。嘉祐六年（一〇六一）范鎮接替胡宿。書成，治平三年（一〇六六），由司馬光接替范鎮，負責進一步整理繕寫，至治平四年（一〇六七）全書完成。丁度等所編的《集韻》，是按韻編字，本書是按部首編字，兩書相輔而行。

此書按照《説文解字》的編排體例，分爲十四篇，又書末外加《目録》一篇，共十五篇。每篇分上、中、下三卷，合爲四十五卷。全書的部首爲五百四十部，完全參照《説文解字》，各部的排列順序也幾乎没有變動。

每字先注反切，後釋義。如卷三十九土部：「域，越逼切，邦也。又，乙六切，區處也。《莊子》：『無所畛域。』文一。重文一。」對部首則先釋義，再釋形，最後注反切。實際上只是轉録《説文解字》對每個部首的全部解釋。如卷三十九男部：「男，丈夫也，從田從力，言男用力於田也。凡男之屬皆從男。那含切。文一。」對每部所屬字的解釋則仿《玉篇》，注重音義，並不皆逐字分析形體結構。但對文字有異體的，則注在本字下面，間或附列篆文。如有異義或異讀，則在解釋字義後再作說明。

書首有司馬光所撰《序》。《序》中提到本書的編纂條例有九項。即一，凡是同音而異形的字，分別收入兩部。二，凡同義而異聲的字，只收在某一個部首。不再兩見。三，凡是分部的理由不可知的字，仍按《説文解字》之舊，不作改動。四，凡是今字改變了《説文解字》的部首而另有意義的，即按今字部首分部，不從許慎。五，凡是今字改變《説文解字》的部首，而失去原來形體意義的，仍從《説文解字》。六、凡是後出的異體字，附在本字之下，不另行標出。七，凡是假借甲字爲乙字，形體傳寫訛誤的，都加以説明。八，凡《集韻》漏收的字，全部收入。九，凡無部可歸的，則依以類相聚的原則，排在一起。

上述第八項條例爲「凡《集韻》之所遺者皆載於今書也」。但是《集韻》所收字的總數爲五萬三千五百二十五個，此書所收五萬三千一百六十五個，較《集韻》反而少三百六十字。這是因爲《集韻》重文頗雜濫，此書凡字之後出而無據者，皆不另立條目。所以所删之數多於所增之數。此書收字較《集韻》爲慎重，但對唐宋間産生的新字有所採録，所增之字，約爲《玉篇》的二分之一。以上字數統計資料據《四庫全書總目提要》。

《類篇》雖然出自衆人之手，但其體例前後一致，比較謹嚴。一方面它繼承《説文解字》和《玉篇》的傳統，着重探討字源，闡明文字的形、音、義及其演變，另一方面也收録《玉篇》之後孳乳的新字。所以此書不僅可以用作一般的字典，而且對於研究漢字在唐宋間的演變也是極重要的參考資料。

有關《類篇》的研究著作有胡樸安的《中國文字學史》（商務印書館，一九三七年）等。（游汝傑）

隸釋

〔宋〕洪适

《隸釋》，二十七卷。南宋洪适撰。成書於南宋乾道二年（一一六六）。有明萬曆十六年（一五八八）廣陵王雲鷺刊本、一九三五年上海涵芬樓《四部叢刊》三編影印明萬曆刻本、清同治年間涇縣晦木齋《隸釋》、《隸續》、《隸釋刊誤》合刻本等。

洪适（一一一七——一一八四），初名造，後更今名，字景伯，號盤洲。饒州鄱陽（今江西省波陽縣）人。是《松漠紀聞》著者洪皓的長子，以父出使金國，恩補修職郎。紹興十二年（一一四二）中博學鴻詞科，除敕令所删定官。與弟洪遵、洪邁有「三洪」之稱，文名滿天下。次年，其父使金歸，忤秦檜，謫官，安置英州。洪适受牽連出爲臺州通判，復以論罷。遂往來嶺南省侍其父，歷時九年。直到秦檜死後，才被起用，知荆門軍，後改知徽州，不久又提舉江東路常平茶鹽。孝宗時，任司農少卿，官至尚書右僕射，兼樞密使。居相位僅三月，即罷去。卒謚文惠。一生好收藏金石拓本，據以證史傳之誤，考核頗精。所著除《隸釋》、《隸續》外，詩文都爲《盤洲集》。《宋史》卷三百七十三、《宋史新編》卷一百四十一、《南宋書》卷三十七有傳。

《隸釋》二十七卷，卷一至卷十九，薈萃漢魏碑碣一百八十三種。（洪邁跋、喻良能跋並作一百八十九，疑爲傳寫之譌。）每種依據隸字筆畫以楷書寫定，繼而考釋。本書對碑碣石刻中漢隸文字的說明最有價值。由於「漢人作隸，往往好假借通用」，如卷十「幽州刺史朱龜碑」，以「礫落」爲「磊落」、以「庭電」爲「霆電」、以「壹緼」爲「絪緼」，《隸釋》皆作注解。漢時隸書在字形結構上與後世楷體往往差異很大，筆畫「或加或省，或變或行，奇古譎怪，中雜篆籀」，不加注解，通人難識。凡此，《隸釋》多以某即某之形式於碑文、跋尾之中徑加注明。如卷九「故民闕仲山碑」，所注「弃即棄」即其例。此書不但注明字形，而且兼及字音，如卷八「博陵太守孔彪碑」條注云：「徲，大奚切；侇，與而切。」以反切注音，卷十「安平相孫根碑」條注云「閺讀爲聞，儐讀爲賓」，則音義兼顧。《隸釋》對漢字書體演化問題也有真知灼見，如「孫根碑」條跋尾指出「秦漢時分，隸已兼有之」，並以此斷定「孫根及華亭碑爲漢人八分無疑矣」。

《隸釋》對碑碣的說明頗詳盡，對史實則加考證。凡碑之居處、所立年代可考者，均明白交代。如卷二「東海廟碑」條跋尾：「右東海廟碑，靈帝熹平元年立，在海州。」碑文有磨滅處，則注明「缺」或「缺幾字」。如卷五「司隸校尉楊孟文石門頌」條對人名進行了考證。書中根據蜀中晚出「楊淮碑」云：「司隸校尉楊君闕諱淮。」而知楊淮碑與楊孟文碑「皆以『闕』爲語助」，又根據《華陽國志》坐實楊君之名爲「楊渙」，糾正歐陽修《集古録》、趙明誠《金石録》均以「闕」爲楊氏名諱的錯誤。又如卷十三「不其令董恢闕」條對地名作考證。《漢書·地理志上》曰：「不其屬琅邪」，如淳注：「其音基。」而《後漢書·郡國志四》東萊郡下則云：「不期侯國，屬琅邪。」不其、不期，同地而異名，是否因歸屬不同而更名？《隸釋》根據《後漢書・循吏傳》童恢（即董恢）除不其令，後爲青州所舉，遷丹陽太守事，斷定既爲青州舉，則其時不其已脱離琅邪而屬青州。若有更名之事，「董恢闕」不應仍稱之爲「不其令」。可見《後漢書》舊本作「不期」是錯誤的。

卷二十至卷二十七爲附録，以資參證之用，卷二十録《水經注》中碑，卷二十一至二十二録歐陽修《集古録》中碑，卷二十三録歐陽棐《集古録目》中碑，卷二十四至二十六録趙明誠《金石録》中碑，卷二十七録無名氏《天下碑録》中漢魏碑目。

《隸釋》既成，洪适又輯録續得諸碑，仍《隸釋》之體例而成《隸續》，凡漢魏晉之碑碣、石經《儀禮》、《左傳》之遺文、磨崖石闕神道之題字、石壁石室之畫，宅舍墟墓之磚、各種器物之銘識，莫不網羅，都爲二十一卷。除與《隸釋》合刻者外，別有單刻行世。

本書亦間有意所未到之處。如卷六「郎中鄭固碑」條，洪氏以爲其中「逡遁退讓」一語出自《史記・秦本紀》所引賈誼「逡巡遁逃」之文。其實「逡遁」一詞，最早見於《管子・戒》：「桓公蹵然逡遁。」《漢書・平當傳讚》：「平當逡遁有恥。」注云：「遁，讀與巡同。」蓋「巡」與「循」同，而「循」轉爲「遁」。《集古録》云：「遁當爲循」，歐公之説甚協，而洪氏以不誤爲誤，訓爲遁逃，殊未諦。

宋代以降，對《隸釋》（也包括《隸續》）的研究代不乏人，雖往往是題跋之類的短篇零什，散見於各家著述，然而對了解和研讀洪氏之書却甚有助益。至於糾謬勘誤之作，則有清人朱文藻《隸釋校訂存疑》、著名校勘學家黄丕烈所撰《汪本隸釋刊誤》一卷、近代學者張元濟撰《四部叢刊三編》本《隸釋校勘記》等。

石刻爲古人所重，始於漢代。歷六朝而至唐，其間著録考證，已屢見不鮮。然而專輯成書，並且傳於後世者，則自天水一朝始。歐陽修《集古録》、趙明誠《金石録》皆以己身所見，著之簡編；考索有得，附以題識。然而歐、趙之書只專注於存目、跋尾二事，洪适《隸釋》則首開具録金石全文之例，具有超邁前人的價值自不待言。《四庫全書總目提要》云：「自有碑刻以來，推是書最爲精博」，洵非虚語。《隸釋》無疑是研究漢字流變、石刻碑拓、漢魏歷史的珍貴資料。（宦榮卿）

班馬字類

〔宋〕婁機

《班馬字類》，五卷。又稱《史漢字類》、《字類》。宋婁機著。成書於南宋淳熙八年（一一八一）。版本有一九三五年上海涵芬樓影印汲古閣影宋寫本（四部叢刊三編）、一九八六年臺灣商務印書館影印文淵閣四庫全書本。

婁機，字彦發，嘉興（今浙江省嘉興市）人。生卒年月不詳。南宋乾道二年（一一六六）進士，曾任鹽官尉、西安知縣、饒州通判、太常博士、秘書省著作郎、監察御史等，因阻韓侂冑開邊而去職。侂冑敗，爲吏部侍郎兼太子左庶子，遷禮部尚書兼給事中，擢同知樞密院事兼太子賓客，進參知政事。以資政殿學士知福州，力辭，提舉洞霄宮以歸，卒贈金紫光禄大夫。婁機清尚修潔，乃當時俊士，在官守法度，惜名器，稱奬人才，不遺寸長。又善書法，所寫尺牘人多藏弆。所著《班馬字類》五卷、《漢隸字源》六卷皆傳於世，《廣干祿字》、《歷代帝王總要》則已亡佚。生平事跡見《宋史》卷四百一十、《宋史新編》卷一百四十七、《南宋書》卷四十一、《宋大臣年表》卷二十八、《南宋館閣續録》卷七、八、九。

婁機自述撰作《班馬字類》之緣由云：「世率以班固《漢史》多假借古字，又時用偏旁，音釋各異，然得善注易曉，遂爲據依。機謂固作《西漢書》多述司馬遷之舊論，古字當自遷《史》始。以《史記正義》、《索隱》、《西漢音義》、《集韻》諸書訂正，作《班馬字類》。」又自述其體例云：「二史之字，第識首出，餘不復載，或已見於經、子者，則疏於下，庶幾觀者知用字之意也。」可見，《班馬字類》是一部專門收録《史記》、《漢書》中假借字、古字，並考釋音義、考辨本字和今字的文字訓詁學著作。

此書之四部叢刊本内容依次如下：洪邁《班馬字類序》；婁機所寫二則附記；李曾伯所寫關於《班馬字類》補遺的説明；正文及補遺；張元濟《跋》及《校勘記》。此書之四庫全書本内容依次如下：清乾隆皇帝《御製題影宋鈔班馬字類》詩；紀昀等所寫《班馬字類提要》；樓鑰《班馬字類原序》；正文；婁機所寫二則附記。婁機之附記，四部叢刊本在前，四庫全書本在後，故有人稱之爲「序」，有人稱之爲「跋」，其實一也。《班馬字類》正文，按各字之聲調分卷，卷一爲上平聲（即平聲上），卷二爲下平聲（即平聲下），卷三爲上聲，卷四爲去聲，卷五爲入聲。一卷之中，再依《集韻》所規定的獨用、同用韻部分類排列，如卷一分爲以下十五類：一東，二冬，三鍾，四江，五支六脂七之，八微，九魚，十虞十一模，十二齊，十三佳十四皆，十五灰十六咍，十七真十八諄十九臻，二十文二十一欣，二十二元二十三魂二十四痕，二十五寒二十六歡，二十七刪二十八山。蓋該書將班固《漢書》、司馬遷《史記》之假借古字依韻分類排列，故名《班馬字類》。

《班馬字類》收録、考辨文字大致有以下幾種情況：

一、收録古之通假字，辨明其本字，所用術語有「讀爲」、「音」、「即」、「與……同」等，其旨意相同，如：

桐：《漢書・禮樂志》：「—生茂豫。」讀爲「通」，達也。《武五子傳》：「毋—好逸。」音「通」，輕脱之貌。（卷一・一東）

空同：《史記・趙世家》：「其後聚——氏。」《正義》云：「即崆峒。」（同上）

童：《漢書・項籍傳讚》：「舜重—子。」目之眸子，與「瞳」同。（同上）

二、收録古文奇字，指出其相應的常用字，如：

𡰥：《史記・高祖紀》：「司馬—將兵北定楚地。」古「夷」字，《漢・紀》同。（卷一・五支六脂七之）

𠬶：《漢書・司馬相如傳》：「仰—橑而捫天。」古「攀」字。橑，椽也，音老。（卷一・二十七删二十八山）

𠅱：《漢書・藝文志》：「大—三十七篇。」古「禹」字。（卷三・九麌十姥）

三、收録異體僻字，指出其常用字，如：

衝：《史記・酈生傳》：「陳留，天下之—。」與「衝」同。（卷一・二冬三鍾）

迬：《漢書・揚雄傳》：「——離宮，般以相燭兮。」古「往」字。（卷三・三十六養三十七蕩）

四、收録特殊的古代異讀字，標明音讀，如：

氏：《史記・建元年表》：「月—。」音「支」。（卷一・五支六脂七之）

龜茲：《漢書・地理志》：「——。」音「丘慈」。（卷二・十八尤十九侯二十幽）

總而言之，該書對《史記》、《漢書》中所見形、音、義特殊的古文僻字、古代異讀字、假借字多加收録，並引用原注，或附以考訂，分別注明其常用字、古之音讀、通用之本字等等。洪邁序其書云：「不必親見揚子雲然後能作奇字，不必訪李監陽冰然後能爲文詞，學班、馬氏固未有如此者。」觀洪氏之言，察該書以四聲排列之實，而推作者初衷，則此書可能爲學子弄字爲文提供參考而作。但正如《四庫全書總目提要》所説：該書「雖與《文選雙字》、《兩漢博聞》、《漢雋》諸書大概略同，而考證訓詁，辨別音聲，於假借通用諸字，臚列頗詳，實有裨於小學，非僅供詞藻之撏撦。」故此書爲後世小學家所注重。

此書亦有所缺憾：一是有些字重復收録，頗顯累贅。如《漢書·司馬相如傳》「外發夫容」之「夫容」，既收入卷一之「二冬三鍾」，又收入該卷之「十虞十一模」。二是考辨或有失誤，如卷二「六豪」韻下之「蒲陶」條云：「《史記·司馬相如傳》：『櫻桃——。』『——可作酒。』《漢·傳》同。《漢書·西域傳》：『大宛以——爲酒。』與「桃」同。」其實，「蒲陶」即「葡萄」，與「桃」並不同。三是其自述體例雖云：「二史之字，第識首出，餘不復載。」但很多首出之字却被忽略了，對此李曾伯之「補遺」所補甚衆，可參考。另外，《四庫全書總目提要》也指出，其中有些字可以不加收録，有些字不得以《史記》、《漢書》爲出典，也有一些字有訛誤。

《班馬字類》成書後，洪邁稱該書於《史記》、《漢書》之假借古字「字字取之毋遺」，其實不然。所以南宋時李曾伯與王揆又考論二史，補其遺闕共一千二百三十九字，補注文五百六十三條，刻入原書中，冠以「補遺」字樣。補字條的，附於每一韻之末，例如卷一於「一東」末冠以「補遺」兩字，然後補了「空侯」、「同」、「桐」等九字。至於補注的，則附於原字條之後，如：

鴻：《史記·河渠書》：「禹抑—水。」補遺：首《五帝本紀》：「鯀治—水。」（卷一·一東）

五支六脂七之）

昔：《漢書・叙傳》：「皆及㐫君之門闌。」又：「㐫闔而久章。」音「時」。」補遺：即古「時」字。（卷一・

前一例是補正原書所謂「二史之書，第識首出」之例的，所謂「首《五帝本紀》」，即指「鴻」字初見於《史記・五帝本紀》，而非初見於《史記・河渠書》。後一例以爲「㐫」爲「時」之古字，顯然比原書解爲通假字要準確。可見，李氏的「補遺」對原書的完善作出了很大的貢獻，故甚爲後人所重。清道光年間，海昌蔣氏曾據玉蘭堂文氏寫本刊印過附有李氏補遺的《班馬字類》，但有所殘逸；一九三五年，上海涵芬樓又取汲古閣影宋寫本影印了附有李氏補遺的《班馬字類》，該本原已經毛扆校過，影印時張元濟又取宋刊《史記》、《漢書》以及蔣氏刊本復爲讎訂，寫成校勘記一卷，對《班馬字類》的進一步完善有所貢獻。該本與四庫全書本相校，文字差異頗多，且互有短長，故《班馬字類》之校理還須進一步深入。（張　覺）

字　彙

〔明〕梅膺祚

《字彙》，十四卷。丹山堂藏板題作「嘉樂字彙」。明梅膺祚著。約成於明萬曆四十三年（一六一五），或者稍前。有明萬曆四十三年（一六一五）序刻本、清康熙十年（一六七一）西泠堂主人刊本、同治七年（一八六八）紫文閣刊本、一九九一年上海辭書出版社《字彙》和《字彙補》合刊本等。

梅膺祚，字誕生，宣城（今安徽省宣城縣）人。生卒年月不詳。他是明代宣城「林中七子」之一梅鼎祚的從弟，清代數學家梅文鼎的先輩。據自序，他「少學《易》，爲諸生誦通。將受餼，徙而游國子。精治六書，悟其終始於《易》，有數可循也，所纂者若此。」又云：「誕生方强年，行且謁仕，抱書趨闕下，獲親睹聲明文物之盛，東觀南閣之選。」可見《字彙》正是梅氏四十二歲前後在南京國子監充當生員時編撰的。另外，他還與陳俊修等人編纂了《寧國府志》。

《字彙》是一部比較通俗、便於查檢的大型語文字典。其首卷載梅鼎祚序、凡例、部首目錄等，末卷載《韻法直圖》和《韻法橫圖》等，以爲正文輔翼。正文十二卷則是所選收的三萬三千一百七十九字及其注釋。此書可說是我國大型字典編纂正式進入成熟階段的標誌，它在編排、收字、注音、釋義等方面俱有明顯的特色。

一，編排。本書在繼承《說文》、《玉篇》等傳統的偏旁部首編排原則的同時，進行許多重大改革。它簡化了漢字部首，由《說文》五百四十部、《玉篇》五百四十二部、《篇海》五百七十一部，簡化爲二百十四部。這二百十四部又按子、丑、寅、卯等十二地支分爲十二集；部首和部中單字，按筆畫多寡的順序依次排列。偏旁有改易或異形的，主要是楷書有所變化的，都加以注明，如二畫人部下注「亻同」，刀部下注「刂同」。每卷前皆附部首圖表，列出每一部和部中單字的筆畫數與相應的書頁，頗便檢尋。

二，收字。本書雖有許多俗字，但一般不通用的僻字、怪字一概不收，態度嚴謹而注重實用。而且，所收古字和俗體都加以區別，如冂部「冄」，注云：「俗再字」，冫部「况」，注云：「即況字，今人多用此字。」又如刀部「㓝」，注云：「今通用刑。」

三，注音。自從《玉篇》改爲先注音後釋義以來，就爲後起的字書所承襲，而本書又有新的發展，即先列反切，再加直音，如果直音無其字的，則用某字的平、上、去、入四聲來注音。如刀部「判」，注云：「普半切，潘去聲。」「刮」，注云：「古滑切，關入聲。」如果這種四聲互證法也無法表達，就另注音近字。如人部「优」字下云：「徒感切，音近淡，上也。」又凡字有轉音或叶音的，則先注本音，再注轉音或叶音。如匕部「化」字下云：「呼活切，造化……○又叶居爲切，音歸……○又叶虎戈切，音訶……○又叶吾禾切，音訛……。」

四，釋義。本書綜合發展了《說文》的傳統訓釋方式，把重點置於通俗闡釋上，不少釋義明白如話。如「欥」字，《說文》曰：「訾也」，《玉篇》曰：「呰也」，本書則釋成：「今人暴見事不然者，必出聲曰欥。」同時本書隨聲釋義，按不同音切分列不同義項，音義關係處理得十分切合。

此外，《字彙》還有一個獨到的作法，即卷首除有凡例、總目外，還列有「運筆」、「從古」、「遵時」、「古今通用」、「檢字」等五種附録，卷末又有「辨似」、「醒誤」、《韻法直圖》、《韻法橫圖》四種附録。「運筆」是說明筆順先後起止及與筆畫多少的關係，如「川先中丨，次丿。」「從古」是說明字的正確寫法，使讀者能按照古字結構形體來寫，如「夹」當作「夾」，「温」當作「溫」。「遵時」則指出某些字應遵照當時通行的寫法，不必從古，如「仁」不必作「忎」，「明」不必作「明」或「朙」。「古今通用」則指出某些字古今通用，兩種形體都可寫，如「从(古)從(今)，埜(古)野(今)」等。「辨似」列舉了四百多個形體相似的字，如「己、已、巳」，「商、啇」，「鍾、鐘」等等。「醒悟」列舉了一些古別今混的字，如「聽，汀去聲，聆也，從也，今誤作听，听，銀上聲，笑貌；相如賦：『听然而笑。』」《韻法直圖》和《韻法橫圖》是兩種等韻圖表，就是按聲、韻、調來配合的音節表。這兩種圖表均非梅氏所作，但同樣反映明代的讀書音。《韻法直圖》按韻分成四十四圖，每圖按四聲分爲平、上、去、入四直行，再按三十二聲母分爲三十二横行，聲母以序數代表。《韻法横圖》按四聲分爲七圖：平、上、去聲各分上下兩圖，又入聲一圖，每圖按三十六字母分爲三十六直行，每直行又按韻母分爲横行，横行旁邊注有「開口呼」、「齊齒呼」、「合口呼」、「撮口呼」、「閉口呼」、「齊齒卷舌呼」、「齊齒卷舌而閉口呼」、「混呼」。直圖除上述八呼外，還多出「咬齒」、「舌向上」兩呼。這種分類和命名，顯然有許多不科學的地方。

《字彙》一書的缺點是，除所引書證或無篇名，或無書名等古書常見弊病以外，最主要的就是解字釋義的錯誤，如誤將《左傳·文公六年》「子輒之三子奄息」的「奄」釋爲姓氏等。

《字彙》對當時的讀者有過很大的幫助，對以後的字典辭書也有大的影響。它曾經風行於明末，襲用「字彙」這個名稱另編或續編的書如《字彙補》、《同文字彙》、《玉堂字彙》、《彩云字彙》、《文成字彙》之類也有不少，同時後起的名著如《正字通》、《康熙字典》以及《中華大字典》、《辭源》、《辭海》等都受到《字彙》不同程度的影響。

研究本書的著作有何九盈《中國古代語言學史》（河南人民出版社，一九八五年）。

（周偉良）

正字通

〔明〕張自烈

《正字通》，十二卷。舊本或題明張自烈撰，或題清廖文英撰，或題張自烈、廖文英同撰。清鈕琇《觚賸·粵觚下》云：「《正字通》出衡山張爾公（自烈）之筆，昆湖（文英）爲南康太守，以重貲購刻，弁以己名，實非廖筆。」裘君弘《妙貫堂餘談》也稱文英殁後，其子售版於連帥劉炳，有海幢寺僧阿字，知本爲自烈書，爲炳言之，炳乃改刻自烈之名。諸本互異，蓋由此也。可見《正字通》確是張自烈編。但根據今天所能見到一些本子附有滿文十二字頭，則可斷定這絶非出於明人張自烈手，顯然是廖文英在增益張書時所加。余嘉錫《四庫提要辨證》從震澤吳山愚《復社姓氏考略》卷六所引《西江志》中檢得有關《正字通》著者的資料，不僅進一步確定了此書作者爲張自烈，而且搞清了張、廖二人的關係：張自烈晚年因明亡不仕，隱居匡廬，時廖文英爲江西南康知府，因仰慕自烈爲人，所以張自烈之書最初由他付梓當是極有可能之事。時值清初，廖又添入滿文字母。《正字通》有今日之定本，與廖文英有關是不可否認的，至於《四庫提要總目》認爲廖將張書「掩爲己有」，當然也事出有因，並非無稽之談。《正字通》前所列諸人《序》，衆口一詞，無不以文英爲此書撰者，廖文英自序説得更明白，稱「叨守南康」以來，「少暇，更博采旁稽，出向所闕疑者，與多士共同討論。性復健忘，遇有所得，輒筆記之。閲三年，粗成定本，原以課兒及受業諸生耳」，因「客有請者」，使「公諸寓内」，「顧予俸薄，安能遽受剞劂？會坊人鳩貲就版於白鹿洞，因名曰《正字通》，……若謂集字學之大成，則予又何敢自信？後有作者，尚精較諸。」儼然以《正字通》原始作者自居，隻字未提張自烈。無怪《觚賸》、《妙貫堂餘談》、《四庫提要》要斥其剽竊。

由於《正字通》之作者問題尚有上述歧見，所以成書之確切年代頗難確定。現據廖文英自序結題「康熙九年歲次庚戌孟秋朔日」云云，大致推斷此書成於清康熙之初。

《正字通》有清康熙十年（一六七一）弘文書院刊本、康熙二十四年（一六八五）吳源起清畏堂刊本以及康熙間秀水王氏芥子園重刻本。

張自烈，明季文士，生卒年無考。《四庫提要》於《正字通》條下云：「自烈字爾公，南昌人。」而同書「四書類存目」中有《四書大全辨》三十八卷，云：「明張自烈撰。自烈字爾公，宜春人，崇禎末南京國子監生。」其人時代名字，均與作《正字通》者同，但一作宜春人，一作南昌人，兩縣同隸江西，未審孰是。余嘉錫乃據吳山嘉《復社姓氏傳略》卷六所引《西江志》提供的資料：「張自烈，字爾公，號芑山，宜春人。博物洽聞，著有《四書大全辨》、《古今文辨》、《正字通》十餘種行世。」斷定其籍貫確爲宜春（今屬江西省）。關於張自烈之生平行事，《四庫提要》云：「自烈與艾南英爲同鄉，而各立門户，以評選時文相軋，詬厲喧呶，没世乃休。」清宜興陳貞慧《書事七則》中有《防亂公揭本末》篇，記明末阮大鋮事云：「乙酉，逮諸生沈壽民、張自烈、沈士柱，凡號爲清流者，惴惴懼重足立矣。」則張自烈爲當時復社文人之流亞無疑矣。所著書除最負盛名的《正字通》和上文涉及者外，尚有《與古人書》二卷、《芑山文集》二十二卷、《芑山詩集》一卷和《諸家辨》。

廖文英，清初人，字百子，號昆湖，連州（今廣東省連縣）人。性通敏，少嗜學，長讀書榕園，年二十筮仕。博涉經史百家，究心理學，康熙中官南康府知府，曾主持修纂《南康府誌》十二卷。

《正字通》較明末梅膺祚《字彙》爲晚出，基本上是爲補正《字彙》的缺漏和錯誤而作，所以在分部、排列等體例方面一仍《字彙》之舊。《正字通》沿用了《字彙》首創的新部首分類法，將所收三萬三千六百七十一字分別歸屬二百十四部。全書分爲十二集，每集命以地支之名，始於子而終於亥，一集内有再細分上、中、下者。正文前總目中標明每一部收多少字，若所收字數與《字彙》同部所收字數不合，則注明「舊幾字，今增大字幾，注附增小字幾」，每一集目標中，注明各部所收字從「幾畫至幾畫止」，頗便於查檢。此書還將《字彙》首末卷的各種附録，如「運筆」、「從古」、「遵時」、「古今通用」、「辨似」等一並以《字彙舊本卷首》的名目排列在正文之前，只摒除了《字彙》的《韻法直圖》一項和每部前面的目次表。其凡例和正文中所謂「舊本」、「舊注」之「舊」，即是指《字彙》而言。

當然《正字通》在編排和説解内容方面，有些地方也改變了《字彙》的原式；又因爲它是補正《字彙》的缺點錯誤的，因而也確有許多改進和優於《字彙》的地方。《正字通》之特色，揚榷而言，有如下幾端：

一、雖沿用《字彙》按部分畫的原則，把一個字的古、籀、譌、俗各體分隸各部，但於本字釋文之中將散見各部的異體一一注明，可使讀者同時對異體也一目了然。如刀部十二畫「劃」字釋文分別將篆體「劃」、別體「𠟱」、譌體「劐」、「𠜗」、「㩇」一並列出。

二、對複音詞特別是連綿詞，如「鸚鵡」、「梐枑」、「䘒衧」、「狻猊」之類的處理，《正字通》一改《字彙》前後兩見、重復説解的弊病，而采取一處詳釋一處略舉的合理方式，使之只見於一處，避免了疊牀架屋。如「狻猊」之義在七畫「狻」字下詳加注解，八畫「猊」字則只注音切，說明「見前『狻』注」。對不同部而相通的字，如口部的「吶」與言部的「訥」，《字彙》的注釋彼此雜見；《正字通》則於「吶」字下解釋兩字的異同，在「訥」字下僅注明「詳見口部『吶』注」。

三、改正《字彙》的誤收、錯說和錯訓，《正字通》凡例云：「舊本有字畫訛省者，有非古文以爲古、非俗字以爲俗字者，有字同異訓、字異訓同者，有首尾重復自相矛盾者。」其間援證失倫，真僞錯互而爲《正字通》指擿糾正者不在少數。如糾正誤收，《字彙》目部收「𥃦」、「䀠」二字，《正字通》則在「䀠」字下注：「𥃦、䀠並俗字，宜刪。」糾正誤說，如《字彙》手部有「据」字，注曰：「與『攄』同」，而手部與「攄」通的「擄」字釋文却又說：「《六書正訛》別作『据』，非。」《正字通》便在「据」字釋文中指出：「擄、攄、据古通，舊本……前後矛盾。」糾正誤訓，如《字彙》訓「嚬」爲「笑」，《正字通》口部「嚬」字釋文正譌曰：「『嚬』與言部『𧮂』別，未聞訓『嚬』爲『笑』者，信如舊注『笑』，則韓昭侯所云『一嚬一笑』猶言『一笑一笑』，西施當是病心而笑，背理甚。」此外，對《字彙》涉及州郡沿革、古今姓氏諸字的缺漏、錯誤或未詳也作了訂補。

四、打破了《字彙》在注音上率由舊章、因循成規的保守思想。作爲古音學上清初取得長足進步的反映，《正字通》對宋代以來廣泛流行並有很大影響的「叶音」之說持懷疑否定的態度，除詩歌、銘讚、謠諺叶韻外，其他概不載叶音，不照搬《字彙》引《周易》、《禮記》、《釋名》、《白虎通》之類書常强叶其音實際上是違反科學的做法。此外，《字彙》對同字同音，有時采用諸家之說，分注幾個反切，使讀者無所適從；《正字通》對一個字的一個音讀，只注一個反切，減少了糾紛。

五、對所收字的說解不專主一家之言，也不專主漢晉之說。以往字書除引《說文》外，罕採唐以後之書，多只以漢晉人注釋爲根據，而《正字通》凡例則云：「釋經概從馬（融）、鄭（玄）、王（肅）、趙（岐）、程（頤）、朱（熹）、蔡（沉）、陳（淳）諸家傳注，粗通大義。」又云：「凡《法華》、《楞嚴》諸經，及歷代禪宗語録，擇可存者附本注。」《正字通》引書範圍之廣於書前引用書目中可明顯看出，這樣既可擴大知識範圍，又可廣聞異說。兼取衆説並能擇善而從，是《正字通》有別於《字彙》和以往其他字書的地方。例如人部「傳」字的説解，所引《内則》及注，即是全引元人陳澔《禮記集説》之文，沒有再加解釋，這是因爲「傳，移也」雖是鄭玄注，但語焉不詳；孔穎達疏雖加闡釋，亦不甚明了。而除陳澔《集説》是兼取注疏而改寫的，言簡意賅，所以引陳注後無需再加説解。不寧唯是，《正字通》在引用經籍原文時，注意了上下文的連貫；並引用原注來説明所引之書，有時還對所引之注再作解釋，使注的意思更明白曉暢。仍以「傳」字釋文爲例：「又《内則》：『父母舅姑衣衾、簟、席、枕，凡不傳。』注：『傳，移也。』謂此數者每日置之有常處，子與婦不得移置他所也。」

六、注意吸收字義發展演變過程中不斷産生的新義項，包括當時俗語詞中包含的新字義。如近代漢語中「派」字由「水的支流」所引申出的「分配」義乃以往字書所未收，《正字通》則吸收了這一新義項，釋爲「物均分曰派」。

由於以上特點，比較《字彙》，《正字通》確有其改進之處，但是也存在不少缺點。誠如《四庫全書總目提要》所指出的，徵引繁蕪，頗多舛駁，實此書一大弊端。例如「方」字、「文」字之釋文皆長達千言，「主」字、「傳」字和「琶」字的説解分別有九百和六百之多。不僅失之太繁，而且其基本内容往往與《字彙》大同小異，只不過增加了引證和解説而已。其次此書「又喜排斥許慎《説文》，尤不免穿鑿附會」。例如人部「候」字注：「呼扣切，音後，伺望也。《釋名》：『候，護也，可以護諸事也。』」其實，「候」義「伺望」，原見《説文》，字本作𠋫」。《正字通》先出此本義，本來是很正確的，但偏不出《說文》而引《釋名》之聲訓，其義又不相副。其末還要加說明：「通作『𠋫』，《說文》有『𠋫』無『候』，互見前『侯』字注。」而「侯」字注仍本《說文》，詳辨「侯」、「候」兩字的區別。實在過於執拗，殊爲治文字訓詁者之大病。至於《字彙》引書不出書名、篇名之弊，亦同樣見於《正字通》。崇尚《說文》的清代學者往往十分鄙夷《字彙》、《正字通》一類的書，朱彝尊《汗簡跋》中曾說：「小學之不講，俗書繁興，三家村夫子挾梅膺祚之《字彙》、張自烈之《正字通》以爲兔園册子，問奇字者歸焉，可爲齒冷目張也。」所謂「兔園册者，鄉校俚儒教田夫牧子之所誦也」。《正字通》在清代學術界的地位是可想而知的。不過儘管此書當時地位不高，但連四庫館臣也不得不承認由於「《說文》體皆篆籀，不便施行；《玉篇》字無次序，亦難檢閱。《類篇》以下諸書，則惟好古者藏弆之，世弗通用；所通用者，率梅膺祚之《字彙》、張自烈之《正字通》」。可見和《字彙》一樣，《正字通》在民間的流行和影響是十分廣泛的。

自漢代許慎《說文解字》問世以來，我國字書「分別部居不雜廁」的部首分類法沿用了一千多年，直到金代韓孝彥、韓道昭《四聲篇海》才對《說文》這一體例進行了一些成績並不很大的改造，改併《說文》五百四十部爲四百四十四部；而真正出色地完成部首分類革新的即是受到輕視的《字彙》和《正字通》。《字彙》首創的二百十四部分類爲《正字通》所繼承，我國古代字典體式、規模的確立，《正字通》起了重要開基作用。比之《字彙》，《正字通》大有後來居上之勢。後出的《康熙字典》正是在《字彙》、《正字通》奠定的基礎上完成中國古代字典從形式到內容的革新的。

關於此書的研究著作，清徐文靖《管城碩記》三十卷中有《正字通略記》四卷，今存。另據謝啓昆《小學考》載，清胡宗緒有《正字通芟誤》，收入《桐藝文志》，存佚不明。（官榮卿）

隸辨

〔清〕顧藹吉

《隸辨》，八卷。清顧藹吉撰。據其初刊於康熙五十七年（一七一八），又以書前項絪識語有「焉可不鋟本而急傳也」之語，很可能此書即成於是年，書甫成，即付梓。有康熙五十七年項絪玉淵堂原刻本和乾隆八年（一七四三）黄晟重刻本，前者有北京市中國書店一九八二年版、中華書局一九八五年影印本，影印本附有索引。

顧藹吉，生卒年月不詳，字畹先，一字天山，號南原，長洲人（今江蘇蘇州）人。曾以貢生官儀徵教喻。精繆篆，工八分；又善山水，宗法元人，衝和雅逸，綽有風情。《國朝書畫家筆録》卷一、《國朝畫識》卷九、《國朝書人輯略》卷三有傳。

《隸辨》一書，作者自謂「爲解經作也」，因「漢人傳經多用隸寫，變隸爲楷，益失本真，及唐開元，易以俗字，名儒病其蕪累」。於是「收集漢碑」、「鋭志精思」、「積三十年之久」而後成書。

此書是仿宋婁機《漢隸字原》鉤摹漢隸之文，以宋《禮部韻略》編次的體例，集以漢碑爲主，兼收並蓄魏晉碑碣之隸字而成。就其内容性質而言，是一部隸字字典。

書前爲作者自序和梓行者項絪識語，概略介紹了此書的編纂宗旨、綴輯體例。全書八卷，其中正文五卷,「偏旁」一卷,「碑考」二卷,卷末附《隸八分考》和《筆法》各一篇。

正文以四聲分卷，平聲分上下二卷,五十七韻,其餘上、去、入各一卷,分別爲五十五、六十、三十四韻,合計二百零六韻。凡同韻之字,則隸於一韻之下。每字羅列漢代(也包括少量魏晉)碑碣中該字的隸書各體字樣，字皆「出自手摹，諦審無差」。如卷一東韻「風」字，收集了《郙閣頌》、《衡方碑》、《曹全碑》、《華山廟碑》、《尹宙碑》、《夏承碑》、《孔耽神祠碑》、《楊震碑》、《綏民校尉熊君碑》中形體、風格各異的九個隸書「風」字,每字之下,除分別注出碑名外,又各引以碑語。一字而有異讀者，則分繫各韻之下。如「上」字，其讀上聲者,見卷三養韻,讀去聲者,則見於卷四漾韻。古文多通假字,凡字有通假者，則將借字繫於本字之後。如卷四漾韻「峻」字下即收有通假字「駿」和「俊」,「駿」下注曰:「《羊竇道碑》:『危駿回遠』」,《隸釋》云:『駿即峻字』。……《詩·大雅》:『駿極於天』,《釋文》云:『駿又作峻,同。』」「俊」下注曰:「《郙閣頌》:『克明俊德』。……俊與峻通,《書·堯典》『克明俊德』,《禮記·大學》作『峻德』。」而稕韻又分別收有作爲本字的「駿」與「俊」,則與「峻」字無涉。每字的釋文,除引前人書以作考證外,又多以按語之形式,提供有關字形演變以及訛體、俗字等知識。如卷三麌韻「羽」字按云:「《説文》作羽,隸省作羽。」由此可見一字之隸變。卷五麥韻「麥」字按云:「《説文》作麥,從來從夂,《廣韻》云:『俗作麦。』」由此可見現在通行的簡化字,往往採用古已有之的俗字。卷四震韻「亂」字按云:「《説文》亂從乚,俗作亂,非。」由此可見一字往往有訛體,但習非成是,訛體因而轉成正體,如卷四線韻「羡」字即其例,《隸辨》按云:「《説文》羡從㳄,㳄讀若涎,碑訛從次,今俗因之。」

卷六爲「偏旁」，將許慎在《説文解字》中確立的五百四十部首由篆而隸的演變、始「一」終「亥」作了説明，括其樞要，辨證精核。

卷七、卷八爲「碑考」，將所採漢代和魏晉碑碣三百六十餘通，逐一介紹其存亡等情況。存者注今在某處，亡者引某書云在某處，俱有引證。以年代先後爲次，條理頗爲秩然，比較《漢隸字原》之「碑目」要詳核得多。

《隸八分考》和《筆法》二篇採輯舊說，取《說文·序》、《漢書·藝文志》、《後漢書·儒林傳》、《晉書·衛恒傳》、《四體書勢》、《唐六典》、張懷瓘《書斷》七書中言及隸與八分者，以及蔡邕、鍾繇之書論，録其文而各爲之疏證，徵引頗繁富。以其對研究隸書與八分之區別、隸書之法有一定參考價植，遂附《隸辨》以行世。

《隸辨》承《漢隸字原》之緒，在元明金石學中衰之後，爲清代復興時期石刻著録中纂字類書中蒐集最完備的一部書。雖以《字原》爲藍本，由於將婁機之後續出之碑，如《魯孝王刻石》、《曹全碑》、《張遷碑》等，盡爲摹入，而且脩短肥瘠不失本真，實足補《字原》之闕。《四庫提要》謂《隸辨》自稱採摭漢碑所有字，有不備者，始求之《字原》，「殆不足憑」，又譏其「所引碑語，亦多舛錯」，固有言之成理處，如卷一東韻「通」字下引《漢成陽令唐扶頌》「通天之祐」，而《唐扶頌》實無此語，蓋以《隸辨》所載「受天之祐」句與前一行「通天三統」句適相齊而誤抄所致，這是《隸辨》僅據《隸釋》而未見原碑、徵引又未加細檢之確證。然而《提要》以不狂爲狂者，亦不乏其例，李慈銘《越縵堂日記》、余嘉錫《四庫提要辨證》論《隸辨》之得失，均有駁《提要》之錯者。因之，《提要》所云亦未可視爲的評。

（官榮卿）

康熙字典

〔清〕張玉書等

《康熙字典》，十二集四十二卷。原名《字典》，清張玉書、陳廷敬等奉敕編。成書於康熙五十五年（一七一六）。最早爲康熙年間內府刊本；另有共和書局石印本、上海鴻寶齋石印本、同文書局影印本、商務印書館一九三五年銅版影印本（書後附王引之《字典考證》）。中華書局一九五八年影印本（一九八〇年重印），書眉上方附列篆體，書後附《字典考證》，最便使用。

張玉書、陳廷敬的生平事跡見「佩文韻府」條。

據《康熙字典》書前御製序文和清聖祖康熙四十九年（一七一〇）「上諭」，康熙認爲以前的字書「《字彙》失之簡略，《正字通》涉於泛濫」，「曾無善兼美具，可奉爲典常而不易者」，因此，他要求編一部新字典，「爰命儒臣，悉取舊籍，次第排纂」，「命曰『字典』，於以昭同文之治」。從康熙四十九年（一七一〇）康熙敕命廷臣張玉書、陳廷敬等三十人編撰此書，前後經過六年，至康熙五十五年（一七一六）成書。

《康熙字典》是我國第一部以「字典」命名的工具書，也是集歷代字書之大成的古代官修字典。此書用子、丑、寅、卯等地支名爲十二集，每集又分上、中、下三卷，加上書前的凡例、等韻、總目、檢字及書後的補遺、備考等六卷，凡四十二卷。全書共立二百一十四個部首，按筆畫多少排列，起於一畫，終於十七畫。每部所收字，也按筆畫多少順序排列。釋字先音後義，在每字下先列《唐韻》、《廣韻》、《集韻》、《洪武正韻》、《古今韻會舉要》等韻書的反切，再分層解說字的本義。然後再列這個字的别音、别義或古音。所有說解（即義項）一般都引用古書來證釋。所引書證，多具書名、篇名，依時代先後爲次。在各音和義項間，都空一格並用「又」字來分隔。

《康熙字典》在漢語辭書史上具有重要的地位，它繼承了《說文解字》以降歷代字書之優點，並孕育了二十世紀初的現代化漢語語文字典、詞典的誕生。此書問世以後的二百多年間之所以一直執漢語字典之牛耳，是因爲它具有以下幾個特點：

一、收字極多，超過了它以前的任何字書。此書正文收字四萬七千零三十五字，連同補遺、備考，共收單字四萬九千多個。許多僻字、奇字、俗字，不見於其他字書的，在此書中往往都能查得。這既利於讀者查考，增强了字典的學術性和實用性，又保存了一批漢字的形、音、義資料。

二、注重解形和注音。此書對於漢字結構的分析，均以《說文》爲依據，凡《說文》收列之字，都引證《說文》，不像有的字書那樣任意分解漢字結構。對於注音，《康熙字典》不僅備載各書反切，而且標有直音，每字的末尾引有古韻材料，這對現代大型漢語詞典採用現代、中古、上古三段標音，不能不說具有啓發作用。

三、義項收録十分完備。此書不但匯集了《說文》、《玉篇》和《廣韻》、《集韻》等字書、韻書中的義項，還從經、史、子、集四部中網羅了大量材料，以豐富單字義項，同時還注意收列新産生的詞義及外來詞詞義，如「們」、「找」、「般」、「禪」等字的釋義。

四、引例十分豐富。一般每字每義下均有例證，有的一義之下還不止一個例證，如「舟」字船義下，列有《易》、《書》、《世本》、《呂氏春秋》、《山海經》等多個例證。另外，以前的字書引用古籍，多但舉書名或篇名，甚至僅言「某人之說」、「某氏之辭」，極難查核，而此書則基本上全錄書名和篇名。

五、其部首排列方式已成爲後來大型漢語字典的定型。《康熙字典》雖沿用《字彙》、《正字通》兩書二百十四部首，但由於《康熙字典》對後世的巨大影響，這種分部法遂爲後來的《中華大字典》、《辭源》、《辭海》、《漢語大字典》等沿用，也爲廣大讀者所熟悉。

《康熙字典》由於內容繁多，又限期畢功，加之成於衆手，因此不可避免地存有若干錯誤。二百多年來，爲其考訂者代不絕人，僅清人王引之《字典考證》就指出其引書錯誤二千五百八十八條，近人王力《康熙字典音讀訂誤》一書，訂正此書注音疏誤四千餘處。約略而言，《康熙字典》的錯誤主要有：注音古今雜陳，然否不辨；字義解說，時有不確；詞義排列，多有先後失次，引文錯誤或刪節、斷句不當，任意改動原文或與注疏相混；書名、人名、地名誤注等。

有關《康熙字典》的研究著作，主要有：王引之《字典考證》、劉葉秋《中國字典史略》（中華書局，一九八三年）、錢劍夫《中國古代字典辭典概論》（商務印書館，一九八六年）的有關章節，王力《康熙字典音讀訂誤》（中華書局，一九八八年）等。

（徐祖友）

中華大字典

〔現代〕陸費逵等

《中華大字典》，近人陸費逵等編。一九一四年成書，一九一五年中華書局出版，四册，綫裝縮本十册。一九五八年中華書局重版，二册。

陸費逵（一八八六——一九四一），字伯鴻，又字少滄。浙江桐鄉人。一九〇四年在武漢辦新學界書店，次年參加湖北革命團體「日知會」，兼任《楚報》主筆。《楚報》被封後避居上海，任昌明書店經理兼編輯，一九〇六年後任文明書局、商務印書館國文部編輯兼《教育雜誌》主編。一九一二年在上海創辦中華書局，歷任局長、總經理，兼編輯所所長，主持編寫《新學制教科書》、《新編國民教育教科書》等，影響甚大。著有《教育文存》五卷。

陸費逵在《中華大字典》序中指出，《康熙字典》有四大缺點：解釋欠詳確；譌誤甚多；通俗語未採入；體例不善，不便檢查。編者以《康熙字典》爲借鑒，補闕糾謬，改善體例，編出一部新穎的現代字典來替代傳統的字書，這就是《中華大字典》。

《中華大字典》是我國現代第一部漢語字典，也是《漢語大字典》出版以前收字最多的字典。

此書的編排依照《康熙字典》，按子、丑、寅、卯十二地支爲十二集，並沿用《康熙字典》的二百十四個部首，但調整了一些部首的排列順序，如「手、毛、心、爪以物同，入、八、儿、几以形近」而分別排列在一起，這是兼取許慎《說文解字》「據形系聯」和顧野王《玉篇》「據義系聯」的辦法來編次的。在所收的每個字下面，均先以反切注音，後解釋字義，列舉書證。新收之字，除正文本字以外，兼列籀、古、省、簡、或、俗、訛諸體。

《中華大字典》與《康熙字典》相比，有了顯著的改進：

一、全書共收漢字四萬八千多個。收字範圍廣，收錄了一些《康熙字典》未及收錄而當時已經廣泛使用的字，其中有有關西方科學技術的新創漢字，如「鉨」、「鎳」等。

二、注音採用以《集韻》反切爲主，另加注直音的辦法，每音只用一個反切，每個反切只列在一個字頭之下。如「與」有四音，就列四個字頭，下面各自標出反切。《集韻》未收之字，則兼採《廣韻》或其他韻書、字書的音切。這就比《康熙字典》一音並列幾個反切的做法顯得眉目清楚，更加切合實用。

三、釋義分項解說，每項只注一義，只列一個書證，並用㊀㊁㊂等數字標明順序。這是在漢語字典中首次使用數字明確標明義項，以後的漢語字典、詞典多沿用之。同時每個單字義項的排列，一般先列本義，次及引申義、假借義，顯得條理清晰。

四、有意識地收入和解說複音詞。在有的單字解說中，引出了一些複音詞，如「宕」，義項三下列有「延宕、拖宕」，義項四下列有「偏宕、流宕」，義項五下列有「跌宕文史」等。同時對引出的有些複音詞還予以解說，如「志」字下，解釋了「志士」、「遠志」。這就使《中華大字典》具有了現代語文詞典的雛型。

五、對形體雖同而音義並異的字，都另列字頭，排在本字之次。如「札，一黠切，報也」、「札，側瑟切，甲葉也」，即分列兩個字頭。這就突破了歷來字書以字形爲綱的窠臼，開始從音義結合上來考察漢字。六、成功地運用了乾嘉學派的研究成果，糾正了《康熙字典》中的錯誤兩千多條。

《中華大字典》是中國傳統的字書向現代語文字典、詞典過渡時期的產物，又加上編撰倉促，故缺點不少，主要表現在條目分析有的失之瑣細，如「舉」字共列出五十個義項，顯然未經科學歸納而一味離析；大量羅列書證而缺乏新見；對有的錯誤舊説未加訂正；釋義和引書名稱有時前後不一等。

關於《中華大字典》的研究著作，主要有劉葉秋的《中國字典史略》（中華書局，一九八三年）、陳炳迢的《辭書概要》（福建人民出版社，一九八五年）中的有關章節等。

（徐祖友）

辭源

〔現代〕陸爾奎等

《辭源》，十二集。近人陸爾奎等編。商務印書館一九一五年出版正編，一九三一年出版續編，一九三九年出版合訂本，一九五一年出版改編本，一九七九年至一九八三年出版修訂本，共四册，一九八九年出版合訂本。

陸爾奎（一八六二——一九三五），字浦生，號煒士。江蘇省武進縣人。清光緒十七年（一八九一）舉人。早年曾在天津北洋學堂、上海南洋公學任教席。力主維新，與同鄉、國民黨元老吳稚暉過往甚密。後被廣州知府龔心湛聘爲廣州府中學堂監督，並兩次前往日本考察教育。一九〇六年進商務印書館，一九〇八年開始編《辭源》。晚年積勞成疾，雙目失明，回家鄉澹泊明志，自奉節儉。

《辭源》不論是在收釋的知識內容上，還是在編纂工藝上，都不愧是一部推陳出新的有劃時代意義的新型工具書。

我國古代辭書大多是解經的工具、經學的附庸，其知識內容往往是拘於一隅的。《辭源》則在繼承古代字書、韻書、類書的基礎上，充分吸取了外國辭書的特點，廣收博采語詞及百科性詞目，古今中外，無不詳備，開創了我國現代辭書——兼有語詞和百科的綜合性詞典的新格局。《辭源》計收單字一萬三千個，複詞五萬餘條，續編又增補了三萬餘條，共收詞目號稱十萬條，其收錄詞條之夥，門類之廣，堪稱史無前例。它一方面從語詞的角度收集字詞、成語、典故、俗語、習語等，另一方面又從實用的角度博採了國學、古籍中有關經史、地理、典章、制度、文化、技藝、博物等的條目，尤其是從現代社會科學、自然科學、應用技術中廣泛採收新名詞、新術語（如銀行、租界、治外法權、杯葛運動、實用主義、多項式、畢達尋拉之定理、化學元素、紅外綫等），以及古今中外的人名、地名、書篇名等，不啻是融舊知新學於一爐的萬寶全書。《辭源》編纂和出版的年代，正是我國封建社會瀕於解體、民主革命運動蓬勃興起和西學東漸的年代，所以它對傳統文化知識的解釋，充分吸收了前人的研究成果，而且它還提供了不少新的見解，這正適合了大衆「貫通典故」的要求，而對於西學新詞的收錄和解釋也切合了大衆「博采新知」的需要。《辭源》既是一部研究國學的重要辭書，又是一種傳播新思想的啓蒙工具，對於當時的新文化運動無疑是很有積極作用的。

《辭源》在編纂工藝上也有很多創新。首先，它開創了「部首·筆畫·以字帶詞」的綜合編排方法，使條目的排列和查檢更加嚴整有序。《辭源》一方面借鑒了《康熙字典》的部首、筆畫排檢法，將一萬三千個字頭歸屬於二百十四個部首，同一部首中的字，再以筆畫多少爲序；另一方面更參酌了《佩文韻府》、《駢字類編》收録字詞的方式，略加改革，在各字頭之下，帶上該字頭爲詞首字的所有複詞條目。對這些多字條目則按「字數、筆畫」的原則排列，詞條的字數少的在前，多的在後；同詞首字的詞條按其第二字筆畫的多少爲序，少的在前，多的在後，第二字相同的，則按第三字的筆畫多少爲序，依此類推。《辭源》的這個編排方法，比以往所有的辭書，無疑是進步嚴密多了，其後所出的辭書如《辭海》等，紛紛沿用其例。其次，《辭源》在詞條微觀結構的撰寫上也有了較實用的細則凡例，如對每個單字都先注上《音韻闡微》的反切注音，有的還加注漢字直音，標明其所屬韻部，然後再分項解釋字義，舉證説明。單字條目後所帶的多字條目，也都一一分項解釋並給出書證。釋義程序和方法，大致同一而稍有靈活變化，通常是在詞條下先説明詞義和用法，然後引書證明；有的更在引文之後，又略加按語辨析；有的則先列引文，再附説明；有的爲了避免解釋與引文重復，或因引文足可代替解釋，即只録引文，不再注釋；有的因原文較長，不便照録，即撮敘大意，然後再標出來源；有的常識性詞條，無須引注詞源而應明其變革的，則用綜述的方式加以説明。上述做法説明了《辭源》對詞條微觀結構的寫法，比起以前的許多辭書來，是條理分明、眉目清楚多了。

《辭源》作爲一部開山的力作，其功誠不可泯，但其中的不足與失誤亦屬難免。書中一些有關社會政治、經濟和自然科學的名詞術語大都早已陳舊過時，或者解説不免於錯誤、片面；即便是在語詞文史類條目中也時有出現音義解釋的錯誤（如：俺，邵劍切；鉛，余全切；孤僻，所居荒遠也；方兄，對僧道者的敬稱）；在書證資料方面的疏誤之處更多，魯魚亥豕、張冠李戴的事時有發生，甚至有的所謂書證竟是編者杜撰的（如「懸殊」條所引《三國誌》「賢聖之分，所覺懸殊」句）；所收條目，也很有不平衡處，顯得取去失當，有時不分輕重巨細地胡亂湊數進來，如相當數量的佛學條目，有的則連常識性條目也失收了，如「散曲」條就未見收録；在編排體例上也多有不盡完善之處，如引書格式不相一致，引書不詳標卷次篇目，筆畫相同的字條排列未見規則，如此等等，都説明了《辭源》需要進一步的修訂提高。

一九三九年起，商務印書館曾組織增訂《辭源》，至四十年代末新集詞條資料達五萬餘則，後因故未果，僅於一九五一年出了一種修訂縮編的《辭源》改編本，其内容與樣式同舊本並無大别。一九五八年後，國家決定對《辭源》修訂重編，並根據與《辭海》、《現代漢語詞典》適當分工的原則，將《辭源》修訂爲閲讀古籍用的工具書和古典文史研究工作者的參考書。一九六四年出版了《辭源》修訂稿第一册，後工作陷於停頓，一九七六前後重新工作，由吳澤炎、黃秋耘、劉葉秋任總纂，於一九七九年至一九八三年先後出版了《辭源》修訂本四册，一九八九年出版了合訂本。

《辭源》修訂本根據「以語詞爲主，兼收百科；以常見爲主，强調實用；結合書證，重在溯源」的編纂修訂方針，對舊《辭源》作了徹底的重編，使其在許多方面發生了重大的變化：

一、詞目的調整。《辭源》修訂本删去舊《辭源》中的現代社會科學、自然科學、應用技術方面的名詞術語，對古代語詞和文史詞目也作了不少增删，收詞止於一八四〇年。這樣，《辭源》修訂本共收單字一萬二千八百九十個，複詞八萬五千一百三十四條，共九萬七千零二十四條，在總條數上與舊《辭源》不相上下，而在具體詞條上則發生了很大的變化。

二、注音的改革。《辭源》修訂本廢棄了原來不古不今的《音韻闡微》的反切，單字下改注漢語拼音和注音字母，並加注《廣韻》的反切，標出聲紐，《廣韻》不收的字，採用《集韻》或其他韻書、字書的反切；另外，還對多字條目的首字一一作出了讀音的標注。這樣，《辭源》修訂本的注音不僅有很大的實用價值，而且對文史研究工作有重要的參考價值。

三、釋義的改進。《辭源》修訂本利用學術界的最新成果、第一手的資料對詞條逐條辨證，得以糾正了舊《辭源》的不少釋義錯誤，用語力求簡明確切，在詮釋時並注意探索詞語的來源及其發展演變，力求反映詞義的歷史嬗變的軌跡。

四、資料的核證。《辭源》修訂本對全書所使用的書證資料一一作了覆核，並統一加標了作者、書篇名和卷次，這就根本上加强了《辭源》的科學性和權威性。

五、體例的革新。《辭源》修訂本採用了「參見」形式，把一個詞目涉及的有關條目結成一片，以提供較完整的知識信息；有的條目，在解釋和引證之後，還略舉參閱書目，以擴大知識容量。在編排上，《辭源》修訂本對「部首、筆畫」排檢法更作了第三層次筆順的考慮，使所有同筆畫的字頭和詞目也有了次序可循。

總之，經過重編的《辭源》修訂本已同舊本有了根本的不同，它是一部高質量的古漢語範疇的以語詞爲主兼收百科的綜合性詞典。當然，由於《辭源》卷帙浩繁，修訂時間有限，又成於衆手，因而書中各部分之間的質量並不平衡，解說、溯源、引證都不無疏失之處，如「韋應物」條稱「《唐書》有傳」，其實新舊《唐書》皆無傳，又如「拋磚引玉」仍復引述了舊《辭源》不合史實的常建邀趙嘏續詩的傳聞，「五世同堂」僅作了解釋而舉不出書證，再如將「郢匠」不確切地隨文釋義地解作「對考官的敬稱」等等。

《辭源》的研究著作，主要有劉葉秋的《中國字典史略》(中華書局，一九八三年)、周大璞的《訓詁學要略》(湖北人民出版社，一九八〇年)等書中的有關章節。另，田忠俠著有《辭源考訂》，摘拾《辭源》溯末及源、引文不確、釋義欠妥、立目失當等十二個方面的問題凡一千一百零三條。(阮智富)

辭海

〔現代〕舒新城等

《辭海》，十二集。近人舒新城、張相等主編。中華書局一九三六年出版上册，一九三八年出版下册，一九四七年出版合訂本，一九六二年出版修訂試行本，共十六分册，一九七九年出版修訂本，共三卷，一九八九年出版新二版，共三卷，分册二十六種。

舒新城(一八九三——一九六〇)，原名玉山，學名維周，又名心怡，遁菴。湖南溆浦人。家境貧寒，曾依靠幫助國文教員代改作業、在黄鶴樓賣字等換取學雜費求學。一九一四年，假同族人的中學文憑考入長沙湖南高等師範學校，在校深得校長符定一賞識。一九一七年畢業後，任中學教員、大學教授等。一九二七年起主持《辭海》編輯工作，一九二八年繼徐元誥之後任主編。一九三〇年任中華書局編輯所所長。一九四四年長沙淪陷，日軍曾企圖要他由滬返湘，出任僞職，他以重病推託，堅决拒絶。一九四九年以後，繼續主持中華書局工作，並兼任文化部編審委員、上海市廣播學校校長等職。

張相生平事跡見「詩詞曲語辭匯釋」條。

《辭海》是繼《辭源》之後又一部中型的綜合性辭典。從内容到形式，以至整個規模、編輯設計，《辭海》在許多方面無疑是借鑒於《辭源》的，所以這兩部辭書有不少相似之處。不過，《辭海》編寫人員先後不下一百人，他們苦心耕耘二十年，並不滿足於仿效《辭源》，而是力圖在《辭源》的基礎上，自出心裁，有所改進，有所創造。

《辭海》確實有不少特點。在收録詞條上，《辭源》以語詞爲主，兼收百科，而《辭海》却以百科爲主，兼收語詞，它收詞凡八萬五千八百零三條，其中單字一萬三千九百五十五條，普通語詞二萬一千七百二十四條，而百科詞却收了五萬零一百二十四條，百科部分幾佔全書的五分之三。就是在普通語詞的收録上，《辭海》也有與《辭源》不同的側重點，《辭源》重在蒐集古代語詞，《辭海》則在收録古代語詞的同時，還强調採收近現代的新語詞、活語詞，如在「一」字條下即收了「一工、一干、一火、一方、一些、一味、一注、一芹、一派、一般、一副、一造、一發、一餉、一霎、一應、一瞥」等複詞，這就是黎錦熙在《辭海》卷首的序中稱爲「賞奇」的《辭海》特色，博採「常俗用字」。

在音義詮釋、書證資料的運用上，《辭海》由於有了前車之鑒，就得以避免《辭源》許多疏誤不足之處，而能有所改進和提高。《辭海》的注音是仿照《辭源》而取《音韻闡微》的反切的，但不因循墨守。如在「鉛」字下注「余全切，音沿，先韻。今讀如牽。」前句取《音韻闡微》音，後一句則特地説明今音已有變化，這就比墨守《音韻闡微》的音來得好。《辭海》還根據當時教育部所公佈的《國音常用字匯》所定的字音，以注音字母和國語羅馬字爲工具，製成《國音常用字讀音表》附於書後，這既便於讀者查檢字音，同時也增强了辭書正音的權威性。《辭海》在釋義取證方面，由於比勘查證的功夫較深，也有長足的進步。對百科詞的解釋，由專家專人編撰，一般都寫得比較嚴謹精當；而對於普通語詞的訓釋，也時有創新。如收「一發」條，並釋出「越發、一同」等近現代新義；在「壁」字條下增釋了「方面」等新義，使釋義更全面完備。《辭海》所取書證資料，除來自第二、三手的字書、韻書、類書外，還講究直接查證第一手資料，所以資料性錯誤，比《辭源》少一些；而新採用的書證，不少是比較精彩的。例如「拋磚引玉」條，《辭源》只舉出常建寫詩引出趙嘏續篇的虛妄傳說爲證，却說不出資料來源；《辭海》則逕直舉出盧綸詩和《傳燈録》爲書證，顯然略勝一籌。

此外，《辭海》在編寫體例等方面也有相當大的改進。例如《辭海》引書舉例大都加注篇名，不僅方便讀者，也增强了書證資料的可信程度。又如《辭海》廢棄《辭源》舊式的句讀法，全書一律使用新式標點，這也是一個很大的進步。

儘管《辭海》在當時是一部後來居上的綜合性辭書，畢竟有其時代的局限性，存在不少錯誤和缺點，有的甚至還是沿襲了《辭源》的疏失。其中大部分的百科詞條，由於時代的進步、社會的變遷和觀念的更新，日漸顯示出政治性的、科學性的以及知識性的謬誤，從而變得陳舊無用；還有一些其他錯誤。例如有一些抄自《佩文韻府》、《駢字類編》的書證並未復核，造成了以訛傳訛。如「駿骨」條將元稹詩引錯；「存神」條將馮衍的《顯志賦》誤爲班固所作；「斂跡」條所舉兩書證也都不實；「九星」條所謂《周書》的書證則是子虛烏有。這類錯誤間有發生。還有編者說引文皆出書篇名，其實也不全如此。如在「解」字條下就有「解維、解組、解手、解鈴繫鈴」等條書證沒有出書篇名。在收詞上，《辭海》也有盲目性，各科詞語不成比例，隨意收録，佛教條目全書收了三千多條，佔全部百科詞條的百分之六，但同是宗教條目，基督教條目只收幾百條，伊斯蘭教甚至不足一百條，佛教條目同其他宗教條目、其他學科條目是無法平衡的；然而在這幾千條佛教條目中，仍然找不到「佛經、禪學、瑜伽宗」這樣重要的條目。在音義解釋方面，《辭海》的錯失也不少。如「九春」條將「三年」義誤釋爲「九年」，「孤僻」條將「孤高不合羣」義誤釋爲地勢偏僻等等。至於義項的漏列，那更是舉不勝舉了。

一九五七年後，主編舒新城組建了辭海編輯委員會，着手修訂重編工作。舒逝世後由陳望道繼任主編。一九六二年，中華書局辭海編輯所出版了《辭海》試行本十六分册，一九六五年出版《辭海》未定稿。陳逝世後由夏征農繼任主編，一九七九年，上海辭書出版社出版《辭海》（一九七九年版）三卷本，次年出版縮印本，一九八三年又出《辭海》增補本。從一九八五年起又對《辭海》（一九七九年版）進行修訂，於一九八九年出版《辭海》（一九八九年版），並先後出版新二版《辭海》各分册凡二十六種。

經過多次反覆的修訂重編，《辭海》（一九八九年版）除了其中部分詞目及資料是承繼舊版《辭海》的以外，大都是經過重行改編或新編的，它面貌煥然一新。

首先，《辭海》（一九八九年版）根據「以百科爲主，兼顧語詞」的編纂思想，重新設計了收詞的框架體系。全書收詞凡十二萬條，其中單字一萬六千五百三十四個。在規模上大大超過了舊版《辭海》，而且進一步將百科詞與語詞之間的配比調整爲七比三，增加了百科詞的收録。由於五十多年來社會的重大變遷和科學文化的突飛發展，故而對百科詞目作了大規模的增新刪舊的工作，許多新出現的學科如系統論、信息論、控制論、耗散結構論、協同論、突變論、環境科學、人口學、人才學、科學學、辭書學等的常用名詞術語都被採收進來，即便是傳統學科的新名詞，如化學中的液體金屬、準金屬、高壓液相色譜法、鑪鉼等新發現的元素，語言學中的心理語言學、數理語言學、機器翻譯、深層結構、轉換生成語法、法位學等，也都不遺餘力地注意收輯，許多現代人物、政治法律的條目也無不搜羅。同時刪除舊版中一些無關緊要的條目，如一些佛教條目。經過整編，百科條目達到了八萬多條，這樣就使學科體系進一步趨於完善與合理。其語詞部分，則根據同《辭源》、《現代漢語詞典》適當分工的原則，多從實用的需要出發，着重選收古代和近代語詞，這樣，新版也就比舊版豐滿而有特色。

其次，《辭海》（一九八九年版）在糾正舊版舛誤、提供新知方面也作了大量工作。舊《辭海》存在着許多錯誤，其中包括字音字形的、釋義的政治性、科學性、知識性方面的以及書證資料上的錯誤，新版《辭海》一一作了訂正。對所有資料還逐條查核，並且對詞條的新的音義書證資料作了大量的增補，這樣新版的內容就更準確、更新穎、更充實了。

再次，《辭海》（一九八九年版）在編纂方法上也大有改進。全書除摘引古籍資料外，一律運用現代漢語普通話；所用字體與字形，概以國家語委所規定的通用字、簡化字和新字形爲規範；字音則全部加注漢語拼音，並酌附漢字直音；條目之間建立參見系統，使之互相貫通，擴大信息量；廢棄舊的文字學原則的部首排檢法，新製檢字法原則的完全依據字形定部的二百五十部部首排檢法；爲方便查檢，還另編有筆畫查字表、漢語拼音索引、四角號碼索引和詞目外文索引；爲補充正文和擴大辭書的綜合性功用，還附錄了「中國歷史紀年表」、「中國少數民族分佈簡表」、「世界貨幣名稱一覽表」、「計量單位表」、「元素周期表」等十二種附表。

當然，《辭海》（一九八九年版）由於篇幅宏大、學科繁多、內容豐富，而又短期成於衆手，釋文難免有優劣之分，其間不免存有錯誤和缺點，各部分和條目之間的照應也間有疏漏，這些都有待於今後進一步的改進。《辭海》的研究著作，主要有劉葉秋的《中國字典史略》（中華書局，一九八三年）、周大璞的《訓詁學要略》（湖北人民出版社，一九八〇年）等書的有關章節。

（阮智富）

辭通

〔現代〕朱起鳳

《辭通》，二十四卷。近人朱起鳳編纂。一九三四年開明書店初版，一九八二年上海古籍出版社重印。

朱起鳳（一八七四——一九四八），字丹九，浙江海寧人。出身世代書香之家，自幼受道德文章家風薰陶，十六歲應童子試入選，二十一歲補爲廩生。曾任硤石米業小學國文教員、硤石圖書館館長、海寧國學專修館館長、教育部國語統一籌備委員會特約編纂員等職。早年曾參加同盟會，投身辛亥革命、二次革命。著作除《辭通》外，另有《古歡齋雜識》手稿存世。

光緒乙未年（一八九五），朱起鳳外祖吳浚宣任海寧安瀾書院院長，以詩文課士。二十二歲的朱起鳳深得其賞識，幫其閱改課卷。一次，朱起鳳見卷中有「首施兩端」字樣，疑爲筆誤，遂加批「當作首鼠」於卷上。卷發，合院大嘩。學生公開貽書指責：「《後漢書》且未見過，烏能閱文！」原來「首施」、「首鼠」同詞異形，前者見於《後漢書・西羌傳》，後者見於《史記》。這一教訓使他自感學業不足，開始發憤讀書，潛心鑽研古書中的同詞異形現象。自翌年起，至一九三〇年，積三十年之力，易稿十數次，始獨力編成《辭通》一書，凡三百萬言。

《辭通》，初名《蠡測編》（取《漢書・東方朔傳》「以蠡測海」之意），後改爲《讀書通》，又鑒於前人已有《讀書通》之名，遂改爲《新讀書通》，最後應開明書店之請，易名《辭通》出版。

《辭通》是一部以古書中的雙音節同義異形詞爲收録、比較對象的詞典。這些詞語主要是聯綿字，也有一些複合詞和詞組，它們或在字音、或在字形、或在字義上有密切的聯繫，編者通過音韻、校勘、語義諸方面的分析比較，幫助讀者認清這些詞語之間的關係，從而真正讀懂古書。全書收録詞語約四萬條，分爲數千組，每組由一個習見的雙音節詞語領頭，後面跟着數量不等的異形別體。全書按每組領頭詞語第二個字所屬的平水韻韻部，依次排列，其餘異形別體則按其所出經史子集的次序排列。考慮到現代讀者不便，書後有按全部詞語的首字編排的四角號碼索引。如對四角號碼檢索法不熟，書後又有筆畫索引，可據以檢得首字的四角號碼。書前的《辭通檢韻》則供檢索領頭詞語第二個字的卷數頁碼之用。

《辭通》的詮釋方式通常是領頭詞語下解釋詞義，間或加注反切或直音，然後在這組詞語的最後加按語，扼要闡明這組詞語之間的關係。也有僅加按語、甚或連按語也不加的，大抵因詞義或詞語之間的關係淺顯易懂，或見於原注，無須贅言。此書所收録的同義異形詞大致有三種情況：

一、因音同或音近而産生的同詞異形，包括聯綿字，如《莊子・秋水》「盳洋」，《釋名》作「望佯」、《史記・孔子世家》作「望羊」、《論衡》作「望陽」，疊音字，如《孟子》「欣欣」，《晉書・陳元達傳》作「忻忻」、《史記・萬石君奮傳》作「訢訢」、《漢書・禮樂志》作「熙熙」、《唐書・孔戣傳》作「軒軒」，通假字，如《尚書・禹貢》「岷山」，《史記・夏記》作「汶山」、《管子・小匡》作「文山」、《楚辭・天問》作「蒙山」等等。

二、因字形相近或字體缺損而造成的同詞異形，如《水經注》「旱山」，《山海經》作「畢山」；《史記・天官書》「玄戈」，《文選・張衡西京賦》作「玄弋」等等。

三、因意義相同或相近而產生的同義異形，如《論語》「邦家」，《漢書・孫寶傳》作「國家」、《後漢書・應劭傳》作「朝家」；《漢書・蕭望之傳》「門生」，《晉書・李密傳》作「門人」、《晉書・唐彬傳》作「門徒」。

《辭通》特點有三：

一、搜羅宏富。編者親自從四百多種古籍（主要是唐以前的古籍）中摘錄第一手資料，其中經、子、史三類比較齊全，集部中重要的著作，大體囊括無遺。從學科來說，除文學、歷史、哲學、韻書和字典外，還旁及天文、地理、卜筮、宗教、生物、醫學、軍事、法律，以及歷代金石銘文等。因佔有豐富的資料，故所收異形詞數量多，價值高。

二、引文詳密。舉證詳載書名、篇名，以利讀者覆按。引文文意完整、斷句準確，奪訛極少。

三、考訂精審，發明良多。如戰國魏人范睢，左從「且」不從「目」，胡三省注《資治通鑒》誤定音爲「雖」，以致字誤爲「睢」。清錢大昕據武梁祠畫像作「范且」考定「注讀爲雖，失之甚矣」。《辭通》引《韓非子・外儲說左上》兩例均作「范且」，補錢氏之說，不但使錢氏論斷更加確鑿有據，而且對范睢的事跡較《史記》有所補充。

對於《辭通》的成就，章炳麟、胡適、錢玄同、劉大白、林語堂、程宗伊、夏丏尊都在所作序中給予很高評價。章炳麟說：此書「方以類聚，辨物當名，其度越《韻府》（指《佩文韻府》），奚翅什佰！」錢玄同將《辭通》按語簡潔，但求詮釋明白，不以繁徵博引爲貴比之於段玉裁注《說文》、王念孫疏《廣雅》。

《辭通》的不足之處是：一、忽視唐宋以降的語言資料。全書極少引用唐宋乃至元明清時代的書證，這些時代的同義異形詞得不到反映。二、許多條目沒有釋義，或者雖有釋義而生僻難懂，使讀者難以索解。

（王安全）

國語辭典

〔現代〕黎錦熙等

《國語辭典》，近人黎錦熙、錢玄同主編，中國大辭典編纂處編。一九三七年至一九四三年商務印書館出版，平裝八冊；一九四七年商務印書館再版，精裝四冊，並附《補編》；一九五七年商務印書館再版，有刪節，並改名爲《漢語詞典》。

黎錦熙（一八九〇——一九七八），字劭西。湖南省湘潭縣人。一九一一年畢業於湖南優級師範史地部，畢業後從事教育工作，編過中小學教材，當過報紙編輯。一九一五年應教育部之聘，任教科書特約編纂員。一九二〇年起，先後任北京高等師範學校、北京女子師範大學、北京大學、燕京大學國文教授。一九四八年任北京師範大學文學院院長、國文系主任，並兼任中國大辭典編纂處總主任。一九四九年後，任中國科學院哲學社會科學學部委員。著有《新著國語文法》、《比較文法》、《國語文法綱要六講》、《漢語語法十八課》、《漢語語法教材》（合著）等三十餘部，論文三百多篇。生平史料見《中國大百科全書》語言文字卷。

錢玄同（一八八七——一九三九），原名夏，字中季，少號德潛，後改掇獻，又號疑古，常效古法綴號於名前，稱疑古玄同。浙江省吳興縣人。近代著名文字音韻學家。一九〇五年入上海南洋中學，一九〇六年入日本早稻田大學，與章太炎、秋瑾等革命黨人交往，一九〇七年加入同盟會。辛亥革命後任浙江省教育總署視學，一九一三年起任北京高等師範、北京大學等校教授。五四運動時期，堅決反對封建文化，提倡文學革命。又積極參加國語運動，提倡漢字改革。曾與魯迅等人一起隨章太炎學習語言文字學，著有《文字學音篇》、《國音沿革六講》、《說文部首今讀》等。生平事跡見《中國現代語言學家》第一分冊。

早在五四運動以前，黎錦熙有感於中國傳統字書的缺陷，認識到編纂漢語語文詞典的重要性，主張編一部新型的漢語詞典，供學校漢語教學、廣大羣衆學習語文和專門學者研究漢語時使用和參考。一九二〇年，國語辭典編纂委員會成立；一九二三年，中國大辭典編纂處成立。黎錦熙擔任編纂處的總主任。他設想，《國語大辭典》要「給四千年來的語言文字和它所表現的一切文化學術等結算一個詳密的總帳」，因而「規模務求大，材料務求多，時間不怕長，理想盡高遠」。一九二八年以後編纂處各項工作並力進行，並計劃一九四八年成書，分三十卷，三卷合訂一冊，共十冊，按注音字母順序編排。到一九三七年抗戰爆發時，編纂處共剪録書報近五百萬張，黎錦熙、錢玄同、劉復也分別寫了帶有示範性質的《釋「巴」第一》、《「ㄅㄚ」稿本》、《「一」字稿本》。但是因爲《國語大辭典》規模龐大，卷數過多，加之當時戰亂不斷，一時無法成書，編纂處遂決定利用已經搜集的材料，先編纂一些中小字典、詞典，以供社會急需，《國語辭典》就是其中的一種。

《國語辭典》是我國第一部描寫性詳解型現代漢語詞典。它的特點表現在排序、注音、收詞、釋義四方面。

一、排序。打破了傳統的字書、韻書、義書的編序方式，以注音字母聲母爲綱，以韻母爲目，始於「ㄅㄚ」，終於「ㄙㄚ」，單字及複詞均按此原則排列。這是我國第一部嚴格意義上的音序詞典，開了後出的《現代漢語詞典》單字和複詞漢語拚音音序排列的先河。同時，由於它將所收的同音字全部排列在一起，因而也可視爲一部漢語同音字典。

二、注音。從來字書、韻書均以反切注音，不懂音韻學的人，實難掌握，加以語音因時、地而變化，因而所注反切很多已不合今音，在應用上尤感不便。而且一般字典、詞典的注音，多限於單字，而複詞、成語、術語中的各字，均不注讀音。《國語辭典》對注音尤爲重視，它收錄的全部單字、複詞、成語、術語均依一九三二年公布的標准國音（即北平音系）爲標準，逐字用注音字母標注讀法及聲調。凡經史古籍中的生僻字，均參酌唐宋以來的韻書，循古今音變條例，斟酌定音；凡屬活語言，則依北平口語音注音。單字還附注直音和反切，舊入聲及尖團也予以注明，單字在口語中的「兒化」、「輕聲」及詞兒連寫等，也以國語爲標準注出。凡學習標準國語的人以及想依國音來誦讀新舊典籍的人，得此書隨時檢尋，不但可矯正單字的讀音，且可知複詞前後音節孰輕孰重，以與活語言相切合。

三、收詞。全書收詞十餘萬條，超過當時的一般詞典。編者根據「凡獨立成詞、自具一義」者均予收錄的收詞原則，尤注重收録文籍和口語中習見恒用的詞匯，而無論其雅俗。對於近代漢語的口語詞，也十分注重，如宋、元、明、清時的白話，凡見之於語録、説部、詞典的儘量予以搜求收録。

四、釋義。釋義用語簡明扼要，力除舊字書訓解含混不清之弊。不一一詳引書證，酌注義項出處或引舉例句，以配合詞義解説。

此書的缺點是選詞計劃不周，有缺有濫，收録了不少非定型詞；釋義苟簡，讓人不易理解等。

有關《國語辭典》的主要研究著作有劉葉秋《中國字典史略》（中華書局，一九八三年）、陳炳迢《辭書概要》（福建人民出版社，一九八五年）中的有關章節等。

（徐祖友）

聯綿字典

〔現代〕符定一

《聯綿字典》，三十六卷。近人符定一編纂。一九四三年初刊於北平，同年北平京華印書局刊印《聯綿字典索引》，一九四六年中華書局重版於上海，《索引》附入。

符定一（一八七八？——？），字宇澂，湖南衡山（今湖南省衡陽市）人。少承家學，長事通人善化皮錫瑞。光緒末年畢業於京師大學堂，習英語。一九一〇至一九一二年職司教育，一九二六至一九二七年管轄監政。自一九一〇年起着手編輯《聯綿字典》，至一九四〇年寫定。全書凡四百萬言，獨力完成，耗時幾三十年。一九四三年書成，年六十五歲。

《聯綿字典》是一部以聯綿字爲收録、詮釋對象的詞典。本書收録六朝以前的聯綿字。不限於雙聲、叠韻、叠音詞，凡兩字聯綴，不能分開解釋的雙音節詞都廣泛收列。注音用反切，所注反切多採自大徐本《説文解字》，大徐本所無或古今音讀不一的字，間用隋唐間反語或《廣韻》、《集韻》的反切。釋義多依古注，遵循漢學師承，一詞多音多義，分條注釋。例證主要用十三經、《國語》、《國策》、四史、《宋書》、《魏書》、周秦諸子、漢魏叢書、《楚辭》、《文選》、《古文苑》、《漢魏名家集》等。原書注文及其他重要解説一併迻録。引例之後有作者按語，多引證字義，或指明版本異同和字體正俗。正文按詞目首字部首排列，部首設置及各字歸部悉依《康熙字典》，首字部首相同的，按筆畫多少排列，首字相同的詞按第二字筆畫多少排列，本字重叠的放在最後。正文仿《康熙字典》分子、丑、寅、卯……等十二集。前有黄侃叙、王樹枏叙、自叙及後叙，後有跋尾及附録。

《聯綿字典》搜羅宏富、廣徵博引、章法謹嚴，可爲聯綿字研究提供大量資料。但此書摘抄采録之功多，解釋判斷之功少。作者依黄侃所立古聲十九紐和古韻二十八部確定雙聲、叠韻，但其短於「通轉」之學，所加按語屢有失當。書中另收「古有舌上音説」、「古有輕脣音説」等音韻學論文四篇，可供研究者參考。（王安全）

汗簡

〔宋〕郭忠恕

《汗簡》三卷。宋郭忠恕編著。成書於北宋初，具體年代不明。有北京圖書館藏康熙四十二年（一七〇三）汪立名刻本、楊氏海源閣舊藏抄本、《四部叢刊》影印馮舒抄本、中華書局一九八三年影印本。

郭忠恕（？——九七七），字恕先，又字國寶。河南洛陽人。宋畫家、文字學家。生年不明，據《宋史》四百四十二卷，郭氏「弱冠」時「漢湘陰公召之」、《東都事略》卷一百十三「漢湘陰公鎮徐州，辟爲從事」等記載推算，郭氏約生於公元九二九——九三〇年。善畫山水屋木樓觀臺榭，精妙高古。又工篆隸，凌轢魏晉。《畫史會要》推崇郭氏書畫「俱爲當時第一」、「所列神品」。少善屬文及史書小學，通九經。五代時曾仕漢爲從事，因與同僚不和而棄官。後周廣順年中（九五一——九五三）周太祖郭威召爲宗正丞兼國子書學博士，宋太祖趙匡胤滅周，郭氏仍任博士，因觸朝規，被貶官削籍。宋太宗趙光義登基後又召其進京，在太學刊定歷代字書，授國子監主薄，太平興國二年（九七七）因批評朝政被杖，貶流登州，行至齊州臨邑卒，年約五十。著作除《汗簡》外，尚有《佩觿》三卷見存。

《汗簡》原缺作者姓名，宋代目録書如《崇文總目》、《郡齋讀書志》、《直齋書録解題》等都未存録，《宋史・藝文志》始載「《汗簡集》七卷」。北宋李建中定爲郭忠恕作。今本《汗簡》卷首李建中題記云：「《汗簡》元闕著撰人名氏，因請見東海徐騎省鉉，云是郭忠恕製。復『歸』、臼字部末『⿰目卯』字注脚，『趙』字下俱有『臣忠恕』字，驗之明矣。」李氏所述，頗有理據。同時郭忠恕在後周時便任書學博士，宋太宗時更受詔專職刊定歷代字書，他有條件看到一般人所看不到的秘籍，因此以「古文科斗字」作爲收字對象的《汗簡》成於郭氏之手，不應有甚麼問題。《汗簡》的成書年代，原書也無明確記錄，由李建中題記後的小引中「臣頃以小學蒞官」一語來分析，郭氏編撰《汗簡》乃在宋太宗命他專職刊定歷代字書之時，即太平興國元年（九七六），次年他貶死齊州，來不及將此書上進朝廷，所以《汗簡》一書在宋代鮮爲人知。

今本《汗簡》分上、中、下三卷，卷各分爲二，末有「略敘目錄」，所以或稱《汗簡》三卷（如《四庫總目提要》、《辭海》），或稱七卷（如《宋史・藝文志》）。郭忠恕名此書爲「汗簡」，取典於古人所謂「殺青書簡」，說明書中所收「古文」乃古人用以書簡的文字。《汗簡》正編前的《引用書目錄》列書達七十一種，如《古文尚書》、《古月令》、《義云切韻》、《衛宏字說》等。所引之書大多已散亡，現僅存《說文》、《石經》和《碧落文》三種。據清人鄭珍研究，七十一種引書中，有的書是異名重出，但正編引用過的書有的卻失載於《目錄》，《目錄》列書與正編引書略有出入。《汗簡》所收古文，大致出自《說文》和《石經》，值得注意的是，《汗簡》所引用的《說文》與今天所見的大徐本、小徐本《說文》並不全同，所引用的《石經》與《隸續》所收《正始石經》殘字也有差異。

郭氏在卷首小引中自述編書體例及釋文原則是：

> 諮詢鴻碩，假借字書，時或採掇，俄成卷軸。乃以《尚書》爲始，《石經》、《說文》次之，後人綴輯者殿末焉。遂依許氏各分部類，不相間雜，易於檢討，遂題出處，用以甄別，仍於本字下直作字樣之釋，不爲

隸古，取其便識。

體例基本模仿《說文》，「始一終亥」，各分部類。正編收字先列出一個點畫兩端尖銳的古文，然後注上釋文及出處，間或有在釋文與出處之中注明反切的（如「玨」字）。釋文不作隸定，因此所寫的楷體字樣常常不是所釋古文的本字，而是所釋古文的通假字、今字或異體字，如：

　簋。郭顯卿《字指》。

「簋」是所列古文的釋文，「《字指》」是此古文的出處。此古文從木、九聲，當隸定爲「机」，郭忠恕爲了「取其便識」而省去了「隸古」這一步驟，而直接以「簋」字作釋文。

《汗簡》一書歷來不受人重視，吾邱衍《學古編》中曾批評據《汗簡》作成的夏竦《古文四聲韻》說：「所載字，多云某人集字，初無出處，不可遽信，且又不與三代款識相合，不若勿用。」這正是宋以來學者輕視《汗簡》的代表性看法，即因爲《汗簡》所收古文出處不明，與銅器銘文不合，所以認爲不可信。至清代漢學復興，閻若璩考訂《古文尚書》乃僞書，所謂「古文」更是啓人疑竇，加上《說文》地位日高，《汗簡》的地位就更爲低下。至今有關《汗簡》研究的專著，只有一部，就是清人鄭珍的《汗簡箋正》。但鄭珍研究此書的目的是攻難，是爲了證明《汗簡》「不可遽信」、「不若勿用」。他認爲《汗簡》所收的《說文》、《石經》以外的古文，大都是炫人耳目的妄託。但是近年來有關戰國文字的考古資料如銅器、簡帛、璽印、貨幣等大量出土，發現《汗簡》所收古文每與戰國文字相合或相似，《汗簡》所收古文的字形對考釋戰國文字常有啓示，因此《汗簡》正越來越受到文字研究者的重視。

（葉保民）

歷代鐘鼎彝器款識法帖

〔宋〕薛尚功

《歷代鐘鼎彝器款識法帖》，二十卷，宋薛尚功撰。宋紹興十四年(一一四四)刻石，元以後，石刻散佚，現僅存宋拓本殘葉。木刻本有明萬曆十六年(一五八八)萬嶽山人硃印本、崇禎六年(一六三三)朱謀垔校刊本、清嘉慶二年(一七九七)阮元刻本、嘉慶十二年(一八〇七)平津館臨宋寫本、繆荃孫藏康熙五十八年(一七一九)陸桐亮據汲古閣本抄校本。其中以朱謀垔刻本爲最佳，有中華書局一九八五年影印本；繆氏藏本則有遼瀋書社一九八五年影印本。

薛尚功，字用敏，錢塘(今浙江杭州)人。宋紹興年間(一一三一——一一六二)以通直郎僉定江軍節度判官廳事。嗜古好奇，深通篆籀之學。《歷代鐘鼎彝器款識法帖》(以下簡稱《法帖》)之外，還著有《重廣鐘鼎篆韻》七卷，《宋史·藝文志》著録，今不傳。

《法帖》一書，據南宋曾宏父《石刻鋪敘》謂，乃「紹興十四年甲子六月，郡守林師説爲鐫置公庫，石以片計者二十有四」。可知初爲石刻本，故有「法帖」之名。又因後世通行者乃木刻本，遂簡稱《歷代鐘鼎彝器款識》。

《法帖》問世於金石之學大盛的宋代，是一部研究鐘鼎銘文的著作。此書據鐘鼎原器款識，依樣摹寫，有釋文，有考說，對原器的出土地點和收藏也多有記載，如卷九《周器款識》有「圓寶鼎」二，除摹勒、釋文之外，又考說云：「二銘一同得於安陸之孝感。上一字乃『十有三月』合成一字，不顯其名，而曰『用吉金自作寶鼎』者，乃周之君自作此鼎而用之耳。」

宋代集録彝器款識以此書爲富，全書凡録夏器二、商器二百零九、周器二百五十三、秦器五、漢器四十三，共五百十一器。《郡齋讀書志》稱其詳備，洵不虛也。其主要依據爲呂大臨《考古圖》和王黼《宣和博古圖》，但並不以二書爲限。查檢王國維《宋代金文著録表》，得《法帖》所録溢出二書之外者，計一百卅一器。爲二書及《金石録》、《東觀餘論》、《廣川書跋》、《嘯堂集古録》、《續考古圖》、《紹興内府古器評》、《復齋鐘鼎款識》等宋代金石名著均未收者，則有九十六器。二者分別佔總數四分之一强、五分之一弱，僅此一端，即可見《法帖》的價值。

薛書對銘文的考釋，「能集諸家所長而比其同異，頗有訂譌刊誤之功，非鈔撮蹈襲者比也」（《四庫提要》）。例如呂大臨《考古圖》釋「蠆鼎」以爲周景王十三年鄭獻公蠆立，此書獨從《宣和博古圖》，以爲商鼎。此類例子尚多，其立說皆有依據。比之宋人同類著作，薛書對銘文的摹勒頗精，編次條理也井然有序。在吉金銘文研究的草創階段，《法帖》的這些創獲對古代金文的搜羅考釋是有很大貢獻的。

當然，其考釋在古文字研究長足發展的今天看來，尚有紕謬可見，即以《四庫提要》所謂「箋釋名義，考據尤精」者爲例，以《夔鼎》上一字爲「夔」字，《父乙泓》末一字爲「彝」字，《册命鼎》（《提要》誤屬《召夫泓》）釋「家刊」二字，説均未確。至於以《父甲鼎》「立戈」爲「子」，則是以不誤爲誤了。此外，如所稱夏器乃是吳、越之物，商器中有不少周器，周器中的石鼓文，近人考定當爲秦器，「大夫始鼎」、「卦像卣」等乃是僞器。儘管如此，此書在中國古文字、古器物研究史上的地位是足可比肩宋代最重要的幾種金石學著作的。（宦榮卿）

積古齋鐘鼎彝器款識

〔清〕阮元

《積古齋鐘鼎彝器款識》，十卷。清阮元編撰。有嘉慶九年（一八〇四）自刻本（後收入《文選樓叢書》）、光緒五年（一八七九）湖北崇文書局翻刻本　光緒八年（一八八二）常熟抱芳閣翻刻本（後收入《後知不足齋叢書》）、一九三七年商務印書館叢書集成初編本。

作者生平見「經籍籑詁」條。

阮元好古文奇字，每摩挲一器，拓釋一銘，俯仰之間，輒心往於數千年前。他認爲三代法物、商周文字之貴重，非定武片紙、世綵世函、麻沙宋板所能比；認爲古器雖壽，然至三四千年出土之後必不能久，不如摹勒其銘爲書，使之永傳不朽。所以他想編纂一書以續薛尚功的《歷代鐘鼎彝器款識法帖》。其時，與他同好古文字的友人有江德量、朱爲弼、孫星衍、趙秉衡等皆有藏器，各有拓本。他便把它們集在一起，加上自藏自拓的本子，經年累月，撰集成《積古齋鐘鼎彝器款識》一書。

此書是研究清代所見古銅器銘文的專著。有阮元自序和朱爲弼後叙。又有《商周銅器説》兩篇、《商周兵器説》一篇。《商周銅器説》上篇論古銅器銘文之足重與九經相同。欲觀三代以上的道和器，九經之外，捨鐘鼎之屬莫由得見。下篇論三代之時，鐘、鼎爲最貴重之器，又列舉周代以前對於器的記載，漢代至唐、宋對於器的發現。《商周兵器説》論古兵器短小，後世變得長大，乃不得不然之勢，和度量衡相同。正文著録商器一百七十三件、周器二百七十三件、秦器五件、漢器九十二件、魏器三件、晉器四件，總共五百五十件。除摹其文字外，並加以考釋。

此書的不足之處在於：一、商周之分，漫無標準。如董武鐘乃周器而入之商，木鼎乃商器而入之周。龍虎銅節乃周器而入之宋。二、真僞不辨。如嘉禮尊、甲午簋、天錫簋是宋政和年間所仿造的，却以爲是周器。三、器名有誤。如尤盉乃盤非盉，王長子鐘乃鉦鈁之鍾，非鐘磬之鐘。四、銘文摹寫不準確。如宥父辛鼎從《寧壽鑒古》摹得，却誤「寚」作「宥」。五、考釋有誤。如把曶鼎「匹馬束絲」釋作「所馬龜絲」。

此書在古銅器銘文的研究方面，起了領導帶頭的作用。唐蘭説自它刻入《皇清經解》以後，款識學盛行一時，成爲漢學的一部分。胡樸安説以前研究金文學者，皆以此書爲參考之本。

有關《積古齋鐘鼎彝器款識》的研究著作主要有：鄭業斆《獨笑齋金石文考》、方濬益《綴遺齋彝器考釋》、吳大澂《愙齋集古録》、孫詒讓《古籀拾遺》、容庚《商周彝器通考》等。

（周偉良）

鐵雲藏龜

〔清〕劉　鶚

《鐵雲藏龜》，六册。清劉鶚著。成書於光緒二十九年（一九〇三）。有一九〇三抱殘守缺齋石印本、一九三一年上海蟫隱廬石印本等。

劉鶚（一八五七——一九〇九），字鐵雲，別署洪都百煉生，江蘇丹徒（今江蘇省鎮江市）人。清小說家、甲骨學者。少年時精於算學，著有《弧角三術》和《天元勾股細草》。又通醫學，以科舉不第，行醫於上海、揚州一帶。光緒十四年（一八八八）黄河決口，劉鶚以精通河工之事，投效河工，治河有功，晉銜知府，著有《治河七說》等。光緒二十三年（一八九七）數度上書朝庭，主張建鐵路、開鐵礦，以富國强民；又應外商聘請，主辦山西礦務。光緒二十六年（一九〇〇）八國聯軍侵華，京津乏糧，劉鶚購取太倉儲粟賑濟飢民，活人無數。光緒三十四年（一九〇八）以私售倉粟罪被逮問，流放新疆。翌年病卒，終年五十三歲。

劉鶚博識多藏，舉凡書畫碑帖、鐘鼎彝器、泉布印璽、瓦當樂器以及甲骨泥封，均廣爲搜羅。曾自名其室爲「抱殘守缺齋」，名所著小說爲《老殘遊記》。又將其所收藏，選輯編次爲《鐵雲藏龜》、《鐵雲藏陶》、《鐵雲泥封》等，另有後人輯注《鐵雲詩存》四卷。

光緒二十五年(一八九九)殷墟甲骨出土後,王懿榮率先收藏。翌年,八國聯軍入京,王氏死難,其所藏甲骨部分約千餘片轉入劉鶚之手。約與此同時,劉鶚請人代爲收購三千餘片;又於河南搜得千餘片,總計甲骨共五千片以上。光緒二十八年(一九〇二)羅振玉在劉鶚家初見甲骨,嘆爲「漢以來小學家若張、杜、揚、許諸儒所不得見」,力勸劉氏編印成書,並代爲撰序。光緒二十九年(一九〇三)劉氏就其所藏,選拓了一千零五十八片,輯爲《鐵雲藏龜》六册,刊行於世。

《鐵雲藏龜》是我國第一部甲骨文資料的選編。書前有吳昌綬《序》、劉鶚《自序》和羅振玉《序》。書中對於甲骨文字的辨識,主要見之於吳昌綬的《序》以及劉鶚《自序》中。其《自序》云:「龜板可識者,干支而已。如甲申、乙酉、丙寅、丁卯、戊午、己亥、庚戌、辛丑、癸未。」這是對於甲骨文中最易辨識的干支字的最早論斷。又云:「鐘鼎凡有象形者,世皆定爲商器,此於車、馬、龍、虎、犬、豕、豚皆象形也。」這些考釋也是最早的有關甲骨文字的辨識。其《自序》又云:「觀其曰『問之於祖乙』、『問之於祖辛』、『乙亥卜祖丁十五牢』、『辛丑卜厭問兄於母庚』,祖乙、祖辛、母庚以天干爲名,實爲殷人之碻據也。」這個論斷爲甲骨學上的不刊之論。

從《自序》來看,劉氏已認出單字五十餘,正確的約有四十字。數量雖然不多,但對於濫觴期的甲骨學,已作出了較大貢獻。

有關《鐵雲藏龜》的研究論著,有孫詒讓的《契文舉例》;續補《鐵雲藏龜》的編著,有羅振玉的《鐵雲藏龜之餘》一卷、葉玉森的《鐵雲藏龜拾遺》一卷和李旦丘的《鐵雲藏龜零拾》一卷等。(陳　崎)

契文舉例

〔清〕孫詒讓

《契文舉例》，上、下二卷。清孫詒讓著。成書於光緒三十年（一九〇四）十一月。有一九一七年羅振玉《吉石盦叢書》本、一九二七年上海蟫隱廬翻印本。

作者生平見「名原」條。

光緒二十九年（一九〇三）八月，劉鶚選所得甲骨拓片爲《鐵雲藏龜》。孫詒讓得之嘆曰：「蒙治古文、大篆之學四十年，所見彝器款識逾二千種。大抵皆出周以後，賞鑒家所櫫楬爲商器者，率臆定不能確信。每憾未獲見真商時文字，頃始得此册，不意衰年，睹兹奇跡，愛玩不已，輒窮兩月力校讀之，以前後復重者，參互審繹，乃略通其文字。」（《契文舉例叙》）遂撰成《契文舉例》，以原稿寄呈端方。端方卒，遺藏散出。王國維得是書於滬肆，因寄羅振玉，羅據稿本影印，於民國六年（一九一七）首刊於《吉石盦叢書》中。

《契文舉例》是最早系統研究甲骨文的專著。全書共分十篇：月日第一。「龜甲文簡略，多紀某日卜，故今存殘字，亦日名最多」，此篇專釋龜甲文中表示日名的干支之字等。貞卜第二。「龜文記卜事，日名下多繼之云某貝」，因以歸爲一類。其中孫氏云：「劉所謂『問』，皆當爲『貝』，實『貞』之省。」更正了劉鶚「凡稱問者，有四種，曰哉問，曰厭問，曰復問，曰中問」的「四問」之說。卜事第三。釋龜甲所紀占卜之事，粗窺占卜之法。鬼神第四。釋殷商祭祀之禮法。卜人第五。「龜文簡略，紀日以外，間有及人名字者，多紀占卜之人，亦有爲其人而卜，若大卜八命之與者，今並録之，得廿餘人。」官氏第六。占卜之人爲卜官，因彙爲一篇，釋官級，並指出「古稱官府多云氏，如『大史』稱『大史氏』」。方國第七。此篇專釋國名，初考商都，兼及方國。典禮第八。「龜文簡略，多紀瑣屑小故，然間有稱述典禮者」，孫氏援據古書，與龜文所記之禮對照，輒多與禮經符合。文字第九。此篇專釋龜甲文字，篇幅爲全書的一半。「龜文奇古，出於商代，或篆體婁變……或增易殊別……或減省點畫」，孫氏研究龜文着重形義的考釋、闡述，如識「祖甲」、「祖乙」的「祖」，龜文皆作「且」，即是一例。雜例第十。論龜甲文字書寫之規律，如「卜以占吉凶，而龜文中絶不見吉凶字。」以上一至八爲上卷，九至十爲下卷，書前有自序。

孫詒讓辨認甲骨文字，篳路椎輪，無旁人條例可作參照，因自稱「今就所通者，略事甄述，用補有商一代書名之佚，兼以尋究倉後籀前文字流變之跡」。（《契文舉例敘》）實質上，此書所釋之字，並與《說文解字》、金文相互印證，與《尚書》、《周禮》、《儀禮》、《詩經》相互校讀，故實際識得之字爲當時之最，比劉鶚大爲進步，而考釋精到之處甚至有爲後人所未能超越者。

當然，孫詒讓著成此書時，還只有《鐵雲藏龜》可供研讀。甲骨材料不多，拓本不清，且多殘缺不通，孫氏於讀不通處强意解釋，論斷難免粗糙，例如他釋「王」爲「立」、「獸」爲「獲」、「止」爲「正」，不知「母、女」二字通用等。所以羅振玉評論說，其書「得者十一，而失者十九」（《丙辰日記》），首創之艱難於此可見。（曹勇慶）

流沙墜簡

〔現代〕羅振玉等

《流沙墜簡》，三册綫裝。近人羅振玉、王國維編撰。上虞羅氏宸翰樓一九一四年影印，一九三四年校正重印。

羅振玉（一八六六——一九四〇），字叔蘊，一字叔言，號雪堂，又號貞松，因祖籍浙江上虞縣永豐鄉，又稱上虞人、永豐鄉人。清同治五年（一八六六）生於江蘇淮安，五歲入塾，十五歲通五經，十六歲中秀才。一八九六年起，在上海辦學農社、《農學報》，介紹西方農業技術，翻譯日本和歐美的農學著作百餘種。一九〇六年由端方等人推薦，任清政府學部參事，在京常遊廠肆，搜集大批甲骨、銅器、字畫、碑帖、古籍等。辛亥革命後，旅居日本九年。治學由農業、教育轉爲經史之學，一九一九年返國，曾策劃清室復辟，又參預僞滿洲傀儡政權的成立。一九四〇年卒於旅順。讀書勤奮刻苦，十六七歲時得《皇清經解》一部，一年之中通讀三遍。經史之外，訓詁名物、金石文字無不留意，被譽爲近代金石學的集大成者、甲骨學的奠基者、近代考古學的先驅等。生平著作一百三十餘種，刊印書籍四百餘種。甲骨文方面有《殷商貞卜文字考》、《殷虛書契前編》、《殷虛書契菁華》、《殷虛書契考釋》、《殷虛書契續編》等；金文方面有《夢郼草堂吉金圖》、《殷文存》、《貞松堂集古遺文》、《三代吉金文存》等；敦煌學、簡牘方面有《鳴沙石室遺書》、《流沙墜簡》（與王國維合作）、《鳴沙石室古籍叢殘》等；其他古器物圖録、石刻資料彙編有《殷虚古器物圖録》、《昭陵碑録》、《漢熹平石經殘字集録》等。

王國維（一八七七——一九二七），字靜安，一字伯隅，號觀堂，又號永觀，浙江省海寧縣人。少時家貧，肄業於杭州崇文書院。一八九八年到上海，在羅振玉所辦的東文學社學習外語、哲學、文學等。一九〇一年赴日本東京物理學校留學，一九〇二年回國後，歷任南通師範學堂心理、倫理學教員、江蘇師範學堂教員。一九〇六年隨羅振玉進京，任學部總務司行走、圖書館編譯等。一九一一年避居日本，盡棄前學，專治經史和古文字學。一九二二年後歷任北京大學研究所國學門導師、清華研究院教授。一九二七年投昆明湖自盡。平生天資聰穎，學識淵博，先後研究過哲學、文學、歷史地理、古器物學、蒙古史等，頗多建樹。於古文字學、音韻訓詁學，尤爲突出。一生著述甚多，大部分收入《海寧王靜安先生遺書》和《觀堂集林》中，另有《海寧王忠慤公遺書》，收録其生前未刊及未竟之作。事跡見《中國現代語言學家》第二分册。

《流沙墜簡》是過録、考釋古文字和古文獻的著作。書前有羅振玉和王國維所作序各一篇。羅序叙述編輯此書之緣由和經過：清光緒三十四年（一九〇八）英籍匈牙利人斯坦因，在我國敦煌等地大肆盜掘古代簡牘、紙片、帛書，其中大多是漢簡，載返英國，兩年後由法國漢學家沙畹爲之考釋。沙氏的考釋係用西文撰述，不便於中國學者閱覽，作者遂與王國維合作，重加校理、參訂。王序叙述並考證簡牘等出土之地及與之相關的史事。

本書據沙畹書中照片選録簡牘、紙片和帛書等，共五百八十八枚，並加釋文、考證。全書分訂爲三册。

第一册是小學術數方技書(包括《急就篇》、曆譜、醫方等)、屯戍叢殘、簡牘遺文三個部分的原物照片,由羅振玉排類;第二册是《小學術數方技書》考釋(作者羅振玉)和《屯戍叢殘》考釋(作者王國維);第三册是《簡牘遺文》考釋(作者羅振玉等)。其中以《屯戍叢殘》考釋最爲重要,篇幅也最長,對漢代屯戍、烽燧制度等有較詳細的考證。此外,作者對許多歷史事實和歷史地理問題,如玉門之方位、西域二道之分歧、魏晉長史之治所、部曲尉侯數前後之殊、海頭、樓蘭兩地東西之異等,皆有所考證和發現。逐簡考釋的方法是:先注明出土地點及尺寸,再將原文逐一轉寫,考釋部分或有或無,或長或短,不盡一律。如《釋二・四十二》:「木簡出蒲昌海北,長一百六十七米里邁當、廣十米里邁當。(以下簡文)國才□□表言。(以下考釋)右簡與稟給無涉,誤列於此。」

本書最末有王國維所寫的《跋》。作者據斯坦因所撰紀行,對《屯戍叢殘》考釋作些補正。又有王國維所撰《補遺及考釋》和《附録》。《補遺》選録斯坦因在尼雅盗掘的晉初木簡;《附録》爲日人橘瑞超在羅布泊盗掘的簡牘和紙片。作者對其中前凉西域長史李柏表文一篇、書稿三篇有較詳細的考釋。《附録》還轉寫斯坦因紀行書中的附圖,圖中有簡牘出土地點、烽燧地點四十四處。作者列表對照各烽燧順序號、漢時名稱和所出木簡,甚便檢索。

本書所録爲漢代文字的原物照片,是研究漢代文字的重要參考資料。同時作者據此考證漢代的社會、文化、地理,言之鑿鑿,對漢代歷史的研究多所貢獻。

(游汝傑)

殷虛書契考釋

〔現代〕羅振玉

《殷虛書契考釋》，一卷。近人羅振玉著。一九一五年石印本一册，一九二七年東方學會石印增訂本三卷二册。

羅振玉生平事跡見「流沙墜簡」條。

第一部甲骨著録《鐵雲藏龜》於一九〇三年出版，次年孫詒讓作《契文舉例》。劉氏僅辨認了少數干支文字，未能通讀卜辭；孫氏《契文舉例》不乏精到之論，然謬誤甚多，公開出版(一九一七)較遲，影響不大，真正讀通卜辭、理清卜辭内容並産生實際影響的，首推羅氏之書。羅氏於一九一四年編印《殷虛書契前編》後，因「書既出，羣苦其不可讀也」，就集中精力研究甲骨卜辭，「日寫定千餘言」，「發憤鍵户有四十餘日，遂成考釋六萬餘言」(《自序》)，於一九一五年出版，這就是《殷虛書契考釋》。全書分爲八章：都邑、帝王、人名、地名、文字、卜辭、禮制、卜法。羅氏認爲研究甲骨文難在文獻不足、卜辭過簡和字形多變。想掌握甲骨文，首先要認識文字，其次是通讀卜辭。因此「文字」、「卜辭」兩章是全書主幹。「文字」一章釋讀文字達四百八十五個，實際上成了第一部甲骨文字典。「卜辭」一章通讀卜辭七百六十六條，依内容分爲八類」卜祭、卜告、卜享、卜出入、卜田漁、卜征伐、卜禾、卜風雨。其餘數章，是羅氏在考釋文字、通讀卜辭的基礎上，結合文獻來考求商代典制。羅氏在《自序》中講述自己考釋甲骨文的方法是「由許書以溯金文，由金文以窺書契」，指明許慎《說文》是他考釋文字的基礎。同時羅氏考釋文字又不爲《說文》所束縛，而是有所超越，既能利用甲骨文糾正《說文》的某些錯誤，又能考釋出一些與《說文》字形不同的甲骨文。不少結論，至今仍是顛撲不破的。一九二七年羅氏又對此書作了增訂，分爲上、中、下三卷，「文字」一章釋讀甲骨文增至五百七十一字，「卜辭」一章通讀卜辭已超過一千條，增加了雜卜類。羅氏把形聲義皆可知的五百六十字跟《說文》作了比較：「與篆文合者十三四，且有合於許書之或體者焉，有合於今隸者焉，顧與許書所出之古、籀則不合者十八九，其僅合者又與籀文合者多，而與古文合者蓋寡。以是知大篆者蓋因商周文字之舊，小篆者，又因大篆之舊，非大篆創於史籀，小篆創於相斯也」。羅氏對中國古代文字演變的這種觀點是通達的，對王國維等人產生了很大的影響。

《殷虛書契考釋》是甲骨學史上里程碑式的著作，王國維在跋初印本時說：「三代以後言古文字者，未嘗有是書也」，在序增訂本時又說：「此三百年來小學之一結束也」，「後之治古文字者於此得其指歸，而治《說文》之學者，亦不能不探源於此」。郭沫若曾說：「甲骨自出土後，其搜集、保存、傳播之功，羅氏當居第一，而考釋之功也深賴羅氏。」又說：《殷虛書契考釋》「使甲骨文字之學蔚然成一巨觀，讀甲骨者固然不能不權輿於此，即談中國古學者亦不能不權輿於此。」（《中國古代社會研究》）王、郭的評價是公允的，雖然在甲骨學發展已有八九十年的今天看來，《殷虛書契考釋》不免有錯誤之處，但在當時却是研究甲骨文的學者案頭必備的。

研究本書的著作有王宇信《甲骨學通論》（中國社會科學出版社，一九八九年）的有關篇章。（葉保民）

金文編

〔現代〕容　庚

《金文編》，十四卷。近人容庚編著。一九二五年貽安堂初版，一九三九年商務印書館再版於香港，因戰爭破壞，流傳不及百部。一九五九年經中國科學院考古研究所校訂，作爲考古學專刊乙種第九號由科學出版社重版。作者晚年繼續增訂，新版於一九八五年由中華書局出版。

容庚（一八九四——一九八三），字希白，號頌齋，廣東東莞人。著名古文字學家。出身於前清書宦之家，從小熟讀經書。一九一四年就讀於東莞中學，一九二一年任東莞中學教員。一九二二年，入北京大學研究所國學門爲研究生。一九二六年畢業後，先後在北京大學、燕京大學任講師、副教授、教授，並主編《燕京學報》，兼任北平古物陳列所鑒定委員。一九三四年，倡議成立考古學社，出版《考古社刊》。抗戰勝利後，任嶺南大學中文系主任、中山大學中文系教授。他對古文字學作出了很大貢獻，其中尤以青銅器方面爲多。著作有《商周彝器通考》、《寶蘊樓彝器圖録》、《武英殿彝器圖録》、《西清彝器拾遺》、《海外吉金圖録》、《金文續編》、《秦漢金石録》等。他還與張維持合編了《殷周青銅器通論》。晚年研究書畫碑帖，也有一些論著。

容庚少年時，從四舅鄧爾疋學習《說文解字》。後讀《說文古籀補》、《繆篆分韻》諸書，萌生了補輯之志。一九一七年，擬定《殷周秦漢文字》編纂計劃，《金文編》爲其一部分。一九二二年，北遊京師，過天津訪羅振玉，以所編《金文編》稿本請正，極獲贊賞。一九二五年，此書增補寫定，由羅振玉代爲印行。

《金文編》是一部內容豐富、體例謹嚴的商周金文字典。初版有羅振玉、王國維、馬衡、鄧爾疋的序言和自序及凡例十一則。一九三九年版增入沈兼士序，抽去羅、鄧兩序。三版序言只用王、馬兩篇，凡例改爲十則。此書收金文一萬八千餘字，其中正編共一千八百九十四字，重文一萬三千九百五十個；附錄有一千一百九十九字，重文九百八十五個。這些金文是據歷代出土的三千多商周青銅器的銘文拓本或影印本臨摹而來。其確可肯定或編者以爲某家考釋可從的，列爲正文，大體以《說文解字》分部排比，各字上方標注篆文，並編排順序號碼；其有疑義或不可辨識的，則作爲附錄。重文列於各字之下。每一金文都注明出處。書後附有採用彝器目錄、引用書目，和筆劃檢字索引。這樣，商周秦漢銅器銘文，無論已識還是未識者，只要翻開《金文編》，就可以盡攬無遺了。

容庚治學態度嚴謹，釋字謹慎，書中立說大多可信。正編金文多有注釋，釋文往往結合《說文》等古代典籍，兼採各家考證之說，言簡意賅，切中要害。

隨着新材料的出土以及金文研究的進展，《金文編》的收字已有缺漏，其附錄中的字亦續有釋出。儘管如此，《金文編》仍然爲研習金文者所必備，對於研究商周時期社會發展及我國文字源流仍然具有重要的價值。（周偉良）

甲骨文字研究

〔現代〕郭沫若

《甲骨文字研究》二卷。近人郭沫若著。一九三一年上海大東書店初版，爲手寫石印綫裝本。

郭沫若（一八九二——一九七八），原名郭開貞，字鼎堂，筆名甚多。四歲時即受家塾教育，熟讀詩書經史。一九一三年中學畢業，次年赴日本留學。一九二一年出版新詩集《女神》，組織「創造社」。一九二三年畢業於日本九州帝國大學醫科。一九二六年任廣州中山大學文學院院長，參加北伐戰爭，任國民革命軍總政治部主任。一九二八年旅居日本，開始研究中國上古史、甲骨文和金文。陸續完成《中國古代社會研究》、《甲骨文字研究》、《殷周青銅器銘文研究》、《卜辭通纂》等，系統而綜合地研究甲骨文、青銅器銘文和紋飾，對文字、史實和年代的考證，貢獻很大。一九三七年抗日戰爭爆發後回到中國，積極從事抗日救亡運動，創作了《屈原》、《虎符》等歷史劇。一九四九年以後，歷任文化教育委員會主任、中國科學院院長兼哲學社會科學部主任等。郭氏學識淵博，才華横溢，平生著述極豐，今有《郭沫若全集》行世。

郭沫若於一九二八年寓居日本時開始研究甲骨文字，一九二九年夏便寫出了《甲骨文字研究》。初版時有一九二九年的「自序」、「序録」、一九三〇年的「自跋」兩篇和「後記」一篇。全書收録甲骨文字的考釋論文十七篇。第一卷收十六篇：釋祖妣、釋臣宰、釋寇、釋攻、釋作、釋封、釋挚、釋版、釋耤、釋朋、釋五十、釋龢言、釋南、釋繇、釋蝕、釋歲。第二卷收釋支干一篇，分爲十節：支干表、十日、十二辰、何謂辰、十二辰古說、十二辰與十二宮、歲名之真僞、十二次、餘論、附録。

郭氏研究甲骨卜辭，不拘泥於文字史地之學，志在探討中國社會之起源，立意頗高，而又在「自序」裏指出「文字乃社會文化之一要徵」，「欲進而追求文化之大凡，尤捨此而莫由」。與《甲骨文字研究》同時寫成的還有《卜辭中之古代社會》，後者對商代的生產狀況和社會組織進行了理論性的探索和概括。在考釋方法上，對羅振玉、王國維的成說去粗取精，補充修正，注意卜辭的文法結構，不斤斤於一字一詞的發明考證，在對商代社會的總體把握中考釋甲骨文字，因此多有創獲。《釋祖妣》一文，根據人類社會的發展規律，考釋了祖(且)、妣(匕)的本義，論證了上古時代的生殖崇拜、宗教起源、婚制的發展，並由此對古籍中有關記載作了創造性的解釋。如《墨子・明鬼篇》「燕之有祖，當齊之有社稷、宋之有桑林、楚之有雲夢也，此男女之所屬而觀也」，前人於此「祖」字即多不得其解，清人畢沅以「祖」爲祖道，王念孫認爲乃祖澤，孫詒讓以爲王說近是，而俞正燮則以爲「祖」可能是「馳祖」。郭氏指出「祖與社，古人每對言」，「祖、社同一物也」，「古人本以牡器爲神，或稱之祖，或謂之社，祖而言馳，蓋荷此牡神而趨也。此習於近時猶有存者，往歲於仲春二月上巳之日，揚州之習以紙爲巨大之牝牡器各一，男女羣荷之而趨，以焚化於純陽觀之前，號曰迎春。所謂『男女之所屬而觀』者，殆即此矣。」對《墨子》這段聚訟紛紜的記載，郭氏以甲骨文字考釋爲基礎，以民俗爲輔佐，所作詮釋頗能令人信服。

其餘如《釋臣宰》認爲古文字中的「臣」和「民」都是「古之奴隸」，「宰亦猶臣」，闡述了商代奴隸的名稱、來源、遁逃及身份、升遷，進一步對奴隸制作了論述；《釋耤》則論農具；《釋朋》論幣制；《釋歲》、《釋支干》論天文曆法，《釋五十》論數制，等等。在考證具體文字上也常能獨創新意，超邁前人，如《釋五十》一文在分析了甲骨數字分書和合書的現象後，指出羅振玉把甲骨文中的「五十」和「十五」均讀爲「十五」的錯誤，揭示了甲骨文中「五十」、「六十」等數字合書的特殊形態。

郭氏開創了爲探討古代社會的實際而研究古文字的道路。《甲骨文字研究》乃郭氏的第一本甲骨文研究專集，由於材料及具體歷史條件的限制，初版中的不少看法是不太正確的，所以本書在一九五二年重印時，作者寫了《重印弁言》，在篇目上作了增刪，刪去了釋寇、攻、作、封、挈、版、南、繇、蝕等九篇，增加了《釋勿、勿》（曾收入《古代銘刻彙考續編》）一篇。郭氏在《重印弁言》中强調了「這些考釋，在寫作當時，是想通過一些已識未識的甲骨文字的闡述，來了解殷代的生產方式、生產關係和意識形態」的初衷，糾正了初版中「把殷代看成金石並用時代和原始氏族社會的末期」這一錯誤的看法，指出《釋支干》一篇中所談的「十二支起源的問題，在今天看來，依然是一個謎」。本書一九六一年作爲考古研究所《考古學專刊》甲種第十號，由科學出版社再版重印。一九八二年在《郭沫若全集》出版時，被收入《全集》的考古編（一）中。《全集·考古編》中的《甲骨文字研究》，因《全集》的編者增補了校勘和注釋，注釋皆録在眉端，是較理想的本子。

有關《甲骨文字研究》的研究，可參考陳夢家《殷墟卜辭綜述》、王宇信《甲骨學通論》的有關章節。

（葉保民）

卜辭通纂

〔現代〕郭沫若

《卜辭通纂》，不分卷。近人郭沫若撰。成書於一九三三年。初版爲昭和八年日本東京文求堂石印本（合《别一》、《别二》、《考釋》、《索引》共四册），另有一九五八年科學出版社《考古學專刊》本和一九八三年科學出版社《郭沫若全集》本（收入《考古編》第二卷）。

作者生平見「甲骨文字研究」條。

一九二八年郭沫若因大革命失敗東渡扶桑，流寓十年間，他潛心於中國古代史和甲骨文、金文的研究。鑒於當時甲骨文大多收集在《鐵雲藏龜》、《殷虛書契》等書中，不但分散、漫無詮次，而且絶大部分没有現代漢字的釋文；又由於殷墟所出流入日本的大批甲骨，除一小部分在日人林泰輔編《龜甲獸骨文字》一書中著録出版外，其餘大部分都散落各藏家之手，而無法利用。郭氏遂「以寄寓此邦之便，頗欲徵集諸家所藏以爲一書」。爲此，他百計探訪日本各家所藏甲骨情況，了解到東洋文庫、中村不折、中島蠔山等各家共收藏三千片左右。於是郭氏改變初衷，決定爲學者提供較全面的資料，同時爲方便使用而進行重新擘劃。因而從劉鶚《鐵雲藏龜》、羅振玉《殷虛書契》、《殷虛書契後編》、《殷虛書契菁華》、《鐵雲藏龜之餘》、王國維《戩壽堂所藏殷虚文字》、林泰輔《龜甲獸骨文字》等七書和各家所藏甲骨中選擇了具有重要史料價值的菁華部分，進行分類排比考釋，而摹録之本，如明義士《殷虚卜辭》，拓印不精之本，如葉玉森《鐵雲藏龜拾遺》之類，均所不録，遂使《卜辭通纂》得以精善、新穎之面目而問世。

全書第一部分《通纂》，共收甲骨八百片，按内容分爲干支（八片）、數字（二十八片）、世系（三百二十六片）、天象（七十四片）、食貨（三十八片）、征伐（一百四十片）、田遊（一百三十七篇）、雜纂（四十九片）八組。對於這種分類的意義，郭氏在此書《述例》中説得極爲明白：「以卜辭每卜幾均有日辰」，所以干支「適爲判讀之鍵，故首出之」；「紀卜之數亦幾於每卜必有」，「故以數字次於干支」；「世系在定奪卜辭之年代與歷史性」，「世系之排比……倒遡而上以入於神話之域……故以天象次於世系」；「天時之風雨晦冥與牧畜種植有關，故以食貨次之」；殷時「奴隸得自俘虜，故以征伐次之」；「征伐與田遊每相因，卜辭中尤多不别，故以田遊次之」；「餘則零碎散簡，滙爲雜纂，以殿於後」。

第二部分《别録》，分而爲二。别録之一爲「大龜四版」拓墨、新獲卜辭拓本二十二片、何敘甫氏甲骨拓本十六片。别録之二爲日本所藏甲骨擇尤。二部分合計收甲骨一百廿九片。

第三部分《考釋》，其一是對《通纂》所收甲骨八百片按所分八項，逐項加以考釋，考釋的内容，首先是注明所收甲骨之出處，已著録者標以書名簡稱和編號，未著録者，則把藏家注明。如第四六四片，標以「《戩》三六・一四」，表明爲王國維書所著録。第四三片，標明「馬衡氏藏，同氏拓贈」，則爲私家所藏，以前未見著録。其次爲釋文，大有便於甲骨學之初學者。復次爲文字之考釋、疏證或文字内容之説明。每一組後，又分别作一小結。綜覽全篇，既可使讀者全面系統地認識每一類甲骨文的内容，還可以從各組卜辭的内容中了解殷商時代社會生活各方面的一般情況。其二是對《別録》一、二所收甲骨一百二十九片進行的考釋，體例同前。

《卜辭通纂》的貢獻有四個方面：

一、甲骨斷代。郭氏編纂《卜辭通纂》時，曾做了斷代研究的設想，企圖以貞人、書體、人物縮短殷墟甲骨的歷史年代範圍，旋以得悉董作賓已撰爲專著《甲骨文斷代研究例》而作罷。後來《卜辭通纂》付梓之際，董氏以所著《斷代例》三校稿本相示，郭氏在《後記》中說道：「尤私相慶幸者，在所見多相暗合，亦有余期其然而苦無實證者，已由董氏由坑位貞人等證之矣。」由此可見郭沫若《卜辭通纂》與董氏同時做了較系統的斷代研究，並取得了一定成績。

二、訂正世系。例如郭氏認爲，羅振玉、王國維之「羊甲」說，和董作賓的「羌甲」說，雖殊途而實同歸，前者謂「羊甲即《史記》之陽甲」，後者亦以「羌甲」爲「陽甲」，「羊」、「羌」、「陽」聲音固可通，但皆與殷王世次不相合。郭氏以其明智睿識指出：「羊甲」、「羌甲」者，「其實乃芍甲，即沃甲。」同時，郭氏又對羅、王未釋而董作賓認爲是沃甲的「虎甲」作出了「虎甲」當爲「喙甲」，「喙甲」才是《史記》中之「陽甲」的科學論斷。由於此說確乎不拔，原持舊說者後都改從郭說，此說遂成定論。

三、發明古代文化。例如他證明殷王之車僅駕二馬（見第七三〇片），以此斷定驂駟之制乃後起；確認祈年多於二、三月，亦於十月、十一月以卜來年，從而推斷周人三社之禮實有所本（見《食貨》組）。此外，有關田獵區域（見第六三五、六四二及六五七片）、虹蜺傳說（見《天象》組）、稱風神爲帝史（見第三九八片）等，都是過去「羅、王諸家所未識」的發現。

四、綴合甲骨碎片。《卜辭通纂》對材料的整理排比還表現在對甲骨碎片的綴合上，其中由四片復合者（即第五九六片）一片，由三片復合者（如第二五九片）二片、由二片復合者（如第二二〇片）則多達三十片，表現了郭氏的博聞强識和驚人的判斷能力。

《卜辭通纂》一書，所收甲骨大都是國内外的珍品，而且包括用科學方法發掘出土的新資料；同時，由於郭氏之考釋多有創見，此書一經問世，就引起國内外學者的極大重視，獲得了極高的評價。人們一致認爲此書是我國第一部在歷史唯物主義指導下的甲骨分類選釋著作，是研究中國奴隸制社會最重要的史料之一。（宦榮卿）

甲骨文編

〔現代〕孫海波

《甲骨文編》，十八卷。近人孫海波編撰。成書於一九三四年，有一九三四年哈佛燕京學社石印綫裝本。

孫海波（一九一〇——一九七二），字涵博，河南省潢川人，古文字學家。畢業於北京師範大學研究院，後任河南省歷史研究所研究員。

此書是孫氏二十四歲時編就的，書中所收甲骨文主要見於一九三三年前著錄出版的《鐵雲藏龜》、《鐵雲藏龜之餘》、《鐵雲藏龜拾遺》、《殷虛書契前編》、《殷虛書契後編》、《殷虛書契菁華》、《龜甲獸骨文字》、《戩壽堂殷虛文字》八種書籍，只要字形可以辨認，全部摹錄。全書十八卷中，正編十四卷，合文一卷，附錄一卷，檢字一卷，備查一卷，有唐蘭、容庚、商承祚的《序言》各一篇及《自序》和《凡例》。《甲骨文編》收錄單字二千一百十六個，每字皆依原形摹錄，並注明錄自某書的書名及卷頁片號。正編十四卷收錄已被認識或可以按偏旁隸定的一千零六個，其中見於《說文解字》者八百十三個（據陳煒湛《甲骨文簡論》統計。陳夢家《殷墟卜辭綜述》統計爲七百六十五個），依《說文解字》始一終亥的五百四十部首次序編排，每條字條以篆文作字頭統攝，餘下一百九十三個按偏旁隸定而不見於《說文》的字，就附在同部首的字後面，而以隸定後的字作字頭，各字條一般都收有異體數個。合文一卷收錄一百五十六字。附錄一卷收錄未識出的一千一百一十字。備查一卷注明一些甲骨文資料中的常用字未被收錄字形的出處。收入正編的字都有簡明的注釋。孫氏在《凡例》中說明各字注釋乃「博採通人」，「以已意爲定」，據陳夢家統計，《甲骨文編》對諸字的考訂，採自近二十家的成說，主要是孫詒讓、羅振玉、王國維、王襄的研究成果。

《甲骨文編》摹寫逼真，注釋博採衆家之長，每字注明出處，羅列異體，凡此種種優點使這一領域中的研習者樂於使用。容庚很早就指出「此書之用，不僅備形體之異同，且可爲各書之通檢，由字形而探求字義，得藉此以爲梯階」，陳夢家雖然認爲此書「創造性和判斷力」不足，但同時又說此書「摹寫較真，舉例較備，採錄之說較多」，「這本字彙對於研究卜辭有了很大的方便，對於以前所已考釋的字也用了一番功夫加以去取」，「這本字彙結束了羅、王之學中傾向於保守的一支脈」。

《甲骨文編》印行之後產生了較大的影響，但此書成於甲骨文研究的草創階段，可供採用的書籍不多，整個考釋水平不高，加上孫氏又未能及時收録一些業已出版的發掘所得的材料，在選用諸家成説時不够精審，以致把已詮釋的被認識的誤入附録，而一些未成定論的字却歸入了正編，體例上也有不完備之處，如容庚就認爲「備查一卷，多而無用，似可删去」。然瑕不掩瑜，此書在當時被廣泛使用這一事實，就證明了其自身的歷史價值。

隨着甲骨文的不斷出土，新材料的大量增加，甲骨學的日益發展，《甲骨文編》已不能滿足研習甲骨者的需要，增補改訂勢所必然。海寧金祥恒在董作賓指導下對《甲骨文編》作了補充，徵引材料書籍達三十八種之多，收録甲骨文五萬餘字，成《續甲骨文編》，於一九五九年由臺北藝文印書館印行。但誠如陳煒湛所説，此書「摹寫不精，有失原形」，「照搬《説文》，不加詮釋」，《續甲骨文編》仍未能完全替代《甲骨文編》。有鑒於此，一九六五年中華書局出版了《甲骨文編》的改訂本。改訂本《甲骨文編》由中國科學院考古研究所編輯，仍由孫海波編撰。編撰前由考古研究所邀請了唐蘭、商承祚、于省吾、張政烺、陳夢家、郭沫若共同商討改訂的體例。這樣，新版與一九三四年舊版相比，體例已有不同，如備查這一卷便删除了。最主要的是材料大加增益，新成果充分吸收，充分利用了已經著録的四十一種甲骨資料，正編收録一千七百二十三字（其中見於《説文》的九百四十字），附録收入二千九百四十九字，共計四千六百七十二個單字。舊版《甲骨文編》的優點，全部被吸收在改訂本中。改訂本《甲骨文編》是甲骨研究領域中，使用率最高的工具書之一。

研究本書的著作有陳夢家《殷墟卜辭綜述》（科學出版社，一九五六年）、陳煒湛《甲骨文簡論》的有關章節。

（葉保民）

殷虛文字記

〔現代〕唐蘭

《殷虛文字記》，一卷。近人唐蘭著。一九三四年成書。有一九三四年北京大學石印本、一九七八年中國社會科學院油印本、一九八一年中華書局影印本。

唐蘭(一九〇一——一九七九)，字立厂，又作立庵、立盦。浙江嘉興人。現代文字學家、歷史學家。一九一八年始習醫學，一九二〇年就讀於江蘇無錫國學專修館，精研小學，與王蘧常、吳其昌並爲唐文治的三大高足。一九二五年在天津主編《商報》、《文學旬刊》及《將來月刊》。一九三二年起先後執教於北京大學、清華大學、北京師範大學、輔仁大學、中國大學等。一九三六年任故宮博物院專門委員。盧溝橋事變後，內遷昆明，任西南聯合大學副教授、教授。抗日戰爭勝利後，任北京大學教授。一九五二年調故宮博物院工作，先後任研究員、學術委員會主任、副院長等職。唐氏畢生從事教學與科研，對於中國古文字學提出了一整套理論，對甲骨文字的考釋，有許多精辟的見解，在青銅器名物考訂和斷代研究上，貢獻突出。一生著述甚夥，主要有《殷虛文字記》、《古文字學導論》、《天壤閣甲骨文存》、《中國文字學》等。

本書是唐氏一九三四年在北京大學任教時講授甲骨文字的講義。書成以後，作者續有所見，曾做了若干補充，有的批於書眉，有的全翻舊說，重加改寫。惜改寫之稿被毀。一九八一年版只就舊稿及書眉批語重新編印。

唐蘭考釋甲骨文字最服膺孫詒讓之偏旁分析法。本書考釋方法，以此爲骨幹，先求字形，進而求其本義，考其聲音及通假。或以古文字去今久遠，考證難明，乃就古代刻辭，求其辭例以助之。此書釋字之特色，除重偏旁分析外，又重文字發展之歷史，一字每求其孳乳之漸，故能通貫其條例。唐氏自以爲「所識殷虚文字，較之昔人，幾已倍之」，良有已也。而此書所列，尤爲其所自信真且確者，始筆之於書。

如其中「⿱艹龜」字，先是葉玉森察卜辭文義，知爲季節名，以其形似蟬，遂以爲卜辭以蟬爲夏，釋此字爲「夏」字。唐氏乃嚴覈字形，以蟬不當有角，以爲乃像龜之屬，此字當釋爲「秋（龝）」。先生此釋至今不刊。又如「壴、鼓、⿰壴殳、喜」諸字，作者既據戴侗《六書故》等故籍定「壴」像鼓形，又悟「𡔷」在卜辭當讀爲「艱」。得孫詒讓、胡光煒、郭沫若諸家從來未明之義。大量有「壴」諸字之卜辭乃得通讀，明其辭義。

卜辭去今日久，故釋字及通讀極難，作者爲學，譬如積薪，後來必居上。即以作者自身而言，先後亦有不同。如此書開卷第一字，作者釋「屮」爲「屯」，後即發現錯誤，卜辭「𠃊」字方是「屯」，當如于省吾先生所釋。後唐氏自釋「屮」爲「未」字，惜未能成稿。

作者於序言中首言：「考據之術，不貴貪多矜異，而貴於真確，所得苟真確，雖極微碎，積久自必貫通。」此精神於書中時時可見，如其釋「習」字，其「羽」旁是否爲「彗」字，雖未可必，然以爲「習」與「叠」、「襲」音近，故有重矣，並引卜辭「習一卜」、「習龜卜」諸辭爲證，重申「習」之義，與後來郭沫若以「習卜」爲三卜解，正謬判然矣。

由於甲骨文考釋是一新興的學科，所以初起發展甚快，此書刊出後作者不斷補正修改頗多，但在三十年代，此書釋字之成績，實頗爲特出，尤其其嚴扣字形及同形旁的字集中論列的方法，至今仍值得遵循。所以此書堪與羅振玉《殷虛書契考釋》、葉玉森《殷虛書契前編集釋》、于省吾《甲骨文字釋林》等同爲考釋甲骨文字之重要經典文獻。

研究本書的著作有王宇信《甲骨學通論》（中國社會科學出版社，一九八九年）的有關章節。（柳曾符）

殷契粹編

〔現代〕郭沫若

《殷契粹編》，近人郭沫若著。成書於一九三七年四月，同年由日本文求堂書局出版。一九六五年作爲中國科學院考古學研究所《考古學專刊》甲種第十二號，由科學出版社出版。

郭沫若生平事跡見「甲骨文字研究」條。

一九三六年夏，郭沫若滯留日本，精研古文字學。這時收藏家劉體智（善齋）託人將其所藏二萬片甲骨的拓片《書契叢編》二十册帶往日本，供郭沫若選輯。郭沫若遂選錄了一千五百九十五片，並作了考釋，編成《殷契粹編》一書，在日本出版。一九六五年，此書經中國科學院考古研究所抽換新的拓片，由胡厚宣補釋、于省吾校閱，再版發行。

《殷契粹編》全書分兩個部分。第一部分是劉體智所藏甲骨的拓片，這些拓片是按其内容來分類編排的。其分類「大抵與《卜辭通纂》相同。唯此乃一家藏品，各類有多寡有無之異，故渾而出之，不復嚴加限制，次序以類相從」(《殷契粹編・述例》)，大致上有世系、天象、食貨、征伐、田遊、雜纂等類別。

第二部分是郭氏對第一部分的甲骨拓片的考釋。雖然郭氏説「考釋乃爲初學者之便而爲之」(《殷契粹編・述例》)，但其中也有不少重要的考證。如有關殷商始祖夔，王國維論斷爲帝嚳，但無憑證。郭氏指出，本書的第一、第二片甲骨中均有高祖夔字樣，而第三片則明言「夔杲上甲」，足以證明「夔爲帝嚳之説確不可易」(《殷契粹編・序》)。又如，王國維考證了殷商先公先王的世系，糾正了數千年來史籍的謬誤。郭沫若在本書中，由斷片的綴合，再次論證了殷代先公的世系次序，爲王氏的論斷增添了新的證據。此外，在古代宮庭建築和官吏的設置、諸侯國派遣子弟往殷都學習的禮制、根據不同時期的契刻風格而進行甲骨斷代、在度量衡制度的考訂、在卜辭的文法、通假字的考訂，以及由特定祭祀而論定《尚書》非僞作、殷人神話的殘跡等各個方面，本書都有新鮮的見解。

此書的釋文，完全按原拓片的輪廓摹寫，包括行款等一仍其舊，使後學者得以目睹原甲骨的風貌。同時書末附有索引和殷代世系表、干支表等，極便檢索。因此《殷契粹編》至今仍是甲骨學者的必讀之書。有關《殷契粹編》的研究文章有姚孝遂的《〈殷契粹編〉校讀》(載《古文字研究》第十三輯，中華書局，一九八〇年)。(陳　崎)

雙劍誃殷契駢枝三編

〔現代〕于省吾

《雙劍誃殷契駢枝三編》，近人于省吾著。《初編》一册，於一九四〇年由北京大業印刷局出版，《續編》一册於一九四一年出版，《三編》一册於一九四三年出版，皆石印綫裝。

于省吾（一八九六——一九八四），字思泊，號雙劍誃主人、澤螺居士、夙興叟，遼寧海城人。古文字學家、考古學家。一九一九年畢業於瀋陽國立高等師範，一九二八年任奉天萃升書院院監。一九三一年移居北平，潛心研究古文字、古器物、古籍，先後任輔仁大學、北京大學教授，講授古文字學和古器物學。一九五二年任故宮博物院專門委員。一九五五年任長春東北人民大學歷史系教授。早年以文才馳名鄉里，喜愛桐城派古文，有《未北廬文鈔》行於世，後棄詞章文學而潛心研究古文字、古籍。一生著述豐碩，除《殷契駢枝》外尚有《尚書新證》、《易經新證》、《論語新證》、《詩經新證》、《楚辭新證》、《吉金文選》、《雙劍誃古器物圖録》、《雙劍誃吉金圖録》、《商周金文録遺》、《甲骨文字釋林》等十餘部專著及專題論文八十餘篇。

一九三九年九月，于氏繼唐蘭、容庚之後受聘於輔仁大學，講授古文字源流，當時他正致力撰述《諸子新證》，「偶於瑕日，瀏覽卜辭，乃知契學多端，要以識字爲其先務，爰就分析點畫偏旁之法，輔以聲韻通假之方，寤疑通滯，薈輯成編」。(《初編·自序》)在不到一年的時間中，得甲骨文字考釋三十篇，彙集成《殷契駢枝初編》。嗣後於一九四一年得二十四篇，成《續編》，後附《雙劍誃殷契駢枝校補》，校正《初編》九條。《三編》彙集了一九四三年所撰的四十四篇考證文字，前有《自序》，後附《古文雜識》(考釋金文、璽文、陶文、石文共五十一條)、《殷契駢枝校補》、《續編校補》、《雙劍誃所著各書校勘記》。于氏於一九四五年又撰有《殷契駢枝四編》稿本，惜未出。已出的三編《殷契駢枝》共收甲骨文字考釋九十八篇，許多是辨認出前人未識或識錯的甲骨文，如釋兩長横間一短横的「三」(與三横等長的數字「三」形略異)爲气，釋「昌」爲敗，釋「冗」爲毀、釋「桑」爲喪，等等；也有不少篇是對前人已有考釋而再作補充，如釋「奚」爲用手握持奚奴的發辮，釋「戉」爲刃尾迴曲的透孔斧鉞，釋「孚」爲戰爭俘獲兒童，等等；有的是對已被認識的甲骨文的義訓及通假提出了新的見解。就所考釋的對象來看，則包括了天文、地理、世系、社會生活、卜辭用語等等。

于氏推崇清儒段玉裁、王念孫的考文字、解訓詁的方法，諳熟王國維二重證據法，即以地下出土資料證文獻，又以文獻證出土資料。縱觀《殷契駢枝》近百篇文字，無不浸透着乾嘉學派無徵不信、實事求是的精神。加以能駕輕就熟，運用參驗考證的方法，將所考釋的字再放到相關卜辭中去核校，文通字順，所以學者每以「嚴謹」來稱譽《殷契駢枝》。于氏的不少考證成爲定論，被廣泛引用於相關學術領域中，有的篇章本身就成了文字考證的典範而屢爲人讚，如上面提到的兩長横間一短横的「三」字，舊釋爲「三」、「彡」、「川」，于氏指出舊釋「既背於形，復乖於義」，並考定此字乃「气」，在卜辭中之用法有三，又各以文獻及卜辭例句來坐實這三種用法：

(一)用爲乞求之乞。于氏云「气訓乞求，典籍常見」，又引《殷契粹編》七七一「庚申卜今日气雨」等

卜辭以證之，

(二)用爲迄至之迄。于氏引《爾雅·釋詁》「迄，至也」、《殷墟書契菁華》「气至五日丁酉允有來嬉」等證之。

(三)用爲終止之訖。于氏引《書·秦誓》「民訖自若是多盤」孔疏「訖，盡也」、《爾雅·釋詁》「訖，止也」、《殷虛書契前編》七、三一、三「之日气有來嬉」等證之。

文中對此字由殷至周末戰國時代的字形演變也作出了令人信服的闡述。又如以實物來考證字形的《釋奚》、《釋戉》諸篇，讀來都能給人以啓發。

一九七八年于氏將《殷契駢枝》所收九十八篇文字本着寧缺毋濫的原則重加删定，删去自認爲誤釋或有疑者四十三篇，存五十五篇，編入《甲骨文字釋林》(中華書局一九七九年出版)，其中五十三篇入《甲骨文字釋林》上卷，其餘二篇實已重新改寫，一入該書中卷，一入該書下卷。于氏《四編》稿本中的文章亦經删削或重寫後收入《甲骨文字釋林》中。《甲骨文字釋林》乃于氏晚年自定，是對考釋甲骨文字的自我總結，但被于氏删削的四十餘篇考釋，其中有的事實上仍有不少學者引用。

關於《殷契駢枝三編》的研究，可參陳夢家《殷墟卜辭綜述》(科學出版社，一九五六年)有關章節、《古文字研究》第十六輯(中華書局，一九八五年)的有關文章。

(葉保民)

兩周金文辭大系圖録考釋

〔現代〕郭沫若

《兩周金文辭大系圖録考釋》，八册。近人郭沫若撰。本書初版只有考釋，没有圖録，一九三二年在日本印行。一九三四年作者彙集銘器及器形照片，編寫《兩周金文辭大系圖録》共五册，一九三五年又撰成《兩周金文辭大系考釋》共三册，皆在日本出版。三十年代，作者在日本，志在研究中國古代社會，爲此系統整理歷代相傳和晚近出土的銅器銘文，尋求文獻以外的實物資料，撰成上述兩書。五十年代作者對兩書作了修改、補充，抽換、增補了部分内容，於一九五八年由科學出版社合成《兩周金文辭大系圖録考釋》一書出版，共分八册，列爲中國科學院《考古學專刊》甲種第三號。

作者生平事跡見「甲骨文字研究」條。

本書是彙集和研究青銅器銘文的著作。分圖録和考釋兩大部分。圖録分爲録編和圖編兩部分。圖編專輯器形，爲各器的照片或摹本，共二百六十三件，包括西周王臣之器和東周列國諸侯之器。録編專輯銘文，分上下兩卷，上卷收西周器銘二百五十件，下卷收列國器銘二百六十一件，爲拓本或臨摹本。歷來金文著作多有録無圖，本書將録和圖對照編排爲一大特色。全書前五册爲圖録，後三册爲考釋。考釋分上下兩編，與録編兩卷相應，對各器銘文逐器進行考釋，內容除辨釋和訓解文字外，還兼及研究歷史。或與史書相印證，如《段毁》：「唯王十又四祀十又一月丁卯，王在畢烝……。」對其中「畢」字的考釋爲「文王墓所在地。《史記・周本紀》引《泰誓》文：『大子發上祭於畢』。《集解》引馬注：『畢，文王墓地名』……。」或探討古代社會，如對《曶鼎》一段訟詞，作者認爲：「此段訟詞於古代社會之考察上至關重要，據此可知當時奴隸販賣公行，而奴隸之值，五人以實物交易時約當馬一匹絲一束……。」或考證帝王世系，如據《越王鐘》考證越王世系。

書首有《諸家著録目表》和《目録表》。《諸家著録目表》列出本書所據諸家書目，包括宋人著作、清人著作、近人著作和海外著作，共四十三種，又《諸家著録目補》列出二十九種。《目録表》共列出本書研究的器物目録。《目録表》後有《列國標準器年代表》，將各國標準器及其年代列成對照表格，以器之年代確信且屬於春秋戰國者爲限。作者即以這些標準器作爲考訂所有銘器年代先後的標尺。書末有英文導言（Introduction）一篇，簡介全書內容和要點。

全書除有上述各部分外，另有下述兩個單篇，關係作者研究金文的基本觀點，甚爲重要。

一、《彝器形象學試探》。此系圖編的序說。作者在此文中將青銅器劃分爲四個時期，即濫觴期，大致相當於殷商前期；勃古期，相當於殷商後期至周初期；開放期，相當於恭懿之後至春秋中期；新式期，相當於春秋中葉至戰國末年。作者並指出各期器形的特點，但對濫觴期只是推測而已。

二、考釋部分的《初序》。此文指出彝器之可貴處在足以徵史，並說明自己整理器銘的方法是以年代和國別爲條貫，就器物本身的內證：字體、形制、辭例、花紋等，來推定年代，不據外在之尺度。作者用上述方法，認爲西周器有年代可徵或近是者有一百六十二器，東周列國器有一百六十一器，共有三百二十三器。

此數於存世之器未及十分之一，但是大抵乃金文辭之精華。

本書選録和考釋足以徵史的重要的兩周有銘青銅器，把金文研究和古代社會研究結合起來，爲金文研究開辟了新方向。本書的許多觀點對古文字學、歷史學和考古學有深刻影響。（游汝傑）

古錢大辭典

〔現代〕丁福保

《古錢大辭典》，十二册。近人丁福保編纂。成於民國二十七年（一九三八），由上海醫學書局刊行。今有中華書局一九八二年影印本，分上下兩册。

丁福保（一八七四——一九五二），字仲祜，號梅阡，又署疇隱居士，江蘇無錫人。現代文字學家、醫學家、學者。幼年入家塾讀書，十三歲時就熟讀《左傳》、《史記》、《漢書》以及各家别集，「每夜讀書，非三鼓不就寢」（《疇隱居士自述》）。後入南菁書院就讀，曾受到著名學者張文虎、繆荃孫的教誨。平生治學廣博，除經史之外，兼習算學、醫學等。三十歲時被聘爲京師大學堂譯學館算學兼生理衛生學教習，後在上海創辦醫學書局。他「生平無他嗜好，獨於古人之典籍如種宿緣」（《説文詁林·序》），他的詁林精舍，藏書達十五六萬卷之多，如此豐富的藏書，爲他治學和編纂書籍積累了必要的文獻資料。除自編《丁氏醫學叢書》以外，又編有《說文詁林》、《方言詁林》、《羣雅詁林》、《一切經音義彙編》、《佛經精華録箋注》、《佛學大辭典》、《全漢三國晉南北朝詩》、《清詩話》等。編纂有關古錢方面的書籍有：《古泉雜記》、《古錢有裨實用談》、《古錢大辭典》、《古錢學綱要》、《古錢大辭典拾遺》、《歷代古錢圖說》等。

丁福保早年從事古泉之學，凡歷代錢幣，以及名家著述或拓片，無不廣爲搜羅。直到六十二歲時，所收之積，蔚爲巨觀。又感於自宋以來，「談論古錢之書籍，雖多至數十百種，而卒無一最易入門之書」(《自序》)，且這些書籍難於檢索，各家學說，往往醇駁不一，又零星散見於各書，不能彙集於一處，於是開始編纂《古錢大辭典》。歷時三年編成，在他六十五歲時正式刊行問世。

《古錢大辭典》是一部研究古貨幣及其文字的資料總彙和重要工具書。丁福保以自己所收藏的古錢爲基礎，並收入了翁樹培的《古泉彙考》、劉喜海的《泉苑菁華》和鮑康的《觀古閣泉拓》三書的拓本，以及近人方若、張乃驥藏錢的精拓、日本人平尾聚泉所輯各種錢譜中的古錢拓本。因此，内容豐富詳盡。

《古錢大辭典》首爲總論，上編爲古錢圖，下編爲古錢辭典。

總論主要介紹綜合性的論著的各種錢譜，分鍰鋝、圜、貨幣金、泉錢、權制、貝、刀布、周秦、漢、三國、晉、六朝、隋、唐、五代、宋、遼、西夏、金、元、明、清、外國、無考品、僞泉、鈔票、銅元、藏泉家、譜録、結論諸節。

古錢圖廣泛著録上自先秦刀布，下迄近代圓錢，以及壓勝、支錢、馬錢等各種古錢拓本。編排爲三類：一爲古刀布類，二爲圓錢類，三爲壓勝、吉語、支錢、馬錢類，並附補遺。圖像皆依原錢大小，以存其真。其中古刀布幣還編以序號，以便説明，每錢之下還附注當時的售價，可供收藏及出售古錢者參考。

古錢辭典也按刀布、圓錢、壓勝等三類編排。前兩類按古錢首字的筆劃順序排列，後一類大抵以類相定。釋文體例仿《說文詁林》，以《古泉彙考》爲準，著録各家異釋於其後。博採衆說，詳加考釋。凡引各書皆注上書名，以備案查。

《古錢大辭典》特色主要有二：

一、搜羅宏富，甄擇精審。《古錢大辭典》採集了古今中外大量的古泉拓片和有關古錢的書籍、手稿等。如日本古泉專家平尾聚泉，將日本各家古泉拓片，揖成各種古錢譜，不下五十餘種，丁氏有選擇地利用了這方面的研究材料。書的體例雖略同於《說文詁林》，但不像它那樣於諸家之說，盡行列入，而是擇其精華，去其訛謬。如倪模《古今錢略》釋齊刀「造邦」字爲「遲鄿」，古幣「甘丹」字爲「甘井」，丁福保認爲「皆非是，宜删」。

二、編排合理，檢索方便。在此之前，列於各譜中的古錢，多以時代先後爲次第，一般人欲要翻檢某錢，常常有費時久之而始得者，也有始終未能檢得者。即使檢得，而各家學說，也往往難以迅速看到。現在，《古錢大辭典》把古代的錢幣彙集在一起，按類編排；又把散見於各書中有關各家錢譜的學說，都繫於各錢之下，凡各錢有關歷史上的考據以及各學說是非得失，閱者皆可一覽無餘。本書將各錢首字，按筆劃順序排列之，又別編通檢一册，冠於卷首，大大方便了讀者的檢索。

《古錢大辭典》對於歷史研究具有重要的參考價值，例如《明史·食貨志》謂崇禎末年，飭鑄當五錢，不及鑄而明亡，今辭典收録崇禎時當五泉有三種之多，可證《明史》之誤。對於文字學研究也具有重要的價值，尤其是辭典中收有相當數量的戰國時代貨幣，這些貨幣上的文字正是研究戰國古文字的一個重要方面。例如《說文》：「離，山神也，獸形，从禽頭，从厹从屮。」徐鉉認爲从屮，於義無所取，徐鍇認爲屮聲。今有離石布者，其「離」字作「[illegible]」，像兩角獸，正與《說文》相合。又「齊」字古文字作亝，今有方足布者，其「齊」字作亽，可與劉仲山《擷華齋印譜》、劉鶚《鐵雲藏印》中的「齊」字互相印證，說明「齊」之六國文字又有省爲亽者。諸如此類，爲數甚多，大多是李斯《倉頡篇》、趙高《爰歷篇》、胡毋敬《博學篇》之前的戰國文字，可補殷墟甲骨和《說文》之缺，彌足珍貴。此外，刀布中的地名如「屯留」即「純留」、「同是」即「銅鞮」，又可作爲漢語上古音研究的寶貴資料。

丁福保另有《古錢大辭典拾遺》一書，補充本書之未備，中華書局本已經附於本書之後，可一並參閱。

（于　江）

古文字學導論

〔現代〕唐　蘭

《古文字學導論》，近人唐蘭著。成書於一九三五年。有北京來薰閣初版手寫石印本、一九八一年齊魯書社影印增訂本。

唐蘭生平事跡見「殷虛文字記」條。

一九三四年唐蘭執教於北京大學，講授古文字學，編寫了《古文字學導論》，作爲講義。後手寫石印二百部公開發行。一九三六年作者重加改訂，惜未完成。一九八一年齊魯書社將未完稿附於原書後，並收入作者所作《第三版跋》，增補修訂了原書論及而未曾收入的圖版，遂成爲目前所見的定本。

《古文字學導論》是中國古文字學界第一部系統的理論性的著作，對於古文字的研究方法、漢字的起源及其構成理論都有指導作用。

此書分爲上、下兩編。上編主要講述古文字學的範圍和歷史，文字的起源和演變。作者主張將古文字學分列於傳統的小學之外，成爲以文字形體爲具體研究對象的、獨立的、有系統的學科；而古文字的範圍應該包括小篆和小篆以前的文字。作者並將古文字按時代和地域的不同劃分爲四系，即殷商系文字、兩周系文字（止於春秋末）、六國系文字和秦系文字。它們的材料來源，分別爲殷墟龜甲獸骨的刻辭；銅器銘文；竹簡、陶器、古璽和貨幣；秦漢石刻等，所論具有創造性。在漢字起源問題上，作者認爲殷商系的文字，圖形已極爲簡單，根據文字由象形發展爲象意的規律，可以推定中國的文字「至少已有一萬年以上的歷史；象形、象意文字的完備，至遲也在五、六千年以前；而形聲文字的發展，至遲在三千五百年以前」。關於古文字的結構形體，作者認爲，傳統的「六書說」是「發源於應用六國文字和小篆的時代，本是依據當時文字所作的解釋」，因而並不適用於古文字。所以，應該改爲象形、象意、形聲的「三書說」。主張象形字是含義明確而形體單一的獨體字，象意字是含義抽象的或表現人與其他事物之間的關係或動作行爲的詞，而形聲字則是經象形、象意孳乳而成的。「三書說」曾震動了當時的古文字學界。

下編着重論述識別古文字的方法以及古文字的分類法。作者首先確定「一個古文字學者所應當研究的基本學科」，包括文字學和古器物銘學，然後詳盡地論述了「怎樣去認識古文字」。作者系統地提出識辨古文字的四種方法：對照法、推勘法、偏旁的分析和歷史的考證。對照法即用同一個字在不同時代的不同變體來相互比較，往往可以得出正確的結論。推勘法即用尋繹文義、推敲辭例以及叶韻的關係，來推勘文字的正確釋義。這前兩種方法，雖有較好的作用，但都有一定的局限，因此作者詳盡地介紹了孫詒讓的偏旁分析法，即「把已認識的古文字，分析做若干單體——就是偏旁，再把每一個單體的各種不同的形式集合起來，看它們的變化；等到遇見大衆所不認識的字，也只要把來分析做若干單體，假使各個單體都認識了，再合起來認識那一個字」。作者認爲只要釋讀了一個偏旁，就可以得到一組同偏旁的字，即字族，再輔之以「歷史的考證」的方法，即歷史發展的角度，追溯文字的演化、通轉、混淆和改革，這樣就可以發現許多規律，「由此，好些以前不能識或不敢識的文字也都認識了」。

在古文字的分類上，本書拋棄了《說文解字》的部首系統，而在「三書說」的基礎上，完全根據文字的形式，把由象形字分化的單體象意字歸併入同一「部」，再將其分化出來的複體象意字隸屬於「科」，由象形、象意孳乳出來的形聲字則隸屬於「系」，「根據這個方法，就可把每一個原始象形所孳乳出來的文字，都組成一個系統」，這可稱之爲「自然分類法」。

《古文字學導論》最後論及創造新文字的問題，並提出了具體的設想和計劃。主要是在形聲字的基礎上，規範、統一而成爲易讀易記的「新形聲字」。

（陳　崎）

研究本書的著作有吳浩坤、潘悠《中國甲骨學史》（上海人民出版社，一九八五年）的有關章節。

觀堂集林

〔清〕王國維

《觀堂集林》，清王國維著。成書於一九二一年。有一九二一年烏程蔣氏初刊本，共二十卷；一九二七年羅振玉刊《海寧王忠愨公遺書》本，共二十四卷；一九四〇年商務印書館刊《海寧王靜安先生遺書》本，共二十四卷；一九五九年中華書局刊本，共四册二十二卷，附别集二卷。以上刊本，編次和内容不盡一致，而文字校勘以中華書局本爲最善。

作者生平事跡見「流沙墜簡」條。

本書是王國維關於古代史料、古器物、文字學、音韻學的重要論文的合集，全書各卷的主要内容如下：

卷一，「藝林一」，是對於《尚書》、《詩經》中某些詞句和史實的考證。收有《洛誥解》、《周書顧命考》等十篇書信和論文。

卷二，「藝林二」，是對於古代成語的論述和古代音樂、舞蹈的考證。收有《與友人論詩書中成語書》、《釋樂次》、《説勺舞象舞》等九篇書信和論文。

卷三，「藝林三」，是關於古代宮室、玉器、禮器的考證。收有《明堂廟寢通考》、《説觥》、《説珏朋》等十篇論文。

卷四，「藝林四」，是關於古代經典和官制的考證。收有《漢魏博士考》等三篇序跋和論文。

卷五，「藝林五」，是關於《爾雅》、《方言》等古書的釋例和考證。收有《爾雅草木蟲魚鳥獸名釋例》、《書郭璞方言後》等九篇論文。

卷六「藝林六」，是關於甲骨文、金文的考釋。收有《釋史》、《釋天》、《釋旬》等二十篇論文和序跋。

卷七，「藝林七」，是關於古代六國文字的考證。收有《戰國時秦用籀文六國用古文説》等九篇論文。

卷八，「藝林八」，是關於古音、古韻書的考證和今人韻學著作的評述。收有《五聲説》、《唐諸家切韻考》等十七篇論文和序跋。

卷九，「史林一」，卷十，「史林二」，是關於上古侯王、制度的考證。收有《殷卜辭中所見先公先王考》、《殷周制度論》等三篇論文。

卷十一，「史林三」，是關於漢司馬遷的年譜。收有《太史公行年考》一篇論文。

卷十二，「史林四」，是關於上古地理的考證。收有《秦都邑考》、《宋刊水經注殘本跋》等十九篇論文和序跋。

卷十三，「史林五」，卷十四，「史林六」，是關於上古西北少數民族的考證。收有《鬼方昆夷玁狁考》、《韃靼考》等九篇論文。

卷十五，「史林七」，卷十六，「史林八」，是關於蒙古史料和蒙古語詞的考證。收有《萌古考》、《蒙古札記》等十篇論文和序跋。

卷十七，「史林九」，是關於西域出土的漢唐古簡的考證。收有《流沙墜簡序》等七篇序跋。

卷十八，「史林十」，卷十九，「史林十一」，是關於古代鐘鼎彝器、封泥、璽印、量器等的考證。收有《商三句兵跋》、《匈奴相邦印跋》等三十三篇序跋。

卷二十，「史林十二」，是關於古代石經、碑刻等的考證。收有《魏石經考》、《九姓回鶻可汗碑跋》等十三篇論文和跋文。

卷二十一，「史林十三」，是關於唐宋以來古籍、醫棋、小說、經卷等的考證。收有《唐寫本殘職官書跋》等二十七篇序跋。

卷二十二，「史林十四」，是關於匈奴服飾及其傳入中原的考證。收有《胡服考》一篇論文。

別集卷一，收録語言文字、史料方面的考證文章共十七篇；卷二，收録鐘鼎、瓦當、石鼓、碑銘等的考證文章共四十八篇。

《觀堂集林》在學術上的貢獻是巨大的和多方面的，正如著名學者梁啓超所說：「幾乎篇篇都有新發明。」（王靜安先生墓前悼詞）而此書在語言文字學上的貢獻主要有以下幾點：

一、成功地釋讀了大量古文字，極大地推動了甲骨文、金文的研究。王國維《殷虛文字類編序》曾云：「書契文字之學自孫比部而羅參事而余，所得發明者不過十之二三。」其實這十之二三數百字的釋讀，大部分是羅振玉和王國維所爲。從本書來看，王氏釋讀古文字的方法是：（一）運用古音通假的理論。如《齊子仲姜鎛》「保盧兄弟」的「盧」字，吳大澂謂即《詩經》「眉壽保魯」之「魯」，羅振玉同。王氏《鬼方昆夷玁狁考》根據上古「魚」、「吾」同音，指出「保盧兄弟」即「保吾兄弟」。（二）根據漢字的形體結構和字形演變規律。如一九二三年河南鄭州出土的銅器銘文「王子妟次之盧」，王氏《王子嬰次盧跋》根據漢字從一貝與從二貝，意義無別，確認「妟」即「嬰」，「嬰次」就是楚公子嬰齊。（三）根據語句、辭例的對勘。如王氏《釋物》根據卜辭「貞后祖乙古十牛」、「貞后祖乙古物」，認爲「物」乃雜色牛之名，以後才用於雜帛。（四）根據古代文獻記載的史實。如王氏《釋朕》根據《禮記・檀弓上》孟虎爲滕伯文之叔，認爲孟虎亦爲滕國人，由此推論《朕虎敦》之「朕虎」即滕孟虎。

二、在大量掌握古文字資料的基礎上，完善和發展了傳統的文字學理論。其發明主要有：（一）自劉向、班固、許愼以來，都以爲《史籀篇》的「籀」爲人名，王氏《史籀篇疏證序》認爲「籀」非人名，而是誦讀之義，首句「大史籀書」就是太史讀書，後人因取其中二字爲篇名。（二）王氏《戰國時秦用籀文六國用古文說》提出，殷周文字到戰國時分爲兩支，秦國使用籀文，以後發展爲大篆、小篆、隸書，今文經用之；東方六國使用古文，古文經用之。（三）王氏《釋天》根據卜辭「天」爲人之象形，卜辭和金文又有在「天」上加一橫者，此爲指事，而篆書從一從大，則爲會意，提出「文字因其作法之不同，而所屬之六書亦異」這一重要觀點。（四）王氏《科斗文字說》提出科斗文原是周代古文，以其形似科斗故名。而魏晉以後凡異於通行的隸書的文字，如篆文等，均謂之科斗文。（五）王氏《桐鄉徐氏印譜序》和《齊魯封泥集存序》提出兵器、陶器、璽印、貨幣、封泥、瓦當等古代文物上的文字爲今日研究戰國時代六國文字的唯一材料，其重要性實與甲骨金文相同。

三、根據新發現的唐寫本韻書殘卷等資料，對中古韻書進行了卓有成效的整理和研究。其主要工作有：（一）《書巴黎國民圖書館所藏唐寫本切韻後》確認敦煌出土的唐寫本《切韻》第一種爲陸法言原書，第二種和第三種均爲長孫訥言箋注本，並考證其異同。（二）《李舟切韻考》提出中古韻書分爲兩大系列，隋陸法言《切韻》、唐孫愐《唐韻》、五代徐鍇《說文解字篆韻譜》、宋夏英公《古文四聲韻》等爲一系，其特點是覃、談韻在陽、唐韻之前，蒸、登韻在鹽、添韻之後，泰在霽前，入聲韻不與平上去三聲韻次序相配；唐李舟《切韻》、五代徐鉉《改定說文解字篆韻譜》、宋陳彭年《廣韻》等爲一系，其特點是收m、n、ng的韻部分別以類相從，入聲韻和平上去三聲韻次序相配。並由此證明李舟在音韻學史上的功績。(三)《天寶韻英陳廷堅韻英張戩考聲切韻武玄之韻詮分部考》提出唐代有記録當時方言的韻書，如張戩《考聲切韻》、唐玄宗《韻英》和陳廷堅《韻英》都是秦音韻書，並考證各家分部。(四)《書金王文郁新刊韻略張天錫草書韻會後》確認一百零六韻的平水韻並不始於劉淵《新刊禮部韻略》，在劉書之前已有金王文郁的《平水新刊韻略》、金張天錫的《草書韻會》，都分一百零六韻。

四、對於古代詞義進行了大量的考證，成功地闡明了古代文獻資料中的許多疑難問題。其採用的具體方法是：(一)利用「以聲音通訓詁」的方法，尤其是利用詞語的雙聲關係來解釋詞義，探明詞源。如王氏《肅霜滌場說》根據古籍馬有「肅爽馬」，雁有「肅爽雁」，水有「瀟湘水」等，認爲《詩經》「九月肅霜」當是天氣高清之義；又根據古籍中清肅廣大之義有「滌蕩」、「條暢」、「條邕」、「俶儻」、「倜儻」、「佚宕」等多種形式，認爲《詩經》「十月滌場」當是肅清之義。(二)根據古書上下文和辭例，推斷古代詞義。如王氏《與友人論詩書中成語書》集古籍中「如何不淑」、「子之不淑」、「遇人之不淑」等例，推斷「不淑」爲古代遭際不幸之成語。(三)根據古代或地下發掘的實物，確定古代詞義。如王氏《說環玦》以羅振玉所藏古玉爲據，確認上古之玉環乃由三玉片串連而成，「環」的本義是「完」(完整，完全)，後世才以一玉片製成。

五、發凡舉例，闡明古代語文著作的內容、體例和價值。如王氏《爾雅草木蟲魚鳥獸名釋例》指出草木蟲魚鳥獸之俗名多取雅名，而以其特徵區別之，有以産地區別者，稱之爲「山」、爲「河」、爲「海」、爲「澤」等，有以形狀區別者，大者稱之爲「王」、爲「牛」、爲「馬」，小者稱之爲「叔」、爲「女」、爲「羊」等，有以顔色區別者，稱之爲「白」、爲「赤」、爲「黑」等，有以滋味區別者，稱之爲「苦」、爲「酸」等，有以果實區別者，有實者稱之爲「母」，無實者稱之爲「牡」，等等。又如王氏《書爾雅郭注後》指出，漢人注經，不獨以漢制説古制，且以今語説古語，「凡云今謂厶(某)爲厶者，上厶其義，下厶其音也，其音如此，其字未必如此」。經王氏如此發凡舉例，讀者再遇見「羊棗」、「馬蘭」等詞語，應能知曉其義，而讀到《周禮》「司爟」注「今燕俗名湯熱爲觀」時，也必能知道「觀」爲燕地某字之音，「湯熱」是其義。

由此可見，《觀堂集林》在語言文字學上的成就是巨大的，方法是先進的。同時，從此書也可以發現作者在語言文字研究中有兩個特點，一是十分重視地下發掘出來的古代實物，如甲骨、鐘鼎、簡牘、兵符、璽印、封泥、石經等，認爲這是考證古史的最可靠的材料，這與當時某些學者不信甲骨，純粹從古書到古書的態度是鮮明的對照。二是把音韻、文字、訓詁之學與歷史、地理、天文、音樂等緊密地結合起來，使之成爲漢學其他各科的鋭利武器。他的《殷卜辭中所見先公先王考》不僅考證出了殷王世系，開創了甲骨文斷代研究之端緒，而且證明了《史記·殷本紀》的記載基本上是可靠的，給予當時的疑古風氣以重大的打擊。正如郭沫若所説：「王國維的知識産品，好像一座崔嵬的樓閣，在幾千年的舊學城壘上，燦然放出了一段異樣的光輝。」(《中國古代社會研究》自序)

智者千慮，必有一失。《觀堂集林》在釋讀古文字、論述古音韻時，也間有失誤。如其《釋牡》一文信從孔子「推十合一爲士」之説，認爲「牡」從士聲，兼會意，蓋「牡」表雄性，「士」表男子，而「牝」從匕，「匕者，比也，比於牡也」。其實「牡」和「牝」在甲骨文中分別從雄性生殖器和雌性生殖器，他的「推十合一」和「比於牡」用後代的倫理思想去傅會古文字，自然是不妥的。又如他的《五聲說》認爲上古陽聲自爲一類，有平而無上去入，陰聲有平上去入四類，合爲五聲。其實陽聲韻之平與陰聲韻之平當同爲平聲，如此上古仍爲四聲，王氏誤甚。據說他晚年準備修改此說，但未能見諸文字。

研究本書的著作有戴家祥等《王國維學術研究論集》（華東師大出版社，一九八三年）。

（楊劍橋）

語法

馬氏文通

〔清〕馬建忠

《馬氏文通》，十卷。清馬建忠著。成書於一八九八年。有清光緒二十四年至二十五年(一八九八—一八九九)上海商務印書館初版、光緒二十八年(一九〇二)紹興府學堂教科書版、光緒三十年(一九〇四)上海印書館版、一九二九年商務印書館《萬有文庫》版、一九三三年商務印書館印行楊樹達刊誤本、一九五四年中華書局印行章錫琛校注本等。

馬建忠(一八四五——一九〇〇)，字眉叔，江蘇省丹徒縣人，少好學，通經史。曾在法國人辦的上海天主教教會學校學習，精法文、拉丁文。一八七五年被派往法國巴黎大學政治學院留學，同時兼任清駐法使館翻譯。畢業後回國，入直隸總督李鴻章幕府，多次上書言借款、造路、設海軍、通商、開礦、興學、儲材等，深得李鴻章賞識。一八八一年奉李氏之命，赴印度與英人議鴉片專售事。一八八二年與水師提督丁汝昌到朝鮮蒞盟，誘擒大院君，平定朝鮮政變。一九〇〇年八國聯軍攻破天津、北京，李鴻章率馬建忠趕至上海，主持一切。是年八月中旬，俄國沙皇政府突然發來抗議電文，威脅將封鎖吳淞港。電文長達七千餘字，由馬建忠負責連夜譯成，終因過度勞累，併發熱症，於八月十四日過世。平生積極主張變法維新，認爲學習西方政治制度、走資本主義道路，才能使中國富强起來，爲中國近代資産階級改良主義的先行者。著作除《馬氏文通》外，又有《東行三録》、《法國海軍識要》、《適可齋記言》、《適可齋記行》等。《清史稿》卷四百四十六有傳。

馬建忠所處的時代，正是帝國主義列强紛紛瓜分中國、廣大人民處於水深火熱之中的時代，許多愛國的志士仁人開始探求富國强兵之道，形成了一股教育救國、科學救國的思潮。作爲一個具有强烈愛國思想的有識之士，馬建忠也深受這股思潮的影響。他對比了中國和西方的語文教學方法，認爲「西文本難也而易學如彼，華文本易也而難學如此」（後序），原因就在於西方教授語法，而中國没有語法著作。由於中國没有語法著作，所以「四千餘載之智慧材力，無不一一消磨於所以載道、所以明理之文」，也就無暇學習自然科學和社會科學，與西人相角逐之時，「其賢愚優劣有不待言矣」（同上）。爲了改變中國語文教學的落後面貌，使人民在年富力强之時就能學習更多的科學知識，馬氏乃積十餘年勤求探討之功，寫成了《馬氏文通》一書。

《馬氏文通》全書共十卷，卷一是正名，卷二至卷六論實字，卷七至卷九論虚字，卷十論句讀。書前有作者的《序》、《後序》和《例言》。從内容來説，「是書所論者三：首正名，次字類，次句讀」。（例言）其中，正名是對於書中字、詞、次、句、讀等概念作出界説，以爲全書論述的基礎，所以此書實際上分成字類（詞法）和句讀（句法）兩大部分。

此書的字就是詞，字類就是詞類。字分爲兩大類，即實字和虚字。作者指出，「凡字有事理可解者曰實字，無解而惟以助實字之情態者曰虚字」（卷一），可見作者是從意義角度區分詞類的。實字又分五類，即名字、代字、動字、靜字和狀字。作者指出，「凡實字以名一切事物者曰名字」、「凡實字用以指名者曰代字」、「凡實字以言事物之行者曰動字」、「凡實字以肖事物之形者曰靜字」、「凡實字以貌動、靜之容者曰狀字」（同上），可見這五類實字大致相當於今天所說的名詞、代詞、動詞、形容詞和副詞。虛字又分四類，即介字、連字、助字、嘆字。作者指出，「凡虛字以聯實字相關之義者曰介字」、「凡虛字用以爲提承展轉字句者統曰連字」、「凡虛字用以煞字與句讀者曰助字」、「凡虛字以鳴人心中不平之聲者曰嘆字」（同上），可見這四類虛字大致相當於今天所說的介詞、連詞、語氣詞和嘆詞。

此書的句指句子，詞指句子成分。詞有七種，即起詞、語詞、止詞、表詞、司詞、加詞和轉詞。作者指出，「凡以言所爲語之事物者曰起詞」、「凡以言起詞所有之動、靜者曰語詞」、「凡名、代之字後乎外動而爲其行所及者曰止詞」（同上），可見起詞、語詞和止詞相當於今天所說的主語、謂語和賓語。作者又指出，「惟靜字爲語詞，則名曰表詞」，「表詞不用靜字，而用名字、代字者，是亦用如靜字」（同上），則表詞相當於今天所說的形容詞謂語和名詞謂語。作者說，「凡名、代諸字爲介字所司者，曰司詞」（同上），「外動行之及於外者，不止一端，止詞之外，更有因以轉及別端者，爲其所轉及者曰轉詞」，「內動之行，雖不經達乎外，至其行之效有所于歸者，則爲轉詞」（卷四），則司詞就是現在的介詞賓語，轉詞相當與現在的間接賓語和動詞涉及的某些狀語和補語。在介詞結構中，介詞賓語對於介詞來說是司詞，對於動詞來說則是轉詞。至於加詞，則有兩種：一、「介字與其司詞，統曰加詞」（卷二），這是指介詞結構充當的狀語或補語；二、「凡名、代、動、靜諸字所指一，而無動字以爲聯屬者，曰加詞」（同上），這是指同位語。

此書的讀是指主謂結構的詞組和複句的分句，即所謂「凡有起、語兩詞而辭意未全者曰讀」（卷一），此書的頓是指句中的短暫停頓，所謂「凡句讀中，字面少長，而辭氣應少住者，曰頓。頓者，所以便誦讀，於句讀之義無涉也」（卷十）。根據「中國文字無變也」（卷七）的特點，本書又在字和詞的相應關係上建立了位次理論。作者指出：「凡名、代諸字在句讀中所序之位曰次」（卷一）。次有六種：一、「凡名、代諸字爲句讀之起詞者，其所處位曰主次」；（同上）二、「凡名、代諸字爲止詞者，其所處位曰賓次」（同上）；三、「凡數名連用而意有偏正者，則正意位後，謂之正次」（同上）；四、「凡數名連用而意有偏正者，偏者居先，謂之偏次」（同上）；五和六、「凡名、代諸字，所指同而先後並置者，則先者曰前次，後者曰同次」（卷三）。由此可見，主次和賓次是一對概念，主次指主語位，賓次指賓語位；正次和偏次是一對概念，正次指偏正結構中的中心詞，偏次指偏正結構中的前加修飾語；前次和同次則是同一概念的兩個位次，包括表語、同位語等。這三對概念實際上包含兩重含義，一指名、代諸字在句讀中的句法關係，一指名、代諸字在句讀中的前後位置，因此正次可以是主次或賓次，前次或同次可以是主次、賓次或偏次。

《馬氏文通》的科學價值首先表現在它的語法體系十分完整而系統。它從詞本位的理論出發，把漢語的詞分爲九個詞類，這九個詞類大體上是合理的，發展到現代語法學，也不過是把數詞從靜字（形容詞）中分出來，另立一類量詞，以及名詞分出方位詞、動詞分出趨向動詞等附類而已。它以起詞和語詞總括一切句子成分，認爲其他句子成分都是分別屬於起詞和語詞的，這種析句方法在一定程度上反映了語言的層次性。它對各種語法結構和語法規律都作出了詳盡而周密的描述。全書先講詞法，後講句法，卷二講名詞和代詞，卷三就講位次，因爲只有名詞和代詞才有位次現象，卷四講動詞，卷五就講坐動和散動，因爲坐動和散動是動詞的運用，卷十講句讀，先從分析句和讀的成分開始，分別討論起詞、語詞、止詞、轉詞、表詞等，再進而論述頓、讀和句，組織嚴密，次序井然。

其次，此書的價值還表現在，它在模仿西方語法和繼承古代研究成果的同時，在收集分析大量語言材料的基礎上，發現和總結了漢語特有的許多語法規律。例如作者根據漢語的特點，首創劃分出介詞和助詞這兩個詞類，他說：「泰西文字，若希臘、辣丁，於主、賓兩次之外，更立四次，以盡實字相關之情變，故名、代諸字各變六次。中國文字無變也。乃以介字濟其窮。」（卷七）漢語沒有西方語言那種「格」的形態變化，而是用介詞來表示「格」的變化所表達的語法意義。他所確立的五個介詞，除「之」以外，其餘四個「於、以、與、爲」，至今仍然是語法學界公認的介詞。作者又說：「泰西文字，……凡一切動字之尾音，則隨語氣而爲之變。……惟其動字之有變，故無助字一門。助字者，華文所獨，所以濟夫動字不變之窮。」（卷九）拉丁語的語氣是通過動詞的形態變化來表達的，漢語的語氣則是通過助字（語氣詞）來表達的。馬氏所列舉的助字「也、耳、矣、已、乎、哉、耶、歟」等，也至今爲人們所沿用。又如作者在詳細考察語言事實的基礎上，發現了古代漢語的六種被動表示法：一、加「爲……所」表示被動；二、加「爲」表示被動；三、加「於」表示被動；四、加「見」表示被動；五、加「可」或「足」表示被動；六、外動詞單用表示被動。（卷四）其中除五、六兩種外，其餘四類都爲後人所接受。

《馬氏文通》的價值還在於書中收錄了大量古漢語例句，總計大約有七千至八千句。對於這些例句，馬氏的分析解釋未必完全恰當，但他並不回避矛盾，而是把所有的現象都一一羅列出來，這就促進後人去思考，去解決，從而推動了研究的深入。例如他說：「『吾』字，按古籍中用於主次、偏次者其常，至外動後之賓次，惟弗辭之句則間用焉，以其先乎動字也。若介字後賓次，用者僅矣」，而「『我』、『予』兩字，凡次皆用焉」

（卷二）。他的這些話引發了後人關於「吾」、「我」是不是上古漢語格的變化的許多討論。

由此可見，《馬氏文通》是中國第一部科學的系統的漢語語法著作，正如梁啓超所説：「中國之有文典，自馬氏始。」（《論中國學術思想變遷之大勢》）在《馬氏文通》以前，中國沒有語法學。雖然章句和句讀之學在漢代就已經產生，但是當時的學者大都是從修辭上着眼，而不重視語法的分析。以後元代盧以緯的《語助》、清代劉淇的《助字辨略》、王引之的《經傳釋詞》、俞樾的《古書疑義舉例》等雖然都專門討論了虛詞，但它們都是逐字爲訓，並沒有構成語法體系，因而只能稱爲語法學的萌芽。馬氏此書則完全突破了傳統小學的框框，揭示了語言內部的語法構造，勾畫了古漢語語法的輪廓，破除了「漢語無語法」的謬論。因此，《馬氏文通》的誕生標誌着漢語的語法研究已經脫離了傳統訓詁學的範疇，而卓然成爲一門獨立的生氣勃勃的學科。《馬氏文通》問世以後，對於漢語語法學具有重大的影響，此後，無論是描寫古漢語語法的《中等國文典》、《國文法草創》，還是描寫現代漢語語法的《新著國語文法》、《國語文法概論》，一直到現代的許多光輝著作，都或多或少地繼承了馬氏的語法體系而加以發展變化。八十多年來，我國語法研究取得了巨大的進展，這跟《馬氏文通》的歷史功績是分不開的。

不過，由於創業的艱難和歷史的局限，《馬氏文通》也有許多缺點和錯誤。首先，由於此書出版於馬氏逝世前兩年，作者生前來不及對這部三十萬言的巨著進行最後的校訂，因而此書在術語、引例和解釋等方面，都有許多前後不一致和分析欠準確的地方，從而引起後人的許多批評、指責和爭論不休。例如此書前後共出現六個位次名稱：主次、賓次、偏次、正次、前次、後次，但是馬氏又云：「次者，名、代諸字於句讀中應處之位也。次有四：曰主次，曰偏次，曰賓次，曰同次。」（卷二）沒有提及正次和前次，那末此書究竟有幾個位次，就成爲後人的疑問之一。同時，作者在卷一中指出：「凡名、代諸字爲句讀之起詞者，其所處位曰主次」，可見主次只限於起詞；可是作者在卷三中又說：「凡句讀中名、代諸字之爲止詞、起詞者，皆爲主次，已詳於前」，則主次又出現於止詞。對此楊樹達《馬氏文通刊誤》認爲「止詞」係「表詞」之誤，但也有人認爲這裏的止詞是指兼語而言。又如關於司詞，馬氏在卷一中指出：「凡名、代諸字爲介字所司者，曰司詞」，可見司詞是對介字而言的；可是他在卷三中又提出了「象靜後之司詞」，認爲《論語·爲政》「言寡尤，行寡悔，祿在其中矣」，「寡」是靜字，「尤」和「悔」是其司詞。可見這種司詞並不指介詞所司的成分，而是指補足靜字之意的成分，相當於動字的止詞或轉詞。因此這種司詞跟介字後的司詞實在是同名異實，不宜互相混淆的。

其次，此書往往從意義出發來研究語法。研究語法不能不顧意義，但是不能離開語言的組織功能來談意義。例如馬建忠根據有解、無解來區別實字和虛字，也就是根據意義上的差別來區分實字和虛字，他說：「義不同而其類亦別焉，故字類者，亦類其義焉耳。」（卷一）但是既然虛字是「無解」的，那末虛字又如何根據意義來進行再分類呢？馬氏把意義作爲區分詞類的標準，而且把詞的詞匯意義和結構意義這二者混同起來。當他說「無字無可歸之類，亦類外無不歸之字矣」的時候，是根據詞的詞匯意義而言的，以孤立的字爲對象，拿意義作標準，自然認爲字有定類；可是他又說：「字無定義，故無定類。而欲知其類，當先知上下之文義何如耳。」（卷一）這時則是根據了詞的結構意義，即當詞進入句子以後，獲得了不同的句法意義，所以又認爲字無定義，故無定類了。馬氏未能分清這兩種意義，所以弄得自相矛盾，難以自圓其說了。又如根據馬氏關於次的定義，次是跟名、代諸字在句讀中的位置有關，但馬氏在對同次進行解說時，却說表詞與起詞所指同一，所以歸入同次（卷三），這時他又根據意義來判斷次了。事實上，從句中位置看，表詞跟起詞是根本不能同一的。

更爲嚴重的是，在馬建忠的眼光中，希臘語法也好，拉丁語法也好，漢語語法也好，「其大綱蓋無不同」（後序），「各國皆有本國之葛朗瑪，大旨相似，所異者音韻與字形耳」（例言），於是他就用西文「一定不易之律」，「以律夫吾經籍子史諸書」（後序）。因此，此書的理論依據是拉丁語語法，其語法體系是根據「西文已有之規矩」（後序）建立起來的。例如《孟子·公孫丑下》「我欲中國而授孟子室」，馬氏以「孟子」爲轉詞，「室」爲止詞，而《孟子·滕文公上》「後稷教民稼穡」，馬氏則以「民」和「稼穡」爲兩個止詞。（卷四）這就令人大惑不解了。實際上這是馬氏以拉丁語法以律漢語的結果，因爲在拉丁語法中，告言義的動詞可以帶兩個受格賓語，而授予義的動詞只能帶一個受格賓語和一個與格賓語，與格賓語就相當於馬氏的轉詞。馬氏對於西方語法的這種生搬硬套，不但嚴重地束縛了自己的手脚，大大影響了他對於漢語語法特點的分析和研究，而且開了後來研究者的模仿之風。例如在漢語中，動詞、形容詞也可以做主語和賓語，名詞、代詞和形容詞也經常起到副詞的作用，爲了維持詞在意義上的類別和跟句子成分的對應關係，馬氏把這種現象統統算作「假借」。這種詞類假借說，是作者在模仿西方語法遇到困難時的一種變通的辦法。事實上漢語的詞在造句中的功能是多方面的，而非單一的，完全没有必要因爲它們所處的位置與西方語言不同，而認爲其中一些詞類假借爲其他詞類。在古代漢語中，詞類假借說（又稱詞類活用）應該真正嚴格限止在個別詞的臨時性靈活使用上，如果某一詞類能够大量出現在某一句法地位上，那就不應該視爲假借和活用。又如作者關於次的理論兼指名、代諸字在句讀中的句法關係，而起詞、止詞等也表示名、代諸字在句讀中的句法關係，因此次就不可避免地要和起詞、止詞等句子成分的概念有許多重合，這樣，除了因爲名詞修飾語馬氏未立詞名，所以偏次尚屬有用之外，其餘的次和詞就是徒然多立一套名目了。馬氏之所以在詞之外又立有次，其原因又在於模仿西方語法在句子成分之外又有格。但是西方語法的格有其形態的標誌，漢語沒有，漢語只有位置一途，則次和詞的相重就是必然的了。

最後，此書使用的許多概念、術語，如字、詞、句、讀等，往往與中國傳統語文學中的名稱相同，而文中又不能不用傳統語文學的名稱，這樣新舊名稱參雜互用，魚龍混雜，往往使讀者不明所以，難以卒讀。例如卷一界說九：「《論．公冶》：『回也聞一以知十，賜也聞一以知二。』又《學而》：『巧言令色，鮮矣仁。』又《泰伯》：『煥乎其有文章。』也、矣、乎三字，今以助一字而已。故同一助字，或以助字，或以助讀，或以助句，皆可，惟在作文者善爲驅使耳。」這裏第一、四兩個「字」爲文字之字，第二、三兩個「字」則相當於今天所說的詞。

歷史上關於《馬氏文通》一書的研究，可以分成三個階段。從一八九八年至一九三五年爲第一階段，這一階段主要是對馬氏此書的質疑、刊誤和補正，但內容多限於具體的局部的問題，代表作有陶奎《文通質疑》(附《文通要例》後，華新印刷局，一九一六)、楊樹達《馬氏文通刊誤》(商務印書館，一九三一)等；從一九三五年至一九五〇年爲第二階段，這一階段比較注意從理論上、語法體系上分析、研究馬氏的得失，特別是嚴厲批評了馬氏之書對於西方語法的機械模仿和生搬硬套，代表作有何容《中國文法論》(獨立出版社，一九四二)、陳望道等《中國文法革新論叢》(上海學術社，一九四〇)等；從一九五〇年至今爲第三階段，在這一階段中，學者們開始全面而科學地研究、評價馬氏此書，既充分肯定它的歷史功績，又詳細而深入地指出其理論和體系上的種種弊端、謬誤，此外對於馬氏的思想、馬氏此書的作者，也多有探討，有關這方面的主要材料收集在張萬起編輯的《馬氏文通研究資料》(中華書局，一九八七)一書中，可以參看。　（易　林）

中等國文典

〔現代〕章士釗

《中等國文典》，近人章士釗撰。成書於清光緒三十三年（一九〇七）。有一九〇七年商務印書館初版本。曾多次重印，一九三〇年已印十六版。

章士釗（一八八一——一九七三），字行嚴，筆名爛柯山人、青桐、無卯等。湖南省長沙市人。幼年就讀於私塾，一九〇二年入南京陸師學堂。曾主編《蘇報》，因宣傳孫中山的革命主張，被捕入獄。一九〇五年赴日本留學，一九〇八年赴英，入愛丁堡大學攻讀政法。辛亥革命後，回國任總統府顧問，後任參議員，主編《獨立周報》。一九一四年因反對袁世凱稱帝，逃亡日本。一九一六年回國主編《甲寅月刊》，先後任北京大學教授、廣州國務院秘書長、北京農業專門學校校長，北洋軍閥政府司法總長兼教育總長。一九二五年《甲寅》復刊，鼓吹復古，反對白話文。一九二八年因國民政府通緝，旅居歐洲。一九三一年後相繼任東北大學教授、律師、冀察法制委員會主席。五十年代以後任中央文史館館長。著作有《初等國文典》、《中等國文典》、《甲寅雜誌存稿》、《柳文指要》、《長沙章氏叢書》等。事跡載《民國人物傳》（第四卷）、《中國現代語言學家》第一分册。

《中等國文典》是作者在日本實踐女校爲留日學生講授古文的講稿，後經整理而成。

此書以古代漢語爲研究對象，以西洋語法爲研究方法。全書分九章，第一章是總論，以後八章分別介紹名詞、動詞、形容詞等詞類及其用法。

此書對漢語語法問題所持的主要觀點如下：

一、根據「發言者之意志各不相同」，把句子分爲四大類：敍述句、疑問句、命令句、感嘆句。又把每一個句子分解爲主格、主格之附加辭、賓辭、賓辭之附加辭四部分。主格是「所提以發端之物」，賓辭是「陳明其動作者」，主格和賓辭是「句之幹部」。

二、把漢語的詞分爲九類：名詞、代名詞、動詞、形容詞、副詞、介詞、接續詞、助詞、感嘆詞。名詞是「識別一切事物名稱之詞」，又分爲固定名詞、普通名詞、集合名詞、物質名詞、抽象名詞五小類。代名詞指「與名詞相代爲用之詞」，又分爲人稱代名詞、指示代名詞、疑問代名詞三小類。動詞是「就於其物而說明其動作之詞」，又分爲自動詞、他動詞、不完全自動詞、不完全他動詞、被動詞、雙格動詞、助動詞六小類。形容詞指「狀一切事物之詞」，又分爲示像形容詞、示紀形容詞、代名形容詞三小類。副詞指「附屬於動詞，而狀其動作之情態者」，又分爲普通副詞、代名副詞二小類。介詞分前置介詞和後置介詞兩種，前置介詞有「以」、「於」、「與」、「爲」、「自」、「從」、「由」等，後置介詞只有一個「之」，如「先王之道」的「之」。接續詞先分等立接續詞、陪從接續詞、關聯接續詞，再各分若干小類。助詞分決詞和疑詞兩小類。

三、明確區分字、詞和短語。一字可以成一詞，如「見」；而一詞不必爲一字，如「孟子」兩字爲一詞。短語則是包含兩個詞以上的「不能成句之語」。短語分三種：形容詞短語，如「慈惠之師」中的「慈惠之」；副詞短語，如「以佚道使民」中的「以佚道」；名詞短語，如「千乘之國」。

四、詞分爲單字詞和合字詞兩類。單字詞只包含一個字，如「牛」、「羊」、「去」、「歸」、「賢」、「仁」、「己」、「既」等。合字詞又分作：（一）雙字同義詞，如「文章」、「恐懼」、「輕薄」等；（二）雙字對待詞，如「禍福」、「上下」、「古今」等；（三）連字詞，如「默默」、「昏昏」、「施施」等；（四）綴字詞，如「巍巍乎」、「巍然」等。

本書屬於早期模仿派語法著作，模仿或套用西洋語法之跡十分明顯，如認爲「主格和賓辭，句中之兩大幹部也，缺一即不成句」。又認爲「非名詞無以爲主格，非動詞無以爲賓辭」。還認爲名詞、代名詞有格。這些論斷都不切合漢語的事實。（杜高印）

中國文法通論

〔現代〕劉　復

《中國文法通論》，近人劉復著。成書於一九一九年。一九二〇年上海羣益書社初版印行，以後多次重印。

作者生平見「十韻匯編」條。

《中國文法通論》是作者在北京大學預科講授國語文法的講義，後經整理而成。此書使用的語言資料以先秦古文爲主，研究方法是以斯威特(H. Sweet)的《新英語語法》爲依據。全書分三講。

第一講，着重闡述文法的研究方法，包括：一、文法的界說。認爲「所謂某種語言的文法，就是根據了某語言的歷史或習慣，尋出條理來」。二、文法的研究範圍。指出文法須研究「怎樣地採用這種語言的材料，怎樣地把這種材料配合起來」，即今天所說的詞法和句法兩個方面。三、理論的文法和實際的文法的區別。指出前者指比較幾種語言而得出的條理或定理，後者指某國文法或某種語言的文法。四、文法的研究方法。主張分歷史的、比較的、普通的三種，並强調歸納法，注重實證。在這一講中作者提出了「兼格說」，認爲「欲其貴也」中的「其」字是兼格代詞，它一面做「欲」字的受格，另一面又做「貴」字的主格」，兼格說對以後的語法研究影響很大。

第二講，從「理論的狀況」和「文法的狀況」分別論述詞法和句法。關於詞法，劉氏根據「文字的意義和作用」將詞分爲：一、實體詞（即名詞、代詞及用如名詞者）；二、品態詞（又分「永久的」和「變動的」兩類，永久的即形容詞；變動的即動詞）；三、指明詞（又分「量詞」和「標詞」兩類，量詞即數詞、量詞和部分副詞；標詞，即指示代詞和部分副詞）；四、形式詞（即判斷詞、介詞、連詞、助詞等）。五、感詞。作者把實體、品態、指明三類詞合稱爲實字，「因爲它有的確的意義，或明顯的作用」，把形式詞稱爲虛字，因爲「實字之外，還有許多少不了的字，並沒有的確的意義，或明顯的作用，只是文中必須用它，使它把實字與實字的關係表示出來」。劉氏把漢語的詞分爲五大類，改變了《馬氏文通》以來的九類說。

關於句法，作者認爲句子是指「意義的獨立單位」，「無論句的形式是怎樣，只須它能把一種獨立的意義，明白表示出來，就是句的資格」。作者把句子分作簡句和複句兩種，簡句又分普通句、特別句和獨字句。普通句指「主詞和表詞相接而成句」，即有主語和謂語的句子，特別句指主語和謂語有空缺的句子。複句則指「凡以兩個或兩個以上的子句合成的文句」。子句就是簡句。複句再分主從和衡分兩種。劉氏的這個句子類型系統已經初具規模，大體反映出漢語句子結構的特點。劉氏的句子成分設主詞和表詞，即主語和謂語，認爲「凡做主詞的，誠然都是實體詞，而做表詞的，却於品態詞之外，還可以包括一部分的指明詞」。此外還有端詞、加詞和先詞，如他所說，「白雪」的「雪」處於正位，爲端詞，「白」處於輔位，爲加詞，先詞是「表詞的變體」，如「飛鳥」的「飛」，則所謂端詞即中心語，所謂加詞和先詞即定語。

第三講，論述語言的起源、發展和漢語的語法特點。作者認爲「言語是社會所產出的東西，所以它無一時一處不受社會的支配」。關於漢語語法的特點，作者指出了許多複雜現象如動詞「敗」，可作及物動詞，也可作不及物動詞；虛詞「的」的增減，用以形成聲調的和諧；賓語的伸縮，是爲了合於奇偶律等等。

《中國文法通論》重視語法理論和語法的研究法，尤其注重漢語語法的事實。其本意是企圖全面修正《馬氏文通》，以「建造起一個研究中國文法的革新的骨格來」，全書雖然未能把舊說完全打破，但因襲之中，帶有許多革新的意味，因而此書在當時語言學界有一定的影響，被稱爲文法革新派的代表著作之一。

（杜高印）

國文法之研究

〔現代〕金兆梓

《國文法之研究》，近人金兆梓著。成書於一九二一年。中華書局一九二二年初版印行，以後多次重印，一九五五年中華書局修訂本第一版，一九八三年商務印書館新一版。

金兆梓（一八八九——一九七五），字子敦，號芚盦。浙江省金華市人。語言學家、史學家。畢業於北京大學預科，後入北洋大學礦冶系，因母病家貧輟學。曾任浙江省立第七中學教員、校長，北京高等師範學校教員、北京女子文理學院講師、上海大夏大學教授等職。一九二七年起，歷任中華書局教科圖書部長、編輯所副所長、總編輯，《新中華》雜誌社社長。五十年代初期，任蘇州市副市長。一九五七年應邀任中華書局副總編，兼上海中華書局編輯所主任，後任上海文史館館長。早年研究語法修辭，後期研究歷史。著述有《國文法之研究》、《實用國文修辭學》、《中國近代史》、《芚盦治學類稿》等。事跡見《中國現代語言學家》第一分冊。

《國文法之研究》是作者在北京高等師範學校講課時的講稿，經整理而成。這是一本漢語語法理論著作。作者力圖衝破西洋語法的藩籬，推翻《馬氏文通》的舊格局，另外創造一個新格局。主張「某國的文法根據某國的歷史和習慣加以説明」，漢語語法同其他語言語法「盡有不可强同，而且不必强同的地方」，認爲我國語法的研究應該「專注重我國文字的歷史和習慣」。因此，此書的重點在於討論漢語文句組織的多種習慣用法，而詞類的區分只是大體上提出一個新計劃，並不加以詳細的闡述。

此書分三章，第一章導言，論述五個問題：一、編纂本書的目的。二、邏輯現象與語法現象之間的關係。認爲邏輯是「整理思想的規則」，語法是「整理文字的規則」，「思想是世界人類所同的，文字却各有各的習慣」，邏輯的現象是理論的，科學的；語法的現象是歷史的，習慣的；所以有符合的地方，也有不符合的地方。三、語法和國文法的定義。指出語法「是根據語言文字的習慣，用方法去尋出個規律來，説明怎樣的運用這種規律配合起來作發表意思之術」；國文法「是將我國語言文字的習慣尋出個規律來，作發表意思之術」。四、語法的範圍。認爲語法包含詞法和句法。五、語法的類别。認爲語法分爲記載的語法和説明的語法，而本書屬於後者。

第二章，文法的研究法。主張同時使用歷史的、比較的、普通的三種研究方法。歷史的研究，是從語言文字的發展上去研究。例如詞品的區分由於引申、活用的緣故，漸趨不甚分明；複音詞漸漸孳乳，形成同義的、近義的、雙聲疊韻的、詞義相對的、重疊的、附加的、多音的等七種；詞在語句中的位置較趨確定，施動、被動日見分明；虚詞的用法漸趨確定等等。比較的研究，指跟方言和别種語言進行對比研究。例如古代的「矣」就是現代的「哩」，古代的「爾」就是現代的「呢」；而宋元語録裏又有印度佛教語言的影響，《元曲選》裏也有蒙古語的痕跡，現今的白話作品，更有歐洲文字的影響。普通的研究，就是研究語言現象所以成立的原理。歷史的和比較的研究是單就特種語言講的，而普通的研究則是就一切語言講的。例如漢語中的詞類活用、詞的讀破、名詞的重叠等各種語法現象，在世界各種語言中都是存在的。

第三章，邏輯的現象和文法的現象。本章是全書的重點，分兩部分。

一、邏輯的現象，闡述邏輯的基本概念和基本概念的互相配合。認爲「體」(substance)和「相」(attributes)是兩個基本觀念。標指體的稱爲體詞，如「水」、「火」等；標指相的稱爲相詞，如「透明」、「流動」等。相又分兩種：一是定相，如「良弓」的「良」；一是動相，如「飛鳥」的「飛」。而將基本觀念配合起來構成意義的方法，又有本詞和加詞的不同。如「紅花」的「花」居正位，是本詞；「紅」居副位，是加詞；「花尊」的「花」仍然是體詞，可是成了加詞了。又如認爲「發表思想時，有兩個頂要緊的觀念」：主詞（即主語）和表詞（即謂語）。而做主詞的不一定是體詞，相詞也可以做主詞，如「紅亦不肥，綠亦不瘦」兩句中的「紅」和「綠」，作表詞的不必一定是相詞，量詞和標詞都可做表詞，如「道二」、「某在斯」的「二」和「斯」。

二、文法的現象，專論字、字羣和句。所謂字即今天說的詞。作者從語言文字的演變上分析了文與字、名與字、結合語與字、詞（相當於助詞、嘆詞等）與字、虛字與詞、字的分合、字義的引申、字義的伸縮、通假、詞品（詞類）的分配等十個問題。此書的詞類系統有三個特點：第一、實字、虛字、傳感字三大類並列，改變以往虛字和實字的兩分法。第二、相詞包含動詞和靜詞，認爲它們有很多相同點。第三、介詞和連詞的區分，規定連詞表示並列關係，介詞表示主從關係。所謂字羣，是指意義不完整的字與字的結合，相當於今天的短語或詞組。作者指出字羣「按着它的文位和作用」也可分致各詞品中去。所謂句，是指「意義的獨立單位」，認爲「毋論一個字或幾個字，只要能表示完全的意思，都可以叫做句」。句子可以分爲簡句和複句兩類。簡句再分普通句、特別句、獨立句（又稱句字）三種。複句指「句和句連合表示一個完全意義的」。子句就是「構成複句的簡句」。又認爲句子的構成可分做對內的構造、對外的構造兩類。對內的構造是指「積字成句」，涉及到本詞、加詞、主詞、表詞等之間的關係。句子的構成全依靠主詞和表詞兩者的關係而成，而主詞和表詞又依靠本詞和加詞而成。對外的構造是指「積簡句而成複句」。涉及到句與句之間的關係。這種關係有主從和衡分兩種，所組成的複句叫主從複句（即偏正複句）和衡分複句（即聯合複句）。

《國文法之研究》强調「專注重我國文字的習慣和歷史」去研究漢語語法，反對「拿國文遷就西文」；漢語詞類系統先三分，傳感字既不歸到實字裏，也不歸到虛字裏；確立相詞的界說，看到漢語中動詞和靜詞的功用有若干相同點，這些見解對後來的漢語語法研究起了積極的作用，因此它被稱爲文法革新派的代表著作之一。可惜本書只相當於一個緒論，不少的問題未能展開詳細的論述，而分析問題時又認爲語法的研究「不能不根據邏輯的現象」，似乎把邏輯與語法的關係看得過重了。（杜高印）

國語文法概論

〔現代〕胡　適

《國語文法概論》，近人胡適著。成書於一九二一年，載《胡適文存》第三卷，上海亞東圖書館一九二一年版。

胡適（一八九一——一九六二），原名洪騂，字適之。安徽省績溪縣人。著名學者。幼年就讀於私塾，一九〇四年到上海就讀，肄業於上海中國公學。一九一〇年赴美留學，先入農科，後轉文科，攻政治、經濟，兼習文學、哲學。一九一五年從杜威攻讀實用主義哲學，獲哲學博士學位。一九一七年回國，先後任北京大學教授、中文系主任、文學院院長和校長。參加過《新青年》編輯工作，後主編學術雜誌《國學季刊》。一九二六年遊歷歐美，赴各地講學。曾任中華文化基金委員會秘書、董事長，太平洋國際問題討論會中國代表，並被推爲大會主席。一九六二年在臺灣病逝。早期提倡白話文運動，參加國語研究會。提倡「國語的文學、文學的國語」。著述有：《胡適文存》、《國語文學史》、《中國哲學史大綱》等多種。事跡載《中國現代教育家》第一卷、《中國現代語言學家》第三分册。

《國語文法概論》是研究漢語語法理論的著作，集中反映了作者的語言觀。此書注重國語，注重白話文和國語文法，强調文法研究的方法，主張把歸納的、比較的、歷史的三種研究法結合起來應用，並總結出一些文法規律，論述結合漢語的事實，文字深入淺出，通俗易懂。全書分爲國語與國語文法、國語的進化、文法的研究法三篇。

一、國語與國語文法。首先論述什麽是國語。作者認爲國語要有兩種資格。「第一、這一種方言，在各種方言之中，通行最廣；第二、這種方言，在各種方言中，產生的文學最多。」胡氏確認，「我們現在提倡的國語是一種通行最廣最遠又曾有一千年的文學的方言」，因此即使按「嚴格說來」，國語也已經具有這種資格，北方官話已經取得了共同語的地位。其次論述什麽是國語文法。作者指出，各種語言都有自己的文法，而王引之的《經傳釋詞》是「文法學未成立以前的一種文法參考書」，《馬氏文通》的出版，「方才有中國文法學」。關於漢語文法學遲遲產生的原因，作者認爲原因有三：第一、中國的文法本來很容易；第二、中國的教育本限於很少數的人，故無人注意大多數人的不便利；第三、中國語言文字孤立幾千年，不曾有和其他語言文字相比較的機會。同時作者認爲「國語文法不是我們造得出的，它是幾千年演化的結果，是中國『民族的常識』的表現與結晶」。

二、國語的進化。作者指出，國語的演化是進步，還是退化？或者說，白話是古文的進化，還是古文的退化？這個問題是「國語運動的生死關頭」。作者認爲「語言文字的用處極多，簡單說來，（一）是表情達意，（二）是記載人類生活的過去經驗，（三）是教育的工具，（四）是人類共同生活的唯一媒介物」。從語言的使用看，「文言竟没有一方面不是退化的」，而「白話在這方面没有一方面的應用能力不是比文言更大得多」。因此文言是退化的，白話是進化的。對於古代文言發展到近代白話這一大段歷史，作者概括爲兩個發展的趨勢：（一）該變繁的都變繁了，如複音詞的增加，字數的加多；（二）該變簡的都變簡了，如詞語變得更概括，語法變得更簡易劃一。

三、文法的研究法。作者强調研究方法的重要性，認爲「現在國語文法學最應該注重的，是研究文法的方法。」研究文法的方法是：

（一）歸納的研究法。認爲歸納法是根本的研究方法，「凡不懂得歸納法的，決不能研究文法」。作者引用白話的「了」和《馬氏文通》中作賓語的疑問代詞兩個例子，詳細解説歸納法的使用。

（二）比較的研究法。指出這個方法可分做兩步：第一步，積聚比較參考的材料，越多越好。第二步，碰到難以解決的語法問題，可以尋求別種語言裏同類例子，用以幫助解決問題。作者批評陳承澤的「獨立的研究」說，「我老實規勸那些高談『獨立』文法的人，中國文法學今日的第一需要是取消獨立。但『獨立』的反面不是『模仿』，是比較與參考」。

(三)歷史的研究法。作者指出，「我們要研究文法變遷演化的歷史，故須用歷史的方法來糾正歸納的方法」。歷史法又分做兩步：第一步，舉例時，應注意每個例發生的時代，每個時代的例排在一起。第二步，先求每個時代的通則，然後比較各個時代的通則：若各時代的通則是相同的，便可合爲一個普遍的通則；若各時代的通則彼此不同，則應進一步研究各時代變遷的歷史，尋出沿革的痕跡及原因。

作者指出以上三種方法，「歸納法是基本方法，比較法是幫助歸納法的，是供給我們假設的材料的；歷史法是糾正歸納法的，是用時代的變遷一面來限制歸納法，一面又推廣歸納法的效用，使它組成歷史的系統。」也就是說，歸納法雖然是基本的，但是三種方法要同時並用，比較法和歷史法也是重要的。

《國語文法概論》的許多觀點和方法至今仍然可取。它的缺點是對語言和文學的功用不加區分，比如說語言文字是「記載人類的過去的經驗」的，是「表情達意」的。同時稱西方語言爲「高等語言」，把語言分爲高等的和低等的，這是不正確的。

有關《國語文法概論》的研究著作主要有何容《中國文法論》(商務印書館，一九八五年)。

（杜高印）

國文法草創

〔現代〕陳承澤

《國文法草創》，近人陳承澤著。商務印書館一九二二年版，一九五七年重印，一九八二年新版。

陳承澤（一八八五——一九二二），字慎侯。福建省閩侯縣人。年輕時曾中鄉舉。後留學日本，習法政兼攻哲學。回國後，先後擔任商務印書館編譯員，以及《民主報》、《時事新報》、《獨立周報》、《救國日報》、《法政雜誌》、《甲寅雜誌》、《東方雜誌》、《學藝雜誌》編輯。勤於著述，對語言文字之學有深入的研究。著有《國文法草創》，另有論文多篇。

《國文法草創》是研究古代漢語語法的專著。用文言寫成。全書雖僅五萬字左右，但作者搜集材料達數百萬字，寫作七八年之久，易稿十餘次。此書先在《學藝雜誌》上連載發表，再經過一年多時間的反復審查增削，變更之處，在三分之一以上，乃最後成書。書前有《自序》。一九五七年重印，有呂叔湘《重印國文法草創序》。

全書十三篇，即：一、緒言，二、研究法大綱，三、文法上應待解決之諸懸案，四、字與詞，五、名字，六、動字，七、象字，八、副字，九、介字，十、連字，十一、助字，十二、感字，十三、活用之實例。

第一篇緒言，主要叙述著書目的，作者批評當時研究漢語語法因襲模仿外國語法的不良風氣，指出：那些因襲外國的語法著作，其說明方法似乎新穎，研究範圍也較廣泛，但由於因襲模仿，對漢語語法研究不深，只能觸及皮毛，而且常常牽强附會，所以不能看作「研究之正軌」。爲了改變這種不良風氣，作者乃「探語學共通之原理，考組織變遷之沿革……比較東西之異同，溝通新舊之隔閡」。可見作者寫作此書意在革新漢語語法學。

第二篇「研究文法大綱」，提出研究中國語法的三個重要原則。其一，「說明的非創造的」，指研究語法要從客觀事實出發，歸納用例，總結規律，而不應從主觀出發，任意臆造。其二，「獨立的非模仿的」，指研究漢語語法要從漢語語法特點出發，「務於國文中求其固有之法則」，而決不應「取西文所特有者，一一模仿之」。作者認爲模仿的語法會導致「削趾適履，扞格難通」。其三，「實用的非裝飾的」，指研究語法要理論聯繫實際，講求實用，要「以近世普通文爲中心，而發現最便說明之原理原則」，以利於應用；而不應去「推尋語源」或「搜集奇僻」。

第三篇「文法上應待解決之諸懸案」，討論了四個問題：一、字類系統問題。《馬氏文通》以來的語法書，大抵模仿外國文法把詞分爲名、代、象、動、副、介、連、助、感等九類。作者認爲這樣的分類對說明漢語語法「頗有冗贅與不足之處」。因此提出了「字類系統更定」的意見，如取消代詞大類改作爲名詞的一個小類等等。二、字類界劃問題。作者提出了區分詞類的兩條原則：（一）詞類區分「在文位上不能辨別時，須另立一辨別之標準」；（二）分出的詞類要做到類有定詞，即一類詞應收集該類的一切詞「而無所掛漏」。三、本用活用問題。認爲詞有「本用」和「活用」之別，詞的歸類「必從其本用而定之，而不從其活用而定之」。四、引伸順序問題。指出「字義引伸順序，應屬文法研究範圍之外，然文法研究可爲解決引伸順序之標準，故亦附及之」。

從第四篇到第十二篇是逐篇討論漢語詞類，包括虛詞和實詞，名詞（名詞、代名詞），動詞（自動詞、他動詞），象詞（一般象字、指示象字、語助象詞），副詞（限制副詞、修飾副詞、疑問副詞），介詞（前置介詞、後置介詞），連詞（一般連詞、條件連詞），助詞（語末助詞、語首助詞、語間助詞），感詞等等。

第十三篇「活用之實例」，詳細叙述詞類的轉化與活用。作者認爲詞的「兼類」（如自動詞兼他動詞）、「引申」（如名詞作量詞用）都不是活用。他把「活用」分爲兩大類，第一類是「本用的活用」，列有九種。此類活用是在具體句子裏「詞類的變異」，於詞性「則無所變動」，例如「仁人心也，義人路也」句中的「人」，就是名詞活用作象詞（形容詞）。第二類是「非本用的活用」。此類活用不但在具體句子裏詞類「生於變動」，而且於詞性之說明上「亦復生於變動者」。此類活用再分爲：一、「一般的非本用的活用」，例如「春風風人」的第二個「風」字，名詞活用作動詞。二、「特别的非本用的活用」，例如「正其衣冠」中的「正」字，象詞（形容詞）活用作動詞。在這類活用裏，值得注意的是作者提出了「致動」、「意動」的概念，這在漢語語法史上是首創。所謂致動，就是他動詞以外之詞，「變爲他動，而……含『致然』之意」，例如「鳥不能白其羽」中的「白」是象詞爲致動用；所謂意動，就是他動詞以外之詞，「變爲他動，而……含『以爲然』之意」，例如「諸侯用夷禮則夷之」中第二個「夷」是名詞爲意動用。

《國文法草創》最有價值的是第二、第三、第十三篇。從全書來看本書既有語法研究理論的一般闡述，也有對古漢語語法的描寫和說明，所以本書既有理論意義，又有實用價值，在漢語語法學史上具有一定的地位。本書闡發的語法研究的三原則，對三十年代末漢語語法革新的討論有很大影響，對今人研究語法仍有其指導意義。他對古漢語規律的總結，特別是「詞類活用」、「致動」、「意動」等概念爲以後的語法學著作，如楊樹達的《高等國文法》、呂叔湘的《中國文法要略》、王力主編的《古代漢語》以及其他古漢語教材等所採用。

後人對《國文法草創》的評價都很高。如陳望道說：「此書最能從根本上發現問題，而且有許多地方極富暗示。」（《「一提議」和「炒冷飯」讀後感》）呂叔湘說：「《國文法草創》是《馬氏文通》以後相當長的一個時期内最有意思的一部文言語法書……裏邊包含許多寶貴的東西。『以少許勝人多許』的評語，著者是可以當之而無愧的。」（《重印國文法草創序》）當然，《國文法草創》也有不足之處：一是只談詞類，未充分描寫句法，因此，還没有能建立起一個完整的語法體系；二是此書是用文言寫成的，文字艱深，能讀懂的人不多，影響也就不如別的書大。（范　曉）

新著國語文法

〔現代〕黎錦熙

《新著國語文法》，近人黎錦熙著。一九二四年商務印書館初版，以後多次重印。

黎錦熙生平事跡見「國語辭典」條。

一九二〇年起，作者在北京的幾所高等學校裏講授國語文法，編寫了許多片段的講義，記錄了零星的筆記，後來據此形成全書的長編；在長編的基礎上，簡練篇章，脫稿而成《新著國語文法》一書。

本書以白話文爲描寫對象，全書共分二十章。書前有「引論」，講述句本位文法和圖解法；又有《原序》（一九二四）、《訂正新著國語文法新序》（一九三三）和《今序》（一九五一）。

本書主要内容綜述於下：

一、關於「句本位」文法。當時通行的文法著作都是以詞類爲綱來講文法的，本書一改傳統的方法，提倡以句子爲綱來講文法，即「句本位」文法。本書批評一些文法書的「詞本位」文法體系，認爲「僅就九品詞類，分别匯集一些法式和例證，弄成九個各不相關的單位，是文法書最不自然的組織，是研究文法最不自然的進程」（《引論》）。並指出，如果採取「句本位」文法，從句子的研究入手，則不但可以得到正確的詞類用法，而且可以發現一種語言的普通的文法規則，可以有助於學習和翻譯他種語言，可以幫助心靈的陶冶。「句本位」文法，「退而『分析』，便是詞類底細目；進而『綜合』，便成段落篇章底大觀」（《引論》）。作者按照這樣的指導思想編排組織本書，例如第二章論述詞法，第三、四、五章論述句法，第六章又是詞法。作者又認爲：最適用於解釋句本位文法的工具是「圖解法」。

二、關於詞類問題。作者認爲詞類是詞「所表示的各種觀念」分出來的若干種類。比如：名詞是事物的名稱，用來表示觀念中的實體的，例如「橋」、「太陽」；動詞是用來叙述事物之動作或功用的，例如「造」、「出來」；形容詞是用來區别事物之形態、性質、數量、地位的，如「長」、「溫和」、「一座」、「那個」等。本書區分詞類採用意義（觀念）標準。根據漢語中語詞所表示的「各種觀念」，作者把漢語的詞分爲「五類九品」，列舉如下：

（一）名詞　　（二）代名詞……實體詞
（三）動詞……………………述說詞
（四）形容詞　（五）副詞………區別詞
（六）介詞　　（七）連詞………關係詞
（八）助詞　　（九）嘆詞………情態詞

根據「觀念」來分類實際上是邏輯分類。在替詞歸類時，作者又使用了另一標準：依據詞在句中的位置、職務定類，使詞類和句子成分對當。但由於漢語的詞在句中的位置或職務錯綜複雜，而變更時又不像印歐語那樣有詞的形態變化，所以「國語的九種詞類，隨他們在句中的位置或職務而變更，没有嚴格的分業」，進而得出了「依句辨品，離句無品」的結論。

三、關於單句的成分。句子是由詞構成的，詞入句後便轉化爲句子的成分，「句本位」文法的「重心」就是分析句子的成分。本書把單句的成分確定爲以下三類六種：

（一）主語，　　（二）述語………主要的成分
（三）賓語，　　（四）補足語………連帶的成分
（五）形容的附加語，（六）副詞的附加語…附加的成分

主語是一句話裏的主體，如「日出」中的「日」；述語是述説主語的，如「日出」中的「出」；賓語是外動詞作述語時的連帶成分，如「工人造橋」的「橋」；補足語是述語的連帶成分，或補足主語，如「工人是勞動者」

中的「勞動者」,或補足賓語,如「工人請我講演」中的「講演」;形容的附加語是添加在實體詞上的附加成分,如「一座長的鐵橋」中的「一座」和「長的」;副詞的附加語是修飾或限制述語的附加成分,如「工人趕緊修鐵橋」中的「趕緊」。析句時,首先要確定兩個主要成分「主語」和「述語」,先找出兩個中心詞;然後再找出連帶或附加於中心詞上的連帶成分或附加成分。這種析句法可以稱之爲「中心詞分析法」或「句子成分分析法」。

四、關於實體詞的「位」。作者所謂實體詞的「位」,指的是「名詞或代詞在句中的位置」。講「位」的目的,主要是爲了把實體詞的詞性固定下來。本書根據詞在句中的位置和職務確定詞類,把詞類和句子成分一一對應,如說名詞、代名詞常作主語、賓語,動詞常作述語等等;但是詞在句中的位置和職務常有變更,特別是實體詞,變更尤多,它不僅可作主語、賓語,還可作補足語、形容的附加語、副詞的附加語等。本書替實體詞設「位」,就是說實體詞不管充當什麽句子成分,詞性都不改變,只是所居職位不同。本書替漢語的實體詞設立了「七位」:一、主位,指實體詞用作主語的;二、賓位,指實體詞用作賓語的;三、補位,指實體詞用作補足語的;四、領位,指實體詞用作形容詞附加語的;五、副位,指實體詞用作副詞附加語的;六、同位,指實體詞用作與上述五種位同一成分的;七、呼位,指實體詞離開上述六種位而獨立的。同時,本書又設立了各種位的「變式」,例如主位直接倒裝在述語之後的,便是「變式的主位」,賓語在動詞或句首,便是「變式的賓位」等等,論證了漢語的變式句。

五、關於複句。本書對複句分析詳盡,把複句分成三個大類:

(一)包孕複句,又叫子母句。其特點是兩個以上的單句,只是一個母句包孕着其餘的子句。包孕複句又分爲三個小類：名詞句、形容詞句、副詞句。

（二）等立複句。其特點是兩個以上的單句，彼此接近，或互相聯絡，即都是平等而並立的。等立複句又分爲四個小類：平列句、選擇句、承接句、轉折句。

（三）主從複句。其特點是兩個以上的單句，不能平等而並列，而是以一句爲主，其餘爲從。主從複句又分爲六個小類：時間句、原因句、假設句、範圍句、讓步句、比較句。

六、關於句子的語氣。根據句子所表示的語氣，本書把句子分爲五類：（一）決定句，表語氣的完結；（二）商榷句，表語氣的商度；（三）疑問句，表然否的疑問，或表抉擇、表尋求的疑問；（四）驚嘆句，或表驚訝、詠嘆，或表其它種種心情；（五）祈使句，或表決定，或表商榷。在討論這五大類句子時，也講述了漢語特有的用在句尾表示語氣的助詞，以及各個助詞的作用。

《新著國語文法》是我國第一本以白話文爲對象的系統而完整、並有很大影響的語法著作，在漢語語法史上具有重要的地位。此書內容豐富，材料翔實，結構謹嚴，條理分明，作爲教科書是很合適的。在相當長的一段時間裏，此書曾作爲許多大、中學校的教材，許多人採用它的體系編寫教科書，對普及漢語語法知識，發展漢語語法學，起了很大的推動作用。同時代的一般語法著作比較重視詞法而忽視句法，本書強調建立「句本位」的漢語語法體系，就其重視句法這一點來說，是符合漢語實際的。

本書的缺陷主要有以下三點：一、對漢語語法的特點重視不够。此書拿《納氏文法》的格局來描寫漢語語法，所以有機械模仿英語語法的弊病。作者自己也承認：「《新著國語文法》的英文法面貌頗濃厚，頗猙獰。」（《今序》）二、在詞類區分上，一方面主張根據意義（觀念）區分詞類，另一方面又提出根據詞在句中的位置或職務來定類，所謂「依句辨品，離句無品」，進而又用實體詞「七位」來限制實體詞的轉類或通假，以擺脫「依句辨品」造成的困境。這就使此書在區分漢語詞類問題上左支右絀，矛盾百出。三、在解釋各種語法現象時常常從邏輯或心理出發，用邏輯分析代替語法分析。例如在講省略的時候，經常憑自己主觀想象填充一個所謂被省略的詞。所以王力批評此書是「先有理，後有法」（《中國語言學史》）。

有關《新著國語文法》的研究著作主要有：廖庶謙《評黎錦熙的〈新著國語文法〉》（《文化雜誌》三卷一期，一九四二年）、陳望道《〈評黎錦熙新著國語文法〉書後》（《中國文法革新論叢》，一九五八年）。（范　曉）

高等國文法

〔現代〕楊樹達

《高等國文法》，近人楊樹達著。成書於一九三〇年。有商務印書館一九三〇年初版本、一九五五年重印本、一九八四年重排本。

作者生平見「詞詮」條。

一九一一年，楊氏從日本回國，在湖南長沙教授文言語法，並開始閱讀《馬氏文通》。對於馬氏之作，他一方面認爲其「於荆榛薈蔚之中，芟夷剔抉，闢一康莊，其功偉矣」（《高等國文法序例》），而另一方面又「心多弗慊」(同上),認爲馬氏之書師西法而「頗有削足適履之譏」,「馬氏小學甚疏,凡所訓釋,頗多未審」(孫楷第《高等國文法序》)。於是,一九一九年楊氏開始作《馬氏文通刊誤》,一九二〇年楊氏任教於北京師範大學,又開始作《高等國文法》。從一九二〇年至一九二九年,楊氏一邊將書稿用於教學,一邊修改增删,「歷時九載,教授亦不下十餘次」,終於著成《高等國文法》一書。此書作成之後,作者又應學生要求,將書中虛詞摘出,增益材料,另成《詞詮》一書。兩書體例不同,但後者實出於前者,其內容亦互有補充,彼此相輔,堪爲姊妹篇。

《高等國文法》共十章,第一章「總論」敍述語言的起源、變遷、類别,漢語的緣起、發展以及漢語文法學的產生;第二章至第十章分别介紹名詞、代詞、動詞、形容詞、副詞、介詞、連詞、助詞和嘆詞的種類和用法。

此書對各詞類的下位分類如下:

名詞:獨有名詞、公共名詞、物質名詞、集合名詞、抽象名詞。

代名詞:人稱代名詞、指示代名詞、疑問代名詞、複牒代名詞(即「者」)。

動詞:普通內動詞、不完全內動詞、關係內動詞、普通外動詞、不完全外動詞、雙賓語外動詞、同動詞、助動詞。

形容詞:性態形容詞、數量形容詞、指示形容詞、疑問形容詞。

副詞:表態副詞、表數副詞、表時副詞、表地副詞、詢問副詞、傳疑副詞、應對副詞、表敬副詞。

介詞:不分類,列舉。

連詞：等立連詞、選擇連詞、陪從連詞、承遞連詞、轉捩連詞、提挈連詞、推拓連詞、比較連詞。

助詞：語首助詞、語中助詞、語末助詞。

嘆詞：不分類，列舉。

各章還討論了下列詞類的省略問題：名詞、代名詞、動詞、介詞、連詞；討論了下列詞類的用法：動詞、形容詞、介詞、助詞。

此書的特點有以下四方面。

一、語言材料十分豐富，詞類劃分十分細密。本書採輯例句，始自諸經諸子，迄於《後漢書》、《三國志》，兼採六朝唐人，所收例句非常豐富。在此基礎上，又十分詳盡而仔細地劃分詞的小類及其用法。例如副詞一類中又分爲表態副詞、表數副詞、表時副詞、表地副詞、否定副詞、詢問副詞、傳疑副詞、應對副詞、命令副詞和表敬副詞等十個小類，其最後三個小類爲《馬氏文通》所無，而詢問副詞和傳疑副詞馬氏又混而不分。

二、廣泛吸收前人研究成果，雜採衆家之説。本書廣泛吸收前輩學者包括清代劉淇、王念孫、王引之、俞樾、章炳麟等的訓詁學成果，例如第三章敘述古漢語第二人稱代詞「若、女、戎、爾、而」舊屬日母，「乃」舊屬泥母，接着引章炳麟「古音娘日二母歸泥説」，指出「若、女、戎、爾、而」古音與「乃」字聲母同，古漢語第二人稱代詞實只有一系。同時，本書又大量吸收同時代人的研究成果，如第一章「總論」採用胡以魯《國語學草創》的語言理論，第四章動詞的致動用法和意動用法則採取了陳承澤《國文法草創》的觀點。

三、注意訂正《馬氏文通》的訛誤，更加切合古漢語實際。例如馬氏以「咸、皆」等爲約指代詞，本書定爲表數副詞，古漢語「咸、皆」用作狀語，當以本書所定爲善；又如《論語》「君而知禮，孰不知禮」的「而」，馬氏定爲承接連詞，本書定爲假設連詞，從文意來看，亦以本書所定爲善。

四、建立以詞法爲中心的語法系統，闡明文言語法的一般規律。本書詳於詞法，略於句法，某些文言句法也是分別置於各詞類中叙述的。例如形容詞用於主位（主語）和賓位（賓語），本書稱爲「名詞之通假」，即形容詞的名詞化，置於第二章「名詞」中叙述；而代詞用作動詞（謂語），本書則稱爲「代詞之變用」，置於第三章「代名詞」中叙述。

《高等國文法》與《馬氏文通》相比較，雖然有許多進步之處，在一定程度上反映了漢語語法面貌，但是此書缺乏對漢語的全面的分析與描寫，尤其是句法描寫顯得支離破碎、體例不一。因此王力先生批評楊氏「長於考據而短於理論」，《詞詮》「等於一部『新經傳釋詞』」，而《高等國文法》「等於拿一部『新經傳釋詞』進行一種新的排列法」（《中國語言學史》）。其次，楊氏雖然批評《馬氏文通》模仿拉丁語語法，但是他自己也往往拘泥於英語語法而歪曲古漢語的事實。例如他把「在、適、詣、之、如、涉、過」等認爲關係內動詞，不認爲外動詞，就是因爲這些詞譯成英語是內動詞。再次，楊氏過信省略之說，例如認爲《史記・伯夷列傳》「父欲立叔齊，及父卒，叔齊讓伯夷」一句「讓」字後省略「於」字，《漢書・霍光傳》「羣臣後應者，臣請劍斬之」一句「請」字後省略一「以」字，事實上，古漢語此類現象繁多，本是正常用法，並不能歸爲省略。此外，像「彼、夫、匪」一類詞，楊氏既歸爲他稱代名詞（第三人稱代詞），又歸爲指示代名詞（指示代詞），又歸爲指示形容詞，而實在它們的詞匯意義無別，僅在句中所處位置有主位（主語）、領位（定語）的不同，這樣不僅在理論上說不通，而且使讀者徒生迷惑，殊不可取。（易　林）

比較文法

〔現代〕黎錦熙

《比較文法》，近人黎錦熙著。成書於一九三一年。一九三三年北平著者書店出版。一九五八年科學出版社校訂重版。

作者生平見「國語辭典」條。

《比較文法》是作者的教學講義。本書依據《新著國語文法》的體系，專講詞位和句式，主要拿白話的句子和文言的句子、英文的句子進行比較。作者的目的是要寫一本供高中學生用的教材。全書除緒論外，共分七章。書前有作者的《序》。

全書內容簡介於下：

一、緒論。主要說明什麼叫「比較文法」。指出文法可以從三個方面進行比較：(一)本族語文法與它族語文法比較；(二)標準國語文法與本族語方言比較；(三)以國語中今語文法與古文文法比較。本書以古今文法比較為主，兼及其它方面。比較分析語法限於詞位和句式。

二、主位。主位指「實體詞用為句中之主語者」。主位的位置，先主後述為常序，主後於述為變式句法。變式的主位分爲兩式：(一)主在述後，如「下雨了」中的「雨」。(二)主在述中，如「外面走進一個人來」中的「一個人」。

三、呼位。呼位指「實體詞在句首或句中或句末，皆離句而獨立者」。呼位分爲：(一)先呼後語者，如『孺子，下取履！』中的「孺子」；(二)先語後呼者，如「而今而後，吾知免夫！小子！」中的「小子」；(三)語意未完中間以呼者，如「歸休乎！君！余無所用天下爲」中的「君」。

四、賓位。賓位指「實體詞用爲外動詞之賓語者」。此章又比較詳細討論了「雙賓位」和「變式的賓位」。雙賓位分爲三式：(一)通式，指「通中西古今而皆可如此作也」，如「我送張先生一本書」，作次賓的「張先生」在前，作正賓的「一本書」在後；(二)原式，指正賓在前，次賓在後，「謂之原者，在邏輯上應如此作也」。如「我送一本書給張先生」，(三)變式，指正賓用「把」或「以」字提在動詞之前，「謂之變者，賓本在動後，變而置動前」。如「我把一本書送張先生」。對於非雙賓的句式，以先動後賓爲常序，因此變式的賓位是指賓先乎動的句式，分爲二類：(一)賓在動前，如「我把這本書讀完了」中的「這本書」；(二)賓在句首，如「這本書我已經讀完了」中的「這本書」。

五、副位。副位指「實體詞用爲句中之副詞的附加語者」。副位分爲兩類：(一)前邊有介詞介紹的，如「一只小麻雀飛在電桿上」中的「電桿上」；(二)前邊省略(或本無)介詞，如「我們走路，你們坐車」中的「路」、「車」。介詞在副位之前是常序，副位在介詞之前是「變式的副位」，變式副位分爲兩類：(一)副在介前，如「信以守之，忠以成之」中的「信」、「忠」；(二)副在句首，如「大夫逆於境者，執其手而與之言」中的「大夫」與「之」同爲副位。

六、補位。補位指「實體詞之用爲補足語者」。補位分爲兩類：(一)對於主語之補位，如「人有手」中的「手」。(二)對於賓語之補位，如「工人推舉張君爲代表」中的「代表」。對於賓語之補位，內部又可分爲許多小類。此外，先動後補爲常序，補位先乎動稱「變式的補位」。變式的補位分爲兩類：(一)補在動前，如「古之人有行之者，文王是也」中的「文王」；(二)補在句首，如「君子者，若人」中的「君子」。

七、領位。領位指「詞或語句，用以區別或增飾句中之實體詞者」。領位分爲：(一)統攝性領位，如「張先生的帽子」中的「張先生」；(二)修飾性領位，如「玻璃的窗户」中的「玻璃」；(三)主語性領位，如「獅子的勇猛」中的「獅子」；(四)賓語性領位，如「職業的選擇」中的「職業」。另外還有「變式的領位」，指脱離所領之詞而先行者」，變式的領位分爲兩類：(一)領在述前，如「由也，千乘之國可治其賦也」中的「千乘之國」；(二)領在句首，如「細大之義，吾未能得其中」中的「細大之義」。

八、同位。同位指「於一單句中，兩個以上的實體詞同在一位，而以後詞復指前詞者」。同位分爲三類：(一)相加的同位，如「右丞相陳平患之」中的「右丞相」和「陳平」；(二)總分的同位，如「狄伐廧咎如，獲其二女，叔隗、季隗」中的「二女」與「叔隗、季隗」；三、重指的同位，如「齊晉秦楚，其在成周微甚」中的「齊晉秦楚」與「其」。

《比較文法》側重於古今漢語語法的對比，是對比語法研究的首創之作。書中比較語法的實例非常豐富，有助於了解漢語與它語之間、古今語法之間句法上的異同。在比較和分析一些語法規則時，提出了許多問題，並有一些精到的論述，還羅列了語法中各種各樣的「變式」現象，可啓發後人作進一步的研究。此書的不足之處主要是：在語法體系上遠不够細密；在中外語法比較上，外語材料極少，寫得比較單薄；對

「常序」句的比較過於簡單。而對「變式」句的分析却過於瑣碎，「常序」還是「變式」，在古今漢語中和在不同的族語中不完全一樣，但却没有區別對待。（范　曉）

中國文法學初探

〔現代〕王　力

《中國文法學初探》，近人王力著。原載《清華學報》十一卷一期（一九三六年），一九四〇年商務印書館改名爲《中國文法初探》出版單行本。

作者生平見「漢語音韻學」條。

《中國文法學初探》對《馬氏文通》以來簡單比附的研究方法提出了批評，認爲漢語語法研究要重視漢語語法的特點，並提出要區分古今語法的歷史觀點。本書的旨趣「不在乎搜求中國文法裏的一切系統，只在乎探討它的若干特性，希望從此窺見中國文法學的方法」。全書共十章，主要討論六個方面的問題：

一、比較語言學和漢語語法。作者認爲，拉丁語屬於印歐語系，漢語屬於漢藏語系，二者的關係相差甚遠；從拉丁語法的比較上建立漢語語法，就不免有牽强附會的毛病。「我們對於某一族語的文法的研究，不難在把另一族語相比較以證明其相同之點，而難在就本族語裏尋求其與世界諸族語相異之點。」「比較語言學能幫助我們研究，但我們不能專恃比較語言學爲分析中國文法的根據。」最重要的工作是探求漢語語法的特點。

二、對待西洋語法的態度。作者認爲，古漢語的某些語法區別，如果沒有顛撲不破的證據，是不能信其有的，例如名詞的單複數、陰陽性，就不能去比附西洋語法的數與性。中國人的心理是只要把兩個觀念依一定的次序放在一起，就顯出它們的關係來。「我們決不能拿中文比附英文，而說『馬壯』是『馬是壯』或『馬爲壯』的省略。」作者又指出，每個字只有一個音節，不能認爲每個詞只包括一個字。因此「我們不能把中國語認爲單音綴的語言」。

三、死、活語法和古、今語法。認爲「凡偶見於書，其後不復爲人所用者，就是死文法；凡其用能歷千年而不替者，就是活文法」。而要研究漢語語法，首先必須把死文法「另列專篇，不與活文法混雜」，這樣才能系統分明，研究出成效。古文法和今文法，是指「普通說的文言文的文法與白話文的文法」。作者認爲文法應分爲古今兩大類，「至少該按時代分爲若干期，成爲文法史的研究」。「中國語的詞性算是富於彈性的，而中國古文比今文還更富於彈性」，「關於中國古今文法的變遷，盡可以寫成一部很厚的《中國文法史》」。

四、詞性和詞類。作者分詞性爲本性、變性和準性三種。本性指「不靠其他各詞的影響而能有此詞性的」，準性指「爲析句的便利起見，姑且準定爲此詞性的」，變性指「因位置關係，受他詞之影響，而變化其原有的詞性的」。作者認爲最該注意的是本性與變性的分別，並總結出變性的規律十條。作者按照中國人的心理，把漢語的詞分作名詞、代名詞、動詞、限制詞、關係詞、助詞、感嘆詞七類。主張「形容詞與副詞不必區別」，稱作限制詞；「連詞與介詞不必區分」，稱作關係詞。這個詞類系統改變了《馬氏文通》以來詞分九類的成說。

五、文法成分。文法成分指一般所說的虛詞，作者認爲「文法成分是文法學的主要對象」，並根據句尾助詞能形成語句的不同性質，把漢語的句子分爲兩大類：(一)名句，也就是表明句，「普通只用『也』字煞尾」，如「仁，人也」、「知之爲知之，不知爲不知，是知也」。(二)動句，「普通不用句尾助詞，如果用的時候，則於過去時用『矣』字，現在時用『也』字」。如「吾既許之矣」、「子曰，不知也」，作者又認爲「中文的特點者，仍在文法成分之少用。事物關係之表現，在中文裏往往是不顯的。」例如表明語與主格的關係，名詞用作表明語，可以不用繫詞，既可說「孔子，魯人也」，也可說「孔子，魯人」。此外，甲句與乙句的關係也往往不用文法成分表現，特別是在古文裏。例如假設句，連詞「苟」、「若」可以不用。「在這種種方面，我們都可以看出西文的組織偏重於法的方面，中文的組織偏重於理的方面」。

六、漢語中的詞序。作者認爲「詞的次序在中國語裏，其固定程度遠非西文所能及，所以談中國文法決不能不談及詞的次序」。並列舉了「主格先於其動詞」，「目的格後於動詞」、「領格先於其所領之名詞」等九條規律。

《中國文法學初探》的主要特色是：對以往的語法研究方法提出了質疑和批評，反對削足適履的模仿語法；主張從親屬語言的比較中揭示漢語語法的特點，以建立漢語語法學體系；十分重視古今語法研究的方法，十分重視漢語語法的實際，十分重視古今語法的區分。作者自謂：「這彷彿是一篇宣言，我在這篇文章裏確定了我的研究方向和方法。」(《後記》)但作者主要從意義出發研究漢語語法；主張從語象(即語言觀念)或者說中國人的心理上着眼；把詞類認作孤立的詞的分類，因而有本性、準性和變性之說，這些都爲

後人所批評。（杜高印）

中國文法語文通解

〔現代〕楊伯峻

《中國文法語文通解》，楊伯峻著。商務印書館一九三六年初版，一九五五年重版。

楊伯峻（一九〇九—），原名德崇，湖南省長沙市人。語言學家。一九三二年畢業於北京大學中文系。歷任中學教員、中山大學講師、湖南《民主報》社社長、北京大學、蘭州大學中文系副教授。一九六〇年後任中華書局編輯。長期從事古籍整理和古代漢語的教學研究工作，著述有《中國文法語文通解》、《文言語法》、《論語譯注》、《春秋左傳注》等。事迹載《中國現代語言學家》第二分册。

《中國文法語文通解》是一部古今漢語虛詞綜合研究的著作。此書採用「語文通解」的形式，即把古代虛詞同現代虛詞加以分類排比，說明它們的詞性，指明它們的用法。全書分十二章，主要內容如下：

一、關於虛詞。此書認爲漢語幾千年來變化最大的是虛詞，「說明這種種虛詞變遷的痕迹，應該是今天的文法研究者的任務之一」。認爲「語文通解」的形式可以看出古今虛詞變遷的歷史，可以幫助讀者更準確地使用現代的虛詞。

二、詞的分類。書中指出，詞類是指「詞在文法上的分類」，分類的標準是意義、性質和功用。並簡述名詞、代名詞、動詞、形容詞、副詞、介詞、連詞、助詞、嘆詞九類詞的名稱和定義。

三、名詞和代名詞。本書把名詞分爲獨有、公共、集合、物質、抽象五類，此外有附類單位詞。把代名詞分作人稱、指示、疑問、復牒四類。人稱代名詞又分自稱、對稱、他稱、泛稱、己身五種；指示代名詞分作近稱、遠稱、他稱、通稱、旁稱、虛稱、無稱、泛稱、分稱、全稱十小類，並作了古今比較。此書又論及名詞、代名詞在語句中的位置，分做主位、賓位、領位三項。而不贊同呼位和補位的說法。

四、動詞和形容詞。動詞分做外動詞、內動詞、同動詞、助動詞四類。外動詞又分普通、不完全、雙賓三小類，內動詞又分普通、不完全兩小類。形容詞分做性態、數量、指示、疑問四類。此書首次論述了幾種形容詞同時使用時的序次：「指示形容詞位置在最前，數量形容詞次之，性態形容詞又次之。」

五、副詞。此書認爲，「副詞是一種修飾詞，除掉名詞和代名詞由形容詞修飾外，它可以修飾其他的詞類」。並把它分做表數、表態、表時、表地、否定、詢問、傳疑、應對、命令、表敬十類。

六、介詞和連詞。此書指出，「介詞以及所介者，雖稱介詞語，其功用仍同於副詞」。介詞按意義的不同分爲介所向、介所給之人物、介所從等二十七類。此書認爲連詞的作用「在聯絡詞與詞，語與語，或句與句，節與節以表示它們互相之關係」。明確提出了連詞可以連接大於句的節和段。連詞分爲等立、選擇、陪從、承遞、轉捩、提挈、推拓、假設、計較、範圍十小類。

七、助詞和嘆詞。此書把助詞按位置分爲語首、語中、語末三類，語末助詞又分十三小類。認爲嘆詞的位置是自由的，有置於句首的，有置於句中的，有置於句末的，又有獨立的。

八、標點符號。認爲標點符號的用處是：減少讀書的困難，免除文意的誤會，使文字的效力格外完全、格外巨大和格外活潑。

本書的主要特色是：一、語言材料豐富，有上古的語言材料，也有中古的和現代的語言材料；既搜集書面的，又搜集口語的。二、態度認真，分析細緻。例如表態副詞就細分做四十六小類。但是此書專門研討詞類的問題，而不論說句法的問題；就詞類系統的總體上說，它沒有超越《馬氏文通》和《高等國文法》的範圍；雖然詞法研究有時講到詞的功用，但是多從詞的個别意義上去分析研究，缺少應有的歸納概括。

（杜高印）

中國文法論

〔現代〕何　容

《中國文法論》，近人何容著。成書於一九三七年。主要版本有：一九四二年獨立出版社初版本、一九四九年開明書店改版本、一九五七年新知識出版社重印本、一九八五年商務印書館重排本。

何容，生年不詳。語言學家。曾是北京師範大學中文系學生，從黎錦熙學語法。一九二七年參加過北伐軍。一九三五年任北京大學中文系教授。抗戰時期，曾在西北師範學院任教，後任教育部國語推行委員。一九四六年赴臺灣，任臺北國語推行委員副主任。著作有《中國文法論》、《簡明國語文法》等。

《中國文法論》是作者依據在北京大學講授中國文法的講義，經過改寫而成。他把《馬氏文通》以來直到三十年代的主要文法著作做了比較、分析和歸納，從語言學理論的高度加以評論、總結，提出了許多深刻的見解。全書分八個部分，各部分主要內容如下：

一、「文法淺說」，從一般語言學的理論出發，探討文法、文法學和研究文法的方法。作者認為，文法指「語言的表意方法」。從形式上分，各種語言的表意方法有詞的順序、詞的結合、重疊、音變、重音和聲調、附加成分等六種。「一個方法不一定只表示一種意思，一種意思也不一定只用一個方法來表示。」「考察出這種表意方法而予以系統的說明，就成為文法學。」作者認為文法學裏的意類不是邏輯的範疇，同現實世界也並不相合，而語句的組織也並非都是可以用邏輯的關係來解釋的。因此，我們給語句的構造以邏輯的說明，也只是一種形式上的說明；在解釋到實際意義的時候，往往是不合邏輯的。

二、「論中國文法的研究」，討論中國文法學產生較遲的原因、《馬氏文通》以來的文法研究以及中國文法學的方法。作者認為，中國文法學遲遲產生的原因不僅跟漢語本身文法簡易有關，而且跟文字有關，「因為語言裏有些該由文法學來說明的現象，被我們記稱語言所用的文字給隱沒甚至棄掉了」。又認為《馬氏文通》以來的文法學，「大體上都因襲馬氏的系統，就是有些改變，也不過是改得更像英文法」。即使有創見的文法書，其創見「也只是關於各個詞有沒有一定的類，名詞應該有多少格這些方面的」，「只是給語句的構造一種邏輯的說明」。作者在介紹了胡適、林語堂、陳寅恪提出的研究中國文法的方法以後，批評以往的文法研究，「把歐洲語言的文法裏的通則，拿來支配我們的語言」。主張參考Jespersen的《文法理論》，把文法學分爲兩個部分——morphology和syntax，來建立中國文法學的新系統。

三、「論詞類區分」，述評《馬氏文通》以來詞類區分的概況，並提出自己的詞類區分標準。作者指出詞有定類和詞無定類兩種不同的主張，前者如陳承澤、胡以魯等，後者如馬建忠、黎錦熙、劉復等人，他們都有「一個共同的主張，就是詞類是由詞義的不同而分的」。這兩種不同的主張，「都是以講英文法的書裏的說法爲根據的」。作者認爲，「詞的類是從語言自身的表意方法上表現出來的」，「各類詞都有其共同的形式上的特徵以別於他類詞」，因此詞類區分應從形式特徵來分，而從意義出發是不容易說明白的。

四、「論語句分析」，評論以往的析句辦法，並提出自己的主張。作者指出，析句的目的，「是給語句的構造一種邏輯的說明」。可是以往的文法著作中，析句的觀點却由句，即分成幾個部分說明各部分間的關係，轉移到詞，即說明語句中各個詞的關係，「就是由邏輯的觀點移轉文法的觀點了」。作者認爲，句法指「集字成句的方法」，應該分作三步來講：「第一、詞和詞可以發生甚麽樣的關係；第二、一個句子裏的詞和詞，應該有甚麽樣的關係；第三、怎麽樣使詞和詞發生成句所需要的關係」。並推崇Jespersen《文法理論》中的附加式、接結式和等級說。附加式相當於偏正關係，接結式相當於主謂關係，附加式不能成句，接結式可以成句，等級說是指語句中不同的結構層次。作者指出，「用這個方法來講語句構造，既有等級的差別以說明詞與詞的關係，所謂『位』或『格』那種不必要的名目，也就可以不立了；詞本身的性格，也就不致於老是和詞與詞的關係糾纏不清，而成爲詞類解說上的矛盾了」。

五、「論所謂詞位」，評論前人的「位」、「次」理論。作者指出，所謂「位」不是「前後左右的『位置』」，而是主、賓、補、領、副、同、呼種種不同的『職位』」。並强烈地批評說：「已經有了一套名目叫作『語』，要講實體詞的用法，直截了當的說它作某「語」就可以了，何必再立一套和語差不多是平行的名目，而繞個彎子說它是在某「位」呢？」作者指出，《馬氏文通》的「次」，和上述「位」並不相同，「次」是論述「實字相涉之義」的。並批評許多人連《納氏英文法》都不曾仔細讀，卻要怪馬氏「不明理論」。

六、論複句與連詞，評論前人所講複句的差異，論說並列複句、包孕複句和單句的劃分以及複句的分類。作者主張把包孕複句和單句歸到一起，同並列複句對立，因爲「所謂並列複句，乃是句與句的連結；所謂包孕複句，卻是句的一種特殊構造」。作者指出，複句的分類是根據不同的連結詞，但是連結詞可以分類，複句卻不容易分類。「等立複句和主從複句的分類，就不免有這種情形」。並指出，我們文法書裏的複句系統，其基礎「不能不說是英文法的複句系統」，分別主句和從句好像根本不符合漢語的習慣，因此劉復把主從、等立兩類複句合併，總稱爲並列式的複句，「是很合理的」。

七、《馬氏文通》的句讀論，詳細地分析和評論馬氏的「句」和「讀」的理論。作者指出「馬氏的句讀論是不能完全以英文法的術語所表之概念去理解的」，否則「不免要發現《文通》中有許多莫須有的錯誤」，因而忽略了它的真正的矛盾。馬氏句讀論的實質是「以中國固有的『句』『讀』之名，表西文法所謂Sentence和participle phrase相當之實」。但是中國之所謂句讀，與西方文法所謂Sentence和phrase屬於兩個不同的範疇，前者是指文章讀斷法，後者是指語句構造法，「馬氏把它混而爲一，自不免顧此失彼，以致兩皆失之」。

八、助詞、語氣和句類，討論助詞的特點和用法，語氣和句類的關係。作者指出，語氣的表示用助詞，「然而事實上沒有助詞的語句，也一樣可以有語氣」。黎錦熙從心理的方面總括出句子的五種語氣，這五種心理的態度在語言裏「各用相當的助詞來幫助，或竟由助詞表示出來」，但是「語言所能表示出來的心理的態度，似乎也不只五種吧」？作者認爲，「我們中國語言裏的語句，並不是都要用助詞的，依助詞所表的語氣來分別句類，就有許多語句是無類可歸的了。」

《中國文法論》是我國第一本漢語語法理論著作，觀點比較正確，評價也很公允。它對於早期漢語語法研究中的許多問題的評論和見解，至今仍有重要的參考價值。（杜高印）

北京話單音詞詞匯

〔現代〕陸志韋

《北京話單音詞詞匯》，近人陸志韋著。一九三八年由燕京大學印出，書名爲《國語單音詞詞彙》，一九五一年人民出版社出版修訂本，改爲今名。一九五六年科學出版社據一九五一年版重印。

作者生平見「古音說略」條。

《北京話單音詞詞匯》列舉北京話的單音詞和單音詞根，並附六千多條例句，說明每一個詞或詞根的用法。書前有《說明書》（一九三八年版稱爲《序論》），主要討論漢語語法。《說明書》分爲二章：第一章「漢語的詞」，第二章「單音詞的詞類」。下面扼要介紹其內容。

一、**關於漢語的詞**。作者認爲，要替詞下定義比較困難，與其給詞下定義，還不如先說明怎樣來規定某個語言格式是一個詞，而不是詞的一部分或是幾個詞。作者提出，根據語音原則來鑒定漢語的某個格式是不是一個詞「是不可能的」；而「意義原則……只有輔助的功用」；「基本的原則得在語法上尋找」。所謂語法原則就是「同形替代」原則，其方法是(一)一個詞先從它的環境裏提出來，又擱在別的同形式的環境裏，(二)它們留下的空隙又必須用同類的詞補上，比如要鑒定「吃」是不是單詞，可編造些跟「我吃飯」這個例子同形式的句子，例如：

我吃飯
他吃面
猴兒吃花生
…………

我吃飯
我盛飯
我煮飯
…………

在上邊那些同形式的句子裏，把「吃」從它的環境「我……飯」裏提出來，又把它擱在「他……面」之類同形式的環境裏；在下邊的例子裏，又用別的話把「我……飯」中的空隙補上，「盛」、「煮」替代了「吃」，「吃」顯然是句子裏獨立的成分，也就是詞。這裏舉的是單音節的例，假如一個語音形式不是單音的，那就得再用同形替代原則進一步進行分析，分析到不能分析爲止，所得到的語音符號就是詞。所以詞是同形替代法的「最後產品」。

爲保證格式的同形並有效地進行同形替代分析，作者又認爲應加上某些條件限制：(一)凡是已經知道一個符號是兩個以上的詞合起來的，就不用它來替代另一個不知道是不是單詞的格式，如「三輪車」的

「三輪」不能替代「轎車」的「轎」。(二)任何符號不能用它自身的一部分或是用○來替代，如「大紅棉被」的「大紅」不能替代「紅」。(三)「有」不用「没」替代，如「有用」和「没用」不能互相替代。

二、關於單音詞的詞類。在區分詞類的標準問題上，作者認爲：「漢語分别詞類的標準，最重要的應當是詞在句子裏最普通的地位，其次是它自身的意義。」並指出：句子的格式能規定詞的地位；地位變了，詞的類别也就跟着變化。這就是説，是以「句子的格式」來規定「地位」，並借詞的「地位」來區别詞類。作者用北京話最簡單的兩個格式來説明其中的詞的地位：

(一)紅花　大海　好人

(二)吃飯　在家　指着他

在格式(一)裏，「紅」附加在「花」上，形容「花」；在格式(二)裏，「吃」不是附加在「飯」上，而是接近「飯」。這樣就得到三類基本的詞：(一)名詞，它是受限制的，别的詞可以附加在它上面；(二)變化詞，它是能加在名詞前邊接近名詞的；(三)形容詞，它是能附加在名詞的前邊而形容名詞的。

本書根據以上區分詞類的標準和方法，把漢語的詞分爲七大類(其中有些大類還分爲若干小類)：一、名詞，如「花」、「飯」。二、變化詞(動詞)，如「吃」、「走」。三、形容詞，如「紅」、「好」；形容詞内還包括有「形容變化詞」，如「火兒」、「氣兒」。四、指代詞，下分爲三個小類：a、代名詞，如「他」、「你」、「我」；b、數名詞，如「一」、「二」；c、助名詞，如「一個人」、「兩匹布」的「個」、「匹」。五、副詞，下分兩個小類：a、上加副詞，如「不好」、「可來了」中的「不」、「可」；b、下加副詞，如「關上」、「壞透」中的「上」、「透」。六、作用詞，下分三個小類：a、引起詞，如「一説就成」、「從那天起」中的「一」、「從」；b、聯接詞，如「我和他」、「一塊錢零兩吊」中的

「和」、「零」，c、語助詞，如「你來嗎」、「你來呀」中的「嗎」、「呀」。七、雜詞，下分三個小類：a、感嘆詞，如「啊」、「唉」，b、問答詞，如「噢」、「哼」，c、象聲詞，如「吱」和「擦的一聲」中的「擦」。

本書用來鑒定詞和非詞的「同形替代」原則，和根據詞在句中的地位來區分詞類的方法，在漢語語法史上是首創的，所分出的詞類和對詞類的說明也面目一新。但是本書也存在一些問題，主要有兩點：一是「同形替代」是分析詞素和音位的正當手續，而「用它來認識詞……特別是對於像漢語那樣的語言來說，這手續是學院式的」（《重印〈北京話單音詞詞匯〉聲明》）；二是研究方法上重視語法形式是正確的，但本書似乎還沒有完全擺脫詞匯意義，如談到區分詞類標準時，主要根據形式（詞在句中的位置），但又說還要根據「它自身的意義」，實際上採用了多標準分類法。

有關《北京話單音詞詞匯》的研究著作主要有龔千炎《中國語法學史稿》（語文出版社，一九八七年）一書的有關章節。

（范　曉）

中國文法革新論叢

〔現代〕陳望道等

《中國文法革新論叢》，陳望道等著。一九四〇年上海學術社編輯出版，作爲《學術》雜誌第二輯發行。

收論文二十六篇，書名《中國文法革新討論集》。一九四三年陳望道重新編定，收論文三十四篇，由重慶文聿出版社出版，書名改從今名。一九五七年《中國語文》雜誌社據文聿出版社印本，增收《論語文現象與社會關係》一文，編入《中國語文叢書》，由中華書局出版，一九五九年改由商務印書館出版。一九八七年商務印書館重版。

陳望道（一八九〇——一九七七），原名參一，筆名佛突、曉風、任重、雲帆、張華等。浙江省義烏縣人。當代語言學家。早年畢業於之江大學，一九一五年赴日本留學，先後在早稻田大學、東洋大學、中央大學學習。一九一九年回國，任教於浙江第一師範學校。一九二〇年任《新青年》編輯。以後歷任復旦大學、上海大學、安徽大學、廣西大學等校教授，復旦大學校長、華東高教局局長、中國科學院哲學社會科學部委員、《辭海》（試行本）主編等。一生對中國語文研究、新文化運動有重大貢獻。著有《修辭學發凡》、《作文法講義》、《美學概論》、《因明學》、《文法簡論》等。

一九三八年十月，陳望道在上海《譯報》副刊《語文周刊》上發表了《談動詞和形容詞的分別》一文，因討論方言語法涉及到普通話語法體系的缺點，因而引起了這次文法革新大討論。這次討論持續到一九四三年三月，前後四年半。參加討論的學者主要有陳望道、方光燾、傅東華、張世禄、金兆梓。此外還有許傑、廖庶謙、汪馥泉、陸高誼等。討論的文章先後發表在《語文周刊》、《東方雜誌》、《學術雜誌》、《文理月刊》、《理論與現實》、《復旦學報》、《讀書通訊》等刊物上。《語文周刊》從三十期至三十六期專輯進行討論。討論的區域由上海到香港、重慶、廣東、廣西。討論的範圍很廣，涉及文法學的各個方面，還涉及文化界所關心的歐化國化問題。

文法革新討論者主張「根據中國文法事實，借鏡外來新知，參照前人成說，以科學的方法、謹嚴的態度，締造中國文法體系」(陳望道《序言》)，他們討論的主要問題有：

一、關於一綫制和雙軸制。爲了尋求解決漢語詞類上錯綜複雜問題的途徑，傅東華以漢語沒有詞形變化爲理由，否認詞的自身有分類的可能性，提出了「分部依附於析句」或「析句依附於分部」的總原則，制定了分部(即今詞類)和析句(即今句子成分)相通用的名稱。它們是名詞、言詞、訓詞(後改爲狀詞)、指詞、助詞、繫詞、語詞、聲詞(後改爲嘆詞)。詞類用這八類名稱，句子成分也用這八類名稱，詞類和句子成分完全等同，因此被稱作一綫制或單綫制。與此相對，多數人則堅持分部和析句分開，即雙軸制的觀點。金兆梓認爲分部和析句「原是兩回事，不是一回事，不必混爲一談」。方光燾也提出不同的意見，認爲語和句在方法論上是不好合併的。陳望道以「張生作文」爲例加以辯駁，說明「張生」和「文」的職務雖然不同，詞性却是相同的，並主張「析句含其縱而分部連其橫」。經過半年時間認真討論，傅東華表示願意放棄原來的看法，終於由分歧走向統一的局面。

二、關於詞的分類。爲了改變語法研究中機械模仿、生搬硬套的風氣，從漢語的實際去分詞類，方光燾提出廣義形態說。他認爲，「『一塊墨』、『一塊鐵』，『墨』和『鐵』既然可以同『一塊』相結合，當然可以列入同一語法範疇。」又說，「從詞與詞互相關係上，詞與詞的結合上也可以認清詞性。所謂『關係』，所謂『結合』，都無非是一種廣義的形態。」主張「憑形態而建立範疇，集範疇而成體系」。傅東華表示異議，認爲「單單根據詞與詞的關係和結合，有時還是靠不住的」。因而他認定「非拿完全的句子做單位不可」。「中國語文不但無狹義形態，也並無廣義形態」。陳望道在討論中提出功能說，他所說的功能指「字語在組織中活動的能力」。他深信每個詞都有功能，功能是詞的要素之一，因此可以根據功能分詞類。他以「開水」、「水開」爲例，說「一個『開』字用在附加組織，一個『開』用在統合（即今主謂）組織，便是「開」字在組織中有這兩種活動的能力，也就是『開』字有這兩種功能」。

三、關於漢語語法學的對象。方光燾認爲「文法學是以形態（廣義的形態）爲對象的，要從形態中發現含義」，並堅決表示「研究文法決不可以意義爲出發點」。張世祿則認爲漢語的語序尤爲固定，漢語語法的研究應該重視語序。主張：「憑語序而建立範疇，集範疇而構成體系。」陳望道的看法同方光燾較相近，但認爲根據中國文法的現象，用形態這一個詞來指稱文法的對象非常之不便，固而主張「文法學是以表現關係爲對象的」。「這在講中國文法時固然說起來順一點，就在講有形態變化的語文的文法時怕也還是說得過去的。我們不妨把那有變化的形態看做關係的表徵」。

文法革新討論的問題還有：文法研究的方法，怎樣才是一個好的文法體系，語文現象同社會的關係，要不要分文言文法和白話文法，漢語是不是單音節語，漢語有沒有詞尾，文法學和文字學、訓詁學、詞匯學的關係，對《馬氏文通》、《新著國語文法》的評論，等等。

這次討論「以文法事實爲準繩，完全根據文法事實立言，不問是否超越範圍」（陳望道《序言》）。討論爲改變語法研究中的機械模仿風氣作了理論上的準備，爲科學的漢語語法體系的建立作了有益的探索，討論中提出的一些新概念，如「功能」、「廣義形態」等，實際上與後來的「分佈」理論相近，可以說是我國語法學界對結構主義理論和方法的首次運用和探討。這次討論「開創了我國集體討論語法學術問題的新風氣，注意從實例的討論中引申出基本理論和原則問題」（胡裕樹《重印〈中國文法革新論叢〉序》）。這些對後來的語法研究是有重要意義和參考作用的。

這次討論存在忽視漢語句法特點的現象，認爲漢語語法的特點主要表現在詞類問題上，而各種語言的句法則差不多。而事實上並非如此，漢語的句法結構同印歐語應該説是很不相同的。（杜高印）

中國文法要略

〔現代〕呂叔湘

《中國文法要略》，呂叔湘著。商務印書館出版，初版分三卷，上卷一九四二年出版，中卷、下卷一九四四年出版。一九五六年商務印書館出修訂本，把原來的三册合併爲一册，並改爲上下兩卷。一九八七年作爲《漢語語法叢書》之一，根據一九五六年版重新排印出版。

呂叔湘（一九〇四——），江蘇省丹陽縣人。一九二六年畢業於國立東南大學外國語文系。曾任教於丹陽縣立中學、蘇州中學等校。一九三六年留學英國，先後在牛津大學和倫敦大學學習。一九三八年回國，歷任雲南大學文史系副教授、華西協合大學中國文化研究所研究員、金陵大學文化研究所研究員兼中央大學中文系教授。一九四九年任開明書店編輯。一九五〇年至一九五二年任清華大學中文系教授。一九五二年起任中國科學院語言研究所研究員、副所長、所長，並任《中國語文》雜誌主編等。一九八〇年中國語言學會成立，當選爲會長。一九八二年起任中國社會科學院語言研究所名譽所長。長期勤奮從事語言教學和研究，知識淵博，著述宏富。已經出版有《中國文法要略》、《語法修辭講話》（合著）、《語法學習》、《漢語語法分析問題》、《文言虛字》等專著十餘部，發表論文百餘篇。生平史料可參看《中國大百科全書》語言文字卷。

《中國文法要略》是作者依據在雲南大學講授中國文法課的講義，擴充修改而成。此書是一部兼顧語體文和文言文的語法專著，作者以豐富的語言材料爲基礎，從漢語自身的特點出發，力圖突破當時流行的模仿印歐語法的框架，建立體現漢語特點的語法體系。全書兩卷，計二十三章，上卷「詞句論」八章，下卷「表達論」十五章。書前有《上卷初版例言》（一九四二）、《六版題記》（一九五三）、《修訂本序》（一九五六）和《重印題記》（一九八二）。

本書的主要內容有：

一、詞的種類和配合。作者按照意義和作用，把漢語劃分爲七個詞類：名詞、動詞、形容詞、限制詞（副詞）、指稱詞（稱代詞）、關係詞、語氣詞。前三類總稱爲實義詞，因爲它們的「意義比較實在」；後四類總稱爲「輔助詞」，因爲它們的「意義比較空虛」。實義詞之間的關係有三類：（一）聯合關係，即兩個同類的詞連繫起來構成的關係，如「姊妹妯娌」、「明智而忠信」等。（二）組合關係，也可稱附加關係，其中主體詞叫端語，附加的詞叫加語。這樣配合的詞羣稱爲詞組，如「飛鳥」、「行人」、「荒唐之言」等。（三）結合關係，又可稱造句關係，凡主語和謂語結合，不論獨立與否，都是結合關係。這樣配合的詞羣稱作詞結，如「山高」、「風吹」、「鳥飛了」等。

二、句子。句子是獨立的詞結。作者按照句子構造中謂語的性質，把句子分成四類：(一)敍事句，是敍述事情的，這類句子的中心是一個動詞，句子的格局是「起詞——動詞——止詞」，如「猫捉老鼠」。(二)表態句，是記述事物性質或狀態的，典型的是用形容詞做謂語，如「山清水秀」。(三)判斷句，是解釋事物的涵義或判別事物的同異的，如「長江是中國第一大河」。(四)有無句，也可稱爲存在句，是表明事物的有無的，中心動詞爲「有」，如「我有嘉賓」。而按照包含的詞結的多少，句子又分爲兩類：(一)簡句，指只包含一個詞結的，如「鳥飛了」。(二)繁句，指包含兩個或更多詞結的。繁句又分兩類，一類是「構造的結合」，即詞結與詞結相結合時，裏頭的詞結互相套在一起不能拆開，如果拆開必有一個詞結站不住，這是狹義的繁句，如「我早知道他不會來」。另一類是「關係的結合」，即詞結與詞結相結合時，憑因果、比較、並時、先後等關係相結合，這類繁句叫複句，如「因爲你没有來，大家的興致都差了」。

三、轉換和變化。轉換是指句子和詞組的相互轉換，例如「山高」這個句子可轉換成詞語「高山」，「來的人」這個詞組可轉換成句子「人來」。作者認爲，句子一般都可改換成一個詞組，大多數的詞組也可改換成句子。句子和詞組雖可轉換，但作用不同。詞組無論怎樣複雜，它的作用只等於一個詞，造句時只能作句子的一個成分。句子的變化是指句法變化。句法變化不外乎「以繁馭簡」和「以簡馭繁」兩個原則。書中主要講以簡馭繁，即繁句變化爲簡句。例如繁句(複句)「不答所問，答所不問」可變化爲簡句「所答非所問」。繁句變化爲簡句的方法：有無句可以利用「有(無)……者」、「有所」、「無所」等；判斷句可以利用「者」、「所」；表態句可以利用組合式詞結。

四、範疇及其表達形式。此書討論了以下一些範疇：一、數量。數量的表達形式和數詞、單位詞(量詞)等。(二)指稱。「有定」、「無定」兩種指稱的表達形式，有定指稱詞和無定指稱詞。(三)方所。方所的表達形式和方所詞，漢語的動向和動勢。(四)時間。漢語的三時時間(現在、過去、將來)和動相(動作過程中的各個階段)及它們的表達形式和時間詞、動相詞。(五)正反和虛實。「否定」、「可能」、「必要」三種觀念的表達形式，某些限制詞和動詞。(六)傳信。直陳語氣和表達陳述語氣的語氣詞。(七)傳疑。各種疑問語氣、疑問句式和表達疑問語氣的語氣詞、語調等。(八)行動和感情。祈使語氣和感嘆語氣，以及表示這些語氣的語氣詞、感嘆詞、語調等。

五、關係及其表達形式。書中討論了複句中分句與分句的各種關係及其表達形式。(一)離合和向背。「聯合」、「加合」、「遞進」「轉折」、「交替」、「排除」等關係和表達這些關係的關係詞、限制詞以及其它表示方法。(二)異同和高下。「勝過」、「不及」、「均齊」、「得失」、「倚變」等關係以及這些關係的表達形式。(三)同時和先後。「先後相繼」、「先後緊接」、「先後間隔」、「兩事並進」等關係及這些關係的表達形式。(四)釋因和徵效。「因果」、「目的」等關係及這些關係的表達形式。(五)假設和推論。條件關係及其表達形式，並指出假設句、推論句和因果句各有各的用處，但從根本上說是表示相同的一個關係，即「廣義的因果關係」。(六)擒縱和襯托。「容忍」、「縱予」、「襯托」、「逼進」、「連鎖」等關係及這些關係的表達形式。

《中國文法要略》是一本很有特色的語法著作，在漢語語法史上有很大影響。其特色是：第一，在寫法上，上卷「詞句論」採取以語法形式爲綱，說明詞句結構的形式所表達的語法意義，下卷「表達論」以意義爲綱(各種範疇，各種關係)，說明各種語法意義的表達形式，從而組成了一個嚴密的系統。這樣的佈局安排對理解語言和運用語言很有幫助。第二，力圖從漢語的事實出發來總結漢語自身的語法規律。以豐富的語言材料爲基礎，注重漢語的特點和規律的描寫，不拘泥於現成的概念和定義，從而突破了模仿語法的框架。第三，重視比較研究，採用了文言和白話對照的形式。通過古今語法的比較，本書發現了不少問題，提出了許多新的見解。第四，重視語義分析。下卷的「表達論」以語義爲綱描寫漢語句法，分析細緻入微，提出了不少富於啓發性的觀點。本書可以說是我國語法學史上對漢語句法全面地進行語義分析的第一部著作。第五，開創了語法研究中的轉換分析的方法。本書關於句子和詞組轉換的論述，是研究漢語句法結構變換分析的先驅。

本書區分詞類以詞義爲標準是一個缺點；將古今漢語納入同一間架，雖然對比較古今同異有一定用處，但是不能作爲斷代語法，也不能反映漢語的歷史發展；論述詞與詞的組合採用葉斯柏森（Otto Jespersen）「三品說」，也不大能解決問題。（范　曉）

現代漢語動詞形容詞介詞爲一類說

〔現代〕傅懋勣

《現代漢語動詞形容詞介詞爲一類說》，論文。近人傅懋勣著。一九四二年發表於《中國文化研究匯刊》第二卷。

傅懋勣(一九一一——一九八九)，字玆嘉。山東省聊城縣人。一九三九年畢業於北京大學。歷任華中大學、華西協合大學講師、副教授，華中大學中文系教授、系主任。一九四八年赴英國劍橋大學專攻語言學，一九五〇年獲博士學位回國，在華中大學任原職。一九五一年起，先後任中國科學院語言研究所研究員，少數民族語言研究所、民族研究所副所長、研究員，《民族語文》雜誌主編，中國民族語言學會會長等。在語言學領域涉及面甚廣，但主要從事少數民族語言的調查和研究。出版有《維西麼些語研究》、《麗江麼些象形文〈古事記〉研究》等專著數部。生平史料可參看《中國大百科全書》語言文字卷。

本文是作者在語法方面的一篇重要著作。其主要內容是主張把現代漢語的動詞、形容詞、介詞合併爲一類。全文一萬餘字，分爲三節：第一節講詞有定類而無定品，第二節講動詞、形容詞、介詞爲一類說，第三節是餘論。重點在第二節。現分別簡介於下：

一、詞有定類而無定品。作者認爲詞的分類一是依據詞在句中的職務分爲主詞、動詞、受詞等，或分爲主品、述品、受品等，這是「由詞之用法着眼，詞入句始有類，離句則無別，缺之則詞之界限紊亂」；一是依據語詞的屬性，分爲名詞、動詞、形容詞、副詞等，這是「由詞之本質着眼，詞在句爲某類，出句仍爲某類，缺之則重要之範疇不明。」前者稱「品」，後者稱「類」，詞有定類而無定品，二者相輔，缺一不可。這是作者治語法的基本立足點。

二、動詞形容詞介詞爲一類。作者反對當時的一般語法論著把形容詞、介詞獨立於動詞之外的觀點，主張合併爲一類。理由是三者均有「情疇」。所謂「情疇」，即「語法成分所構成表情態之範疇」。漢語動詞的表「情疇」的附加形式甚發達，如「說了話」、「說着話」中的「了」、「着」。而形容詞也有這種附加形式，如「紅了」、「紅着」、「綠了」、「綠着」、「雨正大着呢」中的「了」、「着」便是；介詞也有這種附加形式，如「他不在屋裏了」「他還在着呢」、「我替了他兩個月」、「我現在替着他呢」中的「了」、「着」便是。既然都有「情疇」，當然可以併爲一類。

三、動詞分爲及詞和限詞兩類。把一般語法著作上的動詞、形容詞、介詞合爲廣義動詞以後，作者認爲可以把廣義動詞依其功用再分爲兩類：一爲及詞，即加於他詞前，其作用及於他物者，如「打人」、「喝水」、「用手」、「順堤」中的「打、喝、用、順」；一爲限詞，即加於他詞前，其作用限制他詞者，如「好人」、「深水」、「大手」、「長堤」中的「好、深、大、長」。

四、從漢語事實出發，根據形式，區分詞類。作者認爲漢語雖無印歐語的詞形內部變化，但漢語中的「小姐們」、「桌子」、「來了」、「走着」、「我的手」中的「們」、「子」、「了」、「着」、「的」都是附加形式，這是漢語的特點。認爲研究一種語言，應「闡釋其特性」。批評有些語法學者「只見獨立之漢字，不見附加之形式」，那就是「因文字之束縛，而抹殺語言之真象」。

本文是把一般所說的動詞、形容詞、介詞合爲一類的最早的論著。作者不拘泥於成說，獨倡新說，發人深思。後出的一些語法論著主張廣義動詞說，如趙元任的《漢語口語語法》、呂叔湘的《漢語語法分析問題》，雖然在範圍上不完全相同，但與本文的主張有共同之處。目前漢語的這類詞究竟如何處理，也還有爭論；但不管怎樣，要研究這個問題，本文仍是一篇不可缺少的參考文獻。（范　曉）

漢語語法論文集

〔現代〕呂叔湘

《漢語語法論文集》，呂叔湘著。本書是作者在一九四〇年至一九四九年間發表的十一篇論文和十二篇札記的匯編。一九五五年科學出版社出版。一九八四年商務印書館出版增訂本。

作者生平見「中國文法要略」條。

《漢語語法論文集》中的文章，大部分是關於近代漢語語法的論文。一九四〇年前後，作者打算寫一部近代漢語語法，於是寫作了一系列有關論文。這些論文發表時文體和術語不很一致，一九五五年結集時，略作整理，但大體上還是原來的面貌。

《漢語語法論文集》書前有作者「序」，書後附有「引書目録」和「外文摘要」。論文集内容扼要介紹於下：

一、《釋景德傳燈録中「在」「著」二助詞》（一九四〇）。關於「在」，作者指出：《傳燈録》常用「在」字爲語助之詞，約與現代漢語的「呢」字相當；唐宋俗語中還有「在裏」或單用一個「裏」的，相當於《傳燈録》中的「在」。並指出：這一語助詞當以「在裏」爲最完具之形式，唐人多單言「在」，以「在」概「裏」；詞人多單言

「裏」，以「裏」概「在」。「裏」字在傳世宋代話本都已寫作「哩」。又指出：這「哩」源於「在裏」，現仍留在現代北方多處方言中，而北京話中的「呢」乃是「哩」之變形。關於「著」，作者指出：《傳燈録》句尾的「著」是祈使之辭，表示命令語氣；「著」跟「者」、「咱」相通，「爲同一語助之異式」。而宋元俗語中的「則箇」（亦作「子箇」、「之箇」）與「著」、「者」、「咱」等三字用法大致相符。通過語音考證，作者認爲：「者」、「著」二字，唐人兼用，文書作「者」，傳寫話言用「著」；兩宋及元，語音漸變，傳寫話言就用「咱」，或又衍爲兩字，就寫作「則箇」。

二、《論「毋」與「勿」》（一九四一）。認爲前人把「毋」與「勿」通釋爲禁戒之詞，不够準確。文章用大量事實進行細微的分析，證明「毋」與「勿」用法不同：「毋」是單純式，「勿」則包含了代詞賓語，與「毋之」、「毋是」大致相當。還進一步論證了「毋」、「勿」兩字所表達的各種辭氣以及它們的歷史演變。

三、《「相」字偏指釋例》（一九四二）。論證以下幾個問題：（一）「互指與偏指」。指出「相」字於互指之外另有偏指的用法，這種用法，「先秦經籍不數數見，兩漢漸多，魏晉以後滋盛」。（二）「偏指類例」。指出偏指之句施事也，「施而不受」，受事者「受而不施」。並以施受雙方之三身區別，分別舉例分析。（三）「偏指用法之演成」。指出「相」字的偏指用法，是「由其互指用法變化而生」，在分析幾個發展階級的基礎上，進而推論出「相字之此種發展與古人應用三身代詞之習慣不無關係」。「相字之爲偏指，有借以省略賓語之用」。（四）「『相』之詞性」。作者不同意有些語法書把「相」稱作「互指代字」或「狀字」，認爲是「代詞性副詞」。（五）「相信、相幫」。指出：動詞之前有偏指之「相」則賓語隱而不顯，這是文言的通例；但也有復出賓語的；後者在近世語體中很少，僅限於二三個特殊動詞，「相信」、「相幫」就是。

四、《「見」字之指代作用》（一九四三）。「見」原爲動詞，或稱助動，義略同「被」，後來用法變化，產生了指代作用；「見」字的指代作用，魏以來常見，而限於第一身。

五、《論「底」、「地」之辨及「底」字的由來》（一九四三）。在唐宋時代，區別性加語之後用「底」，描寫性加語之後用「地」。本文認爲「底」是文言中「者」的繼承者。

六、《與動詞後「得」與「不」有關之詞序問題》（一九四四）。本文所舉之「得」與「不」，是指「吃得下飯」、「吃不下飯」中的「得」、「不」，「得」表可能性，「不」表示不可能性。作者分別討論了以下幾種情形下的詞序：（一）「V得」的肯定式和否定式；（二）賓語與結動詞並見之句；（三）有賓語而兼有「得」與「不得」之句；（四）有結動詞與「得」或「不得」並見之句；（五）有「得」或「不」、結動詞、賓語三種成分之句。通過詳盡分析得出近代漢語中此種語序的主要規則有（V代動語，O代賓語，C代結動詞）：「得」與賓語並見之句，用「V得」、「V不得O」；「得」與結動詞並見之句，用「V得C」「V不C」，三者並見之句用「V得CO」、「V不CO」。

七、《「個」字的應用範圍，附論單位詞前「一」的脱落》（一九四五）。「個」字是近代漢語裏應用最廣的一個單位詞，這個字有「个」、「箇」、「個」三種寫法。其用途兼及稱人和稱物，但是比較起來，主要用於稱人。作者説：「這不是説多數『個』字都出現在指人的名詞前頭；是説指物的名詞前頭可以有各種單位詞，『個』字只是這裏頭的一個，而指人的名詞前頭除較尊敬時用『位』外，普通都用『個』字。」又説：物件「只有無適當單位詞可用的才用『個』字」，所以稱物的「個」可説「它是個填空子的單位詞」。作者還指出：「個」還可「表數量兼表無定」，「可以把數量的觀念從名物方面轉移到動作方面來」。關於單位詞「一」的脱落或省略問題，本文指出了以下各種事實：（一）强義的「一」不省，冠詞性的「一」才可以省；（二）動詞前的不省，動詞後的才可以省；（三）動詞後的「一」因有種種條件而不能省去。並進一步論證出「一」字脱落的原因是：「單位詞本身的冠詞化」；「除本身的輕音化外，還受前面重音的影響」。

八、《從主語賓語的分別談國語句子的分析》（一九四六）。本文討論漢語語法析句方面的一些問題。作者指出：一般地說，用來分別或幫助分別主語和賓語的標準有五項，即代詞和名詞的格變，動詞的身、數、語態，前後位置，施受關係，主語和謂語對立（如說主語是「陳述的對象」）等；但就漢語來說，名詞和代詞沒有格變，動詞沒有語態，主語是「陳述的對象」也是一句空話，所以所能憑借的只有位置和施受關係這兩項，而這兩項給我們的答案有時一致，有時不一致。因此比較妥當的方法是先依照位置和施受關係分別一些句子類型，然後再討論各種可能的分析法。文中詳盡地列舉了漢語句子的十幾種類型，如「甲施事，乙受事」、「甲受事，乙施事」、「甲受事，前頭省略施事」……等等。文章分析了各種句式的構造特點，並討論幾種可能的分析法，評論它們的利弊。最後指出分析主語賓語的標準「必須簡單、具體、容易依據，還要有點彈性，能辨別句子的多種類型」。

九、《「把」字用法的研究》（一九四八）。討論不能單用的「把」字（包括跟「把」字相同的「將」字）在近代漢語裏的用法。作者認爲，應用「把」字的條件，可以從三方面來觀察：（一）從動詞本身的意義方面來觀察，動詞必須代表一種「作爲」，一種「處置」。但這只能發現一些消極的限制，因爲只知道在哪些情況下不能或不宜用「把」字格式，而不知道哪些情況下宜於或必須用這種格式。（二）從賓語的性質方面來觀察，賓語必須是有定性的。這也只能發現一個消極的限制；因爲賓語代表無定的事物不能用「把」，而並不能肯定，賓語代表有定的事物一定要用「把」。（三）從全句的格局方面來觀察，動詞的前邊或後邊必須有其他的或分。作者認爲，只有這三個條件才具有積極的性質，才是近代漢語裏發展這個「把」字句式的推動力。接着較詳細地分析了十三項動詞有前後的成分（動詞後加成分十項，動詞前加成分三項）的條件下使用「把」字的情況。

十、《說「們」》（一九四九）。主要論述以下幾點：（一）「們」的形式及語源。「們」字始見於宋代；唐代文獻裏有「弭」和「偉」兩個字，都當「們」字用；宋代文獻裏「們」字有「懣（滿）」、「瞞（懣）」、「門（們）」等寫法；元代文獻裏也有「們」，但大都作「每」。認爲「們」字可能淵源於古代漢語的「輩」。（二）「們」的意義和用法。「們」最常見最重要的用法是加在代詞「我、你、他、咱」以及準代詞的尊稱、謙稱之後，造成一種複數形式；但也有複數代單數用的。（三）「們」的合音字。「們」字通行後，產生了「們」字的合音字，即「俺」—我們，「您」—你們，「喒」—咱們；這三個詞的變式寫作「俺每」「您每」「喒每」。

十一、《說代詞語尾「家」》（一九四九）。主要討論「誰家」、「我家」、「你家」、「他家」、「人家」、「自家」中的語尾「家」以及由語尾「家」構成的詞的意義和用法。指出：「咱」爲「自家」轉變而成（「自家」的切音），在宋、金、元文獻裏有單數（＝我）跟複數（＝咱們）兩種用法；「咱」本有「家」字在內，但當合音固定之後，却又由「我家」、「你家」、「他家」類推出一個「咱家」。

十二、《語法札記》（一九四四——一九四七）。本文是一組有關近代漢語語法的札記，論述了十二個問題：（一）「這」「那」考源，（二）非領格的「其」，（三）「伊」作「你」用，（四）「他」字無所指，（五）三身代詞前有加語，（六）代詞領格的一項特殊用途，（七）領格表受事及其它，（八）重複「一個」、「這個」、「那個」，（九）概數「一五七」，（十）成語「一不作，二不休」，（十一）關於「莫須有」，（十二）關於「將無同」。

近代漢語語法過去很少有人研究，本書作者經過多年的辛勤考索，不僅開拓了一個新領域，而且取得了豐碩的成果，爲近代漢語語法學奠定了基礎。本書論文具有很高的學術價值，其特色主要是：一、注意收集大量語料，引例極爲豐富，不僅有一般的用例，也有特殊的用例；二、進行古今比較，盡力探索某種語法現象的歷史淵源及其發展演變；三、觀察入微，論證嚴謹，分析細密，見解獨到。

有關《漢語語法論文集》的研究著作主要有王力《中國語言學史》（山西人民出版社，一九八一年）。

（范　曉）

中國現代語法

〔現代〕王　力

《中國現代語法》，近人王力著。商務印書館一九四三年出版上册，一九四四年出版下册。一九五四年中華書局據商務印書館原紙型重印。一九八五年作爲《漢語語法叢書》之一，商務印書館重排出版。

作者生平見「漢語音韻學」條。

一九三七年夏起，作者閱讀《紅樓夢》，「看見了許多從未看見的語法事實。於是開始寫一部《中國現代語法》，凡三易稿」（《自序》）。一九三八年秋作者在西南聯合大學講授「中國文法研究」課，將此稿印爲講義。後來重加修改，分爲兩部書，一部專講漢語語法規律，一部專講漢語語法理論，相輔而行。到一九三九年冬，才分別完成上册，一九四〇年夏，分別完成下册。專講規律的名爲《中國現代語法》，即是本書，專講理論的，名爲《中國語法理論》。這兩部書目録相同，體系相同，但側重點不同，可以説是姊妹篇。

本書除「導言」外，分爲六章，書前有朱自清的《序》（一九四三），作者的《自序》（一九四三）和《例言》。六章之中比較重要的是第一、二、三章，現將各章内容概括介紹於下。

第一章，「造句法（上）」。主要講以下幾個問題：

一、字和詞。提出「每一個音所代表的語言成分，叫做字」，「語言的最小意義單位叫做詞」。

二、詞類。根據意義區分詞類。先把漢語的詞分爲「理解成分」和「語法成分」兩大部分，前者「都有它的理解……能給予咱們一種實在的印象，後者與前者對立，對於實物實質實情無所指」。「理解成分」都是實詞，如名詞、數詞、形容詞、動詞；「語法成分」中有半實詞（副詞）、半虚詞（代詞、繫詞）和虚詞（聯結詞、語氣詞）。虚詞中還有一個「記號」。

三，詞品。採用葉斯柏森（Otto Jespersen）「三品説」的理論，在漢語語法中區别詞類和詞品，認爲「詞在字典裏的時候，分類不分品；詞在句子裏的時候，分品不分類」。「詞類是一個詞獨立的時候所應屬的種類；詞品是詞和詞發生關係的時候所應屬的品級，研究語法的時候，詞品比詞類更重要」。詞品分爲三個品級：（一）首品，指詞在句中「居首要地位者」，如「飛鳥」中的「鳥」。（二）次品，指詞在句中「次於首品者」，例如，「飛鳥」中的「飛」黏附於首品「鳥」上，就是次品。（三）末品，指詞在句中「地位不及次品者」，如「高飛之鳥」中的「高」，黏附於次品「飛」上，就是末品。

四、仂語。仂語是指「兩個以上的實詞相聯結，構成一個複合意義的單位者」。可分爲兩大類：（一）主從仂語，指必須有一個中心，其餘的詞都是修飾這一個中心的仂語，如「小牛」、「微笑」等。(二)等立仂語，指兩個以上的同品實詞相聯結的仂語，如「夫婦」、「好壞」等。

五、句子。「兩個以上的實詞相聯結，能陳說一件事情者」稱爲「連繫式」，「由連繫而成的語言形式叫做句子」。句子是完整而獨立的語言單位，由主語、謂語兩部分組成。爲分析句子方便起見，連繫式不論是否成爲一個完整的句子，都叫做句子形式，每一個複雜的謂語不論已否變爲謂語的一部分，都叫做謂語形式。根據謂語的性質，句子可分爲三類：(一)叙述句，是用來叙述一件事情的，以動詞爲謂詞，如「張先生生了一個孩子」。(二)描寫句，是用來描寫人和物的德性的，以形容詞爲謂詞，如「這一所房子很大」。(三)判斷句，是用來判定詞所指的是什麼或屬於什麼種類的，主語和謂語間加繫詞「是」作爲聯繫工具，如「他是李德耀」。又把內部包括不止一個句子形式的句子分爲兩種：(一)句中雖有句子形式，但嵌得很緊，以致不能在被包含的句子形式的起點或終點作語音停頓的，稱作包孕句，如「我們不知道張先生來」。(二)句中有兩個以上的句子形式，聯結比較松弛，可以在每一個句子形式的終點作語音停頓的，稱作複合句。複合句又分爲兩類：(一)等立句，指其中的包含的句子形式有平等的價值的，如「今日正遇天氣晴明，又值家中無事」。(二)主從句，指其中所包含的句子形式有主要和從屬之別的，如「你不敢，誰還敢呢？」如果複合句由三個以上的句子形式聯合而成，則另立一名，叫做多合句。

第二章「造句法(下)」。主要講六種造句法的語言形式：

一、能願式，指着重陳說意見或意志的語言形式(句中有表示能願的詞，如「能、可、必、要、肯、敢」等)。分爲：(一)可能式，指表可能性、必然性或必要性的能願式，如「不能自出心裁」之類；(二)意志式，指表示意志的能願式。如「不要性急」之類。

二、使成式，指叙述詞和它的末品補語構成因果關係的語言形式，如「推倒了油瓶」、「弄壞了他了」之類。

三、處置式，指用助詞（「把」或「將」）把目的位提到叙述詞前面以表示處置的語言形式，如「把手絹子打開」、「將他兩人按住」之類。

四、被動式，指叙述詞所表示的行爲爲主位所遭受的語言形式。分爲：（一）叙述詞前有助動詞「被」（或「叫」）的，如「我們都被人欺侮了」之類；（二）没有「被」字的被動式，如「五兒嚇得哭哭啼啼」之類。

五、遞繫式，指句中包含着兩次連繫，其初繫謂語的一部分或全部用爲次繫的主語的語言形式，如「催他去見賈母」、「是寶二爺自己應了」、「這話説得太重了」之類。

六、緊縮式，指緊縮起來，兩部分之間没有語音停頓的複合句，如「還要買一個丫頭來你使」、「不問他還不來呢」之類。

第三章「語法成分」。主要講以下内容：

一、繫詞，指連接主位和表位的一種詞。現代漢語中常用繫詞只有「是」，常用的準繫詞只有「像」、「如」。繫詞構成判斷句有種種情形。

二、否定詞，指表示否定作用的一種詞，如「不、没有、别、無、非」等。各個否定詞所起的否定作用。

三、副詞，指介乎虛實之間的一種詞（半實詞）。按其用途，分爲八種：（一）表示程度，如「很、太、極」之類；（二）表示範圍，如「都、單、又」之類；（三）表示時間，如「已經、還、正、才」之類；（四）表示方式，如「悄悄、連忙、將就、大約」之類；(五)、表示可能性或必要性，如「可能」之類；(六)表示否定，如「不、别」之類；(七)表示語氣，如「難道、簡直」之類；(八)表示關係，如「若、雖、因」之類。

四、記號，指附加於詞、仂語或句子形式的前面或後面以表示它們的性質的「附加成分」。分爲兩種(一)附加於前面的叫「前附號」，如動詞前的附號「所、打」，序數的前附號「第」，稱呼的前附號「阿、老」；(二)附加於後的叫「後附號」，如修飾詞的後附號「的」，名詞的後附號「兒、子、頭」，首品的後附號「頭」，複數記號「們」，代詞的後附號「麽」，動詞的後附號「得」，情貌記號「了、着」等。

五、語氣詞，指表示語氣的虛詞，如句末的「的、了、嗎、呢、啊」等。語氣詞所表示的各種語氣。

六、聯結詞，指居於兩個語言成分中間擔任聯結職務的虛詞，如「和、並、及、而」等。聯結詞所聯結的各種情况。

七、情貌，指時間的表示着重在遠近、長短及階段的。分爲：(一)普通貌(不用情貌記號)，(二)進行貌(用記號「着」表示)，(三)完成貌(用記號「了」表示)，(四)近過去貌(用記號「來着」表示)，(五)開始貌(用末品補語「起來」表示)，(六)繼續貌(用末品補語「下去」表示)，(七)短時貌(用動詞重叠表示，如「瞧瞧」)。

第四、五、六章，主要講以下幾個問問：

一、替代法。討論代詞及其替代用法。所列代詞有人稱代詞、無定代詞、複指代詞、交互代詞、被飾代詞、指示代詞、疑問代詞，並詳細討論這些代詞的替代作用和具體用法。

二、稱數法。主要討論基數、序數、問數的表示法及人物、行爲的稱數方法。

三、特殊的語言形式。分節討論叠字、叠詞、對立語、並合語、化合語、成語、擬聲法、繪景法、複說法、承說法、省略法、倒裝法、插語法、情緒的呼聲、意義的呼聲，等等。

四、歐化的語法。分節討論複音詞的創造、主語和繫詞的增加、句子的延長、可能式、被動式、記號的歐化、聯結成分的歐化、新替代法、新稱數法，等等。

《中國現代語法》是一本有自己的特色並在漢語語法學史上有很大影響的語法著作。其主要特色是，第一，重視漢語特點，努力從漢語事實出發來總結現代漢語的語法規律，因此突破了傳統語法依照西洋語法爲藍本所建立起來的語法框架。書中揭示了不少漢語語法與印歐語法的不同之處，如指出繫詞在漢語裏是不一定需要的，句子裏不一定有動詞；提出了漢語一些特殊的句法結構：「處置式」、「使成式」、「遞繫式」、「緊縮式」等，這些都是作者爲了表彰漢語語法的特點而細心探索的結果。第二，重視白話和口語，尤其是北京口語。書中引例以《紅樓夢》爲主，輔以《兒女英雄傳》。正如朱自清所說：「這兩部書是寫的語言，同時也是說的語言。從這種語言下手，可以看得更確切些。第一，時代確定，就沒有歷史的糾葛……。第二，地域確定，就不必顧到方言上的差異……。第三，材料確定，就不必顧到口頭的變化。」（《朱序》）第四，注意語言的發展變化。書中專論「歐化的語法」，談到「主語和繫詞的增加」、「句子的延長」、「聯結成分的歐化」等等，都反映了「五四」以後現代漢語所受印歐語的影響，注意到了漢語的發展變化。不過本書根據意義概念標準來區分是欠妥的；重視句法是好的，但詞法部分比較薄弱；另外書中到處用「三品說」分析句法，有些地方顯得牽强。（范　曉）

中國語法理論

〔現代〕王　力

《中國語法理論》，近人王力著。商務印書館一九四四年出版上冊，一九四五年出版下冊，一九五五年中華書局重印。

作者生平見「漢語音韻學」條。

《中國語法理論》是一部從理論上論述漢語語法的專著。全書除「導言」外，分爲六章，即第一、二章「造句法」，第三章「語法成分」，第四章「替代法和稱數法」，第五章「特殊形式」，第六章「歐化的語法」。一九五五年版書前有「新版自序」。

本書成書經過和討論漢語語法規律的內容，和《中國現代語法》相同，不重複介紹。這裏着重介紹理論方面的內容：

一、關於研究族語語法要注意族語的特徵的理論。本書認爲：「甲族語所有而乙族語所無的語法事實，正是族語的大特徵，族語結構上的特徵就是語法的主要部分，如果乙族語區域的人熟讀了甲族語的一部分語法書，而於甲族語的結構方式還不免誤會的時候，這一部語法書一定不完善的。」（《導言》）因此作者反對把西洋語法的形態學範疇硬搭配在沒有形態變化的漢語上；主張根據漢語語法的特點來建立漢語語法體系。正是這種理論，指導着作者對漢語語法特點的細心探索，揭示了描寫句裏不用繫詞、複合句和遞繫式常用意合法、及物動詞和不及物動詞或形容詞結合可成爲使成式、時間的表示着重在情貌等等漢語語法的特點，建立一個旨在表彰漢語語法特徵的漢語語法體系。

二、關於詞類的理論。首先，在區分詞類的問題上，本書採用意義（概念）標準。作者認爲，漢語中的詞，「它們完全没有詞類標記，正好讓咱們純然從概念的範疇上分類，不受形式的拘束」。又說，「這種分類，簡直可說是邏輯上或心理學上的分類」。在這種觀點指導下，本書對各類詞（特別是實詞）的解釋，就都從概念出發下定義，如說「實物的名稱或哲學科學創造的名稱」叫名詞；「表示實物德性」的叫形容詞，「指稱行爲或事件」的叫動詞，等等。其次，本書認爲漢語語法中區分詞類不太重要，理由是，在西洋屈折語裏，不講詞類無法談它的屈折形式，而漢語是「孤立語」，詞類可以從概念的觀點上去區分，「就越發失去了它在語法上的重要性」。在這種理論指導下所建立的語法體系，對漢語的詞類、詞法就不可能重視。

三、關於詞品的理論。本書引進了葉斯柏森(Otto Jespersen)「三品說」的理論。認爲：「從概念的範疇來分，那是詞類；從功能（職務）的種類來分，那是詞品。」（《新版自序》）又說：「詞品則是指詞和詞的關係而言。……咱們可以從詞和詞的相互關係裏，依照它們受限或主限的不同，定出若干品級（ranks）來。」本書給「三品」下的定義是：「詞在句中，居於首要地位者，叫做首品；地位次於首品者，叫做次品；地位不及次品者，叫做末品。」作者認爲「三品說」在中國語裏尤其必要。

四、關於向心結構的理論。本書還引進了布龍菲爾德（Leonard Bloomfild）「向心結構」的理論。

布氏把語法結構分爲「向心的」和「背心的」兩類。作者認爲：仂語從形式上說，它就是布氏所說的向心結構；從作用上說，凡詞羣沒有句子作用者，都是仂語。因此，在解釋仂語時，本書既採用「三品說」，也採用「向心結構」說。

本書重視理論，通過理論來進一步說明漢語語法規律。這樣做比之有些語法書只是簡單地描寫規律是前進了一步。它不但使人們知道漢語語法有哪些規律，而且知道怎樣來解釋這些規律，不僅知其然，而且知其所以然。關於族語語法應當闡明該族族語語法特徵的理論，使作者在揭示漢語語法特點方面作出了很大的貢獻，對後來的語法著作有很大的影響。但是本書在理論上也有一些不妥之處，如關於用概念標準區分詞類，那是心理上、邏輯上的分類，而不是語法上的分類；而且實際上作者也並沒有徹底貫徹這種理論。關於漢語中區分詞類不重要的理論，使得作者所建立的漢語語法體系裏詞類好像顯得可有可無似的，這也就在一定程度上削弱了語法體系的科學性。書中吸收了葉斯柏森「三品說」和布龍菲爾德「向心結構」的理論來分析漢語語法，有些地方也解釋不通，而同時引進這兩種理論來分析仂語，不免陷於矛盾。例如「種田」按「三品說」的理論，「田」是主要的詞，是首品；按「向心結構」理論，「種」是主要的詞，是中心詞。碰到這樣的情形，就很難自圓其說。這一點，作者後來也承認了。（范曉）

口語語法

〔現代〕廖庶謙

《口語文法》，近人廖庶謙著。成書於一九四六年。上海讀書出版社一九四六年出版，一九五〇年生活·讀書·新知三聯書店重印。

作者生平事迹不詳。

《口語文法》是一部重視漢語口語的語法著作。作者簡單回顧了過去漢語語法學的概況，着重論述了大衆口語上的語法問題。全書二十講，可以歸納成以下六個方面的問題：

一、從活的語言探討語法。作者認爲以往有的語法書「只注重古文，不注重今文，所以對於我們口頭語裏面的規律，便完全不曾提到」；有的語法書「所採用的材料，還只是書面上的白話，不是我們當前的口頭語」；因此主張「我們所研究的語法是我們當前口頭上的語法，尤其要是一般大衆口頭上的語法」，認爲「集中力量建立口語文法」，這是「一個急切的工作」，也是「一種艱難而又必須克服的工作」。在這種思想的指導下，本書所用的例句全都是口語上的，具有時代的傾向性。

二、强調重視漢語的事實。作者批評有的語法論著不注意「中國文法上的特殊性，把中國的文法嵌進外國文法的模子(圖解)裏面去了」。因此强調「要把中國語言裏面的特殊具體的凸現出來。對西洋文法上的規律,只可以批判的接受」。例如作者認爲漢語代名詞沒有單複數的分別,沒有陰陽性的分別,沒有主位或賓位的分別,「在句子裏所站的位置是和別的名詞一樣的」,因此將以往文法書上的代名詞分做代替名詞和疑問名詞,作爲名詞中的兩小類。

三、講究方法的進步。作者主張「我們要把前進的科學理論,在中國文法上展開;同時,還要把中國文法本身上發生發展的規律性,好好的研究出來」。具體地說,此書提倡「把中國的文法,從整個的聯繫上去研究,從運動的變化上去研究,從矛盾的發展上去研究,而且還可從離開人類意識獨立的客觀上出發去研究」。這些主張反映了作者試圖用唯物辯證法來研究漢語語的想法。

四、擴大語法學的範圍。作者指出,句本位的文法只是把句子分析清楚了,就算完成了;而不過問句子的着重點,這樣就不能認識「一個句子的各種作用和它的整體組織」。例如句子「山高」的着重點可在「山」,也可在「高」,這就是上下文不同的緣故。作者主張「今後的文法研究,不單要研究詞類,研究短語,研究句子;而且還要研究段落,研究篇章」。「我們從今以後,要把文法、文章作法和修辭學在研究上統一起來」。後來許多人主張語法學要包括句羣研究、語境研究,廖氏關於擴大語法研究範圍的見解,可以說是這種看法的先聲。

五、採取廣義的動詞說。作者不贊成形容詞拿來用作動詞說,而想把凡能「表示動作或者運動的詞類」都稱做動詞。他將漢語中動詞分做六種:(一)存在動詞,如「有」、「沒有」等。(二)聯繫動詞,如「是」、「像」等。(三)動作動詞,如「哭」、「笑」、「講演」、「允許」等。認爲「張先生笑」、「李先生講演時事」,也可以說「張先生笑你」、「李先生講演」，因此「在動詞本身上已經沒有內動和外動的分別了」。(四)質量動詞，如「花紅了」、「他七歲了」中「紅」和「七歲」。作者認爲「首先認識了『花從不紅到紅』這個過程以後，然後才認識到『紅花』這種花的」。(五)一般動詞，如「他有麥子好多石」、「我知道他第幾」中的「好多石」和「第幾」。(六)疑問動詞，如「米好多？」和「他第幾？」中「好多」和「第幾」。

六、關於句子的結構。作者用陳述句的語序做代表，認定它有四種基本的語序：(一)主語——主要述語。如「花紅」、「鷄叫」。(二)主語——主要述語——賓語。如「我有書」。(三)主語——次要述語——副語——主要述語——賓語。如「李四買書送人」。(四)主語——主要述語——賓語——次要述語——副語。如「李四買書送人」。作者認爲「連續動作只有一個是主要的」。因此第三種的「送」是主要動詞，第四種的「買」是主要動詞。

此書重視口語，重視漢語的特點，重視漢語研究的方法，對當時和後來的語法學都有一定的影響。但是作者主張單按句子成分決定詞性，說「某一個方塊字必站在句子裏面的某一個位置；同時，那個方塊字便是那個句子的某種成分；到了那個時候，我們才能够斷定那個方塊字，屬於某一種詞類」。因此「紅花」的「紅」是形容詞，「花紅」的「紅」是動詞；「他因爲天氣不好没有出門」中「因爲」是介詞，「因爲天氣不好，他没有出門」中「因爲」是連詞。其實這正是「依句辨品」的再現。作者又認爲世界上各種語言的詞類的產生有相同的次序，感嘆詞是第一種詞類，動詞是第二種詞類，名詞爲第三種，介詞爲第四種，連詞第五種，副詞第六種，形容詞第七種，助詞第八種。認爲短語產生的先後，也有相同的次序。這種推測實在缺乏根據。他把語言的起源與發展簡單地比附人類的勞動和進步，看成世界普遍聯繫的現象，這可能是受馬爾語言起源過程統一說的影響。此外文中論說欠周密，如字、詞、短語的界限不够清楚，把疑問代詞劃歸動詞等，也是本書的缺點之一。（杜高印）

漢語語法論

〔現代〕高名凱

《漢語語法論》，近人高名凱著。成書於一九四五年。一九四八年上海開明書店出版。一九五七年科學出版社出版修訂本。一九八六年，作爲《漢語語法叢書》之一，由商務印書館根據修訂本重排出版。

高名凱（一九一一——一九六五），福建省平潭縣人。一九三五年畢業於燕京大學哲學系。一九三六年留學法國巴黎大學專攻語言學，一九四〇年獲博士學位。一九四一年任燕京大學國文系助教、講師。一九四二年任北京中法漢學研究所研究員。一九四五年起任燕京大學國文系教授、系主任。一九五二年以後任北京大學中文系教授、語言學教研室主任。一生著述豐富，有《漢語語法論》、《普通語言學》、《語法理論》、《語言論》等專著十餘部，論文近百篇。

作者於一九四一年開始搜集材料，並着手寫作，一九四五年寫成本書。其中大部分篇幅曾以單篇論文的形式，在《國文月刊》、《燕京學報》上刊出。一九五七年出版的修訂本，對原書的內容有較大的增補和修改。

一九四八年版有陸志韋寫的《陸序》和作者《自序》；一九八六年版有作者爲一九五七年修訂版寫的《前記》和石安石的《重版〈漢語語法論〉序》，但删去了《陸序》和《自序》。

本書正文分五部分：緒論、構詞法、範疇論、造句論、句型論。

一、「緒論」，主要論述漢語的特點，指出漢語雖然有些屈折成分和黏着成分，但在類型上仍是孤立語；漢語缺乏印歐語那樣的形態變化，但是不是没有語法。

二、「構詞論」，論述詞類、詞形變化和複合詞。

詞類是詞的語法類别，應以詞的形態作爲分别詞類的主要標準。漢語的實詞因爲没有分别詞類的形態，所以没有詞類的分别，但是根據實詞在具體句子中的作用，可以把它們分成具有名詞功能、形容詞功能或動詞功能的詞。

雖然漢語的詞也有形態變化，如有附加成分、元輔音替换和聲調，但是這種詞形變化並不表示詞類的分别，而只是表現在構詞法上，或表示部分虚詞的語法作用。

複合詞的構造方法有六種：並列結構、規定結構、引導結構、綜合式、成語式、句子形式。絶大部分新詞都是複合詞。

三、「範疇論」，研究虚詞所表示的「與詞類功能有關的語法範疇」，詳細討論了十類詞：指示詞、人稱代詞、數詞、數位詞、次數詞、體詞、態詞、欲詞與願詞、「能」詞、量詞。

四、「造句論」，主要論述句子中詞語和詞語的結構關係和句子的分類。

詞語之間的關係可以說明語法結構。這些關係有：規定關係，如「紅花」；引導關係，如「進城」；對注關係，如「我王立三」；並列關係，如「山東河北」；聯絡關係，如「如果你來，我就去」。

根據謂語中表示意義核心的詞的功能，句子可以分爲三類：(一)名句，表核心的是具有名詞功能的詞，如「我是中國人」；(二)形容句，表核心的是具有形容詞功能的詞，如「這朵花真紅」；(三)動句，表核心的是具有動詞功能的詞，如「他來了」。缺少主語或謂語的句子可以分爲兩類：(一)省略句，指因語言環境允許而缺少主語或謂語的句子，如對話中說「那麼早，哪兒去呀」；(二)絕對句，指根本不需要主語的句子，如「下雨了」。又把簡單句(主語謂語均由一個實詞充任的)以外的句子分爲三類：(一)複雜句，有兩個以上的主語，或有兩個以上的謂語；或者主語或謂語甚至全句有附加語；或者動句有特殊的複雜結構(兼語式、動補式、連動式)；或者句子裏有額外的成分(重複成分、插說)。(二)包孕句，指句子中間含有一個句子形式。(三)複合句，指兩個或兩個以上句子連在一起，而不是一個句子包含在另一個句子裏；複合句又分並列複句和主從複句兩種。

五、「句型論」，主要論述句子的表達類型。根據表達的感情，可以把句子分爲五種句型：(一)否定命題，如「你不是男兒。」(二)詢問命題，如「你去不去？」(三)疑惑命題，如「你難道也要去嗎？」(四)命令命題，如「請告訴我！」(五)感嘆命題，如「好苦呀！」

本書偏重於理論的探討。理論上深受法國語言學家房德里耶斯(Joseph Vendryes)和馬伯樂(Henri Maspero)的影響。作者比較注意以普通語言學的理論爲指導來研究漢語語法，也比較注意依據漢語的特點講漢語語法。取例全面，解釋仔細，而且重視漢語與印歐語、共同語與方言、現代漢語與古漢語之間的比較。全書不拘泥陳說，頗多新見。本書的不妥之處主要是：（一）在漢語實詞分類問題上很難自圓其說。一方面根據形態否定實詞可以分類，一方面又根據功能分出了名詞、動詞、形容詞，這是在理論上把形態和功能截然對立的必然結果；所以無形之中「把詞類這個東西分成兩種，一種是憑借詞本身的形式即形態來分的，是老牌詞類，一種是憑形態以外的形式成分來分的，可以說是『引號』的詞類」。（呂叔湘《關於漢語詞類的一些原則性問題》，一九五四年）（二）用普通語言學理論來指導研究漢語語法是對的，但在分析漢語語法時却有拿漢語的語法事實去遷就西方語言學理論的傾向，因而未能擺脫西洋語法的格局。此外把漢語說成是「表象主義」、「原子主義」的語言，把「否定命題」與其它命題並列起來等等，都欠妥當。（范　曉）

試論助辭

〔現代〕陳望道

《試論助辭》，論文。近人陳望道著。發表於《國文月刊》第六十二期（一九四七）。《中國語文參考資料選輯》（中華書局，一九五五）選載了此文。此文副標題是「紀念《馬氏文通》出版五十年」。

作者生平見「中國文法革新論叢」條。

全文分「上」、「下」兩節。

上節主要討論三個問題：一、指出當時流傳的關於助辭的種種成說均淵源於《馬氏文通》。二、對《馬氏文通》有關論述助辭的原意進行探測。認爲馬氏「把中國的單辭和西文的單辭一一地對比，一一編入西文所有或他所定的辭部或字類中，……但還剩下了這些……『華文所獨』的，無以名之，名之曰助字」。三、提出需進一步研究助辭的一些問題，如：助辭應當併入別部還是獨立爲部？是否仍用語氣、辭氣來說明助辭？助辭的功能是什麼？應當怎樣再分類？等等。

下節討論四個問題：

一、助辭是否有意義和實辭虛辭的區別。批評助辭及虛辭「無意義」的觀點。指出助辭是一種單辭，「而每一單辭，都有聲音和意義兩種要素……若說助辭沒有意思、意義，除非助辭不是單辭，否則便與單辭的定義不相容」。對於實辭和虛辭的區別，作者認爲應該「着眼在組織上的差別」。「實辭在組織上能够獨立自主的，可以稱爲『自立辭』，虛辭是在組織上必須依附實辭才能成一節次的，可以稱爲『他依辭』……自立辭可就其自身尋求意義，他依辭必須就該辭和自立辭的連貫上尋求意義」。二、討論「語氣」、「辭氣」、「口氣」等用語。認爲這些用語「含義實在太不一定，又似乎很難界定」，因此主張另用新語。三 對助辭提出「新說」。四、把「新說」和《馬氏文通》的舊說進行比較。

全文的重點是在下節，而提出「新說」又是重點中的重點。其「新說」的主要內容是：

一、關於助辭的性質問題。認爲：助辭同語文組織的結構最有關係，助辭的功能在於「添顯」，即「能够添顯組織中需要加强闡明的部分，强調它，渲染它，使助辭既加之後，其强弱明暗與未加的時候不同，而這不同又正是說者所要顯示的」。又認爲助辭有「兩種添顯功能，縱裏顯局勢，橫裏顯格式」。

二、關於助辭的分類。提出要根據「縱橫交織的兩種功能」來替助辭分類，並采取「以縱爲綱」的區分法。於是依據局勢分爲起發、提引、頓挈、收束、帶搭等五種，依據格式（即位置）分爲前置、中置、後置等三類。這三類五種列成一表如下：

局勢	格式
起發	前置
提引	
頓挈	後置
收束	
帶搭	中置

作者指出，三類五種助辭裏，以後置類中的「收束」一種爲最多，以中置類中的「帶搭」一種爲最少。

三、關於對各種助辭的說明。（一）收束助辭（後置類），用在句末煞句，如「這是天字號了」中的「了」，「我是不願去的」中的「的」等。（二）頓挈助辭（後置類），在句末作頓上挈下之用，例如「喜歡呢，和他說說笑笑」中的「呢」，「米呀，茶葉呀，……都到上屋來取」中的「呀」等。（三）提引助辭（前其類），通常加在謂部的前面，如「近日可有新聞没有」中的「可」，「豈有不善教育之理」的「豈」等。（四）起發助辭（前置類），多用在句首揭舉事物，如「兀那漢子，你那桶裏甚麽東西」中的「兀那」。（五）帶搭助辭（中置類）常用在主部和謂部中間，帶搭兩個節次，使之更爲顯眼，如「我也記得是中的第七名」中的「的」，「封肅喜得眉開眼笑」中的「得」等。

本文是作者從組織上研究功能分類的一個成果，在漢語語法學史上，其功績在於廓清了歷來對助辭的模糊界說，指出了助辭也有功能，也有意義，繼承和發展了《馬氏文通》關於「助字」的學說。本文對實辭和虛辭的分界，助辭的分類等也是從功能着眼，這在語法研究方法上是有進步意義的；關於助辭的細密分類以及嚴謹的說明，對後來的研究都是有啓發作用的。只可惜文章中所舉的例句古今雜糅，因此不能顯示漢語斷代的助辭體系。（范　曉）

修辭

文心雕龍

〔梁〕劉勰

《文心雕龍》，十卷。梁劉勰著。成書於齊永元元年（四九九）。版本有明萬曆七年（一五七九）張之象刻本、清康熙三十四年（一六九五）楊升庵批點本、乾隆三年（一七三八）黃叔琳輯注本等數十種。

劉勰（四六五——五二二），字彥和，祖籍東莞莒縣（今屬山東），世居京口（今江蘇省鎮江市）。一生跨宋、齊、梁三朝。早年喪父，家貧，後投奔定林寺佛教大師僧佑，與僧佑共同生活十多年。定林寺是當時的佛教中心，藏書豐富。劉勰既幫助僧佑整理佛經，精通了佛學；又讀到大批經史子集，熟諳了儒家經典，乃着手撰寫《文心雕龍》，書成後因得到沈約贊譽而出名。梁朝時，曾任太末（今浙江龍游）縣令、東宮通事舍人等職。

《文心雕龍》是文學理論批評和美學的名著，也是論文章作法、修辭學的書。全書共五十篇，論及修辭的內容主要有以下幾個方面：

一、論修辭原則。

（一）「爲情而造文」的原則。本書《情采》篇云：「水性虛而淪漪結，本體實而花萼振：文附質也。虎豹無文，則鞹同犬羊，犀兕有皮，而色資丹漆，質待文也。」作者強調了文附質，質待文，形式與內容二者互相依存，不能割裂的辯證關係。並進一步指出「情者文之經，辭者文之緯」，情是文章的經綫，言辭、文辭是文章的緯綫，經綫正了，緯綫才能發揮作用。强調文章的内容起决定作用，反對脱離内容只追求形式華美的文風，反對「爲文而造情」。同時他也重視語言形式的重要作用，主張形式與内容相統一，要求「銜華佩實」、「文質相稱」。

(二)自然之美的原則。作者認爲「文原於道」，天地萬物的文彩都是自然形成，符合自然之道的。與天地並稱爲「三才」的人，「心生而言立，言立而文明」，「言之文也，天地之心哉」，有了語言，必然具有文彩，也同樣符合自然之道。因此作者主張修辭應具備自然之美，反對過分地雕琢而傷事物的真美。這一原則貫徹於全部修辭理論之中。

(三)「變通適會」的原則，作者看到「設文之體有常，變文之數無方」，文章體裁有定，而表達方法變化無窮，因此主張運用語言必須掌握「通變之術」，「憑情以會通，負氣以適變」，修辭必須適應文章内容、作者感情、文章體裁及形勢、時機、對象身分地位方面的變化。

二、論字、句、篇、章的修辭

作者從整體出發論述了字、句、章、篇修辭之間的聯係，指出「篇之彪炳，章無疵也；章之明靡，句無玷也；句之清英，字不妄也」。同時，他又對字、句、章、篇分别提出不同的修辭要求。如用字迴避說：「一避詭異，二省聯邊，三權重出，四調單複。」作者特别强調章節語句的安排要從整體、全局着眼，注意銜接照應，指出：「然章句在篇，如繭之抽緒，原始要終，體必鱗次。啓行之辭，逆萌中篇之意，絶筆之言，追媵前句之旨，故能外文綺交，内義脈注，跗萼相銜，首尾一體。」

三、論修辭手法。

本書列專篇論述麗辭(對偶)、比興、夸飾、事類(用事)、隱秀等多種修辭手法。其特點是不僅論及定義、分類，而且總結了運用原則，某些論點至今仍有價值。如論比喻，看到比喻有「敷華」、「驚聽」的修辭效果，提出須遵循「物雖胡越，合則肝胆」、貴「切至」、貴「巧」等運用原則。論麗辭，概括出言對、事對、反對、正對等四類，提出「精巧」、「允當」、「夸而有節，飾而不誣」等原則，並肯定夸飾具有「談歡則字與笑并，論戚則聲共泣偕」的藝術魅力。對夸飾手法修辭功能有很正確的認識。

四、論文體風格。

此書上編從《明詩》到《書記》篇，分別論述了三十多種文體，下編《定勢》、《體性》篇也論文體，從而建立了與修辭有着密切關係的古代文體論，其內容主要有兩方面：

(一)各類文體的修辭準則。作者從「文」、「筆」兩方面來總結文體，並根據各類文體的內容、功用，概括出不同的風格特徵。例如他總結詩體的風格要求，認爲四言詩是正體，其風格應爲典雅潤澤，而五言詩的風格則爲清秀華麗。作者還運用比較方法，辨晰相近文體風格的異同。

(二)作品風格的類型與多樣統一。作者在《體性》篇中將作品風格歸爲八大類型：典雅、遠奧、精約、顯附、繁縟、壯麗、新奇、輕靡。指出各類型的風格特點，如「精約者，核字省句，剖析毫釐者也；顯附者，辭直義暢，切理厭心者也」。認爲這八種風格雖各有別，但並不是每人每部作品只能有其中一種風格，而是可以某一種風格爲主導，融會其它，從而達到多樣統一。所以他指出「八體雖殊，會通合數，得其環中，則輻輳相成」。這一觀點頗爲精當，對後世很有影響。作者還論述了風格與時代、作者個性的關係，對後代亦有啓迪。

此外，在《聲律》篇裏論述修辭的音樂美，重視聲律的「和」和「韻」，提出「異音相從謂之和」、「同音相從謂之韻」的觀點。主張利用漢語字音聲律、聲調的特點進行修辭。作者在《知音》篇還提出「六觀」說，主張從「位體」、「置辭」、「通變」等六個方面鑒賞修辭的美。這些創見都難能可貴。

總之，《文心雕龍》體大思精，論述修辭的內容十分豐富。今人詹瑛認爲這部書的特點是從文藝理論的角度來講文章作法和修辭學。直至清代，除宋代陳騤《文則》外，從論述詩文修辭的全面性系統性看，還很少有能與之相比肩的。因此《文心雕龍》堪稱古代修辭的奠基之作，對我國修辭學研究的發展影響很大，在修辭學史上佔有非常重要的地位。直到二十世紀三十年代，現代修辭學建立前後，修辭學界推崇、吸收劉勰修辭思想的甚多。有些著作曾把劉勰稱爲「世界修辭三大鼻祖之一」，認爲他可與古希臘亞里士多德相媲美。日本島村抱月《新美辭學》（一九〇二）指出「中國修辭學的祖師是劉勰」，「到梁劉勰的《文心雕龍》，中國才有一部完全的修辭書」。（宗廷虎）

文則

〔宋〕陳騤

《文則》二卷。宋陳騤著。成書於南宋乾道六年(一一七〇)。版本有元至正十九年(一三五九)陶宗儀刻本、明弘治二年(一四八九)山阿陳哲刻本、萬曆年間甬東屠本畯刻本、淸台州叢書重刊本。一九六〇年人民文學出版社以台州叢書本爲底本,校以其它四種版本,重版發行。

陳騤,生卒年月不詳。字叔進,宋台州臨海(今屬浙江省)人。擧進士,官吏部侍郎,知樞密事,兼參知政事。後因觸犯權貴而貶官。終年七十六歲。《宋史》有傳。

《文則》是一部修辭學著作,其主要內容有以下幾方面:

一、論述修辭原則

(一) 貴貼切自然,反對矯揉造作。以古語「靨子在頰則好,在顙則醜」爲喩,說明言必「有宜」,詞語必須妥貼、自然的道理。指出謝惠連《雪賦》中生硬套用《易經》的句法,如「雪之時義遠矣哉」一語,就犯了「靨子在顙」的毛病。又引用莊子「鳧脛雖短,續之則憂;鶴脛雖長,斷之則悲」的話,以《檀弓》文句爲例,說明句子該長則長,該短則短,不能故意做作,人爲地任意增減。

（二）貴明確，反對晦澀。認爲文章以「旨深而不晦」爲優。要避免用詞含混，忌病辭、疑辭。如《檀弓》：「容居，魯人也。」「魯人」即爲疑辭，因爲表意不明，易引起歧義。一般人往往理解爲「魯國人」，其實乃「愚鈍之人」之意。

（三）貴簡潔，反對疏闕。主張「言以簡爲當」，「文貴其簡」。並將古書中記載同一類事的不同文字進行比較，肯定了簡潔的表達方法能使「意愈顯」。同時提出簡潔與疏闕有別，應做到「言簡而不疏」、「文簡而理周」。如果簡而有「闕」，那就是疏漏，是不足取的。

（四）貴通俗，反對亂用古語。以《禮記》、《盤庚》及古代其他詩文中均有使用「淺語」、「民間之通語」、「常語」的現象，來説明詩文不應深奥難懂而應淺俗的道理。認爲多用民間俗語、口語，讀者才能通曉。作者反對亂借古語，批評了張茂先、應吉甫等由於亂借古語而造成詞義不當、「屋下架屋」的弊病。

二、論述多種修辭手法

全書論積極修辭手法達十多種，其特點是有規則，有分類，有例證。如把比喻細分爲十類。其論述值得肯定之處有三：第一，最早以經傳爲對象，對比喻進行較爲系統的細緻分類，每類均總結出規律，並舉有例證。做到觀點與材料的統一。第二，總結修辭特點，多符合漢語實際，至今仍爲人們所沿用，只是名稱略有不同而已。如「直喻」和「簡喻」，約相當於現代修辭學中的「明喻」和「隱喻」。第三，初步注意到語言形式的特徵，如指出「直喻」的特徵是「或言猶，或言若，或言如，或言似」。唐孔穎達的《毛詩正義》雖開始觸及語言形式，指出「諸言『如』者，皆比辭也」，但只看到一個「如」字，而陳騤的論述顯然進了一步。

三、論述文體風格

作者除追溯文體起源外，又運用前人關於文體與風格相聯係、相適應的觀點，論述了文體的分類及不同文體所表現的不同風格。例如，從《左傳》中歸納出命、誓、盟、禱、諫、讓、書、對等八種文體，分別指出它們的風格特點：「命，婉而當」、「誓，謹而嚴」、「盟，約而信」、「禱，切而愨」、「諫，和而直」、「讓，辯而正」、「書，達而法」、「對，美而敏」。同時，還評論了若干文章的風格。如分析《考工記》一文「蓋有三美：一曰雄健而雅，二曰宛曲而峻，三曰整齊而醇」。也就是說，一篇文章中不同的段落或句子均可表現出不同的風格。此外，將文章區分爲「載事之文」和「載言之文」兩種文體。前者指以記録和描述事物爲主的文章，後者指以記録和描述對話爲主的文章。可惜未能進一步總結出規律。

四、采用比較與歸納的研究方法。作者認爲修辭的美和醜是相對的，而不是絶對的，只有經過比較才能從中看出修辭的異同、優劣、關聯與多樣性，進而總結其原則、規律。因此本書大量采用比較和歸納的研究方法。例如將漢代劉向《説苑》中所引泄冶的話：「夫上之化下，猶風靡草，東風則草靡而西，西風則草靡而東，在風所由，而草爲之靡」，與《論語》的「君子之德風，小人之德草，草上之風必偃」，以及《書經》的「爾惟風，下民惟草」相比。泄冶的話用了三十二字才將意思説明白，《論語》則用了十六字，而《書經》僅用七個字，語意已顯豁清楚。相比之下，自然得出「文貴其簡」的原則。

我國古代修辭理論在宋代以前，除劉勰《文心雕龍》外，大多缺乏系統性。陳氏此書較之前人有其獨到之處。它涉及修辭的範圍較廣，且初具系統。作者以《詩經》、《書經》、《禮記》、《易經》、《春秋》及諸子的古籍中的大量修辭現象爲第一手資料，經過多年精心分析研究，因此有些論述頗具深度，並有創見。清代宋世犖曾贊譽該書是「操觚之定律，珥筆之初桄」。現代修辭學研究也從該書得到許多借鑒。

有關《文則》的研究，除一些修辭學史著作外，還有譚全基的《〈文則〉研究》（香港問學社，一九七八年）等。　（宗廷虎）

曲律

〔明〕王驥德

《曲律》，四卷。明王驥德著。有清康熙二十八年（一六八九）蘇州緑蔭堂重印明方諸館刻本、道光年間金山錢氏《指海》本、一九五九年中國戲劇出版社《中國古典戲曲論著集成》本、一九八三年湖南人民出版社陳多、葉長海注釋本。

王驥德（？——約一六二三），字伯良，又字伯駿，號方諸生，別署秦樓外史，浙江會稽（今浙江省紹興市）人。早年師事戲曲家徐渭，頗受賞識，後又受到戲曲家湯顯祖的影響。萬曆三十六年（一六〇八）抱病撰寫《曲律》，歷時十餘載始定稿。

《曲律》既是我國最早的戲曲理論專著，也是我國第一部系統論述戲曲修辭的著作。全書共四卷四十章，大致上可分爲四大部分。第一、三、四部分共四章，爲「緒論」、「雜論」、「附論」，論述南北曲曲源、戲曲史和作家作品等，與修辭關係較少。第二部分「分論」計三十六章，又分爲四大類。第一大類關於聲律，共有論平仄、論陰陽、論腔調等十章。第二大類關於用字造句謀篇，共有論章法、論句法、論字法、論對偶等九章。第三大類關於曲詞，共有論套數、論曲禁、論巧體等八章。第四大類關於戲劇，共有論引子、論過曲、論尾聲、論賓白等九章。「分論」中闡述的內容，許多與修辭有關，其中尤以以下兩個方面最爲重要：

一、最早提出格律與文詞俱美的觀點。

明萬曆年間，戲劇界有一場大辯論。辯論的雙方是以湯顯祖爲主的臨川派和以沈璟爲主的吳江派，辯論的焦點是格律與文詞的關係問題。沈璟精於曲律，一味追求協律，竟把詞的內容放在次要地位，他的劇作因而缺乏動人的思想光彩。湯顯祖則强調曲意，不重視格律，揚言「不妨拗折天下人嗓子」。王驥德在辯論中既看到雙方的成就，也指出他們的缺陷，他說：「吳江（沈璟）守法，斤斤工尺，不欲令一字乖律，而毫鋒殊拙。」認爲沈璟儘管費大勁鑽研格律，由於內容格調不高，對觀衆的吸引力仍不大。而湯顯祖作品的效果雖好，但音韻格律方面「多逸工尺」之法，伶人演唱不便，乃是「腐木敗草」，應該剔除。但兩人相比，王仍認爲湯的成就居上。王氏是吳江派成員，這樣的評價顯示了他的卓越識見。他心目中的典範作品，就是「法與詞兩擅其極」的《西廂記》，認爲此書才是格律與文詞俱美的極品。

二、論戲曲語言的特殊性

第一，論曲語不同於詩、詞語。當時不少人習慣上把「曲」看作「詞餘」，把「詞」看作「詩餘」，只看到詩、詞、曲語的共同點而未注意到曲語的特點。作者首先從句式的長短上加以區分，指出詩最多只有五字或七字，詞雖由長短句組成，但篇幅也不長，而曲則可以「洋洋纚纚」，連綿不斷，可用更長的篇幅來表達內容，足使「聽者色飛，觸者腸靡」。同時，詩、詞都不得加入方言諧語；而詩受格律限制，詞又受到聲調的制約，只有曲在這幾方面都比較自由，可以「意之欲至」，「縱橫出入」。

第二，論注意戲曲語言的對象。《曲律》一方面强調要適合知識階層「士人」和「閨婦」的口味，另一方面又强調要使没有文化的「村童野老」聽得懂，曲詞就要寫得不深不俚，這就要把「文藻」和「本色」結合起來。而上述兩種對象中，作者更强調要使「老嫗解得」。「夫曲本取於感發人心，歌之使奴童婦女皆喻，乃爲得體。」與此同時，王氏還强調作品中人物語言必須符合人物的特定身份，寫作者「須以自己之腎腸，代他人之口吻」。要設身處地從人物特徵出發去寫作曲詞，要努力「模寫其似」，「勿晦勿泛」。

第三，賓白論。《曲律》指出，「賓白，亦曰説白」，指的是唱詞以外的成分。傳統戲曲一般總是重唱詞、輕賓白。王氏認爲寫「賓白」之難「不下於曲」。同時把「賓白」分爲「定場白」和「對口白」兩類。指出前者是劇中主要人物第一次下場念完「引子」和「定場詩」後的第一段獨白，必須做到「稍露才華，然不可深晦」。而「對口白」，則要求「明白簡質」，忌用「之、乎、者、也」，「句字長短平仄，須調停得好，令情意宛轉，音調鏗鏘」。這些話都是很有見地的。

此外，此書還對戲曲的聲律、章法、句法、字法等問題以及用事、鑲嵌、對偶等辭格作了深入的探討，對北戲、南劇不同的語言風格作了專門的分析。

《曲律》建立了我國歷史上第一個戲曲修辭理論體系，這個體系雖嫌粗糙，但多創新之論，爲清代和現代的戲曲修辭研究奠定了較好的基礎。清代李漁所以能達到更高的境界，同《曲律》的開創性貢獻是分不開的。（宗廷虎）

李笠翁曲話

〔清〕李　漁

《李笠翁曲話》，清李漁著。有曹聚仁校訂本，上海梁溪圖書館一九二五年版，陳多注釋本，湖南人民出版社一九八〇年版。

李漁（一六一一——一六八〇），字笠鴻，後字笠翁，一字謫凡，別署笠道人、隨庵主人、新亭樵客。原籍浙江省蘭溪縣，生於江蘇如皋，晚年定居於杭州西湖畔，自號「湖上笠翁」。青少年時家庭生活相當優裕，一六四六年清兵入浙後，受戰火影響，家道中落。畢生以編演戲曲，印書賣文糊口，經常帶着家庭戲班周遊各地，出入於達官貴人之家。著有《閑情偶記》、《十種曲》、《十二樓》、《一家言》等。

《李笠翁曲話》是《閑情偶記》中「詞曲」部和「演習」部的單行本。《詞曲》部共分「結構」、「詞采」、「音律」、「賓白」、「科諢」、「格局」六節，另附「填詞餘論」一節。《演習》部共分「選劇」、「變調」、「授曲」、「教白」、「脫套」五節，每節下面再分若干款（即小節）。全書既有修辭理論的研究，又有多種修辭手法的探索，且能結合戲曲特點去分析篇章布局、用詞造句，不少地方論述精辟，見解獨到，使我國戲曲修辭理論達到了一個新的高峯。

該書的戲曲修辭理論包括下述三方面。

一、論戲曲修辭必須爲「主腦」服務

李漁有「立主腦」說，即戲曲修辭要爲「主腦」服務。「一本戲中有無數人名，究竟俱屬陪賓，原其初心，止爲一人而設；即此一人之身，自始自終，離合悲歡，中具無限情由，無窮關目，究竟俱屬衍文，原其初心，又止爲一事而設；此一人一事，即作傳奇之主腦也」。這裏所說的「主腦」包括兩個意思：一是與我們今天所說的「主題思想」含義相近；二是指圍繞「主題思想」選擇一個中心人物、一個中心事件作爲結構上的主幹。圍繞「立主腦」李漁又有「減頭緒」說，主張「頭緒忌繁」，要如「孤桐勁竹，直上無枝」，任何雜亂的頭緒、遊離的情節、無意義的名詞，都是對「主腦」的損害和破壞。這一「立主腦」論同近人陳望道「修辭以適應題旨情境爲第一義」的著名論點有着相通之處。

二、論篇章修辭

(一)「成局了然」論。該書以「工師之建宅」爲喻，來說明戲曲篇章修辭的重要：「……工師之建宅亦然：基址初平，間架未立，先籌何處建廳，何方開户，棟需何木，梁用何材；必俟成局了然，始可揮斤運斧。」指出寫戲曲必須在心中「結構全部規模」，把整部傳奇中的章節段落，發展脈絡，起、承、轉、煞等，全部考慮清楚，才可以落筆疾書。如果腦中「無成局」，必有無數「斷續之痕」，使「血氣爲之中阻」。

(二)「照應埋伏」論。李漁以「縫衣」爲喻，把寫戲的整個過程比作「剪碎」、「凑成」。指出如果劇作家不善於做「針綫緊密」的活計，即便「一節偶疏」，照應不到，全篇就會露出破綻，損害整體的完美。這種照應埋伏，必須「每編一折」，「前顧數折」，「務使承上接下，血脈相連」。此外，還要在觀衆最不注意的地方，要像「連環細筍」那樣「伏於其心」，早早作好埋伏的準備，以便照應得自然妥帖。

(三)「開場」、「收煞」論。此書主張開場時要以寥寥數語交待劇情，使觀衆了解梗概。同時開場話又要「開門見山」，「當以奇句奪目」，不能說話不得要領。上半折的結尾語則提倡運用懸念，「賣關子」、安「扣子」，吸引觀衆「揣摩下文」。下半折的結尾語則强調要有「團圓之趣」，要有餘音繞梁，「勾魂攝魄」的作用。

李漁關於篇章修辭的論述，反映了他與衆不同的「結構第一」思想。過去的戲曲理論家，大多認爲「填詞首重音律」，並重詞采，往往把篇章結構放在次要地位。李氏獨具慧眼，從戲曲有特定的時間和空間出發，打破常規，論戲曲修辭獨先篇章結構，再考慮詞采、音律。

三、論唱、白修辭

(一)「觀聽咸宜」論。作者强調戲曲修辭既要適合於看，又要適合於聽，不能「只要紙上分明，不顧口中順逆」。指出明清有些傳奇只適合案頭閱讀而不適合場上演出。因此，他自己創作時，「手則握筆，口却登場，全以身代梨園，復以神魂四繞」，既當作者、演員，又當觀衆和聽衆。他不僅要求唱詞悅耳動聽，還要求賓白字字鏗鏘，人人樂聽。認爲只要有「一句聱牙」，就能使「聽者耳中生棘」，而「數句清亮」則可令「觀者倦處生神」。

(二)「意深詞淺」論和「潔淨」論。作者一方面指出戲曲詞句的特點是「貴淺顯」，它的語言要從「街談巷議」中吸取得來；另一方面又指出「能於淺處見才，方是文章高手」的原則。李氏强調戲曲語言必須做到「意則期多，字惟求少」，即要求運用極精煉的語言來表達儘量多的意思，用極經濟的唱詞和說白來表現豐富的內容。

（三）「說何人，肖何人」論。作者主張戲曲語言要通過演員之口，把人物的「心曲」和盤托出。戲曲的「填詞」，「宜從脚色起見」，生、旦、淨、丑的語言，應該各有特點，即使是身份相同的人，性格習慣，音容笑貌也不應雷同，「張三要像張三，難通融於李四」。戲曲「填詞」是「義理無窮」的，必須「說何人，肖何人」。

李漁論戲曲語言的透徹程度超過王驥德和其他前輩戲劇理論家。他論戲曲語言的特點是考慮到「借優人說法，與大衆齊聽」的因素，從視聽者的角度提出問題。本書是修辭學史上的一部重要著作。它所包含的豐富的修辭學理論，遠遠超出戲曲修辭的範圍。（宗廷虎）

修辭格

〔現代〕唐鉞

《修辭格》，近人唐鉞著。一九二三年商務印書館初版。

唐鉞（一八九一——一九八七），字擘黄，福建省閩侯縣人。早年就讀於福州華英學院。一九一一年考入清華學校，一九一四年赴美國入康乃爾大學攻讀心理學。一九一七年畢業後又入哈佛大學繼續研讀心理學。一九二〇年獲博士學位。回國後任北京大學哲學系心理學教授。一九二二年至一九二六年任上海商務印書館編輯，後至清華大學心理學系任教。一九三〇年起任中央研究院心理研究所所長兼研究員。

五十年代後任北京大學心理學系教授。著有《西方心理學史大綱》等。

《修辭格》最早建立了我國較爲全面而科學的修辭格系統。全書除在緒論、結論中論述了辭格的定義、作用和使用原則等理論問題外，分五章論析二十七種辭格。

本書的主要貢獻包括下述兩方面。

一、提出新的辭格理論。本書緒論部分指出：「凡語文中因爲要增大或者確定詞句所有的效力，不用通常語氣而用變格的語法。這種地方叫做修辭格。」這是我國最早的辭格定名（過去有人稱它爲「修辭現象」或「詞樣」）和辭格定義。作者進一步論述了辭格的三大作用：（一）可以幫助人們發展自表的能力；（二）可以滿足求知欲；（三）是一種美感的享受。又指出修辭格只是修辭學的一部分，而不是全部。分析雖然簡略，但能突出重點。結論部分又提出辭格八條使用規則。如「修辭格與本題不甚貼切的不要用它」；「修辭格不可用的過多」，「太多使讀者生厭因而減少——甚至全失——效力，並且使人覺得藻績太過，失却自然」；「用修辭格要『一以貫之』」，「修辭格不可過於巧纖」，「不可過於怪僻」，「太舊的，不可用」等等。論述全面、精彩而有新意。另外，作者還特別指出：使用辭格要「指揮自如，有得心應手之樂，不是單在形式上用工夫可以達到這種目的，還要深觀物理歷練人情以積蓄實際材料」。這一點，可說是抓住了辭格運用的根本。

二、建立辭格體系。第一至第五章具體論述了修辭格的系統。這是參照英國納斯菲爾（J. C. Nesfield）《高級英文作文學》的分類，斟酌損益而成的。在這個體系問世之前，我國關於修辭手法或辭格的論述，雖有悠久的歷史，但始終未能形成一個較爲科學的系統。

作者的修辭格體系及分類如下：

第一，根於比較的修辭格：

（甲）根於類似的：（一）顯比；（二）隱比；（三）寓言；

（乙）根於差異的：（一）相形；（二）反言；（三）階升；（四）趨下；

第二，根於聯想的修辭格：（一）伴名；（二）類名；（三）遷德；

第三，根於想象的修辭格：（一）擬人；（二）呼告；（三）想見；（四）揚厲；

第四，根於曲折的修辭格：（一）微辭；（二）舛辭；（三）冷語；（四）負辭；（五）詰問；（六）感嘆；（七）同辭；（八）婉語；（九）紆辭；

第五，根於重複的修辭格：（一）反複；（二）儷辭；（三）排句；（四）複字。

以上的分類是建立在心理學的基礎之上的。作者對一些辭格的心理基礎作了論述，如「不說一件東西的正當名字而以他的隨伴或附屬的東西稱呼他，叫做伴名格。這格是根於聯想，因爲一個東西同他的伴屬常在一起，所以一說他的伴屬就想起這個東西自己了」。

《修辭格》雖然僅有四萬多字，但正如陳望道在《修辭學發凡》中所評價的那樣：它是「科學修辭論的先聲，對於當時的影響很大；從這本小書出版以後，修辭學便又換了一個新局面」。近人胡懷琛在《修辭的方法》一書中也贊揚《修辭格》「大綱細目極清楚，而且很合倫理」。但是該書模仿西方修辭學的痕迹較重，結合漢語辭格的實際還不够，是其缺點。（宗廷虎）

中國修辭學

〔現代〕張弓

《中國修辭學》，近人張弓著。天津南開華英書局一九二六年出版。

張弓(一八九九——一九八三)，筆名槃銘、海鷗。江蘇省灌云縣人。一九二四年畢業於武昌師範大學，任天津南開大學附中高中部國文教員。一九四一年後，先在北京中國大學、中法大學任課，後任北京師範學院、北平臨時大學教授。五十年代以後歷任河北師院、河北大學教授，並兼任中國科學院河北省分院語文研究所研究員、中國修辭學會名譽會長、河北省語文學會會長、河北省社聯副主席。除《中國修辭學》外，又著有《現代漢語修辭學》。

作者在《例言》中指出，《中國修辭學》一書以闡明中國修辭的「特相」爲主旨。全書分兩大部分：一、「總說」——論述中國修辭學的界說及中國修辭的進化觀等；二、「分說」——分類說明中國修辭的方式。

「總說」部分列八節，論述了「修辭」一語的根源、修辭的意義、修辭學的定義和界說、中國修辭的進化觀等問題。在修辭理論方面作者認爲修辭學可以從兩方面下定義：「就『效用』說，是美化文辭的一種技術」；「就『本質』說，是分類說明修辭過程的一種科學」。因此中國修辭學就是「中國美化文辭的方術」或「說明中國修辭過程」的科學。作者將修辭學視爲技術與科學的觀點，與只將修辭學看作一種技術的觀點顯然不同。作者又明確認爲修辭學是一門獨立的學科，有它自己的研究範圍，指出「本稿的範圍，限於說明中國美飾文辭的過程，毫不侵及『文法學』、『作文法』、『文字學』、『文學概論』等科的領土」。這種觀點與某些把修辭學與文法學等學科混淆起來的著作相比前進了一步。作者把漢語修辭劃分爲「辯說期」（春秋戰國）和「詞章期」（漢代至現代）兩個階段。並指出第一階段的特點是「言語修辭特盛」，第二階段的特點是「文章修辭漸盛」。勾勒雖嫌粗略，但在修辭學專著中論及中國修辭的發展變遷大勢尚屬首見。

「分說」部分將修辭方式分爲五大類：一、化成式，即通過「變化形體」以「增加文辭的美與力」的修辭方式。包括人化、物化、較物等十六種。二、表出式，即「根據原情意而用種種的組織命題之形式表出，可特別的引人注意並足動人美情」的修辭方式。包括曲達、雙關、反語等二十三種。三、佈置式，即「依據形式美的原則，以構造種種美好的方式，使讀者自然發生運動、均比、對照、變化等美情」的修辭方式。包括抑揚、迴環、反復等十三種。四、譬喻式，即「於原觀念上附加與原觀念『異本質而有恰似點』之新觀念，藉使原觀念更明瞭而豐實」的修辭方式。包括明喻、暗喻、諷喻等十種。五、代替式，即「用甲觀念代表乙觀念，利用兩個觀念的特殊關係以組成美辭」的修辭方式。包括分代、合代等五種。這五大類六十七種辭格，主要是受日本島村抱月《新美辭學》的影響。近人王易、陳介白也采用島村抱月的觀點將辭格分爲四大類。張弓則增設了代替式一類，對譬喻式又按意義、形式、內容三方面分類，並且最早將移覺（即通感）、迴環等列爲修辭方式，這些都是他的貢獻。

（宗廷虎）

修辭學

〔現代〕董魯安

《修辭學》，近人董魯安著。原名《修辭學講義》，北平文化學社一九二六年出版，重版時更換今名。

董魯安（一八九六——一九五三），又名璠，後更名於力。北京市人。北京高等師範學校畢業後，曾在北京、天津等地高校任教二十多年，研究中國古典文學、修辭學、歷史及佛學等。著有詩文集《游擊草》等。

此書由體性論、文格論、批評論三大部分組成，是我國現代最早的建立修辭學體系的專著之一。

作者在「導言」中論述了修辭學的定義、使命及其與文法學、論理學的關係等問題。認爲「修辭學是用精審的方法，表示內心情思的一種技術」，它研究表述文章內容的選擇和排列的法度和技巧。並認爲修辭學的使命是使文章寫得對和好，而寫得好更爲重要。

第一編體性論，主要論析文章中字、句、段、篇等組織的修辭。特點是繼承了古代文章學的觀點，也沿用和發展了一九一三年出版的王夢曾《中華中學文法要略·修辭編》的看法，建立了用字、用詞、造句、成段、謀篇的修辭學體系。

第一章「選字」（「字」指單純詞）。論述「選字」的規則是：認定字義，適應讀者，注意慣例，愼守格律。第二章「屬詞」(「詞」指複合詞、兼詞或分句)，論述主要成分和關節詞的關係，附加成分和主語、述語、賓語的關係，情態詞的用法。這兩章講各類詞的用法，既涉及修辭問題，也與語法有關。

第三章「詮句」認爲使用句子必須注意：一、與語法適合，二、完全而清楚，三、前後一貫，四、健勁有力，五、聲韻和諧等。又分別論述句的勻稱、句的組織、句的類別等問題。在「句的勻稱」一節中强調「一句要包括一個主要的思想」，分句要「叙述綜合思想」、分述「要注意共同關係」等原則。在「句的組織」一節中，論説造句的兩個「義法」：第一，注意句子在上下文中的特殊地位，注意它的名稱、起結及其停頓；第二，注意句與句之間「調諧一貫」。這樣，就首先要「注意句首」，即造句時應將重要的意思安置在句首(或先在句首點出)；同時也要注意句尾，一個長句結尾的詞語應當精確，最好表示一個重要特點等。另外還論述句與句之間的搭配、陪襯和聯接。在「句的類別」一節中，分別述及短句、長句、頓句、散句、駢句的用法。在二十年代的修辭學專著中，如此細緻地分析用句，是難能可貴的。

第四章「編段」。探討「怎樣給在另換一個意思的時候，另分作一段」及「每段分開的文章，怎樣才會使他們聯讀」。作者把「段」看作「全篇文章的雛形」，認爲寫作時必須認真對待，「尤須一丘一壑，小有洞天，才極文章的能事」。如此强調段在「字、詞、句、段、篇」中的地位和作用，論理又十分清楚，這在當時的修辭書中很爲少見。

第五章「全篇綱要」，强調寫文章前列整篇綱要的重要，同時論述了「題旨」是「全篇的中心」，必須格外重視。第六章「繕辭」，論述了文章的蓄勢、鎔裁、和諧、情彩等四種風格，它們具有遒健、峻整、嫻雅、生動等性質。在修辭學著作中詳細論述以上四種風格，並能總結形成這四種風格的具體語言運用規律，這應該説是此書的一個特色。

本書第二編「文格論」與第三編「批評論」專論文體的類別、作法。第二編從文章的「說理、記事、抒情」三種功用論述到「論辨」、「疏證」、「敘記」、「描寫」四種文體。第三編從另一角度，即把文章體制分爲詩歌、散文兩類。同時又指出戲曲兼有散文和詩歌的體裁，應另立一類。該編論述了這三種文體的性質、類別和作法。第二、三編不是此書的重點部分，其中有些論點也可以商榷。

此書的主要貢獻除了建立用詞造句編段謀篇的修辭學體系外，尚有以下兩方面：

第一，該書問世之前，我國修辭學界只研究古代漢語修辭。修辭學專著不僅全用文言文寫作，且連例句也全從古漢語著作中選用。運用半文半白的語言進行詮釋，已經算是鳳毛麟角了。修辭學界流行「文言文可以修辭，白話文不能修辭」的偏見。董氏此書，詮釋概用語體，不取奇辭奥義，行文全用淺近的白話文；所收例句古今並蓄，既收文言文例句，也引用了不少白話文例句；詮釋與例句一律使用新式標點。研究白話文修辭，作者可以說是開風氣之先。

第二，此書在現代修辭學史上最早論及修辭和「題旨」的關係，提出了「全篇各段，每段各節」必須「前後一貫，語不離宗」的觀點。這個「宗」，就是「題旨」。他主張必須「抱定題旨立論」，認爲「題旨」也就是「古文家所說的眼目」，乃是「全篇的中心」，是「牽一髮而動全身」的問題，千萬輕視不得。除了强調整篇文章要首先重視「題旨」之外，他還最早提出段的「題旨」和句子必須圍繞一個中心的觀點，這是對修辭和題旨關係論述的進一步發揮。這些理論除了在修辭理論上具有一定的開拓意義之外，也爲實用修辭奠定了理論基礎，有助於指導人們的閱讀和寫作。

（宗廷虎）

修辭學發凡

〔現代〕陳望道

《修辭學發凡》，近人陳望道著。成書於一九三二年。上海大江書鋪一九三二年出版，一九五〇年以後分別由開明書店、上海新文藝出版社、上海文藝出版社、上海人民出版社、上海教育出版社等多次再版。

陳望道生平事跡見「中國文法革新論叢」條。

《修辭學發凡》是中國現代修辭學的重要里程碑。全書共十二篇，第一、二、三、十篇爲修辭學理論，包括修辭釋義、修辭和語辭的關係、修辭和題旨情境、修辭的任務和功用、修辭的兩大分野和語辭使用的三境界、修辭現象的變化統一等。第四篇爲消極修辭。第五至九篇爲積極修辭，分辭格和辭趣兩大部分。第十一篇爲文體風格。第十二篇爲修辭學小史及結語。此書批判地繼承了古代和外國修辭理論的精華，並以漢語修辭現象爲基礎，建立了第一個中國化的科學的修辭學體系。這個體系的價值突出地表現在以下幾方面：

一、系統的修辭理論

（一）調整語辭說。指出「修辭不過是調整語辭，使達意傳情能够適切的一種努力」。强調修辭是爲「達意

「傳情」服務的一種手段，因而要認清兩點：a. 是調整適用而不僅是修飾。因爲把修辭僅僅理解成修飾，很可能離開情和意，片面追求形式，容易導致以辭害意；b. 是語辭而不僅是文辭。過去的學者往往只重視書面語修辭（即「文辭」），不重視口語修辭（即「語辭」）。此書認爲修辭應該包括書面語修辭和口語修辭，兩者不可偏廢。調整語辭說對明確修辭學的對象、目的和範圍都有一定作用。

（二）「語辭形成的三階段」說。語辭的形成可以分爲收集材料、剪裁配置、寫說發表三個階段，而修辭現象產生於第三階段。「材料配置定妥之後，配置定妥和語辭定着之間往往還有一個對於語辭力加調整、力求適用的過程。」這個過程不論長短都是「修辭的過程」，這個過程上所有的現象便是修辭現象，而修辭現象就是修辭學研究的基本單位。這一論點對明確修辭學的對象，處理好修辭過程中讀聽者、寫說者和作爲「傳達中介」的語辭這三種「要素」的關係等，都是有益的。

（三）「以語言爲本位」說。全書貫串着「以語言爲本位」的思想，這是一大特色。如第二篇中汲取了索緒爾的語言學理論和西方文字學、語音學、語法學等學科的理論，闡述了語言的性質、構成要素、聲音語和文字語的關係等問題。這些論述的目的，乃是幫助讀者從語言學的角度，認識修辭同語言、同語言文字的形音義中固有因素、臨時因素的關係。這一理論，不見於前人的修辭論析。五十年代以後有些修辭學著作很重視修辭與語言、詞匯、語法三要素的關係，就是在此基礎上的進一步發展。

（四）「修辭以適應題旨情境爲第一義」說。「題旨」和「情境」是此書首創的術語。所謂「題旨」，就是「一篇文章或一場說話的主意或本旨」。所謂「情境」，就是寫說的對象、目的、時間、環境、條件、上下文等因素。本書主張研究修辭不能脫離內容，形式主義地單純講修辭技巧，必須强調對題旨情境的適應，並且把它放在「第一義」的位置上。人們在運用修辭技巧時，「臨時大概必要心眼中只有題旨情境才好。而平時又當兩面並重」。語言文字本身没有什麽美醜，它的美醜是由題旨情境決定的。「題旨情境」説與前人相比，不同之處有三：一是内涵比前人全面，不僅由二者共同構成了一個系統，它們的内部又各自包含若干子系統。二是把對題旨情境的適應，作爲「修辭的標準、依據」，並進而把它提到「第一義」的高度，使這一論點成爲一切修辭原則中的總原則。三是運用「内容決定形式」的觀點，並使它成爲修辭研究的總綱領。「題旨」和「情境」的論點是對修辭理論的一大創新，已成爲我國修辭學的寶貴遺産之一。

二、科學的修辭手法規律系統

《發凡》的修辭規律體系主要由兩大分野組成。全書把修辭手法分爲消極修辭和積極修辭兩大部分。

（一）消極修辭。認爲凡能使修辭呈現明白、清晰情貌的，稱爲消極修辭。消極修辭只要求明白精確地表述概念，使人易於「理會」，它的特點是「抽象的、概念的」，必須處處同事理符合，其運用都要合乎客觀的常規，即「説事實常以自然的、社會的關係爲常軌；説理論常以因明、邏輯的關係爲常軌」。它要求遵守文法和邏輯上的一切規則，只求實用，不計華巧。所用詞語質樸而平凡，使聽讀者從辭面上就能理解清楚，因此辭面和辭裏緊密結合。

具體説來，《發凡》提出消極修辭的綱領有四點：a. 意義明確。即把意思分明地顯現在語言文字上，毫不含混，絶無歧解。指出應該使用意義分明的詞，使詞和詞的關係分明，用詞應分清賓主。b. 倫次通順。依順序、相銜接、有照應的語句，稱爲倫次通順。c. 詞句平匀。選詞造句以平匀爲標準，即要求平匀而没有怪詞僻句，匀稱而没有駁雜的弊病。d. 安排穩密。要求注意詞句的安排，要切合内容的需要，要有切境切機的穩和不盈不縮的密。

（二）積極修辭。

a. 辭格論。該書建立了較爲科學的辭格系統。首先對辭格進行了系統的分類，即根據辭格的構造和功能，分爲材料上、意境上、詞語上、章句上四大類三十八格。其次，提出系統研究辭格的理論，即既要研究「每式之内的系統」，又要研究「各式之間的系統」。同時提出對修辭方式應從五個方面進行系統探討，即要研究修辭方式的構成、變化、分佈、功能以及各種修辭方式的相互關係。還提出辭格的四大效用，即應具有指導實踐、幫助寫說與聽讀等方面的效用。再次，該書對漢語特有辭格的深入總結，引人注目。它第一個將析字格設爲獨立的辭格，參考古代有關論說，系統地總結了該格的具體規律。同時還對回文、藏詞等辭格作了系統而詳盡的研究。

b. 辭趣論。辭趣就是關於語感的利用、關於語言文字本身的情趣的利用。具體地說，就是「如何利用各個語言文字的意義上、聲音上、形體上附着的風致，來增高話語文章的情韻」。並分辭的意味、辭的音調、辭的形貌等三個方面作了深入探討。

三、「文體或辭體」論

「文體或辭體」論即「語文的體式」論，論及語言風格的問題。語文的體式是修辭手法綜合運用的表現。作者歸納了「語文體式」八個方面的分類，即：a. 地域的分類，b. 時代的分類，c. 對象或方式上的分類，d. 目的任務上的分類，e. 語言的成色特徵上的分類，f. 語言的排列聲律上的分類，g. 表現上的分類，h. 寫說者個人語言風格的分類。這可說包舉了語文體式各個角度的分類法，比較全面而科學。《發凡》第十一篇重點對第七種分類即「表現上的分類」，從語言運用的角度分爲四組八種：a. 由內容和形式的比例，分爲簡約和繁豐；b. 由氣象的剛强和柔和，分爲剛健和柔婉；c. 由於話裏辭藻的多少，分爲平淡和絢爛；d. 由於檢點工夫的多少，分爲謹嚴和疏放。這四組八種的分類，力圖以語言材料、表現方法等語言表達方式的特點爲依據，使語體類型的區分和特點的說明，表現出一種可以從物質標志上加以把握的特性。這是《發凡》與當時某些修辭學著作的不同之處，避免了古代和現代修辭某些論著採用含混說法的弊端。

四、唯物辯證的研究方法

陳望道的研究方法具有辯證唯物主義的特點。表現在：

(一)歸納法和演繹法的統一。歸納法是《發凡》大量運用的方法之一。作者經過十幾年的艱辛勞動，搜集了大量材料，從漢語的書面語和口語中精選出八百多個例句，再對它們進行觀察研究，從中分門別類地概括出規律來。例如「借代」，作者就先把它們分析歸納成旁借和對代兩類，其中旁借又歸爲四式，對代又歸爲兩式，各式之中又概括出特點。與此同時，作者又運用了演繹法。例如「藏詞」，被分爲藏頭、歇後、藏腰三種。其中「藏腰」手法是作者根據演繹法推斷出來的，到了晚年才找到了適例，在一九七九年的新版本中，終於把這一佳例補充了進去。

(二)分析法和綜合法相統一。《發凡》中總結的每一種修辭手法，幾乎都離不開分析和綜合的辯證統一。例如「析字」，《發凡》順着「字有形、音、義」三方面去逐個分析它們的矛盾，於是把析字格分爲化形析字等三類，再根據字形等變化特點，又把每類分爲三式。這三式合起來是析字格的一部分，而這三類綜合起來又成爲完整的析字格。一個辭格的形式是如此，一個具體修辭現象的剖析是如此，整個體系的建立也是如此。

此外，《發凡》還運用了邏輯和歷史相統一的方法、抽象和具體相統一的方法和比較方法。上述這些研究方法，當時有些修辭學著作雖然也不同程度地採用，但卻沒有《發凡》用得全面而徹底，聯係漢語修辭現象實際也沒有《發凡》那樣深刻。

該書出版後受到學術界的普遍重視，被多所高等學校用作教材。劉大白在《序》中稱讚此書爲「中國第一部有系統的兼顧古話文今話文的修辭學書」。後出的不少修辭學著作如陳介白《修辭學》、徐梗生《修辭學教程》、章衣萍《修辭學講話》等，都曾在寫作過程中參考了這本著作。五十年代以後的不少修辭學專著（包括在臺灣出版的），或在全書的體例上，或在辭格的分析上，都不同程度地受到此書的影響。

有關該書的研究著作主要有復旦大學語言研究室編的《〈修辭學發凡〉與中國修辭學》（復旦大學出版社，一九八三年）。（宗廷虎）

實用國文修辭學

〔現代〕金兆梓

《實用國文修辭學》，近人金兆梓著。中華書局一九三二年出版。

作者生平見「國文法之研究」條。

此書是我國第一本以「實用」命名的修辭學專著。它是作者在《國文修辭學》講義的基礎上，參考中外修辭學著作寫成的。全書除「導言」外，分七章論述。

「導言」部分對修辭學的定義、功用，以及與鄰近學科的關係等，頗有獨到的見解。關於定義，作者認爲：「修辭學者，科學而兼藝術者也：以其闡明建立言說之律言，則爲科學；以諳習其律而用於言說言，則爲藝術。」正因爲兼有兩者，修辭學亦可稱爲修辭法。關於修辭學的功用，他認爲是「取最適當之語，置諸最適當之地位，使作者之思想或感情想象，皆易印入人之視聽，而無晦澀疑似之虞」。因此他乾脆主張：「修辭學者，教人以極有效極經濟之言說文辭，求達其所欲達之思想感情想象之學科也。」至於修辭學與其它學科的關係，作者不僅指出修辭學與文法、邏輯、文評學等有密切關係，而且提出修辭學與心理學、音韻學、文字學、美學等亦有密切關係。以上觀點都比較新鮮，大部分爲後人所吸取。

第一章「題目」、第二章「材料」論述如何命題與收集材料，主要與文章學有關，但其中論「題文」的部分亦屬於修辭學的範圍，如「題文必須清晰」，「題文不可爲無意義之聯綴」，尤其是論述「題文須與題旨相稱」，頗有見地。

第三章「謀篇」、第四章「裁章」主要論述篇章結構問題。關於謀篇，作者强調了謀篇之步驟有三：命意、選材、佈局。佈局方面繼承了梁代劉勰、元代陳繹曾的觀點，提出將篇分爲「引端」、「正文」、「總束」三部分。「引端」即篇的開頭，宜和易、簡短、自然、生趣。「正文」即一篇之主體，除要求語言文字須圍繞一篇的「主意」進行佈局外，還要注意「排比須有次序」與「關聯須緊湊」兩點，即要求做到「首尾圓合，條貫有序」，而關聯之法有章首與章尾關聯兩法。「總束」即篇的結尾，要求不可做作、須有餘韻、須能「該約」(總括全文)。關於「裁章」，除强調語言文字的表達須不離開章旨之外，還概括出必須遵守「醇一」、「清晰」、「生動」、「諧和」等原則。

第五章「煉句」和第六章「遣詞」，論述的都是消極修辭範圍。作者把句的構成分爲文法上的結構與修辭上的結構兩部分。文法上的結構又分對內之結構與對外之結構兩個方面。修辭上的結構分爲短句、長句、張句、弛句、偶句、遞句、叠句等七類。而句的整理也必須具備醇一、清晰、生動、諧和四要件，並具體論述達到此四要件的具體規律。如「醇一」須遵守「確定主詞」、「主詞必當位於句首」、「少用包孕句」等八點。如「清晰」須注意「順立位」(語序)、「加詞加句應與所加之本詞本句相緊接」、「須斟酌虛字」等六點。「遣詞」一章，論述的是詞之構成與詞之選擇。綜述古代諸家觀點後，提出遣詞之法須恰如其分，須明辨疑似，須力避歧義，須避已不通用之舊詞，須避不通用之新詞，少用科學術語，少用譯音語或外國字，須避方言，儘量用習語，當慎辨共別，須避割裂杜撰之陋詞，避古寫，須調語氣等十三條規則。

第七章「藻飾」，探討的是積極修辭範圍。作者具體論述了活用、譬喻、寓言、特指語（即借代）、夸飾、用典（即引用）等六種修辭手法，所謂「正言之不足以道達情意，乃求一曲達之方之謂也」。

本書還有兩大貢獻：

第一，沿用了王夢曾《中華中學文法要略·修辭編》和董魯安《修辭學》所建立的用詞、造句、謀篇的體系，並有所發展。其發展主要表現在兩個方面。一是從注意實用出發，突出謀篇佈局。作者不僅在次序上，把謀篇放在最前面，使修辭學體系的順序依次爲：謀篇、裁章、煉句、遣詞、藻飾，而且着重論述了謀篇佈局的重要。他以「築室」來比喻作文，認爲「築室」除了收集材料之外，就是討論「經營方法」的問題了。他說：「經營之法，首在謀全篇之結構，亦猶築室之前，必先定圖樣以爲之準繩」，因此他把「謀篇」放在第一位。他又以指揮千軍萬馬來比喻作文：「以文字擬軍，文句猶軍隊，章段猶旅團，而斷章馭篇，將全軍以應敵，則全在作者之統率調度得其宜也。成軍之統率調度，斯即行文之謀篇矣。」說的也是同一道理。二是把辭格（「藻飾」）獨立出來與篇、章、句、詞的用法並列，這一做法是本書首創的。

第二，論文章的「主意」及「章旨」，有自己的特色。他要求語言文字圍繞一篇文章的「主意」進行佈局，「主意」即一篇的中心，它只能有一，不能有二，要能够統率全篇。同樣，他也提出「章旨」（即有人所說的段旨）的理論。認爲章旨之對於章，如同「主意」之對於篇，章旨應該成爲一章之中心，章旨也只能有一，不能有二。一章言辭的安排，也應圍繞章旨而定。「章旨既定，則或就章旨而鋪張引伸之，或就章旨而說明參證之，或就章旨而罕譬曲喻，或乃條疏綜斷之。」至於作者提出的煉句必須「醇一」的原則，雖沒有明確運用「句旨」這個詞，但已包含了類似的意思。因爲作者所謂的「醇一」，就是一句只能表達一個意思，即使是複句，表達的「主意」也只能有一，不能有二。總的來看，金兆梓的「章旨」論是對董魯安所提出的「題旨」論的進一步發展。

《實用國文修辭學》是三十年代的一部重要的修辭學著作，在我國現代修辭學史上佔有重要地位。其不足之處是有些地方把文章學和文法學的內容也一並攬入，超出了修辭學的範圍。關於本書的研究著作有宗廷虎《中國現代修辭學史》（浙江教育出版社，一九九〇年）。

（李金苓）

修辭學舉例·風格篇

〔現代〕宮廷璋

《修辭學舉例·風格篇》，近人宮廷璋著。一九三三年北京中國學院國學系出版。

宮廷璋，湖南省湘潭縣人，生卒年月不詳。此書是作者於北平師範大學研究院工作時爲中國大學國學系學生撰寫的。作者原計劃寫一部修辭學著作，包括風格、結構、體裁、詞藻四篇，風格篇先行問世，其餘三篇未見出版。

全書由「緒論」與「風格論」兩部分構成。緒論部分論述了修辭學的定義、效用及界域等問題。風格論部分包括「概論」、「至善之標準」、「審美之標準」等三章。第一章「概論」着重於理論探討，論述了風格的定義、主客觀因素、共同性質及最高原則等基本問題。第二章「至善之標準」總結了善良風格由明晰、遒勁、俊逸三大要素構成，並進一步多層次地概括了三大要素形成的具體規律。第三章「審美之標準」將美分爲秀麗、雄偉、滑稽三類，並分述此三類構成的具體規律。

此書問世之前，儘管我國古代有着豐富的風格學論述，但一直没有出現過一部語言風格學專著。作者從國外吸收了有關理論，建立了我國第一個語言風格學體系。具體説來，此書主要貢獻有五：

一、善於吸取外國理論，並提出自己的見解。如關於風格的主、客觀因素，作者吸取了美國衛爾史(Wells)與德國魏克列格爾的觀點，認爲風格的形成與主、客觀因素密切相關。主觀因素即指寫説者的道德、品格、智力、嗜好等；客觀因素主要指題目的性質、所抱的目的、對方的能力等。作者還進一步提出，正是由於風格的形成受到「天性、人工」等主、客觀因素的左右，所以風格多樣而富於變化，並且隨民族、時代、個人的不同而不同。再如關於風格的最高原則，英國斯賓塞爾（Herbert Spencer）曾提出語言文字表達思想應貫徹節省思慮和感覺的「經濟」原則，衛爾史在此基礎上提出「節省並刺激注意力」的原則。美國吉能(Genung)將二人理論用之於風格三要素，認爲通過風格的明晰、遒勁、俊逸，便可具體實現這一原則。本書作者在綜合吸收各家理論的基礎上提出了自己的觀點：「作文乃心相感應之道。人有智識感情意志想象，則爲文當訴之智識感情意志想象。……訴諸智慧感情固賴節省之效，訴諸想象玩味，尤賴刺激之功。節省可以減疲勞延精神，刺激則可以起反應添興趣。節省猶機器之少磨擦，刺激猶機器之加膏脂。除明晰偏重節省理解力之外，遒勁、俊逸大都兼具節省刺激感情與想象之用。所謂雄偉秀麗滑稽之美，則刺激欣賞力者居多。而欣賞本非一種單純心力，故風格之最高原則，不如概括言之曰：節省並刺激讀者或聽者之各種心力。」（第二章）所提「節省」、「刺激」原則，頗有說服力。

二、以心理學、美學爲理論基礎。此書第一章「概論」中的一些理論，如風格的最高原則等吸收了心理學研究成果，第二章「至善之標準」中所提出的理論同樣以心理學爲基礎。德國魏克列格爾認爲風格的形成與人類的智慧、想象、感情三種心理官能密切有關，因而形成了智慧、想象、感情三種風格。後人沿用這一觀點，而把風格改稱爲明晰、遒勁、俊逸三種。吉能《實用修辭學》從心理學角度立論，將此三者稱爲善良風格的三大要素，本書作者採用了吉能的「三大要素」說作爲體系的框架，同時在論述「三大要素」各自的結構時，又參照了衛爾史《完全修辭學》中以心理學爲視角的分類法，並有所調整，提出：「凡訴諸智慧，如純粹、透徹……等原理，均屬明晰類；凡訴諸感情兼意志如深刻、簡煉……等原理，均屬遒勁類；凡訴諸想象兼感情如典雅、生動……等原理，則屬俊逸類。」這一概括，比起前人來更具體化了。

第三章「審美之標準」則建立在美學理論的基礎上。衛爾史的《完全修辭學》運用美學原理，將文辭表現之美分爲秀麗、雄偉、滑稽三類。德希威爾《修辭作文要素》將文辭表現之美分爲秀麗、雄偉、機警、詼諧、沈鬱等數類。本書基本採用衛爾史的分類，同時又將機警、詼諧併入滑稽類，將沈鬱納入秀麗類中。

三、體係比較完整，並具有層次性。此書的風格論體系由概論、至善與審美標準等三部分構成，三者相互制約，又有內在聯繫，組成了一個整體。同時這一體系又是一個多層次的結構。第一層次由風格理論、至善標準、審美標準組成；第二層次由構成「至善」與「審美」標準的三十種要素組成；第三層次由字、句、篇章、語音、文體、修辭手法等要素組成；第四、五層次則由更爲具體的語言運用規律組成。每一層次的各項規律，既是組成上一層次的要素，又是下一層次的系統，體系比較完整，層次井然分明。

四、重視總結語言運用的具體規律。作者從語言運用的視角，概括出語音、語法、詞匯、篇章、修辭手法、文體等各種因素的表達規律。以風格的「明晰」爲例。作者指出「明晰」由「純粹」、「透徹」、「樸質」、「精密」、「愜當」、「團聚」、「貫串」等七種要素組成。這些要素主要指用字結構須遵慣例；言辭須明白曉暢、純淨無華、精當穩密；措辭形式須適合題目與環境；語句組織與聯絡須明白無誤等。再以「明晰」的要素之一「精密」爲例，作者提出須注意（一）選字：忌混淆同字根之字，忌空泛字，忌浮誇、纖巧之詞，同義之字並用而義分深淺，要辨別常語與異詁等；（二）察意：宜察異字而同義或同字而異義，辨別消極與積極之字，辨別疊字與單字，忌無心之矛盾或前後不符等；（三）斟酌字數；（四）注意排列等。這樣注重語言運用具體規律的總結與古代關於風格的論述有較大不同。它顯示了風格研究從偏重文學表現向偏重語言運用、從點悟式向科學概括式的轉變。

五、實例豐富、全面。全書舉例達一千多個，涉及古今中外，文言白話，詩詞、歌賦、戲劇、小說、公文、演說、史書、書信等多種語體。選用實例的另一特點是兼舉正反兩方，通過實際比較，有助於讀者識別符合與違背規範的界限。

此書的缺點是體系照搬西方的框架，而非植根於漢語風格實際的土壤之中；對我國古代風格理論的精華又繼承不够；對具體規律的總結也有失之煩瑣之處。（宋廷虎）

中國修辭學

〔現代〕楊樹達

《中國修辭學》，近人楊樹達著。世界書局一九三三年出版，一九五五年更名爲《漢文文言修辭學》，由科學出版社再版，一九八〇年中華書局重印。

作者生平見「詞詮」條。

此書是作者在清華大學講授修辭學時撰寫的，曾四易其稿。全書包括「釋名」、「修辭之重要」、「修辭學例」、「變化」、「改竄」、「嫌疑」、「參互」、「雙關」、「曲指」、「夸張」、「存真」、「代用」、「合敘」、「連及」、「自釋」、「錯綜」、「顚倒」、「省略」等十八章，有以下主要特色：

一、强調修辭的民族性，反對仿襲外國。本世紀初，西學東漸，修辭學界在吸收、借鑒外國修辭學說過程中出現機械模仿、生搬硬套的現象。作者對此深爲不滿，在《自序》中說：「若夫修辭之事，乃欲冀文辭之美，……族性不同，則其所以求美之術自異。況在華夏，歷古以尚文爲治，而謂其修辭之術與歐洲爲一源，不亦誣乎？昧者顧取彼族之所爲一一襲之，彼之所有，則我必具，彼之所缺，則我不能獨有，其貶己媚人，不已甚乎！」他認爲修辭具有民族特點，漢語修辭與歐洲不同，不應仿襲外族，削足適履。修辭學「爲一族文化之彰表」，研究者應具有「自尊其族性之心」。作者正是在這種指導思想下建立了自已的修辭學體系。近人郭紹虞在《修辭剖析》一文中評析説，我國現代修辭學有兩大流派，一派來自西洋或東洋，另一派注意發揚民族傳統，楊樹達便屬於後一派。

二、注重發現、繼承與發展古代修辭理論。作者遵循「義當沈浸於舊聞而以鈎稽之法出之，無爲削己足而適人屨」的原則，努力發現和繼承古代的修辭理論。例如在第一章中列舉了《易・系辭》「其旨遠，其辭文，其言曲而中」、《禮記》「情欲信，辭欲巧」、《論語》「出辭氣，斯遠鄙倍矣」三句話，然後加按語説：「文，巧，遠鄙倍，言辭當求美也。」又舉出《禮記》「不辭費」一句話加按語：「不辭費，言當求簡也。」又引《論語》：「辭達而已矣。」加按語：「達謂明白曉暢，辭能達意也。」這説明作者發現和繼承了《易經》、《禮記》、《論語》等古籍中的觀點，也主張修辭應當具有求美、求簡、明白曉暢的原則，並加以系統化。

又如我國古代對修辭手法早有論述，如漢代王充、梁代劉勰論「增」與「夸飾」，唐孔穎達論及變文、互文、省文、倒文等。至於錯綜、雙關、代用等，唐宋元明清均有論析。作者既繼承了前人的論述，又有進一步發展。如將「錯綜」法分爲「名稱」、「組織」與「上下文之關係」等三類，其中有些規律是新總結出來的。

三、研究方法含有辯證法因素。作者研究修辭不是採用觀點加例句的方法，而是注重從大量修辭實例中分析歸納，概括出修辭的各種規律。這是科學的方法。同時在總結規律時，不是偏執一端，只看一面，而是注意從事物的對立兩端去分析考察。如在「修辭之重要」、「嫌疑」、「存真」等章中既從正面舉例説明規律，又從反面舉例説明弊病，這樣就能比較全面地看問題。所以近人徐特立曾稱讚此書「有合於辯證法」。

此書的行文采取實例加按語的方式，在關鍵處畫龍點睛地闡明觀點，言簡意賅。但僅僅運用按語的方

式，則不免影響對修辭理論與規律全面系統的闡述，也影響到讀者對本書的理解。（宗廷虎）

修辭學講話

〔現代〕章衣萍

《修辭學講話》，近人章衣萍著。一九三四年上海天馬書店印行。

章衣萍（一九〇二——一九四六），原名章鴻熙。安徽績溪人。幼年入師範學校讀書，中學畢業後到北京大學旁聽。一九二八年起在暨南大學講授國學概論及修辭學。抗戰爆發後到成都開設書店。著有短篇小說、詩、散文多篇，均曾分別結集出版，又撰有《作文講話》，供中學生閱讀。

《修辭學講話》共六講。第一至第三講論修辭學的意義、内容與形式，以及辭格論等。第四、第五講是文體論和文類論。第六講談修辭學史。此書是在吸收了英、美、意大利等國的修辭學理論的基礎上寫成的，其要點有：

一、論文辭的四要素及其關係。認爲現代修辭學是專門研究「文辭」的，而「文辭」包括四種要素：思想、情緒、想象、形式。前三種是「文辭」的内容，第四種是表現「文辭」内容的形式。修辭學所研究的是形式方面的事，但要使修辭美妙而令人感動，則必須注重内容。作者指出，要寫出好文章必須有獨立的思想，真摯、深刻、高超的情緒和創造性的想象。關於形式方面，着重論述了選字、煉句、成篇的修辭。這裏所說「文辭」的內容與形式，實際上是指文章的內容與形式。作者重視形式，又强調內容方面的修養，這在其它修辭學書中還不多見。

二、關於辭格的理論。認爲修辭格源於自然的創造，而創造是無窮無盡的，因此在書中列舉幾百種辭格，讓人學習仿造，這「是一種無用的傻事」。他反對濫用辭格，把辭格當成「唯一的法寶」，同時也反對對辭格進行全面系統地研究。認爲只要「指出幾種最重要的修辭格的應用」就行了。這些見解既有合理因素，也有偏激之處。

三、文體論的特色。在「文體論」中介紹了亞里士多德等西方修辭學家、文學家的觀點，認爲「文體就是文章的姿態，換一句話說，文體就是文章的風韻趣味、形態、風格」。提出文體可分成國家、時代、個人文體等，而修辭學應注意個人文體。個人文體分爲簡潔體和華衍體、剛健體和柔和體、平淡體和豔麗體、幽默體和諷刺體等四組八類。

此外，該書還列專節論述了「歐洲修辭學思想的變遷」和「中國修辭著作小史」。

我國二三十年代出版的修辭學專著，從日本借鑒論點者較多。章著別樹一幟，從歐美修辭學說中吸取營養，論點較爲新鮮。而作爲教科書，此書寫得淺顯生動、文筆流暢，也有着自己的特色。

關於此書的研究著作有宗廷虎《中國現代修辭學史》（浙江教育出版社，一九九〇年）。　（李金苓）

修辭學

〔現代〕曹冕

《修辭學》，近人曹冕著。商務印書館一九三四年初版，一九三五年再版。

曹冕，生卒年月不詳。曾先後任清華學校及中央政治學校國文講席。據作者的「編著大意」所說，此書是爲大學一年級學生編寫的，以實用爲主，目的是幫助學生提高寫作能力。

全書由「通論」、「文章之結構」、「文章之分類」三部分組成。

一、「通論」。論述了修辭學之定義、修辭之基本要務、現代文字之特色等內容。作者認爲「修辭以達意爲準」，「修辭學者，以語言文字，藉省察與文飾之二作用，善達己意於人之藝術也」。主張修辭學應「列於藝術之中，以修辭爲藝術」。作者吸取了英國斯賓塞爾（Spencer）與美國吉能（Genung）關於修辭須注重「經濟主義」的觀點，主張「以經濟爲作文之要義」。具體論點有四：（一）減輕讀者理解語言文字的工夫，語句須「淺顯平易」；（二）以生動離奇的字句，使讀者反復想象；（三）含蓄不盡，令讀者細心體會；（四）作者的言辭與讀者的美感，須調和而契合。

二、上編「文章之結構」

第一章，字法。主張字法又從辨義和辨音兩方面立論。辨義又有：「正面字義之選擇」（要求精確、明確，方言俚語等須避用等）與「包含字義及比喻」（論比喻的原理、功用、分類等）兩法。辨音則要求音節聲調的和諧。

第二章，句法。指出句法的格律有三：（一）統一律，即句不論長短，以有一單獨完全意義為原則。（二）變化律，即善於變化各種句法。如長句、短句、整句、對句、排句、遞進句、交錯句、連環句、遙對句等。（三）側重律，即句之地位以句末為重，句首次之，中為輕，故一句之主旨放在句末。但也有句首側重、倒文側重等。

第三章，段法。概括出段的格律也有三：（一）統一律，認為段有段旨，段必須統一於段旨。（二）銜接律，指出句與句之間的銜接有明接與暗接兩法，段與段之間的銜接有「無顯明之銜接」與「有顯明之銜接」兩法。（三）變化律，認為段的變化有虛實、淺深、反正、順逆、賓主等法。

第四章，篇法。概括出篇的格律有四：（一）統一律。篇有篇旨，段有段旨，句有句旨。「句之旨統於段，段之旨統於篇，是為篇之統一。」一篇的大旨為全局的綱領。（二）銜接律。篇法的銜接即古人所謂血脈、文脈，主要有伏、應、斷、續四個方面。（三）變化律。提倡新穎變化，反對陳陳相因，強調文章之道貴乎變，認為須根據文章的性質不同，確定不同的側重點。（四）側重律。篇法側重點一在篇首，一在篇末。

三、下編「文章之分類」

第一章，描寫文。概括了列舉法、選擇法兩大法則。第二章，敍述文。既概括出全篇的組織法，有綱領法、側重法、本末法、分類法、旁寫法、議論法等；又概括了一篇之中的諸多法則，如原敍、正敍、倒敍、類敍、追敍、暗敍、補敍、夾敍、插敍等。第三章，說釋文。分為「事物的本體的說釋文」與「事物的代名詞的說釋文」兩種。第四章論辯文。形式常分爲三部分：引論、論證之實體、結論。還歸納了論辯文能立能破的多種具體方法等。

本書在繼承中外修辭學遺產的基礎上，提出了自己的觀點，爲修辭學的發展作出了貢獻，主要表現在：

第一，繼承了前輩修辭學家提出的由字法、句法、段法、篇法組成的體系，且有一定程度的發展和深入。

如在語音修辭、煉句修辭、初步用辯證法的觀點總結段法、篇法規律方面，觀點新穎，分析細緻。

第二，繼承了前輩修辭學家提出的「題旨」說。不僅論述了「篇旨」、「段旨」，還論述了「句旨」，論述後者

時尤有創新。

第三，論文章分類部分，將應用文分爲描寫、敘述等四種文體，並從心理學原理，「以人之心思爲標準」，

結合實用進行解釋。（李金苓）

新著修辭學

〔現代〕陳介白

《新著修辭學》，近人陳介白著。一九三六年世界書局出版。

陳介白（一九〇二——一九七八），河南省西平縣人。出生於農村知識分子家庭，曾就讀於北京大學預

科、燕京大學中文系。畢業後先後任教於北京大學、北京師範大學、華北文法學院、天津河北女子師範學院、山西大學、南開大學等校。著有《修辭學》、《文學概論》、《中國文學史概要》等書。

《新著修辭學》是在《修辭學》基礎上擴展而成的。全書共三編。第一編「總論」，論述修辭學的定義、變遷、效用、修辭的目的觀、修辭的內容及組織等八個問題。第二編「詞藻論」，共十章，第一至三章論述語彩的意義及分類，第七至十章論述譬喻、化成、表出、佈置法等四大類六十種辭格。第三編「文體論」，論述文體的意義及分類等問題。該書的框架與王易的《修辭學》和《修辭學通詮》「多有類似之處，特别是第二編和第三編。但《新著修辭學》的成就遠遠超過了王易的這兩本書，尤其在理論的闡述上，較多地引進了日本和西方的美學、心理學理論。

在引進美學理論方面，主要有下述兩項內容。一、論修辭學的定義。主要引進了日本島村抱月的觀點，認爲修辭學即「美辭學」，是研究「辭之所以成美之學」，是一種「美化文辭的學術」，「是一種論文質並美的科學」。書中因此給修辭學下定義：「修辭學是研究文辭之如何精美的表出作者豐富的情思，以激動讀者情思的一種學術。」它既包括內容上的「情思整理到美」，即「以精美的文字表示豐富的情思」；也包括「外形的文字也要修辭到美」，即「豐富的情思藉着精美的文字」而感動讀者。二、論辭格和「積極的語彩」的美學基礎。由於修辭學是一種美化文辭的學術，要求文字具有感人的魅力，所以本書也注意從美的角度論及修辭格的形式及其修辭效果。例如認爲倒裝法是「顛倒普通文法上的順序，以增强文勢，協加聲音，而惹人注意，以喚起感情的方法」，而這種方法正是「依照形式美的原理以助詞的情味」的，所以在一般詩歌、文章中用得較多。又認爲叠字法能增加文字的優美，對照法使兩種相反的事件或情景彼此對照相映，可收到「相形益彰的情趣」等等。而關於「積極的語彩」，作者着重論述了「口調」（普通的音調）和「律格」（特殊的音調）的美學基礎。「口調」可大別爲句讀法、奇偶法、諧音法三種。所謂「句讀法」，是「由句子長短參差而修飾文辭，以成音調的美」；所謂「奇偶法」，是「由字句相偶相間隔以成音調的美」；所謂「諧音法」，是「由字句的間隔諧調，或由於字音的反復重疊以成音調美而惹起快感」。至於「律格」，則基於音位、音度、音長、音數等形式美的原理組成。而不論「口調」或「律格」的構成，都基於形式美的變化。

在引進心理學理論方面，主要有下述兩項內容。一、論修辭學的目的。認爲修辭的目的在於「動情」，所謂「動情」，就是不僅要使文章富於情，而且要使文章刺激讀者的感情。作者以韓愈《論佛骨表》爲例，說明此文之所以娓娓動人，不僅在於論理精密，而且在於「注意焦點上所聚之情强烈之故」，「情愈集中，而意識的狀態愈渙發而實現」。二、論辭格和文體的心理基礎。作者將辭格分成四大類，分別論述了每一類的心理基礎。如譬喩法除最能動人感情外，還具有另外三種心理上的效果，即由適合的感覺而帶來的快感，在適合的感覺內又有發現的快感和心的活動範圍能擴大的快感。

作者關於文體的心理基礎的觀點與王易相同，即把文體分爲主觀和客觀兩類。主觀的文體由作家的風格和「興會」組成。風格和作家的個性、精神密切有關，而「興會」則是一種「感於物而顯示的心理狀態」，它往往因人因地而異。比如同是秋夜，蘇軾見而生極樂的「興會」，因而寫了《赤壁賦》，歐陽修則產生悲傷的「興會」，因而作《秋聲賦》。作者根據「興會」的種類將文體分爲快樂體、憂鬱體、刺激體、沈靜體、神妙體、詼諧體六類。至於客觀的文體中「由思想性質而分」的一類，也是建立在心理的基礎上的，共分爲「知」與「情」的兩類。「知」的一類多傾向於思索與理智，它的效力可使人知曉或理會，記事文、敘事文、說明文、議論文可歸入其中;「情」的一類多傾向於情緒與想象,它的效用可使人感動或神往,詩歌、戲劇、小說可歸入其中。

《新著修辭學》在引進國外修辭學觀點、建立自己的理論體系方面,成績是顯著的。它主要吸收了日本島村抱月《新美辭學》、五十嵐力《新文章講話》、佐佐政一《修辭法講話》的大量觀點,也參考了英美有關修辭學家的衆多理論。此書建立的修辭學體系比較完整,不僅在理論上有相當深度,在「語彩」、「想彩」及文體論的例證方面也比較豐富,分析較爲詳盡。

研究本書的著作有鄭子瑜《中國修辭學的變遷》(日本早稻田大學語學教育研究所,一九六五年)。

(宗廷虎)

方言

方言

〔漢〕揚雄

《方言》，原名《輶軒使者絶代語釋别國方言》，《舊唐書·經籍志》略作《别國方言》，一般略稱《方言》。有南宋慶元六年（一二〇〇）潯陽太守李孟傳刻本，是現存最早的版本。

《方言》舊題漢揚雄撰，但《漢書·揚雄傳》和《漢書·藝文志》皆無關於揚雄編《方言》的記載，漢末應劭在《風俗通義·序》中首次提出爲揚雄所撰。宋人洪邁曾懷疑《方言》非揚雄所作，清人戴震則認爲出於揚雄之手。後來盧文弨、錢繹、王先謙、王國維、羅常培等皆以應劭所説爲是。

揚雄（前五三——一八），字子雲，蜀郡（今四川）成都人。漢代文學家、哲學家、語言文字學家。成帝時以大司馬王音的推薦，召拜爲給事黄門郎。王莽稱帝後，校書天禄閣，官爲大夫。少好學，博通羣籍，精於文字之學，多識古文奇字。早年喜作辭賦，有《甘泉賦》、《河東賦》、《長楊賦》、《羽獵賦》等傳世。後轉而研究哲學和語言文字之學。撰有哲學著作《法言》、《太玄》。語言文字學著作，除撰《方言》外，還曾續《倉頡篇》，編成字書《訓纂篇》，已亡佚。生平事跡見《漢書》卷八十七。

據揚雄《答劉歆書》和東漢應劭《風俗通義·序》，周秦時代每年秋收後都有政府使者到各地采集民歌、童謠和方言異語等，以供朝廷考察民情。揚雄在前人所作的基礎上，進一步親自向各地來京的士人、兵士等調查並且記錄此類材料。他所用的方法是：「常把三尺弱翰，油素四尺，以問其異語；歸即以鉛摘次於槧。」（《答劉歆書》，又見《西京雜記》）這樣沿續了二十七年時間，終於撰成《方言》一書。據應劭《風俗通義・序》，此書共九千字，但今本卻有一萬二千九百餘字，幾乎多出三千字，大約是後人增益的。又，揚雄與劉歆往返書信皆稱《方言》十五卷，郭璞《方言注・序》亦稱「三五之篇」，但今本僅存十三卷。

《方言》是中國第一部比較方言詞匯的重要著作，也是中國第一部方言詞典。此書涉及的地域，東起東齊海岱，西至秦隴涼州，北起燕趙，南至沅湘九嶷，東北至北燕朝鮮，西北至秦晉北鄙，東南至吳越東甌，西南至梁益蜀漢。書中所收不僅包含長江流域和黃河流域各地區的漢語方言詞匯，還有少數民族語言詞匯。如秦晉北鄙的方言中雜有「狄」語；南楚的方言中雜有「蠻」語；南秦的方言中雜有「羌」語等。

本書每卷所收詞匯皆不標門類，不過實際上大致是參照《爾雅》的體例，分類編次的，如卷一釋詁，卷三釋草木，卷四釋衣物，卷五釋器具，卷八釋禽獸，卷九釋兵器舟輿，卷十一釋爬蟲等。釋詞的方式是：先舉出一個詞或若干個同義詞，解釋詞義後，再分別說明各地的不同方言詞。例如：「墳，地大也。青幽之間凡土而高且大者謂之墳。」（卷一）又如：「逞、苦、了，快也。自山而東或曰逞，楚曰苦，秦曰了。」（卷二）對於詞義明顯的詞，則不加釋義，直接舉出相應的方言詞。如：「裙，陳魏之間謂之帔，自關而東或謂之襬。」（卷四）

《方言》所收的詞匯包括古今各地的方言詞，也包括當時各地通用的共同詞匯或部分地區通用的方言詞。對於這些類別不同的詞匯各有專稱，所有詞匯約可分以下五類。

一、「通語」、「凡語」、「凡通語」、「通名」、「四方之通語」，指不受地域限制的共同詞匯。例如：「嫁、逝、徂、適，往也，自家而出謂之嫁，由女而出爲嫁也。逝，秦晉語也。徂，齊語也。適，宋魯語也。往，凡語也。」

二、「某地語」、「某地某地之間語」，指通行於某一地或通行範圍較窄的方言詞。例如：「𦴁、莽，草也，東越揚州之間曰𦴁，南楚曰莽。」（卷十）

三、「某地某地之間通語」，指通行地域較廣的方言詞。例如：「矛，吳揚、江淮、南楚、五湖之間謂之鍦，或謂之鋋，或謂之鏦。其柄謂之矜。」

四、「古今語」、「古雅之別語」，指古代不同的方言詞。例如：「假、佫、懷、摧、詹、戾、艐，至也。邠唐冀兗之間曰假，或曰佫。齊楚之會郊或曰懷。摧、詹、戾，楚語也。艐，宋語也。皆古雅之別語也，今則或同。」（卷一）

五、「轉語」、「代語」，指因時代和地域不同，語音發生變化的詞匯。例如：「撲、鋌、澌，盡也。南楚凡物盡生者曰撲生，物空盡者曰鋌。鋌，賜也。鋌、賜、撲、澌皆盡也。鋌，空也。語之轉也。」（卷三）

《方言》正文後附有劉歆和揚雄往返書各一封。王莽的國師劉歆當時正在編纂《七略》，他寫信要揚雄提供所撰《方言》，並擬將其錄入《七略》。揚雄回信叙說了寫作這本書的動機和經過，又借故本書尚未寫定，表示如果劉歆憑借威勢或使用武力強逼他交出這本書，他將「縊死以從命」。由此可見揚雄對此書的珍視。

《方言》一書忠實地記錄了漢代方言的大致情況，它是研究漢語發展史的不可缺少的重要文獻。它的貢獻至少包括以下三方面：一是提供了大量漢代各地方言口語詞匯；二是提供了漢代各地通用的共同詞匯，間接透露了漢代社會存在共同語和方言的差異；三是間接提供了漢代方言地理的面貌。書中凡是一個地名常常單擧的，那就可能是一個單獨的方言區域；某地和某地常常並擧的，那也可能是一個方言區域。

《方言》對於文化史研究也自有其價値。從此書所記錄的若干專門詞匯中，可以看出漢代的一些社會文化現象。例如，卷三「臧、甬、侮、獲，奴婢賤稱也」一條反映了當時蓄養奴隸仍然很普遍；而從卷四所記衣物一類詞匯，可以了解漢代人衣服的形制；從卷五所記養蠶用具在各地的不同名稱，又可以想見當時南北各地養蠶業的發達。

清代有不少學者沿襲《方言》的體例，編輯了一些比較詞匯研究的著作，例如杭世駿《續方言》、程際盛《續方言補》、徐乃昌《續方言補》、程先甲《廣續方言》、張愼儀《續方言新校補》。這些著作只是搜集和載錄古文獻所見的古代書面方言詞匯，並沒有繼承揚雄記錄活的方言口語詞匯的長處。

揚雄《方言》自宋代以後有版本多種，經流傳刊刻，頗多錯漏、妄改。清代戴震以《永樂大典》本與明本校勘，並搜集古書所引《方言》及郭注的有關文字，跟《永樂大典》本互相參訂，正譌補漏，共改正訛字二百八十一個，補脫字二十七個，刪衍字十七個，逐條疏證，撰成《方言疏證》十三卷。正文前有《提要》一篇，力主《方言》爲揚雄所撰，並說明考訂、疏通《方言》的原委和結果。此書最早有聚珍版叢書本。清段玉裁《戴東原先生年譜》對此書有評論：「《方言》十三卷，漢揚雄撰，宋洪邁以爲斷非雄作，先生實駁正之，其文詳矣。先生以是書與《爾雅》相爲左右，學者以其古奧難讀，郭景純之注語焉不詳，少有研摩者，故正譌、補脫、刪衍，復還舊觀。又逐條援引諸書，一一疏通證明，具列案語。蓋如宋邢昺之疏《爾雅》，而精確過之。漢人訓詁之學於是大備。」

清代學者爲《方言》作校勘、疏證的還有：盧文弨《重校方言》、劉臺拱《方言補校》、錢繹《方言箋疏》、王念孫《方言疏證補》，這些著作對揚雄的原著也有校訂、闡發之功。近人周祖謨校、吳曉鈴編《方言校箋及通檢》（科學出版社，一九五六年）是《方言》最佳的校箋本。

（游汝傑）

方言注

〔晉〕郭璞

《方言注》，全名《輶軒使者絕代語釋别國方言注》，十三卷。晉郭璞著。有《叢書集成初編》本。又見戴震《方言疏證》、錢繹《方言箋疏》、周祖謨《方言校箋》等。

郭璞（二七六——三二四），字景純，河東聞喜（今屬山西）人。生於仕宦之家，早年隨父親到過建平等地，但主要生活在家鄉河東聞喜一帶。曾就學於郭公，因而通曉五行、天文、卜筮之術。晉惠、懷二帝時，河東騷亂。他預感大亂將臨，於是聯結幾十户親朋好友，逃到建康（今南京）。一年多的長途跋涉，經過了許多地方，他不僅寫下《鹽池賦》、《登百尺樓賦》等文學名篇，還收集了不少方言材料。此後，他定居江東。初，因作《南郊賦》受晉元帝賞識，被任命爲著作佐郎，旋遷尚書郎。三一七年，辭官，到暨陽（今江蘇無錫、江陰之間）爲母居喪。未滿一年，被王敦起用爲參軍記室。後因勸阻王敦反叛朝廷而被殺，死時年僅四十九。王敦之亂平息，追封爲弘農太守。郭氏博學多才，爲文著述甚勤，愛好經學詁訓以及古文奇字，並有很深的造詣。他曾爲前人的詩文著作作了數十萬言的注釋，涉及知識面極廣泛，其中流傳至今的，有《爾雅注》、《方言注》、《穆天子傳注》、《山海經注》、《子虛賦注》、《上林賦注》、《爾雅音圖》等。他的詩賦在當時，被譽爲「中興之冠」，但多已亡佚，後人集有《郭弘農集》。

《方言注》成於何時，文獻無記載，可能成於居母喪的那一年。他在自序裏說自己「少玩雅訓，旁味方言」，可見他在寫《方言注》時，已有了很長時間的積累。

《方言》是西漢末年揚雄的著作，內容主要是漢代方言詞的比較。郭璞對《方言》的評價很高，說此書使人「可不出户庭而坐照四表，不勞疇咨而物來能名」，並稱讚道：「真洽見之奇書，不刊之碩記也。」正因爲重視此書，他才爲之作注，旨在「俾之瞻涉者可以廣寤多聞爾」。

《方言注》是專門注釋揚雄《方言》的，其方法是隨文而注，如《方言》卷八：

桑飛，郭注：即鷦鷯，又名鷦鸎。自關而東謂之工爵，……或謂之女，郭注：今亦名爲巧婦，江東呼布母。

郭璞注釋的內容有注音、解釋語義、說明聲轉、證以方俗通語、引證古文、說明異體字或通假字、解釋地名等。《方言》能對後世的方言俗語研究產生直接而深刻的影響，郭璞注起了相當大的作用。

同時郭璞注又反映了晉代語言的情況，爲了研究那個時代的語言發展提供了重要資料。主要表現在：

一、進行詞的歷時比較，反映了晉代詞匯的發展情況。郭璞注往往以今語釋古語，即以晉代的詞語解釋《方言》中的詞語。如卷二：

薄努，猶勉努也。郭注：今人言努力也。

又，郭璞注中，有的言明「今語某」、「今人言某」，而更多的是不言其注釋詞語爲今語，如卷十三：

禔，福也。郭注：謂福祚也。

這「福祚」就是晉代詞語。以今語釋古語是一種歷時比較，這種比較對於我們研究晉代詞匯的發展很有幫助。例如郭璞注中以雙音詞注單音詞的約佔百分之六十三，以單音詞注雙音詞的只有百分之一點六，另外，百分之十八點五以雙音詞注雙音詞，百分之十六點九以單音詞注單音詞。這反映了從漢代到晉代漢語詞匯雙音化的程度是相當大的。

二、引用了許多晉代方言詞，反映了晉代方言的情況。郭璞受揚雄影響，對當時的口語進行了調查，在注釋中引用了大量的方言詞。其注中明言方言詞的條目共計一百二十二條，提及方言地名二十四處。從這些條目中，我們可以了解晉代方言的地域分層。郭璞所引晉代方言詞，其使用地域範圍或大或小，大的包括好幾個州，小的只有一個縣那麼大，並且有相互包容的關係。其反映的層次見文末附表。

從這些條目中，我們又可以了解從西漢到晉代，方言詞在使用地域上的擴大、縮小和轉移。使用範圍的擴大的例如卷十：

頷，頤，頜也。南楚謂之頷。郭注：亦今通語爾。

使用範圍縮小的例如卷三：

沅湘之南或謂之蓍。郭注：今長沙人呼野蘇爲蓍。

使用範圍轉移的例如卷四：

自關而東或謂之襬。郭注：今關西語然也。

三、大量注音反映了晉代的語音特點。全書共有八百七十九條注音，這些注音的聲母輕脣與重脣相混，舌頭與舌上相混，舌音與照三相混，娘日泥相混，齒頭與照二相混，都跟上古音相近。這些注音的上古韻部則魚侯相混、脂微相混、真文相混、魚歌相混、歌支相混，表現出上古韻部到晉代的一些變動。

研究郭璞《方言注》的論著有：清戴震《方言疏證》、清錢繹《方言箋疏》、丁啓陣《秦漢方言》（東方出版社，一九九一年）等。　（沈榕秋）

附：晉代方言地域分層表

第一層	通語											
第二層	南人		北方								西方	
第三層	江東	江南	中州	齊	東齊	關西	荆楚		江西			荆巴
第四層	揚州 山越	山夷 長沙 零陵	南陽 梁國 河東	平原 東郡 青州		隴右	建平 荆州	漁陽	淮南	汝潁 汝南	涼州	巴濮
第五層			汾縣									

蜀語

〔明〕李實

《蜀語》，不分卷。明李實撰。常見的版本有函海本、一九三七年商務印書館《叢書集成》初編本。

李實（一五九七——一六七四），字如石，號鏡菴，四川遂寧人。崇禎九年（一六三六）中舉，崇禎十六年（一六四三）中進士，同年爲長洲（今江蘇蘇州）令，兼攝吳縣令。次年明亡，棄官隱居，授徒著書，凡三十年。一生著作除《蜀語》一書流傳至今外，另有《四書略解》、《六書偏旁》、《憲章録》、《遂寧縣誌》、《李氏家乘》、《吳語》等，皆已散佚。

據自序，作者「生長蜀田間，習聞蜀諺」，明亡後留滯長洲，得以考之，撰成此書。清乾隆時，四川李調元將此書輯入《函海》叢書。

本書是我國最早的考證地區方言詞語的專著。全書共收四川方言詞語五百六十三條。所收條目前後連貫，不分卷，也不分類。內容包括名詞、動詞、形容詞等。名詞就詞義來説，所涉及的範圍甚廣，包括天文、地理、動物、植物、器具、人體、疾病、親屬、服飾、食物、房屋等。動詞多收單音動詞，如「呼之曰敕。敕音朔」。所收形容詞如「性傲曰戇。戇音剛，去聲」。每條大致先簡要釋義，後出條目，即四川方言詞語，再注音，並作進一步解釋。間或也引典籍，以溯其源流。如「盛酒器謂之酒落，盛茶器謂之茶落。落從竹，以竹爲之。揚子《方言》有『榼落』」。對簡明易曉的條目，只作簡要的釋義和注音，例如「刈草曰刬。刬音訕」。甚至只有簡要釋義，例如「鵝卵石曰礓石」。

書首有自序一篇，批評「學士家競避俗摭雅，故賤今而貴古」，認爲字無俗雅，方言皆有「典據」。說明本書編寫目的是就其所知指出方音的典據。但是實際上引經據典考證詞源的條目不多，而以記録口語爲主。

與同類著作比較，本書有以下幾個優點：

第一，收詞立目比較精審。本書所收條目是明末四川方言口語詞匯。不像同類著作收詞往往太濫，常包含許多非方言詞語。其中有些詞語今四川方言仍沿用，如「小兒女曰幺。幺音腰。凡幽幼字從此爲聲，俗作么，誤」。又如「平原曰埧。埧，從貝，音壩。與從具不同。從具，水堤也。吳越謂堰堤爲埧，音具」。再如「家項間肉曰臑頭。臑音曹。」今四川遂寧方言仍有此詞。

第二，注重注音。除極少數條目外，每條都注音。注音的方法有三：一是大多數條目標注方言同音字。如「面瘡曰皰。皰音砲」。二是注一同聲同韻不同調的方言字，然後加以聲調說明。如「宛轉生動曰蚴。蚴音牛，去聲」。三是用反切注音，如「指物事曰者。者，止野切」。作者特別注意辨調，對聲調難辨的條目，常詳加說明，如「肉曰肉。上肉入聲，下肉去聲，音輮。四聲收在宥字韻」。又如「沉水曰没。没，莫佩切，迷去聲。讀若迷，不作入聲。人躍入水曰打没頭，猶吳人謂之打没貫也。吳作入聲」。有的條目僅爲注音而立，如「一讀若衣」、「十讀若詩」、「大讀一駕切」。這些都是考證明代四川方言語音的極寶貴的材料。

第三，注重方言詞語的漢字寫法和研究，意在糾正俗字，而客觀上保存了一些方言詞語在當時的通常寫法。例如「跛曰研。研通作蹣」。又如「關門機曰櫬。櫬音栓。本作㕑。從户畟聲。俗加木，今誤作閂。閂音罡」。

第四，對有關民俗的詞語解釋頗詳，爲研究明代四川民俗的寶貴材料。有關民俗的條目有「豆粥、壇神、火谷、端公、筰橋、猓玀、馬船」等。

本書的缺點是條目次序編排混亂，不便檢索；收詞數量亦嫌不足。

分地研究方言詞語，本書開風氣之先，後起而效尤者不少。如清代毛奇齡《越語肯綮録》、胡文英《吳下方言考》等。清末民初張慎儀所撰《蜀方言》也是仿《蜀語》之作，而徵引典據更爲詳審。

研究《蜀語》的著作有甄尚靈、張一舟《〈蜀語〉詞語的記録方式》（載《方言》一九九二年第一期）。

（游汝傑）

通俗編

〔清〕翟　灝

《通俗編》，三十八卷，清翟灝撰。成書於清乾隆十六年（一七五一）。有仁和霍氏無不宜齋刻本。一九五八年商務印書館据無不宜齋刻本排印，附有四角號碼索引。

翟灝（一七三六——一七八八）字大川，晚年改字晴江。浙江仁和（今浙江省餘杭縣）人。乾隆十八年（一七五三）舉鄉試，次年成進士，歷任衢州、金華二地府學教授。平生博覽羣書，精心考證，尤致力於訓詁。又曾「往來南北十許年，五方風土，靡所不涉」（周天度《序》）。著作除有《通俗編》外，還有《爾雅補郭》刊行，方有《周書考證》等書稿未刊。事跡見《碑傳集》卷一百三十四、《清史列傳》卷六十八。

本書輯錄、解釋歷史文獻中的俗語和方言詞匯共五千多條，並考證其源流。其內容分爲以下三十八類：天文、地理、時序、倫常、仕進、政治、文學、武功、儀節、祝誦、品目、行事、交際、境遇、性情、身體、言笑、稱謂、神鬼、釋道、藝術、婦女、貨財、居處、服飾、器用、飲食、獸類、禽魚、草木、俳優、數目、語辭、狀貌、聲音、雜字、故事、識餘。

本書取材範圍相當廣泛，包括經傳子史、詩文詞曲、小說、字書、詩話、藝談、佛經等等，所以條目和資料非常豐富，爲同類著作之首。作者對每一條目都追溯語源，引書證釋，並對許多成語和詞語還能說明其流變，所以本書對詞源研究很有參考價值。如卷二十三「後來居上」條，作者引《史記·汲黯傳》：「陛下用羣臣如積薪，後來者居上。」顏師古注：「或日積薪之言出曾字。」本書收錄的很多詞語對於研究古代名物制度、文化藝術、民間風俗也有參考價值，如「揭帖、弔卷、工尺、出歌、海鹽腔」等。

本書的主要缺點有三：一是引用文獻常隨意刪節或出處不詳。如卷二十六「瓦罐終須井上破」條引用《漢書·陳遵傳》有關材料，僅截取原文頭尾，中間刪去五句。又如卷二十四「打官司」條僅釋爲「元人《搶盒粧曲》有此三字」。未引原文原句，作者也不詳。二是許多條目只引用文獻，不義，或釋義不全面。如卷二十四「告示」：「《荀子・榮辱篇》：『仁者好告示人。』《後漢書・隗囂傳》：『騰書隴蜀，告示禍福。』」今按：「告示」有動詞和名詞兩種用法。作者所引兩例都是動詞用法，實際上名詞用法早見於元、明時代的文獻。三是分類失當，不便檢索。如將「周而不備」列入「地理」類，「道理」列入「文學」類等。

清代梁同書編有《直語補證》一書，輯錄《通俗編》所遺漏的詞語，或雖同舉一語而徵引不同的文獻材料。《直語補證》有《頻羅菴遺集》本和《昭代叢書》本。一九五八年商務印書館出版的《通俗編》後附有此書。

（游汝傑）

吳下方言考

〔清〕胡文英

《吳下方言考》，十二卷。清胡文英著。刊於清乾隆四十八年（一七八三）。今有清乾隆年間留蘭堂刊本、北京中國書店一九八〇年影印本。

胡文英，字繩厓，生卒年月未詳，江蘇武進（今江蘇省常州市）人。撰《吳下方言考》近三十年，於乾隆二十五年（一七六〇）質之同鄉錢鑄菴，錢氏擊節嘆賞而爲之序，二十三年後才得以付梓。

胡文英編撰此書的目的，是集錄吳語詞匯，考本字，明訓詁，以證釋古書。錢序也指出此書證明吳下的衖談俚諺，「盡爲風華典雅之音」，稱作者「一字一句，皆援古證今，必求意義之所在」。這樣一來「習見以爲無文者有文，無義者有義」。

本書所謂「吳下方言」、「吳中方言」或「吳語」是指今蘇州一帶方言或泛指蘇南吳語。其取材原則是收錄吳下方言中「人所未能通曉」的詞語，間亦採錄燕、齊、楚、粵等方言與吳語參校證明。全書分十二卷，共收詞語九百九十三條。編排次序以平水韻爲準，以平、上、去、入四聲爲序，卷一至卷六是平聲，卷七是上聲，卷八是上聲、去聲各半，卷九是去聲，卷十是去聲、入聲各半，卷十一、十二是入聲。有的韻字數太少就附於他韻之下，如冬韻附於東韻之下。多音節詞根據最後一個字所屬的韻來歸類。如「花黃」歸入卷二江韻。每條先出詞目，後引用古籍說明源流，最後是作者的釋義。對詞目中較生僻的字，則用方言同音字注音，偶而也用反切注音。用字以見於《說文》者爲主。「有宜用古字者，概仍其舊。」所引古籍遍及字書、韻書、義書、史書、詩詞等，以唐代以前之書爲多，宋元以後之書爲少。例如：「甏音旁，唐李綽云：智永禪師，有頹筆頭數十甏。案甏：瓨音潭也。吳中謂之甏。」（卷二）

本書的價值有以下幾方面：

一、提供了許多清代吳方言口頭常用的詞語，可以作爲清代吳方言詞典來使用。

二、對吳方言詞語的源流考證有所貢獻。如：「𡡉𡝤音攤廾，《玉篇》：『𡡉𡝤，無宜適也。』案𡡉𡝤，散置也。吳中謂物散置者曰𡡉𡝤落廾。」（卷五）

三、對吳方言本字的考證有所貢獻。如：「㧻，《廣雅》：㧻，擊也。案㧻，掌人頰也。吳中凡掌人頰曰㧻。」（卷五）

四、有助於了解古今方言的流變。如：「吂音茫，揚子《方言》：『沅澧之間，使之而不肯答曰吂』。案吂，途遇而不肯言，其人有急事也。吳中人謂猝遇相訊，彼不久言者，則目之曰失頭吂腦。」（卷二）

本書考證本字，忽略古今音韻地位的比較和聯繫，有的所謂本字，難以確信。如：「措，（音）鬧。《史記·梁王世家》：『李太后與爭門措指。』按：措，謂門扇所夾也。吳中謂忽然被夾傷曰措。」今按：據《集韻》，措，側格切，追捕也。聲母是清音，今吳語「鬧」是濁聲母。音義皆不能密合。

《吳下方言考》是清代方言學「分類考字派」的代表作品。後出的較優秀的同類作品有楊恭桓所著《客話本字》。（游汝傑）

續方言

〔清〕杭世駿

《續方言》，二卷，清杭世駿著。有嘉慶年間藝海珠塵本、《四庫全書》本、《叢書集成初編》本、《道古堂外集》本等。其中清光緒二十二年（一八九六）刊刻的《道古堂外集》本是善本，書後有章太炎識語。

杭世駿（一六八八——一七七三），字大宗，號堇甫，浙江仁和（今杭州）人。雍正二年（一七二四）中舉，乾隆元年（一七三六）召試博學鴻詞，授翰林院編修，校勘武英殿十三經、二十四史，纂修三《禮》義疏。擅長作詩。著述豐富，主要有：《續禮記集説》、《石經考異》、《史記考證》、《三國志補注補》、《晉書傳讚》、《北齊書疏證》、《詞科掌録》、《道古堂集》等。

《續方言》分上、下兩卷。無序跋。從全書内容看，作者旨在輯録唐代之前經史志傳、字書詞書中的古方言詞，以補充揚雄《方言》之不足。全書輯録古方言詞五百二十二條，大致直接引用原文原意，不另作説解。所引以見於《説文》、《方言》郭注、《爾雅》郭注、《釋名》、《禮記》的爲多。如：「周謂潘曰泔。《説文》」、「如，即不如，齊人語也。隱元年《公羊傳》」、「江東呼刻斷爲契斷。郭注《釋詁》」。全書依《爾雅》體例編次，但不標明類目。

《四庫全書總目提要》評價此書道：「其搜羅古義，頗有裨於訓詁，惟是所引之書往往耳目之前，顯然遺漏，……又如書引《説文》『秦晉聽而不聞，聞而不達，謂之聹』，引《史記集解》『齊人謂之顙，汝南淮泗之間曰顔』諸條，本爲揚雄《方言》所有，而復載之，亦爲失檢。」所評甚是。

本書是清代第一部博採衆籍，增補《方言》的著作，有助於了解唐代之前的古方言詞及其詞義和分佈地域。但是因爲不作古今方言詞的比較，所以不能從中看出方言詞在地理上的歷史演變。就此而言，其價值不如《方言》郭注。有的條目解説方言詞的讀音，從中可以了解古代方言的若干語音特點，這對於方言語音史研究頗有價值。如：「秦人猶，摇聲相近。《禮記・樂記》注」、「周秦之人讀至爲實。《禮記・雜記》」、「汝潁言貴，聲如歸往之歸。《釋名》。」

清程際盛《續方言補正》上卷輯録《續方言》未及者共一百零三條，下卷校正《續方言》共有六十七條，可作閲讀本書的參考。（沈榕秋）

恒言録

〔清〕錢大昕

《恒言録》，六卷，清錢大昕撰。作者生前未刻板，嘉慶十年（一八〇五）揚州阮常生據原稿和烏程張鑑補注刻入《文選樓叢書》內，阮氏刻板時還加上自己的注。此書另有《潛研堂全書》本、商務印書館據文選樓本排印的《叢書集成》本、一九五八年商務印書館重校排印本。

作者生平見「十駕齋養新録」條。

本書是收録常言俗語並考證其源流的著作。全書按詞義分六卷十九類，即卷一：吉語、人身、交際、毁譽；卷二：常語、單字、叠字；卷三：親屬稱謂；卷四：仕宦、選舉、法禁、貨財；卷五：俗儀、居處器用、飲食衣飾；卷六：文翰、方術、成語、俗諺。共有八百多條。大部分是雙音節詞語。卷二中的「單字」是單音節詞，卷六多四字格成語或民間諺語，如：「矯枉過正」、「吹毛求疵」、「辦酒容易請客難，請客容易款客難。」

本書對每一條目都引用古代文獻，溯其源流，如：「道貌：《莊子·德充符》：『道與之貌，人與之形』。」（卷一）「費用：《荀子》：『孰知夫出費用之所以養財也』。」（卷四）「矬：《廣雅》：『矬，短也』。《通俗文》：『侏儒曰矬』。」（卷二）作者一般不注音，也不另行釋義。所收詞語間或有方言色彩，如：「寣與忽同，吳中方言，睡一覺謂之一忽。林酒仙詩：「長伸兩脚眠一忽，起來天地還依舊」，是也。按：《説文》：「寣，卧驚也。」《廣韻》：「寣，睡一覺也。」寣與忽同音，常用寣字爲正。」考證方言本字和詞源較詳確。本書所收的一般雙音節詞和雙聲叠韻的雙音節詞相當豐富。還注意搜集和排比近義詞。如「吉祥、吉利」，「快樂、快活」，「長久、長遠」等。

《恒言録》較《通俗編》爲晚出，體例更謹嚴，取材更精審，分類更合理，釋義更深入。在引證的詳確方面，也超過《通俗編》。如：「耳邊風：《南齊書・武十七王傳》：『吾日冀汝美，勿得敇如風過耳，使吾失氣』。杜荀鶴詩：『萬般無染耳邊風』。」《通俗編》只引杜荀鶴詩，《恒言録》補引《南齊書》，以見其流變。

本書因由張鑑和阮常生作注，内容豐富不少，後來又有陳鱣編《恒言廣證》一書，補注原書的許多條目和張、阮兩家的注。《恒言廣證》於嘉慶十九年（一八一四）成書，本無刻本，商務印書館根據陳氏手稿整理排印，和《恒言録》合裝成一册，即《恒言録・恒言廣證》，一九八五年出版。又錢大昕之弟錢大昭著《邇言》六卷，近代羅振玉又著《俗説》一卷，可與《恒言録》相補益。

（游汝傑）

越諺

〔清〕范　寅

《越諺》，三卷，附《賸語》二卷。清范寅著。成書於光緒四年（一八七八）。有光緒八年（一八八二）谷應山房原刊本、一九三二年北京來薰閣重版本。

范寅（一八二七——一八九七），字嘯風，號扁舟子。浙江紹興人，家居紹興城外皇甫莊。「幼奉庭訓，唯經籍制藝是務」（《自叙》）。青年時代曾爲衣食奔走四方。後曾中過副榜。

此書是輯録清代浙江紹興方言俗語的著作。書首有《自叙》和《例言》各一篇。《自叙》略述生平經歷和編撰本書的宗旨，認爲《方言》舊載已漸異，因欲就口習耳熟者，輯録南蠻新諺，並引證經史子集、唐詩元曲、《通俗編》、《傳燈録》、六代同文、百家稗説等，以考求源流。《例言》説明「所録各諺以昔之山陰、會稽兩縣城鄉之語爲斷」。一九三二年北京來薰閣的重版本附有周作人寫的跋，提到范寅編此書時，曾招集近地孩子唱歌，以便記録。

此書正文分三卷，上卷語言，中卷名物，下卷音義。

卷一前有一短論，討論語言文字之由來。所收條目多爲諺語，分爲十八類，即述古、警世、引用、格致、借喻、占驗、謠諺、隱謎、事類、數目、十只、十當、頭字、哩字、翻譯禽音、詈駡諷刺、孩語孺歌和勸譬頌禱。其中除「述古」、「警世」兩類是見於典籍的書面語外，其餘各類所收大多是民間口頭俗語。如：「雨落拖被絮——越背越重。」「隱謎」相當於歇後語。「十當、十只、頭裏、哩字」四類分別收列含「當、只、頭、哩」這四個字的俗語。

中卷分類收列名物詞語，共二十四類，即天部、地部、時序、人類、神祇、鬼怪、疾病、身體、屋宇、器用、貨物、飲食、服飾、禽獸、水族、蟲豸、花草、竹木、瓜果、穀蔬、臭味、形色、技術和風俗。對簡明易曉的詞不注音、不釋義，如「肩胛」。對較難的詞，除注音外，還略加釋義，如：「癗，（音）壘，皮外起小粒。」注音的方法除用同音字外，還有注聲調和注反切兩種。注聲調如：「發畚，（音）貪去聲。臉病浮腫。」注反切如：「鞋楦，（音）所券切，喧去聲，鞋木胎也。《說文》『楥』。」

下卷音義，分十類，即一字六音、四同一異、兩字並音、叠文成義、字音各別、北方口音、重文叠韻、單辭隻義、聲音音樂和發語語助。前六類主要分析字音，後四類收錄重叠形式的形容詞和「呼其音而不得其文」的單音詞、象聲詞和語氣詞。所收重叠形式的形容詞頗多，如「上上落落」、「元元本本」、「肉吶吶」、「滷渧渧」。

正文後有附論六篇：《論雅俗字》、《論墮貧》、《論漲沙》、《論潮汐》、《論古今山海變易》、《論見聞風俗高卑》。

《越諺》三卷輯成於光緒四年（一八七八），後來作者又增輯《越諺賸語》二卷，與《越諺》合刊。《賸語》分上下兩卷，正文前有寫於光緒七年（一八八一）的序。上卷補收「婦孺常談不成句者」，下卷補收「成句而學士雅言者」。

《越諺》的優點是注重口頭詞語的記録，忠實於清代紹興一帶的口語，例如書中「婦孺常談爲文人所猥棄者」亦一概收録。爲了如實記録口語，不拘文雅，土音俗字也毫不改避，如下卷所見的合音字「⿱勿頑」（勿頑）。在同類著作中，《越諺》是最接近現代方言志的要求的。《越諺》是清代方言學「分類考詞派」的代表作品，它對研究清代紹興方言有重要的參考價值。

（游汝傑）

拍掌知音

〔清〕廖綸璣

《拍掌知音》，一卷。全稱《拍掌知聲切音調平仄圖》，以略稱《拍掌知音》行世。清廖綸璣著。有梅軒書屋藏本、《方言》季刊一九七九年第二期影印本。凡例上中下三頁，正文十八頁，每頁兩圖，共三十六圖。影印本凡例缺下頁。

廖綸璣，生卒年代未詳，連陽（今地待考）人。

本書的成書年代約在《戚林八音合訂》之後，即乾隆十四年（一七四九）以後。《戚林八音合訂》中的《戚參將八音字義便覽》例言有「打掌與君知」一句，大約就是本書書名中「拍掌知」三字的來歷，「打」字今閩語多用「拍」字。本書是現存較早的閩南泉州音韻圖。

本書是類似《切韻指掌圖》的等韻書。正文前有凡例，說明圖例、如何讀圖及用圖練音。正文包括三十六張等韻圖，即單音字表。每圖左端豎列列出十五個字，即「柳邊求去地頗他爭入時英文語出喜」，分別代表「十五音」，即十五個聲母。每圖上端列出「上平、上上、上去、上入、下平、下上、下去、下入」八個調類。每圖右上角「柳母」和「上平」的交會處列出「音祖」或「字祖」，即韻母，用合體字表示。每圖皆有一個韻母，共三十六個韻母。凡聲韻調交會有音有字處，即選一字填之；無字處用圓圈表示；同字同聲同韻異調處用「匕」表示，見附圖。

李榮《廖綸璣〈拍掌知音〉影印本序》、黃典誠《〈拍掌知音〉說明》（均載《方言》季刊一九七九年第二期），對本書有所考證。

據黃典誠考證，本書各圖是閩南泉州音文讀系統的單音字表。圖中所列只有極少數白讀系統的字音。今閩南話文白讀的界綫不易劃分清楚，本書可以作爲研究閩南話文白異讀問題的重要參考。黃典誠又據本書韻圖擬測了當時泉州話的三十六個韻母和十五個聲母，指出韻母逢「止、遇、假、果、蟹、效、流」七攝沒有入聲，逢「咸、深、山、臻、江、曾、梗、通、宕」九攝都有入聲，並且m/p；n/t；ng/k相配，跟中古音系一樣。聲母不分濁鼻音和濁口音，即 n/l；m/b；ng/g 不分。

與本書同類的閩南漳泉音韻書還有《匯音妙悟》、《雅俗通十五音》，但較爲晚出。　（游汝傑）

附圖：《拍掌知音》第十五、十六圖。

十五圖

	柳	邊	求	去	地	頗	他	爭	入	時	英	文	語	出	喜
上平	葩	巴	家	○	○	○	他	查	○	沙	鴉	○	○	差	○
上上	○	把	假	○	○	○	○	○	○	○	啞	○	○	○	○
上去	○	匕	匕	○	○	○	○	匕	○	○	匕	○	匕	○	匕
上入	○	○	○	○	○	○	○	○	○	○	○	○	○	○	○
下平	○	琶	○	○	○	○	○	○	○	○	○	○	牙	柴	霞
下上	○	○	○	○	○	○	○	○	○	○	○	○	○	○	下
下去	○	豹	駕	○	○	○	○	詐	○	○	亞	○	訝	鈔	夏
下入	○	○	○	○	○	○	○	閘	○	○	○	覔	○	○	○

十六圖

	柳	邊	求	去	地	頗	他	爭	入	時	英	文	語	出	喜
上平	猍	○	該	開	獃	○	台	菑	○	顋	挨	○	○	猜	○
上上	○	擺	改	楷	歹	○	○	宰	○	○	靄	○	○	采	海
上去	匕	○	匕	匕	匕	匕	匕	匕	○	匕	匕	○	匕	匕	匕
上入	○	○	○	○	○	○	○	○	○	○	○	○	○	○	○
下平	來	牌	○	○	臺	○	○	材	○	○	○	埋	呆	裁	頦
下上	○	○	○	○	逮	○	待	豸	○	○	○	○	○	○	蟹
下去	賴	敗	居	慨	代	派	泰	載	○	晒	隘	○	碍	蔡	害
下入	○	○	○	○	○	○	○	○	○	○	○	○	○	○	○

方言藻

〔清〕李調元

《方言藻》，兩卷。清李調元撰。有道光五年（一八二五）李朝夔補刊《函海》本、《方言藻》和《粵風》合刊本。

李調元（一七三四——？），字羹堂、贊菴、鶴州，號雨村、童山蠢翁、墨莊。綿州（今四川綿陽）人。乾隆進士，歷任廣東學政，直隸通永道、潼山道。曾得罪權臣和坤，充軍伊犂，後以母老得歸。藏書數萬卷。戲曲論著有《雨村詩話》、《雨村戲話》，另著《童山全集》。嘗輯《函海》，多至二百多類，另輯有《全五代詩》、民歌集《粵風》等。

據《自叙》，作者少時讀唐宋詩詞，對其中方言俗語詞匯，執義理以求之，常索解不得。後沉潛而玩，反復比證，而得通解。乃將此類語詞摘而匯之，以使人知道古人詩文中的「里巷鄙俚之言，亦未嘗無所本」。

全書輯録唐宋時代詩詞中所見的方言俗語詞匯共一百零五條，舉歷代詩詞和經傳子史中的用例相互比證會通，並一一釋義。釋義的方法大致有二，一是先録詩文用例，後釋義，如：「只，杜子美詩：寒花只暫香；又云：只想竹林眠；又云：只道梅花發。只，俗言也。」二是先釋義，後舉詩文用例，如「翻嫌」條：「翻，反也。李義山詩：本以亭亭遠，翻以脈脈疏。又云：千騎君翻在上頭。」間或略作考證，説明用法和音讀，如：「這，蜀主王衍《醉妝》詞：者邊走，那邊走。毛晃云：凡稱此個爲者個，多改用這字。這乃迎也。按：這，音彥，今借作者，讀作者去聲。韋穀《才調集》載無名氏詩云：三十六峯猶不見，況伊如燕者身材。唐詩用這字始此。」

本書是第一本用實例比證會通法解釋詩詞中的方言俗語的著作。詩詞中的方俗語詞，尤其是虛詞或詞義較虛的詞語，頗難釋義，引用例互相比證，其義自明。如「爭」條：「爭，俗作怎，方言如何也。李義山詩：君懷一匹胡威絹，爭拭酬恩淚得乾。姜夔《長亭怨慢詞》：書郎去也，怎忘得玉環分付。」本書篇幅不長，一共只有十二頁，但本書開創的研究詞義的方法，爲張相《詩詞曲語辭匯釋》、徐嘉瑞《金元戲曲方言考》等繼承，對後世學者影響頗大。

本書名爲《方言藻》，實則大都只是口語或俗語詞匯，並不一定是方言詞匯。全書指出使用地域的只有兩處，即：「真成」（宋人方言）、「得能」（吳人方言）。有的條目引例太少，甚至只引一例，致使詞義不能顯豁。例如：「大都，李山復詩：大都爲水也風流。」有引例，而不作解釋。又如：「徑須，徑猶直也。杜子美詩：過客徑須愁出入。」雖然有釋義，但是只引一例。

（游汝傑）

福建方言志

〔清〕陳衍

《福建方言志》，一卷。清陳衍編撰，民國十一年（一九二二）開雕於福州。又刊於《福建新通志》，有民國十一年（一九二二）排印本。日本學者波多野太郎所編《中國方志所録方言匯編》第九編（横濱市立大學紀要，人文科學第三號，一九七二年）也有收録。

陳衍（一八五六——一九三七），字叔伊，號石遺老人，福建侯官（今福州）人。光緒舉人，任學部主事，曾爲張之洞幕客。辛亥革命後所作《石遺室詩話》，是同光體詩派的主要著作。另有《石遺室文集》，又輯有《近代詩抄》、《遼詩紀事》、《金詩紀事》、《元詩紀事》等。

書前有《自序》。據《自序》，本書系輯録以下四本書中研究詞語的材料，加以取捨、編排、疏通、比較、補充而成：何治運《何氏學》、黄宗彝《榕城方言古音考》、劉家謀《操風瑣談》、謝章鋌《説文閩音通》，而引謝書尤多。謝章鋌系長樂（今福建長樂）人，謝書作於光緒丙子丁丑間（一八七六——一八七七），分正附兩卷。謝氏從《説文繫傳》出發，録其音義近似閩語者，對照閩語，加以解釋，即以方言證古訓。附卷則選取《越語肯綮録》、《直語補正》、《通俗編》等書中詞語，與閩語作比較研究。如：「伉，藏物也。今俗猶呼藏爲伉，音苦浪切。按閩語以藏爲困，當作此伉。」此條即與《越語肯綮錄》所錄吳語詞作比較。在淸代的方言學著作中，不同方言間詞語的比較硏究，以謝書的成就最爲突出。謝書有光緖甲辰（一九〇四）陳寶璐識刊本。劉書共四卷，前兩卷多以閩音證古音；後兩卷解釋閩語詞匯，先列雅言，後出閩語。有民國十五年（一九二六）上海倉聖明智大學編印本。餘兩書未見。黃書和劉書曾爲謝章鋌採入所著《稗販雜錄》。

《福建方言志》將所收詞匯按意義分成十三類，即言天、言地、言宮室、言人、言身體、言器服、言飮食、言動作、言名詞、言助詞、言情狀、言動物、言植物。內容較全面，分類、編排也較同類方言志合理。對詞語釋義，先出釋文，後出方言，再加按語。對詞語的解說，如採自劉著則在按語中稱「劉云」，如採自何著則稱「何云」，餘類推。參酌比較，持論頗審愼。如：「亂髮曰翁，亂草亦曰翁，幾團曰幾翁。謝云：『《說文》：翁，頸毛也。』」又如：「目大曰睔。劉云：『《說文》：睔，目大也。』古本切。案，當音衮。」間或用別地方言相印證，如：「餛飩曰扁食。蜀語。」又如：「謂味減曰醉。臺灣語，《赤嵌集》。」

本書所收詞語大多爲閩語，但也有少量不是方言詞，作者只是注明方言讀音而已。如：「生讀商。劉云。案，此係生產之生。」對漳州方言讀音，則特別指出是「漳州語」。如：「空呼曰坑，漳州語。通呼曰貪，漳州語。」

本書博採衆書之長，內容較爲豐富，但在取捨之間也有失當之處。如：「潘，讀捧上平聲。何云：潘，淅米汁也。今行此音。」作者採取何說。何書雖然有注音的優點，但是釋義較簡，而謝書的解說更詳盡：「潘，水部，淅米汁也。徐鍇云：『《左傳》曰：遺之潘沐。』潘可以沐也。浦漫反。按，閩語淅米水謂之米潘。古人以潘沐髮。今蜀俗尚然。」似以兼採謝、劉之說爲妥。（游汝傑）

蜀方言

〔清〕張慎儀

《蜀方言》，二卷。原名《今蜀俚語類録》。清末張慎儀著。有民國《𦲷園叢書》本等，又見《續方言新校補》、《方言別録》、《蜀方言》（張永言點校，四川人民出版社，一九八七年）。點校本將原書中不習見的古字和異體字改爲通行的正體字，對原書引文中的脱誤和節取失當之處，也加以補正。

張慎儀（一八四六——一九二一），字淑威，號芋圃，晚年又號厩叟，四川成都人，原籍江蘇陽湖。一生著作豐富，一部分匯刊爲《𦲷園叢書》，其中有《續方言新校補》、《方言別録》、《詩經異文補釋》、《廣釋親》、《厩叟摭筆》、《今悔庵詩》、《今悔庵文》、《今悔庵詞》等。未刊稿有《爾雅雙聲叠韻譜》、《忍默宧尺牘》等，已佚。

《蜀方言》何時成書無考。作者在凡例中談作此書的動機時説：「揚子《方言》兼採異國殊語，不限一域；斷域爲書，始於李實《蜀語》。至清而毛奇齡著《越語肯綮録》，胡文英著《吳下方言考》，……皆勝於李。予纂《蜀方言》二卷，竊欲步其後塵。」

《蜀方言》書首有凡例。正文分上、下兩卷，無標目，詞條編排的次序大致是：天地、水火、稱謂、人體、行爲、疾病、買賣、房屋、服飾、飲食（以上上卷）、農具、舟船、器皿、作物、家畜、鳥獸、蟲魚、一般語詞（以上下卷)，等等。書中主要收録已見於文獻記載而當代仍然使用的四川方言詞語，逐一考其本字，注明出處，徵引非常廣博。雖見於記載而當代已經不用的古蜀俚語，則不收録。體例參照翟灝《通俗編》和李實《蜀語》，每個詞條分爲兩部分：前一部分注明本字，後一部分注明其在字書、韻書或其它文獻中的出處，一般不注音，或僅引韻書反切説明讀音。如：「滅火曰熄。《説文》：『熄，一曰滅火。』」又如：「舟尾曰艄。《集韻》：『艄，師交切。音梢。船尾。』」

本書取材廣泛，内容豐富，是了解和研究清末民初四川方言不可缺少的文獻，且有助於考求方言的本字。如：「鑄銅鐵器曰鑄，下鑄字今音若到。古從壽得聲之字有作到音者，如翿、擣、禱諸字是也。」也有助於探討古今方言詞語的演變。如：「疥瘡曰乾疙老。《集韻》：『瘍疙，疥瘡也。』」書中每條皆注明來歷，於古有據，是其謹嚴之處，但是俗語如「擺龍門陣」(談天)、「扮門頭」(誘騙)之類，以及方言俗字，因不見於文獻記載而不予收録，是其缺失。

(沈榕秋)

新方言

〔清〕章炳麟

《新方言》，十一卷，附《嶺外三州語》一卷。清章炳麟著。收在《章氏叢書》第四種内，通行的是一九一九年浙江圖書館的校刊本。

作者生平見「國故論衡・上卷」條。

《新方言》是利用傳統的音韻學、訓詁學和文字學的知識考求方言本字和語源的著作。全書分十一卷，前十卷是釋詞、釋言、釋親屬、釋形體、釋宮、釋器、釋天、釋地、釋植物、釋動物，共收方言詞語八百條左右；第十一卷是音表，包括古音韻母二十三部和古音聲母二十一紐表。書前有《自序》，書後有劉光漢和黄侃的《後序》。

《自序》述及寫作本書的目的和原則，並指出方言詞語演變的途徑和語源難明的原因。作者不滿足於清代方言學的著作，認爲杭世駿、程際盛的著作只是撮録字書，未爲證明；錢大昕的《恒言録》「沾沾獨取史傳爲徵，亡由知聲音文字之本柢」；翟灝的《通俗編》則多以唐宋之前傳記雜書爲根據，而忽視古訓，且少分析説明。作者試圖上稽《爾雅》、《方言》、《説文》諸書，解釋方言中難曉的詞語，並追溯其本字和語源，既以古通今，又以今證古。《自序》還指出方言詞語演變的途徑和語源難曉的原因有六：一曰一字二音，莫知誰正；二曰一語二字，聲近相亂；三曰就聲爲訓，皮傅失根；四曰餘音重語，迷誤語根；五曰音訓互異，凌雜難曉；六曰總別不同，假借相貿。對方言詞語的演變進行了理論探討。

作者對傳統小學有深入的研究，並且對現代方言的語音及其演變也頗能審辨，所以本書在古語和今語的證合方面頗多貢獻，其成就超過清代一般的方言學著作。例如卷二：「《説文》斫，柯擊也。從斤良聲。來可切。今人謂椎有柯柄可舉擊者爲斫頭。從良聲讀如郎。山西正作來可切。」卷四：「《公羊隱二年傳》：婦人謂嫁曰歸，嫁則有家，引申謂家爲歸。春秋齊魯有歸父，鄭蔡有歸生，楚有仲歸，皆字子家。廣語謂家裏爲歸裏。」卷六：「《說文》戇，愚也。涉降切，今江南運河而東至浙江皆以婞直爲戇。讀如渠絳切。」這些內容正可以作爲考證現代方言詞語的本字和語源的重要參考；同時也可以作爲了解古代詞語的含義的重要參考。黄侃評論說：「已陳之語，絶而復蘇，難諭之詞，視而可識。」作者是傳統方言學的最後一位大師，本書也是成就最大的同類傳統方言學著作。

但是作者對方言的創新發展缺少認識，而認爲「雖身在隴畝與夫市井販夫，當知今之殊語，不違姬漢」。試圖從漢代以前的古書裏追索所有現代方言詞語，這就難免穿鑿附會，不切實際。例如：「《易》：大壯。馬融曰：壯，傷也。《方言》草木刺人謂之壯。郭璞曰：壯，傷也。壯創聲近，壯借爲創。刀傷亦得名壯，非獨草木刺人矣，今人謂剃髮傷皮爲打壯，淮南音側亮切，江南浙江音側兩切。」此例僅用音近來說解，顯得牽强。此外，作者只注重漢代以前的典籍，而棄置唐宋以後的文獻材料，也有割斷語言發展歷史之嫌。

附録的《嶺外三州語》取溫仲和和楊恭恒的客話著作「凡六十餘事，頗有發正」。引證考釋的方法和前十卷一樣，例如：「《爾雅》：朧，壯大也。《方言》：凡物之大貌曰豐朧。」「三州」是指廣東的惠州、嘉應州和潮州。

（游汝傑）

客方言

〔現代〕羅翽雲

《客方言》，十二卷。近人羅翽雲著。國立中山大學國學院叢書第一種，民國十一年（一九二二）序刊。

羅翽雲，興寧（今廣東興寧）人，生卒年代和生平事跡未詳。

羅氏辛亥革命後閉門謝客，授徒自給，講授《爾雅》、音韻、訓詁，凡有客家方言詞語出於其間者，則加詳說。積稿數年，編成本書。

書前有章炳麟所作《序言》和作者的《自序》，書後有門人羅家駿所寫的《跋》。據章序，正文只有十卷，但今正文包括十二卷，可能曾經其門人羅家駿整理、增添。卷目如下：釋詞、釋言上、釋言下、釋親、釋形體、釋宮室、釋飲食、釋服用、釋天、釋地、釋草木、釋蟲魚、釋鳥獸。

章序略述客家的來歷，指出研究客家方言對解決主客紛爭的意義，認爲本書出版之後，「客話大明，而客籍之民亦可介以自重矣」。

作者的長篇《自序》詳引音學大師之說，試圖舉例證明今客話尤存古音。指出今客方言聲母與錢大昕

「古無輕脣音」、「古無舌上音」之説，章太炎「娘日二紐歸泥」之説相合。今客方言韻母，耕青通於真諄；陽唐合爲一部；江韻今音近陽，古音近東；侵覃談鹽添咸銜嚴皆讀閉口，以上皆合於乾嘉諸大師的古音説。五華客方言聲調只有平上入三聲，而無去聲，與段玉裁「古無去聲」説相合。舉證大致可信。

本書編排體例依從《爾雅》，即按義類編排。考證詞語的方法則遵循章太炎《嶺外三州語》，即上列客方言詞彙，下以小學故訓通之。對於追溯詞源和考證本字，用力甚勤，如：「謂立曰企，《方言》：企，立也。《説文》訓爲舉踵。《通俗文》：舉跟曰企。《詩・河廣》：跂予望之。即企之借。王逸《楚辭注》引《詩》正作企予望之。此許義也。今俗謂直立爲企，義同《方言》。」又如：「背心曰背搭，搭者當之聲轉。《儀禮 鄉射禮記》韋當注：直心背之衣曰當。背搭者背當也。謂當乎其背也。當與搭雙聲。」

作者追溯詞源或字源，在音韻方面多用所謂「聲音流轉」解釋，有時難免牽强而令人難以置信。如「盛謂之張，俗以器盛物曰張。盛以碗曰碗張，盛以盤曰盤張。張與裝聲近而義不屬。張即盛音之變，通語讀盛入徹母，讀張入知母，舌上音旁紐相迤，遂變而爲張，非別有字爲其語根。」所謂知母和徹母「舌上音旁紐相迤」並無別的例字可作旁證。

研究客方言的著作，在本書之前有黃香鉄《石窟一徵》、溫慕柳《嘉應州志・方言》、楊恭恒《客話本字》。黃書是發軔之作，溫書以音韻爲主，楊書考求本字，本書以訓詁爲主，兼及音韻和本字，是集大成之作，又因借鑒章太炎《新方言・嶺外三州語》的研究方法，其成就超過以前諸書。本書不僅是清末民初客方言的優秀詞典，也是研究客方言詞源的優秀著作。

（游汝傑）

金元戲曲方言考

〔現代〕徐家瑞

《金元戲曲方言考》，不分卷。近人徐嘉瑞著。成書於一九四四年，一九四八年商務印書館出版，一九五六年修訂重印。

徐嘉瑞（一八九五——一九七七），號夢麟，雲南昆明人。早年就讀於昆明師範學校。一九二八年擔任昆明民衆日報社社長，主辦《雜貨店》、《象牙塔裏》副刊。一九三六年擔任雲南大學教授兼中文系主任，從事楚辭研究，主編詩刊《戰歌》，並擔任中華全國抗敵協會雲南分會主席。一九四九年後，擔任雲南教育廳長，省文聯主席，《文學研究》編委。著有《中古文學概論》、《辛稼軒評傳》、《徐嘉瑞詩歌選》等。

作者認爲，元曲中的方言詞有許多至今還保存在民間，雲南昆明一地就有數十條，遺憾的是，以前沒有專書考釋，雖然有些曲目的注本，偶然注釋了方言詞，但也是謬誤百出。元曲代表了中國一個時代的文學，可是讀者在讀元曲的時候，遇到方言詞，常常望文生訓，或不求甚解，或泛覽而過，這是很可惜的。於是，他把《元曲百種》、《元槧古今雜劇三十種》、元人散曲以及明人曲本，還有朱有炖的雜劇，從「曲」、「白」到「科」、「諢」，重讀了一遍，邊讀邊寫，以曲釋曲，並參考了《元典章》、《元朝秘史》、《輟耕録》、《唐音癸籤》、《劇說》、《新方言》等書，以及今天各地的方言，最後寫成了這本書。

《金元戲曲方言考》書前有羅常培序、趙景深序和自序。書裏收集了元曲中六百多條方言詞，按筆畫編排。如果一個方言詞有兩個以上的義項，書中便分開解釋，如：

搶　（一）動人，美麗。……（二）搶白，即駡人。……

每條都引例證，例證注明引採書名，書名用簡稱，如：

一託頭　一切，所有。（董）一託頭的侍婢，盡是十五六女孩兒家。

「董」，即《董西廂》。例證多的有五六個，甚至十多個。有的詞條後面加有作者的按語，或指出今某地有此方言詞，或注釋例證，或對方言詞作進一步的解釋。如：

淨辦　清淨。（凍）倒也淨辦。〔按〕昆明今有此語。

書中所列方言詞，都是難理解的詞，如「俏泛兒」、「撑達」、「兀良」、「按酒」，或者是表面很明白，其實難理解的詞，如「好古」是假老成；「精細」是蘇醒；「王母」是官妓；「牛鼻子」是道士，等等。書末有「引用書名及簡稱」，引書多達一百三十八種。

一九五五年，此書重印時，又有了增補，分爲兩類：一類是原書已有的方言詞，補充一些必要的例證。另一種是新增的方言詞，一共增了一百五十五條。

元代戲曲在我國文學藝術史上佔有重要的地位，但使用的語言是十三世紀的北方官話，與古代文言不同，與今天的北方話也不同，不僅一般的人不容易讀通，就是研究文學的、研究語言的都感到有一定的困難。《金元戲曲方言考》爲我們讀元曲提供了參考。從語言學的角度看，本書「以曲證曲，參以有關文獻，證諸隋唐韻書和現代方言，相與揣摩和印證，反復質難，然後定其訓詁，明其詞義」，其研究方法的確超越前人。所以羅常培在序文中稱讚道：「嘉瑞之功不減子雲，詎杭世駿、戴震、程際盛、徐乃昌、程先甲、張慎儀之流，所能望其背耶？」

研究《金元戲曲方言考》的文章有羣一的《〈金元戲曲方言考〉中的昆明方言詞匯》（昆明師專學報，一九八九年第一期）。《金元戲曲方言考》中個別疏證有訛誤，可參考潘庚的《讀〈金元戲曲方言考〉質疑》（《中國語文》一九六〇年五月號）。（沈榕秋）

現代吳語的研究

〔現代〕趙元任

《現代吳語的研究》，近人趙元任著。本書係清華學校研究院叢書第四種，一九二八年在北京出版，一九三五年影印再版。一九五六年十一月科學出版社根據原版本影印，删去附録中的第六種表格《讀文吟詩樂調》，並將前五種表格重編次序，重新出版。

趙元任（一八九二——一九八二），曾用名宣重、重遠，英文名 Yuen Ren Chao。江蘇省常州市人。出生於天津的紫竹林。一九〇七年入南京江蘇高等學堂預科，一九一〇年考取清華學校庚子賠款官費生留學美國。一九一四年獲康奈爾大學文學學士學位和數學學士學位，一九一八年獲哈佛大學哲學博士學位。先後在康奈爾大學、哈佛大學和國內的清華學校執教，講授物理學、數學、心理學、語言學等課程。一九二五年任清華國學研究院導師兼哲學系教授，一九二九年任中央研究院歷史語言研究所研究員兼語言組組長，主持並親自調查各地方言。一九三八年起任美國夏威夷大學、耶魯大學、哈佛大學等教授，一九四五年當選爲美國語言學會會長，一九四七年任加州（伯克萊）大學講座教授。一九八二年卒於美國麻省劍橋。

趙元任既是語言學家，又是音樂家。作爲語言學家，他對中國語言學有全面的貢獻和深遠的影響，一生撰有語言學專著二十多種，論文近二百篇，其中最著名的專著有《現代吳語的研究》、《中國話的文法》（A Grammar of Spoken Chinese）等，最著名的論文有《音位標音法的多能性》（The Non-uniqueness of Phonemic Solutions of Phonetic Systems）、《中國方言當中爆發音的種類》、《北京、蘇州、常州語助詞的研究》等。作爲音樂家，他曾創作《教我如何不想他》等歌曲和《海韻》等鋼琴曲共一百餘首。

一九二七年十月清華學校研究院派趙元任和楊時逢到吳語區實地調查方言。他們在兩個半月時間裏，調查記錄了三十三個地點方言，即宜興、溧陽、金壇（西周）、丹陽、丹陽（永豐鄉）、靖江、江陰、常州、無錫、蘇州、常熟、崑山、寶山（霜草墩）、寶山（羅店）、周浦、上海、松江、吳江（黎里）、吳江（盛澤）（以上江蘇）；嘉興、吳興（雙林）、杭州、紹興、諸暨（王家井）、嵊縣（崇仁鎮）、嵊縣（太平市）、餘姚、寧波、黃岩、溫州、衢縣、金華、永康。其中有十八個地點方言是在當地找本地人發音調查記錄的，有十五個地點方言是找已出鄉的人發音調查記錄的。《現代吳語的研究》即是根據這一次調查記錄的部分材料整理寫成的。

本書所用音標有三種。一是吳語音韻羅馬字，根據國語羅馬字拼法原則擴充而成，用以標記吳語的音類，如「ou」類在金華讀 éu，在常州讀 ei。二是注音羅馬字，爲行文和印刷上的便利，用國語羅馬字拼音的方法約略表示語音，如用 ch 表示無錫話的 ch 或上海話的 ts。三是國際音標，用以分辨差異較細微的語音。如音韻羅馬字的「an」韻，用注音羅馬字可以分辨 an、ä、è 幾種音，用國際音標可以詳細注出[an][æ][ɛ][E][e]等音。

全書正文分「吳音」和「吳語」兩大部分，包括主要表格六種。正文前有作者所寫的序言（中文英文各一篇），譯名表、調查說明及調查地點地圖。英文序言實際上是本書內容的提要。本書在體例上的重要特點是以表格的形式概括調查研究的成果。正文的主要內容包括在六種表格中，文字部分是對表格的說明，以幫助讀者閱讀這些表格。

正文第一部分爲「吳音」，又分四章。

第一章「吳語聲母」，包括凡例（附甲表：輔音音類表）、第一表「聲母表」、聲母的討論。聲母表左端排列三十三個調查地點，上端排列中古三十六字母，表中列出三十六字母在各地的今音。「聲母的討論」討論了有關聲母發音方法的若干特點和問題，包括帶音跟吐氣問題、破裂摩擦問題、鼻音問題。作者認爲吳語的塞音閉而未破時，聲帶並不顫動，等開的時候接着就是一個帶音的 h，即彎頭 ɦ，因此聽起來好像很濁。

第二章「吳語韻母」，包括凡例（附乙表：元音音標表）、第二表「平上去韻母表」、第三表「入聲韻母表」、韻母的討論。韻母表左端排列三十三個調查地點，上端排列中古二百零六韻目，表中列出二百零六韻在各地的今音。「韻母的討論」討論了吳語韻母的韻頭、韻尾和主要元音的特點，並比較各地的異同及其與古音、國音的關係。作者認爲今吳語的開口、合口、齊齒、撮口大致是古開口、合口、齊齒、撮口；今韻母的主要元音變化很大；吳語不大有真複合元音；入聲韻除嘉興、溫州外都略帶一點喉部的關閉作用。

第三章「吳語聲調」，包括凡例、第四表「聲調表」、聲調的討論。聲調表是吳語聲調的分類跟音值表。表的第一行是古音的平、上、去、入，第二行是古聲紐的清濁，第三行是今吳語調類的名稱，第四行是例字，第五行是國語的聲調。表左端是三十三個調查地點。表中注出各地各類聲調的調類名，聲調綫和音樂簡譜。作者記錄聲調的方法是照音管所定的絕對音高，用有長短的音樂符號寫在五綫譜上。作者認爲吳語的聲調大致分爲兩派。一派是平、上、去、入依聲母的清濁各分陰陽兩類，一共八調；另一派把陽上歸入陽去，只有七調。作者還認爲陽調類的調形比陰調類複雜，這是陽調的濁聲母影響聲帶狀態的結果。

第四章「聲韻調總討論」，包括「各地的特點」和「吳語全部的公共點」兩節。作者指出吳語的公共點是：聲母方面並、定、羣、澄、牀、從六母平（上）、去、入皆跟清音有別，合古音分類，不合國音；微、日兩母白話用鼻音（近古音），文言用口音（近國語）；見、曉系齊撮顎化，去古音遠，跟國音近；n、l不混。韻母方面，元音比國音「高化」，例如麻韻古讀前a，在國音變後a，在吳語變o；複合元音大多變單元音，例如ai，ei，au，ou往往變成ä，ẽ，o，e，去古音很遠；沒有m韻尾，也不辨n和ng韻尾；古山、咸攝字往往全失去鼻音。聲調方面，有入聲而沒有-p、-t、-k韻尾，最普遍的是有八聲或七聲（陽上歸陽去），跟古音近，離國音遠。作者在本章末尾提出吳語的定義：「吳語爲江蘇、浙江當中並、定、羣等母帶音，或不帶音而有帶音氣流的語言。」這個定義爲後來的學者所公認，並一直沿用至今。

正文第二部分爲「吳語」，又分兩章。第五章「詞匯」，包括「凡例跟索引」和「第五表：三十處七十五詞的詞匯」兩節。本章取最常用的詞和吳語跟別處特別不同的若干詞，一共七十五個，以國語爲綱，列成比較表

（第五表），只有一兩地點才有的詞，另列成各地特别詞表，收録在第五表之後。詞的注音用注音羅馬字。詞的漢字寫法是知道字就寫字，不知道字就寫音，寫音的條件是以本地字注本地音（聲調也包括在内）。表五上的七十五個詞的次序大略依照通用的程度。

第六章「語助詞」，包括「凡例跟舉例」和「第六表二十二處五十六用的語助詞」兩節。作者在凡例中指出，漢語方言語法，在句子結構上是差不多的，所以講方言語法差不多就是講語助詞。第六表以國語爲綱排比語助詞。對語助詞的每一種用法，作者都以蘇州話爲例一一説明。

附録載《北風跟太陽》故事一篇，分别用漢字（蘇州話）、國際音標、注音羅馬字、吳語音韻羅馬字書寫。

正文和附録之後載《現代吳語調查表格》，共十一種。另有《吳音單字表》和《國語——吳語對照詞匯》。這十一種表格是：一、發音人資格；二、聲母音值；三、韻母音值；四、韻尾與下字關係；五、單字聲調；六、喻母等陰陽上問題；七、全濁上去問題；八、不成詞兩字聲調；九、成詞兩字聲調；十、成詞三字聲調；十一、北風（搭）太陽。

《現代吳語的研究》材料可靠，審音精細，表格詳明，方法新穎，慧眼獨具。本書是第一部用現代語言學的知識研究漢語方言的劃時代的經典著作，所創立的調查記録和分析漢語方言的規範一直爲後來的學者所遵循。可惜本書調查點偏重蘇南吳語，對浙江中部和南部吳語設點太少。（游汝傑）

閩音研究

〔現代〕陶煥民

《閩音研究》，近人陶煥民著。原載《中央研究院歷史語言研究所集刊》第一本第四分(一九三〇年)，一九五〇年科學出版社據原書影印，出版單行本。

陶煥民(？——一九三四)，生平事迹不詳。

《閩音研究》是研究閩語福州方言語音的著作。書前有簡要的「序説」，説明本書研究範圍限於福州城內中流以上社會所操之方言，並介紹前人研究閩語的若干種著作，其中研究閩語音韻的有明代嘉靖萬曆間戚參將所著《八音》和清代乾隆間學海堂刊刻的《戚林八音》。全書分八部分，主要內容如下：

一、「閩語之韻紐」。先列出韻母表，用注音字母和國際音標標音，並與《戚林八音》及國語的韻母作比較；再列出聲母表，亦用注音字母和國際音標標音，並與《戚林八音》及國語的聲母作比較；最後按發音部位和發音方法列出閩音聲母和韻母總表。

二、「閩語之聲調」。把福州話聲調分爲七類：陰平、上聲、陰去、陰入、陽平、陽去、陽入。用樂譜表示調值。指出聲調變化引起韻母變化的三條規則，即一、平聲、上聲的單元音 i、u、y，讀去聲時變爲 ei、 ou、øy；二、平聲、上聲的複元音ei、ou、øy，讀去聲時變爲ai、au、ɐy；三、平聲的韻尾[-ŋ]，讀入聲時，變爲[-k]，如[eiŋ]變爲[aɪk]、[eik]。最後指出元音音質的變化，只限於陰去、陰入、陽去三類聲調；音質的變化，不會産生新的韻母，即在韻母系統範圍內交錯變化。

三、「閩語羅馬字」。仿照國語羅馬字略加增改，用以拼寫福州話。先列出字母表，再說明拼寫的規則和聲調的拼寫。

四、「聲母之類化」。討論連讀時上字韻母引起下字聲母同化的音變現象。歸納出四種同化現象，一一指出同化的規律，並且舉例加以說明。例如：棉袍 mieng bor→[mieŋ mɔ]；水仙 Tjoei sieng→[tɕwĕi lieŋ]；皇帝 Hwong dah→[xwɔŋ na]；布褲 Buoh kow→[pwɔ ou]。

五、「聲調之轉變」。討論連讀變調，分四類：常例轉變；慣用詞組(如若干地名和狀詞)變調；詞義或文法變調(如助動詞 lao，輕讀重讀，意義有別)；單字特殊變調。作者已注意到後來學者所謂「廣用式」和「窄用式」(或「專用式」)的區別。作者主要討論「常例轉變」，又限於兩字組的連調變化。指出兩字組變調僅變上字，下字不變；三字組變調，中字跟末字的聲調轉變，首字跟已轉變的中字的聲調轉變。對兩字組變調列有表格，並說明變化規律。因變調而産生的新聲母有[β，ɲ，ʒ]三個；新韻母有[ou]和[ei]兩個；新聲調有「變上」一個。

六、「閩音與古音之比較」。指出閩音和古音相合的若干條例，如：舌上歸舌頭，「知、徹、澄」讀 di、tiek、deirng；「日、娘」歸「泥」，「日、娘」讀nik、niuong；輕脣歸重脣，「傅、腹、匪」讀 bwok、bouk、pii；「見、溪」等牙音聲母，部位仍同。還指出「誦讀之音，與通行之官音相似，而口語則近古」，如「火」誦讀作

h́uoo，口語作 hoei。

七，「國音和閩音之比較」。列表比較國音和閩音之異同。列有聲母表和韻母表各一份。表的上端列出福州話的聲母或韻母，表的左端則列出國音的聲母或韻母，表中則填漢字。然後用文字說明國音和閩音的參差離合。

八，「附錄：各種廋語之構成」。「廋語」即民間反切語，以口語爲根據，或顛倒其雙聲叠韻，或攙雜別的聲母或韻母，以達到保密的目的。最通行的是「倉前廋」，爲城内倉角頭流氓所創，其切法是：分拆一個字的聲母和韻母，先取其韻配以「栗」聲，後取其聲配以「期」或「京」韻，四聲不變，連而讀之。例如：福 houk→lhouk heik→luk heik。

本書是現代閩語研究的奠基作品。全書文字不多，但少而精，研究範圍涉及福州方言語音各方面的主要問題。記音准確，研究深入，敘述簡明扼要，表格明白細緻，條理分明。本書所揭示的規律成爲後人研究福州話的基礎。與同時代同類作品《廈門音系》相比較，本書的薄弱環節，是現代福州語音和古音的比較研究。

（游汝傑）

廈門音系

〔現代〕羅常培

《廈門音系》，近人羅常培著。有中央研究院歷史語言研究所一九三〇年版、科學出版社一九五六年新一版。

羅常培生平事跡見「十韻匯編」條。

作者一九二六年在廈門大學任教期間，搜集調查了當地方言的材料，一九二〇年又在北京聘請廈門的發音合作人作進一步深入的調查。本書即是依據這兩次調查所得的材料寫定的。

本書用現代語音學方法描寫地點方言，並且比較研究古今音韻的異同。全書包括七章。第一章「叙論」簡要論述廈門方言研究的歷史，説明作者寫作本書的動機和經過。第二章「廈門的語音」包括「聲母、韻母、聲調」三節。聲調是用漸變音高管模擬發音反復聽辨測定的，調值記在五綫譜上。聲調部分還論述了連讀變調前輕後重的特點，最後還討論了形容詞和副詞重叠形式的意義和語音變化。第四章「廈門音和十五音的比較」，包括「十五音的源流、聲母比較、韻母比較」三節。第五章「廈門音與《廣韻》的比較」，包括「聲母比較、韻母比較、聲調比較」三節。第六章「標音舉例」，包括一個調查語助詞用法的故事《北風跟太陽》和四個當地民歌。「語助詞故事」用國語、廈門話、國際音標和廈音羅馬字逐字對照。每一個民歌皆録樂譜、歌詞，並有國際音標和廈音羅馬字逐字對照。第七章「廈門音與十五音及《廣韻》比較表」，這是一份長達一百五十一頁的表格，是全部音系材料的總匯。表的排列以韻爲經，以聲爲緯。有關「韻」的項目排在横行上端，包括廈門音的韻類、韻值、調類、十五音韻母、韻攝、《廣韻》韻目、等呼七項；有關「聲」的項目排在豎列左端，包括廈門音的聲韻、韻值、十五音聲母、《廣韻》聲類四項。全表共收四千六百三十六字，每一字在表中皆佔有一個位置。從其所佔的位置可以知道它們的古今音韻地位。表後有索引。全書正文前有「自序」一篇，述及本書寫作經過和廈門音符合古音的若干特徵。

作爲地點方言語音的調查報告，本書製作一系列表格，用以比較研究古今音，醒目而精細，這種方法對後來的方音研究有示範作用。語言描寫比較細緻，利用樂譜記録聲調，也是本書的特色。本書是現代閩語廈門話研究的奠基作品。（游汝傑）

臨川音系

〔現代〕羅常培

《臨川音系》，近人羅常培著。成書於一九三六年，一九四〇年中央研究院歷史語言研究所出版，

九

五六年科學出版社再版。

作者生平事跡見「十韻匯編」條。

一九三三年七月羅常培在青島初次遇見游國恩，對游的臨川口音產生了興趣，感到有些特點很值得注意，於是利用三天時間把臨川語音大致記録了下來。一九三四年底，在北京又對另一位發音人進行了調查，除了詳細問了一遍臨川音系外，又把單字調和連字調用浪紋針記録下來，同時還記了不少詞彙。一九三六年四月趙元任將他前一年在江西調查方言時所灌的臨川音檔副片送給了羅常培。同年，羅常培對以上材料進行了整理，寫成了這本《臨川音系》。

《臨川音系》分爲六章。第一章「叙論」，談了臨川在地理上的位置和研究臨川方言的意義。第二章「語音分析」，描寫了臨川音系的聲、韻、調系統。第三章「本地的音韻」，内容包括音節表、臨川方音的共同點、同音字彙、文白音的差別、所搜集材料的内部差異。第四章「比較音韻」，進行了臨川音與《廣韻》、臨川音與北京音的比較。第五章「特殊詞彙」，列出了詞彙表，表中所收的詞主要是「臨川話與普通話相差較多的那些語詞」。第六章「標音舉例」，有四篇標音讀物，是發音人語音記録。書中有「臨川元音舌位圖」、「臨川聲調曲綫圖」、「臨川調形比較圖」、「聯詞聲調曲綫圖」。書末附有本書内容的英文提要。

《臨川音系》一開頭應用史傳、族譜和地方志的記載找出客家幾次遷徙的路綫與江西的關係，然後從語音的特點比較臨川話和客家話的共性與差别，通過兩方面互相參證，把客、贛方言的親屬關係聯繫了起來。在分析單字調和連字調的時候，書中用浪紋針的實驗來輔助耳聽，通過科學的手段爲我們提供了比較可靠的實驗數據。這本書除了將臨川音與《廣韻》音系比較外，還有臨川音與北京音的比較，列出了簡明的聲類、韻類、調類的比較表，找出了兩者的對應關係，使方言研究能够更好地爲推廣普通話服務。這本書已注意到收集、研究特殊的方言詞彙，列舉了二十二類臨川話與普通話差別較多的詞彙，除了注音之外，還附了一些語源學的注釋。以上這些方面爲研究這種方言或別種方言的現代語音學、歷史音韻學，以及方言與普通話的關係，都起了示範性的作用。（沈榕秋）

唐五代西北方音

〔現代〕羅常培

《唐五代西北方音》，近人羅常培著。有中央研究院歷史語言研究所一九三三年版、科學出版社一九六一年重印版。

作者生平見「十韻匯編」條。

本書分兩大部分：第一部分「唐五代西北方音」，又分四節：(一)本篇所用的幾種材料；(二)從敦煌漢藏對音寫本中所窺見之唐五代西北方音；(三)從《開蒙要訓》的注音中所窺見的五代敦煌方音；(四)唐五代西北方音與現代西北方音的比較。第二部分「《唐蕃會盟碑》中之漢藏對音」，又分兩節：(一)所用材料中所有的漢藏對音；(二)所論漢藏對音的音韻條理。正文前有「自序」，介紹本書的寫作動機、材料、方法和結論等。正文後有附録三種。

本書是研究漢語斷代語音史的專著。作者利用幾種漢藏對音材料研究唐五代西北方音，所用的材料有五種，即漢藏對音《千字文》殘卷、漢藏對音《大乘中宗見解》、藏文譯音《阿彌陀經》殘卷、藏文譯音《金剛經》殘卷和《唐蕃會盟碑》拓本。前四種材料一共有一百五十二個對音，可以涵蓋《切韻》的所有聲類和除下列十個韻之外的所有韻類，這十個韻是：幽、廢、夬、臻、耕、櫛、盍、洽、鎋、迄。作者的研究方法是，先拿這幾種漢藏對音的材料，同《切韻》比較並推溯它們的淵源，然後再拿這些對音材料同六種現代西北方音比較，來探討它們的流變。由於《唐蕃會盟碑》有紀年，所以據以考證其餘幾種材料的時代順序。

作者研究結果認爲，如果從藏文的寫法來看，唐五代西北方音有以下特點：

一、聲母方面。輕唇音非、敷、奉母大多數寫成[ph]，已經露出重唇音分化的痕跡。明母在收聲-n或-ṅ的前面讀m，其餘的變'b；泥母在收聲-m或ṅ的前面讀n，其餘的變'd。舌上音混入正齒音。正齒音的二三等不分。牀母大部分由禪母變審母，但澄母却變成照母的全濁。摩擦音的濁母禪、邪、匣母變同清母審、心、曉母。y化的聲母並不專以三等爲限。

二、韻母方面。宕、梗兩攝的鼻收聲[ŋ]一部分開始消失或變化。魚韻字大部分變入止攝。通攝的一三等元音不同。同韻字往往因受聲母的影響變成不同韻。一等[ɑ]元音同二等[a]元音在藏文寫法上没有分別。合口洪音同合口細音在藏文寫法没有分別。入聲的收聲[p][t][k]，藏文寫作b、r(或d)、g。

此外，作者發現注音本《開蒙要訓》所反映的五代敦煌的語音也有若干特點值得重視。韻母方面的特點是：梗攝同齊、祭兩韻對轉，止攝同魚韻旁通；聲母方面的特點是：全濁聲母有變成全清聲母的趨勢，齒頭音受腭化影響開始混入舌上音和正齒音、泥來不分、娘日不分。

本書結論的準確性由於以下三方面的原因受到影響：一是漢藏對音材料零散，不成系統；二是沒有現代沙州、敦煌一帶的方音材料；三是現代沙州、敦煌一帶居民在歷史上的移民背景還沒有經過考證。在漢語古音學史上，本書首次比較系統地利用敦煌石室所藏的漢藏對音的寫本，來研究漢語的歷史音韻，從而使古音研究進入一個新的境界。本書又是用現代語言學方法比較系統地研究古代地區方言的開創性著作。（游汝傑）

鍾祥方言志

〔現代〕趙元任

《鍾祥方言志》，近人趙元任著。本書系歷史語言研究所集刊甲種之十五，一九三九年上海商務印書館發行，科學出版社一九五六年據原紙型重印。

趙元任生平事跡見「現代吳語的研究」條。

作者於一九三六年應邀編寫湖北省鍾祥縣縣志中的方言部分，藉此機會較詳細地在當地調查方言，調查的地點包括城內和城外的西北鄉。調查所得材料除供給縣志外，還用來寫作本書。

書前有作者的《序》和《凡例》。《序》中交待了調查鍾祥方言和寫作本書的經過。全書分四章，各章主要內容如下。

第一章「音類總表」。先列出十七個聲母、三十六個韻母和四個聲調，然後對每個聲母和韻母的音值、每類聲調的調值和調形，詳加說明。

第二章「本地音韻」。包括A和B兩部分，即A：單字音音類；B：同音字彙。A部分討論聲母、韻母和聲調之間的相互關係，包括聲母跟韻母的關係、介音跟韻的關係、聲母和聲調的關係、聲母韻母聲調間的關係，以上幾種關係皆列表逐條加以詳細說明。最後是單音字全表，分韻列出十二張表格，對表中有音有義無字的音節，皆用脚注釋義。B部分是同音字彙，分韻列出三十六張表格。其特點有二：一是從表上可以看出今韻與《廣韻》的關係，即在每表上端橫行先列今韻，後列《廣韻》韻目與之對照；二是對表中的例外字或不規則字，皆用符號注明。

第三章「比較音韻」。列表比較鍾祥方言與國音及中古音的關係。與國音的比較分聲母、韻母和聲調三部分；與中古音的比較包括聲母、聲母發音方法、聲母系組、等呼、韻母、韻尾、聲調的比較，還包括不定條分字詳單和例外字。本章對例外字的討論非常詳贍，分攝共列出例外字約四百個，對每一個例外字皆列表指出古聲母、韻母，照例讀音不規則處，今鍾祥音、國音和可參考的方音，另有附注。

第四章「鍾祥語」。包括「分類詞彙」和「鍾祥語舉例」兩部分。詞彙分天文、地理、動物、房屋等四十類，共收二千多條口語詞彙。最後一類是助詞，共十四個，對每一個助詞都詳細分項說明其功用，並且舉出實際用例。從中可看出鍾祥方言的一些語法特點，例如助詞「達」的功用有四項，即起事、完事、叙事、時間附屬逗，這就關係到語法上的「體」的表達手段。「鍾祥語舉例」是成篇的語料，即《北風和太陽的故事》的漢字文本和國際音標記音本。

本書的下述優點爲同類的方言志所不逮：一是語音分辨和描寫非常精細。第一章使用嚴式國際音標，通過與各種方音比較，分析鍾祥方音精細入微，無以復加。例如說：聲母 kh 是舌根爆發摩擦清音，嚴式國際音標是"「kx ＋右肩的小 x」"，它的送氣稍爲帶一點舌根摩擦音[x]，近似陝西山西的[kh]而略弱，但比國語的 [kx] 粗重一點，如「考口康苦寬」等字。二是表格的編排巧妙、合理、詳明，各項複雜內容皆用表格形式表達，使讀者一目了然。三是對例外字的調查、記錄和分析細緻詳盡。四是用語法的眼光分析助詞，慧眼獨具。作爲一本中等篇幅的方言志，從全面和深入兩方面來衡量，除了語法稍嫌不足外，本書應該是最優秀的無瑕可擊的方言志。

（游汝傑）

粵音韻彙

〔現代〕黃錫凌

《粵音韻彙》，英文書名" A Chinese Syllabary Pronounced According to the Dialect of

Canton。近人黃錫凌著。一九四一年上海中華書局初版、一九五七年中華書局香港分局重印出版。

黃錫凌(一九〇八——一九五九)，一九三三年在廣州嶺南大學西洋語言學科畢業後，留任該校國文系特設華僑國文班教員。課餘取歷代韻書和中西標音粵語諸書，參酌比較，研究廣州話語音。爲了教學的需要，先後四易其稿，撰成本書。

本書是中國第一部用現代語音學知識和國際音標，記錄和研究廣州方音的著作。書首有容肇祖撰寫的序言。初版本正文包括粵語韻目表、緒言、粵音韻彙檢字、粵音韻彙索引、粵音韻彙和用英文寫的「本書所用音標説明」(Explanation of Phonetic Symbols)和「導言」(Introduction)，另附有用英文寫的韻母表、聲母表和聲調符號表。

「緒言」長達八十頁，主要内容有粵音的標準，指出《分韻撮要》等書的錯誤；粵音的音素，分析五十三個元音和十七個輔音；粵音的聲調，分析九個聲調；粵語九聲變化，討論聲調的變化；字音誤讀等。「緒言」有一個附録：粵語羅馬字母注音新法建議，文末附有《總理遺囑》注音舉例。「緒言」實際上是一篇研究廣州方言語音的專論。

「粵音韻彙檢字」以《康熙字典》部首的次第排列。

「粵音韻彙」是一份廣州方言的同音字表，收字一萬個。以今韻次第排列，同韻則以聲的次第排列。每個音節皆用國際音標注音，字調則在字的左上角或左下角用豎綫、斜綫或横綫表示。對難字或難詞用夾注釋義，如：「殷，雷聲，又盛皃。」「湛，樂也。」對正讀(讀書音)、語音(口語音)、俗讀、或讀(一字多音)、今讀、舊讀、變調、姓氏讀音等都一一注明。對一些虚字則指出詞性，如：「其，語助詞。」「嚇，感嘆詞。」對廣州方言俗字也加以說明，如：「哋，粵字，們也。」「咁，粵字。」對訓讀字也有說明，如：「[let]甩，粵字。」

英文「導言」簡述撰寫本書的主要宗旨，是爲了使僑生能用廣州音閱讀中國文獻。並且比較了 D.Jones 和 K.T.Woo 在「A Cantonese Phonetic Reader」(一九一二)一書中所用的國際音標和經趙元任修改的用於記錄漢語方言的音標。

「本書所用音標說明」以英語、法語、德語爲例，說明廣州話元音、輔音的讀法，並用五綫譜說明九個聲調的調值。

本書記音準確，分析精當，對聲調的變化的描寫和分析尤爲精辟，易懂易查，既有學術價值，又有應用價值。本書是早期廣州話研究最優秀的專著，它爲後來，廣州話和粵語研究奠定了良好的基礎。

(游汝傑)

湖北方言調查報告

〔現代〕趙元任等

《湖北方言調查報告》，國立中央研究院歷史語言研究所專刊之一種，共兩册。近人趙元任、丁聲樹、楊時逢、吳宗濟、董同龢撰。有商務印書館一九四八年版。

趙元任生平見「現代吳語的研究」條，董同龢生平見「上古音韻表稿」條。

丁聲樹（一九〇九——一九八九），號梧梓，河南省鄧縣人。一九三二年畢業於北京大學中文系，同年進中央研究院歷史語言研究所，一九四四年赴美國考察，一九四九年後任中國科學院語言研究所研究員，中國科學院哲學社會科學部委員、《中國語文》雜誌主編等職。早年致力於古代漢語研究，發表《釋否定詞「弗」、「不」》等論文；後從事方言調查，編寫《方言調查字表》、《古今字音對照手册》等；又主編《現代漢語詞典》，與人合著《現代漢語語法講話》等。

吳宗濟（一九〇九——），字稚川，浙江省吳興縣人。畢業於清華大學中文系，一九三五年任中央研究院歷史語言研究所助理研究員，一九五六年任中國科學院語言研究所副研究員，一九七九年任研究員兼語音研究室主任。早年從事漢語方言調查，後從事實驗語音學的研究，頗多創獲。主要著作有《實驗語音學概要》（合作）等。

一九三六年中央研究院歷史語言研究所組織第六次方言調查，即調查湖北省各地方言，本書即是這次調查結果的報告。調查整理的方法和報告的大綱是由趙元任規劃的。著作者除董同龢外，均參加了調查、記音。發音合作人大多是來自全省各地在武昌上高中的學生。

本書是漢語地區方言早期調查研究的代表性著作。全書分總説明、分地報告（卷一）、綜合報告（卷二）三大部分。

「總説明」包括對標音符號的説明、對音韻概念的解説、調查字表、調查程序、調查地點等。

卷一「分地報告」排列了六十四個地點的材料。湖北全省當時有七十一個縣，除潛江、穀城、遠安、宜城、建始、王峯、咸豐七縣外，每縣都有一個調查點。調查點不一定設在縣城，多數在鄉下。每地有一份調查報告，每份報告的項目相同，都包括以下七項：發音人履歷、聲韻調表、聲韻調描寫、與古音比較、同音字表、音韻特點以及讀物——會話或故事等。在「分地報告」前有一個「說明」，對這七個項目有詳細說明。「分地報告」佔全書的大部分篇幅。

卷二「綜合報告」包括「綜合材料」、「湖北(方音)特點及概說」、「湖北方言地圖」三部分。

「綜合材料」共有四種：總理遺囑、狐假虎威故事、特字表、極常用詞表。前兩種材料是逐字排比六十四個地點的語音。特字表則逐字排比各地特字的語音。所謂特字是指不合音變規律的方言字，例如「遍」字，按《廣韻》是幫母字，但是當陽、隨縣等地讀[phie]，好像是來自滂母。極常用字表是將一些最常用的詞分地排比，大多用方塊漢字寫出，無漢字可寫的則注音標。這些詞是用問句子的方法調查出來的。例如問「不早了，快去罷」的本地說法，調查「了、快、罷」這三個詞。極常用詞表中實際上也包括若干關係到語法結構的短語或單句，例如「拿得動嗎？」「給我一本書。」

「湖北(方音)特點及概說」包括分析特點表、綜合特點表和分區概說三部分。「分析特點表」列出十一個語音項目在四個有代表性的地點的讀音。這十一個項目是：(一)聲母發音部位；(二)聲母發聲方法；(三)次濁聲母及影響；(四)韻母開合；(五)韻尾：A陽韻舒聲，B：入聲(六)韻母元音：陰韻；(七)韻母元音：陽韻外轉舒聲；(八)韻母元音：外轉入聲；(九)韻母元音：陽韻內轉舒聲；(十)韻母元音：內轉入聲；(十一)聲調。四個有代表性的地點是：宜昌、孝感、咸寧、石首。「綜合特點表」把湖北方言各區內部大體一致或全省大體一致的語言特點歸納起來，用表格形式加以說明。「分區概說」把全省方言分成四個區：第一區西南官話；第二區楚語；第三區贛語；第四區湘語，並且說明各區的若干語音特點。

「湖北方言地圖」共六十六幅，包括聲母圖、韻母圖、聲調圖、特字圖、詞類圖、分區圖、綜合圖。綜合圖把音類同言綫、特字同言綫和詞類同言綫綜合表現在一張圖上。

本書所採用的調查方言的方法、整理分析方言材料的方法以及各種表格，對後來的漢語方言調查工作起到指導作用。本書是中國第一部有現代的方言地圖的語言學著作。不足之處有二，一是內容偏重語音，二是調查記音没有在實地進行。（游汝傑）

華陽涼水井客家話記音

〔現代〕董同龢

《華陽涼水井客家話記音》，近人董同龢著。本書原載《中央研究院歷史語言研究所集刊》第十九本，一九四八年上海商務印書館發行，一九五六年科學出版社新一版。

作者生平見「上古音韻表稿」條。

作者一九三六年春參加中央研究院歷史語言研究所第二次四川方言調查工作，在成都聘請發音合作人，調查紀錄了華陽（今四川雙流縣）涼水井客家話。本書即是這次調查結果的書面報告。

本書是用純粹的描寫語言學方法調查記録一種漢語地點方言的代表作。全書内容除「前言」外，分「標音説明」、「記音正文」和「語彙」三大部分。

「前言」對調查經過、調查和記録的方法、本書的目的及客家人移居四川的歷史等有簡要説明。

「標音説明」包括對聲母、韻母、聲調、字音的連讀變化、句調和音韻表的説明。

「記音正文」包括二十段話語，内容有對話、獨白式的閑談、祭祖時的禱詞、童謡、故事。每段每行先用國際音標標音，再逐字用書面語譯注。沒有相當的字可以折合的，就用意義或用法相同的字來注，外加圓括弧。如

$ȵi^{13}$ $tieʔ^{42}$ tso^{42} $moʔ^{42}$ $kieʔ^{42}$

（你） 在 做 什 麽

「語彙」部分載録四千個左右詞語，按音序排列，用國際音標注音，先用漢字逐字釋注，後用國語解釋。如「$ioŋ^{13}$ kan^{52}[洋䤋]肥皂」。這些詞語主要是從「記音正文」的二十段語料中分析截取的。

作者所使用的調查漢語方言的方法很有特色。傳統的方法是從《廣韻》音系出發預先選定一些漢字，請本地人發音。用音標記音後，作爲整理方言音系的基礎。本書作者則一反常規，調查時不用字表，「先問一些事物的名稱或説法，以便在較少的詞語或句子中辨別出各種最基本的語音。在對辨音有了相當的把握後，即開始成段以至成篇的語言記録」。最後從成篇的語料中分析截取詞語。這種方法的好處，是可以調查出用預定的字表調查不出來的許多語言材料，因此調查所得的結果也可能更接近自然口語的真實面貌。這種方法的缺陷，是難以在較短的時間裏整理出一種方言的聲韻調系統。 （游汝傑）

一目了然初階

〔現代〕盧戇章

《一目了然初階》，不分卷。副題：「中國切音新字廈腔」。近人盧戇章著。一八九二年廈門五崎頂倍文齋出版。一九五六年編入《拼音文字史料叢書》（文字改革出版社）。

盧戇章（一八五四——一九二八），字雪樵，福建同安縣人。幼年住在廈門，九歲讀書，十八歲應試不中，後在私塾教書。二十一歲到新加坡，學習英語。二十五歲回廈門，從事漢語、英語的教學工作。二十八歲開始專心研究文字。一八九二年，仿照拉丁字母自製一套拼音字母方案，並用這套方案拼寫廈門話，寫成《一目了然初階》。一八九八年去日本佔領下的臺灣，主持總督府學課務，歷時三年。受日本假名的影響，廢棄拉丁字母舊方案，採用「漢字偏旁的簡單筆畫」，寫成《中國切音新字》。新方案有聲母二十五個，韻母一百〇二個，以京音切音字爲主，也可以拼寫廈門、泉州、福州等方言。一九〇六年，將其中國切音新字略作修改，改名《中國字母北京切音教科書》，由上海點石齋出版。此外，還出版了《中國新字北京音合訂》，內容包括《中國切音字母》（即總字母表）和官話、福州、漳州、廈門、廣東六種切音新字方案等，此方案將韻母粗寫在中間，聲母按平上去入細寫在上下左右。一九一三年參加教育部主持的「讀音統一會」，不同意會議採用注音字母的決定，於是修改原訂切音字母，名爲「國語字母」，於一九一五年出版《中國新字》，形體改成「由整個漢字揀出(的)簡單筆畫」，聲母拼寫法與中國切音新字大致相同。這是他的第三套拼音方案。一九一六年出版了這一方案的《中華新字國語通俗教科書》及《中華新字漳泉語教科書》。一九二〇年，國語統一會閩音委員會正在調查各地的閩音，盧戇章製成一套閩南閩音，寫成《閩南注音字母、盧戇章中華新字字母、羅馬字字母對照表》。

《一目了然初階》是盧戇章的代表作。他年輕時，曾幫助英國傳教士馬約翰翻譯《英華字典》，受西方拼音字母的啓發，制訂了英華十五音。後來覺得十五音只能拼寫漳州、泉州一帶的方言，有局限性，於是嘗試發明一套能拼寫整個漢語的字母。他參考了三百多種方言，經過十多年的努力，終於制訂了一套拼音字母，共有五十多個字符，稱之爲「天下第一快切音新字」。他首先把這套方案用於拼寫廈門話，一八九二年寫成了一本拼寫廈門音的文字讀物，以此示範他的切音新字方案，這就是《一目了然初階》。爲了進一步推廣這個方案，一八九三年出版了《一目了然初階》的節本——《新字初階(廈腔)》。一八九三年至一八九八年間，在同安、廈門等地，親自傳授他所制訂的「切音新字」，進一步驗證了切音新字在使用上的便利。他說：「婦人小子，若每早及上午、下午認熟三字，一日九字，四日即可學完，不止十日，則免先生自能以此新字注明中國之字音，萬國之語言文字，以及各省之土腔鄉談，使各家之父母、兄弟、姊妹、夫婦、子女皆能自讀家信，登記數項，不須件件託人代筆。」(《新字初階(廈腔)》序)一八九八年，清光緒皇帝推行維新變法，在此有利時機，盧的同鄉京官林輅存將《一目了然初階》呈請都察院，代奏皇上，期望朝庭能以此書爲基礎，定出切音新字，頒行天下，加以推廣。由於變法失敗，此事未成。

《一目了然初階》是一本入門書。作者認爲此書簡單易學，所謂「男可曉女可曉，智否賢愚均可曉」，所以名之爲「一目了然初階」。書首是「中國切音新字總字母寫法之次第」，先介紹字母的書寫方法，然後簡單介紹拼讀、拼寫的方法，接着是一篇自序——「中國第一快切音新字序」，最後是凡例。正文部分，首先是用廈門話的字音逐一講解字母的讀音及其拼讀方法，然後是音標和文字對照的廈門話讀物，計有五十五篇。盧氏的切音新字，共有五十五個字母，是仿照拉丁字母，並取 l、C、Ɔ 三種筆畫加以變化而成。其中有拉丁字母十九個，包括大寫體三個——L、R、G，小寫體十五個——a、b、c、d、e、h、k、m、n、o、r、u、v、w、x，希臘字母一個——θ，等等。這些字母以拼寫廈門音爲主，廈門音字母有三十六個，漳州音另加兩個，泉州音另加七個，其餘十個用來拼寫其他方音。在拼寫時，另外還加上鼻音符號和聲調符號。盧氏因受傳統反切方法的啓發，採用聲母、韻母雙拼法。在書寫上變傳統直行爲橫行。左邊是韻脚（韻母），右邊是字母（聲母），與今天漢語拼音的左聲右韻正好相反。書中在爲讀物注音時，使用了詞或詞組連寫，用短綫作爲連寫符號。

作者在《一目了然初階》中還闡述了進步的文字改革思想，他把拼音文字看成中國人學習文化、學習科學的有力工具，看成使國家富强的捷徑。其自序云：「竊謂國之富强，基於格致；格致之興，基於男女老幼皆好學識理；其所能好學識理者，基於切音爲字。則字母與切音習完，凡字無師能自讀。基於字話一律，則讀於口遂即達於心；又基於字畫簡易，則易於習認，亦即易於捉筆。省費十餘載之光陰，將此光陰專攻於算學、格致、化學以及種種之實學，何謂國不富强也哉！」他將漢字與其他國家拼音文字作了比較，指出了漢字的缺點：「中國字或者是當今天下之字之至難者。……平時詩賦文章，所用者不過五千餘字而已。欲識此數千字，至聰明者非十餘載之苦工不可。」漢字必須改革，爲了打破漢字不可改的保守思想，他指出由繁趨簡是文字的發展規律。「古時用雲書鳥跡，降而用蝌蚪象形，又降而用隸篆八分，至漢改爲八法，宋改爲宋體字，皆趨易避難也。」由此可見漢字是可以改革的。同時，他的漢字改革思想又是比較現實的，他主張推行拼音文字，但並不主張廢棄方塊漢字，他制訂切音新字的目的，主要是用於注音，便於百姓讀書、學文化，用他的話來講，「以切音與漢字並列」，「不但能識切文，亦可無師自識漢文」。他的《一目了然初階》就是以漢字與切音字對照的方式編排的。

《一目了然初階》的切音新字，一變過去反切的多元用字爲單一的聲母、韻母對應的字母，並且實行詞的連寫，這是漢字注音史上的一個質變，這個變化一直影響到後來的各種拼音方案，直到今天所使用的拼音方案。

切音新字當時在福建一帶十分風行，「福建、廈門近時用盧戇章的切音新法，只須半載，便能持筆抒寫其所欲言。」「旅閩西人亦多傳其學，稱爲簡易。」（一八九八年都察院代奏文）不過，切音新字所拼寫的主要是福建、廈門一帶的話，雖然這個方案有一些用以拼寫其他方言的字母，畢竟還不是漢民族共同語的方案，所以其實用價值有地方局限性，這大大限制了它的社會影響。

研究《一目了然初階》的論著有：黎錦熙《國語運動史綱》（商務印書館，一九三四年），濮之珍、高天如主編《中國語言學家評傳》（復旦大學出版社，一九九二年）的有關篇章。（沈榕秋）

四聲實驗録

〔現代〕劉　復

《四聲實驗録》，近人劉復著。有上海羣益書店一九二四年版、北京中華書局一九五〇年重印版。劉復生平事跡見「十韻匯編」條。

本書是用語音實驗儀器研究漢語方言聲調的著作，全書分八大部分：

一、「引言」，説明本書的主旨和實驗語音學的性質。

二、「聲音之推斷」，簡介物體發聲的原理。

三、「語音與樂音」，除介紹語音和樂音在聲學上的異同外，着重論述聲調形成的聲學條件，即音高和音長。並且指出聲調中的音高是複合的，不是單一的；聲調的進行是滑動的，而不是跳動的。

四、「浪紋計（Kymorgraph）」，介紹聲調實驗最實用的儀器——浪紋計的構造和工作原理。

五、「計算及作圖」，介紹如何計算在浪紋計上所畫出的浪紋，以及如何根據計算所得結果畫出直觀的圖形，即聲調曲綫。

六、「聲音與對數」，介紹什麽是對數以及語音的高低與聲浪震動數的對數關係。

以上六個部分是詳細説明用實驗方法研究聲調的原理與方法。

七、「已實驗的四聲」，報告對十二個地點方言的聲調實驗的結果。用於實驗的儀器是浪紋計，實驗的材料是「衣、以、意、乙」四個字。即請發音人讀這四個字，由浪紋計實驗它們的語音。這十二個地點是：北京、南京、武昌、長沙、成都、福州、廣州、潮州（廣東）、江陰（江蘇）、江山（浙江）、旌德（安徽）、騰越（今雲南騰衝）。每地的報告都用圖表和樂譜表示各類聲調的高低，並配有例字，例字旁邊有標示調形的符號。各地的圖表包括分圖和總圖兩種，分圖表示每一類聲調的調形，總圖將各類聲調曲綫綜合在一張圖表上。圖表上的調形曲綫是以「萬國音程」（一九八一年所定）A＝435為標準，用對數定理畫出的。作者以北京聲調的實驗爲例，對圖表加以詳細的説明。北京聲調的實驗結果，從調形曲綫看，陰平是高升調、陽平是中升調、上聲是低升調、去聲是升降升調。

本部分還論述了聲調的三個特徵：（一）聲調最重要的特徵是音高的高低起落，不過語音的長短也是入聲區別於其他調類的重要條件；（二）聲調的調值有共性也有個性，即同一個地點的聲調請不同的人發音，實驗的結果大同小異；（三）聲調音高的起落是滑動的漸變的，不是跳動的突變的。作者還有一個説明，即本書所記錄的聲調是所謂標準聲調，即單字調，而不是平時説話時句子中的聲調，即連讀變調或受語調影響的聲調。

本部分最後提出各處各類聲調的共同點：（一）平聲最爲平實；（二）上聲最高；（三）去聲最曲折；（四）入聲最短。

八、「餘論（今日以前的四聲論）」，介紹前人對聲調的議論，包括《公羊傳・莊公二十八年》、唐《封演聞見記》、《魏書·江式傳》、《通志·七音略序》等書中有關聲調的記載，以及周顒和沈約、錢玄同、黎錦熙、吳敬恒、蔡元培等人有關聲調的論述。

本書是中國第一部實驗語音學著作，首創用語言實驗儀器研究漢語聲調。在它的影響下，羅常培《臨川音系》（一九四一）、王力《博白方音實驗録》（一九三一）都用劉復實驗聲調的方法研究和記録聲調。本書的缺點是，許多聲調曲綫不能反映實際語言中的真實的聲調調形，在調類方面也有些錯誤。（游汝傑）

音位標音法的多能性

〔現代〕趙元任

《音位標音法的多能性》，近人趙元任著。原文是用英文寫的，題名爲 The Non-uniqueness of phonemic solutions of phonetic systems。原載《中央研究院歷史語言研究所集刊》第四本第四分，一九三四年出版，一九五七年轉載於裘斯（Martin Joos）主編的《語言學論文選》（Readings in Linguistics），中譯文載於《趙元任語言學論文選》（葉蜚聲譯，中國社會科學出版社，一九八五年）。

作者生平見「現代吳語的研究」條。

本書是研究早期音位學的單篇論文。全書分三部分。各部分的要點如下。

第一部分，「音位的定義」。作者在分別討論了帕默（H.L.Palmer）、布龍菲爾德（L.Bloomfield）瓊斯（D.Jones）等人給音位下的定義之後，提出了自己下的定義：「音位是一種語言裏全部音類中的一類，語言中的任何詞都能體現於一個或若干個這些類的序列，被認爲具有不同發音的兩個詞，其構成詞的音類或音類的次序是不同的。」

第二部分，「影響音系的音位答案的因素」。這一部分是本書的主幹，包括以下三節。

一、單位在時間上的大小。對語音的分析，因受時間因素的影響，可以有不充分分析和過度分析兩種方法。根據不充分分析法，可以用較少的符號表示動態語音，例如用[au]表示[aou]或[aoou]，即只要表示動態過程的起迄點即可。根據過度分析法，可以用兩三個符號表示一個音。例如吳方言中帶濁氣流的單元音 a，通常寫作[ɦa]。其實其中的[ɦ]是附麗於[a]之上的，並不是獨立存在的一個語音。但是我們仍然可以把[ɦa]看作是兩個可以分開的音位。在特殊的情況下也可以用零符號代表語音，即把語音的空缺算作音位或音位的變體。如德語元音前頭必有[ʔ]這個音，但是不必寫出，不寫出也可以知道其存在。相反也可以用符號來表示零音值，例如蘇州話裏有[ue]這個音位，但是[ue]中的[e]在脣音後永遠不會出現，所以用在脣音後的[e]這個符號代表零音值。

二、把語音歸入音位。作者提出語音歸納成音位要考慮下述因素：(一)語音準確，或者音位的範圍小；(二)整個語言的語音模式簡單或者對稱；(三)節省音位的總數；(四)照顧本地人的感覺；(五)照顧詞源；(六)音位之間互相排斥；(七)符號的可逆性。

三、符號的選擇。把語言歸納成音位以後，就要考慮選擇什麼符號代表音位。歸納音位和選擇符號雖然不是一回事，但是影響符號選擇的有些因素和影響歸納音位的因素是並行的。例如節省音位數目也意味着節省符號數目。此外，在選擇符號時還有一些因素需要考慮：(一)儘可能不超出二十六個羅馬字母的範圍；(二)在二十六個常用字母之外，儘量選用不太古怪的字母，例如[c]不太古怪，[ɯ]就顯得古怪得多了。(三)注意音的變異範圍的分度。(四)避免使用附加符號。(五)和其他語言的音位標音取得一致。

第三部分，「音質標音和音位標音」。音質標音即嚴式標音，音位標音即寬式標音。嚴式標音標出所有語音上的區別，而不管這些區別對辨別語義有無作用；寬式標音根據事先制訂的原則標出能够辨別語義的語音區別。嚴式標音對於以下目的是非常有用的，有時是不可缺少的：(一)需要引證某一種沒有辨別語義作用的語音特徵；(二)比較不同方言中的詞或音的異同；(三)指出音變的苗頭或殘跡；(四)在得出合適的音位系統之前不偏不倚地考慮一種語言的總特徵；(五)語言或語言學教學需要。

作者在結束語中指出，本文提出了音位的新定義，努力證明一種語言的音位歸納不一定只有一種答案。「不同的答案不是簡單的對錯問題，而可以只看成適用於各種目的的好壞問題。」

本文是「最優秀的對早期音位學具有指導意義的論文」(裘斯 Martin Joos 語)。本文見解深入，邏輯謹嚴，實例恰當，文字妥貼。後來的學者在研究音位學和現代漢語音位系統時常常引用這一篇經典論文。

(游汝傑)

語言學論叢

〔現代〕林語堂

《語言學論叢》，近人林語堂著。有上海開明書店一九三三年版、臺灣文星書店一九六七年重版。

林語堂(一八九五——一九七六)，原名和樂、玉堂，筆名有毛驢、宰予、薩天師等。福建省龍溪縣人。一九一六年上海聖約翰大學畢業，任教於清華大學，一九一九年赴美國哈佛大學學習，後至德國萊比錫大學攻讀語言學，獲哲學博士學位。一九二三年回國，先後在清華學校、北京大學、北京女子師範大學等校任教，並曾與趙元任等人一起制定國語羅馬字。三十年代初曾創辦並編輯《論語》、《人間世》、《宇宙風》等刊物。抗日戰爭時期在歐美從事教學、寫作和翻譯。一九五四年出任新加坡南洋大學校長，一九六六年攜家自美國回臺灣定居。一九七六年在香港病逝。一生有多方面的成就，著述和譯作甚豐。語言學方面的成就集中反映在《語言學論叢》中。

本書編録作者在本世紀二十年代末至三十代初所發表的語言學論文，共二十二篇。這些論文大致可以分爲四類：一，古音研究；二、漢語方言學研究；三、國語羅馬字及檢字法研究；四、詞典學和翻譯學研究。這些論文篇幅有長短，内容有深淺，比較重要的有以下四篇。

一、《古有複輔音說》，此文原載《晨報》六周年增刊，在國內首倡「古有複輔音說」，並提出三方面的證據：一是古今俗語中的連緜字，如孔曰窟竉，角曰矻落，圈曰窟孿，雲曰屈林（以上有關kl-）；不律曰筆，蒲爲勃盧，蓬爲勃籠（以上有關pl-）；團曰突欒，螳曰突郎，鐸爲突落（以上有關tl-或dl-）。二是讀音及異文，如《左傳·莊公三年》「公次於滑」，《公羊傳》、《穀梁傳》並作「公次於郎」。三是文字諧聲，如以果諧裸、以各諧路（以上有關kl-）；以稟諧懍（有關pl-）；以睦諧陸（有關ml-）等。

二、《前漢方音區域考》，此文與作者所撰《西漢方音區域考》皆發表於《貢獻》（一九二七）。此兩文在中國現代語言學史上率先研究古代漢語方言地理。作者利用揚雄《方言》中指明詞語傳佈範圍的地名材料，根據地名並舉的頻率高低，將西漢方言劃分爲以下十四個區域：秦晉、梁及楚之西部、趙魏自河北以北、宋衛及魏之一部、鄭衛周、齊魯、燕代、燕代北鄙朝鮮洌水、東齊海岱之間淮泗、陳汝潁江淮（楚）、南楚、吳揚越、西秦、秦之北鄙。文中插有揚雄《方言》地名並引次數圖和前漢方言區域圖。後一圖是中國第一張古代方言分區圖。

三、《研究方言應有的幾個語言學觀察點》，原載《歌謠》增刊（一九二三）。此文是漢語方言學史上第一篇研究漢語方言學理論問題的論文。作者在本文中提出以下十個論點：（一）應研究讀音的歷史演變和方言地理分佈；（二）應以《廣韻》的二百零六韻爲研究起點；（三）應用現代語音學的方法辨音、審音、記音；（四）應注重方言口語而不是漢字讀音；（五）應盡力求出語音變化的規律；（六）詞源研究應注重尋求文化史上的痕跡；（七）應在今方言中尋求詞的古音古義；（八）應根據漢語實際研究漢語語法；（九）應比較研究各地方言句法的異同；（十）應研究方言口語中新出現的語法現象。以上論點首創現代方言學理論，甚爲精審。

四、《論翻譯》，此文本是商務印書館函授社國文科講義稿，發表於二十年代中期，是研究翻譯理論的重要論文。本文論述翻譯的性質、標準和譯者應有的素養等，指出翻譯是一種藝術，譯者應具備三個條件：一是能對原文文字和內容透徹了解；二是要有相當的國文程度，能寫清順暢達的中文；三是譯事上要訓練有素。「此三者之外，絕對沒有什麽紀律可以作譯者的規範」。翻譯的標準有三：一是忠實，二是通順，三是美。作者以傑出翻譯家資格論翻譯，所論甚爲允當、中肯。

此外，《左傳真僞與上古方音》對高本漢《左傳之真僞及其性質》（《北大研究所國學門月刊》第六、七、八號）有所評論，並研究《春秋》三傳方音問題。《論汪榮寶歌戈魚虞模古讀考書後》和《再論歌戈魚虞模古讀》是「古音大辯論」中的重要論文，極力支持汪榮寶對歌戈魚虞模古讀的考證的結論。

（游汝傑）

少數民族語言

丁香帳

〔吐蕃〕仁欽扎西

《丁香帳》，原名li-shivi-gur-khang，全稱「藏語古今語詞指津善言丁香帳」，又名「丁香寶帳」。藏族喇嘛仁欽扎西撰。成書於藏曆第九個丁卯年的火猴年（一五三六）。有拉薩木刻版、一九八一年民族出版社版（題爲《丁香帳——藏文古今詞語辨析》）。

作者仁欽扎西(rin-chen-bkra-shis)生平事跡無考。

藏文是公元七世紀時吐蕃王松贊干布的大臣吐彌桑布扎參照梵文創製的一種文字。這種文字及其正字法大體反映了當時藏語的實際語音。到了公元九世紀初，吐蕃王赤熱巴巾支持以噶、覺、尚三人爲首的一批譯經師，根據當時藏語的發展演變，重新釐定藏文的翻譯用語和正字法，廢除了一些不符合當時實際讀音的拼寫形式。這是一次較大規模的文字改革運動。而從十一世紀末到十五世紀初的三百多年中，又有一百六十多位譯經師在翻譯和勘正佛經的過程中，陸續對藏文翻譯用語和正字法作了一些零星的修訂。

《丁香帳》是一本關於藏文古今詞語的辨析詞典。書中所說的古今詞語，是以吐蕃王赤熱巴巾時的「釐定新語」爲界限的，凡在此界限之前的稱爲古語詞，而在此界限之後的稱爲新語詞。書中所收的語詞詞目，都出於「釐定新語」之前的典籍，這些典籍主要是佛經，如《大方廣佛華嚴經》、《四部教》和《般若波羅密多經》等。

全書共梵夾式版十五頁，一百七十二行，共收録一千多條詞語。其中古今詞語對照的有八百多條，其餘部分是作者對於人們將梵文借詞、方言俗語等誤爲藏語固有詞的糾正。從另一個方面看，這一千多條詞語中，反映佛教的詞語佔百分之十幾，一般詞語佔百分之八十多，另外還有部分虛詞。例如：

	古語詞	新語詞	漢義
佛教詞	tham-lag	man-ngag	（教誨；秘訣）
	tha-gi	zhi-ba	（寂靜；和平）
	bshes-gnyen	yon-tan	（功德；學問）
一般實詞	vcibs-pa	zhon-pa	（乘，騎）
	gnyi-zer	nyi-zer	（陽光，日光）
	sman-btags-pa	phan-btags-pa	（有益）
虛詞	von-tang	von-kyang	（然而，但是）
	dev	de	（那，彼）

書中除進行詞義對照外，又對一部分古語詞作了注釋，如 bkus-te-bor-ba，注爲「熬出汁以後，拋棄渣子」，bcom-bskyungs，注爲「因爲恐懼而小聲説話或默不作聲」。

根據本書，可以發現藏文古今語詞的異同有以下兩種類型：(一)詞形改變。由於正字法的改革，古語詞中的一部分繫足字、後置字和基字被取消，或者基本改變發音方法，如 stsel-ba > sel-ba(消除，除去)，myin > min(非，不是)，go-ca > go-cha(鎧甲)。這種正字法的改革反映了實際口語的變化，這些詞語的古代拼法至今保留在發展較慢的安多方言中，就是一個明證。(二)詞語的使用。用詞義相同或相近的詞代替，如 kevu > ri-sgog(野葱，野蒜)，kos-thag > nyam-thag(苦惱；貧困)。

本書正文之後，作者又用許多篇幅，對一些過去被人誤解爲藏語固有詞的梵文借詞、漢語借詞、蒙古借詞等作了糾正。例如指出梵文 garba(驕傲者)借入藏語時訛作 vgar-po，而使人誤以爲固有詞；又如指出藏文 phying-sang(大臣)實是漢語「丞相」的借詞(這裏藏文首字 ph 來源於 j)。

《丁香帳》問世以後，歷代作家和讀者都認爲這是一本有很高水平並切合實用的著作。當年，它對於區分古今語詞，正確使用正字法，起到了極好的規範作用。今天利用本書，對於學習和翻譯古藏文仍然具有重要作用，而對於研究藏語語音的歷史演變尤有重要意義。

本書的缺點是編排形式不够嚴謹科學，全書的語詞既不按藏文字母表順序排列，也不按詞匯的分類意義排列，因此查閱語詞殊不方便。同時，有一些古語詞未加注釋，這在作者當時可能不難索解，可是對於現代讀者來說，就不免茫然了。

有關本書的研究著作有安世興的《評介古藏文詞典〈丁香帳〉》(民族出版社，一九八二年)。

(楊劍橋)

文海

〔西夏〕佚名

《文海》，作者不詳。約成書於十二世紀中葉。原本殘卷藏於蘇聯科學院東方學研究所列寧格勒分所，影印本收入一九六九年蘇聯柯萍等所著《文海》一書中，又收入我國史金波等所著《文海研究》一書中，並附校勘本、漢文譯本和索引等。

公元十一世紀初，我國西北部的少數民族黨項族在今天的寧夏、甘肅一帶建立了西夏王朝（一〇三八——一二二七），西夏國王李元昊在立國稱帝之際下令大臣野利仁榮創製「國字」，是爲西夏文，史稱「蕃文」、「蕃書」。由於西夏王朝的大力推行，西夏文得到了廣泛的使用和流佈，其時，「凡國中藝文誥牒盡易蕃書」（清吳廣成《西夏書事》），各種法律、文書、文學、醫籍、錢幣、印章、佛典等等，無不用西夏文寫成。與此同時，朝庭和各州都設立蕃學，大量培養西夏語言文字專門人材，一時間，西夏文和西夏語的研究普遍開展，達到了相當高的水平，編印了多種不同類型、不同規模的西夏文字典辭書。而在所有的西夏文字典辭書中，編寫質量最好、學術價值最高的是《文海》。

傳世的《文海》是一個殘卷。這是沙俄文物盜竊分子柯茲洛夫，一九〇八年從我國黑水城（今內蒙古自治區額濟納旗）遺址盜走的，現藏於列寧格勒。同時被盜走的還有其他大批西夏珍貴文物和文獻資料，其中包括另一部著名的西夏文、漢文雙解字典《番漢合時掌中珠》。《文海》殘卷前缺序言，後無跋尾，故此書的作者和著述年代不清楚。蘇聯學者克恰諾夫等根據殘卷頁面背後有「宣和七年」、「建炎二年」等漢文字樣，推測此書作於公元一一二四至一一二八年之間。但是我國學者史金波等根據殘卷頁面背後的漢文多有被截斷的痕跡，認定此書乃是使用宋代舊紙抄成，故其著述年代當更晚於建炎二年（一一二八）。

根據《文海》殘卷，我們可以知道此書共分「平聲」、「上聲」和「雜類」三個部分，各部分分別編排頁碼。平聲和上聲之首列有韻目，平聲分九十七韻，上聲分八十六韻。每一韻部首列韻目代表字，代表字下注明韻部序次。然後以聲母爲序排列各小韻，各小韻之間用圓圈隔開。同一小韻中的字是同音字，各字的釋義包括兩個內容，一是詮釋字形構造，二是詮釋字義，而小韻首字的釋義之後，又列有反切注音和本小韻的字數。從這些體例中，可以看出《文海》深受漢族《說文》、《廣韻》等書的影響。由於西夏語語音與漢語有所不同，所以書中除平聲、上聲兩部分以外，又立雜類一部，凡是不宜收入平聲和上聲部分的字都歸入雜類，因此雜類實在是平聲和上聲的補遺。雜類也分平聲和上聲兩個部分，每字的釋義方式也跟平聲和上聲完全一致，不過雜類中的字不分韻部，而是依據聲母來分類，如牙音、喉音、齒頭音、正齒音、舌齒音等。

本書詮釋西夏文字形構造時，通常使用四個字，分兩行直書，每行兩個字。每行第一字是字頭的構成字，第二字是對構成字的構成方式的說明。如西夏文「稗」字，其字形結構是取「草」字的左半，加上「布」字的右半。用作字形構造說明的術語共有十二個，即：左、右、頭、下、內、圈、全、減、脚、中、做、是。其中「頭」、「下」和「內」分別指取字的上部、下部和中部，「圈」和「全」分別指取字的半圈和全部，「減」和「脚」分別指減去字的一小部分和取字的左部加下部拐脚，「脚」和「中」連用指把字的下部置於拐脚之中，「減」與「做」連用指減去字的一部分，「是」是對使用某一成分表示肯定。《文海》關於字形構造的這些説明，不但方便了當時的人們認讀和使用西夏文，而且給後人研究西夏文字構造原理和規律、識

般 羴訛 詨慼	稗 草左 布右
（西夏文）	（漢譯）

讀西夏文創造了極好的條件。西夏文字形極爲複雜，素來爲西夏學者所苦。今據《文海》，可知西夏文有單純字、會意合成字、音意合成字和反切合成字等的區別。所謂單純字，相當於漢字的獨體字，是指從字音和字義上都無法再分的單位，其中有一些是象形字；所謂會意合成字，相當於漢字的會意字，是指用兩個或三個字的部分或全部組成的新字，新字和構成字之間有意義上的聯繫；所謂音意合成字，相當於漢字的形聲字，是指用兩個或三個字的部分或全部組成的新字，新字與一個構成字讀音相同相近，與另一個或兩個構成字有意義上的聯繫；所謂反切合成字，是用兩個字的部分或全部組成的新字，而新字的讀音恰好等於兩個構成字的聲韻的拼合。由此可見，西夏文的創製也是深受漢字字形構造的影響，而反切合成字在漢語中極爲罕見，可能是西夏學者的獨創。

本書的注音採用反切法，如西夏文「蠢」字讀如「都」，其反切注音爲「得路切」（最後一個「四」字是該小韻的同音字字數）。有時反切之末又注明「平」、「上」、「合」、「清」、「濁」等字樣，以表示其發音特點。

㱿 刹蒴 㱿殈	蠢 得路 切四
（西夏文）	（漢譯）

根據《文海》所列的反切，可以使用清代陳澧所創的反切系聯法，來尋求西夏語的聲類和韻類。同時，《文海》各韻部中的小韻是按聲母的類別來排列的，這些類別是脣音、舌音、牙音、齒

音、喉音、半舌音、半齒音，這樣的排列，對於研究西夏語的聲母系統也有很大的便利。據研究，西夏語的聲類爲二十三，但實際聲母數略多於此數：

幫 p	非 f	端 t	照 tɕ	見 k	精 ts/nts	影喻 ɣ/ɣg
滂 pʻ	敷 fʻ	透 tʻ	穿 tɕʻ	溪 kʻ	清 tsʻ	
明 m/mb	微 ɱ	泥 n/nd	日 ʑ	疑 ŋ/ŋg		
來 l/ɬ/ld/r		娘 ȵ	審 ɕ		心 s	曉 h

西夏語的韻類爲九十七，但實際韻母數也不止於此，如第十七韻有 a、ua、ia 三個韻母，第二十五韻有 an、uan兩個韻母。

從《文海》所收錄的西夏文字和它對這些文字所做的解釋，還可以了解到西夏社會當時的政治、經濟、文化、軍事等各方面的情況。例如本書有「婚價」一詞，釋云：「結婚取女價，向親戚、叔舅等餽物之謂」，反映了當時的買賣婚姻。又如書中有「燒尸」一詞，釋云：「火上燒化尸體之謂」，反映了當時的火葬風俗。由此可見，《文海》實在是非常寶貴的古代文獻。

有關研究《文海》的著作甚多，最早研究和介紹此書的是蘇聯學者聶歷山，一九二七年他在日本撰寫並發表了《關於西夏文字典》一文。以後一九三〇年我國學者羅福成在《國立北平圖書館館刊》西夏文專號中也介紹了《文海》的概況。一九六〇年聶歷山在莫斯科出版《西夏語文學》一書，對《文海》研究甚勤，但未能進行系統的整理。一九六四年，日本學者西田龍雄著《西夏語的研究》一書（座右寶刊行會刊行），構擬了西夏語語音體系，但因未見原書，研究不能無誤。以後，一九六三年蘇聯索弗羅諾夫和克恰諾夫著《西夏語語音研究》、一九六八年索弗羅諾夫著《西夏語語法》、一九六九年柯萍等著《文海》，都做了大量有益的探討。但是他們雖然有使用原書之便，却因對反切上下字辨認不準確、對西夏文字形分析有違原意、對字典釋義的理解也多有不妥，故研究中錯失甚多。一九八三年，我國學者史金波、白濱和黄振華著《文海研究》（中國社會科學出版社出版），在糾正前人錯失的同時，又有大量創獲，實爲研究《文海》之最佳參考著作。

（楊劍橋）

五體清文鑒

〔清〕佚　名

《五體清文鑒》，全稱「御製五體清文鑒」，三十六卷。成書于一七九〇年左右。有故宮博物院所藏抄本、英國倫敦大英博物館所藏抄本、一九五七年民族出版社的影印本。

康熙、乾隆年間（一六六一——一七九五）清朝政府曾先後組織人力編寫了《清文鑒》、《滿蒙文鑒》、《兩體清文鑒》、《三體清文鑒》、《四體清文鑒》和《御製增訂清文鑒》等辭書。這些都是不同語言的對照詞典，所謂「兩體」、「三體」、「四體」和「五體」，是指兩種文字（如滿文、蒙古文）、三種文字（如滿文、藏文、蒙古文）等；所謂「清文」，是指清朝的「國語」，即滿文；所謂「鑒」，是指語言的對照，即先以滿文詞目爲首，然後以其他文字對譯。《五體清文鑒》是在上述辭書的基礎上編寫而成的，「五體」就是滿文、藏文、蒙古文、維吾爾文和漢文。

《五體清文鑒》原本無序言和跋尾，也沒有其他確切的有關史料可稽，因此本書的作者和成書年代尚不清楚。不過此書的內容、體例、篇幅等都跟《四體清文鑒》極其相似，而《四體清文鑒》的體例又跟《御製增訂清文鑒》完全一樣，《御製增訂清文鑒》成書於一七七一年，則《五體清文鑒》的成書必在其後，學界的估計是在一七九〇年左右。

此書分正編和補編兩大部分。正編三十二卷，補編四卷。詞條根據義類分爲三十五部，即天部、時令部、地部、君部、諭旨部、設官部、政部、禮部、樂部、文學部、武功部、人部、僧道部、奇異部、醫巫部、技藝部、居處部、產業部、煙火部、布帛部、衣飾部、器皿部、營造部、船部、車部、食物部、雜果部、草部、樹木部、花部、鳥雀部、獸部、牲畜部、鱗甲部和蟲部。其之所以如此編排，乃是貫穿着作者「天、地、君、臣、政治、禮樂」依次爲重的思想。每一部中又根據詞義分若干類，每一類中或不分則，或分若干則，最後羅列詞條。例如武功部（一）分七類十六則：兵類、防守類、征伐類（八則）、步射類（二則）、騎射類（四則）、騙馬類、摺跤類（二則），武功部（二）分六類十八則：畋獵類（三則）、頑鷹犬類（二則）、軍器類（七則）、製造車器類（四則）、撒袋弓靫類、鞍轡類（二則）。在每一詞條中，先列滿文詞頭，然後依次用藏文、蒙古文、維吾爾文和漢文翻譯對照。同時，藏文之下又列有兩種滿文注音，一種是「切音」，即逐個藏文字母的譯音，一種是「對音」，即整個藏文詞語的實際讀音的譯音。而在維吾爾文之下則僅列「對音」一種。這是因爲藏文創製於七世紀，到十八世紀時，雖然拼寫形式依舊，但實際讀音已有很大改變，正如現代英語 know 的文字形式和實際讀音不相吻合一樣。

《五體清文鑑》共列詞目一萬八千六百多條，包括政治、經濟、文化、歷史、風土、人情等各方面的內容，因此對於研究我國十八世紀時的社會面貌具有很高的價值；而就語言學來説，其價值主要有二：一、較爲詳盡地反映了二百年前滿、藏、蒙古、維吾爾和漢這五種語言的詞匯面貌，而其中滿語和藏語、維吾爾語的對音材料尤其珍貴，對於研究這三種語言的古音有重要參考價值。二、較爲準確地實現了滿、藏、蒙古、維吾爾和漢這五種語言的對譯，對於現代編輯這些語言的雙語詞典、對於研究滿、蒙古、維吾爾這三種阿爾泰語言的同源詞，進而確認它們的同源關係，都具有重要的參考價值。

有關《五體清文鑒》的研究論文有金炳喆的《蒙古、突厥、滿—通古斯三個語族共有詞的探討》（載《民族語文》，一九九〇年第四期）。（楊劍橋）

突厥語詞典

〔突厥〕馬赫穆德·喀什噶里

《突厥語詞典》，原名 Kitabu Diwani Lughatit Turki，八卷。十一世紀中國維吾爾族馬赫穆德·喀什噶里編。成書於回曆四六六年（一〇七四）。原本已佚，今有波斯人穆罕穆德·本·阿布拜克爾一二六六年的手抄本存世，藏於土耳其伊斯坦布爾的民族圖書館，該抄本除有一九四二年土其耳影印本外，又有一九一七年土耳其學者阿合邁德・里弗阿特的阿拉伯文譯本、一九二八年德國學者卡・布洛克曼的德語摘譯本、一九四三年土耳其學者貝希姆・阿塔萊伊的土耳其文譯本、一九六三年蘇聯學者薩力赫・穆特里甫的烏茲別克語譯本、一九八四年新疆人民出版社的維吾爾族語譯本等。

馬赫穆德・喀什噶里（一〇二〇——一〇九〇），新疆喀什噶爾（今屬新疆喀什疏附縣）人，突厥語語言學家。父親侯賽因曾任巴兒思罕的汗，故馬氏是喀喇汗王室的王子，少受業於著名學者侯賽因・伊本・海萊弗・喀什噶里，學習阿拉伯語和波斯語。回曆四五〇年（一〇五八）開始作長達十五年的學術旅行，在巴格達著成《突厥語詞典》。晚年回到故鄉喀什噶爾，其陵墓被稱爲「海茲里提・毛拉姆陵墓」，意爲尊敬的學者之墓。

公元十一世紀，正當突厥族黑韓王朝和塞爾柱王朝的鼎盛時期，西遷的塞爾柱突厥人佔領了阿拉伯地區，阿拉伯人開始與突厥人在政治、經濟、文化上互相接觸，交融影響。爲了溝通阿拉伯人與突厥人的語言文字，爲了向阿拉伯世界介紹突厥族的文化，馬氏花費數年時間，深入到現在的新疆及中亞各地，詳細地調查突厥各部落的語言和社會生活，收集了大量資料，最後參考阿拉伯辭書的體例，在巴格達編成《突厥語詞典》。本詞典問世以後直到十四世紀，曾多次爲伊斯蘭學者所稱引，但以後就逐漸不爲世人所知。直到一九一四年，伊斯坦布爾一個出身於奧斯曼帝國大臣納吉甫・貝伊家族的女人，因生活所迫，把穆罕穆德・本・阿布拜克爾的手抄本低價賣給熱心於學術的阿里・埃米里，本詞典才重新面世。

本詞典共收詞目七千多條，按詞的語音結構分爲八卷，每卷又分靜詞（名詞）和動詞兩個部分。各部分的詞又按單詞詞根的多寡——二根詞、三根詞、四根詞等等分門別類，每類詞根再按字型、語音特徵和詞尾字根順序排列。書中詞目、例句、所引詩歌、民謠和諺語等均爲突厥語，注釋則用阿拉伯語。

本詞典採摭的條目極爲廣泛，大凡天文、地理、身體、飲食、衣服、器用、鳥獸、蟲豸、草木、金石，以及動作行爲、狀態等等，無不應有盡有。有關地域變遷、民族徙移、山川脈絡、關隘形勢、都邑方位、道路遠近、風土人情、軼事掌故，也都廣泛搜尋，闡明原委，儼然是一部小型百科全書。本詞典的釋義十分詳盡，例如：

桃花石——摩秦國名。此國與秦相距四個月的路程。實際上，秦有三個：(一)上秦在東，是桃花石；(二)中秦爲契丹；(三)下秦爲八爾罕，八爾罕即喀什噶爾。但現今桃花石被稱爲摩秦，契丹被稱爲秦。(桃花石)也用於汗的稱號。「桃花石汗」意爲「國家古老而又偉大的汗」。

本詞條有兩個義項，一爲國名，一爲稱號。作爲國名的「桃花石」(Tabghac) 原是我國少數民族拓跋 (takbuat) 的音譯，這裏指上秦(宋朝)，阿拉伯語稱爲「摩秦」。作者詳細地說明了「秦」(中國)分爲三個部分，即宋、契丹和喀什噶爾，並指出這些名稱被誤用了。

本詞典卷首有作者序言一篇，詳細敘述了編纂目的、材料來源、詞典的體例、突厥語的構詞法、回鶻字母、突厥各部落的分佈和語言特點。詞典又附有突厥地區圓形地圖一幅。地圖受伊斯蘭輿圖的影響，採用簡單的彩色幾何圖形來表示山川湖海，以東爲上，西爲下，南爲右，北爲左。這是迄今爲止最早的完整的中亞輿圖，對於考證古代中亞地理具有重要價值。

本詞典是世界上最早的突厥語辭書，是考釋古代突厥及其方言，考證後來的察合臺文、老維文和現代維吾爾文源流的重要文獻。同時，由於作者的廣泛調查和詳盡記載，本詞典又是考證古代中亞地區諸民族文化、宗教、歷史、地理等情况的不可替代的重要文獻，是世界突厥學者必備的參考書。

關於本詞典的研究著述有：中國民族古文字研究會編的《中國民族古文字研究》一書（中國社會科學出版社，一九八四年）的有關文章、張廣達《關於馬合木·喀什噶里的〈突厥語詞匯〉與見於此書的圓形地圖》一文（中央民族學院學報，一九七八年第二期）。

（楊劍橋）

華夷譯話

〔明〕火源潔等

《華夷譯語》是明清兩代官方編撰的若干種漢語和非漢族語言的對譯辭書的總稱。此書大多是明清兩代的抄本，刻本甚少，流傳不多，有許多珍貴的文本流落國外。

《華夷譯語》分爲甲、乙、丙、丁四種。甲種《華夷譯語》，又稱洪武《華夷譯語》，系明洪武十五年（一三八二）翰林侍講火源潔與編修馬沙亦黑等奉敕編撰，洪武二十二年（一三八九）刊行。《涵芬樓秘籍》有收録。火源潔係蒙古人，生平事跡未詳。此書以華文譯蒙古語，未列蒙文。書前有劉三吾所寫的序和凡例六則。全書分類凡十七門：天文、地理、時令、花木、鳥獸、宮室、器用、衣服、人物、飲食、珍寶、人事、聲色、數目、身體、方隅、通用。

據《讀書敏求録》，火源潔又編有另一種《華夷譯語》，書前有朱之蕃所寫的序，全書分爲十三館，即朝鮮、流球、日本、安南、占城、暹羅、韃靼、畏兀兒、西番、回回、滿喇加、女直、百夷。疑此書即内板《經書紀略》之《增定華夷譯語》。

乙種《華夷譯語》，又稱永樂《華夷譯語》。明永樂五年（一四〇七）設四譯館後，由四譯館編譯。四譯館設有韃靼、女真、西番、西天、回回、百夷、高昌、緬甸八個館。後於正德六年（一五一一）增設八百館，萬曆七年又增設暹羅館，共爲十館。各館《譯語》一般都分爲「雜字」（即對譯詞彙）和「來文」（即公文）兩部分，有民族文字。不同抄本很多，有個别刻本行世。凡有民族文字的《譯語》皆上列民族文字，中列漢語義譯，下列漢語音譯。

丙種《華夷譯語》，又稱爲會同館《華夷譯語》，明茅端徵（字伯符，一五九七——一六三六）輯，明會同館編。僅有雜字，没有來文，而雜字又只有漢字注音，没有民族文字。計有朝鮮、琉球、日本、安南、占城、暹羅、韃靼、畏兀兒、西番、回回、滿剌加、女真、百夷等十三館的譯語。只有抄本，没有刻本。會同館所編此種《譯語》一般認爲較乙種《華夷譯語》爲晚出。但國内所藏的一種《譯語》則較早，而且也有出於十三館之外的《譯語》，如《河西譯語》。

丁種《華夷譯語》，又稱會同四譯館《華夷譯語》，系清乾隆十三年（一七四八）會同四譯館設立後所編撰。有四十二種七十一册，國内所藏皆是手抄本，國外所藏有部分是刻本。所録係雜字，没有來文。除一種外，均有民族文字。

茲將各種《華夷譯語》列表比較如下：

	甲	乙	丙	丁
編輯	火源潔	四譯館	會同館	會同四譯館
時代	明洪武	明永樂	明永樂後	清乾隆後
內容	雜字	雜字，來文	雜字	雜字
文字	漢字注音	有民族文字	漢字注音	有民族文字
刊本	涵芬樓秘籍	個別刻本	抄本	部分刻本

《華夷譯語》保存了大量明清時代少數民族語言資料，語種之多爲任何別種資料所不及，是研究明清時代少數民族語言的寶庫。但是長期以來無人問津，整理和研究工作還剛剛開始。至今只是對其中的《河西譯語》有較深入的研究。

明會同館編輯的《河西譯語》共分十七門，收二百五十五條詞語，逐條用漢字注音。如：「天，吉達麻；星，忙；雲，卜爾。」用於注音的漢字共二百三十一個。沒有民族文字。記錄的是一種明代河西地區的黨項語，它是研究十四世紀後半期的黨項語的極珍貴的材料。西夏文的資料不少，但是從漢文中直接反映黨項語語音的罕見，也許是絕無僅有。據馮蒸和陳乃雄的研究，《河西譯語》所反映的語音與西夏文不完全相合。就詞匯而言，雖有西夏語、藏語和彝語成分，但大多數詞語與上述三種語言都没有關係。它與西夏文所代表的語言在詞語上差别較大。從《河西譯語》來看，十四世紀的黨項語是一種受到漢藏語系語言深刻影響的阿爾泰語系語言。《河西譯語》使我們有可能認識黨項語在十四世紀後半期的性質。

有關本書的研究著作有：馮蒸《〈華夷譯語〉調查記》（載《文物》一九八一年第二期）、馮蒸《〈河西譯語〉初探》（載《亞洲文明論叢》，四川人民出版社，一九八六年）。

（游汝傑）

龍州土語

〔現代〕李方桂

《龍州土語》，近人李方桂著。國立中央研究院歷史語言研究所單刊之十六，商務印書館一九四〇年初版、一九四七年再版。

李方桂（一九〇二——一九八七），原籍山西省昔陽縣，一九〇二年生於廣州。一九二四年畢業於清華學校醫預科，後到美國留學，從國際著名語言學家薩丕爾（E. Sapir）和布龍菲爾德（L. Bloomfield）學習語言學，一九二八年獲芝加哥大學博士學位。一九二九年至一九四六年任中央研究院歷史語言研究所研究員，一九三七年以後曾先後擔任耶魯大學和哈佛大學的訪問教授，華盛頓大學和夏威夷大學教授。

一九七四年退休，一九八七年卒於美國加州紅木城。李方桂對語言學的貢獻有四個方面：一是漢語的研究，尤其是上古音的構擬；二是侗臺語的調查與比較研究，尤其是古壯臺語的構擬；三是藏語的研究，包括藏漢對音與古代西藏碑刻的研究；四是北美洲印第安語的調查研究。主要著作除《龍州土語》外，還有《〈切韻〉ä的來源》、《上古音研究》、《三種水家話的初步比較》、《臺語支與侗水語支》、《臺語比較手册》、《古藏語碑文研究》(與柯蔚南合作)等。

一九三五年作者在南寧聘請了廣西龍州城內的兩位發音人，用一個月的時間記錄了他們所說的土語。龍州土語是壯語的一種方言。本書即是根據這一次調查所得材料寫成的描寫語言學著作。全書分「序」、「導論」、「故事及歌」、「字匯」四部分。

作者在「序」中介紹了調查的經過，並對所記錄的故事有所說明。作者記錄長篇口語語料的方法有兩種。一是由發音人講，邊講邊聽邊記；二是先用 Fairchild 記音機錄音，後讓發音人一句一句慢說，逐字記下，再用記音機校正。

「導論」部分分「龍州土語的音韻」和「漢語借字的音韻系統」兩節。前一節列出龍州土語的聲母、韻母和聲調，並且說明其特點，對連讀音變現象也有所說明，還有一張完整的龍州土語音節表。後一節討論龍州土語裏的漢語借字的源流、類別及其鑒別的原則。這一節還包括：一、「漢語借字系統表」，此表將古調類和今龍州調值相對比，舉出許多例字，如古陰去調，今龍州讀55調，例如「報、半」兩字。二，「漢語借字聲母系統」、包括六張表，每表將古聲母和今龍州聲母相對照，並舉出例字。作者指出，從這些表來看，漢語的古濁母如定、並、澄、從(除去牀)母都變成不送氣的清塞音或塞擦音；「鞋、盒、汗」三個匣母字讀 k-，

「夫、分(非)、肥(奉)、粉(敷)」讀 p-或 pʻ-。三,「漢語借字韻母系統」,包括十七張表,每表將古韻目和今龍州韻母相對照,並舉出例字。另有一張古漢語各韻母和今龍州音值對照的總表。作者指出,從這些表來看,漢語古輔音韻尾-m,-n,-ŋ,-p,-t,-k 都保留;照二等和照三等在聲母上沒有分別,但是往往對韻母有影響。例如魚韻照二系的「初」字讀-o,照三系的「書」字讀-ɯ。龍州土語中的借字可以分成三類:來源於古代粵語的借字,佔多數;來源於近代粵語的借字,佔少數;來源於官話的借字。最後一類包括較文的詞語。

「故事及歌」部分包括十二個民間故事、兩段介紹婚喪風俗的話語、一個長歌《山伯英臺》和四個短歌。對每一段語料都用國際音標標出每一個音節,用漢字逐字譯出,即所謂「字譯」。通篇再用漢語和英語作連貫的翻譯。這一部分是全書的主幹,共佔一百八十五頁。

「字匯」部分收三千個左右詞語,包括極簡單的句子。按音序排列,每一個詞語都是先用國際音標標音,後用漢語釋義,再用英語釋義。

本書是用描寫語言學的方法描寫和分析國內少數民族語言的經典著作,其特點是忠實、精審,對後來的少數民族語言的調查研究起到了示範作用。本書對臺語中漢語借詞的研究是開創性的,所記錄的龍州的民間故事和民歌是研究臺語的可靠材料,不足之處是只記錄語言和詞匯,未涉及語法。

(游汝傑)

註册商標

圖書目錄：030085（84－10）

中國學術名著提要㈠—語言文字卷

總　主　編：周　谷　城
發　行　人：張　明　弘
執行編輯：鄧　海　翔
授權出版者：復旦大學出版社
出　版　者：黎明文化事業股份有限公司
行政院新聞局出版事業登記臺業字第一八五號
地　　　址：臺北市重慶南路一段四十九號三樓
・電話／（02）3820613
發　行　組：臺北縣中和市中山路二段四八二巷十九號
・電話／（02）2252240
臺北分公司：臺北市重慶南路一段四十九號・電話／（02）3116829
郵政劃撥帳戶：1373264－3號
臺中分公司：臺中市市府路三十九號・電話／（04）2201736
郵政劃撥帳戶：0286500－1號
高雄分公司：高雄市五福四路二七八號・電話／（07）5210416
郵政劃撥帳戶：0044814－9號
印　刷　者：信可印刷有限公司
初　　　版：中華民國八十四年八月
定　　　價：新台幣 680 元

■如有缺頁、倒裝，請寄回換書■

ISBN 957-16-0410-0
版權所有・翻印必究